ZHONGGUO XIAOSHUO
100 QIANG

中国小说100强（1978—2022）

变　数

张　欣　著

北京联合出版公司
Beijing United Publishing Co.,Ltd.

图书在版编目（CIP）数据

变数 / 张欣著. -- 北京 ： 北京联合出版公司，
2023.9

（中国小说100强）

ISBN 978-7-5596-7029-8

Ⅰ.①变… Ⅱ.①张… Ⅲ.①长篇小说－中国－当代
Ⅳ.①I247.5

中国国家版本馆CIP数据核字(2023)第106796号

变　数

作　　者： 张　欣
出 品 人： 赵红仕
出版监制： 张晓冬　范晓潮
责任编辑： 高霁月
特约编辑： 和庚方　郭　漫
封面设计： 武　一

北京联合出版公司出版
（北京市西城区德外大街83号楼9层　　100088）
北京兴星伟业印刷有限公司印刷　　新华书店经销
字数335千字　650毫米×920毫米　1/16　34印张
2023年9月第1版　2023年9月第1次印刷
ISBN 978-7-5596-7029-8
定价：88.00元

中国小说 100 强（1978—2022）丛书

编委会

丛书总策划

    张　明　著名出版人

    张　英　资深媒体人

编委主任

    吴义勤　中国作协副主席

           中国小说学会会长

编　委

    吴义勤　中国作协副主席、中国小说学会会长

    宗仁发　《作家》杂志主编

    谢有顺　中山大学教授、中国小说学会副会长

    顾建平　《小说选刊》副主编

    张　英　资深媒体人

    文　欢　作家、出版人

总　序

"中国小说 100 强"（1978—2022）是资深出版人张明先生和腾讯读书知名记者张英先生共同策划发起的一套大型文学丛书。他们邀请我和宗仁发、谢有顺、顾建平、文欢一起组成编委会，并特邀徐晨亮参与，经过认真研讨和多轮投票最终评定了 100 人的入选小说家目录。由于编委们大多都是长期在中国文学现场与中国文学一路同行的一线编辑、出版家、评论家和文学记者，可以说都是最专业的文学读者，因此，本套书对专业性的追求是理所当然的，编委们的个人趣味、审美爱好虽有不同，但对作家和文学本身的尊重、对小说艺术的尊重、对文学史和阅读史的尊重，决定了丛书编选的原则、方向和基本逻辑。

从文学史的角度来说，1978 年以后开启的新时期文学是中国当代文学的黄金时代，不仅涌现了一批至今享誉世界的优秀作家，而且创造了许多脍炙人口的文学经典，并某种程度上改写了 20 世纪中国文学史的版图。而在中国新时期文学的经典家族中，小说和小说家无疑是艺术成就最高、影响力最大的部分。"中国小说100强"（1978—2022）就是试图将这个时期的具有经典性的小说家和中国小说的经典之作完整、系统地筛选和呈现出来，并以此构成对新时期文学史的某种回顾与重读、观察与评判。呈现在读者面前的这套丛书是对1978—2022年间中国当代小说发展历程的一次全面、系统的整体性回顾与检阅，是中国当代文学经典化的重要成果，从特定的角度集中展示了中国新时期文学在小说创作方面的巨大成就。需要说明的是，与1978—2022年新时期文学繁荣兴盛的局面相比，100位作家和100本书还远远不能涵盖中国当代小说的全貌，很多堪称经典的小说也许因为各种原因并未能进入。莫言、苏童、余华等作家本来都在编委投票评定的名单里，但因为他们已与某些出版社签下了专有出版合同，不允许其他出版社另出小说集，因而只能因不可抗原因而割爱，遗珠之憾实难避免，而且文学的审美本身也是多元的，我们的判断、评价、选择也许与有些读者的认知和判断是冲突的，但我们绝无把自己的标准强加于别人的意思。我们呈现的只是我们观察中国这个时期当代小说的一个角度、一种标准，我们坚持文学性、学术性、专业性、民间性，注重作家个体的生活体验、叙事能力和艺术功力，我们突破代际局限，老、中、青小说家都平等对待，王蒙、冯骥才、梁晓声、铁凝、阿来等名家名作蔚为大观，徐则臣、阿乙、弋舟、鲁敏、林森等新人新作也是目不暇接，我们特别关注文学的新生力量，尤其是近10年作品多次获国家大奖、市场人气爆棚的新生代小说家，我们秉持包容、开放、多元的审美立场，无论是专注用现实题材传达个人迥异驳杂人生经验、用心用情书写和表现时代精神的现实主义作家，还是执着于艺术探索和个体风格的实验性作家，在丛书里都是一视同仁。我们坚信我们是忠实于自己的艺术理想、艺术原则和艺术良心的，但我们并不认为自己的角度和标准是唯一的，我们期待并尊重各种各样的观察角度和文学判断。

当然，编选和出版"中国小说100强"（1978—2022）这套大型丛书，除了上述对文学史、小说史成就的整体呈现这一追求之外，我们还有更深远、更宏大的学术目标，那就是全力推进中国当代文学"经典化"的历程和"全民阅读·书香中国"建设。

从 1949 年发端的中国当代文学已经有了 70 多年的发展历程，但对这 70 多年文学的评价一直存在巨大的分歧，"极端的否定"与"极端的肯定"常常让我们看不到当代文学的真相。有人认为中国当代文学达到了前所未有的高度和水平。王蒙先生在法兰克福书展上就说：中国当代文学现在是有史以来最繁荣的时期。余秋雨、刘再复甚至认为中国当代文学的成就远远超过了现代文学。也有人极端否定中国当代文学，认为中国当代文学都是垃圾。他们认为现代文学要远远超过当代文学，中国当代文学连与现代文学比较的资格都没有。比如说，相对于鲁（迅）、郭（沫若）、茅（盾）、巴（金）、老（舍）、曹（禺）这样大师级的人物，中国当代作家都是渺小的侏儒，根本不能相提并论，两者比较就是对大师的亵渎。应该说，与对中国当代文学的肯定之声相比，对当代文学的否定和轻视显然更成气候、更为普遍也更有市场。尽管否定者各自的角度和出发点不同，但中国当代作家、作品与中外文学大师、文学经典之间不可比拟的巨大距离却是唱衰中国当代文学者的主要论据。这种判断通常沿着两个逻辑展开：一是对中外文学大师精神价值、道德价值和人格价值的夸大与拔高，对文学大师的不证自明的宗教化、神性化的崇拜。二是对文学经典的神秘化、神圣化、绝对化、空洞化的理解与阐释。在此，我们看到了一个非常有趣的悖论：当谈论经典作家和文学大师时我们总是仰视而崇拜，他们的局限我们要么视而不见要么宽容原谅，但当我们谈论身边作家和身边作品时，我们总是专注于其弱点和局限，反而对其优点视而不见。问题还不在于这种姿态本身的厚此薄彼与伦理偏见，而是这种姿态背后所蕴含的"当代虚无主义"。这种"虚无主义"的最大后果就是对当代作家作品"经典化"的阻滞，对当代文学经典化历程的阻隔与拖延。一方面，我们视当下作家作品为"无物"，拒绝对其进行"经典化"的工作，另一方面又以早就完全"经典化"了的大师和经典来作为贬低当下泥沙俱下的文学现实的依据。这种不在同一个层面上的比较，不仅毫无意义，而且只能使得文学评价上的不公正以及各种偏激的怪论愈演愈烈。

其实，说中国当代文学如何不堪或如何优秀都没有说服力。关键是要进行"经典化"的工作，只有"经典化"的工作完成了才有可能比较客观地对当代的作家作品形成文学史的判断。对当代的"经典化"不是对过往经典、大师的否定，也不是对当代文学唱赞歌，而是要建立一个既立足文学史又与时俱进并与当代文学发展同步的认识评价体系和筛选体系。当然，我们也要承认，"经典化"问题是一个非常复杂的问题，并不是凭热情和冲动一下子就能完成的，但我们至少应该完成认识论上的"转变"并真正启动这样一个"过程"。

现在媒体上流行一些对于中国当代文学经典化冷嘲热讽的稀奇古怪的言论，其核心一是否定中国当代文学有经典、有大师，其二是否定批评界、学术界有关"经典化"的主张，认为在一个无经典的时代，"经典"是怎么"化"也"化"不出来的，"经典化"是一个实实在在的"伪命题"。其实，对于文学，每个人有不同的判断、不同的理解这很正常，每一种观点也都值得尊重。但是，在"经典"和"经典化"这个问题上，我却不能不说，上述观点存在对"经典"和"经典化"的双重误解，因而具有严重的误导性和危害性。

首先，就"经典"而言，否定中国当代文学早就不是什么新鲜事，对当代文学的虚无主义态度在很多人那里早已根深蒂固。我不想争论这背后的是与非，也不想分析这种观点背后的社会基础与人性基础。我只想指出，这种观点单从学理层面上看就已陷入了三个巨大误区：

第一个误区，是对经典的神圣化和神秘化的误区。很多人把经典想象为一个绝对的、神圣的、遥远的文学存在，觉得文学经典就是一个绝对的、乌托邦化的、十全十美的、所有人都喜欢的东西。这其实是为了阻隔当代文学和"经典"这个词发生关系。因为经典既然是绝对的、神圣的、乌托邦的、十全十美的,那我们今天哪一部作品会有这样的特性呢? 如果回顾一下人类文学史,有这样特性的作品好像也没有。事实上,没有一部作品可以十全十美,也没有一部作品能让所有人喜欢。在这个问题上,我们应该明确的是,"经典"不是十全十美、无可挑剔的代名词,在人类文学史上似乎并不存在毫无缺点并能被任何人所认同的"经典"。因此,对每一个时代来说,"经典"并不是指那些高不可攀的神圣的、神秘的存在,只不过是那些比较优秀、能被比较多的人喜爱的作品而已。从这个意义上说,当今中国文坛谈论"经典"时那种神圣化、莫测高深的乌托邦姿态,不过是遮蔽和否定当代文学的一种不自觉的方式,他们假定了一种遥远、神秘、绝对、完美的"经典形象",并以对此一本正经的信仰、崇拜和无限拔高,建立了一整套关于中国当代文学的伦理话语体系与道德话语体系,从而充满正义感地宣判着中国当代文学的死刑。

第二个误区,是经典会自动呈现的误区。很多人会说,是金子总是会发光的。但对文学来说,文学经典的产生有着特殊性,即,它不是一个"标签",它一定是在阅读的意义上才会产生意义和价值的,也只有在阅读的意义上才能够实现价值,没有被阅读的作品没有被发现的作品就没有价值,就不会发光。而且经典的价值本身也不是固定不变的。如果一个作品的价值一开始就是固定不变的,那这个作品的价值就一定是有限的。经典一定会在不同的时代面对不同的读者呈现出完全不同的价值。这也是所谓文学永恒性的来源。也就是说,文学的永恒性不是指它的某一个意义、某一个价值的永恒,而是指它具有意义、价值的永恒再生性,它可以不断地延伸价值,可以不断地被创造、不断地被发现,这才是经典价值的根本。所以说,经典不但不会自动呈现,而且一定要在读者的阅读或者阐释、评价中才会呈现其价值。

第三个误区，是经典命名权的误区。很多人把经典的命名视为一种特殊权力。这有两个层面的问题：一，是现代人还是后代人具有命名权；二，是权威还是普通人具有命名权。说一个时代的作品是经典，是当代人说了算还是后代人说了算？从理论上来说当然是后代人说了算。我们宁愿把一切交给时间。但是，时间本身是不可信的，它不是客观的，是意识形态化的。某种意义上，时间确会消除文学的很多污染包括意识形态的污染，时间会让我们更清楚地看清模糊的、被掩盖的真相，但是时间同时也会使文学的现场感和鲜活性受到磨损与侵蚀，甚至时间本身也难逃意识形态的污染。此外，如果把一切交给时间，还有一个前提，那就是对后代的读者要有足够的信任，要相信他们能够完成对我们这个时代文学的经典化使命。但我们对后代的读者，其实是没有信心的。我们今天已经陷入了严重的阅读危机，我们怎么能寄希望后代人有更大的阅读热情呢？幻想后代的人用考古的方式对我们这个时代的文学进行经典命名，这现实吗？我不相信后人对我们身处时代"考古"式的阐释会比我们亲历的"经验"更可靠，也不相信，后人对我们身处时代文学的理解会比我们亲历者更准确。我觉得，一部被后代命名为"经典"的作品，在它所处的时代也一定会是被认可为"经典"的作品，我不相信，在当代默默无闻的作品在后代会被"考古"挖掘为"经典"。也许有人会举张爱玲、钱钟书、沈从文的例子，但我要说的是，他们的文学价值早在他们生活的时代就已被认可了，只不过很长时间由于意识形态的原因我们的文学史不谈及他们罢了。此外，在经典命名的问题上，我们还要回答的是当代作家究竟为谁写作的问题。当代作家是为同代人写作还是为后代人写作？幻想同代人不阅读、不接受的作品后代人会接受，这本身就是非常乌托邦的。更何况，当代作家所表现的经验以及对世界的认识，是当代人更能理解还是后代人更能理解？当然是当代人更能理解当代作家所表达的生活和经验，更能够产生共鸣。因此，从这个角度来说，当代人对一个时代经典的命名显然比后代人更重要。第二个层面，就是普通人、普通读者和权威的关系。理论上，我们都相信文学权威对一个时代文学经典命名的重要性，权威当然更有价值。但我们又不能够迷信文学权威。如果把一个时代文学经典的命名权仅仅交给几个权威，那也是非常危险的。这个危险表现在什么地方呢？就是几个人的错误会放大为整个时代的错误，几个人的偏见会放大为整个时代的偏见。我们有很多这样的文学史教训。在这个问题上，我们既要相信权威又不能迷信权威，我们要追求文学经典评价的民主化、民主性。对一个时代文学的判断应该是全体阅读者共同参与的民主化的过程，各种文学声音都应该能够有效地发出。这个时代的文学阅读，最理想的状态应该是一种互补性的阅读。为什么叫"互补性的阅读"？因为一个批评家再敬业，再劳动模范，一个人也读不过来所有的作品。举个例子：现在我们一年有5000部以上的长篇小说，一个批评家如果很敬业，每天在家读二十四小时，他能读多少部？一天读一部，一年也只能读三百部。但他一个人读不完，不等于我们整个时代的读者都读不完。这就需要互补性阅读。所有的读者互补性地读完所有作品。在所有作品都被阅读过的情况下，所有的声音都能发出来的情况下，各种声音的碰撞、妥协、对话，就会形成对这个时代文学比较客观、科学的判断。因此，文学的经典不是由某一个"权威"命名的，而是由一个时代所有的阅读者共同命名的，可以说，每一个阅读者都是一个命名者，他都有对经典进行命名的使命、责任和"权力"。而作为一个文学研究者或一个文学出版者，参与当代文学的进程，参与当代文学经典的筛选、淘洗和确立过程，更是一种义不容辞的责任和使命。说到底，"经典"是主观的，"经典"的确立是一个持续不断的"过程"，"经典"的价值是逐步呈现的，对于一部经典作品来说，它的当代认可、当代评价是不可或缺的。尽管这种认可和评价也许有偏颇，但是没有这种认可和评价，它就无法从浩如烟海的文本世界中突围而出，它就会永久地被埋没。从这个意义上说，在当代任何一部能够被阅读、谈论的文本都是幸运的,这是它变成"经典"的必要洗礼和必然路径。

总之,我们所提倡的"经典化"不是要简单地呈现一种结果,不是要简单地对一个时代的文学作品排座次,不是要武断地指出某部作品是"经典",某部作品不是"经典",不是要颁发一个"谁是经典"的荣誉证书,而是要进入一个发现文学价值、感受文学价值、呈现文学价值的过程。所谓"经典化"的"化"实际上就是文学价值影响人的精神生活的过程,就是通过文学阅读发现和呈现文学价值的过程。可以说,文学的经典化过程,既是一个历史化的过程,更是一个当代化的过程。文学的经典化时时刻刻都在进行着,它需要当代人的积极参与和实践。因此,哪怕你是一个对当代文学的虚无主义者,你可以不承认当代文学有经典,但只要你还承认有文学,你还需要和相信文学,还承认当代文学对人的精神生活具有影响力,你就不应该否定当代文学经典化的重要性。没有这个"经典化",当代文学就不会进入和影响当代人的生活,就失去了存在的意义。每一个人,哪怕你是权威,你也不能以自己的好恶剥夺他人阅读文学和享受文学的权利。

从这个意义上说,当代文学的经典化当然是一个真命题而不是一个伪命题。在一个资讯泛滥的时代,给读者以经典的指引是文学界、出版界共同的责任,而这也是我们编辑出版这套书的意义所在。

最后,感谢张明和张英先生为本套书付出的辛劳,感谢北京立丰天文化传播有限公司、北京金圣典文化有限公司的资金支持,感谢全体编委和北京联合出版公司各位编辑,感谢所有对本套丛书的出版给予大力支持的作家和他们的家人。

是为序。

吴义勤

2022 年冬于北京

目 录
Contents

变　数

　　鲁浩明的家住在杨箕村已有三代人。杨箕村位于广州市的东面，并不是农村，而是一个中下层市民居住区。随着工业社会的不断吞噬，它的周围出现了具有现代化都市风貌的开发区——异峰突起的新广州开发区，有了新修的广州大道和洛溪大桥，渐渐地，杨箕村变成了地地道道的都市乡村。

　　这里布满了旧城区常见的黑麻麻的古老的粤式庭院，结实的三层或四层小楼，但是楼梯窄而陡，让人想到《羊城暗哨》里特务接头的地方。楼梯连洗衣机都抬不上去，再说抬上去了也没用，水源很有限，又常常压力不足。楼上平台修着蓄水池，家家都有小天井，栽几盆易活的不用精心打理的花儿。

　　巷子里的石板路高低不平，四通八达，处处泛着青苔，人一陷进去，楼挨楼是一样的，让人分不清东南西北。如果配上芝麻糊的叫卖声，或许人就回到了晚清年代。

这一片市民区迟早会有一次大搬迁的。据说市政府领导手中的红铅笔不止一次地圈过这个地方，规划局也一次次在这块虚拟的废墟上绘制过一幅幅蓝图，这儿家家户户的墙壁上几乎都写着巨大的白石灰字：拆。

然而由于资金无法落实，老百姓便躲过了一次次的忙乱。现在谁还提拆迁的事，马上就有人手板心向上轻松地对你说，钱呢，要上亿呢。

蟹脚巷的形态如同螃蟹的脚一样，不是笔直的，有一点自然的弧度。鲁浩明的家就住在里面。在他爷爷辈时，家里靠开土杂店起家，后来置起了两个很像样的杂货店，赚了钱，买了蟹脚巷内这幢看上去很不像样的三层楼。严格地说，三楼就是阁楼，当然没有防潮、隔热这类设施，现在由于南下到广州"赶海"的人颇多，找不到地方住，连废弃的仓库、单车棚都要一个月几百元的租金，所以鲁家的三层阁楼租给两个流浪记者了。

二楼有两间睡房，浩明和一直没嫁出去的姐姐丽明各住一间，楼下就是客厅和一间小小的睡房，母亲不爱爬楼就住在下面。

浩明的父亲已经是货真价实的工人阶级，在现在的第二公共汽车公司的前身开电车，母亲就在那里当会计。

日子过得相当平淡。

一天清晨，浩明的父亲起床准备去上早班，喝了两口粥觉得胃部不适，就没再喝了，他是老胃病，所以并没有怎么在意。走前他突然对老婆不上不下地说了这样几句话：丽明将来干什么我们就别管了，总之是要嫁人的，但浩明还是得读书，将来不要靠力气吃饭，要靠脑子吃饭。

浩明的母亲一头雾水但又只好连连点头。

也就是这一天中午，浩明的父亲急性胃穿孔并发腹膜炎，昏迷之后送到医院，医院又误诊为胆囊炎，决定开腹时血压就量不到了，结果人死在手术台上，临行前一句话也没留下。

当时的交通分局叫浩明去顶替父亲，学开车当司机。这在那个年代算是好工作，但浩明的母亲执意要浩明继续读书，最终浩明考了两年，才考上一所师范学院，毕业以后分配在区党校行政办公室。

浩明天性温厚，不喜钻营，在党校也就是夹夹报纸，喝喝茶，跑跑印刷厂，送领学习文件。他觉得这活儿闷是闷一点，但是轻松愉快，带金庸的小说去看也没人管，清闲的日子总是千金难买啊。加上现在邻居家的女儿区文秀与他"拍拖"（谈朋友），两个人常常深更半夜去吃鱼蛋粉。文秀是木偶剧团的演员，在大型神话剧里扮演过小鹿、小羊、小白兔等等，由于她发育晚，她妈妈说她是早产儿，所以至今还只是花骨朵儿，没有什么胸脯，胳膊腿儿都比同龄人要细很多。她人挺快乐，走到哪儿都哼着歌，又扎两根辫子，模样很清纯的。

丽明是一百个看不上秀秀，叫她木脑壳。

母亲倒还喜欢秀秀，但她觉得浩明的工作太没有前途，而且挣钱又少得可怜，便一天到晚挑唆儿子换工。你挨下去能怎么样呢？这是她最爱说的一句话。浩明道，我现在可以代课了，领导答应过段时间叫我正式讲"政治经济学"的课，下面坐的全是科长、处长、书记什么的。人多么有满足感。母亲谆谆教导他说，那些都是空的，手上抓着钱，什么都好说。再说，我见得多了，秀秀这个女孩儿，心眼儿活得很，你没钱，她将来就不是你的了。

浩明被母亲吵得心烦，便说，换工换工，你说得容易，我今天辞工，明天去哪儿开饭啊?！母亲叫丽明到她所在的房地产公司给浩明找个位置，丽明道："哪有姐弟俩打一家工的？别来搞我。"母亲知道丽明自私，平常买一包开心果也要拿到楼上睡房去吃，所以也懒得与她理论。浩明则动了肝火，凶巴巴地对丽明说："好心同性恋都去恋一下啦，变态佬，你以为你不帮我我就要饿饭啊?!"丽明不愿意别人提她嫁不掉这一茬，气得将手上的橘子皮向浩明脸上掷去。

吵一通，闹一通，浩明还是每天高高兴兴地在党校打杂，晚上和文秀到节节迪士高舞厅消闲。这个舞厅只有很少的座位，大部分年轻人都站着，买饮料和上厕所都踩着点儿，人最多的时候，大伙一块儿和着音乐的节拍跺脚，把门、窗上的玻璃都震碎了，非常刺激。

母亲见浩明如此挥霍青春，那一介焦虑，真是才下眉头，又上心头。丽明嫁不出去，已是她的一块心病，浩明又这样没有心计！文秀这种女孩子，母亲早看出来了，不见世面则已，一让她开了眼，浩明这么穷酸，哪能拴得住她?!幸好改革开放以后，三天死一个公司，五天又成立一个公司，浩明的母亲做了数十年的会计，如今也成香饽饽了。返聘的会计最受欢迎，又有经验又不占正式职工的名额，母亲选中了一家公司做会计，全称是"沼泽音像有声读物有限公司"。

时间长了，浩明的母亲觉得盒带推销工作比较轻松愉快，赚钱又多，比如拿着《小李飞刀》的说书盒带到农村走一圈，订购量绝对直线上升，不费什么事，就能提成一笔钱。

由于工作关系，浩明的母亲跟劳工部长很熟，便力荐自己的儿子。劳工部长觉得推销员多一个不多，少一个不少，顺水人情何乐而不为?!便对浩明母亲说，这可是集体所有制，砸了金饭碗，你儿子肯吗？

在这一方面，母亲要比浩明开通，与其拿着金饭碗饿饭，还不如捧着泥饭碗吃饱呢，所以她跟劳工部长说好，敲定了这件事，再回头做儿子的工作。

一旦要离开区党校，浩明也有过片刻的犹豫，当年父亲坚持让他读书不就是希望他当干部吗？熬成了正式干部将来还能当授课教员，总比推销员有地位吧？！母亲道："现在不同以前了，过去大家都穷，就看重地位，现在是谁有钱谁就有地位。做盒带，只要看得准，一下就发了。"问丽明的意见，丽明撇嘴道："当然去找钱啦，难道叫钱来找你吗？！将来你穷得要借钱，不要盯着我这份，我是没钱借给你的。"浩明气道："我会跟你借钱？！等我发达了，你在街上碰到我不要跟我打招呼啊，省得媒介笑话我有个老姑姐，丑得像煮毒苹果害白雪公主的老妖婆，岂不很没面子？！"两个随即又吵起来，浩明的母亲骂他们：你们不吵会不会死？！

浩明到沼泽音像公司上班以后，社会上各种各样的音像公司突然像雨后春笋似的长了出来，中国人做事喜欢一窝蜂，小至女人文眉、文眼线，大至炒股票、搞房地产。比如现在时髦当经理，楼上掉块石头砸了五个人的头，其中三个都是总经理，另外两个是部门经理和项目经理。这是一点都不奇怪的事。问题是音像公司一多，竞争就格外地激烈起来，《小李飞刀》的版本就有七种之多，可是销售市场就那么大，没有绝活儿，人家干吗要买你的盒带？！

而找绝活儿又谈何容易，浩明和其他推销员想的一切招数，拿到公司商业情报部一核对，三分之二是与其他公司撞车的想法，还有三分之一不看好，没赚头的选题。

做亏了几种盒带之后，总经理开始按兵不动。

推销员的工资是象征性的，浩明初来乍到，基本工资比在党校时还少。母亲也没想到大环境变得这样快，感到特别对不住浩明，时时看他的脸色，有时背着丽明要给浩明钱，浩明倒没埋怨母亲，也坚决不肯要她的钱。但生活是一件很实在的事，至少他和文秀就不能随时去节节舞厅了，很多时候文秀还要请他吃宵夜。

文秀并不抠门儿，可是她的母亲、菜场卖鸡的香姨却是一分钱看得比车轮子还大。香姨长年开膛破肚地卖三黄鸡、竹丝鸡，渐渐身上有一股洗不掉的鸡屎味儿，久而久之人就叫她"鸡屎香"，她也不恼，照样粗声大气地与人打招呼。文秀每个月的工资必须如数交给母亲，说是替她存起来，以后嫁人时用。浩明在文秀面前把胸脯拍得扑扑响，言道："要嫁还不是嫁给我，告诉你妈现在拿出来给我们用好了。"文秀光笑不说话。

话是这么说，浩明怎么会用文秀的钱?！文秀的零花钱很少，到了月底，浩明和文秀是两手空空，一贫如洗，就只好到老年退休工作文化站去看免费录像。都是些老掉牙的片子，还有叽里喳啦的粤语，其间老年人的叫骂、咳嗽声不绝于耳，红双喜牌香烟烟雾把人熏得喘不上气来。

浩明对文秀说："你一个礼拜别来找我，我非在家想出一个好主意，捞它一票。"文秀道："我找你你就没主意啦？"浩明痛惜道："爱情使人愚蠢嘛，再加上斗志涣散，什么来钱的招儿都没有。"文秀啐他一口道："我就一个礼拜不找你，看你还能变出钱来不成?！"

第二个星期，浩明果然像圈鸡似的把自己圈在家里，搬出自己从大学读书到在党校工作时陆续买的书和杂志，一目十行地哗哗乱翻，心想凭我这么丰厚的文学积淀，何至于出师未捷身先死？总会有些灵感冒出来吧?！

憋到第四天，还是没见什么姗姗来迟的灵感女神，文秀倒熬不住了，在楼下的天井里往楼上浩明的睡房窗户上扔小石子。浩明屏着一口气不理她，苦思冥想到深夜12点，心想，金庸和古龙都叫大大小小的音像公司做烂了，广播电台也来凑热闹，什么热门就播什么，做法是短、多、快，看来武侠类的有声读物是辉煌不再了；重新推出一个新歌手，现在不是时机，因为总经理捧红了沼泽音像公司的招牌歌星南国一点红。南国一点红又给公司带来了滚滚的利润，盒带发得最好时有四五十万盒，总经理乐得每天嘴巴都像广州的一种点心——笑口枣，咧得收不拢。直到现在两个还姘居着呢，总经理哪有心思另捧一个小歌星？再说民歌大联唱和怀旧歌曲回顾展，也是一阵风的事，救活了几个新音像公司，再炒也无疑是一道剩菜……想着，想着，浩明便捧着读大学时的一本旧书睡着了。

第二天中午，浩明一觉醒来，发现手中的书掉在地上；同时有一张照片掉在地上。浩明睡眼惺忪地把照片捡起来，见是在大学时与同学的合影，顿时校园生活又一幕幕地出现在眼前。

最后，浩明有了一个自鸣得意的想法，把席慕蓉和汪国真的诗配乐朗诵录成盒带拿到大学校园去发售，绝对是有利可图的。

浩明从床上一跃而起，用毛巾抹了把脸就跨上老五羊牌破自行车直奔沼泽音像公司，唰唰唰地写出计划书闯进总经理的办公室，一口气讲完自己的设想和意图，盯着总经理的眼睛。

总经理池晓平半天没说话，既不看着鲁浩明，也不看着计划书，只是虚无地望着地板，情形像走神那样。浩明不知他怎么想，也就陪站着，内心里探着虚实。

突然，池晓平猛然在案上击了一掌，吓得浩明瞪圆了眼睛。晓平道："你这想法好是好，可惜还温吞了一点。浩明你记住，在商场做事就要搏出位，搏到尽。"浩明不解地望着总经理，晓平笑笑才说："人物换一换，不要席慕蓉和汪国真，换上自杀的顾城、海子……找最好的演员录音，最棒的作曲配乐……"浩明忍不住插话道："自杀诗人代表作精选，大学生最喜欢这种东西。"

晓平笑着点头，并用右手食指贴住嘴唇嘘了一声，叫浩明不要跟制作部说这件事，直接从会计那儿领钱去办就是了。浩明深明大义地点了点头。

领钱是一件很简单的事，母亲怎么会为难他呢？总经理同意的，她问都不问便把钱挂账，借给儿子。浩明当天就去了省话剧团，请了两位一级演员担任朗诵。当优厚的酬金摆在他们面前时，他们的神情严肃、负责极了，这两个大老爷们儿乖乖跟浩明进了公司的录音棚，经过几天几夜的鏖战，样带终于录好了。这件事浩明干得很漂亮，同时他又颇有感触，一是池晓平在关键的时候比他棋高一着，这不能不让他佩服；二是深深感觉到投入工作，并且把工作成果转变为金钱的魅力，这真是太吸引人了；三是在竞争中求生存可以大大锻炼和提高人的智商。

自杀诗人作品的盒带，销售情况出乎意料地好，因为不仅自以为与众不同的大学生们喜欢这类东西，就连久居喧嚣之中已变得麻木不仁的都市人，也想听听阴间诗人的死前心声。

领到提成的钱以后，浩明意欲请母亲、姐姐、秀秀吃一顿像样一点的饭，到海鲜城去吃。母亲说："不如也请上香姨一块去吧。"丽明赌气道："有她们家任何一个人去我都是不去的。"浩明也气道："你不去就自己在家下面条吃喽。我还会打包回来请你吃啊?！"

丽明近期开始给浩明介绍对象，女方是丽明所在的房地产公司的同事。一天下瓢泼大雨，母亲叫浩明去给丽明送伞。浩明推了一下推不掉，又碍于血浓于水，浩明不计前嫌，跑去房地产公司给丽明送伞，结果丽明的女同事对浩明特有眼缘，一眼看中他，便缠上丽明帮她从中撮合。

本来丽明是从不帮人的，她的名言是：你倒了你自己站起来，我倒了又有谁来扶我？但这回情况不同，这位女同事是公司董事长的女儿，好好一个巴结太子党的机会，她是不会放过的。丽明的怪癖是怪癖，但她有相当世俗的一面，并且赤裸裸地不加掩饰，你倒会因为她的真，不至于对她讨厌到家。

丽明向浩明力荐董事长的女儿，浩明虚荣地两眼发光问是哪一个，丽明说是穿短裙的那个。浩明失望道："那么粗的两条腿还穿超短裙，除了她以外还有没有其他人选？"丽明道："你真是地道的乡巴佬，今年香港又兴短裙，超级小甜心嘛。"浩明道："超龄小甜心是真的，脸上有对称的蝴蝶斑，是不是嫁过人生过仔的？"丽明骂道："乌鸦口，你别说黑人家，人家可是我们公司的女掌门人。"浩明手抚额头做眩晕状。

一个回合不行，丽明又软泡："考虑考虑再答复我，不要一口回绝嘛，怎么比都比木脑壳强，人家可是房子、车子、大哥大一应俱全的。"浩明道："那又怎么样?! 你这么起劲，是不是你想要这些东西，所以才卖弟求荣？"

这件事一点可能都没有。丽明便迁怒于文秀，请文秀母女吃饭，她是一定要刁钻一番的。

文秀的父亲是饭馆的白案师傅，被聘到遥远的哈尔滨粤菜馆做糕点去了。

吵来吵去，横竖这顿饭吃不成，浩明赌气不吃了，买了一套师奶装送给母亲，然后就带着文秀去迪士高舞厅了。不过，他已不像从前那么贪玩，在沼泽音像公司干了一段时间，他发现暴发户们头上的神秘光环已不复存在。凭他鲁浩明的小聪明，未必就挤不进弄潮儿的行列。

浩明在舞池里起劲地扭动着，变幻莫测的灯光在他的身上扫来扫去，他一会儿完全吞没在黑暗里，一会儿又在雪亮的碘钨灯下几乎变得通体透明。灯光急剧地变化着，忽明忽暗，时有时无，灯下的浩明与文秀一样，舞姿里已经有了明显的卡通效果。

正当浩明准备大干一场，在音像界打好基础争得一席之地的时候，发生了一件他想都想不到的事。

由于在校园里撞了一回彩，大伙都觉得大学生跟农民一样好骗，所以池晓平决定继续在校园挖陷阱。他找了一组甜歌叫南国一点红演唱并赶录，叫鲁浩明写煽情海报词，浩明多次提议把甜歌改为校园民谣，池晓平不同意，也没有与他争辩，只叮嘱他不要耽误了。

浩明又在家里憋了好几天，晚上喝着文秀煲给他的乌鸡炖水鱼，才想出这样几句酸词：爱人的话太甜，听一听教人醉；多情的风太妖媚，今夜又想煽动谁？啊，魂梦飞飞，夜夜轻吹，让我爱得连头也来不及回……请听纯情玉女南国一点红让你痴迷让你心碎的歌声……

文秀听了之后觉得很好，笑对浩明道："你怎么这么有文采嘛。"不过她看了南国一点红的近照又说："这哪是什么纯情玉女，一看就是那种很会跟男人睡觉的女人。"浩明道："好眼力，可是她跟我们总经理好，我说她是性感情人，不是要砸饭碗呵。"

到了公司，浩明直奔总经理办公室而去，发现总经理办公室门户大开，许多人在里面吵吵嚷嚷的，他这才觉得整个公司的气氛都不对，挤在人堆里听来听去不知怎么回事，便到财务部找母亲。

财务部的人更是一个个灰头灰脸，神情如丧考妣。浩明的母亲一见到他，忙从办公室里跑出来，拉浩明到一处僻静的地方说："出事了。"浩明道："何事惊慌？"母亲道："池晓平带着南国一点红卷款跑了。"浩明道："不可能的，南国一点红刚录了带子，正准备宣传发行呢。"母亲急道："那还不是障眼法，叫大伙失去警惕性呗。他出差前，陆陆续续地调走了公司大部分款子，说是与人联营搞一个大项目，现在出差一个礼拜了，没往公司打过一个电话，他的拷机、大哥大号码全变了。昨天到他家去，房间搬空卖给中介公司了。就这样我们也不信，今天一早银行来人了，说贷款连本带利已经到了最后期限，明天就来清盘了。"

浩明这才傻了，怔怔地不知说什么好。母亲顿时眼泪汪汪地说："浩明，妈真害死你了，如果待在党校，倒还有一碗安乐茶饭吃。"看着母亲花白的头发，浩明故作轻松道："这也没有什么，是我们成长必经的风雨嘛，新时期的钢铁是怎样炼成的？那就是你周围全是食钱怪兽，而你却处变不惊……"说着说着浩明就觉得不是自己了，因为他心里也觉得没着没落的，不过这样一说，母亲似乎心里好受了一些。

不知为什么，浩明在恨池晓平的同时又有点佩服他，至少这回他棋高一着又是他没想到的。他觉得这个人的思维总是急转弯，而且下手又毒又狠，他觉得自己发了一盒磁带就想成准暴发户未免太幼稚了。下海这个选择是看着容易做起来难，他池晓平是有文化的商人，再加上一点流氓秉性，比较容易成为乱世英雄。浩明认真掂量一下，觉得自己望尘莫及。

这天母子俩很晚才回到家，丽明等不及先焖了一锅饭，见母亲没有带菜来，还与浩明同时黑起一张脸，便去炒了一碟鸡蛋，砰的一声放在餐桌上没好气道："怎么了嘛，我又没有死，你们也不必这么垂头丧气。"

母亲叹了一口气，告诉丽明公司发生的事。丽明对浩明说："现在找工作可难了，卖凉茶要 30 岁以下的，洗碗刷盘子要懂外语。"浩明把脚跷到茶几上，有气无力道："我正好 30 岁以下，粗通外语。"丽明冷笑道："难道你会去卖凉茶，洗盘子吗?! 别逞能了浩明，现在你没的想了吧，还是跟我们董事长的女儿好，我保你在公司稳稳地坐上一个部门经理的交椅。"浩明无奈道："我天天面对那个人会英年早逝的，有没有工作都罢了。"

见他们又要吵下去，母亲忙说："还是先吃饭吧。"

第二天清晨，一觉醒来的鲁浩明便成了头号闲杂人员。找工作并非易事，骑驴找马犹可，没地方开饭了心急火燎地去找，几乎处处碰壁。

浩明心情不好，也不去跳舞了。

然而，一连数日，文秀也不露面。浩明心想，难道她比我还先学会势利了?! 我还没要董事长的胖女儿，她倒先躲着我了。人倒霉的时候特别敏感，浩明越想心里越不是滋味，索性吃饭后找到文秀家，憋着一口气想吵架。

区文秀家的晚饭才刚刚开始，原来是文秀的父亲区伯从哈尔滨回来了，同时带来一个客人，这人长得高大、威猛，一看就知道是北方人。"鸡屎香"做了很多菜招待老公和客人，见到浩明便招呼他坐，文秀便上前拉浩明坐在她旁边，先给他盛了一碗菜干猪肺汤。浩明看她和从前并无变化，而且好像也不知道他已成为闲杂人员，心里也就没气了，人家父亲大老远回来，几天不来找他也在情理之中。

区伯把客人介绍给浩明，称这个人是姜总。姜总笑道："姜什么总，叫我大发吧。"区伯忙道："姜总的名字起得好，旺财，他在哈尔滨开粤菜馆，发市发得不得了，现在又想在广州开菜馆，我是钱的腥味都闻到了。"大发慢条斯理道："托您的吉言吧，我在这边可是两眼一抹黑，就全仰仗你们了。"说完还看了浩明一眼，浩明慌忙微笑着点点头。

不过他对大发的印象还不错，觉得他人很爽。

很自然地，接下来的事就是浩明陪姜大发跑有关事宜，比如饭店开在什么地方，才有可能门庭若市。租金也是个大问题，广东人欺生，如果大发的北方口音一露，价格肯定居高不下……另外跑工商，跑税务，都是烦心的事，区伯年纪大了，也不懂这一套复杂的手续，只好委托浩明。浩明反正没事，心想多跑跑也省得闷在家里心烦。

有了近距离的接触以后，大发对浩明的印象也不错，本来大发对南方人颇有成见，但浩明显然不是太精明的那种人，而且浩明一开始给人的感觉是不热情，总是一副漠然的表情。大发到了陌生地，当然希望宾至如归，碰上浩明这种"煮不开"的样子，开始还真不习惯。

渐渐地两个人熟了，大发才觉得浩明比较实在、可信，说话做事总是留有余地，姜大发心想，饭馆的地方定了，还得装修，请人等等有一大堆事要张罗，自己的定位又是飞来飞去地盯两头，这边的饭馆一定得用个心腹之人，如果他早不言明，不跟浩明谈定，人家后面的事怎么肯白帮忙呢，即便看在区伯的面子上肯，他也要不好意思了。

饭馆起名叫雪莲花东北菜，大发开门见山地请浩明当总经理，负责全店的事，工资听上去不低。不过浩明并不显得特别高兴。

君子远庖厨，浩明对开饭馆真是一点兴趣也没有。以前曾有一次跑过菜市场，"鸡屎香"叫他帮忙看看档口，她有急事离开一下，浩明不好拒绝，只能站在那里摇着拍子赶苍蝇，他不是怕人看见，那有什么?!看鸡店嘛，又不是上妓院，怕什么怕?!就是滋味不好受，守着一堆新杀出来的鸡，血肉模糊，五脏六腑摊得处处都是——买主要由此断定鸡是否新鲜，所以不能收拾得太干净，鸡爪子直挺挺地绷着，似有无尽的冤屈，这些都还好说，关键是那股说不上来的味道扑鼻而来，绝不会随风而去，熏得人什么人间烟火都不想了。

他管饭店，难道不到厨房去?! 想一想都败胃口。

回家跟母亲商量，母亲喜道："这么好的事你又不早说，害得我没有一个晚上睡得着觉。"

鲁浩明道："没劲。"母亲推他一把道："真跟你那个死鬼爸一模一样，拾到金都不会笑。"

饭店开始装修以后，大发和区伯又飞回哈尔滨，一切事宜委托给浩明。浩明每天踩点监工，中午也不走，跟包工头一块儿吃盒饭，包工头搞不懂他，负责是负责，可人没精打采的，叫他去饮茶，抠女仔，不用守得这么辛苦。浩明不吭气，心想，我们买的杜邦漆，我一走，你用国产漆对付，杜邦漆拎回自己家里，我找谁去？！难得被人信任一次，再说，有事做的感觉总是好的。

住在三楼的两个流浪记者，一个名叫冼雄财，另一个叫季风。季风这个人瘦高，戴着罗圈眼镜，外加驼背，所以记忆中从来没人叫过他小季，都是老季老季的。他爱好咳嗽，脸色像肝硬化病人那样黯淡。冼雄财是个男人却长得粉雕玉砌，脸上没一处有棱角的，日子别管多落魄，他总是白白胖胖，让人想到"男同志"中的女角。

季风毕业于名牌大学，冼雄财是学美术的，他们从外地来，因为户口问题给生活带来极大的不便，冼雄财给不同报刊画版，报社的要求很刻薄，限时限量，大报的有些美编接一堆私活儿，有的忙乎自己的摄影个人展等；小报压根儿不请专职美编，给冼雄财这样的人派活儿，反而能保证质量。季风有一个外号叫作"老枪"，源自他当文字枪手已有多年，早在大学时他就以代写毕业论文捞了不少外快，大四的学生忙实习、忙找工作，哪有精神坐下来引经据典？！所以这也是公平交易。

后来学校搞多种经营，专为干部和大款们设置了"研究生班"，季风前后帮助几个干部和大款包做作业、应付考试、设计毕业论文直至取得硕士学位。这期间，季风可以拿到酬金不说，偶尔也会有黑色的小轿车拉他去某大酒店吃顿海鲜什么的。

从此他得一雅号"老枪"。

南下的季风并不是找不到工作，报社固然难进，但人才交流中心、咨询创意公司等单位对他还是颇感兴趣的，但季风觉得到这类地方没意思，钱不多还要受制于人，当流浪记者是他自己的选择，他渴望自由。再说"南北大拼凑"的新闻稿他早已驾轻就熟，有时把海南商报上的消息一字不差地寄往漠河，命中率高又无被人识破的危险，小稿费单像雪片似的飞来，连收租婆，也就是鲁浩明的妈妈都看红了眼。

季风的胃口在学校时就养大了，所以他已不为小钱而动，目前花主要精力替人捉刀代笔写电视剧，名家一集 1 万元，他出力不出名每集得 3000 元。季风是学中文的，又爱好文学，他挺爱干这活儿，何况还有利可图。枪手也有高下之分，季风的东西就比较好通过，所以找他写电视剧的人至今没断过。

对于鲁家的人，小冼和季风能接受的只有鲁浩明，没事的时候就谈浩明的妈妈和姐姐的坏话。他们觉得浩明的妈妈是个财迷，准时准点地收房租，电费摊到他们头上的也偏多，"当然啦，你们要看书写字，常常熬夜，我们没有文化，睡得早。"她不但要这样说，还总会夸自己房子好，便宜，好些人盯着呢，以便敲山震虎，让小冼和老季感恩戴德。然而市场上哪怕是花生油涨了两毛钱，都是她提高房租的依据，隔一段时间就得跟她讨价还价磨嘴皮子。

浩明的姐姐是不能看到有女孩子来找季风或小冼的，只要有，她先像户籍警那样查突袭，末了送走了客人一回身，总能见到她那张猪肚子脸，"我们家可是几代清白的好人家，你们可别把这儿当应召马栈。"

回到二楼，季风对小冼气道："你他妈的去跟她睡一觉，这毛病就给治过来了。"小冼道："你他妈的去跟她睡呢，你不跟她睡怎么知道老处女是怎么回事？怎么写电视剧？！"季风一下子笑起来，"我操，我他妈的还想知道杀人是什么滋味呢。"每逢无聊的时候，浩明就会跑到三楼听那两个人胡扯，他觉得他们说的事都挺有意思的。

老板带着情妇卷款逃跑的事他没有告诉他们，因为被人玩纵然有一千个理由也敌不过一个蠢字，自己蠢就是了，有什么可炫耀的？！

他觉得他们虽客居他乡，寄人篱下，但仍活得很洒脱。同样是大学生，人家的脑汁如此够用，自己生于斯长于斯，竟然混得还不如他们，心里觉得很没面子，但失落的时候又情不自禁地往三楼跑。

"楼上是职业介绍所吗？"母亲近乎质问他。

一天晚上，浩明来到三楼，见小冼和老季正对饮，地上放着一箱啤酒，只是没什么菜，浩明便下楼从冰箱里拿了姐姐买的盐焗鸡——晚餐剩下的半只，端上楼，跟他们一块儿喝，老季问道："你女朋友呢？"浩明道："她是一阵儿一阵儿的，最近晚上老有演出。"小冼道："现在木偶戏还有人看吗？"浩明装作轻松道："管他有人看没人看，反正是政府拨款。"

老季道："那你可要居安思危，别等剧团解散了再想办法。"浩明心想，我现在自己还没着落，也不知东北菜在广州玩不玩得转，还顾得上什么呀。老季又道："女孩子你不能光带着玩，你得替她圆梦，她才会死心塌地地跟着你。"浩明也只是笑笑。

联想到母亲对秀秀的担心，他们的说法真是如出一辙，浩明倒觉得没那么严重。

话题转到现在的报纸上，这时浩明的脸已经涨红了，老季是红色的脸，只有冼雄财的脸越喝越白。老季道："现在的报纸除了讣告以外就没有真东西，全是假的。"小冼道："那也不尽然，贪污犯、腐败分子还是真的，每天都是'共和国第一大税案'；'某领导以权谋私一点三亿元'……反正不说这些就不成报纸。"

　　喝了一口酒，小冼又补充道："不过明星都是先造后炒，全部都是。"浩明说："没那么绝对吧，一点料都没有怎么炒?!"老季和小冼全笑起来了，老季道："真他妈是童男子，你昨天才出生啊？"小冼道："连戴安娜都要借助于媒体扬名，有谁是不需要炒的？"浩明道："人家是戴安娜嘛。""没有名的一样能炒，"老季来劲了，"比如你的女朋友秀秀，这个名字太街坊了，既不香艳也不神秘，我们给她改一个艺名叫纤纤，写一条新闻，'纯情女孩拒拍三级片'，配一张文静羞涩的照片，立刻有导演排着队请她拍戏。"

　　浩明笑道，"国内哪有什么三级片？"老季道："香港嘛，香港名导李翰祥。"小冼帮腔道："死无对证。"浩明道，"李翰祥是拍宫廷片的？""你怎么知道他就不改变戏路了？"小冼振振有词，跟真的一样。浩明又道，"文秀又不是波霸，三围都偏瘦，有什么本钱？"老季笑道："你脑袋里都是猪肠子？给波霸造新闻，就说她出家了，除了和尚，哪个男人不流鼻血。"

　　浩明实在是佩服老季，想到池晓平出走，公司倒闭，对他来说是寿终正寝，以他的脑袋搞创意，苦死白死，还是安心干饭馆吧。

　　千万别把爱好当成特长。

　　酒喝到微醉时，浩明的脑子已经有点乱了，但出于年轻，他得硬撑着。这时他听小冼说："怎么样，浩明，我们平白能把你女朋友捧红，你敢不敢打赌？"不等他回答，老季道："借他胆子他也不敢打这个赌。"

　　被他们一激，浩明砰的一下就把钱包拍出来了，可他舌头又硬说不出话来。老季翻了翻他的钱包道："空的，你拍那么响干什么？还以为到外面接着喝呢。"小冼也翻了翻钱包，翻出一张文秀的照片，果然是文静羞涩并且美目顾盼，小冼拿了照片对老季道："他答应打赌了。"

老季咧嘴笑了笑，也昏睡过去。

第二天早上，浩明是被母亲摇醒的。后来又昏昏沉沉地坐在早餐桌前，丽明在他面前放了一碗白粥："你看你那个猫样，昨晚我和妈拖死狗似的把你拖下来，你又没有什么量，一喝酒会乱性的。"浩明不快道："我们都是男的，乱什么性？"浩明这才想起来紧要的事，昨晚发生了什么，更是一丝一毫也记不起来了。

雪莲花东北菜馆开张的时候，姜大发又飞过来了一趟。浩明请了醒狮队来热闹了一番，同时遵姜大发的意愿，自己买了若干个花篮摆在大门两侧，以示庆贺。花篮上的彩条迎风飞舞，写着吉祥如意的话和杜撰出来的各大公司的名称。

开饭馆要跟各种各样的人打交道，除了工商、税务不谈，还有卫生检疫、城建管理、街道办事处、派出所、环保等部门，均得打交道。饭店开张的头两个礼拜，食客全部八折优惠，姜大发则是天天请客，与各部门沟通关系，浩明陪在旁边，算是认清了各路神仙。酬饭并不好吃，光记这些人的名和姓，是主任不是科长，就得费不少脑筋，浩明赔着笑脸，心里很烦。

大厨和二厨是姜大发从东北带来的人，服务员和一些小工是浩明招的，姜大发说，除了咨客以外，其他尽量招一些粗手笨脚的，只要肯干活就行，免得一天到晚磨洋工，或者干脆就跟食客跑了。

说来也怪，大发在饭馆坐店的这段时候，真是风平浪静，什么乱七八糟的事也没有，生意还挺红火。走前，大发嘱咐浩明："前段时间我请的客人，一个也别得罪，好好给我招呼着，该优惠的优惠，该免费的免费，给足人家面子，只要有事开了口，就别让人家空着手回去……只有一种人你不能服软，就是来吃派款的。"浩明问道："什么叫吃派款的？"大发道："就是所谓有黑社会背景的人，他说手头紧了，你给了他一次，他吃定你了。"浩明："这不是流氓吗？"大发提高嗓音道："对啊，对付这种人，你也得是流氓。"浩明道："可我不是流氓，我也不会打架。"大发盯着浩明，狡黠地一笑："所以要跟派出所的人搞好关系，还有……该出手时就出手。"

浩明笑了起来，心想现在哪还有这样的人，虽不算太平盛世，总还不是旧社会吧。

大发走后不久，一天中午，饭店里来了两个衣着看不出身份的人，他们神情严肃，自称是野生动物保护协会的工作人员。开始，浩明对他们还挺客气的，倒了茶，解释了几句："我们不是粤菜，不会吃孔雀穿山甲。"来人打开菜谱，指着红烧狍子肉一行，对浩明怒目而视。浩明笑道："这是写着撑门面的，我都没吃过，见都没见过，有些菜我们是空运来的，但绝对没有狍子。"来人哪里肯信，非要罚款不可。浩明道："我把仓库、冷藏室、配餐室统统给你打开，你搜出狍子肉，我认罚还不行吗？"

来人又不肯搜，又不肯走，浩明没了耐心就跟他们吵起来了，那两人也不是省油的灯，扬言第二天给雪莲花曝光。

第二天他们还真带记者来了，浩明一看，竟是"老枪"。季风也愣住了，拉住浩明问道："你不是出盒带、推歌手的吗？怎么干起餐馆来了？"浩明支支吾吾语焉不详，那两个人见他们认识，也觉得戏有点唱不下去了。

季风把浩明扯到一边道："他妈的两边都是朋友，这样吧，我叫他们不罚你，不过你也得给搭个台阶，请他们吃一顿，这样人家也好下台。"浩明无奈，便把一干人带进雅座，上了酒菜，想也想不到是大团圆的结局。

至于菜谱上的"红烧狍子肉"，服务员已经连夜用涂改液把它涂掉了，换上了一个"酱爆鸡丁"。

晚上，浩明没事往三楼去，季风在赶稿，冼雄财正泡方便面，见到浩明，指着季风道："中午在你那里吃了一顿，下午赶出一集电视剧来，绷到这会儿都没提个饿字。"季风光笑，手还不停地写。

小冼又道："浩明，秀秀上报纸，你也得请我吃一顿。"浩明道："秀秀上报纸干什么？"小冼笑道："你装什么糊涂？不是跟我们打赌吗？过两天可就见报了啊。"浩明不解道："打什么赌？"老季忍不住插嘴道："玩失忆啊你？"手还是没停下来。

闹清怎么回事之后，浩明不干了，连声说这个玩笑开得太大了，一旦当了真，跟秀秀吹了事小，鸡屎香有可能剐了他，好人家的好女孩儿，哪会有人打主意去拍三级片呢？冼雄财道："稿子已经发出去了，那是撤不下来的。小报的主编也是主编啊，你现我啊？撤稿，说得容易！"

这时老季才放下手中的笔道："你怕什么？这是好事，女孩子红了才有财路，难道你也是木脑壳？"浩明急道："那也不能胡来，要靠本事的。"小冼道："你怎么知道你女朋友就没本事？"老季道："没本事靠炒，有本事更要炒啊，像现在卖价最高的画家，你以为他真是凭画画，人气急升，升到比死了的画家卖价还要高？靠托儿嘛！托儿你懂不懂，我们现在就是你老婆的人梯，将来她红了，别忘记我们啊！"

浩明被他们说得哑口无言，只好慌慌张张地去找文秀，文秀坐在家里看电视。浩明道："你演出回来了？"秀秀道："今天的演出取消了。""为什么？""卖票不好呗，只卖了12张出去。"

"那你怎么不来找我？"浩明边说边坐到文秀身边去。文秀道："你开饭馆以后，晚上回来都快10点了，不三不四的，我找你还能干吗？"浩明想想也是，道："那我现在陪你去吃宵夜吧。我们去吃艇仔粥、猪肠粉。"文秀起身放下手中的瓜子，但也不如以前快活了。

浩明道："你怎么了嘛？"文秀道："我们现在只发百分之七十的工资了，你说木偶剧团会不会解散？"浩明不置可否。文秀喃喃自语道："总不能让我替我妈看鸡档吧。"这么说着，脸上真是一片茫然。浩明见状，忙道："我天天焦心的，也正是这事。"然后把他与小冼老季打赌的事说成他怎么精心策划了包装推出文秀的宏伟计划，文秀听了之后，惊喜得两眼亮晶晶地直冒绿光。

冷静下来之后，文秀道："你说文章快发表了，怎么没人来采访我啊？"浩明道："他们采访我了啊，你的事我什么不知道？我钱包里有你的照片，也提供给他们了。"文秀急道："那张照片照得不好，我这里有新照的靓相。"说完就要起身去里屋翻照片，浩明忙拉住她道："以后要用照片的时候还多呢！"文秀这才高兴地依他坐下。浩明对她说道："秀，走红的第一步就是多搏出位，温温吞吞的肯定不行，所以……"文秀道："怎么出位法？"浩明故意不经意道："比如说香港导演找你拍过片啊。"文秀瞪圆眼睛道："那不是说大话嘛。"浩明道："所以说你不懂策划嘛，这不是扯谎，这是策略，引发人们兴趣的策略。你说南国一点红唱歌有什么好，可你不能说她没声线，哑，要说她是豆沙喉，有磁性。她的盒带都是推出去的。"

文秀突然搂住浩明的脖子，亲了他一下。

大概是浩明觉得受之有愧，所以他并没有什么强烈的反应，本来是计划挨骂的，结果情况是出乎意料地好。

在广州，党报之外的报纸养活了一大批有志先锋，或者怪诞、边缘、摇滚、任何事都神圣不起来的流浪记者，同时也娱乐了民间大众。大众文化说到底就是媚俗，越是八卦新闻越有读者。所以各种各样的商报、文化文艺类报纸在这里是大行其道，都能找到自己的读者群。

不过，文秀的新闻登出来之后并没有引起什么轰动，现在的读者越来越成熟，你说什么我就信什么呀？解解闷而已。

菜场的人跟鸡屎香开玩笑，鸡屎香不以为意，笑道："我的女儿我还不知道？哪会有人找她拍三级片？人都没发育清楚，我去拍还差不多。"

然而，浩明的妈妈和姐姐对此都很认真，她们如临大敌地把报纸拿给浩明看，浩明也只好作出吃惊的样子。丽明皱眉道："我说她这个人不行嘛，下回人家找她拍怎么办？说不定她答应拍了。"浩明脱口而出："哪还会有下次？"丽明瞪他一眼道："你又知道？"

母亲也对浩明道："演演木偶戏就算了，你叫她别东想西想的，蟹脚巷还真能飞出什么金凤凰？"丽明不快道："当脱星能成什么金凤凰嘛。"母亲愁道："她当然不是要脱啊，不过说一说，想走上影视道路嘛。"丽明撇了撇嘴。

也还是有小的制作公司来找文秀，开口就问："有没有人照顾你？"文秀听不懂："照顾？我妈照顾我啊。"人家跟她解释，新星都有人照顾的，其实说到底，普通的女孩儿傍大款是被"包"，小星就叫"照顾"。现在制作公司不会无缘无故地捧新人，小公司是想也白想，根本没能力，所以他们盯住新人后面的大款，他们只能赚这种人身上的钱，见文秀没人照顾，连台词都是：那搞什么搞？

最后一家公司说，只好我们搏一搏了。他们准备为文秀拍一组剧照，大做文章说她在拍戏，图文并茂，至于这些戏怎么无疾而终，相信不会有多少人关心。他们告诫文秀："如果有人出面愿意照顾你，千万不要拒绝噢，只要有资金到位，我们立刻订做剧本，包你一炮走红。"

周末的傍晚，浩明都会回家吃饭，通常母亲要煲一个真材实料的靓汤。

盛好汤以后母亲说："我们先吃吧。"浩明道："家姐怎么还没回来？"母亲叹道："她今天没去上班，请了假。""那人呢？""在房间里不肯出，生闷气。""为什么事嘛？""失恋喽。"

"她，恋过吗？"浩明奇道，"我怎么不知道？"母亲道："就是她那个香港笔友，通了三年信，一直好好的，突然就不来信了。"浩明道："那为什么呢？难道出了车祸。"母亲拍了浩明一下："你积点德啦，那边没事，是你姐姐寄了张照片给人家，两个月了，都没有信来。"浩明急道："她这个样子，当然不能寄照片啦。"母亲道："不是这个样子，是 10 年前的照片，很年轻的……"

浩明无言，半晌才道："那就算喽，缘尽缘去嘛。"母亲无奈道："我也这么说，她得听才行的。"

虽然姐弟俩总是争争吵吵的，嘴上官司，浩明不见得真的一点不关心丽明。他喝了一碗汤，便去劝家姐出来吃饭。丽明没有锁门，只是倒在床上，脸冲墙壁躺着。浩明道："他不要你也不等于你很差，运气不好嘛。"丽明不理他，浩明又道："不过你想人家香港身份，人家当然想你年轻貌美啦。"丽明还是不理，浩明继续说道："其实香姨上回给你介绍的那个人就不错，你不嫌人家有两个孩子……"

这时丽明一个翻身起来，指着浩明的鼻子骂道："别提你那个丈母娘鸡屎香，她介绍的人，两个孩子都上大学了，那人该介绍给妈才对！"一边说，一边抓起枕头泄恨般地砸向浩明："你到底是来劝我还是来气我？"

23

浩明捡起地上的枕头："你不同意就不同意嘛，何必骂人？"

以往，因为饭店周末的客人较多，浩明吃完晚饭都要赶回去，再守一会儿才放心，今天因为丽明的事耽搁了，结果就出了问题。

饭店里的一个小工慌慌张张地跑到鲁家，见到浩明急道："饭店有人来闹事，都快打起来了！"浩明一听便冲出家门，一边叫小工到派出所报案，一边飞似的往饭店跑，吓得鲁妈妈和丽明出来大喊，叫他当心点。

浩明心想，准是有黑社会背景的流氓来吃派款了，他牢记姜大发的话，绝不能向恶势力低头，即使是一介书生，也要跟他们斗争到底。不管怎么说，雪莲花的生意还不错，也就难怪有人眼红，但如今世道艰难，找一份工不容易，所以饭馆里从小工到浩明，大家都想生意好，多分钱，谁肯把利益拱手相让呢？一踏进东北菜馆的门，浩明就觉得打骂声、玻璃瓷器的破碎声颇为刺耳，椅子、酒瓶在空中飞来飞去，东北二人转的曲调向来是饭馆的特色音乐，仍在混战中欢快地唱着……他的脑袋一热，不顾一切地抄起一张椅子，叫喊着冲进人群，乱砸一气。

不知道什么时候，他的脑后似乎被人重拍了一下，他只觉得两眼一黑，便直挺挺地向前栽倒了。

当鲁浩明昏昏沉沉地睁开眼睛时，感觉周围一片白晃晃的，辨认了一会儿才发现是躺在医院里，文秀和丽明守在他身边。丽明低声埋怨道："店又不是你的，要你去这么拼命？妈听说你浑身是血，腿都软了，现在还躺在家里呢。"

浩明还没来得及跟文秀说话，病房里进来了两个公安民警，说是要录口供，叫文秀和丽明回避一下。

虽然头痛得厉害，浩明还是坚持坐起来，他尽量不让自己激动，但口气仍然愤愤不平："……这些人仗着有黑社会背景，欺行霸市，为非作歹……"公安人员道："据我们了解，这件事是由食客喝醉酒调戏女服务员引起的，跟黑社会好像没有关系。"浩明一听就愣住了。公安人员继续说道："你身为饭店的负责人，不去制止这场打架斗殴，反而推波助澜，抬着椅子到处乱抢……当然了，人不是你打死的……"

听了这话，浩明不觉两眼发直，差点没昏死过去，他万万没想到会闹出命案，不觉惊出一身冷汗。

打死人的是女服务员阿婷，人长得眉清目秀，台山人，从小学台拳，功夫了得。浩明留她的目的是以防万一，对付江湖之人。人家调戏的也不是她，她打抱不平，竟失手打死人。现在公安局已经把阿婷收审了。

足足养了半个多月，浩明才伤好出院，不过并没有轻松愉快可言，他知道麻烦事还在后面。

这一宗命案，一头是死者家属打官司索赔，另一头是阿婷的父母从台山赶来，向浩明要人。于是浩明便陷入了旷日持久的烦恼之中。雪莲花东北菜馆倒还是照常营业，但律师啊，死者家属啊，阿婷的父母啊走马灯似的到饭馆来找浩明，浩明还得满脸堆笑，谁也不能得罪。

有一天晚餐开市时间，咨客来找浩明说又有事找他，浩明烦道："你就说我不在，以后这类人替我挡一挡。"咨客转身出去，却见文秀满脸阴云地立在办公室门口，杏眼圆睁着："鲁浩明，你叫人挡我爸我妈？"

浩明怎么会想到区伯和香姨会到饭馆来？何况区伯远在哈尔滨，急忙迎出门来，要请他们一家进雅座吃饭，区伯阴沉着脸道："饭我就不吃了，到办公室跟你谈点事。"

区伯一进办公室就把桌子拍得惊天动地，大骂姜大发不是人！浩明牛胆问他老人家发生了什么事，区伯气得不知从何说起。文秀便道："姜大发炒了我爸的鱿鱼。"浩明疑道："区伯做的点心，不要说在哈尔滨，就是在广州也是数一数二的。"香姨也道："谁说不是，泮溪酒家还高薪请他呢。"

"所以这个姜大发，"区伯气道，"他虚情假意地请我，给我很高的工资，平时问寒问暖，还陪我喝喝老酒，我就放松了警惕。其实他配给我的助手，都是一门心思来偷师艺的，现在他们什么点心都会做了，就把我炒掉了。"香姨也是怒火万丈道："这个人真是黑了心肝，浩明，你不要给他干了，把这个烂摊子丢给他！"文秀也道："你还犹豫什么？等你把饭店给弄好了，下一个炒的就是你。"

浩明心想，雪莲花餐馆的事是自己没处理好惹大的，现在担着命案和官司，自己突然消失不是比池晓平还可恶？再说到底怎么办自己也要好好想一想。

见他一声不吭，区伯不快道："浩明，你早晚是我们家的人，这件事你自己看着办吧。"说完起身就走，头也不回；香姨也跟着走了，还瞪了浩明一眼。区伯在火头上，心想，不是亲儿子，怎么都不行啊！他当然也不愁找不到工作，总是身怀薄技嘛，只是拿惯了一万二万工资，再看几千块钱都是小钱，最主要的是受骗的滋味很不好受。

只剩下文秀和浩明相对而立，文秀气道："你这个人怎么一点血性也没有？"浩明道："工作上的事你总得容我好好想一想，再说是我闯的祸，我怎么可能一走了之？"文秀道："你就是为了我，也不该这么优柔寡断，你看我爸气得，眉毛都白了几根。"浩明道："所以你要劝劝你老爸喽。好花不常开，好景不常在，这是人之常情，不打东家找西家，生这么大的气值不值得啊？"

这下真把文秀惹火了，恨道："我原来以为你只是穷，现在才发现你还无情无义，真不知道我图什么？"浩明被人踩了疼处，加上这段时间心烦意乱，也就顾不得那么多了，反唇相讥道："你还没找到照顾你的人就嫌我穷了？我当然没有大款那么有情有义了。"文秀也不相让道："我要是能找到照顾我的人，气死你。"

说完文秀就跑了，把办公室的门狠命一摔，门撞上后还噗噗噗地响了一阵，浩明只觉得后脑勺一阵阵的隐痛，该不是留下什么后遗症了吧。

这天晚上，浩明回到家，黑口黑面，谁也不理。

丽明和母亲正在看电视，喝糖水。母亲给浩明盛了一碗雪耳木瓜，浩明不喝。母亲道："你也失恋了吗？"丽明没理他们，最近有人送她一只猫，她的心情渐渐好了一点，小猫名叫小明。

浩明对丽明道："家姐，你们公司董事长的女儿嫁掉没有？我想跟她好。"后面的话在心里说，我他妈的也找个人照顾，看谁能气倒谁。丽明没表情道："嫁掉啦，现在快生孩子了。"浩明道："这么快？"丽明道："未婚先孕嘛。"浩明道："那你介绍给我的时候她就怀孕了？"丽明道："很奇怪吗？找富家女是要付出代价的。"停了一会儿又道，"不过你现在想付出代价也晚了。"母亲道："你们别吵了，浩明，你是不是跟秀秀吵架了？"浩明不想提这件事，正巧脚下碰到一个毛茸茸的东西，不觉啊了一声，见是小明，气急败坏地蹬了一脚，小明期期艾艾地跑到丽明跟前。丽明抱起小明道："小明惹你啦？告诉你们，小明是有自闭症的……"接着她拍拍桌子道，"人人都献出一点爱好不好？"

浩明骂了一句："有病。"回了自己的房间。

隔了一段时间，姜大发来到广州，他当然已经知道广州出事了，但是真正决定启程，是接到了法院的传票。

这次的姜大发一反常态，再不是和颜悦色，凡事不计较的那个东北佬，而是完全拉下脸来了。对鲁浩明当然也没什么好气。

饭馆里的全体工作人员开会，姜大发对那个被调戏的女服务员破口大骂：你以为你是什么金枝玉叶？人家摸摸都不能摸了？摸摸怕什么?！又不会在雅座里把你强奸，你又哭又闹的？现在可好，客人被打死了，阿婷给关起来了！你知道我们要赔多少钱？把你卖了也赔不起！你他妈的今天就给我滚蛋！

没有一个人敢吭声或抬起眼皮，鲁浩明自然也不敢开腔，被骂的小服务员捂着脸哭着跑了。

浩明还是第一次看到姜大发凶相毕露，一个人在突发事件面前是不易掩饰自己的。

"顾客是上帝，你们懂不懂?！"姜大发继续骂，"以后客人让你们坐在他腿上你们也得给我坐，那是抬举你们！你们算什么?！当三陪都不够资格！谁觉得拉不下脸来，立马走人！我平常是怎么对你们的？包吃住，奖金不封顶，你们他妈的给我惹下了人命官司……"

再听下去，浩明也觉得绷不住了，可是浩明心里很清楚，只有姜大发和池晓平这样大奸大雄的人才能在这个社会上挣到钱，勤劳致富那是水中月，镜中花，勤劳只能致癌，他突然明白了，以他的性格处事能挣钱他都不会快乐。

他感到前所未有的彷徨。

闲暇时间，他也不到三楼去了，他觉得老季和小冼过得有意思，可又分明不是他的生活。有时他真的很茫然，为什么别人活得楚河汉界，只有他自己是模糊一团的。

接下来是旷日持久的官司，他每天陪着气势汹汹的姜大发上下左右地周旋。

一天下午，浩明陪姜大发去中级人民法院开庭，他们请的律师是个五短身材的男人，却又有点女高音，说话声音又细又快，本来比较清楚的事让他一说，谁听了都是一头雾水，死者家属请的律师倒是女人男相，说话低沉但条理清晰。

姜大发一开始就不喜欢这个武大郎似的律师，问了浩明好几次，这是从哪儿找来的？浩明支支吾吾地语焉不详，其实他哪认识什么律师，只好让季风代请朋友，律师费还要得挺高。浩明也曾质问过老季："你这朋友到底是不是律师？怎么胡搅一气？"老季一推眼镜："经济案包打包赢，先就得胡搅啊，法官都糊涂了，事就好办了。"浩明急道："可我们不是经济案啊！"老季道："我知道是命案啊，但人已经死了，最后还不是得落实到赔偿，还是经济啊！"说完两手一摊，十分理直气壮。

季风教导浩明："你要搞那么清楚干什么？由他去吧，反正目的就是少赔嘛。"

所以开庭的时候，浩明两眼发直、走神、脑中空白。两个律师唇枪舌剑，这个坐下那个站起，滔滔不绝各抒己见，热闹是热闹，但姜大发也是一脸困顿的样子。

女高音的律师还真不是吃素的，他调看了死者以前的住院病历，发现他曾经患有慢性血小板紫癜，这种病挨打之后流血止不住；如是内伤，便会引起全身衰竭性死亡。这个问题的确将直接影响到赔偿的数额和阿婷的刑期，所以双方争执不下，死者的律师称死者的慢性病已经治好。法院决定休庭，另请专家审议。

在法院的走廊上，浩明意外地发现了一个熟人，这是一个不到40岁的女人，素面朝天，显得表情肌微微下垂，曾经十分妩媚的丹凤眼，已有了明显的鱼尾纹，即使不笑也清晰可见。她的脸色不仅苍白，而且干枯，一副冷漠的表情，浩明一时根本无法相信她就是南国一点红。

她穿着号衣，戴着手铐，被两个身穿制服的女警押着，女警的表情更加冷漠，她们走进了另一间审判室。

浩明呆立原地，见姜大发已走出好远回头望着他，他便指指洗手间，示意姜大发先走。进了洗手间，浩明又站了一会儿，估计姜大发已经离去，便重新出现在走廊上辨认出南国一点红刚刚走进的审判室，从后门溜进后排落座。

里面人稀稀落落的也不知何方神圣，猜也猜得出是当事人的亲属。与浩明他们的情况相反，这里显得平静许多，审判长和律师等人的语气完全是例行公事，没有什么感情色彩，这次是终审判决，如有什么急风骤雨，想必在以前的漫长审理过程中演绎过了。

案情其实并不复杂：南国一点红和池晓平姘居已有8年，现在的池晓平已成为秘密富豪，谁也不知道他现在有多少财产，更不知道他现在具体做什么生意。只略知他是靠做药物乳罩发家的，这之前曾是一名业余诗人，写过什么也无人知晓。后来又做过不少生意，其中包括做盒带和有声读物，也就是在这段时间与南国一点红的关系飞速发展。

他们同居到第五年，池晓平终于摆脱掉原先的婚姻状态，成为自由身。在这之前，经济条件有限，加上离不掉的妻子百般纠缠，他和南国一点红的关系还是比较稳定的；南国一点红未婚，跟定池晓平时已有28岁，她不是那种头脑简单的女艺人，除了唱了几年歌之外，应该说是池晓平很好的贤内助。

然而，池晓平离婚之后，一直不愿意跟南国一点红结婚，这使两人的感情出现裂痕，吵架的次数渐多也渐频繁。拖了一年多的时间，池晓平开始对影视明星发生兴趣，尤其喜欢一掷千金照顾小星，因为这类人年轻貌美，又还没有成人精，所以交往起来别有一番味道。最残酷的是，池晓平并不避讳南国一点红，他觉得她应该能够理解他，再说反正都是没有结果的，南国一点红也不必认真。一开始的时候，南国一点红也的确是一忍再忍，但人的耐性是有极限的，一旦池晓平换得太勤了，而且成为一种癖好，南国一点红终于受不了了。她知道池晓平是不会跟她结婚的，决定要他一笔生活费，分道扬镳。

池晓平染上明星癖以后，就不大去南国一点红居住的别墅，这别墅本来也是他给她买的。那天接到南国一点红哭哭啼啼的电话，池晓平决定晚上去一趟，了掉这件事，随身也带了支票本。

这天晚上，南国一点红并没有又哭又闹，而是精心地梳洗打扮了一番，还穿上了池晓平给她在香港定做的一件旗袍，粉蓝色的底，胸前绣着几朵白玉兰花。同时，她还颇费心机地做了一桌好菜，煲了靓汤，开了一瓶人头马，餐桌上点了两支红烛。

南国一点红面色楚楚哀怨道："咱们好了八年，也算是一段情，我是永远不会忘记的。我以前没嫁人，以后也再不会嫁人了。分手以后，如果你哪天想起我，就来找我吧，别有任何顾虑……"说完，她举起酒杯，眼中的泪光娇盈欲滴，令池晓平心里也不好受。他给了南国一点红一张空白支票，表示要多少你随便拿吧。

但是，池晓平毕竟是池晓平，他永远是棋高一着的，就在南国一点红起身去建伍牌音响旁换上她自己的 CD 碟时，池晓平将自己手中的酒杯与美丽而哀怨的女人换了个位置，这才放心地一饮而尽。

他万万没想到，南国一点红在两杯酒里都下了毒，她本意就是要与他同归于尽的，喜酒即毒酒，九泉之下也做夫妻。

两个人在同样的绝望和痛苦中，池晓平用手机拨了"110"，但他是空腹喝酒，毒素在很快的时间内便被肌体吸收，而南国一点红有吃零食的习惯，在医院中洗胃、输液，竟被奇迹般地救活了。

法院判南国一点红无期徒刑，她表示不再上诉。

她一直背对听众席站着，浩明看不见她的表情，很快她就被女警押走了。

本来零星稀落的亲属也很快散去，审判室里只坐了浩明一个人，他坐了好一会儿，并没有什么特别震撼的意识和思维，只是突然想起电视片《百年风云录》中的一句广告词：20世纪是一个充满变数的年代。许多事情的结果真是让人难以预料啊。

傍晚下班的时候，浩明在蟹角巷的路口碰到冼雄财，便跟他一路回家，随口问道："老枪呢？"冼雄财无奈道："有饭局，我又得泡方便面了。"快到家门口时，小冼又道："鲁浩明，你打赌输了，就不敢到我们楼上来了？"浩明没心思道："文秀别说大红大紫，还没踏上星路呢，怎么就是我输了？"小冼笑道："你倒可以演戏了，简直是无痕迹表演，文秀天天拍戏，你在我跟前装大瓣蒜。老枪现在正给她度身定造剧本呢。"浩明惊道："有人照顾她啦？"小冼道："反正是人气急升，撞上星运了。你看咱们的本事，那叫平地一声惊雷，从此改变了一个女孩儿的人生道路。"

晚饭浩明只象征性地吃了两口，然后倒在自己的床上望着天花板发呆。记忆犹新的南国一点红的身影变成了区文秀，不同的是，今天在法院的走廊上，南国一点红微低着头，不看任何人，当然也就没有发现鲁浩明震惊的模样，而区文秀，却是自始至终都恶狠狠地盯着他。

天黑以后，浩明去找文秀，果然她可能是去拍戏了，不在家。浩明因为没有及时地离开雪莲花东北菜馆，区伯和香姨都对他爱搭不理的，他也不便进屋问个究竟，只好独自一人跑到杨箕村的路口干等。足足等了四个钟头，冒着被除名的危险，也没回饭馆说一声。

　　一辆黑色的奔驰车停在路口，文秀从车上轻盈地下来，还手扶车门左顾右盼了一下，恨不得碰到一打的熟人或蟹脚巷的街坊，然而她好像什么都没看见，只是动作张扬地啪的一声关上车门，奔驰车绝尘而去，文秀在黑暗中挥了挥手。

　　走到浩明跟前，文秀才认出他来，不觉嗔道："你怎么在这儿？我还以为是'搏头党'呢！"浩明根本不理她那个茬儿，气道："有人照顾你啦？"文秀不语，像许多粤语影片中初落风尘的女孩儿，浩明吼道："到底是不是？"文秀赌气道："是啊，人家请我吃完龙凤粥，开奔驰把我送回来！"说完不理浩明，径自往巷子里走。

　　浩明不顾一切地跑过去，抓住文秀像摇枣树那样摇，喊道："你不能选择这条路，将来会很惨的！"文秀若无其事道："还会惨过选择你吗？""你不要用这种语气说话好不好？"浩明服软了，痛心疾首道："我知道都是我的错，我错先！我不应该拿你跟人家打赌……"这回是文秀抓住浩明，"拿我打赌，到底怎么回事嘛！"浩明轻描淡写地说了几句，文秀火冒三丈道："好哇鲁浩明，你还说是为我精心策划的，原来是……这样也好，我们俩从此一刀两断！"浩明这下也火了："你总算找到照顾你的人了，当然要把我一脚踢开！"

　　文秀哇的一声哭出来："哪有什么人照顾我？我现在肚子饿得咕咕叫，刚才是搭女主角的顺风车！我多想有人照顾我，现在哪还有这样的好心人啊！"浩明迟疑道："你不要骗我呀，那你怎么现在有戏拍，还有人给你度身定造剧本？"

　　"就是跟你打赌的枪哥啊，他看根本没人照顾我，小的制作公司又没有能力，只好把我介绍给他认识的导演，给我一个小角色……"文秀不情愿地说道。浩明还是不肯信，又追问定做剧本的事，文秀道："有人请枪哥写剧本，他说把女主角写得像我，这样我才有机会……

枪哥真是好人。"浩明不快道："你别一口一个枪哥的好不好，真让我听了肉麻。"文秀道："你吃醋了？"浩明硬颈道："你以为你是林青霞啊？"

浩明陪文秀去吃宵夜，两个人坐在大排档里，大排档是占道经营，只有夜晚才能搬到人行道上，营业至凌晨。文秀吃牛肠粉，浩明告诉她下午撞见南国一点红的事，文秀听后也很惊讶，不过想了想又说："其实她机会都不错的，只是自己没有好好把握，她如果拿得起放得下，也不至于沦为杀人犯。"浩明心想，我平常还真小看你了，以为你纯而又纯，原来你心里挺有主意的。

吃着一块钱一碟的盐水菜心，文秀叹道："有人照顾，那是多少女演员的梦想，可那是天上掉馅饼，砸不到我头上。你看我们剧组的女一号，完全是靠自己拍片，买了房子买了车，我也要像她一样，勇敢地去努力，去闯荡，用事实来证明我不比任何人差！"浩明愣在那里无言以对，心想坏了坏了，他和老枪这一赌，说不定真害了文秀。文秀少不更事，脑袋还不会拐弯呢，她见人学样，还不知干出什么惊人之举！

把文秀送回家之后，已经12点多了。浩明见自家的三楼还有灯光，便直接蹿了上去，果然季风在灯下伏案写稿，小冼猫着腰画版。浩明进屋就说："到此为止啊，我承认我输了，明天请你们吃饭。"说完走到季风跟前，"你也别度身定造了，我服了还不行吗？"

季风的眼镜片在灯下一个劲儿地反光，他把笔夹在耳朵后面笑道："浩明，你怕什么，等纤纤红了以后，可以反过来照顾你嘛！"冼雄财和他一块儿笑起来。

性格一向谦和的浩明突然火了，脸上青一块儿白一块儿，他把季风桌上全部的稿纸和书一股脑儿地划拉到地上。小冼和老季一下子就傻了，面面相觑，一时不知说什么好，浩明狠狠瞪了他们一眼，转身下楼去了。

秋天的时候，雪莲花东北菜馆的命案官司总算有了结果，死者被专家确诊为血小板紫癜症的患者，不仅赔款比较合理，阿婷也仅被判有期徒刑10年。

浩明意外地得知，阿婷是看见他身陷困境、危在旦夕的一瞬间冲上去相救才失手打死了人。浩明反复地核对这件事，但一部分人说是这么回事，一部分人又说混战的时候乱七八糟，什么也看不清。

但不管怎么说，浩明决定帮助阿婷跑保外就医。

这件事很难办，要想方设法打通关节，谁闲着没事跟劳改局的人有关系！

处理完赔款的事，姜大发决定回哈尔滨去。走前他跟浩明交代了许多事，浩明一一答应，最后才说："姜总，你开始找能管理好饭店的新人吧，等我给阿婷跑完保外就医，也等你找到了人，我就走了。"姜大发想了想问道："你是要加工资吗？"浩明急忙摆手道："不不不，即使要加我也会直说。"姜大发又道："不是为区师傅的事吧？"浩明道："那更是两回事了。"

姜大发不动声色道："那我就不挡着你发财了，不过我想问一句，你准备到哪儿去啊？"浩明道："我看见报纸上登了消息，省市政府要招考国家公务员，我想试一试……"姜大发一针见血道："这个社会就没有什么真空地带、精神乐土，你去了只会比现在还失望。"

浩明无奈地笑笑："良禽择木而栖，可能那儿更适合我吧。"姜大发道："那你想清楚好了，不过再想回头，可就没有你的位置了。"

把自己的想法说出来，浩明觉得如释重负。

他也觉得自己很奇怪，现在有些人官都不当了，把正处、副处置之度外，为的是在自己人生的辉煌阶段就能适应铁面无情的市场经济，而他却逆潮流而动。不要说姜大发，就连母亲、姐姐和文秀都不会理解他的。

这次决定他没有跟任何人商量。

半个月后的一天，又是周末，浩明例行回家吃饭。

客厅里坐着一个儒雅的秃顶老头，丽明正在跟他争论亚洲金融风暴对香港的影响等问题。丽明穿了一件翠绿色的长袖衣，散发出化纤独有的光芒。浩明进屋便道："你怎么有一件这么难看的衣服？"丽明瞪了他一眼，便把他介绍给客人，又叫浩明管客人叫钟老师。浩明忙道："钟伯，您好。"丽明更正他道："叫钟老师。"浩明只好补了一句钟老师，急忙溜到厨房去了。

母亲正在煎鱼，浩明道："这个人是哪儿来的？"母亲道："是你姐姐的笔友啊，突然从香港来，丽明可高兴了。"浩明道："怎么这么老啊？"母亲道："老吗？还好吧，他说他只有 49。""绝对 59 了！"浩明惊叫起来。母亲呵斥他道："你小声一点，你姐姐寄的是 10 年前的照片，人家也可以少说 10 岁啊。"

浩明道："她还嫌香姨给她介绍的人老，人家的小孩才上大学，这个人绝对儿孙满堂了。"母亲拿着锅铲道："这个人有香港的身份证嘛！"浩明小声，但放大口型道："说不定住笼屋呢！"母亲猛拍他一下道："口臭！人家原来是个老师，教小学的，舞文弄墨，不可能住笼屋的……"

"他包二奶也太老了一点吧？"浩明现在不相信任何人，母亲呸的一声道："人家老婆生病死了，都好几年了，要不怎么能跟丽明是笔友？"说完叫浩明端菜出去，浩明用鼻子哼了一声，端起汤煲，听见丽明和钟老师在客厅说了很多话。

晚上 10 点多钟，钟老师回宾馆去了。

丽明一扫往日的怪癖，态度和蔼可亲，又主动收拾桌子、洗碗，然后一屁股坐在沙发上，喜滋滋地叹道："总算嫁掉了！"

见她这么有兴致，浩明也不便大泼冷水，但又怕丽明吃亏，忍不住道："他这么久没来信，是怎么解释的？"丽明道："他一接到我的照片，激动得就犯心脏病了……"浩明抢白她道："这是他说的，还是你编的，怎么现在人人都是策划？"丽明道："当然是他说的，他真是很诚心的，还给妈带了礼物。"浩明问母亲："他带给你什么？"母亲道："一包香菇喽。"浩明横了丽明一眼道："我还以为是燕窝呢，你这么大声！"

人逢喜事，通常是很有肚量的。丽明说，钟老师说只要她同意结婚，就给她办旅游票去香港度蜜月，然后他们一块儿办手续移民巴拿马，坐完"移民监"，就是人家当地规定的必住时间，再一块儿回香港。否则即便是两个人结了婚，也要分居七八年，丽明才能办去香港，所以钟教师的打算，丽明非常满意。

为什么去巴拿马不去加拿大？丽明的解释是花费问题，移民加拿大的要价太高，既然最终目的是回香港，没有必要花那么多钱。

临睡前，丽明抱着小明来到浩明的房间，"从今晚开始，小明跟你睡吧，要不等我走了以后，它会绝食自尽的。"浩明道："你走你的，它保证不会死。"但还是下床来接过小明，因为时间的缘故，他已经开始接受小明了。

丽明准备离去，浩明忍不住道："家姐，你真的……不嫌他老吗？"这是一个残酷的问题，姐弟俩相对而立，小明在浩明怀里咪咪叫着。丽明叹道："老总比闷好，你不知道我这心里有多闷……"

整整一个晚上，浩明尽做一些莫名其妙的梦。

由于老枪的剧本和力荐，北京有一个导演希望文秀去试镜，文秀很高兴地跑来告诉浩明。浩明知道拦不住她，便道："需要几天？我陪你去吧。"文秀道："不用，枪哥跟我一块儿去，他还要改本子。"

本来浩明很想发火，但文秀的语气和眼光都是单纯无邪的，他又能说什么呢？

但他知道她这一去便很难回头，无论成功与否，她不会甘心的。木偶剧团现在也鼓励演员自谋生路，只要回来交管理费就行，文秀现在已经是背水一战，他怎么可能留住她呢？！

文艺界是个大染缸，何况文秀的引路人又的确是一支"老枪"，她的命运是可想而知的。浩明真恨不得自己一夜暴富，用最低廉的价格买来季风的作品付之一炬，然后请真正的名家为文秀写剧本，把她扶上明星的宝座。

然而空想只能泄一时之愤，文秀和季风还是登上了北去的列车。每个人都将是自己故事的叙述者，都有一个长长的人生，别人无法取代的。

那个晚上，浩明一个人去泡酒吧，喝了很多酒。

冼雄财不愿个人付房租，就搬到别的流浪记者那儿去住了。

钟老师第二次到鲁家来的时候，决定接走丽明，说他香港方面的事都办妥了。丽明也做好了一切准备，与亲朋好友道了别，大家都觉得以她的年龄、姿色嫁给一个四十多岁的香港人如同中了六合彩。

浩明醉酒的那个晚上，丽明还一直坐在他的床边劝他："我都说了秀秀不可靠，你还不信！楼上那个人算什么东西嘛？那副样子，简直神憎鬼厌……"浩明一言不发，只顾自己哇哇地吐，丽明帮他拍着后背，道："不过你现在又有机会了，我们董事长的女儿……"浩明有气无力道："她不是都生孩子了吗？"丽明道："是啊，可她离婚了。前几天还跟我打听你呢！"浩明哇地又是一口。

　　把女儿交给一个和自己一样老的人，浩明的母亲心里还是不好受的。丽明走的当晚，她一夜没睡安稳，第二天一早就问浩明："巴拿马在什么地方？"浩明回道："中美洲，一个小国家。"母亲道："穷吧？"浩明道："跟我们差不多。"母亲叹了口气，心事重重地走开了。

　　浩明对母亲道："妈，你就别瞎操心了，家姐走的时候，抱着小明哭半天，也没抱着你哭，你这不是多余吗？"母亲道："你说他们为什么要到那种地方去坐移民监呢？"浩明烦道："便宜嘛，家姐不是都说过了吗？"

　　家里一下子显得清寂了许多。

　　除了上班以外，浩明便在家复习功课，以便应对国家公务员的考试。母亲道："你想清楚了？"浩明不语，仍看他的书，只点点头。母亲叹道："你如果当上小公务员，秀秀就更难回头了。"浩明道："你别提她行不行？"心想，哼，我看她未必就能当上什么明星。

　　也有百无聊赖的时候，什么都不想干，更不愿意想到前途二字。只觉得在杨箕村蟹脚巷住得太久了，这样世世代代的非常可怕，希望它快一点被拆迁，在废墟中变得面目全非，从此，以前的生活才能慢慢地演变成似乎是有趣和温馨的回忆。

　　某一天，浩明去了市郊搓头第二看守所探视阿婷。

　　阿婷见到浩明就哭了起来，她说除了她父母以外，再也没有人来探视过她，男朋友也不理她了。

　　阿婷哭诉道："明哥，你一定要救救我啊。"浩明道："我们一直在想办法，帮你办保外就医，总得先出来再说其他的，你有时候也要做出有病的样子来……你们这儿的管教干部很正统，不吃请，不收礼，我们来总是碰钉子，他们说你的身体很好。"阿婷低下头去："我知道怎么做了明哥。"

浩明走的时候，阿婷大大的眼睛望着他，比小明的目光还要可怜："明哥，你走了以后不会再也不来了吧？"浩明道："当然不会，我要对你负责啊。"

后来浩明也的确是为这件事积极地奔走，但普天下好像只有这件事是一成不变的，永远是硬如磐石、铁板一块，搞来搞去没有进展。浩明都有一点后悔他的许诺太轻率了，去搓头探望阿婷变成了生活中的负担。

可是阿婷的父母并不了解这一点，他们隔一段时间就会到浩明的家来，坐一会儿，流很多眼泪，渐渐地，阿婷的事就变成了浩明的个人行为，似乎跟雪莲花东北菜馆是毫无联系了。

多少年以后，有一次浩明在街上看见区文秀了。

那时浩明早已离开雪莲花，在某机关秘书科任职。那时的蟹脚巷也已夷为平地，而后那一带便停满了载重卡车和不可一世的吊车，有些地方的地基还挖得很深很深，不知要建造出什么样的万丈高楼。

浩明的家被安置在芳村，而文秀的家却在罗冲围，这样子一分开，彼此就没有消息了。

他们是在大型超市里碰上的，像电影中的场景那样，各自推着手推车。文秀出落得非常漂亮，已经像玫瑰花一样地开放了，她很见过世面地微抬着下巴，一副金框的范思哲牌墨镜架在头顶，许多商品她是看也不看便放在手推车里。

她穿不张扬的名牌时装，黑灰色调，口红偏暗，显得颇有风情。她根本没有看见浩明。

她也一直没有红。蹿红是很难的，成千上万的人经过不懈的努力，却像废彩票，被揉成一团或撕碎抛得满街都是，成为芸芸众生。文秀也是一样，漂到北京，漂到上海，搏杀一轮，便消失在影视圈。她演过的小角色，根本无人记起。

倒是她偶尔拍的广告，几乎家喻户晓，有的是洗衣粉，有时是果冻布丁，文秀在屏幕上展开灿然的笑容，她总是说，"不伤手就是不伤手。""不一样就是不一样。"有时浩明一开电视，就碰上她，心里不知是什么滋味。

浩明驻足，望着文秀消失在收款台的出口，其实也是"不思量，自难忘"。

有许多事，浩明一直怀疑它们是否发生过，比如他和秀秀，他们曾经那样地亲密无间，形影不离，没有人怀疑他们是实际的夫妻。

阿婷是在坐牢的第四年，才办成的保外就医；隔一段时间，她会去看一看浩明和鲁妈妈，她在一家医院里当临时看护。

丽明后来却不知道是怎么样了。

浮世缘

离开山城的时候，落虹带着简单的行李。其中有两样变成了她的烙记，一是系偏扣的布鞋，另一是亚麻色的包袱皮。想着这两样东西沿海大城市是一定用不上的，带的时候也没有犹豫。

结果反而用上了，在山城时，落虹是仅有的一家四星级酒店的大堂副理，这曾经使她十分荣耀。她个子高，人又漂亮，被选为酒店的门面，在两千名应试者中脱颖而出；同时她英语专科学校毕业，熟练的口语使她的美丽一下子就不那么单薄了。那对她上班要穿高跟鞋，可现在她是华南市场调查公司的调查员，每天穿着黑制服，煞有介事地拿一个文件夹，站在各大商场的门口，追在顾客的屁股后面问，你觉得"永久脱毛剂"的效果怎么样？"飘牌卫生巾"会出现侧漏吗？先生多少时间带家人外出旅游？完全是为了孩子还是重温两人世界？府上的压力锅是什么牌子，会不会担心它突然爆炸？

她碰到的客人各式各样，有人彬彬有礼地回答，有人眼望天花板做思考状，更多的人露出厌烦的情绪，还有的人会训斥她，你说点吉利的好不好?!

不会有人注意她，不是她不美了，而是这座大城市美的人很多，而且美人还驾着跑车来购物。她一天要站十二个小时，三个月下来，想一想，还能美丽如初吗?!她不再是四星级酒店大堂里的店花，让宾至如归的客人眼睛一亮，最实际的改变就是，穿布鞋，反正脸已不漂亮了，就别让脚受罪了。

公司给落虹印了名片，为的是交换来大量客人的名片，以便发出书面问卷调查，商业社会嘛，没有见缝插针的本领就很难生存。五花八门的名片用过之后，落虹没舍得扔，就兜在包袱皮里。

同房间的阿珍会问，"又翻垃圾啦?"阿珍是广东女孩，广东至少有一百万人叫阿珍吧。有家在广州也不回去住，"这是福利啊，公司出一半租金呢。"剩下的两人平摊。住外面还有一个好处，方便谈恋爱，不用听父母唠唠叨叨，何况阿珍找的又不是什么大款，金羊旅行社的导游区嘉良人是帅呆了，但因厚道也穷呆了。阿珍和落虹一样也是调查员，两条腿站得细细的。

落虹至今也搞不懂为什么瑞平一定要带她出来，瑞平很爱她，考上中山医学院以后仍旧爱她，毕业留校后办的第一件事是把落虹带出来。落虹觉得在宾馆不错，月工资也有三千。瑞平说，你不能当小城市的美人儿，不能吃青春饭，不管以后干什么首先要有见识。瑞平是典型的白面书生，手指细长，更像一个音乐分子。

对于落虹来说，瑞平是她的唯一，是她的良师、益友、兄长、爱人，将主宰策划安排她的一生。同时瑞平在落虹眼里还是个完人，他不贪恋美色，亲吻她的时候动作轻柔甜蜜，却没有垂涎过她的身体，他对她的爱太纯粹了，可以等。有时落虹要让出房间来让阿珍和小区办事，等他们把花盆搬到窗户上再回来。逢到阿珍要做出点牺牲，落虹总是说不需要，阿珍是一个不相信童话故事的人，"去查一查，你家瑞平不是'基'吧?!"

还不解气地加一句，"现在同性恋很时髦哦。"

如果落虹顺利地成为瑞平太太，那还叫故事吗?!

事情的起因是一段普通的师生恋，中山医学院医疗系有个女孩子叫梦莉，外籍学生，家在泰国，父亲是小有名气的水产品商人。因此梦莉看上去养尊处优、长得珠圆玉润，尤其皮肤很白，虽然五官不够精美，仍有一种端庄、雍容的气质。梦莉的母亲是泰国人，父亲却是中国人，所以她看上去一点没有马来人种的特色。

梦莉品学兼优，父母的宠爱并没有令她盛气凌人，刁蛮无理。相反她说话和气，性格内敛，颇有家教的样子。学习方面，她是外籍学生中的佼佼者，聪慧、刻苦，只是向瑞平请教问题的时候常常脸红。

似乎是日久生情，梦莉显然是在芳心暗许，瑞平对她也不讨厌，然而他越是不动声色，师道尊严，梦莉越是对他疯狂痴恋，瑞平是那种少年老成的人，什么事都颇能稳得住，天塌下来也不会自乱阵脚。

他对梦莉的态度一直是佯装不知。但他不躲避她，有时还显得格外关心，但会有些居高临下的色彩。

无意间谈及日后的打算，梦莉说她准备去英国继续深造，然后到美国去开一家诊所，因为美国的包容性大，亚洲人也多。她的话倒是暗合了瑞平的梦想。瑞平其实是很厌纸上谈兵的，一个医生不能悬壶济世，在那里说来说去的耍嘴皮子有什么意思?!他想读研究生，但没有哪位老师是他从心底佩服的，出校为医生，毕业时他就去摸了摸情况，除了后门硬的同学外，大部分都分到区级医院，条件差不说，久而久之就成了"蒙古大夫"——什么都能看，什么也看不好的那种医生。所以瑞平选择了留校，这在当时已属明智的决定。

某一天他们在图书馆相遇，瑞平正查阅一本瑞士新出的医学杂志，便顺口说了一句，"去瑞士深造也不错。"梦莉轻声回道，"当然，假如你愿意。"这时她没有脸红，只是长长地看了瑞平一眼，而后向图书馆的纵深地带走去。

对于落虹和梦莉之间的取舍，瑞平有一套自己的理论。假如生命在极度平凡中度过，没有任何外来因素的滋扰和介入，他和落虹可以过一种生活，这是完全可知的，没什么不好；但如果机会来了，他便可以过另一种生活，那是不可知的，最令男人心动。如果他成功了，即便是不与落虹朝夕相处，仍然有能力让她过得更好。他爱落虹，就不希望她学坏，但落虹是芸芸众生中的一分子，不学坏怎么能发横财?! 爱情是一种感觉，无论多么伟大也仅能维持三五年，剩下的是感情、亲情、习惯、牵挂、依靠、合作、伙伴、撒气、说话、交流、暖脚等等等等，全是泛爱，不再是那种独特的感觉。所以，重要的是把日子过好，人有能力时才能顾及自己所爱的人，这是最简单不过的道理了。

瑞平像备课那样整理了心中的种种思绪，他觉得这一切也没有必要跟落虹探讨，她不会明白的，她年轻、简单，对他言听计从，她不会懂得他内心深处的焦虑。事实上，他只是她一个人的精神领袖，其他什么也不是。一个没有金钱和物业的总经理，一个没有名气到处串场的小星，远离临床、业务上乏善可陈的医生，倒了靠山丢了官阶的旧吏……这样的男人就不必谈自信了吧。

不久，梦莉的姨妈便寄来了加拿大某医学院的入学通知书，是给梦莉和潘瑞平两个人的。姨妈远居加拿大，希望年轻人到那边学习兼为她解闷。

事情进展得很顺利，梦莉提出要搞一个订婚仪式，瑞平觉得太张扬了，但梦莉坚持要在大陆订婚，等写完毕业论文并通过之后，便去曼谷完婚，蜜月之后赴加拿大双宿双飞地读书，实现这个计划才令她觉得青春无憾。

订婚仪式在花园酒店的凌霄阁举行，两个人各自请了朋友在那里吃自助餐。瑞平明白这是给梦莉以及所有认识他们的人一个交代，所以神情显得特别淡定、儒雅，他穿了一套藏青色的西装，白衬衣，米色斜纹领带，看上去英俊潇洒。梦莉出人意表地穿了一袭绝对中式的长款旗袍，胭脂红色的锦缎，起小孩巴掌大的黑色福字团花，间隙是有意无意的，并不那么规矩整齐，像是若即若离的情人关系，倒显出了这件旗袍的别致。别看剪裁的样式普通，没什么出新，又仅是双色，但真是衬得梦莉千娇百媚，旗袍可能还是适合微胖的女人，梦莉的两条白手臂像白莲藕一样，蜜汁欲滴，可体的腰身丰腴柔软，实在是尽现婀娜。

怎么看也是一对绝配。

潘瑞平和梦莉订婚的那个晚上，明月当空，繁星点点，落虹一个人坐在正对着花园酒店的白云宾馆顶楼，望着圆顶的凌霄阁，茶色玻璃里透出柔光，似有无尽的心事而又沉默不语。大约在三天前，瑞平已经告诉她即将发生的事，两个人都显得比较平静，落虹虽是好一阵大脑空白，但瑞平对她好是好，似乎也没提过要娶她，又没怎么样过她，哪方面也不欠她什么，她没有生气的理由啊。

反倒是阿珍的反应格外激烈，当事者落虹却一言不发，只顾自己走神儿，这情景就像"乐百氏"调查化妆品一样莫名其妙。坐电车阿珍不提醒她下车，便一路坐到总站去了。好容易说出缘由，阿珍大骂瑞平虚伪，嫌贫爱富。

落虹坐在风里，感觉黑暗带给她的安全感最为可靠，她仅仅是发呆，偶尔在脑海中也会掠过别人的故事——瑞平对另一个美丽女人的温存情景，因为也是她熟悉的，免不了刺心，但却没有激愤，没有泪，这就不正常。

这个晚上，阿珍遍寻落虹不着，一方面为她担心，一方面尤其痛恨工于心计的外省人；不觉义从胆边生，独自一人冲到凌霄阁，将一杯红葡萄酒泼在瑞平脸上。在场的人全都愣住了，不知怎么回事，阿珍也不说话，只是恶狠狠地跟瑞平对视了几秒钟，哼了一声走了。

瑞平显得颇有雅量，不仅没有计较的表情，几乎是用欣赏的目光望着阿珍瘦削的背影。他一向认为广东人最缺乏的就是侠肝义胆，想不到也有红粉豪情之士，还真令他大跌眼镜呢。

当花容失色的梦莉扑到他跟前的时候，瑞平只淡淡地说了一句，"她可能认错人了……"

这件事之后，落虹很少说话，但又神情平静。阿珍烦道，"你显得悲苦一点好不好？正常一点嘛。"落虹苦笑，真比哭还难看。那几天，她茶饭不思，走起路来打飘，没事就拎着包袱皮儿，随便摊在地上，乱翻一通。阿珍又道，"你去生煎了他是正经，翻这些废片子还能翻出锦绣前程来？！"

区嘉良早已被阿珍管得服服帖帖，他对这件事也颇不理解，阿珍教育他道，"总之你不要不知死，在旅行团傍上女大款，演什么区家有喜事，新娘不是我的戏，看我不把你剪了。"小区笑道，"哪能碰上这么好的事？！"

有的名片，印得很漂亮，但怎么看也没有记忆，但有的名字就不同，笔画里已有了曲曲折折的来龙去脉。譬如，落虹就翻到了一张林灿荣的名片，不觉带出一段早已淡忘的往事。

林灿荣五十开外，长得獐头鼠目，脸黑加上细密的皱纹，显得比实际年龄老些，他身材矮小精瘦，表情死阴死阴的，仿佛从小到大没笑过。但他很有钱，从小在国外长大，家族公司可以说全球开花。

那次他是到中国的公司来视察，这边公司是做系列洗涤剂生意，早在半年前就开始做准备，通知市场调查中心派一个人来协助开会，正巧这单调查一直是落虹跟进，便被派去开会。

林灿荣第一次到中国来，公司不知道他使用英语和潮汕话两种语言，带一个普通话翻译是台湾调的。开会时广东话成了外语，因为林灿荣和他的翻译都听不懂，这还不算问题，最要命的是公司的翻译小姐是关系户塞进来的，说到天上去也就粗通，不是听不懂人家的话，就是自家复杂一点的意思翻译不过去，急得公司负责人满头大汗。

幸亏在场的落虹普通话、英语都好，广东话又听得懂，自然担纲翻译，同时又主讲市场方面的情况，而国外的生意人是十分关注市场的，越发显得她在这个会议上举足轻重。落虹也没想到情况会变成这样，好在那天并没有精心打扮，只穿了一套公司制服，但救场如救火，为了留住大客户，也只能责无旁贷。

然而她随意的装束，机敏的思路，流利的语言，准确的表达就是她的风采，她的魅力所在。不知是机遇还是舞台，总之她发挥得恰到好处。

林灿荣不可能不注意到她，后来一块吃饭，坐得很近，发现这个女孩还相当漂亮。她在广州是一个异数，在他阅人无数中也是个异数。纯朴与智慧，内敛与美丽，都是他喜欢的那种。

林老板的贴身随从，人称四哥，是个粉雕玉砌的家伙，男人女相，不仅肌肤雪白，且一根胡子也不长，鹅蛋型的圆脸，总是冷冷的，缺乏表情。

　　私下里他找过落虹，倒是开门见山，说是肯做林老板的外室，林老板可以满足她所能开出来的一切条件。涉世未深的落虹，正是为爱生为爱死的年纪，当即放下脸来，"林老板把我当成什么人了?!"四哥板着一张公事公办的脸。"什么人?!什么人在这个世界上都有个价，你的价码不低啊。"落虹懒得跟他说，拎起双背帆布包准备走，四哥并不制止她，捧着咖啡杯道，"公司年会上你不是挺沉得住气吗?!买卖不成情意在……"不等他说下去，落虹剪断他的话道，"我不卖，行了吧。"说完就往外走，从小到大没见过这种人，没听过这种话，也没受过这种侮辱，不禁鼻子一酸，眼中有了一层薄薄的泪。

　　四哥还是追过来，"好饭不怕晚吃，改变主意了就给我打电话。"说完也不看落虹的反应，倒先一步离她而去。

　　那头的林灿荣到底是有钱人，颇具君子派头，根本不来纠缠，事情风吹一般地过去了。落虹也没跟任何人提及，包括瑞平和阿珍，她这个人爱面子，觉得这种事太不光彩，何必授人以笑柄。

　　然而，天下的事情真的不是铁板一块。以落虹现在的心境，林灿荣的名片好像也不那么令人讨厌吧。女人失恋的时候，或者自杀，或者自暴自弃，跟最丑的男人上床，通常被解释为报复那个男人，让他痛苦难受，也许是这样，但也不尽然。其实苍茫时刻的女人最想做的还是反叛自己，既然中规中矩是这种下场，不走极端还等什么?!疯狂一下也算对自己有个交代。

　　落虹按照名片上的手提电话号码打出去，居然通了，铃声稳健地响着，似在旷野般的太空，离人类万里之遥。落虹等不下去了，她想把电话挂断，因为自己的所作所为实在是荒唐，可是手又不听指挥，话筒固执地贴着耳朵，仿佛亲密爱人。一声，一声，那边终于有人接听了，是四哥的声音，他不记得她了，好半天才反应过来。

"有事吗？"四哥问道。落虹道，"我想出去走走。""怎么走法?！""不知道，四哥安排吧。"四哥也没再说什么，收了线。落虹放下话筒，人怔怔的。

足有一个多月，落虹的生活无声无息，行尸走肉，什么也没有发生。不觉到了七月，各个学校都放假了。落虹听说瑞平辞了职，与梦莉一块出国了。走前并没有来与她告别，也对，说什么呢？

不久，落虹收到一封天蓝色的特快专递，打开，直如百宝箱一般，一本岛国的护照，肉串一样长的名称；新马泰豪华游的机票；行程中下榻酒店的房间预订单；最重要的是有一张闪光发亮的维萨金卡。阿珍看到这些，眼都直了，叫道："流嚼（假的）吧，你当心被人卖到非洲去！"落虹望着她，也吃不准真假，两个人当即跑到大超市去买生活用品，一刷卡，果然灵验。阿珍也糊涂了，问落虹道，"你到底搭上谁了？"落虹含含糊糊的。

回到住处，阿珍仍不死心，又去翻那些护照、机票，想找出破绽来，但当她看到预订酒店的第一站是香港"港丽"时，不禁晕倒在床上，"港丽啊，这可是六星级酒店，不知我这辈子能不能住上一晚……"落虹压根不知道这些商情，神情木然地看着阿珍。

"到底是谁要照顾你嘛，我一定要知道！"阿珍赖在床上，声音七拐八弯扭来扭去，令人无法抗拒，落虹说出林灿荣的名字，觉得颇没面子，不禁低下头去。想不到阿珍从床上弹起，眼睛瞪得铜铃大，"那可是超级大款，你怎么认识的?！"落虹疑惑道，"你又知道?！"阿珍如数家珍道，"我怎么不知道?！小区次次回来带香港的八卦刊物，林灿荣外号林大花，好多新出炉的港姐跟他有染……"阿珍退后几步，上下打量落虹，道："你不怎么样嘛，又没有什么广味，怎么会选中你的?！"

接下来的日子像梦游一样，落虹和阿珍出没于高级时装店和餐馆之间，报仇一样地花钱，因为没过过这种日子，自然不懂得搭配，阿珍说，总之我知道一个秘诀，把名牌往身上堆，没有不靓的！

对这两个频频更换行头的家伙，公司里的人大感不解。同事问道："中六合彩啦?！"主管骂她们，"你们穿得这个样子，是给我做调查员，还是在当时装模特?！"

走前的一天，落虹为阿珍和小区在花园酒店订了一晚总统套间。阿珍激动得热泪盈眶，抓住落虹的胳膊道，"你跟林大花说，我做三奶四奶都行。"

这个晚上，落虹请小两口在凌霄阁吃自助餐。阿珍和小区中午就没吃，攒着劲儿要决一死战，像是来赴大食会，开心极了。偶尔还你喂我一口鱼生，我送你一叉虾肉，甚是卿卿我我。落虹却仅吃了少少沙律，端着一杯橙汁慢慢饮着，似在品味。

凌霄阁是旋转餐厅，不为人察地转着。这一天的客人稀稀落落，但兴致还好，一趟趟地运着食品。落虹想到瑞平在的那个晚上，一定是热闹非凡的，她想象着他会坐在哪儿，怎样应酬，坐相站姿，举手投足，尤其他似笑非笑的表情，是她熟悉也最愿意看到的。既贴心又让她摸不透，她其实从不知道他的心事。

曼谷机场虽然不是特别大，仍具国际风范，所有的设施一应俱全，人多但并不显得乱。

梦莉和瑞平推着行李车从大厅往外走，看上去步履轻盈，从广州飞曼谷，空中也不过三个小时，梦莉枕着瑞平的肩膀睡了一会儿，所以精神特别好，脸上的皮肤白里透红，不时地与瑞平相视一笑。瑞平的心情倒是兴奋中有几分怔忡，因为决定这件事急是急了一点，但具体实施起来，中间一点障碍也没有，顺利得让人不放心，他是习惯了生活中常伴风险艰境的，这样子的结果便不知道该高兴还是该担心。不过二脚踏上曼谷的土地，他便告诫自己要全力迎接新生活了。

脑海中的远景很好，眼前的近景如曼谷机场和美丽的梦莉都让他觉得和谐、顺眼。

是梦莉的哥哥、嫂子来接他们，梦莉似乎觉得有些意外，忙问爸妈没事吧？哥嫂连说没事，大伙寒暄了几句便抢拿着行李出了机场。见哥哥扬手招计程车，梦莉又道，"咱家的车呢？"嫂子看了瑞平一眼道，"真是不巧，车子坏了在大修呢！"梦莉笑道，"面包车也坏了?!"这时哥哥已招到计程车，一边上行李一边解释说面包车送货去了。

在车上，梦莉的话挺多，但哥哥嫂嫂说话就有点吞吞吐吐，躲躲闪闪。瑞平只当他们是闹不清梦莉要带回家的是什么人？与她是什么关系？所以不愿多说，他也就不想做出特别热情的样子，这一向不是他的风格。

汽车开进唐人街，梦莉嚷嚷起来，"我们这是去哪儿？为什么不回家？"她哥哥嫂嫂像约好了一样不说话，脸色掩饰不住地阴沉下来。梦莉也有了不好的预感，一言不发，正襟危坐，眼睛又忍不住地往窗外看，当然也看不出什么异样来，心里也就更乱了。

等到停车时，已安静了好一阵，司机都觉得他们怪怪的，不自觉地把音乐调响。

下车的地方是一间铺面，几米见宽，看上去陈旧、寒碜，到处挂着咸鱼和风干腌制的海产品：铺面上方横着一块旧匾，上面有三个中国字"泰士行"。生意自然是很冷清，梦莉的父亲坐在店里算账，根本没有多余的伙计，见到女儿，也只哼了一声，看也没看潘瑞平。

梦莉的脸色由红转青，声音带着哭腔道，"爸，这是谁的咸鱼店?!这到底是怎么回事嘛?!"父亲抬起头来，"你不知道亚洲金融风暴吗？

我们破产了。"梦莉表情错愕，呆若木鸡，父亲又道，"你是从中国回来，又不是去了火星念书，很奇怪吗？"不等梦莉回话，有客人来买"海底鸡"，父亲急忙起身，堆起应有尽有的笑容招呼买家。梦莉的哥嫂急忙拥着他们去阁楼上休息。

楼梯吱吱嘎嘎响了好一阵才重归于静，阁楼上拥挤、简陋，凌乱不堪，处处显现主人的挫败和没有心机。潘瑞平整个儿傻了，不知眼前的一切是幻是真？！

哥哥用泰语告诉梦莉，家族生意在金融风暴中被洗劫一空，银行收走了公司、住房、三辆汽车，母亲其实是在附近的公园做小贩卖鱼露，家里总算还剩下这个原来送给人家的铺面，才算没有举家流落街头。

这打击来得巨大、突然，梦莉忍不住失声痛哭。

瑞平听不懂泰语，但见从不失态的梦莉张皇失措到这般地步，也猜到事态有多么严重。

晚上，瑞平待在阁楼的小侧间里，曼谷的天气是预料之中的暴热，简陋的空调机呼哧呼哧地工作着，像是一个重症的哮喘病人，正在大发作，空气里是充满盐分的海腥气，浓而又浓，挥之不去。

怎么会是这样呢？瑞平虽然年轻，但极少失算，他简直不敢相信，新生活的第一站竟是这样欢迎他，这个玩笑开得过于荒诞了。

他听见梦莉的一家人在隔壁房间争吵，隔板本来就不隔音，加上那边七嘴八舌，开始还尽量压着声调，结果越来越失控。梦莉埋怨父母，家里出事居然不跟她透露半个字，至少应该吹吹风。父亲说，你又救不了我们，反倒是还有大半年就毕业了，我们怕你分心，还是希望你学成回来。母亲说，你爸疼你，觉得女孩子做医生最体面，一辈子不会沾到鱼腥气，我们咬牙顶到你毕业，想不到你还埋怨我们。哥嫂也说，你结婚也该跟家里打个招呼，直接就把人带回家……你不是也没透半点口风吗?! 梦莉呜呜呜地哭起来，说如果知道家里是这种情况，无论如何不会带人回来。爸说，带回来也没关系啊，只要你喜欢就好，我们又不会嫌弃他……

以瑞平当时的心情，真想提着行李直奔机场，立即回到祖国的怀抱。可是自己到底年轻，办事没留后路，无论是原单位还是亲朋好友，他表现出来的均是踌躇满志，将在美国大展宏图，尤其是还牺牲掉了最宝贵的爱情……他现在回去，就算是对自己都没个交代，何况方方面面的各路人马?!

他躺到光溜溜的竹床上去，在黑暗中瞪着两只眼，第一次体会到生命中的苍茫时刻。他也不能去骂梦莉，她并没有欺骗他啊。金融风暴，他本来就应该把这一层风险测算进去，可他疏忽了，铸成大错。

仿佛过了很长时间，瑞平听见门响，他便不由自主地闭上眼睛。在没想好怎么办的这段时间里，他肯定不能向梦莉发火，但同时庆幸自己并没有跟梦莉有过什么跨越界河的行动。就在花园酒店订婚的那个夜晚，梦莉曾对他有过暗示，想在酒店开房住一晚，被他婉转地搪塞过去了。现在，他更加什么都不会做，无论从哪方面讲，都没有心情啊。

梦莉似乎在他身边站了一会儿，或是等他睁开眼睛，或是等他在黑暗中拉她一把，让她在他怀里痛哭一场，即便是不说什么安慰她的话。但显然她失望了，躺在竹床上的瑞平一动也不动，她便独自上床，蜷曲着身子小声地饮泣起来。

这一切瑞平都听到了，却连做表面文章的情绪都没有了。竹床很硬，硌得他骨头生痛。

就在他辗转反侧的同一时间，远在香港的璀璨午夜里，豪华六星级的港丽酒店某间套房内，落虹正躺在松软的大床上，脑袋深陷蓬松雪白的方枕，两只忽扇忽扇的大眼散发出犹疑不定的光芒。

她今天去半岛酒家吃饭，到太古广场购物，在海洋公园东游西荡。有钱能买到一流的服务，所到之处，即便人家知道她是大陆妹，也会看在金卡的分上对她关心备至体贴入微。

在看海豚表演的时候，黑滑油亮的海豚突然从水中蹿出，在惊心动魄的音乐声中，顶起工作人员抛掷的彩球，顿时招致掌声雷动。其间夹杂着尖叫和惊呼，闪光灯也亮成一片。不知为何，落虹的眼泪夺眶而出，这是她失恋后第一次流出泪来，特别莫名其妙的场景，置身于陌生的观光客中，没有任何道理。

现在倒在床上，她感到身心疲累，正常情况下可以很快进入梦乡，可是她睡不着，忍不住地要胡思乱想，越想越兴奋，像是得了"失心疯"。结果还是从床上跳下来，光脚站在落地窗前，不知往外看什么或想看到什么。

白天天还好，此时却是细雨绵绵，雨是乘法，无论对柔情抑或断肠均是辅助添加剂。她想起《魂断蓝桥》里雨中情人的经典片段，只是已没有人需要她生生死死。她真为自己的失魂落魄悲哀，拼命在心里说服自己，首选爱情没有错，但如果没有爱情了，有钱的生活一定是最好的。一定。

在香港玩了两天，其中一天是去金钟看连场电影，倒是在那里迷糊了一觉。后来去新加坡，别人都在鱼尾狮身像前拍照，只有她站在一边，两只胳膊在胸前扭成麻花，无所事事加冷眼旁观。马来西亚的云顶，她倒是豪赌了两把，看来她真是情场失意，赌场里的轮盘、大小、二十一点所向披靡，总是赢家。

到达曼谷时，落虹的装束已经完全变了，她发现按照阿珍指导下所买的时装饰物并不适合她，便扔在港丽酒店里不要了。目前她穿的是一件有领长袖棉质的白衬衣，下面配一条黑色钉金属片的长裤，阔脚式剪裁，黑色翻毛的皮便鞋上有一个小小的"B"字，显示了巴黎牌子的名贵，手袋是昂贵的路易威登，精巧地挂在她的香肩上。

这种看似简约的装扮恰似明星风范，加上她低调、忧郁的神情，引致不少人的侧目。

落虹下榻在一家豪华的五星级酒店，大堂如广场般开阔，房间内的鲜花妖艳欲滴，雪白的枕头上有一淡粉色的香笺，上面是英文的酒店总经理签名的欢迎辞。一流的服务其实均体现在细节。落虹抬腕看了看欧米茄手表，还有两个小时，四哥就要来见她，这是原先就约好的。之后会发生什么故事她完全不得而知。

她大肆梳洗一番，换了一身黑色制服，潜意识里是为自己的青春和恋情送葬，衣柜里悬挂的名牌，梳妆台上散落的珠宝，相信今后它们会像爱人一样陪伴着她。一切还没开始呢，她已经有点厌恶自己了。她想象着瑞平已在加拿大的高等学府里刻苦攻读，忘记一个人太不容易了，如果你曾深深地爱着他；并且至今仍爱，无论他是否伤害过你。这便成了病，疗伤是需要时间的。

而此时的瑞平实际上正在"泰士行"门口卸货，他斯文扫地穿着汗衫，沙滩花短裤，扛着笨重的纸箱运进店里，热汗蒸红了他的脸，一背脊湿沥沥的被旧汗衫贴着，发梢里都滴出汗来。

他想了很久，拔腿就走是不现实了，他需要时间，以便编造一个完美的谎言，自找一个可下的台阶。这段时间，他和梦莉跑了数家医院，没有地方需要医生，降格做护理工作也只要女性，梦莉算是做了看护，他也只好跟着梦莉的父亲学着看店，像《林家铺子》那样。

若要等到这家人恢复能力送他们去加拿大读书，无异于咸鱼翻身，是毫无指望的。尤其是金融风暴仍在亚洲徘徊，根本还没有绝情离去呢!

　　他也不知道自己能够忍耐多久，最好能忍到故事编圆了之后，但目前实在无法自圆其说，很烦，很想回国，甚至十分怀念学院简单、清贫的生活。

　　不过他是下了决心要与梦莉相敬如宾的，他碰也不碰她。有一晚他们并排躺在阁楼的大床上，并无睡意，同时在黑暗中睁着困惑的眼睛。梦莉突然说道，"……我知道你是为了继续念书方跟我走到一起的。我不是这么不堪吧，躺在你身边你都不动心……我现在是一点自信心也没有了……"不等说完她就轻声地哭了。瑞平没有作声，内心却在无比冷漠地回应，我这步棋错大啦，从大学讲师沦为店小二，会有什么心情男欢女爱?! 梦莉问道："你是不是想悔婚?"瑞平仍在心中回答，当然，那还用说吗? 是。见他一言不发，梦莉伸出手臂把他抱得很紧，"瑞平，我是爱你的，我愿意挣钱供你去读书。"

　　瑞平并未被感动，他再也不会相信许诺了。

　　这种时候他才不得不承认，他想拥进怀中的女人仍是落虹。

　　四哥见到落虹说的第一句话是："看来你已经知道了。"落虹不解道，"知道什么?"四哥回道，"要不然你怎么会穿黑衣服?!"落虹仍旧不解地望着他，四哥显然是看尽人生无常的。所以他口气平静道，"老板出事了。"

　　就在落虹离开香港飞往新加坡的那天，林灿荣从日本飞抵香港，仍是四哥陪伴左右。当时他的心情很坏，由于亚洲金融风暴的重创，他在日本的生意已是千疮百孔，债台高筑。来到香港的第二天，正值他的巨型百货公司清盘倒闭。本是早已知道的坏消息，但他执意亲临现场，几十年的老店毁于自己手中，心情着实无以言表。想不到的是老顾客们纷纷流连于此，或拍照留念，或抚物怀旧，直至晚上十点半，最后一天的营业正式结束，横道的铁网闸门徐徐下降，所有的工作人员云集门口，挥手向店外久久不愿离去的顾客道别，彼此眼中都饱含热泪，却又都微笑着致意。

林灿荣更是老泪纵横。

也就是在这一天，香港股市狂泻，林灿荣手上的股票跌破了票面值。他一直工作到凌晨，想尽办法挽救残局，终是回天乏术。人人都处于风雨飘摇之中，就连他的同胞兄弟也无法伸出援助之手。绝望的林灿荣便在二十二层高的办公室阳台上纵身一跳，了却了人生没有穷尽的喜乐忧伤。

无论如何，这消息还是令落虹无比震惊，而四哥是没有耐心陪着她感叹人生的，"总之，你的梦幻之旅结束了，明天就回国吧。"他说话的声音已变得相当冷漠，轻视，神情里已有了我再不想看见你的潜台词。

四哥走后，落虹发了好一会儿愣，她还是第一次这么深刻地感觉到屈辱和没有自尊——在冷漠和轻视的同时，四哥竟暗示她为自己性服务，遭到拒绝后骂道，"你以为你是金枝玉叶?! 不就是妓女吗? 嫖客固定的妓女。"他们之间没有不雅观的肉搏，双方衣冠整齐，不失风度，像是在演舞台剧。骂完之后，四哥摔门走了：她仿佛被狠狠地掴了一巴掌。

可能这是最好的结局，落虹心想，她已迷茫得够了，应该悬崖勒马，回到她原先生活的轨迹中去。

她情不自禁抚摸着滚烫的面颊。

厄运才刚刚开始，只是落虹不知道罢了。这一晚她蒙头大睡，居然睡得比较安稳，这也是失恋后从来没有过的事。可能是林灿荣死了，也可能是要回家，毕竟瑞平丢了她却换来一个好前程?! 无论什么原因，总算没辜负五星级酒店舒适的大床以及酒店总经理粉红色的欢迎辞。

退房时麻烦便来了，小姐验了她的金卡，和颜悦色地告诉她金卡已中止使用，请付现金。接下来的事如吃饭等均是现金交易。

她并没有提过太多的现款，所以真是梦幻之旅到此结束，在泰国也就是睡了一觉，谈不上任何印象。不过落虹也没什么可抱怨的，她搭上计程车直奔机场。

她甚至有些感谢四哥，他让她从梦中惊醒。这段奇特的经历和感受她将深埋在心，不跟任何人提及，包括瑞平和阿珍。她想她再不会犯同样的错误了。

候机大厅外面的广场停满了车，计程车挤不进去了，如果等不知道要等多久，落虹决定下车，拉着自己的行李箱走到候机厅去。

阳光相当猛烈，像宝剑一样直射地面。空气在无止境地膨胀，仿佛随时都可能爆炸。热风在她的脸上、身上扫来扫去，人像裹着绒毯似的滞住了。落虹微低着头快步走着，恨不得一步跨进冷气逼人的候机厅。

这时她的肩膀被人猛推了一下，等她反应过来，发现是两个骑摩托车的青年与她擦身而过，随后摩托车就开足马力，高速行驶，坐在后面的那个青年手里挥着落虹路易威登的小提包，并微笑地冲她来了个飞吻。落虹一把扶住香肩，发现那里空空荡荡，而摩托车早已绝尘而去，在汽车的缝隙中银蛇乱舞，不见踪影。

她两腿发软，全身的热汗腾的一下进了出来，就差没有当街当巷晕倒在太阳光下。她全部的钱、证件、首饰珠宝都在提包里，这下子她一无所有了。

她目光呆滞，缓缓地走进候机大厅，一时两耳失聪，完全听不见大厅里的喧嚣。她没有钱买票，没有办法证明自己的身份……她像一个溺水者那样，身体在不断地下沉，下沉，思想却漫无边际地四处漂浮，完全集中不起来，她无力地坐在一张空置的椅子上。

几乎是在同时，她身边弯腰收拾行李的旅客直起腰来，四目相望，他们完全呆住了。

瑞平决定不辞而别是在两个小时以前，他跟梦莉的父亲大吵一架，这之前就已是小吵不断。梦莉做了看护，经常要上夜班，但瑞平以路不熟为由不负责接送，这使外表变得粗糙但内心仍深爱女儿的父亲深表不满。梦莉日渐消瘦，话越来越少，脸上几乎没有舒展过，父亲认为这都是瑞平的责任，他拖累了她，家里也是看梦莉的面子收留他，但看来他对她别说感激，连外人都能看出怨恨和漠不关心。

梦莉的父亲又叫瑞平跟着母亲到公园去卖鱼露，瑞平打死也不肯，他觉得目前旅游经费一降再降，会有许多中国游客出没于曼谷，万一被人看到或认出来……今天早上梦莉的母亲不舒服，还是坚持去摆小摊。梦莉的父亲指着瑞平的鼻尖叫他滚蛋，说他们家不养闲人！

一气之下，瑞平夺门而出。他简单收拾东西并换衣服的时候家里没有人，盛怒之下的父亲是不会拦住他的。不过他其实不是做做样子，他想与其躲避在异国，为什么不回到国内躲到家乡的山城去，一切仍可从长计议。想定之后，他大步离开了泰士行。

陡然间见到落虹，他还是本能地恢复了以往的自信和潇洒，他在她面前做惯偶像了。他像电影里的人物那样微笑了一下，"你好吗？……"落虹嗯了一声，表情木木的，可能是他们的邂逅太突然了。

他发现了她身上微妙的变化，全身都是名牌，这使她看上去不同凡响，魅力四射。落虹的美在于她从不觉得自己美，尤其她茫然又略显忧郁的时刻。他是多么爱她啊，这是他最真实的情感，在他碰得头破血流时仍能够清晰感觉到的，就是这种纯粹的爱。

"你刚到吗？"他问落虹，落虹点点头："一会儿会有人来接我。"刚说完她就在心里大骂自己，不知死的东西，这是你最后的机会了，你身上一分钱也没有，在曼谷也没有任何一个熟人，你应该把情况和盘托出，向瑞平要钱买飞机票。然而又有一个低哑的声音对她说，看样子瑞平是飞往加拿大，你们这辈子可能再也见不到面了，你不想在他的心目中形象这么糟糕吧?! 打起精神来，做出幸福的样子……

虚荣是女人的专利，落虹也不例外。她调整了情绪，"你这是去加拿大吧？她呢?……"她说这话时尽可能显得轻松、若无其事。瑞平也很自然地回道："她给姨妈买礼物去了，这些天光顾着玩……她一会儿就回来。"他也在心里骂自己，你这是一错再错，留住她，或许还有一线希望。如果没有前途和金钱，和相爱的女孩在一起应该是最佳的选择，别再装腔作势了。

可是他对她已束手无策，她一身名牌，落虹能傍到大款是再正常不过的事了，他过去完全没有留意她的潜力，转眼就能够土鸡变凤凰。他这算什么呢？一败涂地以后又去摇尾乞怜，她会一生一世看不起他的，无论是她留下，还是离去。再说她为什么要留下?! 为什么放着好日子不过要守着一个负心汉?!

不等他从纷乱的思绪中摆脱出来，落虹已经起身告辞；"我得到外面去等了，瑞平哥，祝你一切顺利。"她冲他嫣然一笑，无比的温柔，甘甜。她为什么不恨他呢？她从不叫他哥的，她没有祝他幸福反而是顺利……她是他生命中的女人啊，在这异国他乡陌生无助的地方，他真想紧紧抱住她尽心尽意地哭一场。

一切都晚了，落虹已经离去。

她走得也不轻松，期盼着他叫住她，在最后一分钟改变主意，宣布他不去加拿大了，两个人都不要再玩下去了，立即回国。但这怎么可能呢？生活有自己的开头和结尾，出现美丽的奇迹只是人们的幻觉。

她最后回头看了瑞平一眼，一个拎着大包小包的年轻女人正坐在他的身边，还兴奋地说着什么，她不知道那不过是个饶舌的女人罢了。

困扰重新像逼人的热浪一般笼罩着她，落虹心想，她这回是死定了，就是去大使馆寻求帮助，却连车费也没有。她一屁股坐在台阶上，茫然四顾。

不远的地方有一团人挤在一起争吵，声音因为激动变得像玻璃刮铁器那么尖利，但这是国语啊，传到落虹的耳朵里真如美妙音乐一样悦耳。落虹唰的一下站起，本能地循声而去，在同胞那里寻求帮助总是容易些吧。她慌忙拎起箱子向人群冲去。

由于群情激愤，所有的嘴都在骂都在吵，没有人理落虹，她也挤不进去。这时被围攻的那个人转过头来，落虹简直不敢相信自己的眼睛，她一生的奇遇都在这一天发生了，被骂得狗血喷头的人竟然是区嘉良。

落虹忍不住大叫一声："区嘉良！"小区见到落虹，仿佛见到了救星，突然大喝一声："别吵了！地陪来了！"总算暂时安静下来，小区不由分说；一把抓住落虹的手，冲她挤挤眼道，"我有事跟你交代一下。"

两人逃出重围，落虹莫名其妙道："你这是演的哪一出。"区嘉良大喘一口气道，"我带一个国内旅游团来，说好这边派地陪，包接待，他妈的他们放了鸽子，我们干等了两个多钟头也没人理。我马上要带一个日本团去香港，机票全在我手上，这帮人又不放我走……见到你真太好了。"小区边说边掏出泰方旅行社的名片，"拜托你带这帮人找到旅行社去……"落虹急道，"他们想好了不认，我们去了又能怎么样？"小区道，"先给一张押金支票吧。"交代完之后，区嘉良火急火燎地要走，落虹一把抓住他的胳膊，根本来不及细说，只道，"身上有多少钱先给我。"小区掏了点钱给她，自然身上的现金也不多，又连说了两个拜托，便走人开溜了。

攻击的目标也就转移到落虹身上，团员们个个牢骚满腹，纷纷指责落虹不准时，不敬业。落虹默不作声，只带着大伙去租大客车，心里头一个劲地庆幸今天的运气，如果不是碰上小区，她现在可能在机场兜售她的欧米茄手表了。所以无论团员们有多少怨言，她的微笑都无比的甜蜜，也算平息了团友们出师不利的烦恼。

呆瓜一样的瑞平突然在一瞬间猛醒了，女人变坏才有钱。他突然意识到落虹可能选择了一条自暴自弃的路。他真是坑了她一辈子！

他从来没有像现在这样有罪恶感，他害了自己，也害了落虹。瑞平疯了一样地冲出候机大厅，当然，那里已经没有落虹的身影了。

认识亚肯是一件偶然的事。

那天落虹带着以老年人为主的一团人来到泰方旅行社，单独找负责人交涉。泰方以为她是中国的导游，便理直气壮地说贵社拖欠十八万美金的款项，这已经是第二次了，我们绝对不能原谅，所以才放了鸽子。

落虹也在心里骂小区的金羊旅行社漏气，但脸上还是挂着抱歉的笑容，双手奉上押金支票，并信誓旦旦地保证款项随后就到。人都是见钱眼开的，双方很快化解了误会，泰方旅行社赶紧联系旅馆，行程，并雇请了大客车的司机亚肯全程跟团。

亚肯长得高大威猛，他父亲是泰国人，母亲却是印度人，混血的品种到底不同些。亚肯的大眼睛微陷：黑沉如深潭，鼻梁直得如希腊雕塑，充满了古典美，嘴巴说不上来，笑的时候快活，不笑的时候性感：他这个人性格开朗，待人热情有礼，很快成了全团人的朋友，但他不会说汉语，团里的人听说"昆"的发音是泰语先生的意思，一致称"昆亚"，昆字还拖得很长，表示一往情深。

落虹和亚肯是用英语交流的，他们很快就熟悉了。

通常落虹是拿着小黄旗最后一个上车，坐在车头与亚肯并排。有时塞车，有时公路太一成不变了，落虹会不知不觉地发愣。有一次亚肯说道："你一定有心事。"落虹苦笑了一下又摇了摇头。亚肯道，"谁都有心事，干吗不敢承认？"落虹笑道，"我看你就没有心事，每天快活得不得了，我们团碰上你真是幸运。"亚肯高兴地说："是吗？谢谢。"

真的是幸亏碰上亚肯，落虹根本没来过泰国，什么都不知道，却还要做出知道的样子。先是买了泰国旅行指南，每天晚上做功课，再就是请教亚肯，事实上亚肯又是司机又是导游。他带大伙在曼谷参观游览了大皇宫，玉佛寺，水上市场……时间衔接得很好，又吃到物美价廉的海鲜，大伙都非常尽兴。

这时的瑞平，又回到了梦莉家，表面上忍气吞声，但只要有空，他就跑去观光的景点，寄希望找到落虹，克服一切困难回国，结婚过日子，永远也不分离。

但他哪里找得到落虹？他去大皇宫时，落虹他们在五世王的庙殿，后来去由全木制的威玛迈宫殿。他在水上市场乱转时，落虹他们在盎佛寺看大佛。倒是同天去的蜡像馆，瑞平买票往里进，落虹的旅游团刚刚参观完，登上了亚肯的大客车。

整天不看店，疯了似的在外面跑，梦莉的父亲对瑞平没一个好脸，时不时地要嘟哝几句，只要瑞平还嘴，就会干柴烈火地吵起来。瑞平终于答应去公园摆摊卖鱼露，梦莉的母亲也好在家歇一歇。瑞平卖得很起劲，算是赎罪——他心里到底觉得对不起梦莉。但同时，他拿出落虹的照片问食客有没有见过这个人？这照片一直珍藏在他的钱包里，连梦莉都不知道。

驱车来到华富里的时候，正赶上当地的水灯节：到了晚上，凡是有水的地方，河里，湖里，到处漂着水灯，大多是荷叶或折叠的纸船，或者真假难分的莲花，一律托着红烛豆光，在水面三五成群，星星点点，它们随风漂浮，构成银河落九天的美丽景象，一时还真难以分辨它们是繁星还是烛光。

落虹想起有一年她过生日，就是在瑞平学院的简陋的单身宿舍里。他们买了食物，如蛋糕、烧鹅、牛什煮萝卜在屋里庆祝，也是天黑市来；瑞平点上蜡烛，又熄了灯，叫她许愿，她当时闭上眼睛，十指合掌默诵的就是与瑞平永远相爱。然而，那情景像水灯般便罢了，并且再也不会重现。落虹神色黯然地伫立在河边，看着一盏盏的水灯摇摇晃晃地从跟前漂过，心中不免升起无尽的怅然。

这时亚肯兴高采烈地跑过来，双手托着两盏水灯，他递给落虹一个，"许愿之后就放出去吧。"他说。落虹惊奇道："哪里搞来的，这么有办法！"亚肯笑道："花钱买的呀，什么样的都有。"

亚肯和落虹一块把水灯放下水去，落虹想来想去：还是决定祝愿瑞平学习顺利，事业有成。亚肯口中念念有词，不知在说什么。两盏水灯到了水里便不走，恋岸，急得亚肯拼命用手划水，逗得落虹忍不住笑起来。水灯终于漂走了，然而漂了不远，落虹的那盏水灯便卷进漩涡，葬身水中了，这令落虹的心里好一阵不舒服。

亚肯的那盏水灯倒是顽强地亮着，愈飘愈远。

坐车有坐车的累，开了整整一天车，团友们都不吭气了，尤其上了年纪的，均是摇摇晃晃，昏昏欲睡。其中一个人称何伯的，大声地打着呼噜。何伯喜欢扮斯文，戴银丝眼镜，逢人就说是水晶的，熟了又说是儿子送的，自己无论如何舍不得买。他穿一件华伦天奴的 T 恤衫，也是和大家熟了以后才说："三十块钱，没有理由是真的。"他满身的假名牌，但大伙奉承他，最真就是你这个人了，有形有款，什么东西在你身上都假不了，名牌不就是给人看的吗?! 这个旅行团都是市井小民，所以会众口一词地讨伐名牌。何伯打呼噜的时候就不像斯文人了，张着大嘴，里面好像有个发动机似的。

亚肯倒很精神，哼着小曲，悠闲地转动方向盘。他穿得十分随意，T恤和牛仔短裤，胸肌结实地鼓出来，T恤显得紧绷绷的。落虹笑道："你怎么一点也不累？"亚肯认真道，"你不在就会累，拉一车土豆，你说累不累？"落虹回头望上眼，嗔怪道，"别瞎说，有人懂英语的。"亚肯笑起来，他笑的样子很有感染力，落虹也觉得心情好些了。

到达清迈的时候，天已经黑得伸手不见五指，旅行团下榻的是一个度假村；冷清得一点人气也没有，一幢一幢的竹楼；每一幢有两间标准房；但竹楼之间的间隔山离水远，叫救命是绝对听不见的。大概团友们真是累了，没有人探讨安全问题，落虹便很快给大伙安置了房间。最后剩下她和亚肯，正好住一幢，落虹发现竹楼靠山；窗户是一块竹匾用棍子一支那种，根本没有插销，而且窗户还特别多；围了竹楼一圈。落虹心想，这觉还能睡安稳吗？碰上杀人越货的，可就客死他乡了。这时听见亚肯在隔壁洗澡，水声像溪流一样，伴着亚肯经常哼哼的小调，很放松的感觉。

还有不可思议的，落虹和亚肯的两间房之间还有一个门，竹门，打开是通的。

后来亚肯过来视察，不以为然道："除了我以外，谁还会爬窗户啊？"落虹气道："一点都不好笑，我是认真的。"亚肯道："真的没事的，你们又不是欧美团。"落虹更气了："你看不起大陆团啊?! 再说欧美团用的是信用卡，中国人才喜欢用现金？"亚肯见落虹板脸，不敢开玩笑了："只有一个办法，就是把我们中间的门开着，一有动静我会冲进来，你就不怕了。"落虹不置可否，大眼睛瞪了亚肯好一会儿，不知该怎么下决心。亚肯道："这么说吧，我女朋友是人妖，这你总该放心了吧。"落虹一下笑出来，"骗人！"亚肯的神情颇为诚恳："真的，他叫曲曼，我们到芭堤雅能见到他，我会介绍给你认识。"

落虹真的愣了，半信半疑地想了一会儿，觉得自己的确有点故作多情了。便换了一副豪迈的样子，"好吧，把中间的门打开睡。"

这一觉，落虹睡得很安稳，大被蒙头，天昏地暗。

可能是因为得知有曲曼的存在，落虹和亚肯的关系少掉了一层隔膜，他们真的像朋友一样愉快相处了。譬如上午去骑大象，落虹买了一大串半生不熟的香蕉准备喂大象，站在木板楼上排队，排到时看到的是大象的脊背，工作人员搭好花里胡哨的鞍子，就可以坐上去了，大部分游客都是两人一组。落虹快排到时有些犹豫了，因为看到的象并不如想象中的驯良，脊背忽高忽低，好像不情愿有人坐在上面，有些游客在象背上脸都白了。

果然排到落虹，一头象毫不客气地把大粗鼻子甩上来，旋风一般卷走了落虹手上的香蕉，她哭笑不得地拎着一根草绳，决定转身逃跑。但亚肯一把抓住她，强制按在大象的脊背上，然后自己坐在她的身旁保护着她。

以往落虹从没有跟男人这么亲密，包括瑞平，大概是没有机会吧。但与亚肯靠得这么近，身体完全贴在一块却丝毫不感到别扭。

他们骑的是一头年轻的象，非常调皮，也不听亚肯的手势，居然小跑起来。脊背剧烈地波动，落虹吓得两手冰凉，一头冷汗，亚肯却高兴地呼啸着、发出嗷嗷的叫声，似乎对野性十分向往，大象被他这样刺激，颠得更欢了，毫无办法的落虹只好闭上眼睛。

她感到自己腾云驾雾飞了起来，忘却了一切烦恼。

"你笑起来的样子很美，干吗总是码起一张脸，你的脸其实是圆的。"看大象表演的时候，落虹很开心，坐在她旁边的亚肯于是这样说。落虹已经不戒备亚肯了，她看了他片刻："我失恋了，所以不快乐。"亚肯道："不是人家飞你吧？"落虹大力点头："是人家飞我啊。""有这么蠢的人吗？"亚肯嘟哝着。落虹问道："你说什么？"亚肯提高了声音："我说飞你的人很蠢。"落虹无奈地笑笑，她想，亚肯不会明白的，因为彼此的文化背景不同，就像她自己，还根本欣赏不了同性恋。

亚肯是聪明的男孩子，他仿佛猜到了落虹在想什么。"只有爱情，全世界是一样的。"他说。

在曼谷，一直担纲小贩角色的潘瑞平也不是一无所获，尽管没有一丁点落虹的线索，想想看，曼谷那么大，溶进一个人就像水滴化在海里，会有什么痕迹?！但他在小摊上认识了一个工地的包工头，那个人长得粗粗壮壮，每天带几个脏兮兮的人来喝鱼露，他自己也是满身泥浆点子，人又黑，像打了黑釉似的。瑞平始终以为他是泰国人，但有一天他突然开口说话了。居然是汉语。

他说他叫寻，外祖父母是中国云南瑞丽人，1932 年中国向泰国输出劳工，他们便和同乡结伴去到北部山区的一家锡矿卖苦力，所以他会说一点汉语，见到中国人会有几分亲近。他对瑞平说，做鱼露小贩是女人干的事，会让人瞧不起，男人应该靠力气吃饭，他告诉瑞平他住的地方，如果想干活儿就去找他。

他身边的工人指着瑞平用泰语："他能干什么活儿?！你看他的手又白又细，去伊锦人妖歌厅还差不多。"他们嘎嘎嘎地笑起来，瑞平不知道他们讲什么，也跟着笑。

他们笑得更厉害了。

清迈的夜市其实很有特色，离度假村不远，晚餐过后散步等到天黑才可以去。本来说好了七点半钟在度假村的正门集合，但度假村里很大，并且到处都是浓绿，高的树矮的草加上一人多上下的灌木挤不下地挤在一块儿，眼睛看上去像吃冰激凌一样舒服，清凉的小风伴着植物特殊的腥气拂面而来，旅行团的许多团友情不自禁地就迟到了。

于是落虹和亚肯商量，两个人各带一队，落虹带已到的人先去夜市，亚肯等迟到的人赶来。反正还价打手势就行了，这是亚肯的拿手好戏。

夜市的那条街灯火通明，长得一眼望不到头，所有的人都是就地支摊买卖，有些干脆在地上铺个席子，根本不讲究什么形式，高密度地聚在一块，简直无所不有，工艺品和假名牌为主，也有许多日用品、食物等。

八点半钟亚肯才等齐人，杀到夜市就开始就地还钱。团友们都觉得要带点手信回去，购物热情很高，整条街都听见有人"昆亚""昆亚"地叫他。

亚肯跑来跑去累得满头是汗，口干舌燥，跟落虹的那一队人早就失散了，其间他也远远地看见落虹忙着为团友服务，身影时隐时现，不过他完全没有在意，因为说好各自带队回度假村的。

十点半钟，亚肯才回到房间，他戴一个木制鬼脸面具突然打开中间的竹门，想吓落虹一跳，然后等她哇哇大叫的时候告诉她这是避邪的，送给她。

可是落虹的房间没人。

等到十二点半钟落虹都没有回来，亚肯有点慌了，跑去看有一对医生夫妇睡没睡，其中的那个男医生偶尔还能往外蹦单词。还好他们房间亮着灯，亚肯一边打手势一边问落虹到哪儿去了？他们很费劲地明白了他的意思，但确实不知道落虹去了哪里。医生夫妇要给每个房间打电话去问，被亚肯委婉地制止了，他决定自己去找她。

他想起在夜市的时候，无意间看见落虹买了只椰青喝，好像还和店主说了些什么。亚肯急忙返身回了夜市。

夜市的店主说那个漂亮的中国女孩问他赌场在哪里？离这儿多远？怎么搭车去？那个赌场以前亚肯陪客人去过，他急忙叫了辆计程车向那儿驶去。

落虹的确是去了赌场，马来西亚的赌场迷惑了她，她有点把自己当成赌王了，心想不用大赢，小赢一张回中国的飞机票钱应该是没有问题。

她兜里的钱很少。也只能玩"百家乐"，很快就把钱输光了。赌场里的人自然会注意到她不甘心的神情，愿意借给她钱，落虹还没糊涂到去拿"大耳窿"的钱。她决定离开。那里的人仍叫住她说，若没本钱输了的话，便去赌场的酒吧做"兔女郎"陪客人喝喝酒，"真的是只喝喝酒吗？"落虹问道。得到肯定的答复后她留了下来。

她不信自己一直会输下去，"兔女郎"的事不过是说说而已，她志在必赢，赢一张飞机票。情路已经那么坎坷，赌场没理由真的失意啊，前面输的都是假象，关键是自己能不能坚持住。

然而赌场还有一个规律是越追越输，好多人就是这样把老本老婆手指性命赔上的。落虹还算年轻，她不知道厉害，所以会决定追赌。

实在是走投无路，她也想开口借钱，却又张不开嘴，谁会相信真丢了钱？她连证明自己的身份都做不到，活到今天的人们听过太多的故事了，唯一应对的办法就是什么也不信。再说团友们都知道她是

"地陪"，就住在当地，她也一直充当着这个角色。哪有"地陪"向旅客借钱的？！

　　输几个回合用不了多少时间，也就是一杯茶的工夫，落虹便被人带到酒吧，换上了兔女郎的服装——酒红色的低胸泳装，黑色的矮披风，轻柔透明的面料，玉臂香肩若隐若现，两只一尺来长的兔耳头饰俏皮地立在她的脑袋上，令她看上去乖巧动人，一团毛茸茸的白色短尾粘在她微撅的屁股上。

　　两条笔直修长的美腿顿时吸引了在场许多人的目光。

　　"你应该是只快乐的兔子。"酒吧领班对落虹这样要求，"要微笑，要蹦蹦跳跳地感染客人，而不是像你现在这样愁眉苦脸、丢了钱似的。"

　　落虹被派去给客人送啤酒，她掩饰好沮丧的神情，满脸微笑地为客人服务。

　　酒吧里的灯光是那种炫目的红黄交替，这对于醉眼中的男人无疑是一种诱惑，甚至是启发式犯罪。尤其是灯光醉眼中还出现了一个长腿丰胸的美女，没有想象力的人都能猜到会发生什么事。

　　开始有人捏落虹的屁股，送来挑逗的目光，有人干脆往她的乳沟里塞钱，然后把臭烘烘的酒气冲天的大嘴伸过来……落虹忍受着、躲避着他们，一分一秒，度日如年。后来的情况很糟，有一个高大的意大利人走过来，搂着她就亲，手还在她的身上乱摸。

　　落虹冲到领班面前，意大利人也醉不省事地跟过来，步子可不像他使蛮劲儿的双手，轻飘飘地深一脚浅一脚。"别走啊，你别走啊……"他含糊着不太熟练的英语，落虹并不理会，大声对领班道："你说了我只是陪陪酒！"领班不以为然道，"难道你还干了别的吗？""你没看见他死缠着我？！"落虹气道。领班道："这有什么？！他射精也只会射在裤裆里。"落虹怒不可遏道："我不干了！"她扭身要走。但已不是意大利人拉着她了，领班也一把抓住她的胳膊，厉声道："这儿不是你说了算！你还欠着赌账呢！"说完用力一搡，"少废话，给客人送酒去。"说完，慈祥地对意大利人笑笑，走了。

意大利人仍缠着落虹："蜜糖，你刚才说什么?！你要陪酒，那太好了，我们一块喝吧。"他顺手在高吧台上拿了一大杯酒，自己喝一口又硬灌给落虹。

落虹一气之下，把酒喝了个精光，然后把酒杯顿在高吧台上，甩手走了。她微笑着继续送酒，眼泪却不听话地从她脸上滑落下来。

这个头开得不好，许多客人要跟她对饮，至少也要意思一下，落虹的脸上渐渐飞起红霞，已有了天旋地转的感觉。一个日本人左右开弓端着两杯酒走过来，示意落虹干杯，这时落虹知道自己不行了，她脚底发虚，便一个劲地摇头，日本人觉得被当众拂了面子，发起火来，哇啦哇啦说着日本话，然后公然把酒自落虹的肩上一点点倒下来，他却像狗那样在她的肩上胸前乱舔。他的举动引起了一阵阵哄笑和起哄声。

落虹一动不动地站着，虽是任人宰割，却有着一种雕塑才有的凛然，随即她的生命也进入了一个没有生命的境界，看不见灯光的颜色，客人服装的色彩，她的眼前是黑白世界，而啤酒却是无色的；她两耳失聪，听不到任何声音，包括激奋动感的音乐、笑声以及嘘声，她的神志越来越恍惚，完全不知道发生了什么事……

当亚肯架着落虹从赌场出来的时候，她已如一摊泥似的贴在他的身上。刚才亚肯拍拍表演欲正劲的日本人的肩膀，日本人回头看看他，然后用英语说，如果你也看上她了，也该有个先来后到。领班也不让亚肯把人带走。亚肯对领班说，她是我女朋友，我们吵架了，她便跑到这儿来做蠢事，这个解释你满意了吧。

说什么并不重要，最终还是要欠债还钱。亚肯把落虹的赌账结了，此事才算告一段落。

领班在拿到钱之后才说，看好你的女朋友，回家数数她乳罩里有多少小费?!

亚肯把落虹架进房间，脸色已阴沉得可怕，他把落虹甩在床上，憋了一路的气终于爆发出来，"你为什么会去那种地方？为什么？你说啊？"落虹越是两眼发直不吭气，亚肯的火越大，"你说，你今晚一定要跟我说出来，你看看你这个样子……"落虹突然音调平平道："买漂亮衣服啊，买名牌手袋啊。"亚肯气道，"你身上的名牌还少吗?!原来你的名牌都是这样来的?!"

落虹想不到亚肯也会这样粗声大气地吼她，她已经听了一晚上了，领班、意大利人、日本人，她终于也爆发了："那怎样?!那就很不光彩吗？凭什么我们小地方出来的女孩子命就比别人贱，要吃粗茶淡饭，要穿褴褛衣衫，要像旧袜子一样被人甩?!为什么?!"落虹被酒力驱使着，声音越来越大，"我就是要这样生活，赌钱，跟人睡觉，傍大款，喜欢名牌！我喜欢用金卡消费的感觉。亚肯，你就是太穷了，要不然我也可以跟你睡啊……"

啪的一声巨响，落虹歇斯底里的声音戛然而止，亚肯也不知道自己怎么会扬手打了她一巴掌。

亚肯铁青着脸回了自己房间，并把中间的门重重地关上了。

第二天开车去芭堤雅，团友们在清迈休整了两天，恢复了体力，也就恢复了兴高采烈，一路上有说有笑。而坐在前面的亚肯和落虹却成了一对哑巴，谁也不看谁，谁也不理会谁。

亚肯聚精会神地开车，但看得出情绪低落，落虹侧脸看着窗外的风景，脸上没有表情。

风景的确是非常不错，一路绿色葱茏，常有一簇簇紫红色的花儿点缀其中。颜色鲜嫩得都有些不真实了。离开拥挤的曼谷，泰国的乡村景象别有一番韵味，何伯说："亚昆。"马上有几个声音纠正他："昆——亚、亚肯。"转过头来，脸上挤出笑容。何伯说道，"放点泰国的音乐吧，这么好的景色怎么能没音乐呢，就像喝酒没有下酒菜一样。"大伙都取笑何伯附庸风雅，"你不就是凉茶王吗？在你店里喝茶是不是有交响乐听啊?!""你喝酒会有什么下酒菜，还不是一块臭咸鱼。"何伯笑道，"啊，你真提醒我了，我老婆还叫我带咸鱼回去呢。"落虹直译团友们要听音乐，亚肯没有反应地打开了音响。

傍晚看完人妖表演，亚肯把大伙送回旅馆。落虹在服务台给大伙分完房间钥匙，没有见到亚肯，后来看见亚肯一个人在停车场擦洗客车。亚肯一贯都很敬业，每到一处，不管多累，都会清扫擦洗客车，令团友们有一个舒适的环境。

望着亚肯勤力忙碌的身影，落虹突然有些感动。在这个世界上有谁是真正担心她、牵挂她的呢？连瑞平都不管她死活了，亚肯却为她心疼，如果不是亚肯及时找到她，谁知道还会发生什么事情呢?!

她向亚肯走去，站在他的身后看他。亚肯还是有些不自在了不看落虹道："你有事吗？"落虹低下头去，迟疑道："对不起。"亚肯嗯了一声，也不知是什么意思，同时仍闷头擦车。

擦好车，也不招呼落虹，径自走了。落虹追上他道："你到哪儿去？是不是去看曲曼？说好带我去的。"亚肯不冷不热道："你想去就去吧。"

路上谁也不开腔，闷闷的像是去法场。落虹偷眼望望亚肯，他的脸上很平静，却又隐含着一点点的不在乎。她想他是不是开始轻视她了，也难怪，去那样的地方，穿着很少的服装，让男人吃豆腐取乐，还发酒疯，自己都觉得面目可憎。但当时就是不想做出楚楚可怜的样子，路是自己选自己走的，面对后果为什么要那么虚伪?!

曲曼是莎耶娜人妖歌舞团的主要演员，刚才看演出，落虹已经领教了她冷艳的容貌，曼妙的身材和技艺精美的热舞，因为报幕时报出了她的名字，所有的观众都为之倾倒，无论是领舞还是独舞，甚至演唱，只要曲曼一出场，掌声便像潮水一样涌动。

现在来到有人妖表演的酒吧式歌舞厅，落虹离曲曼很近，仍然感到她的皮肤雪白细嫩，神情略显羞怯，连落虹都被她吸引了，痴痴地望着曲曼。

亚肯要好酒水，指责落虹道，"你不要这种表情好不好?! 会吓坏曲曼的。"曲曼忙用英语说，"没关系没关系。"但是曲曼还是有些不自然。酒吧里的人妖表演是三流的，很少有人专注地欣赏，大多是来喝酒聊天的。曲曼卸了浓妆，又穿着便服，真是更加美丽动人。

亚肯一直用泰语与曲曼交谈，曲曼看上去很开心，时而微笑，时而点头。落虹有点后悔跑来当大灯泡。都怪她改不了孩子气，好奇心太重。

有一个熟人认出了亚肯，非要拉他去桌上喝一杯，亚肯只好对两位女士说："我去去就来。"他走了以后，气氛有点尴尬，只是因为彼此太不熟悉，落虹搓着手指，曲曼相对坦然一些，姿势优美地点着了一根香烟。

"你们认识多久了?"曲曼说英文的声音颇为悦耳。落虹笑道："时间很短。""那真不容易。"曲曼停了片刻，意味深长地看了落虹一眼，继续说道，"亚肯是很不容易喜欢女孩子的，可他刚才一直都在谈你，我觉得他很喜欢你……"这太意外了，落虹忙道："你不是亚肯的女朋友吗？"曲曼笑了，犹如玫瑰初放："是他说的吗？他还是那么爱开玩笑。"望着落虹不解的目光，曲曼又道，"我是他哥哥的女朋友。"落虹这才恍然大悟。"他哥哥也在芭堤雅吗？"落虹问道。

曲曼神情黯然道，"不，他哥哥死了，死于心脏病。"落虹吃了一惊，急忙道歉，曲曼做了个手势，表示不要紧，但仍旧愁肠百结，一往情深道，"每次我看到亚肯，就会想起他哥哥，他们长得太像了……而且为了我，家里跟他断绝了关系，周遭没有人能包容我们，除了亚肯，他真的是很善良，他接受了我们……"

如果不是亲眼所见，落虹绝不会相信世上还有这样的"男子"会如此多愁善感，悱恻缠绵。

尽管肺部在急剧地风箱作业，他仍觉得喘不过气来，人憋闷得想发疯。之后便是小命玩完的感觉——体温在一寸寸地退却，退却，没有了呼吸，人凉下来，意识随灵魂四处飘移，似乎是跟死神打了个照面，彼此微笑示意，彬彬有礼。但有关生命过程的画面凌乱的、断裂的、跳跃的，相互毫无关联。

譬如校园，落虹穿布鞋的脚，行走的双脚，咸鱼，旗袍上的福字团花，迎风飘扬的如同旗帜一般的包袱皮，阿珍迎面泼过来的酒……

潘瑞平是在建筑工地干活时中暑晕倒的，同是工人的穆恩和拉达唤他不醒，慌慌张张地去找寻，又是扇风又是掐人中毫无反应，寻只好把冷水喷在瑞平的脸上。

他其实是刚刚上班，只有几天，晒红的皮肤还来不及转黑，人就晕倒了。穆恩和拉达是陪寻一块去喝鱼露的伙计，穆恩道，"我早说他不行嘛，他哪里能干什么活儿，还要我们照顾他……"寻抬起脸来看了穆恩一眼，他不说了。拉达的脸上也没有半点同情，他又累又饿，"现在有好多人丢了工作，是我们泰国人，在垃圾堆里找东西吃，"拉达的口气转向寻，"就因为你是中国人，所以才给他一口饭吃吧?!"寻没理他，也没看他一眼。见瑞平渐渐醒了，总算松了一口气。

要说瑞平的运道真是黑过锅底，先是他要找落虹，遍寻曼谷一点蛛丝马迹都没有，结果忽然有一日，他坐在泰士行看店，居然看见落虹陪着一个老头子来买咸鱼。他当时脑袋嗡的一声完全空白了，人僵硬得不能动弹，落虹也傻了眼，两个人四只眼互相死盯着，说不出话来。

老头子是何伯，他要买两斤剥皮牛，剥皮牛是一种鱼的名字，大概是按照形态得名的。瑞平完全不理会他，只一把抓住落虹的手，人像在梦境里一样。落虹推开他的手道："你怎么会在这里？"边说边打量泰士行的铺面，百思不得其解。瑞平冲出柜台："落虹，我们要好好谈一谈。"落虹茫然道："我们还有什么可谈的……"

何伯见状，直觉要义助落虹，忙道："你到底卖不卖剥皮牛给我们？不卖我们就换一间店……"看他神气活现的样子瑞平就气不打一处来，他想这个死老头子，仗着自己有几个臭钱，便买下年轻女孩的青春和梦想，说不定已经把落虹毁了……想到这里，他的拳头已经飞了出去，一拳打在何伯的脸上，把何伯的水晶眼镜都打飞了。

听到动静，梦莉的父亲从阁楼上跑了下来，刚才他正在上面清货，万没想到瑞平会对金贵的顾客大打出手。

从未在瑞平面前高声说过话的落虹这回真火了，她一面扶起何伯一面指责瑞平："你真是莫名其妙！你疯啦！"何伯什么也不买了，被落虹搀扶着往外走，无论梦莉的父亲怎样说尽好话，赔尽笑脸。瑞平无比焦急地大声喊道："落虹，你知不知道我找你找了多少时间，找得多辛苦?!……"他忽然无声地哽咽了，"我错了，我向你认错……"

见落虹根本不理会他，瑞平也感到颇为意外，眼前的落虹是他完全陌生的，他几乎不认识她了，从前她对他是怎样的奉若神明啊，所以他想象他们的见面一定是相拥而泣，没有任何事落虹是不能够原谅他的，但看来情况完全不是这样。

但他仍不顾一切地跑过去拉住落虹，尚未开口，落虹先对他说道："不要跟我讲你的痛苦经历，因为我也痛苦。"

就这样，他呆呆地目送着落虹扶着老头远去，然而落虹的心里并不好受，钱是好东西，却毁了他们两个人，毁了梦幻般美丽的爱情，虽然她不知道瑞平具体发生了什么事，遭遇了何种不幸，但总之他的境地已说明了一切。想想他再看看自己，即使有爱又怎么样呢？又怎么再走到一块去呢？落虹没有回头，但泪水却模糊了她的双眼。

出乎意料的是梦莉的父亲没有跟瑞平大吵，他只是把他的行李扔到了大街上，冲他做了一个快滚的手势。

幸好寻不是一个信口开河说说而已的人，他收留了瑞平。但体力活儿到底不是闹着玩的，实在是太辛苦，泰国的热，整个就是一个大型桑拿浴场，人像煸龙虾那样被长时间煸着，住的是大通铺，吃的东西又以辛酸辣为主，加上浓重的香料味道。瑞平吃不好，睡不惯，建筑工地的活儿样样不轻松，干得晕过去也属正常。

然而，再不离开或者说赖在梦莉家也不行了，既然打定主意要找到落虹一块回国，梦莉那头就只会更冷淡，但梦莉在性格方面真是没有缺点，她始终想感化瑞平，不仅辛辛苦苦地当看护，还写了很多信给加拿大的姨妈，希望她在学费方面伸出援助之手，结果均是石沉大海。这次被彻底地轰出门，对梦莉来说也是一个解脱吧。瑞平这样去想。

瑞平此时此刻的心情非常复杂，就心情来说，当然是马上走人，但一想起他一手缔造又一手毁灭的落虹，他又觉得不能一走了事。他真没想到落虹也会一个人跑出来，他实在小看她了。

　　旅行团活动的最后一天，落虹和亚肯把大伙送到机场，除了何伯脸上有伤外，其他人只是晒黑了一些，并且买了大包小包。他们对落虹和亚肯都很满意。

　　出了候机厅，亚肯问落虹怎么不一块走，落虹说再办点事就走，用不了三五天。其实，两个人自那晚之后，一直没有办法和好如初，然而越是接近分手越是惆怅，都是欲言又止欲语还休的味道。人生有的时候，就是这个样子，心里满满的，脸上淡淡的，一点点的火花让人不敢相信，因为有太多太多的现实不是不可能就是不尽如人意。

　　不知不觉走到停车场里，握过手又相互枯站了一会儿，落虹决定离去，毕竟还有生存危机啊，陪何伯去唐人街买咸鱼，她已分外留意各类店铺饭馆的招人帖子，只等散团就来开工，最好是饭馆，每晚当场分小费见到钱，干出飞机票来走人，大家干净利落。并且有了钱才好到大使馆补身份，总还体面一点吧，如果像难民一样被遣送，她过不了自己这一关。

　　尽管对亚肯有些不舍，但她总得面对现实啊，落虹走出去十来步，忍不住回过头来，见亚肯仍站在原地，没有表情地望着她……她的心一下收紧了，极有冲动迎着他跑过去，跑过去……

　　意外就是在这千钧一发的时刻出现的，几个壮汉仿佛从天而降地出现在寂静的停车场，他们围住亚肯，要把他架上一辆面包车，亚肯本能地反抗，当即就挨了拳脚……本已决定离去的落虹这时却毫无犹豫地跑过去，大声叫道："干什么?! 你们要干什么?!"并且挡在亚肯前面，相貌最凶的那个男人个子很高，厚厚的胸脯像一袋水泥，他的一只胳膊文着青龙，另一只却干干净净，他用英语呵斥落虹："没你的事，赶紧滚吧!"落虹不知死道："你们一定是搞错了，我想不出他要被你们带走的理由……"她急切地解释，手还不停地比画，希望对方明白。独臂龙不理，也不等落虹说完，已单手把她拎进车里。

两条壮汉把落虹和亚肯夹在中间，车上的玻璃贴着遮阳纸，从外面看就像照镜子那样，车在关门的瞬间已像离弦的箭那样射了出去。

完全是无意识的，亚肯碰到了落虹的手，他想都没想便抓住这只手，直觉是抓着一只死人的手，冰凉冰凉的，他知道她其实非常紧张、害怕，"为什么不跑？"他低声问道，落虹似乎仍在赌气，"换了是我，你会跑吗？"声音小小的，恨恨的。坐在前面的独臂龙回头瞪了他们一眼，他们立刻没了声息。但亚肯紧紧握住落虹的手，传递着他认为她会懂的信息，没事的，一切都会过去。

接下来的情景是电影里才有的，独臂龙打电话给他的头儿，简短的几个字，并且很快就收线了，他不知跟司机说了句什么，司机表示明白，掉转车头向另一个方向急驶而去。

到达的地点是一处温柔浪漫的港湾，碧蓝的波涛风景如画，亚肯和落虹被带上一艘豪华游艇。

甲板上有美女凭海临风，玩笑嬉戏，气氛轻松祥和，船舱里的黑社会老大是个文弱书生，正半躺在沙发上欣赏流行音乐，已经进入半梦半醒的状态。桌上放着洋酒、手机、名表满天星、打开的文件和零散的照片，照片上有相当陌生的面孔，也有亚肯和落虹的近照——骑大象，与曲曼聊天，甚至他们在赌场时的情景。

"很吃惊吧?！"躺在那里的文弱书生终于开腔了，他用英语说道："亚肯，我收集你的资料一年零七个月，做了大量的功课，今天把你请来，也好有个了断。"

此人名叫谢志奇，男，三十八岁，早年从大陆偷渡香港，后进入黑社会，靠足智多谋争得江湖上的一席地位，出没于东南亚一带，他对零敲碎打的事不感兴趣，走的是"三年不发市，发市养三年"的路线，凡事精心策划，从来没有失手的时候。

谢志奇懒洋洋地站起来，一身白色的休闲服令他看上去更像个艺人，他走到亚肯的面前，口气斯文地说道："你的父亲是做电信、通信设备生意的，家里很有钱，但你父亲一向处事低调，他的座驾不是劳斯莱斯而是普通的宝马，并且远离媒体，不喜张扬。就连你姐姐的婚礼也只能算是说得过去，远远谈不上奢华。你祖父精于从商，早年就大发了一笔，于1942年投资兴建了美璇山庄，"谢志奇边说边挑出一张照片呈现在亚肯面前，上面是他父亲在美璇山庄门口拍的照片。谢志奇又道，"你祖父、父亲都是对佛学、道教十分痴迷的人，所以山庄内的最大特色是那些佛道传说中的山壁雕塑，除此之外，亭台楼阁、假山洞穴也都各具风貌。你们家的府邸只占山庄一角，宫殿式的房屋金碧辉煌，内藏的宝物玉器价值连城。"

听到这里，亚肯也在暗暗吃惊，美璇山庄一年四季大门深锁，连他都觉得闷，要跑到外面去，谢志奇何以对此了如指掌。但他仍忍不住烦道，"你说了这么多，到底想干什么？"谢志奇笑道，"我都不急，你急什么？！这次亚洲金融风暴，你父亲的损失算是最小的了，不仅如此，还在别处猛捞了一票。据说美国投资者借金融危机之际，收购的泰国房地产已达到二十亿美元，其中百分之七十五是按坏账收购的，其中你父亲也经手了几笔……总而言之，我们现在就通知你家里送赎金来，六百万美金，这很公平，金融风暴价，否则你的命怎么会只值这些……"

绑架！直到这时，落虹才如梦初醒，明白眼前发生什么事，谢志奇这时也对她上下打量一番道："你挺有眼力，钓住了一条大鱼。"落虹白了他一眼，但她也实在没看出来亚肯是富家子，富家子怎么会开旅游大巴呢，他们应该在哈佛读书，归来后相貌堂堂地参加各种商务会议，从而准备接手家族生意。

"你们家族的生意传女不传男，我至今也没搞清楚是怎么回事。也难怪，你哥哥是个同性恋者，你又是个浪荡公子，不过你倒帮了我们的忙，因为其他的家族成员个个深居简出，行踪不定，保镖和护卫系统一应俱全，我们只好拿你开刀了。"谢志奇边说边拨通了手机，"刚才我已经通知你母亲了，她说她要听听你的声音。"他把手机递给了亚肯，亚肯还未接机，已听见了母亲惊慌失措的声音。

亚肯反倒镇静下来，他接过手机，态度肯定道："妈妈，我不值六百万美金，赶紧报警，报警……"话音未落，他已被几个壮汉拳脚相加，喷出的鲜血弧形地射在落虹胸前，落虹吓得惊叫起来，独臂龙下手特黑，翻身就是一掌，落虹当即昏死过去。

当她渐渐苏醒过来的时候，发现自己躺在亚肯的臂弯里，她有气无力地问道："我们这是在哪儿？"亚肯回道："我也不知道，比你早几分钟醒过来。"的确，亚肯看上去遍体鳞伤，眼部是青的，嘴角的伤口裂着，仍在渗血。落虹坐了起来，只觉得脑袋沉甸甸的，昏沉沉的。他们被关在一间堆满杂物的房间里，废置的桌椅、木箱上落满尘土并挂着蜘蛛网。除了铁门以外，四壁没有窗户，只有屋顶一片天窗，看得到天空繁星点点。

已经是后半夜了，四周很静。

他们共同的愿望就是不能坐以待毙，让绑匪轻而易举拿到赎金，谁知道他们会不会撕票呢？两个人无声地行动起来，把桌子箱子椅子一摞再摞，终于够得着天窗了，亚肯率先一头灰地把脑袋伸了出去，外面的空气真新鲜啊，微风习习。他兴奋地跳上屋顶，又把落虹拉了上来，两个人四顾远眺，顿时傻了眼，他们是在一个无名岛上，四周环水，根本是插翅难逃，怪不得绑匪连捆都不捆他们。俯身望去，这一片房子像一处大型货仓，除了白墙和铁门之外，还有偌大一块场地，此时也的确堆放了成箱物品，不知是什么东西。其他的房间基本大同小异，均白墙黑顶，极少有窗户，像小型的集中营。

然而他们还是在屋顶上四处观察，东走西走，希望能发生什么奇迹。一阵汽艇的发动机声划破夜空，两人循声望去，看见一只汽艇开足马力离岛而去，除了失望之外，他们也明白自身是怎么上岛的。

百无良策，亚肯只好说："我们还是先回去吧，看看还有没有其他机会。"两人原途而归，脸上身上除了伤就是土。刚一拆下桌椅，门便响了，有人进来把他们带走，送进新的地方——酒窖。

这里实在是太黑了，他们只好手拉着手。亚肯用打火机的微光观察了一下地形，找到一块空地两个人坐下来。在黑暗中干坐了一会儿，落虹道："你说话呀？""说什么？"亚肯道。"你为什么不出国念书呢？"

"我不爱念书，从小就不爱念，经常旷课。我喜欢音乐和体育，这在我妈妈眼里是最没出息的事，她不送我去这样的学校，非让我去学什么经济管理，我坚决不学，因为没兴趣也不是那块料。我哥哥是在澳洲读的大学，成绩优秀，是我父母的骄傲，除了曲曼的事之外，处处合我父母的心意，可他死了，他的死使父母改变了对我的态度，答应我愿意做什么就可以做什么，可我已过了年龄，不可能再学骑术和唱歌了，那都是童子功啊。可我必须自食其力，我讨厌从前的自己，整天过着寄生虫的生活……"

"……"

"你生气了？"

"没有啊……"

"说说你自己吧，你还从来没说过自己的故事呢。"

"我哪有什么故事?! 那个奇爷说调查你用了一年多，换上我，十分钟就够了吧，我家挺穷，父母亲都是工人，厂里的效益也不好……"落虹在黑暗中听见自己的声音，像是一个旁白在诉说别人的故事，因为对她来说，平淡的生活已成为习惯，而从失恋开始，便大起大落，大福大难，一切都像做梦一样。

她还是说了她跟瑞平的故事，说了，只是想说，没有什么特别的意思。亚肯突然说道："我知道你为什么去赌场了，当时为什么不肯说出真相。"落虹叹道："不知道，觉得没必要吧。"亚肯想说什么，但是没有说，把话吞回去了。

渐渐地，他们倦了，便睡了过去。

醒来，仍是黑夜。他们不会把我们忘在这儿吧?! 一丝死亡的恐惧掠过落虹的心头。

一棵四人合抱的古树开枝散叶，撑出一片巨伞般的浓荫，翠绿的草地修剪得像地毯一样，汽车一驶进美璇山庄，落虹就惊喜地探头观望，真是人间仙境啊，她顿时有了一种灰姑娘的感觉。亚肯就坐在她的身边，两人下意识地拉着手，像在酒窖里那样。

正值清晨，山庄还在薄雾中沉睡，烟云缭绕中的古树、白塔、山梯、溪水更增添了这儿的秀色、神秘。

四十八小时之后，谢志奇突然欣喜若狂地冲进酒窖，抱住亚肯猛亲了他一通，然后挥挥手连说了三个"放人"。原来他已接到线报，指定的银行账户上已经显示出他所要的美金数字。

后来他们才知道，奇爷在黑道上小有名气，其团伙号称"不败之类"，听上去像是一支前卫乐队的名字。这次对亚肯家下手，既不是头一遭，也绝不会是最后一次。远的不敢说，就说这新、马、泰，香港、澳门一带，奇爷要想做了谁，并非是一件登天的难事。也不是没有人事后报警，但立刻就有家人神秘失踪，生不见人，死不见鬼，人间蒸发了。谢志奇豪富豪赌，高兴起来，拎整箱的钱去澳门三天三夜不吃不睡。他对女人毫无兴趣，娶了一个相貌平平的老婆，是个小学老师，生有一儿半女，平时他说去大陆做生意，又有家用拿回，老婆信了他，哪里知道他的江湖地位？！他也知道自己是在刀刃上讨生活的人，早早留下遗嘱，除了养大子女的钱，财产统归他的父母，他只认血亲，其他的是淡而又淡。

下了车，落虹便看见高高的台阶上站着一个印度女人，她虽然上了年纪，但因是美人坯子，又有优越的保养，身材仍旧姣好，头发纯黑，她盘着头，肤色黄润，深邃的眼影下是黑沉的大眼，下巴微微扬着，显然是居高临下惯了。她穿着印度装，兜着金鱼黄色的披肩，指甲上是深紫色的蔻丹。见到亚肯，她伸出手臂，眼泪流了下来。

拥抱之后，亚肯便把落虹介绍给母亲。落虹觉得亚肯的妈妈对她仅仅是客气，而且是有限的客气。

亚肯带落虹参观了他的房间，墙上张贴着球星和歌星的海报，另有一幅飞奔的骏马，骑师屁股腾空跨骑在马上，那种奔腾呼啸的感觉实在令人震撼。床头柜上，有一张亚肯与哥哥和曲曼的合影，三个年轻人面带微笑，充满青春活力亚肯为落虹找出换洗衣服，他的圆领白汗衫和草绿色野战排长裤，“我只有这个……”他说。落虹闻声放下相框，过来捧住干净衣服道：“没有关系，我把裤腿卷一卷就好了。”

洗完澡，落虹穿着亚肯宽大的衣服，他们一块吃了丰盛的早餐。亚肯的妈妈叫管家带落虹去山庄参观，落虹被请上一辆观光车，样式如高尔夫球场的小车。

总算没有外人了，她再一次拥抱了洗得干干净净的儿子。亚肯望着妈妈的眼睛道：“我不甘心！妈，我们报警吧。”母亲安慰儿子道：

"钱不是问题，你能安全回来就好。"亚肯道："我知道他们的窝点，我可以……"母亲打断他的话道，"事情没那么简单，亚肯，把这件事忘掉吧。"

美璇山庄内充满佛教色彩和劝世的壁画深深吸引了落虹，她流连在此，从天堂到地狱，中间全是警世的故事，人像在梦游一样，又刺激又新鲜。

谈起落虹，亚肯变得眉飞色舞起来，但当母亲知道落虹自称丢了所有的钱和证件时，颇为警觉道："我不大相信这样的事，这样的故事太老套了。她怎么可能一个人到泰国来，她的同伴呢?!……"总之她一口气问了十万个为什么。亚肯无法向她一一解释，这更加重了她心中的疑团，"我觉得她说不定是'不败之类'一伙的，做他们的内应。要不你以前也在外面跑，一直好好的，没发生过这类事，怎么遇到她，又是和她在一起的时候遇到了绑架事件……"亚肯不快道："妈，你的想象力实在是太丰富了，应该去好莱坞做编剧。"母亲道："对这样身份不明的人，我认为应该报警，警方可以还她一个清白啊。"亚肯一下火了："妈，你过分点了吧?! 对谢志奇的'不败之类'你不敢报警，落虹是为了帮我才和我一起落在他们手上的，你却说要去报警?! 她唯一的愿望就是挣一张机票回中国，你却说要去报警?!"母亲叹道："亚肯你真是太天真善良了，一个正常的女孩子怎么会不害怕落入黑帮手中呢?! 她不跑反而缠上来你不觉得有什么奇怪吗?!……"

亚肯跟母亲吵了起来。这就是他不愿回家的理由，母亲已经没有了平常女人的性情，她久居深院，完全跟社会脱节，而父亲又忙于生意不能常常回家陪她。她总觉得这个世上没有好人，个个都在打她主意，盯着她手中的钱包。绑架事件加重了她的这种信念，证实了她的重重疑虑。

"亚肯，你爱上她了，对吗？"母亲突然这样问儿子。亚肯也愣住了，他一直承认喜欢落虹，但未想到过爱，现代生活中茁壮生长着性格鲜明的个体，彼此相爱是十分困难的，爱在哪里？他几乎不大相信这个东西存在着。见亚肯低头不语，母亲像先知一样预言道："你看着吧，她会缠上你的……"

听见观光车熄火的声音，母子两人迎了出去，但车上只有管家一个人，他说道："小姐叫我感谢夫人和少爷的洗澡水、干净衣服和早餐，她已经告辞走了。"

就在落虹遭遇绑架的时刻，瑞平因为穷，因为没有钱，不可能在报上登寻人启事，便在寻的帮助下，油印了一些寻人启事。四处张贴，就连他的 T 恤背后，也用墨汁写着：落虹，你在哪里？

瑞平看上去黑了，结实了，比原先活得粗糙很多。建筑工地离梦莉的家不算太远，所以寻他们才会去小公园喝她家的鱼露。梦莉有一天下夜班，碰见瑞平和一伙工人挑灯夜战，到底晚上干活要凉快些。梦莉站在那里看了好一阵，是哥哥催促她才离开的。她心里也是百感交集的，看到瑞平满头大汗，吃力干活的样子，她心疼他。尽管他无情无义，对她完全是利用而没有情感，却不恨他，男女之情有的时候真的是很怪的，她甚至还有些自责，不管怎么说是她害了他。

不过不久，就连梦莉自己都没想到，她会到工地宿舍里来找瑞平。那是一个潮湿炎热的上午，瑞平正在睡觉，蒙蒙眬眬中似有人坐在床边，想着是落虹，激动得一下子坐了起来，然而眼中的光芒回光返照一般地暗淡了。梦莉叹道："咱们出去走走，我有话跟你说。"

瑞平跟着梦莉往外走，穆恩他们冲他做鬼脸，用怪声怪调的中文说："落虹——落虹——"

随便找了一个冷气足的街吧，两个人相对而坐，叫了冷饮。梦莉道："姨妈来信了，叫我们去加拿大读书，费用全部由她出。"瑞平也觉得自己应该惊喜才对，但他却没有，不知怎么回事，反而出口伤人道："去了那里，你姨妈又破产怎么办?!"梦莉给噎得脸上红一阵白一阵，终于火了，噙着泪道："潘瑞平，金融风暴不是我的错，对我们的前途而言，我只能说我尽力了！"她侧头望着窗外，阳光下的一切都在枯萎，包括她心中最后的一点温情。没有人明白为什么她会这样对待瑞平，就像前世欠了他什么，他是她这辈子的债主。瑞平也觉得自己太过分了，来到曼谷，他没有一天是心情好的，便把过错归罪于梦莉，把火发泄在她的身上。看见梦莉的眼泪一滴一滴落下来，原本丰腴的她因为繁重的看护工作轻简了许多，手指被消毒水泡得红红肿肿……他忍不住伸出手臂抓住梦莉的一只手，声音低沉道："对不起，梦莉，是我不好……"

人只有吃过苦，才懂得体恤和关心，懂得别人的不容易。瑞平以前太顺了，因为一直是学习尖子，总有人捧着，自己也就习惯了自我为中心，一切为自己筹划和安排。"这次的教训太深刻了……"他继续说道，"我发现自己完全没有应变能力，也没有跟你共患难的哪怕是一点点的思想准备。我们的前途就是只能好不能坏，而且要一路好下去，发财、享福或许还能培养出感情来，可是人生怎么可能没有困境?!走出国门，离开熟悉的地方，发现自己真是太渺小了，要找到一口饭吃都不容易……假如每天都在困境里，最可靠的精神支柱还是心中的爱人……我想我是辜负了你的美意。"

听见瑞平的告白，梦莉也说不清楚为什么会暗自松了口气，她其实是真心希望能和瑞平重新开始的，一切都没有变，只是命运开了一个不大不小的玩笑，这一页翻过去，相信很快就会淡忘。但同时，她也害怕再一次看到瑞平自私、冷漠的嘴脸，如果她只是他人生中的一个棋子，一个有利用价值的女人，她真的能够平静地接受这个现实吗?! 所以面对瑞平今天的变化，她倒是给他打了满分。

这样，她也就不遗余力地诚恳地说服瑞平继续学业："难道你一辈子做建筑工人吗? 就算你回到国内，那么拥挤，竞争那么激烈，生活可想而知，你真的甘心吗? 好马不吃回头草，你已经走了出来，还能够退守当初吗? 你怎么向亲朋好友和所有的社会关系解释? 你这么爱面子，不怕成为他们的下酒菜吗? 我们可以不结婚，我们只是去学习，这只是一个机会，人生可以错过女人，但没有理由错过机会啊……"

梦莉说了很多，娓娓道来，像在说服一个不懂事的孩子。端平苦笑道："也许你说得都对，也许以后我会后悔，但是现在，此时此刻，我想做的事就是找到我的初恋情人一起回国。她其实比我想象的要重要得多……"

这是他们自认识以来沟通最为深切、透彻的一次。

最后，还是梦莉先站了起来，她说她决定近日动身，这次见面就算做辞行吧。

他们握手道别，梦莉低声道："就这样? 不拥抱一下吗?!"瑞平一把拉过梦莉，两个人紧紧地拥抱在一起，眼睛都潮湿了。

离开美璇山庄的落虹，径自去了唐人街的一家茶餐室，名唤"小广东"。以她的情况，只能在厨房做杂工，择菜洗菜拔鸡毛，洗碗刷盘子，外卖送不过来的时候还要去跑跑腿，晚上把店面的桌子拼在一块睡觉。工资拿最低的一等。

一开始她就很少说话，永远是在闷头干活，晚上躺在桌子上，腰像要断了似的，前三天真是度日如年。有时也会想，不如跑到美璇山庄，亚肯一定会帮助她的，又不损失什么，回去还他钱就是了……但是她做不到，因为曾经说错话伤了亚肯，现在他果然是富家子，如果她表示出哪怕是有限的好感和依恋，他会怎么想她呢?!

她可能是真的有点喜欢他了，否则为什么会这么在意他? 在意他对自己的感觉? 她一直以为她这一生只会爱瑞平一个人，可是瑞平太令她失望了，尽管在感情上她还不可能把他彻底遗忘。现在又冒出一个亚肯，事情怎么会是这样呢? 夜深人静，他们交替出现在她的脑海里，忽儿近，忽儿远……她心里真是乱极了。

好在她在茶餐室干活目标明确，对这所有的烦恼，也只有一走了之了。

对于落虹的不辞而别，亚肯的妈妈并没有心怀歉意，反而更坚定了这个神秘女孩儿不是好人的想法："那边一拿到钱她就消失了，难道你还不觉得她可疑吗?"她这样反问亚肯。亚肯不愿争辩下去，因为已毫无意义。

后来他又为日本团、韩国团和欧洲团开过旅游大巴，但他都无法忘怀落虹，在景点碰上中国导游，他都会情不自禁地多看两眼，他也去过唐人街，但哪儿都没有落虹的踪迹。

泰文和华文的报纸，同时刊登了寻人启事，当谢志奇看到落虹微笑的照片时，啪地一拍桌子道："搞什么搞?! 就是她了!"

这是一座带泳池的豪华别墅，谢志奇刚刚游完泳，精美的早餐车便推了进来，他在餐桌前坐定，首先拿起报纸，他有吃早餐看报的习惯。房间里的家具、装饰是非常西化的，只有一身中国功夫的保镖是具东方特色的。

屋里的某一面墙，钉满了美女照片，千姿百态，争艳斗辉，称得上美女墙了。自亚肯被绑票成功之后，谢志奇的下一个目标是本地烟草公司巨子许某，许某年轻有为又拥有万亿身家，不仅年轻女孩要为之倾倒，就是奇爷也不能不打他的主意啊。

对于这个新派人物，谢志奇也早就开始做功课了，许某讲究气派，随时随地都是前呼后拥，而且保安措施极其严密，无论住处、座驾均有最先进的防暴系统，对他根本无法下手。唯一空当是他喜欢带女人在外面过夜，因为家里有一个旺夫旺财的母夜叉，神也是她，鬼也是她，拜还来不及，哪里敢得罪。这也是算命先生反复告诫的。

老婆之外的女人，许某相当挑剔，刚分手的小星，就因为偶尔说了句粗口，就再不肯来往了。为挑一个他喜欢的女人做内应，奇爷他们像选新片女主角那样，既要合乎许某的口味，又要经得住他反复琢磨。先送进公司做文秘，引他上钩。

始终没有找到合适的人选，对于谢志奇来说，最爱的一定是金钱。但也不能否认他对作案过程的兴趣日益浓厚，不仅因为新鲜刺激、款款不同，重要的是从大的计划到小的细节，都需他去反复把玩，斗智斗勇，这种事太具挑战性了，对男人的诱惑力不亚于金钱。

寻人启事提醒了他，落虹便是许某喜欢的那种类型。

寻人启事是亚肯花钱刊登的，他越想越不放心，落虹身上除了游客给她的少得可怜的小费，其他什么也没有，在曼谷乱闯，一定是险象环生。尤其亚肯新近又听说和看到蛇头带进泰国的非法入境者，一来就被关进血泪工厂，每天工作十个小时以上，像猪狗一样地圈在一块，没有人身自由，甚至还有生命危险的见闻和报道。他真是越想越怕，落虹的现状跟偷渡客有什么区别?!万一落到坏人手里……他不敢想下去了，决定必须找到她。

寻人启事见报后不久，他便接到一些提供线索的电话，但都不够确切，令人失望。他们是为钱而来，因为亚肯写了重金酬谢。那个叫潘瑞平的人，每天打两个电话来问落虹找到了没有，搅得他很烦。

终于有一天，亚肯接到一个神秘电话，是个上了岁数的男人，小心翼翼地，他要求在指定地点先付一半酬金，然后见到人再付另一半。

亚肯确认可以见到落虹，便答应了他的要求。这个上了岁数的男人其实就是"小广东"茶餐室的老板，他把亚肯约到一个远离唐人街的地方，收了钱后，才放心地带亚肯去唐人街。然而，曼谷的塞车世界闻名，他们被牢牢地卡在大街上，气得亚肯责备老板为什么不在唐人街交易。老板倒是一点不着急，"若你们万一碰上了，还会付我钱吗?!"亚肯看着一口流利泰语的老板，一时无话可说。

等他们赶到唐人街时，天色已经暗了下来，远远望去，茶餐室门口停着一辆黑色的轿车，就在亚肯和茶餐室老板前后脚下了车的同时，仅仅是半分钟的光景，但见落虹被两个彪形大汉挟持着塞进轿车，不等他们反应过来，轿车已绝尘而去。亚肯本能地要开车去追，却被"小广东"的老板一把抓住："你见到人了，钱是不能少付的……"亚肯为了摆脱纠缠，掏了一把钱扔在地上，老板和路人同时向钱扑去时，他把车开了出去，但黑色轿车早已淹没在滚滚的车流之中。

茶餐室门前的一幕，一次次地出现在亚肯的脑海里，终于，他回忆出其中的一个男人左臂文着青龙。

这一次，谢志奇是在别墅里设置了温柔陷阱，落虹被请进去的房间里，布置得清新、高雅，拖地的玄色窗纱，宛如轻云系挂在室内，屋里烛光点点，一派温润，大束的红玫瑰散发出阵阵的芳香。

衣帽架上挂着落虹即将去公司上班的制服；梳妆台上是昂贵的化妆品；衣柜里是质地精良的名牌时装和性感内衣；桌上放着落虹的新护照和机票，外加一沓厚厚的美金……奇爷的要求非常简单：告知与许某双宿双飞的地点，事成之后便直接到机场飞回中国，一切神不知鬼不晓，彼此两不拖欠。

落虹盯着桌上的护照和机票，这实在是她梦寐以求的东西。在她睡在餐馆拼搭起来的桌上，在她把手伸进滚烫的水里拔鸡毛鸭毛，在她面对山样的杯盘狼藉，在她顶着烈日送外卖的路上……她所付出的一切努力，不就为了眼前的这两样东西吗？

但是这一步迈出去就是万劫不复，她知道，她不能够。她有点感谢那个死鬼林灿荣了，他让她见了一点点世面，不会轻易被眼前的一切打动。

别看谢志奇长相斯文，又懂礼数，但他最没有耐心说服人，见落虹咬紧牙关不肯，便叫人把她送上无名岛，留下的话是先饿她两天再说，不信没有商量的余地。"这就跟当妓似的，开始要上吊，干着干着就上瘾，我不怕等，有的是时间。"谢志奇说。

出事的当晚，亚肯一夜没睡。第二天到他不常去的下三滥地方，找三教九流的朋友想办法。人家一听是不败之类奇爷的事都说管不了，摆不平。道理也很简单，脑瓜没有奇爷的好用，哪天搬了家，说不定就是被他暗算。亚肯又想了一夜，便做出一个决定。他提了一个大黑提兜到黑市去买了他认为需要的东西。

临出发之前，亚肯又接到瑞平打来的查询电话，他约他在一家大型的旅游服务公司门口等。两人约定瑞平左手拿一瓶矿泉水，亚肯右手提一个黑色的旅行袋。

这一天亚肯轻身短打的装束，看上去便于登高爬低，瑞平见到他的第一句话就是："落虹呢？她人在哪里？"亚肯的大墨镜几乎遮住了半个脸，道："从现在开始你听我的，就能见到她，OK？！"瑞平将信将疑地点点头。

接着，他们像普通乘客一样，买票登上了观览布吉岛的直升飞机。很快，直升飞机便开始在布吉岛上空盘旋，导游小姐微笑着介绍美丽的岛屿风光。游客不多，纷纷临窗探望，下面是一望无际的碧蓝海水，岛上的人们或游泳，或开摩托艇，非常悠闲、快乐。

没有人注意亚肯，他起身去了驾驶舱，打开海图，指着一个红三角要驾驶员飞往无名岛。驾驶员笑道："这好像不是你们家的专机吧？"见亚肯愣着，又补充了一句："快回到座位上去，孩子。"就在这一瞬间，亚肯突然拔出了手枪直顶驾驶员的太阳穴，两眼神经质地盯着他，驾驶员相当镇静，但刚刚凑上来的瑞平被吓了一大跳。

"照我说的话去做。"亚肯的话里没有半点商量的余地，驾驶员一言不发地调整方位，直升机向无名岛飞去。

导游小姐最先感到不对，但没等她反应过来，亚肯已把枪交给瑞平，叫他盯住驾驶员，然后迅速地打开旅行袋，抽出一支小型冲锋枪对准游客，这一系列的动作估计在三十秒内便已完成，导游小姐惊叫起来。

游客本能地判断是遇到了打劫，暗暗取下手表、戒指……亚肯厉声道："我什么也不需要，只借用一下这架飞机，只要你们坐好，我不会伤害任何人。"游客们充满狐疑地面面相觑，但机舱里已鸦雀无声，唯有发动机单调地轰鸣着。

瑞平的身体是僵直的，他并不知道亚肯要干什么，所以更加心慌，握枪的双手瑟瑟发抖，枪头忽高忽低。驾驶员用商量的口气道："你能不能枪头朝下，反正我也跑不掉，我去无名岛就是了。"瑞平看着亚肯，等待他的示意，导游小姐声音颤抖道："万一走火，我们全都完了……"亚肯冲瑞平点了点头，瑞平放下枪监视着驾驶员。

直升飞机终于飞到无名岛的上空，而后适当地下降高度，亚肯动作麻利地把枪背在身上，打开舱门，甩下浮梯……在谢志奇的神秘仓库，亚肯在屋顶上飞跑，活像好莱坞大片中的孤胆英雄。

仓库内如往日般静谧，似乎人去楼空。但亚肯看见奇爷的游艇停泊在岛畔，周身雪白，无比高贵。

　　谢志奇的确在落虹被关的房间里，他阴沉着脸，神情不耐。落虹坐在椅子上，已是形销骨立，她低着头只盯着地板，面无人色。奇爷气道："我听说你要起小姐脾气来了，饿了你两天，再送饭来你倒不吃了?! 你想死啊，没那么容易。"落虹低头不语，似打定了主意一言不发。谢志奇把一套制服扔在她身上，用命令的口气道："马上换好跟我走。"落虹一动不动，衣服、短裙从她身上滑到地下。

　　奇爷二话不说，走过去左右开弓打了她十几个嘴巴，直到落虹鼻子嘴角同时喷血。谢志奇咬牙切齿道："要不然你就跟我玩一票，要不然我就把你交给人贩子，他妈的卖到非洲去也不一定……"正说着，有人把手机递给他，他说了两句因接收不好，便踱到门外去听电话，落虹慢慢捡起地上的衣服准备换，随从见状，面无表情地去了门外。

　　门半开着，谢志奇背对着房间在打电话。落虹开始换衣服，这时听见了天窗上的动静。

　　她差点哇地叫出来，亚肯打手势让她上去，这时谢志奇走了进来，见落虹已在换衣服，气消了大半，落虹低声道："奇爷，我决定换好衣服跟你走……"她提着裙子，面有难色。奇爷道："这就对了嘛，我们在外面等你。"他们一堆男人出去，顺手带上门。

　　落虹用最短的时间爬上天窗，和亚肯一起向直升飞机奔去。慌乱之中，桌椅倒塌的声响惊动了奇爷以及随从。但当他们追上屋顶时，落虹与亚肯已攀上舱门，独臂龙举枪瞄准，两人被牢牢地套在瞄准镜内。

　　谢志奇伸手挡了一下，枪声没响，他意味深长道："同生共死是成全了他们，真正折磨他们的是阴阳两隔……"直升飞机使他们生活恢复了原来的无聊和平静，回到广州后的落虹和瑞平重新回到物欲横流，人气腾腾的人生轨迹。落虹仍暂住在阿珍那里，换了一家公司。

公司的主要产品是一种杀死蟑螂的魔力药盒，物美价廉，受到消费者的一致好评，同时申请了国家级专利。尤其在广东工作的老外，非常认同该产品，落虹是产品推销员，因销量名列前茅，被评为美丽的"蟑螂小姐"。

瑞平当然不可能回医学院了，即便是区一级的医院，没有什么关系和背景也是不要人的。最后他去了一家区级的按摩推拿中心，工作环境别提多糟糕了，挤在街边不说，还挤在一家杂货铺和一间小吃店之间，每天像渣滓洞、白公馆那样传出鬼哭狼嚎和女人遭强暴似的尖叫声，比正骨医院邪乎一百倍。瑞平很怀疑里面的医生是江湖郎中，但也不敢说，因为中心主任并不特别想要他，言明想招女士，就这样还是托了朋友老大的面子。

在江湖郎中中，瑞平的高学历是狗屁，只能打打杂，同时还要学捏骨，争取成为江湖郎中。

每逢星期三、五的晚上，落虹要在旅游学校办的导游培训班学习，她觉得导游也是个不错的工作，当然她的目标是进入国家级旅行社，而不是像小区那样，在游客的投诉案中成长。他们两人也约会，但早没有了那种罗曼蒂克，无非是喝喝茶，偶尔也去宵夜。而一旦坐在一起，仿佛素昧平生，相对无言。这一场经历，对他们两人来说，是一场残酷的人生旅程，很多问题，他们都必须好好想一想，他们会不会走在一起，这不是一句半句能说得清的。

在那个生死相交的日子，落虹被连拉带拽上了直升飞机，当即晕了过去。等她醒来时，已躺在美璇山庄的客房里，休整了几日，亚肯和瑞平便陪她去大使馆及有关部门补了身份证明、护照等。

她和瑞平离开曼谷的那天，亚肯去机场送他们，瑞平知趣地先经过安全检查，进了候机大厅。落虹和亚肯四目相望，真正是百感交集，又不知说什么才好。还是落虹勉强笑道："你还是赶紧走吧，别搞得像生离死别似的……"但她的声音由于克制和压抑在微微地抖动，亚肯温和地笑道："来信……"落虹用力地点了点头，亚肯突然一把拉过落虹，把她紧紧地拥抱在怀里。落虹也抱住亚肯，情不自禁地流下泪来……

国际航班上的瑞平，身边的座位一直空着，所有的旅客都坐好了，那座位仍旧空着，瑞平盯着飞机过道的尽头，神情越来越紧张。就在机舱准备关门的一瞬间，落虹匆匆忙忙地上了飞机，她脸色灰白，人像失了魂似的，她没有和瑞平打招呼，独自坐下后系好安全带，整个旅程她始终一言未发。

她知道她跟亚肯之间存在着太多的不可能，这辈子她可能还会结婚、生子、过着无法惊天动地的生活……可是对于亚肯，她是无论如何难以忘怀的，他们之间所发生的一切，无以言说，无法重复，他们从未提过爱字，但彼此心心相印，原来爱是可以超越爱的。

回到国内，落虹一连三天给亚肯写了三封信，后来又陆陆续续写了很多，但从未得到亚肯的回信。落虹坚信这些信件亚肯都收到了……后来写信便成了一种需要和习惯，她写她的工作、学习和心情，写一些杂念和遥想，写快乐或者忧伤的思念……

一年以后的某一天，落虹突然收到亚肯母亲的来信，信是英文写的，平板而礼貌。她告诉落虹，亚肯死了，跟她哥哥一样，半夜里心脏骤停，这是一种先天性遗传性心脏病，他们妥善地安葬了他，在收拾他的遗物时，他们发现一封也是唯一的一封写给落虹的信，为了儿子安息，她便把信转给落虹。

亚肯的信是这样写的：

……我终于可以说我爱你了，因为我已经来到了另一个世界。我知道我随时可能离去，所以没有给你写信，希望淡忘你的记忆。

爱是不说谢的，但我仍要告诉你，我十分珍惜这段惊心动魄的爱情，她使我短暂的人生完整、圆满和美丽。即便是到了另一个世界也不会寂寞。

爱是一种能力，并不是每个人都具备这种能力。在游戏、变换、背叛、买卖、自利等观念笼罩下的现代社会，有些人丧失了这种能力。其实，纯粹而忘我的爱情并没有消失，她存在着，而且不只存在在小说和诗篇里，她就在我们身边，在我们平淡的生活里。

落虹，我心中的彩虹，每当细雨微蒙的早晨，或是夕阳浅照的黄昏，我都会在你的心灵呼唤，答应我，好好地生活，好好地去爱……

落虹打开音响，把《答案在风中飘扬》的音量调到极致，扬声器里的低音贝司像跳动的心脏那样怦怦作响，歌声如惊涛拍岸般地在她的耳畔回荡，淹没了她肝肠寸断的饮泣，泪眼中，亚肯向她走来，他微眯着双眼凝视着她，一往情深，头发，衣服，包括嘴角的笑容同在飘扬。

真的，他向她走来。一如他们最初的不期而遇。

《上海文学》责任编辑　姚育明

选自《上海文学》2000年第2期

流　年

　　拾红霞最讨厌中年妇女这个词，因为她自己就是个中年妇女。

　　有一次在商店买东西，营业员说：这种款式的衣服最适合你们中年妇女。拾红霞放下衣服，扭头就走了，中间连一点过程都没有，搞得人家莫名其妙。

　　其实她看上去不见得多么养尊处优，或者一把岁数顶着一张娃娃脸，笑都不敢笑，她的穿着并不考究，也没有名牌加身，一副勇于付出，勤勤恳恳的样子。只是她喜欢穿静色的衣服，从年轻的时候开始她好像就没穿过花衣裳，而且腰身也保持得不错，这就使她看上去不那么俗气而已。

　　像许多表里不一的中国人一样，红霞也是有一张淳朴的脸，举止端庄，驯良守时，富有正义感，平时尽可能地不哗众取宠，很值得信任的样子。但在内心她是无比骄傲的一个人，许多人不在她眼里，她觉得她骨子里的优雅和高贵是芸芸众生无法比拟的。

把她概括到中年妇女里面去，她是真的没法接受。

红霞所在的单位，是一个国营大型公司，制造电子产品和集成电路，是朝阳型的企业，很有发展前景，被列入国家企业500强的行列。国家领导人也曾多次到企业视察，照片和题词制成了巨大的灯箱挂在公司总部最醒目的位置上，让人一看就觉得分外提气，同时，整齐划一的办公设备，以及身着制服的企业职工，无一不显得与时俱进，斗志昂扬，这一番蒸蒸日上的景象，简直就是那些朝不保夕的夕阳企业眼里的海市蜃楼。

这就是华林公司的背景资料，而拾红霞便是公司的联勤部长——基本上就是总务工作，具体而琐碎。大公司的好处是高福利，以便稳住人心，同时树立企业形象又已成为当今的时尚，红霞是巧媳妇掉进了米缸里，可以尽情施展。但是话又说回来，大有大的难处，她算是掉到事堆里面去了。

每年从2月份开始给大伙张罗着过一个肥年开始，她就连喘息的机会都没有，等大伙过完正月十五来上班以后，她就得按照月份牌，3月份种树，一种树就想到育人，那么就得落实以公司命名的希望小学的义捐，5月组织歌咏比赛，6月发麦当劳的套餐票，7月组织党员上井冈山重走革命路，当然这是另一种形式的公费旅游，但总还是有意义的，8月拥军优属，复转军人也得给他们找个地方吃一顿，9月老干部的秧歌队和腰鼓队要到市里参加比赛，嫌演出服不好看就不穿，跟孩子一样，10月份就不用说了，怎么爱国都不过分……其间还有无数烦心的事，计划生育，干部疗养，华林公司两年一度的运动会，还要给国标舞训练班请教员等等，总之红霞已经完全变成一个管家婆的形象了。

也就是在两周前，一个电影摄制组要到公司来拍外景，这是一部伟人片，因为华林公司有一代伟人留下的足迹。对于这样的事公司不热衷，但也绝不能反对，宣传部门的态度当然是和公司高层保持一致，所以这种吃力不讨好的事又落到了红霞头上，红霞拿着个电喇叭调动群众演员，喊破了嗓子，头发立起来不说，还得站在人群里跟着哭，跟着笑，跟着频频点头和激动不已，后来听说这些镜头又被无情地剪掉了。

一个人的变化实在是太不可思议了。

如果时光倒流，拾红霞并不是一个铁姑娘队队长的形象，她的父亲是当地驻军的高官，自出生起她就没住过楼房，而是独门独院的一间连着一间的大平房，她家的院子里长着夹竹桃，还有小叶榕，树下有石桌石凳，就像现在小区的街心花园一样，值得一提的是她家的厕所，大得装 10 个坑都有富余。总之当年显贵身份的标志就是大而无当。

那时的美也是不加修饰，甚至是不自觉的，小时候红霞是个漂亮的女孩儿，穿白衬衣，背带裙，她在八一中学读书，课余时间去音乐学院老师的家里学习大提琴，军区大院里经常看见她体轻如燕的身影，后面跟着一个警卫员帮她扛着琴。

这在当时已经是非常地不同凡响。

八一中学还有一个相貌英俊的男孩子叫李吟啸，是市委书记的儿子，他品行端正，学习也非常之好，和拾红霞一起，是全校师生公认的金童玉女。

长大成人以后，红霞的父亲想办法让李吟啸当了兵，而李书记把红霞安排在市歌舞团拉琴，当时的腐败也就是这个水平。

最终两个人结了婚，也是水到渠成的事。

李吟啸在部队绝不是少爷兵，虽说他小时候也是养尊处优，但他目光远大，能审时度势，更可贵的是他勇于吃苦，重活累活不在话下，还立过两次三等功。即便是在最艰苦的环境里，他都没有放弃读书和看报，他关心国家大事，每周都写读书笔记，很快就被提升为连队的副指导员。

然而，官至副连级，就一动不动了，这对于有宏远志向的李吟啸来说，根本就是大学生只拿到了小孩子的算术题，除了失落还有点哭笑不得。

李吟啸忍耐了很长一段时间，他一如既往地工作和学习，吃苦在先，享受在后，隐姓埋名地给家庭有困难的战士寄钱。可他发现他身边提起来的干部大都是工农子弟，文化程度不高，工作能力也很有限，无非就是比他听话一点，不像他那样遇事总有自己的见解。这样，他就觉得是部队领导对干部子弟本身就有偏见。

有多大的树，就有多大的荫。当初李吟啸靠红霞父亲的关系当兵，他自己并不以为然，因为他太相信自己的能力了，但是现在，他真希望自己的部队属于老岳父管辖，至少不会受这种窝囊气。但这是不可能的，为了能干技术兵种，他那一批兵是全国分配的，红霞父亲的手不可能伸这么长。

那段时间，李吟啸给拾红霞写信都是诉说心中的苦闷，拾红霞就在信中说，不管你当不当官，我爱的都是你这个人。他们几乎每天都写信，不知不觉加深了感情。

李吟啸内心里有一个时限，到了这个时限以后，他的位置还是没有要动的意思，于是他以汇报思想为名主动找领导谈话，大意是，以他的能力和才干，他是可以挑更重的担子的，但是如果领导没有这方面的考虑，他也可以转业。

领导当时什么都没说。

不久，复员转业的战士干部名单下来了，李吟啸的名字也在上面，这让他感到非常意外，本来是一句负气的话，想不到别人并没有把他当作栋梁之材。

这次就完全不是失落而是一个重大的打击，李吟啸回到父亲统领的城市不见得特别开心，但拾红霞倒是挺高兴的，毕竟减少了许许多多的相思之苦。李吟啸被分配到市人事局，由于他的聪明和能干，工作很快就上手了。

聚积在李吟啸心头的乌云渐渐散去，但生活中的矛盾却慢慢突显出来。李吟啸关心政治，对于瞬息万变的官场风云有着一种天然的领受能力，也是他最为津津乐道的事，谁是谁的人，谁和谁不和，谁又比谁棋高一着，而谁的后台最硬……总之这一切他了然于胸，可以在明确的风向下认清自己的位置，他觉得在这方面，他父亲都没有他敏锐。同时他仍然关心国家大事，任何一种新的提法，都有着深刻的内涵，任何一位国家领导人久不在媒体露面，都有着惊心动魄的斗争，甚至他们固定的排位发生了变化，都不是也不可能是排版上的错误，而是核心内部的重新组合。

李吟啸还管得住自己的嘴，他知道这些话是不能随便乱说的，一个是将犯作为一个人事干部的大忌，第二是会被人怀疑自己有野心，自然也不是很好的为官之道。

回到家里，饭桌上，床笫间倒是可以尽情地说这些事，可是拾红霞又完全不感兴趣，不要说省市领导，就是中央领导她除了主席总理以外，其他人还经常搞错，她的话题在李吟啸眼里都是最微不足道的。

拾红霞有一个闺房密友叫成荒原，也是军队子女，也是八一中学的，她可真对得起她这个男性名字，头发短得要紧，简直就是个分头，衣服也非常中性，昏暗无比的颜色，自来旧，完全不讲究样式，好像是顺手抓来的一样，脚上永远不分季节地穿一双球鞋，不知是什么意思。荒原长大之后在电信局工作，电信局是好单位，自然是干部子女聚集的地方，消息来源五花八门，她的性格也是快人快语，不拿自己当外人。

早在八一中学的时候，李吟啸就没拿正眼看过成荒原，觉得她男不男女不女的，放在男人堆里也不会有人犯错误。可是从部队回来之后，他发现自己和荒原挺谈得来的，荒原因为没结婚，而李吟啸在部队时红霞又总是一个人，荒原就总跑到红霞这儿来玩，后来干脆长在红霞家里了。李吟啸转业回来之后，荒原有段时间没来，但很快故态复萌。

荒原也很关心国家大事，对于党在不同历史时期的方针政策，红墙秘史以及派系之争不仅如数家珍，而且还有自己的见地，加上她所处的特殊位置，几乎天天都有新鲜事。每次和李吟啸聊起来，他们总能互相佐证，互相补充。

而荒原的见地，又让吟啸觉得这个女人具备独到的眼光。

有时候他们越聊越起劲儿，拾红霞干脆打着哈欠到里屋睡觉去了，由着他们撒着欢地聊，心想，这些事跟咱们有关系吗?!

有一次红霞对吟啸说：我觉得做人还是要脚踏实地。

吟啸说：头脑清醒不等于不脚踏实地，总不能一脑子糨糊吧。

我就一脑子糨糊。

所以你充其量也就是一个匠人。

我是不如你。

你胸中压根就没竹子，怎么画竹子呢?

问题是胸有成竹也未必能当官，我看当官也就是撞大运。

幼稚。

　　两个人说不到一块，也就不说了。李吟啸觉得爱情实在是太短暂的东西，短暂得令他怀疑和拾红霞之间到底有没有过爱情？当年在部队，可能分离还帮助了他们，爱情的的确确是起到了作用。可是两个人真正在一起了，反而没什么话题了，红霞讲他们团里的事，自己乐得哈哈大笑，吟啸一点反应也没有。

　　李吟啸在人事部门工作，这个信息估计是以光的速度传播开去。部队里新一轮的复员转业军人，不管与他的交情深浅，都来找他安排或调整关于工作方面的问题。吟啸是个有胸怀的人，只要找到他的人，他都帮助他们解决各种问题，极得人心。

　　照说，他真的是适合当大官，他身上具备一切当大官的要素，譬如对事物的宏观把握，在大事件来临的时候能够处变不惊，拿出最佳的解决方案，也就是常人所说的有急才，说话做事极其有条理，能够切中要害，同时从善如流，助人为乐。可是他的命中独独就没有官运，这在他今后的人生道路上一步一步得到了验证。

　　李吟啸很快就当上了处长，而且是局里最年轻的处长，可谓春风得意，可这远远不是他的人生目标。

　　一天，李吟啸下班回家，默不作声地喝闷酒，红霞问他：你这是怎么了？

　　没怎么。

　　红霞也就不问了，隔了一会儿，吟啸自己说道：原先部队里的人，又有转业的来找我安排工作。

　　那就安排呗。

　　无意间说到一件事，让我心里特别憋闷。

　　什么事？

　　其实我提出转业的那段时间，部队已经决定保送我上军校，名单都报上去了。

红霞愣住了，老半天才说：回来了也挺好。

这显然不是李吟啸需要的态度，什么叫也挺好，太不好了，如果上了军校，那前途才是不可估量的。哪像在地方工作，干得好是你爸爸给你搭好了台子，戏当然好唱，干得不好，那话就更不好听了。李吟啸恨自己当时为什么就没熬住，保送上军校的人最重要的是素质，伸手要官，要待遇就说明了自己的素质有问题，军队当然也就无情地请你滚蛋。他真恨不得红霞骂他一顿他心里才好受。

这件事他也告诉了荒原，荒原开口就说，你真他妈的傻逼。

荒原又说，你还想当官呢，当官就得有内线，得有人给你通风报信儿，什么连队的文书啊，干部部门的干事啊，都得跟人家有私交，人家就会告诉你，领导对你有什么看法，是否决定培养你，最近来了哪所军校的名额，名单里有谁，什么时候报上去，你就是一聋子和瞎子，你太傻了你。

故事才刚刚开始，就要被各种各样的回忆打断，这也是没有办法的事。一个穿着黑色长裙演出服的拉大提琴的姑娘，怎么就变成了拿着电喇叭登高一呼应者如云的拍摄群众场面的总指挥？这个过程本身就是不容忽视的。

而且一直住在深宅大院里的女孩，又做了市长家的儿媳妇，怎么现在住进了临街的最为拥挤的小巷里？过着与《七十二家房客》完全没有区别的生活，这到底是怎么回事？

许多年来，拾红霞都保持着不跟邻居打招呼的习惯，总是没有表情地来去匆匆，她并不是瞧不起人或者对谁有意见，一方面在人情世故上她天生就不是一个周到的人，第二福禄里对她来说永远有一种陌生感，尽管一开始搬到这儿来时，她还充满了新鲜和好奇，这样拥挤的地方住了这样多的人，楼房简易得像纸糊的，几乎不隔音，隔壁人家剪指甲的声音都能听见。到了后来，她在这里生下了女儿妙妙，再艰苦的生活里也有些许温馨吧，可她好像总也找不到感觉，不是不甘心，也不是痛心疾首地觉得这里苦，关键是她不属于这里，就像欧洲移植到亚洲来的植物，你可以仍然很茂盛，但你寂寞。

福禄里，穷人聚集的地方，渴望一定会变成地名。

只要离开了公司，红霞就不再是不停说话、不停办事的那个她了，她完全换了一个人，沉默寡言。

她在阁楼上有一间不足9平米的小房间，那才是真正属于她自己的地方，窗台上养着几盆粗生粗长的花，例如万年青、紫罗兰之类，不好看但能带来生气。房间里有个书架，上面放着她平常爱读的书和报刊杂志，窗下是一张写字台，一侧是体积不太大当然质量也很一般的一套音响，两只黑色柜式的音响喇叭倚墙而立，音乐碟很多，盛满了一只大纸盒。墙上挂着一幅木刻画片，是大提琴手马友友拉琴的姿态，线条倒是蛮潇洒的。

房间的中央有一张帆布的折叠椅，上面靠着跟随红霞多年的大提琴，被擦拭得一尘不染，泛着暗红色的漆光。

生活是很现实的，红霞在这里并不是关起门来孤芳自赏，或者重温春逝的伤感，她在这里是要教几个学生的，所得收入填补家用，至今她才懂得感谢她的母亲，如果不是她当年强迫她打好了扎实的基本功，她又怎么可能在这个金钱万能物欲横流的社会上以薄技养家糊口，减轻沉重的生活负担呢?!

本来她的第一个学生应该是妙妙的，可这孩子很怪，不知像谁，她喜欢跆拳道和爵士鼓，所以她参加了跆拳道训练班，还要伸手跟红霞要钱。现在什么不要钱，厕所、问路、群众演员、掩口费——不要把你看到的东西说出来……总之，一切的一切。

有时，红霞也会问自己，白天和夜晚，哪个她是真正的她？

可能都是吧。

平稳和优越的日子，好像总也不能给人留下太深的印象，遥想当年，红霞唯一的感觉就是平淡无奇，并且很快，好日子就像华彩乐章之后的琴谱，戛然而止。

记得是一次到外地去演出，回来之后，用钥匙打开家门，荒原和吟啸睡在大床上。

红霞当时都傻了，以为自己撞入了电影故事。还是吟啸提醒她说：你还站在这儿干什么？总得让我们穿上衣服吧。红霞居然小声地说了一句对不起，便退出去了。

在大街上走了老半天，她才反应过来发生了什么事。

事后，吟啸也做了自我批评，他说是因为喝酒才发生了不该发生的事，你知道酒这个东西，那真是酒逢知己千杯少，夜晚，美酒，兴致，何况荒原也不是很丑，脱了衣服也还是很白净柔软的，搂不住火儿也是可以原谅的。

你说这是劝人的话吗？红霞当然不能就这么算了，她是一个内心很硬气的人，真不知道这种性格是帮了她还是害了她。

她搬到外屋沙发上睡觉，一天也不说一句话。

李吟啸到底还是公子哥，在其他事情上没显现出来，全在这种问题上积着呢，他倒先不耐烦了：我都已经认错了，你还要我怎么样？

我不要你怎么样，我要离婚。

我说了我和荒原不是蓄谋已久，充其量也就是一个河边湿鞋枪走火，你别把我往那头推啊。

这么说你还有理了?! 你以前在部队当兵，我一个人在家，又在文艺团体，我怎么没湿鞋和走火啊。

你这是什么意思? 难道你也得折腾出事来才肯罢休吗? 这是什么逻辑?!

拾红霞越吵越恼火，铁了心地要离婚，她父亲恨不得毙了李吟啸这小狗日的，母亲咬牙切齿要告到人事局去，让这家伙从此仕途没戏。红霞道：那也不必，只有我知道他是一个官迷，不想害他。再说这也不是什么好事，何必嚷嚷得到处都是，就说感情不和离了算了。母亲道：都什么时候了你还替他说话，我是吞不下这口气，怎么说你也是金枝玉叶。

金童玉女就这样分手了，有时候，王子和公主的诗意生活也不像人们想象的那么好。

这后来发生了一件事，是许多人包括红霞自己都没有想到的。

和红霞一个乐队里的另一个乐手，吹双簧管的宝山，是一个头发自来卷，永远是大男孩模样的小伙子。有一天晚上，他老婆突然来找红霞，神态是大军压境般的沉重，她说知道红霞离婚的消息，她已经一个礼拜没睡着觉了。

红霞看着她颇为不解，心想，是我离婚，凭什么你睡不着觉啊?

宝山的老婆说，宝山一直暗恋着拾红霞，红霞和吟啸结婚的时候，他绝望极了，下了决心终身不娶，后来他老婆追他，他不肯，他老婆说，你给我一个说得过去的理由，我也就心死了。宝山是个老实人，万般纠缠之后，便把这个秘密说出来了。他老婆说，你这不是瞎掰吗? 你喜欢人家，人家都不知道，你当和尚当得冤不冤?! 再说了，人家是门当户对，金玉良缘，不说你这是癞蛤蟆想吃天鹅肉，至少也是自作多情吧。我还喜欢电影明星呢，总不能为了一个画报上的人就不嫁了吧。不过你是这么痴情的人，倒是也让我挺心动的。

宝山说道：问题红霞是活生生的，就生活在我的身边，而且平常一点架子也没有，对人和气，又没有鬼心眼，我也不见得要得到她，每天能看到她就知足了。

宝山的老婆说，宝山当年走火入魔，大白天的，人好好的说梦话，看着真让人着急。她如果不是可怜他，何至于倾注了全部情感，为的是焐热这颗石头一般的心。现在两个人刚刚过上安稳的日子，红霞离婚的消息就不胫而走，宝山倒也没说什么，只是时不时地茶饭不思，唉声叹气。

红霞说，你们过你们的，我怎么会掺和到你们的生活中去呢？

宝山的老婆说，我要的就是你这句话。

午夜梦回，红霞重温宝山说的那些痴情的话，尤其是被一个妒火中烧的女人语无伦次地说出来，显得那么真实可信。不知不觉，竟是别有一番滋味在心头，因为这些话，即便是在新婚蜜月里，李吟啸也从来没有说过，在感情的道路上，红霞的经历十分简单，她是大家眼中李吟啸的新娘，而李吟啸也是她第一个男朋友，两个人没有什么不合适的地方，也就顺理成章地结婚了。

她真不知道爱一个人还能爱到宝山这种程度，这太让人新奇和感动了。

而李吟啸的公子哥气，并不表现在好逸恶劳或者颐指气使上，他也不是玩世不恭，但先天的条件决定了他对所有的东西都是点到即止，绝不可能全情投入，即便是对他心目中神圣不可侵犯的功名心，他也缺乏耐心，而人生的绝大部分时间其实都是在等待中度过的。

并且，他对于自己身边的人是一点也不宽容的，在他苦闷的时候，他希望红霞理解和支持他，在他需要一个谈话对手的时候，他就觉得红霞没有思想和见地，在衣食无忧的情况下更显得一无是处。

具体到宝山这个人，红霞对他还真没有什么坏印象，他是一个腼腆的人，不善言辞，让人感觉他很安静，业务上也不在人后。红霞想起，每回外出演出，宝山总是不动声色地帮她拿琴，而且没有任何非分之想。团里很多男生，常常会不拘小节吃女生豆腐，开点过头玩笑什么的，或者动手动脚，但是宝山不是这样的人，首先他对女人都很尊重。

第二天在排练场，宝山从红霞面前走过，她的脸唰的一下红了，幸亏她一直半低着头调弦，并没有被人注意。

排练开始了，几个小节之后，指挥说：双簧管，你吹的是什么调？

宝山说：A调。

全场哄堂大笑，指挥说：从昨天下午开始就改降B了，你到底怎么回事？

宝山大窘。

拾红霞离婚以后，又搬回了父母亲的独门独院。这一天的晚上，保姆对红霞说有人找，红霞一看，来人竟是宝山。宝山说：我也没有什么事，怕你心里闷，就来陪陪你。

家里也没事吗？

没事。

两个人说了一会子闲话，宝山是个知趣的人，耽搁得差不多就走了。打这以后，隔三岔五地来看红霞，也就是说说话，没有什么实质性的交谈，既不提红霞的伤心事，也不急于表白自己。有时下班以后，红霞反正不必赶着回家，总是最后一个出排练场，宝山就在大门口等她，送她回家。

红霞早就想好了，只要宝山开口说出什么话来，她是一定会让他死了这条心的。可是宝山什么都不说，只是一心陪她度过生命中最低潮的日子，都会过去的，他最多只会这么说，很不在意的样子，这就让红霞十分感动。她突然觉得，所谓爱情，其实就是不动声色的关怀。青山固然秀美，毕竟只能遥望和欣赏，溪水才是长久能伴在你身边的，就看你要什么了，或许她需要的就是这么一点点。

宝山越是好，红霞越是不忍心拆散他的家庭，她老婆无论是一个什么样的人，她爱宝山总没错，她守护好自己的家庭也没错。红霞心想，自己离了婚，再把别人的家庭搅散，未免也太自私了，而当时自私是很可耻的行为。

可是人的情感是很难控制的，离婚之后的红霞，整个人都特别灰，以前她还有个贴心的朋友荒原，现在友谊和爱情一块被葬送了，事实上，从那以后，她就再也没有见过荒原。内心十分孤寂的时候，她才能够感受到宝山给他的关爱是多么宝贵。有几天，宝山没来看她，也没有在团里的大门口等她，有人说，是宝山的老婆病了，宝山也只能守着他老婆。红霞知道以后，觉得宝山没错，但自己的心里还是有些莫名的失落。

第二天在排练场，休息10分钟之后，她发现自己的琴弦上夹着一张纸条，远望像一只白色的蝴蝶，上面只有三个字：你好吗？不知为什么，普普通通的三个字，让红霞的鼻子发酸。

红霞知道，这样下去后果不堪设想，她决定把自己处理掉，这样天下太平。

团部有一个行政助理叫徐行，因为没有业务在团里不怎么吃香，听说他的家庭条件比较困难，长相又显老，三十好几了解决不了个人问题，不仅别人爱拿他取笑，他自己也觉得矮人一头。

拾红霞考虑了三天，她觉得徐行这个人还算老实、本分，不管怎么说写着一手好字，说明他内秀，如果他不嫌自己离过婚，她有什么资格挑三拣四？最后红霞自己去了团部办公室，屋子里没有外人，只有徐行在整理艺术档案，他平常都管红霞叫小拾，他说，小拾，有什么事吗？

红霞用公事公办的口气说：徐助理，你考虑一下我的情况，如果愿意的话，我想跟你结婚。

这句话对徐行来说简直是晴天霹雳。

当然这是久旱遇甘霖的那种晴天霹雳，徐行不敢相信这样的好事会落在自己头上，是的，拾红霞同志是结过婚，可是她如果不是离了婚，还会有别人什么事呢？! 特别是你徐行，要条件没条件，要长相没长相，贫穷人家的孩子，如果不是拾红霞同志的情绪低落，就是再离几次婚也轮不上你徐行啊。

每一个社会阶段都是等级森严的，持平等观念的人实在是误解太深，或者太把自己当回事了，人和人不一样，徐行的家在外地，虽是沿海大城市，可是水泥森林、江滩美景以及夜猫子眨眼一般的霓虹灯跟他或者他的家庭有什么关系？他家住在福禄里，简直就跟荣华富贵高官厚禄搭不上边，那里住着清一色的蚁民，他的父亲在照相馆工作，母亲有癔病，对周遭的世界充满怀疑，买个菜她要骂，便宜了贵了她都有话说，倒个垃圾她也骂，每时每刻都能挑出别人的毛病来，两个妹妹住是住在家里，但是自己顾自己自私得要命，交饭钱大月小月不一样，护肤品别人不能碰。每次徐行回家探亲，说句老实话住三天就烦了，巴掌大的一块地方，吵吵嚷嚷的日子怎么过？

有时他真庆幸自己分配工作时去了外地，而且也从来没想过要杀回老家去，他就想在外地成个家，自己过自己的，至少清静。

拾红霞的父亲是当地军方最高首长之一，家里配有红旗牌小轿车，徐行还从来没坐过小轿车呢，有权力的生活他想象不出会是一个什么样子？红霞本人的条件也很不错，不过她不会有什么生理缺陷吧，要不然怎么可能下嫁给他这样的人呢？徐行想。

不过，即便是有任何情况发生，这样的诱惑对于徐行来说，都是没法抵挡的。

等到徐行从一片纷乱的思绪中回过神来，才发现办公室里只有他一个人。

婚礼非常简朴，红霞和徐行登记之后，就一块回红霞家吃了顿饭，也就算是一家人了，在这之前，红霞的父亲找他谈过一次话，中心意思是希望他能对红霞的一生负责任，并且提出由红霞家出钱把他在外地的父母接来参加他们的婚礼，看看他们的新房，一番好意都被徐行婉言谢绝了。

红霞结婚前夕，宝山来找过她，他们就站在院子里，宝山涨红着脸质问红霞：你这么着急结婚干吗？不结婚你会死吗?! 这一回宝山是相当失态的，红霞低着头不说话，宝山最后说：你太让我失望了!! 红霞想说，我这么做完全是为了你好。不过最终她什么也没说。

宝山走了，从此两人形同陌路。

生活中的许多事是怕什么，来什么。

不到一年的时间，徐行已经很适应小家庭的生活了，他们就住在红霞家的院子里，反正房子多的是，家中保姆和警卫员一应俱全，可以说是万事不愁，他可尝到了饭来张口衣来伸手的日子了。最重要的是他还坐过了小汽车，当然红旗牌是首长的专车，不可能让他随便乱坐，是有一次北京战友文工团来演《长征组歌》，他和红霞陪红霞的父母去观摩，就是坐小汽车去的。那种感觉很奇妙，内心有一种不可思议的狂喜。

军区礼堂的座位，他们被安排在第四排，徐行回头一看，团里的许多人包括团长都坐在 15 排以后，他都有点得意忘形了。

徐行总算知道了，高官都是和蔼可亲的，红霞的父母对他挺不错的，也没有什么架子，徐行跟红霞出双入对地上班，一切风平浪静。

可是很快，徐行家的信件就像雪片一样地飞来，原来他父亲得了急性青光眼，治疗不当又转成慢性的了，这样他便不能再当照相师傅，因为他看也看不清，照出来的人模糊一片，只好回家吃劳保，可他是个做惯事的人，猛地一闲下来肯定是很难受的，而且眼睛不好就谈不上安度晚年，看不清东西他急啊，越急病就越难好，加之老伴病态地唠叨，他的视力很快就下降到仅有光感。

这下子日子还怎么过？徐行的妈妈和妹妹一个劲来信叫他调回老家工作，把那个即将土崩瓦解的家撑起来，徐行拖得实在不能拖了，便跟红霞商量，红霞并没有意识到问题的严重性，她说，那我就跟你一块调过去吧。徐行心里暗暗叫苦，心想，我的姑奶奶，你是没过过那种人间地狱的日子！可这是自己家的事，不管也得管，徐行真是哑巴吃黄连，有苦说不出。

红霞心里是另有苦衷，就是她跟宝山的关系怎么也处不好，两个人虽然没有联系了，但是宝山瘦了很多，而且神情总是很忧郁，又听说他一直想调到外团去，不管怎么说，他的痴情还是很让红霞感动，慢慢地，红霞也感到了一种情感的煎熬。红霞觉得如果是自己调走，也不失为一个根治问题的良策。

多少年以后，红霞都觉得可笑，自己当年怎么会这么讲风格？现在的人，男女老少都算上，连免费避孕套都抢，何况世间难寻的爱，死都不会让给别人。

红霞的父母知道了这个情况，也觉得红霞应该跟徐行一道担起大家庭的担子，在这样的情况下，徐行也不敢说自己决心贪图享受，一定得留下来。心里面对他的家庭和父母包括妹妹只有恨。

红霞的父亲通过自己的关系在沿海大城市为小两口找工作，隔了一段时间便有了回应，徐行在音乐学院仍然做行政工作，红霞要想进文艺团体就比较困难，因为大城市的大团总是很热门的单位，红霞的父亲毕竟不是在当地担任要职，隔着一层关系，人家给不给你面子两可，这样红霞就只能改行去了华林公司的前身无线电六厂的团委工作。

徐行和拾红霞来到福禄里的第一天，他们提着行李风尘仆仆地走进家门，红霞便看到许多家用物品在自己的眼前飞来飞去，原来徐行的父母正在吵架，徐行的父亲因为烦躁抓到手边的任何东西都扔过来，徐行只有一个妹妹在家，对着镜子卷头发卷，就像什么事都没发生一样。

徐行妈见到徐行，并没有跑过来抱着他哭，也没有半点久别重逢的喜悦，而是说：徐行你回来得正好，你看你爸爸有多不讲理，我去买菜没人扶他上厕所，一回来就跟我大发脾气，说到这儿徐行妈又转向徐行爸，难道你眼瞎心也瞎吗？我不买菜你吃什么？再说了，你眼睛出问题又不是我害的……

徐行爸骂道：你少说废话，你到楼下买菜要花三个钟头吗？

徐行妈道：我碰上街坊邻居的总得跟人家说几句话吧。

徐行爸道：你那是几句吗？你不知道家里还有个病人吗?! 再说你

掺和人家家的事还少啊，自己过不好，也想别人天天吵架?!

徐行妈急了：当犯人还有放风的时候呢，我为什么不能出去走走，你要憋死我啊!

徐行爸道：你放心吧，我比你先死! 赶紧去给我拿裤子，我尿裤子了。说完这话，他就脱裤子，红霞当即就傻了眼，哪有一进门就看老公公脱裤子的? 徐行吓得一个箭步冲上去喊道：爸，家里还有外人呢。边说边抱住老爸的腰，阻止他的裤子滑落下去。

当晚，徐行和红霞便草草住下了，红霞跟徐行的妹妹睡床上，徐行睡地下，腾出阁楼间是后来的事。

收拾完东西，到新单位报了到，徐行的妈妈便跟两个人正式谈话，她说饭钱你们也不必交给我，你们的口味我也不知道，你们吃你们的，自己开伙。红霞听得直发愣，看着徐行，徐行忙道：妈，咱们就一块吃吧，我们交饭钱，你做什么我们就吃什么，保准不挑……徐行妈打断他的话说，开始都这么说，后来全吵崩了，不如一开始就分开，谁也别怨谁。她后来还说了好多其他的事，红霞全没听，光吃饭这件事就把她给震住了。

简陋楼房的厨房间是公共的，从此红霞进入了烧饭大军。

不过红霞心想，人心都是肉长的，只要自己做得好，冷酷的家庭关系一定会得到改善。每天下班以后买菜，她总要买些好吃的，做好之后送到公公婆婆面前，公公的脏衣服她也主动拿去洗，反正家务事她都是抢着干的，还给公公念报纸。对此，她认为徐行最应该对她感恩戴德，没想到说风凉话的恰恰是徐行，他阴不阴阳不阳地说，我劝你还是悠着点吧，我们家的人都是客气当福气，你揽的活儿以后就全是你的活儿，推也推不掉，还落埋怨。

红霞说：那没人买水果我总得买吧，买了总不能到厕所去吃吧?!

徐行说：我的意见是不买也不吃，或者买一个，在下班的路上吃。

红霞吃惊道：这可是你家，怎么我为你的家人着想你还有意见?！

但是事实证明徐行说的是对的，自打红霞买了两次水果，全家补充维生素的任务就落到了她的头上，有时公公婆婆还会提醒她，红霞，买点水晶梨吧，那种梨好吃。

吃饭方面，他们也隔三岔五地不开伙，叫红霞做多点菜送过来，星期天，红霞就只能是洗衣服，因为除了自己的之外，还有公公婆婆的，好大一堆，洗不完似的。徐行的两个妹妹也不是省油的灯，背地里跟红霞借钱，也不多借，十几块，几十块，这样也就不还了。

渐渐地，红霞的形象就变成，下班之后的她，小拉车上放着沉重的煤气罐，另一只手挎着菜篮子，快步如飞，一路小跑地回到家，扎上围裙就开始干活儿，跟这个城市里的任何一个家庭妇女都没有区别。

有一天红霞感冒发高烧，下班回家就倒在床上了，徐行下班回来，看见红霞病得不轻，他母亲问也不问，自顾自地在跟他父亲和妹妹吃面条，徐行看不下去，说道：妈，你给红霞熬点白粥吧。徐行妈说：又关我事？说好了分开吃饭，就是这个意思，你心痛媳妇没错，也用不着这么恶声恶气的。

徐行当即火道："我可以说红霞就是累病的！你给她熬点粥怎么了？还用我说？她平时是怎么对你们的?！你们都听好了，我会跟她搬出去住，永不回来。我是一个自私的人，这你们也知道。"说完出门给红霞买了一碗粥，一包榨菜。

这以后徐行的家人有所收敛，但也没维持多久，等红霞的病好了，生活又恢复了原来的样子。

红霞有时候会非常迷茫，她也不知道该怎么做才好。在单位里，别人不愿意做的事，吃力不讨好的事都推到她头上，有一次就有第二次，越好说话事越多。回到家里，她尽心尽力地对徐行的家人，她希望找到一家人的那种感觉，毕竟在这个城市里她是没有亲人的，而给父母写信她又只能报喜不报忧，结果不要说徐行的家人，就连徐行都对她意见挺大。徐行跟他妈妈吵完架不久，又跟红霞大吵一架，他嫌红霞花钱大手大脚，何况又没花在我们自己头上，大部分打了水漂儿了。红霞说，我花的是我的工资，孝敬的是你的父母，而且又没跟你要钱。徐行说，那也不行，这样会影响我的生活水平，我就不愿意。

两口子总有好的时候，好起来，徐行也好言相劝，他说，红霞，我其实更喜欢拉大提琴的你和在家当大小姐的你，什么事也不管，还那么温柔和气，你看看你现在都变成什么样子了？红霞说，这能怨我吗？徐行说，我们家条件是不好，可你也用不着大包圆，说一句不好听的话，我太了解我们家的人了，他们也不会说你好。

谁说不是呢？徐行家的邻居都在徐伯母的面前夸红霞，说她能干，心好，里里外外一把手，特别是有一次，福禄里第一次开进来小汽车，原来是红霞的爸爸到这边来开会，顺便看看女儿过得怎么样，他的老战友自然要开车送他来。这样，街坊四邻便知道了红霞还是大官的女儿，对她的溢美之词更是层出不穷，徐行妈只是撇撇嘴。

那段时间，还有一件重要的事情要提一下，就是在红霞怀着妙妙的时候，她在单位里突然接到一封信。

信是荒原写的，她在信里非常诚恳地说，这辈子她最对不起的人就是红霞，由于她是一个率性而为的人，喝多了酒什么都敢做，现在后悔也来不及了。其实她跟吟啸也只是谈得来，说不上有多么深厚的感情，所以他们虽然还有来往，但是吟啸已经跟一个电视台的主持人结婚了。

她说，本来她是不想写这封信的，也不奢望红霞会原谅她，但她知道了红霞调走了的消息，离乡背井还要担起别人家的生活重担，她觉得心里实在是太过意不去了，祸是她闯下的，受罪的人却是拾红霞，所以她必须写这封信表示她的忏悔。

荒原没有说她是怎么知道红霞的地址的，红霞推测可能是自己的父亲跟其他的老干部提过，传到荒原父亲那里也未可知。

妙妙那时候已经有胎动了，红霞就觉得婚姻实在不是什么可靠的东西，是一系列错位造成的结果，所谓的爱情，里面充满着荒谬。

拾红霞当然不会给荒原回信，到底有多恨她其实已经不重要了，只是她不愿意再面对这个人，这个毁了她家庭的人，她也因此而不相信友谊，这些东西和欲望相比都是不堪一击的，不值得多么看重。

就这样，荒原的信断断续续来过好几封，红霞根本不会回应，也终于像夏季里的最后一场雨，止住了。

在这之后，灾难就降临了，红霞突然接到家里的电报，说有急事速归。红霞知道，不出大事，家里是不会这么做的，她和徐行坐火车奔回家去，才知道父亲已经脑溢血死亡，家中布置了灵台。红霞问她妈妈这到底是怎么回事？她妈妈不说话只是哭，后来又说是开了好几天的会，可能是太累了，家人也说不出个所以然来，只说发现他时，人已经过去了，倒在他办公的书房里，人还端坐在写字台前，只是头已经歪到一边。医院说，首长忙，累，日积月累总会出事的。

参天大树，轰然倒塌。事先连一点先兆也没有。

红霞始终没办法相信，父亲就这样去了，在她的心目中，父亲是强大无比的，像巨人一样，能够指挥千军万马，是力量的象征，永远也不会倒下。当初她离开家的时候，什么也没多想，一心是去解决徐行家的问题，父亲还鼓励她对生活要保持积极的态度，尤其是碰到困难的时候，这些话还音犹在耳，人却阴阳两界了，你叫她怎么相信眼前发生的一切都是真的？

红霞心里很难过，坚持一个人守灵，夜深人静的时候陪爸爸说说话，她爸爸一直是很疼她的，这一点只有她心里最清楚。她想做的事，父亲就是心里不愿意，嘴上也不会说出来，她觉得父亲临走时，肯定很想跟她说点什么，他想说什么呢？

徐行是这样一个人，他的内心其实是蛮冷酷的，不知是不是从小的贫穷和丝毫感觉不到生活中的温馨所造成的，后来他几乎一直在与这种阴影做斗争，可是斗争来斗争去，他也还是认为人与人之间没有所谓的感情，只不过有利益和需要而已。

为什么人在困难的时候就有爱情，千篇一律地能同患难，就是不能同享乐?！就是因为那根本就不是爱情，只不过是合力之中的男女对困难的恐惧而已。

至于婚姻，那就更可笑了，那完全是环境下的产物，如果他和拾红霞一直生活在深宅大院，或许幸福的感觉可以维持得长一些，甚至一辈子风平浪静。但是移植到杂乱无章一片混乱同时经济又十分拮据的日子里，他就觉得毫无幸福可言。他爱拾红霞吗？他们毕竟不是轰轰烈烈地爱过才结婚的。可是他不爱她吗？他又说不出来她做错了什么。

是的，他的出身卑微，但这一点也不妨碍他不喜欢甚至讨厌自己的老婆具备极其吃苦耐劳的精神，他不喜欢女人的手粗得像一号砂纸，可以用来打磨家具，他也不喜欢劳动妇女身上的那股味，说白了就是伙房和家务事混合在一起的那种味道，勤劳毕竟是美德而不是美感，在这个问题上他是十分敏感的。

而且，他总觉得拾红霞并不是心甘情愿这么做，她觉得她有责任，千万别跟我提什么责任，责任也是相对的，与你不相干的事你就不用负责，否则就是莫名其妙。或许，她更看重的是她自己的救世主的形象，她要成为这个家庭的顶梁柱，而且别人越夸她，她就越热爱这个角色，并且下决心把这个角色演得好上加好。

徐行觉得拾红霞也不爱他，她为什么突然提出要跟他结婚，这至今还是个谜。就算他不追究这件事，至少在结婚之后，尤其是回到他的家里收拾残局，她简直就是一个精神上的自大狂，她尊重过他吗？她在什么事情上问过他的意见？她希望知道他的感受吗？

过去只能说她没有条件表现自己，现在她可找到自己的舞台了。

家里的那些琐事就不用说了，怎么劝她，她都是正义和善良的化身，相形之下他就像小丑一样，但不管怎么说，他还能体谅她的苦心，可是在房子的问题上，他是无论如何不能原谅她的。

这件事的起因是，红霞由于工作积极，位置提得比较快，虽然都不是什么大权在握、人见人想的职位，但也属于一定的级别，这样在分房子的问题上，就高不就低，自然是无线电六厂按照她的职务解决，音乐学院这边就不考虑了。分房子，历来都是各个单位的难题，红霞好不容易分到两间一套的房子，旧是旧一点，地段还可以，徐行打的如意算盘是换到父母家的附近，他和红霞搬出去住，同时也可照顾家里。

这个决定本来是合情合理的，但是首先遭到了父母的反对，父亲意见最大，他说他眼睛坏了性子就急，徐行妈一是靠不住，二是见他屎尿在身也看得下去，几天不洗不换也看得下去，只有红霞会来帮他，照顾他，同时他发脾气红霞会忍他；徐行妈也觉得红霞不会跟她斤斤计较，干吗要放走她？除此之外，徐行有一个不常回家的妹妹得知了这一情况之后，每天缠着红霞，要借这套房子结婚，她说，就是因为没房子，谈两个对象都吹了，自己一把岁数还挤在单位的集体宿舍里，说是可以找一个有房子的，可有房子的男人那还不是千挑万选，也轮不着一个氮肥厂的女工啊。

红霞一时被他们说软了心，也就答应了房子先让徐行的妹妹结婚用，将来怎么办以后再慢慢想办法。

晚上徐行下班回家，一听说这事就撺儿了，他说，拾红霞，你以为你是谁呀？你以为你能救人于水深火热之中？你还是先救救你自己吧！当时，红霞并没有理解这句话的真正含义，后来她才渐渐琢磨出味来。

徐行没有在家吃晚饭，他一个人到外面的小饭馆，要了一瓶啤酒，半斤饺子，气势汹汹地边吃边喝，心想，拾红霞真是太不把自己放在眼里了，这么大的事，她至少也该跟他商量商量，他们长时间挤在家里，日子怎么过?! 住在家里，工资是月月光，也不知都花哪儿去了，两个人一点积蓄也没有，对家人不是不能好，但是人与人之间的关系复杂得很，就拿父母亲来说，身体虽然不算最好，至少还有 20 年好活，你真的确定你能忍 20 年吗？能这么任劳任怨当牛做马 20 年吗？如果不能，现在就要有点距离，先安顿好自己的生活，有节制地帮助他们才不失为一个成年人的成熟举动，还有他妹妹，他也不是不想她好，但是占房子这么大的事，她能说出来就证明她是一个自私自利的人，对于这种人，你拿出多少她都不会领情，那你又有什么必要这么做呢?!

而他们自己，日子已经过得争吵频繁，毫无生气，性生活也只能偷偷摸摸来那么一下，憋死不能出声，以前是做完了就埋怨，现在是还没做就没情绪了……

　　退一万步说，就是把房子让出来，这种话也该让他徐行来说，自己的男人即便是位置不高，面子就更得给足，这是不言而喻的。只有拾红霞是一点常识都没有的人，徐行觉得跟她在一起生活空前地累。

　　此外，徐行始终都承认自己是一个势利小人，真的，可以说现在，拾红霞身上仅有的一点吸引他的神秘感和耀眼的光环都已随着她父亲的过世而渐渐远去。

　　这天晚上，徐行在氮肥厂的妹妹上夜班不在家，不知道为了房子的事情哥哥和嫂子闹得不可开交，当然她很快就知道不配合的人是她哥哥，于是在一个大白天，冲到音乐学院徐行的办公室大吵大闹，搞得其他办公室的人都来观战，以为徐行在外面搞大了别的女孩的肚子，后来知道是兄妹，感觉胃口白被吊起来了一回，不好玩，也就散了。

　　这事让徐行晦气透了。

　　还是回到现实生活中来吧。

　　庸常的日子绝不会因为庸常而放慢脚步，人在瞬间老去。转眼拾红霞已经成为她最不愿意承认的中年妇女，妙妙都已经上初中一年级了。

　　像以往的任何一天一样，红霞在上班时间准时来到办公室，她看了看工作安排，全天除了大会小会之外，还有公安局的人要来调查公司外国专家的确切背景，以保证没有恐怖分子潜入我国，同时要落实"洪水无情人有情"的具体的捐钱捐物计划。

　　这时，她看见桌上的一摞全公司适婚育龄职员的计划生育表格，才想起来这些表格也要按照上级规定的时间交上去，信手一翻，只见一张表格上写着"有病"两个字，定睛一看，是一张空白表格，上面只写着有病二字，至于其他表格，也是相当放肆的，譬如表格上的问题：请问你采用什么方式避孕？在什么时间使用？就有人写着个人隐私，恕不外传，还有人的回答是上半夜吃药，下半夜戴帽。这些人到底是怎么回事？计划生育是我们国家的基本国策，理应严肃对待，在这种问题上玩个性，红霞心里很不以为然。

当然这些表格不能就这么交上去，还得做耐心细致的思想工作，要让这些同志认真填表也不是一件容易的事。

翻看着这些表格，印刷体的黑字：初婚、再婚、上环、安全套……种种这些字的反复出现，突然就让红霞的内心翻腾起来，而且是压抑已久的一种情愫，它们像倾泻的山洪一样奔涌而出，连红霞自己都吃了一惊。

徐行已经很长时间碰都不碰她了，尽管他们还睡在一张床上，但是通常徐行会背对着她，或者用被子把自己裹严，像婴儿一样熟睡。

他们一开始结婚时，徐行很热情，可能是他晚婚的原因，几乎每天晚上都要，而且有的时候一个晚上两次，搞得红霞都有点招架不住，心中暗想，李吟啸从来没有过此番豪情，他其实就是随心所欲，骨子里并非是风流公子，做这种事也是有一搭没一搭，或者说官瘾大的人就不可能儿女情长？反正拾红霞也搞不清，就是觉得徐行性欲过于旺盛了，就怕时间久了不协调。

等他们搬进了徐行家，开始还行，因为条件有限，也只能偶尔为之，但随着争吵的次数增多，做这件事的次数也就越来越少，直到徐行说，拾红霞，你救救你自己吧！那之后徐行足足三个月没理她，好像是在用这种行为制裁她似的。

而现在，他们至少有三年不在一起了，她是一个正常的女人，不可能没有这方面的需要，而且她很适中，既非冷淡或亢奋，但同时她又是一个传统的女人，从来没干过挑逗男人的事，哪怕这个男人是自己的丈夫，在这方面，可以说她是极其刻板的，而且她也习惯了徐行主动进攻的方式，也就是说，徐行若没有表示需要，这件事就做不成了。

记得有一天晚上，她鼓足了极大的勇气，慢慢地把脚伸到徐行的那一边，在他的小腿肚子上来回摩擦了两下，徐行突然回过头来一本正经地说：你干什么？见她愣住了，又说，有什么事吗？

没事。

没事就好好睡觉。

她也知道应该好好睡觉，第二天又是战斗的一天，但是这个晚上，她失眠了。

对于徐行，她也说不出什么来，他每天按时上下班，工作之余没有什么特殊的爱好，也就是看看报纸和电视，晚上极少外出，就是出去，10点钟以前也一定会回来。有一点他是出奇地好，那就是陪妙妙做功课，如果妙妙早做完，就跟妙妙玩一会儿，应该说他是一个好父亲。

拾红霞觉得自己越来越干渴，越来越需要性爱的滋润，可徐行就像根本不知道夫妻之间还有这回事似的，每天过着十分规律有序的生活，丝毫不理睬她的感受。

有一个晚上，她也是背对着徐行，忍不住哭了起来，因为说不出才无比地伤心，而且内心寂寞得像沙漠一样，她的隐泣声惊动了徐行，徐行在黑暗中说：你怎么了？红霞带着哭腔说：你能抱抱我吗？徐行那边就一点动静也没有了，就像是电话断了线一样，任何反应也没有，再后来就传来徐行细微的打鼾的声音。

这个晚上，她吃了有生以来的第一片安定。

不美满的生活也得过下去，红霞生性不是风骚的女人，像飞个媚眼或者打情骂俏的事她也不在行，出门在外也就谈不上自我调剂，唯一可行的是在单位拼命地工作，万事操劳，回到家也有干不尽的家务，总之把自己安排得满满的，以至于倒在床上已是不省人事，瞬间昏睡过去。

人一琐碎，再难优雅，以前的那个不食人间烟火的文艺女孩，现在已经是雷厉风行，整个一个风风火火闯九州的形象。

这时的她，肯于吃苦耐劳已经不是好强，而是身体和内心的需要，也只有这么做她才能重新达到一种平衡，不至于让自己的身心备受煎熬。但是红霞不知道，她的许多做法已经让她和徐行之间的距离越拉越远。

并且，她的理想主义的行为方式也在事实面前碰得粉碎，一切尽如徐行所说，首先是她自己的生活出现这样严重的危机，先救救你自己吧，真是这么回事，目前她的心力交瘁必须用更深重的心力交瘁来治疗。

其次，她终于对徐行的父母失去了耐心，不管他们感不感谢她，她都已经十分疲累，时间是最好的老师，它让她看清了自己：并没有自己想象的那么无私和高尚，骨子里也不是什么任劳任怨的人，徐行这样对她，徐行的父母也没说她半个好，他们和徐行有说有笑照样是一家人，而她做的任何事都是应该的。

人都是很普通的，对她来说也是一样。红霞心想，自己也是图回报的，没人感谢她，没人关爱她，她不是做不下去了吗?!

同时她也是会抱怨的，凭什么她当牛做马还要受徐行的冷淡，凭什么他们家一儿两女，都不愿意尽心尽力地对待父母，而她作为一个外人就必须冲锋陷阵?!

在认清这个现实之后，她也开始挂脸色了，正如徐行所说，许多事是她做开的，那就永远变成了她的事，虽然她不能不做，但是绝不可能和颜悦色了。有时候把饭锅、脸盆放得声音响一些，不出奇啊。奇怪的是婆婆不但没有当面撕破脸来跟她吵，还主动把饭做上，只等她回来炒菜而已。徐行开电车的妹妹嫁出去以后，楼上的小阁楼就属于红霞了，理由是她要教学生挣钱补家用，她也真的是每个月交到婆婆手上一些钱，为的是心安理得地少干点家务，婆婆也就默认了。

事实上她对徐行的父母到底有多深的感情？在他们并不见得多么感恩戴德的情况下，她还不是厌倦了，或许换上她自己的母亲会好一些，当然假设是毫无意义的。

福禄里的家她是越来越懒得回了，有时会故意晚一点回去，如果是长假期，她觉得在家待着就一定会疯掉。利用一个五一假，她带妙妙上了黄山，徐行当然是不去的，如果是十一，他也是单独带妙妙去张家界。有的长假期实在没事，红霞就代人在单位值班，以不用在家待着为准绳。

想起徐行一开始警告过她的那些话，现在想来没有一句是不对的，更加千真万确的是，她就是不应该把自己分到的房子让给徐行氮肥厂的妹妹结婚，他妹妹和妹夫是在那里结了婚，生了孩子，后来妹夫辞职做生意去了，发得不清不楚之后，先让妹妹跳出氮肥厂，自己开了个美容店，然后他们在外面小区里买了商品房，这旧房子应该还给红霞了吧？不，悄声不响地租给别人收租金。

这件事本来他们对红霞瞒得水泄不通，过去不发财不来看父母，现在发了财更是不露面，省得家里人像狗皮膏药一样地在身上粘着。

起因是红霞单位里的一个退休工人，也是多年前跟红霞分在一栋楼里，知道红霞让房子给妹妹结婚这件事，无意间碰到红霞，便多嘴对她说，你妹妹早就不在那儿住了，房子租给别人，有时是三陪小姐，还是注意点好，省得万一闹出什么事来大家不好。

红霞一听，头都大了，根本不相信会有这么离谱的事，当天下了班，家也没回直奔老房子，三陪倒是没碰着，是一个剃着青皮的半大小子开的门，他说他在这儿看着货。红霞问道：什么货？那人想了想不肯说，红霞把他扒拉到一边，推门进屋，见满满两房子装箱打包好的电脑，看来人家租这里是当仓库了，租金肯定也高。

憋了一肚子的气，红霞像一个炸药包似的，几乎是冒着白烟回到了家，劈头就跟徐行说这事，徐行在音乐学院待久了，遇事比较有涵养，静静地听她把话说完，淡然道：有什么大惊小怪的，这事我早就知道了。

那你为什么不跟我说？红霞更火了。

跟你说有什么用？

咱们把房子要回来啊！

人家连面都不露，就像在白区工作一样，你知道她家住在哪儿吗？你知道她的美容店开在哪条街上？你去跟谁要房子？！

红霞愣在那里，半句话也说不出来。

生活的这一仗，人情世故的这一仗，红霞是彻底打输了。这一天的晚上，红霞晚饭也没吃，一个人在小阁楼上生闷气。她拿出香烟来，一根接一根地抽着，否定自己当然是很痛苦的，但是她不怨别人，也怨不得别人，一开始她就不应该这么不负责任地对待自己的婚姻，而且这么做对徐行也不是负责的态度，在这个问题上她不自私吗？她想在宝山的问题上显得不自私，那就一定会得罪自己和徐行，这种没有基础的婚姻必然也是这样的结局。

也许是当年过于年轻了，也许她对生活的理解也太浅白简单了，总之，为什么人只有面对不可救药的残局时才会自省和反思呢？！

无惊无险，又到了下班的时间，今天是星期五，红霞不用急着回家，因为徐行开电车的妹妹一家人会过来，这个妹夫喜欢烧菜，她只要给他们的孩子买点玩具或者衣服什么的就皆大欢喜。

钱是个好东西，红霞许诺等孩子上了学，她送给他一台电脑，这样，她跟开电车的妹妹就亲如一家了。

婆婆对她也过得去，因为每个月在她唯一的儿子徐行那里是拿不到一点零花钱的，而红霞按月给钱，手面也比较宽。尤其她还能教大提琴，那可是按小时算钱，现在全中国能按小时拿钱的人也属稀有，再者，华林公司的效益也是稳步上升的，这样奖金和福利就有保障，每个月拿到手里的钱，徐行是不好比的。

所以白天，红霞在家里不能说威风八面，也还是受到尊重的，徐行在清水衙门，根本充不了英雄好汉，就连妙妙都知道，学校春游，参加跆拳道的费用，同学过生日送小礼品，还有她每个月的零花钱都得手板向上管妈妈要。

当然晚上，她就过得很不好，因为女人的确是需要有人疼有人爱的。

并不是一定要做什么，不做她也不会死，可是她长时间地生活在一个无比冷漠的磁场里，她简直要发疯了，有时她忍不住说，你就不能说点什么吗？徐行说，有什么好说的？她知道徐行也不是一天就变成这个样子了，在这个飞速发展的社会里当小职员，挣的那点工资数都不用数，一目了然，他肯定是不会愉快的，成功男人的两件宝贝，香车美人，哪一样他能沾上边？可是这能怪谁呢？红霞想，这一切又不是我造成的，我也没嫌弃你，不仅不嫌弃，还想方设法挣钱减轻你的担子，就算老婆的手是左手摸右手，总还是手吧，总可以摸一摸吧。

拾红霞第一次觉得她的生活状态未必比三陪小姐好，至少她们是越夜越美丽，而她是越夜越寂寞，她都有点害怕夜晚了。

这个想法不仅是让她自己吃了一惊，更感到心境的悲凉。

的确，在钱的问题上，徐行其实是非常自卑的，当今社会，谁不想跟钱做好朋友？这也是有钱人朋友多的具体体现，他没钱，又没有才华，谁还能跟他怎么样呢？像音乐学院那些妙龄女学生，找他办事的时候就徐老师长徐老师短，真正闹起风流事来，还不是呼呼地往年轻教授身上贴，往那些给影视剧写音乐都写疯了的作曲家身上贴，有谁会多看他一眼呢?!

有一个女学生办出国，到他办公室来，总是先甜甜蜜蜜地一笑，让他三魂丢了七魄，为她跑事腿都跑细了，人家去了法国以后，连封信都没给他写，当他是苦力。徐行心想，如果他有钱，就不会甘心当小公务员，不当小人物，这些人敢对他这样吗？

他对自己连同这个世界是失望透了，就算别人是过客，毕竟风光过，住华屋，开宝马，左怀右抱的不是美女就是天仙；而自己只是一个看客，只能看着别人尽情表演，这是最让一个男人受不了的折磨。

自己过不好，就得折磨别人，就像太监对有私情的主子或宫女，比慈禧太后还要歹毒一样。可是现在世道变了，作风问题这个词已是过了时辰的旧钱币，早已废弃不用，尤其是别有洞天的大学校园，对这类事的处理原则是民不举，官不纠，就是民举了，学院也没有哪个官儿愿意纠，都是劝其回家关上门自行解决。不像某些行政机关，这种事能讲一两年。

他现在最看不顺眼的就是拾红霞了，他们根本就不是一类人，永远也想不到一块去，加之有些积怨，而且他觉得拾红霞太自以为是，这种与生俱来的毛病让他厌恶透了，种种的不和谐让他觉得便宜没好货，白捡的东西会是好的?! 自己当初不是混了头，断然不会答应这件婚事，徐行甚至有点上当受骗的感觉。

可是现在再搞清楚当初是怎么回事已经没有意义了，所以他绝不追究，查出来自己是替代品，还不是自讨没趣。从他一直找不到对象开始，到被拾红霞拿来凑数，加上越过越没指望的日子，他认定拾红霞就是他命里的灾星。

他当然知道拾红霞需要什么，他开发了她，怎么会不知道她的需要？但是看着她饱受煎熬他就是有一种愉快，否则他生活中是一点愉快也没有了。

现代人谁不变态？可以说每个人都是变态狂。

他当然不会跟她大吵，更不会有暴力倾向，那样的日子没法过她就很可能走掉，她是这个家的经济支柱，这谁心里都明白，家庭是最具潜力的哑铃，只有举着它的人才知道它的重量，从这个角度说，拾红霞是不能走的，他也不想让她走，但他也不能在所有的事情上都甘拜下风，也可以说这是他最后的尊严。

徐行的内心，是任何人都进不去的，他甚至觉得自己有时都在门外徘徊，这真是一种没有方位的沉沦。拾红霞当然更不知道他在想什么。他到底是怎样的一个人？她还在竭力地挽救自己其实已经灭亡了的婚姻。

有时候，女人的可悲是不可救药的。

下班之后的拾红霞，径自去了心理咨询诊疗室，她几乎每周都去。高速的现代生活本身就是病原体，不需要太长的时间，约见心理医生的现象就会像吃饭睡觉逛街一样寻常，因为犯病是早晚的事。

红霞的心理咨询师是一个脸上没有血色的女人，她一点妆都不化，自然短发，说话的声音不高，非常耐心和温和，给人职业化的感觉。因为她的年纪不大，大约三十冒头，姓周，红霞便管她叫小周。红霞对小周的信任来源于她了解了红霞的概况之后，建议让自己的大师兄为红霞专诊，理由是心理治疗的分类很细，而她的大师兄是这方面的专家。红霞说，那你是哪方面的专家？小周说，我还不是专家，但是我专攻变态心理学。红霞想了想，虽然有点不对症，但是自己的问题无论如何不可能对一个男人开口，于是她说，还是你为我诊疗吧。内心里，她对小周的实事求是的工作态度很以为然。

按照约定的时间，红霞走进诊疗室的门，小周已经在那里等她了。

诊疗室里并非一片洁白，小周也不穿白大褂，只是一身整洁的休闲装，看上去轻松、舒服的样子。室内很像咖啡厅的一隅，桌上铺着绿白相间的格子台布，一套白底蓝花的茶具，精巧的壶里飘荡出龙井的清香。

拾红霞觉得，这里比她的家强多了。不过她按小时收的学琴费，也要按小时地付给小周，这当然是两回事。

小周说："这个月的例假正常吗？"

"量很少……不会突然闭经吧？"

"不会的，你还很年轻，不会发生这样的事。"

"最近睡觉总是做梦。"

"都梦见什么了？"

"乱七八糟的片段，互相也接不上。"

"什么片段？"

"……还是算了吧。"

"如实地说出来，这很重要。"

"记得最清楚的是公公婆婆站在大街的中间骂我，骂得昏天黑地，我也不知道为什么我也不反驳，只是低着头站在那里……还有就是……"

"就是什么……"

"我跟一个莫名其妙的人做那件事，很明确的是我受虐待，可是居然我有了快感……就是在梦境里，你不会觉得我很下流吧？"

"不，这很正常，因为这些都是你生活中压力最大的方面。"

"我不是一个色情狂，可我现在觉得我根本不是一个女人。"

"有一句话我一直想问你，他会不会在外面有人了？"

"我觉得不会，我觉得他如果在外面有人可能会变得正常一点。"

"那他就没有需要吗？"

"可能是自慰吧，有时候半夜突然惊醒，好像感到他那边有动静……"

"……我觉得他更应该来找我看病。"

"他是不会到这种地方来的，我也不会告诉他我来这里。"

"我觉得你们的隔膜是不是太深了？我指的是，包括结婚在内的许多事，你们不沟通，心里就会有很多积怨……你说他从来也没打过你，现在吵架也很少，尤其他对女儿非常好，我想，是不是你关心他关心得不够……"

"我几乎承担了全部的家务，还要怎么关心他？"

"干家务不等于关心，比如煲点汤给他喝，问问他在单位有没有烦心的事，分享他的喜怒哀乐，壮阳的补酒也可以喝一点。"

"我想他会骂我神经病的……"

"换一个瓶子装酒，就说是降血脂的。"

"我已经没有心情这么做了，也许离婚是唯一的出路。"

"你真的想离婚吗？如果你已经决定离婚我想你就不会这么痛苦了。"

拾红霞觉得鼻子一阵发酸："是的，我并不爱他，可是真的很想跟他好好过日子……因为跟他结婚的时候太年轻，太不负责任……这样对他也是不公平的，而且以前在心里总是不把他当一回事，凡事自己说了算，使生活出现了许多无法弥补的漏洞。现在年纪这么大了，哪还会有什么爱情从天而降，只要日子过得下去，我愿意认命，而且，我做了那么多，拼老命撑起这个家，难道就一点也感动不了他吗？"

"这些话你为什么不对他说出来呢？"

"提过，他根本不想听……他说，伤疤很难看，难道还要揭开来看吗?!"

世界进入了电子时代，华林公司的生意也是节节攀升，如日中天，尤其是与国际接轨这件事做得有声有色，无论是专家指导还是合作项目，外国人来的人数和密度都在增加，为此，华林公司专门买了几栋江边的房子，环境一流，给外国专家或大项目的外国首席执行官住，简称专家村。

至于房子的装修，都是严格按照鬼佬本人的意思确定方案的，因为日本人和美国人的审美习惯就有极大的不同。

这一天，外国专家的翻译来找红霞，说比利时籍的专家冲他大发雷霆，因为他去了专家村看他正在装修的房子，墙纸完全不是他指定的色版，而且上面还开满了鲜花，他还以为走错了楼层，但是很遗憾，这就是他在中国的家，这样的墙纸很闹，会影响他的情绪，间接地干扰他工作，他说，你们中国人又要加入 WTO，又要花很多的时间签很正规的合同，为什么又不按照合同执行呢？他说他永远也搞不清楚中国人到底是怎么回事。

红霞在公司的形象，基本上是不具编号的消防队员，她第一时间赶到专家村，看见装修工人戴着报纸叠的帽子，一边吹着口哨一边施工，红霞知道跟他们说也没用，气道："把你们负责设计和出图的人叫来。"装修工人见她来者不善，赶紧去找人了。这时红霞才瞪大眼睛看墙纸，说句老实话，墙纸还真不错，香槟色的底，上面是突起的暗花，显得柔和、富贵，还隐隐约约有一种贴心贴肉的感觉。红霞心想，我要是有了房子装修的话，一定用这种墙纸，就这么定了。

什么东西都是这样，一眼看不上，一辈子看不上，看上了，就不会忘。

不过房子的事，最让她伤心，不提也罢。

正想着，进来了一个年轻人，是个男孩子，穿袋袋裤，扎一条马尾，表情酷酷的，一看就是美院毕业还不知天高地厚的家伙，"谁找我？"他进门就问。

拾红霞跟他说墙纸的事，他说："那个比利时人又不懂装修，他指定的颜色，包括墙纸、家具和装潢，全部是撞色的，搞出来像一个洞穴。不要以为外国人就一定比中国人审美观好，太不是这么回事了，这么跟你说吧，我就是室内装修系毕业的，学了四年，我挑的这些颜色还参照了不少他们本国的设计，做了大量的功课。"

拾红霞说："可是这房子毕竟是人家住，合同也是这么订的，你随心所欲就是不对，我们也说服不了他。"

"那你说怎么办？"

"拆掉换上他指定的颜色。"

"你不是说真的吧？这种墙纸很贵的，我们就是想跟你们这样正规的客户长期合作，所以亏钱下血本也要搞得像样板房一样，这也是我们老板的意思。"

"我理解你的心情，但是说到天上去也得换。"

两个人吵不出结果，男孩子打手机给他的老板，像迷路的孩子找妈妈一样。

　　等老板来到装修现场，拾红霞傻了，来人是成荒原。她样子没怎么变，还是那么有气势，以前，她不管穿得多没品位，多性别不详，那种气势总是有的，并且早已成为她的个性和招牌，和以前完全不同的是她现在一身的名牌，手提包是路易威登的，也是因为这个品牌假冒得太多红霞才认识的。

　　拾红霞扔下一句话："看来我不但要换墙纸，而且还要换装修公司。"说完，头也不回地走了。

　　晚上，拾红霞去了她自己的小屋，以往教学生她是很耐心和认真的，但今晚她有些心不在焉，任由学生在她的眼皮子底下拉锯杀鸡，可她充耳不闻，她点上一支烟，旧恨新仇也一并被点燃，如果不是她最好的朋友也是最沉重的十字架成荒原，她怎么会落到今天这个地步呢？李吟啸就是有再多的缺点，也不会像徐行这样对待她，她觉得徐行对她有阶级仇恨，他对待有钱有势的人就像对待酒一样爱恨交加，先是不计后果地巴结，醉了以后就破口大骂，内心永远是一种失衡状态。

　　拾红霞心想，成荒原也不知道什么时候跑到这个城市里来的，不过这些年，往沿海大城市迁徙早已蔚然成风，像她这种不甘寂寞的人自然不落人后，但无论如何，拾红霞铁心炒掉荒原的装修公司，反正她是有正当理由的，她才不会因为成荒原以前给她写过几封忏悔信就原谅她，她再也不会那么好心了，否则她也不会成为无房户！

　　她想，成荒原可能会答应无条件换墙纸，那她就没有理由换掉她的公司，如果她坚持违约在先，中止合同，她可能会跟她对簿公堂，甚至把她们之间的江湖恩怨公之于众，但即便是这样，她也要跟她血战到底。

　　这个晚上，徐行又是那个死样子，拾红霞本来是非常需要一个倾诉对象的，也不介意把这些陈糠烂芝麻说与徐行听，但她一看他那副不阴不阳的样子，就什么也不想说了。当然她也可以去找小周谈，想到每一句话都得花钱才能批发出去，也只能按下不表。朋友，不是你满腔热忱就能交到的，荒原至少教会了她不要相信任何人，所以这个晚上，红霞在小屋里听音乐碟，都是她最喜欢的曲子，忧伤完了再忧伤，欢快完了再欢快，整整听了一夜。

第二天上班，刚刚处理完手头急办的公务，荒原果然就出现在她的办公室门口。

"你来干吗？"她冷冷地说。

荒原道："我来看看你，真的不知道你们单位改名了。"

"我有什么好看的？又不是没见过。"

"还生我的气吗？"

"没有气能生20年，我只不过是公事公办。"

"红霞，你怎么办都可以，换墙纸，换公司随你的便，我一点不介意。我来，就真的是为了看看你。"

红霞忽然悲从中来，没错，她是恨荒原，可是她是她的同类，她是她的朋友，这就是事实。她在这个城市里生活了那么多年，可是这个城市，华林公司，福禄里，包括徐行的家都没有真正接纳过她，她没有朋友，妙妙还太小，她永远有一种一个人的感觉，就像生活在异国他乡一样，她始终都不能摆脱掉陌生感。荒原说，真的是为了看看你，仿佛就是她等了20年的一句话，逝水流云，也还是她们两个人彼此懂得和知道。

相逢一笑泯恩怨，现代人没有隔夜仇，岂有陈年恨？！何况是为了区区一个不成器的李吟啸。

荒原还是红霞的领袖，她带红霞去了一家格调别致的酒吧，玻璃门，却是黑檀木包边镶框，将厚重的玻璃隔成几大块，门把手是竖着的一只通体碧绿的玉如意，摸上去沁凉而不沾手。

推门而入，迎面便是一堵墙一般厚的石壁，锈色斑斑，上面按左右联刻着粗壮的魏碑：天下太平已久，江湖无事多年，横批是嵩山论剑，当然也就是酒吧的名字。酒吧里面的光线很稳，让人感到安全和舒适。红霞欣赏了一下整体装修，道："只是这里一把剑也没有。"荒原道："大概是取胸中有剑的意思吧。"

红霞觉得自己到这种地方来有点滑稽，应该说她从来就不是什么江湖中人。

荒原仿佛看穿她的心迹，笑道："人本身就是江湖，没有什么是或者不是。"

这种会心实在让红霞感到久违和温暖，从来都是这样，她是纯良，荒原是剔透。过去以为，她这样的人通街都是，现在才知道她是少而又少的那种人。

荒原给红霞叫了咖喱鸡饭，红霞脱口道："还记得我爱吃鸡？"

"以前在一起的时候，真不知道谁是谁的影子。"

"现在怎么样，你好吗？"

"好什么好，发财不发财都不会开心，你说好不好？"

"那是你对生活的期待值太高了。"

"我结过一次婚，后来又离了，孤身一人来到这个城市，活是活得下去的，但是回不回家，生不生病，有什么心事，是问都没一个人问的，有时我就会想，挣钱到底是为了什么？如果总是活得不在状态上。"

"我看你一身的名牌，以为你红尘滚滚地活着呢。"

"穿给别人看的，还像以前那样怎么拉得到生意？这是当今社会的度量衡，人活到最后都是为别人，就这么一回事。"不难看出，荒原身上那种颓败的气息，她没有变，永远地不合时宜，不管她是卓尔不群还是顺应潮流。

两个人吃了一会儿饭，又喝了一些扎啤，浓浓的麦香扑面而来，让人在片刻的沉醉中脱离实际，红霞心想，脱离实际，真好。

荒原不经意道："你现在怎么样？过得好吗？"

在几秒钟之间，红霞犹豫了一下，还是说："挺好的。"内心深处，坐在她对面的这个人也还是她的对手，其实最知心的人就是你最潜在的对手，难免暗中较量，何况对于她们来说，有些事是拿不起，放不下的。

荒原从来都有一双透视眼："真的挺好吗？"

红霞突然光火道："是不是我不好你就称心如意了。"

荒原笑道："你怎么这么敏感？我又没说什么。"

"你是没说什么，可你的表情什么都说了，我原本是一个简单的人，只想过梦一样的生活，可是你把我的梦击碎了，事实上你也没跟李吟啸好，你说这算什么呢?！荒原，你这个人太随心所欲了，你和李吟啸从骨子里都是只为自己着想的人，明明知道两个人不是一回事，还要这么干，当然，内心孤独和寂寞是最好的理由，可是这之后呢，还不是一切照旧。而你们随心所欲的结果就是改变了我。"

"我当然没有什么可申辩的，这些话你早该说出来。"

说出来有什么用，红霞心想，生活中的难题，不是说痛快话就可以解决的，多么不如意的境况都得面对，等你明白其中的艰辛，一切已成为过去。

但是很快，红霞就意识到自己失态了，她真的不想让荒原知道她过得很不好，谁希望自己在生活中永远是个失败者？所以她尽可能调整好自己的情绪，不动声色道："我现在是变得琐碎、具体、庸俗，在单位也就是一个大抹布的角色，好在我先生对我不错，挺体贴的，我们有一个女儿。"

"现在还拉琴吗？"

"当然，有时带几个学生，还可以赚点钱。"红霞故意轻描淡写地说，但语音背后充满着自豪，的确她的家庭地位也是不容忽视的，这是她唯一值得骄傲的地方了。

荒原沉默了好一会儿，眼睛望着窗外的远方，半晌回过神来，对红霞说道："红霞，你过得好，我真是从心里感到安慰，你爸爸在九泉之下也可以放心了……"

红霞不快道："我过得好不好，跟我爸爸有什么关系？"

"你妈妈没告诉你吗？"

"告诉我什么？"

"你爸临终前只说了一句话。"

"什么？他说了什么？"

"他说，我们红霞，窝囊。……你想，他这么一个行伍出身的人，见惯了金戈铁马，大起大落，可是他来开会看到你生活的环境不好，更重要的是那一家人的冷漠，这种冷漠不是冷眼相向，而是从来不关爱你，因为你的形象就是被许许多多的家务包围，从他见到你的那一刻起，你就没有停过，一直在忙乎……所以他误会你了，觉得你过得不好……他生病肯定是累得，肯定是积劳成疾，但他最放心不下的还是你，对于一个老军人来说，窝囊才是最要他命的事。"

红霞木然地坐着，像被人用板砖猛拍了一下，面色苍白，却没有激烈的情绪波动，她的心像堤坝一样，被突然涨起的潮水一次次冲撞着……她父亲来看她那会儿，她还只是一个忙忙碌碌的小妇人，她还以为可以凭借自己的勤劳和善良找到受人尊重的幸福生活……可是父亲走过了一生，他其实早已经看到她的结局了。

这天晚上，红霞对徐行说："我们离婚吧。"

徐行表现得很平静："为什么？"

"不为什么，你也知道我们过得并不好。"

"我觉得很好，我也没做错什么。"

"你都对，是我做错了行不行？"

"你错了吗？你错在什么地方？"

"都错了，从一开始就完全彻底地错了。"

"反正我是不会同意离婚的。"

"为什么？为什么我们非得捆在一块过？"

"现在生活压力这么大，家庭负担又重，小的要上学，老的要看病，难道你想逃避责任吗？你不是最爱讲责任，那你就负起责任来。我这个人是经得起检查的，我又没有包二奶。不是有什么人等着娶你吧?!"

"你不要这么无聊好不好？我现在是比漂白粉还清白。"

"我觉得我们两个人半夜三更在这里比清白才是真正的无聊！"徐行说完这句话，倒头就睡，再也不理拾红霞了。

拾红霞觉得自己简直就是自讨没趣。

她再一次向生活妥协了，毕竟，父亲已经故去，她也只有真的过得好，才能够告慰父亲的亡灵，而且徐行不同意离婚，虽然他说得很功利，但总不至于跟她恩断义绝吧？如果恩断义绝他又何必留住她呢？无论出于什么原因，不肯离婚就是对她的肯定，甚至可以说这个家根本离不开她，这种感觉让红霞的内心很受落。

所以红霞就听信了心理咨询师小周的话，她买了三鞭壮阳酒，倒在茅台的瓶子里号称降血脂的药酒，只是徐行喝了跟没喝一样。

拾红霞后来又跟荒原见了几面，当然不能每次都在饭店和酒吧泡着，荒原带她去了她住的地方。

是一个高尚住宅小区，环境幽雅，绿色植物像进过理发馆一样，被修剪得整整齐齐，还泛着发蜡一般的亮色，红砖的小路在草地的怀里曲曲弯弯，跟福禄里完全是两个生存空间，这让红霞的内心难免有些怅然。

荒原住的是三房一厅的公寓，布置得独具艺术气质，大量地运用玻璃和镜子，让人觉得如入迷宫，根本就是当下里世道人心的绝妙写照。

"参观一下吧。"荒原这样说，一边把钥匙扔进一只水晶青蛙的嘴巴里。

拾红霞在屋里走了一圈，仿佛若干个自己从四面八方走来。在主卧房的卫生间里，红霞看见两支牙刷头挨头的，亲密地靠在一起，另有一个日本产的电动剃须刀。这一切对一个单身女人来说算不得什么，只是，显然她也是过着口是心非的日子，她们坦陈心迹的年龄已经过去，都是各有隐情，不提也罢的人了。

更让她感到沧桑的是，荒原无意间提到李吟啸，她说："……又是官至副局长就再也不动窝了，走了许多关系没有用，等他爸爸离位，他也调了几个单位，还是不行，下海经商也没赚到钱……"

红霞叹道："他就是太看重这些东西了，其实日子过得和睦比什么都重要。"

"好像是不太和睦吧，……他又离婚了，在远离都市的地方买了一个废弃的农场，种菜种果树，他晒得很黑，农民的打扮，但还是心高气盛，谁都不在他眼里，我去看他的时候，他带我巡山，指点他的地盘，他住的农舍的上方升着一面五星红旗，拉线装着一只大喇叭里放着《大悲咒》，他仍然觉得自己是出世的先行者，壮举将被有识之士效仿……我不知道说什么好，可能每个人终归是一个个体，跟任何人都没有关系。"

"就他一个人吗？"

"有一个很崇拜他的女孩子跟着他，不漂亮，很干练的一个人，好像是他下海时的秘书吧。"

她们再讲他时，已经波澜不惊，像说一个不相干的人的故事。

你没有理由不疯

收水电费的小彭，瘦成了一片瓦，不但没有肚腩，连胸脯也没有，梳一个中分，加上那种小人物的匆忙及谦和，说他是千古不变的汉奸标本就有点太损了。

女主人谷兰，穿着丈夫旧得不像话的大汗衫，上面还有浅浅的四个字：西南航空，一架飞机的影子几乎淡出。她正在剖鱼，头上挂着几个卷发器，夸着两只血手看着小彭查电表。

小彭一边记账——这钱会在工资里统一扣除，一边问谷兰"你炒股没有？"谷兰道，"没有，不懂。"小彭指点江山道，"拿出五万元来炒吧。"谷兰有点奇怪地看着他，不置可否。小彭望定谷兰，颇为严肃道，"现在全国人民都疯了，你没有理由不疯。"

又查了水表，小彭就走了。

晚上躺在床上，谷兰对丈夫萧卫东道："真是下下人有上上智。"萧卫东正在翻报纸，笑道，"又碰到什么鬼了？"谷兰便把小彭的话学给他，他果然就是一副不以为然的神情，谷兰就不想跟他探讨什么了。

谷兰是真心觉得小彭的话有道理，倒不是拿几万块钱去炒股，做长线还是做投机。关键是疯不疯这句话，谷兰觉得颇为要害。

很长一段时间，谷兰都觉得她跟萧卫东活得状态不对。两人都三十八九了，卫东的父亲原来是省委组织部长、省委常委，所以卫东大学毕业之后，很自然地分进外贸系统，不仅如此，还千挑万选了谷兰这个儿媳妇。她在中山医学院学医药专业，人生得美丽端庄，又是大军区后勤政委的女儿。他们的结合，是那个年代上层家庭标准式的婚姻。

可惜的是，父辈们有权有势的时候，国家还在计划经济的迷雾中摸索，他们至多能选一个听起来响亮，待遇又相对丰厚的国有单位落脚。于是，卫东在家电进出口公司搞业务，既可以独当一面，又有出国转转的机会；谷兰在省人民医院药局当药剂师，工作轻松，且干净体面。

他们的确过了几年人见人羡的小日子，卫东分到一套挺宽敞的两房一厅，也去了美、加，当然还有中东；谷兰生了一个漂亮的女儿取名萧雅眉，一家三口其乐融融。

然而，世事无绝对，随着局势的潮起潮落，时间，像一支画笔，有形无形地改变着一切。

父辈们相继离休之后，谷兰、萧卫东还没来得及失落一番，体味一下破落户的心情，中国就已经发生了翻天覆地的变化。改革开放、市场经济几乎是一夜春风，转眼间便是新桃换旧符。

现如今，萧卫东好不容易爬上家电进出口公司总经理的宝座，外贸系统突然来了个休克性做法，先是不退税，也就是说，原先国家鼓励外贸系统创汇的优惠条件，现在不算数了；接着是允许做得好的厂家自己有出口权，外贸中介便被无情地一脚踢开。没有货源，又没有优惠条件，外贸系统得以生存的根基开始坍塌。

许多外贸公司倒闭、兼并，职员自找出路，没有工资可发，住公司宿舍的人每个月还要倒交给公司 500 元的租金。这跟工厂破产，工人下岗一样残酷。萧卫东的公司虽然还存在着，但也是苟延残喘。

谷兰所在的医院，原来是大包干，现在也冒出样式繁多的改革措施，药局还是试点单位。这一切倒没对谷兰构成致命的打击，反正不管风水怎么轮流转，没听说人不生病的，生了病没有不进医院的。这一点她倒不担心，她只对目前生活中的许多现象越来越不理解了。

尽管形势是相当严峻的。但是谷兰和卫东并没有感到日子过不下去，毕竟他们已有较好的基础和积累，工作上的，以及人事方面的，有一张无形的架构稳定的网，比起那些一穷二白，淘金意识严重的人压力轻得多。再加上谷兰和卫东身上，有一种天然的优越感，这大概跟他们的出身有关，谷兰小的时候，就曾一个人坐着父亲的伏尔加车，在大剧院第三排观看《智取威虎山》。卫东在外贸学院毕业时，几乎全班同学的工作问题，都是他父亲派人一手搞成的。他们是不需要用暴富换取虚荣，名誉，乃至辉煌的。说得准确一点，现在的内心深处，倒是有一种"是真名士自风流"的悲怆。

但，无欲无求，在疯狂的物质诱惑面前保持一份散淡，并非就能保证日子过得开心、舒畅，生活本身就是这么麻烦。要知道，有时候喧嚣和浮躁恰恰体现了一种亢奋与进取，无非泥沙俱下罢了，而退避、萎顿的生活更叫人受不了，更令人窒息。

这其实不难理解，比如卫东所面临的困境：家电、玩具、土畜三家公司必须合并，总经理的位置就变成了一个，这年头谁想当副的什么玩意儿?！而且三个年轻的老总各有各的背景，别人的不说，卫东的父亲萧部长不仅健在，并且他在职的时候两袖清风，是个坚持原则，正直诚恳的好干部，敬重他的人就绝不肯拿他的儿子开刀。但萧部长毕竟退出了历史舞台，新贵的关系更要维持好，这也是必须面对的现实。总之，总公司在这一问题上的确是颇费思量，合并的事合了一年也合不上。

卫东没法工作，干得好，算谁的？干得不好，三足鼎立的局面就会变成两雄争霸，自己将被淘汰出局，这自然是下下策，不可取。

可是卫东又没有什么特殊的爱好，不抽烟，不喝酒，不玩女人，跳舞和卡拉OK都不在行。谷兰说，你怎么跟组织部长似的？年轻的时候谷兰爱跳舞，叫卫东去参加速成班，可到底没学会，倒是把谷兰影响得也不爱玩了。

谷兰在药局上班，也是一个闷，每天配药、发药、值班，来来回回重复干这些事。回到家，换上大汗衫做家务，比起年轻时扎着荷叶边儿的小花围裙炒菜，真是判若两人。生活太没有变化了，情趣就只有束之高阁。如果大家都这么过也行，可外面的世界已经出现沸点了。

还是那句话，他们活得状态不对，人得活得带劲儿，哪怕是为了钱。谷兰想到卫东的一个同学"老胡"在要害部门当处长，因为受贿被检察院收审，不过七八万块钱，很快就退赔了，这还不算廉洁的好干部？加上他在里面没有乱咬，同学们立刻集合起来展开营救工作，卫东也被叫去出谋划策。老胡是关了一年零两个月，但在大家的努力下，出来的时候免予起诉，大伙轮流请他吃饭洗尘，第一句话都是，从党校回来啦。

过去的正派人，两个月就给关傻了，老胡倒没有什么变化，在里面写了不少诗歌，一份六页纸的全国食品发展纲要，另外还通读了《资本论》。生活苦一点但也不十分枯燥，一个舱里住着七个处长，人称处长舱。彼此还是有颇多共同语言的。

老胡的女朋友（老婆闹得不可开交，但还未离）规劝他，以后别再冒险了，钱嘛纸嘛，少挣少花，你就是在街上卖烤白薯我也不嫌。老胡牛眼圆睁道："那我宁肯再去坐牢！"

你看看人家的生活态度？！

再比如，谷兰爸爸老战友的小孩子曹正军，公安局重案组的组长。但因为倒车牌赚钱给检察院抓了，还抄了家。但公安局出面保他，说没他好多大案要案破不了，你们先放人吧。

人放没放还不知道，但正军作为个人的价值是可以肯定的。

谷兰医学院的同班同学湘莲更绝，找了个黑人，远嫁非洲，说是一个酋长的儿子，家里除了钻石就是珠宝，这一座座金山诱惑着湘莲远渡重洋。但实际上那人穷得叮当乱响，不但有老婆，还有三个孩子，湘莲即便是肯做妾，还要容忍丈夫的三朋四友，据说他们的风俗是好东西应该共享。

最后湘莲当然是历经磨难地回到了祖国的怀抱，但她写了一本书，成作家了，也不亏。

多刺激。

比起他们来，谷兰觉得她和卫东跟没活似的。而沉闷的生活同样让人疲惫不堪。

现在她豁然开朗了，就是因为她没有疯，在这样一个时代人怎么能不疯呢？犹如奥运会的口号，重要的是参与。你都不能投身到这个时代中去，你怎么会快乐呢？

女人的内心，其实都是不安分的，只不过取决于觉醒的程度。谷兰就是一个悟性高的女人，同时又是行动派。决定过新生活以后，她做了一点准备。

先去保姆介绍所挑人，卫东反对道："你看我还不够闲吗？"谷兰道："你闲，也没看你做家务。"卫东道，"我做就是了，你随时吩咐，无非做饭接孩子。""你就不能想点有意义的事？""我现在就是不知道做什么事有意义。""炒股吧，拿五万块钱出来炒股。"卫东惊道，"小彭的话你也当话来听？他初中都没毕业。"谷兰平静道，"你炒不炒？你不炒我炒。"她真不是为了钱，她希望改变卫东。

"那还是我来吧。"卫东道，"我得先热身，熟悉一下这一行是怎么回事。"其实他心里觉得这种事不是正经人干的，而且怎么能让女人去炒股呢?!

谷兰跑了两次介绍所，都没有挑到合适的保姆；她留下了较为苛刻的条件和自己的电话号码。

一旦意识到曾浪费过生活，谷兰便觉得自己在日日凋敝。年华如水，她似乎已经看到了一个即将跨过四十的女人，每天过着重复的日子，在领药处的小窗口前渐渐老去。难道她就这样终其一生？

这太可怕了。她一晚上打了二十多个电话，包括那些久未联系的同学和朋友。他们说，你终于走下神坛了，我们可都是些下三滥的聚会，你也肯参加？

握着话筒，谷兰勉强笑道，说一些大大咧咧的应酬话。这不是她，她很清楚，从小到大，她始终是一株空谷幽兰。然而人离不开环境，这个时代已不需要淡雅、幽香。

当然，此时此刻，谷兰还不知道疯狂的代价。

周末的晚上，谷兰准备去参加同学会，卫东奇道："你不是从不参加这种会吗？"谷兰心想，那怪谁，整天守着你，身上都快闷出霉点来了，幸亏小彭无意间的提醒。她一边挑衣服，一边提醒卫东，"我看你也该去外经委主任家拜拜了。"卫东叹道，"你也不是不知道，春节前去拜过，三个老总撞在一起，真是要多尴尬有多尴尬。"

合并的事迟迟不能落实，卫东的心里也很急。春节是个比较大的借口，素日不怎么溜须拍马的卫东，也只能硬着头皮跟领导联络感情。家里的礼品柜里，有一棵躺在金丝绒玻璃盒里的野山参，号称有几百年了。本来卫东想父亲过生日的时候送给他老人家，现在也只有拿出来派急用。离春节还远远的，卫东就提着野山参去领导家，没想到在楼梯口碰上土畜进出口公司的总经理，两个工人跟在他身后，抱着盆栽金橘和一些土特产，吭哧吭哧地爬楼。

两个人碰面，心照不宣，手中又都提着"罪证"，脸上自然是拉不出屎的表情。接下来共同到了领导家门口，没等按门铃门就开了，卫东以为最近新出了感应门，却见领导的夫人正送玩具进出口公司的老总出门口，一张脸笑得菊花灿烂，想必也是送礼送到点子上了。

所以一说去领导家，卫东就发怵。

谷兰脱掉睡衣，三点式外套一条黑色无袖的衣裙，微锁眉头道，"总之你不拜，别人可要捷足先登了。"卫东帮谷兰拉拉链，像拉皮箱的拉链一样木然，"我再想想吧。"他说，随后又心事重重地倒在床上发呆。

参加了一回同学会，谷兰才知道，这并不是翻陈糠烂芝麻的叙旧会，而是非常现代的信息会，交易会。杀入股市的同学大谈金融形势，具体告诉你个股的行情；官场上来的同学做政治报告，外加红墙秘闻；商业方面那就是八仙过海各尽其能。谷兰暗中责备自己，真是任何时候都不能脱离群众。

这时，她听见有人在大声招呼她，仔细一看，是金萍。金萍分配在铁路医院药局，谷兰偶尔能见到她，两个人关系尚可。金萍拉谷兰坐在自己身边，没遮没拦道，"你这条裙子今年都过时了，今年流行短裙。"谷兰看看金萍，果然穿着短裙，黑丝袜，挺精神的，发型也新潮、别致。金萍道，"我现在只穿名牌，头发在名流理发馆打理。"谷兰道，"你老公发财了?!"金萍道，"发劈柴! 我自己挣的。""你辞职了?!""辞什么职啊，药房是最好的淘金战场。"谷兰不理解，一脸的茫然。金萍点拨她道，"药房每天面对多少病人或病人家属，他们都是顾客呀，你销售什么他们都愿意买，当然不是鞋子、袜子，像太太口服液呀，磁性健康枕呀，护肤化妆品也行……"谷兰道，"他们要是不买呢?"金萍道，"你就说，药没了，仓库保管员不在，下午再来。"谷兰脱口道，"这不是坑……"金萍笑道，"没这么严重，靠山吃山，这也是天经地义的事。上回我去买工具书，搭了两本菜谱；改装管道煤气，必须买指定名牌的煤气灶，原先那个火了。要你那么有骨气?!"谷兰觉得也是，搓着手指，"要没什么关系，连出厂价的鞋子袜子都搞不到，就别说什么太太口服液了。"金萍两肋插刀道，"我有的是关系，等我一有提成高的东西，就打电话告诉你!"谷兰感激地点点头。

同学会上，谷兰还解决了一个大问题，就是热心的同学介绍给她一个保姆，第二天就可以带到她家去见工。

回到家以后，谷兰把这一消息告诉了雅眉。雅眉也很高兴，她今年七岁，也是那种大家司空见惯的小大人，隔壁周主任的儿子周周，跟雅眉同班，有一回考试考砸了不敢回家。"我爸爸会油煎我的。"他对雅眉说。雅眉陪他到晚上七点，满面愁容。谷兰出门找女儿，看见他们俩站在大院外的水泥管附近，雅眉对周周说道："做人是这样的，好艰难的，你都要面对现实……"本来谷兰真是一肚子气，听了这话变成哭笑不得。

新保姆名叫小红，是个胖嘟嘟的河南姑娘，动作慢一点，但还算老实、仔细。

谷兰在雅眉的房里架了一个折叠床，雅眉可能是在家寂寞得太久了，忙前忙后地带小红熟悉情况。

经过金萍的指点，谷兰才发现本药局的司药、药师，都有销售提成的现象，各科医生开的处方单里，偶尔也会出现花生油、洗发水的品牌，只不过她以前没注意就是了。药局主任是个老好人，开会的时候居然说，大伙适可而止，别叫我太为难就行了。

不久谷兰果然接到金萍的电话，金萍拿到一批特别便宜的鸭绒褥子。谷兰去领褥子的时候，看见都是真空包装，面积倒是不大，但还是有畏难情绪，"我还是先卖卖口服液吧。"金萍道，"口服液现在太多太滥，又有太多人卖，提成就给分薄了，咱们费那劲儿干吗？"然后低声告诉谷兰鸭绒褥子的利润，着实吓了谷兰一跳。"就是不太好卖。"谷兰嘀咕道。金萍马上培训她道，"这有什么不好卖的？！要注意生活的质量。你家的棉花褥子用了多少年了？""结婚的时候到现在吧……""跟石头一样硬吧？""够硬的，反正。""你看城市里还有弹棉花的吗？"谷兰摇头。金萍道，"这褥子多便宜，多软乎，眼看着天就要冷了……"谷兰内心里决定自己先买一条。

谷兰把褥子扛到药局，工作人员先就有了兴趣，又摸又看，吵吵嚷嚷。也有人说，我不能睡这玩意儿，一睡烧得慌，上火。谷兰道，"你就没有爹妈？！老年人怕冷，送他们一条，又便宜又实惠，他们准高兴。"

第一条特别顺利就卖出去了。其他的人立刻心动，有人平时就十分挑剔，这会儿自然也是挑毛病，"里面太多梗了，硌人吧？！"谷兰道，"有纯鸭绒的，那是什么价钱？！这可是一条棉花褥子的价。"得，又卖出去一条。药房主任沉吟道，"我那个褥子……"谷兰道，"到弹棉花那儿弹三次了吧?!"主任笑了,谷兰不紧不慢道,"要注意生活的质量。"主任也愉快地买了一条鸭绒褥子。

病人就更好办了,穷人、打工的、老弱伤残的,谷兰就不推销褥子,碰上大款、小官员、油头粉面或浓妆艳抹之类,先卖褥子,不要的,谷兰看着处方单沉默一会儿,对方马上就沉不住气了,"那先来条褥子吧。"他们是社会的精英,这点事还看不明白?!

真让人想不到,谷兰卖褥子比金萍卖得还好,她去金萍那儿取货,金萍感动地说,你真了不起,你救活了一个濒临倒闭的鸭绒厂啊,我弟弟就在这个厂里当技术员,说完跟谷兰热烈握手。

谷兰这个人就是不经夸,一夸,又要了大量的褥子。她真不是贪财,喜欢蝇头小利,她对名牌服装也没有金萍那么欲望强烈。她只是有一种归队的感觉,现在大家都这么活,你也得显现出这种能力,任何时候,落伍总给人一种无可奈何花落去的感觉。谷兰希望这种感觉来得越晚越好。

可是卫东对此不以为然,"你卖褥子,我们单位的人都知道了,真让我没面子。"他说。谷兰道,"这叫适者生存,我有多大的能力就做多大的事。不像你,本职工作没法做;登月计划、克隆羊、世界气候变暖问题,你懂吗? 需要你去研究吗?! 叫你炒个股,你热身热了三个月,看资料,听讲座,到现在什么也没买,连小红都在小彭的指导下买了'琼民源',你呢?! 我现在才发现,你也就是厕所的灯泡,怎么发亮也是十五瓦。"

卫东被谷兰说得目瞪口呆,他一直觉得他是这个世界上最了解谷兰的人,现在发现其实没那么简单,这个女人也有不好琢磨的一面。

不过卫东被这么一激,也激出点血性,第二天就杀进股市,买了两百手的"佛山照明",他是一定只买绩优股的,只有小彭、小红这种人才会买垃圾股。

然后也扛了三条裤子去公司卖，他想，我只卖三条，让你谷兰刮目相看。

刚进公司，一直无所事事的大伙就起哄，"萧总也卖裤子?! 是不是夫妻竞赛呀?!"卫东窘迫道，"我没她有本事。"大伙马上不干了，"别别别，萧总，你的裤子我们包了，看谁有本事。"卫东道，"这裤子里面都是梗，好像质量不太好……"大伙抢白道，"这不是裤子的问题，这是你在家的威望问题，虽然我们两年多没发奖金了，但是裤子是一定要买的。"大学生小王拿出纸和笔，"三条不够，来来来，买裤子的人到这儿登记、交钱啊。"

有一天傍晚谷兰下班，看见小红和小彭，各人提着自家的垃圾筒，站在离垃圾站不远的地方叽叽咕咕的，仿佛有说不完的话。谷兰心想，小红买"琼民源"的股票，小赚了一笔，她一定对小彭又感谢又崇拜，说不定就擦出火花来了。可小彭是有家室的人，小红干得好好的，一旦陷进感情里就会麻烦多多。

回到家里，谷兰问雅眉是不是小红姐跟小彭叔叔好了? 雅眉道，"哪儿啊，她跟大门口卖馒头的叔叔好了，他们是老乡。"说完又闷头做功课。

谷兰想起大门口外是有一个馒头仔，河南人，长得愣头愣脑的。每天骑个自行车，后座夹一个长圆形的簸箕，用两层蒸笼布盖着，里面放着白面大馒头和高粱米面的红馒头，是一个机关食堂出来创收的。

谷兰也买过他的馒头，她跟卫东部不是纯正的广东人，仍旧隔三岔五地吃面食。

当天晚上，小红干完了家务活儿，谷兰教育她道，"现在社会上有许多坏人，骗财骗色，你要当心。"小红不解道："什么是骗财骗色？"谷兰道，"馒头仔跟你借过钱没有？"小红小声回道，"借过两百"。"还了没有？"小红摇头。"他拉过你的手没有？"小红先点头又摇头，结果脑袋在空中转了一圈，谷兰道，"这就是骗财骗色喽。"

出了厨房，谷兰又转身回去，见小红还在发愣，谷兰问道，"我叫你问问小彭，'佛山照明'这个股好不好，你问了没有？"小红问道，"问了，小彭说这个股最糟糕，是只死老鼠。"谷兰气得一跺脚，走了。

转眼天气渐凉，金萍对谷兰说道，"咱们不卖褥子了"。谷兰道，"你弟弟的鸭绒厂扭亏为盈了？"金萍道，"他们转产做饼干了，日本的生产线。"谷兰道，"我们是不是要逆向思维，改卖夏季的东西？"金萍神秘地一笑，"你先别急，有好事我肯定叫着你，我发现你是一颗福星。"又道，"你爸爸是当兵的出身，打一枪换一个地方，这点军事常识也没有。"

谷兰笑笑，她还是挺佩服金萍的，大学四年级的时候，金萍开始跟团支部书记谈恋爱，自然顺利地留在广州。之后他们和平分手，金萍找了一个殷实的小官僚结婚，钱不多可房子是现成的，她在现实生活中总能如鱼得水。哪像湘莲，虽说是"根并荷花一茎香"，却难逃"平生遭际实堪伤"。傻了呱唧地跑了一圈赤道几内亚，现在除了一本书一支笔，便是一无所有。

不久的一个星期天，金萍约谷兰到市中心最大的一家医药用品商店，穿着白大褂，专销一种高级的中成药"龙吐珠"，主治男性不孕症。人家贴了海报，设了专柜，还有一个相册，里面全是吃了龙吐珠之后生的大胖小子，整个的布置十分醒目。谷兰面露难色道："你也是的，搞一点治疗女性不孕症的药嘛……"金萍道，"男的女的有什么关系?!"声音马上转为低八度，"男的不孕就是没种，他们问都不好意思问，买了药就走。女的多烦啊，从新婚第一夜就开始说，讲完她的婚姻史还不知买不买咱的药。"

"你这药可靠吗？"谷兰拿起药瓶看，"咱们可不能卖假药，再闹出什么官司来，那可真露脸了。"金萍笑道，"你可高看我了，我哪儿搞得到假药?！这是人家的祖传秘方，用海龙、海马、胎盘等二十多种名贵中药浓缩制成的雄睾益精丸，抢手得很。我说了多少好话才分到这一杯羹?！"谷兰狐疑道，"既然这么好销，他自己不去销?！"金萍道，"人家是中医世家，又在高校执教，站在这里也不是一回事。"谷兰还想说什么，见有人来买药了，也只有作罢。

在治病方面，老百姓还是相信医生，所以龙吐珠卖得不错，快收摊的时候，金萍才告诉谷兰，三百多块钱的药，她俩一瓶就提成八十。谷兰听了一愣，不快道，"经过层层盘剥，成本还剩多少?！能有名贵中药成分吗？"金萍讪讪说道，"谷兰你哪儿都好，就是凡事较真，现在社会就这样，大家都模糊一团，就你一个人清白有什么用?！"谷兰平静道，"金萍，我们好歹也是大学毕业，懂得清者自清、浊者自浊的道理，如果我们都不讲社会良知，还指望普度众生?！我不是不能卖裤子、守摊，但我不愿意赚昧心的钱，我还没穷到那个份上。"金萍气道，"你这不是骂人吗?！好好好，这钱你不要，我也不要，统统交给药贩子，算是我们义务劳动还不行吗？"谷兰道，"谁说交给他们了?！统统捐给希望工程。"金萍冷笑道，"你说怎么办就怎么办，我金萍也不是没见过钱的人！但是我告诉你谷兰，凡天下事，不可能又当婊子又立牌坊，你想清者自清，就只能找回你原来的位置。"

这之后，两个人谁都不说话，直到分手。

谷兰心想，金萍以后不会再找她了。

傍晚回到家，差不多是吃饭时间，小红端上来三菜一汤。卫东和雅眉见谷兰又累又乏，脸色也不好，便默默吃饭，怕话多了惹她心烦。好一会儿，谷兰突然对卫东说道，"你把'佛照明'全部抛掉算了，换成'渝钛白'。上午我抽空打电话给我们同学，他在证券公司工作，一句顶一万句。"不等卫东回话，小红忍不住插嘴道，"小彭也说'渝钛白'会升上去，我和刘震买的都是'渝钛白'。"谷兰道，"谁是刘震?!"雅眉抢先道，"就是你说的馒头仔嘛。"卫东不高兴地看了谷兰一眼。

晚上睡觉前，谷兰在看《股市快报》。卫东在一边叨咕，"我就不愿意你炒股，你看看炒股的都是些什么人?!"谷兰不理他，仍旧挑通俗易懂的股评看，卫东不解气道，"还有那个金萍，整个一个小市民，你现在倒屁颠屁颠儿地跟着她转！"谷兰忍不住道，"你提着人参上领导家，不是小市民?! 立什么牌坊啊?!"卫东气道，"你原先的那点清高都跑哪儿去了?! 你看看你现在，蓬头垢面，粗言秽语，要是为了钱，我还能理解，可你不是为了钱，我就是不知道你到底为了什么？"谷兰有气无力道，"我也不知道，可能是一种实实在在活过的感觉吧。"说完熄了床头灯，倒头就睡。

星期一上班，谷兰接到曹正军的电话。同事喊她，说公安局电话，谷兰吓一跳，想着是不是卖假药东窗事发了?! 一接是正军，那也颇感意外："你从党校回来了？"正军道，"我压根就没去，谁叫咱有本事呢?!"谷兰道，"别吹牛了，肯定是竹筒倒豆子，全退赔了。"正军道，"也是，白忙乎，不过关键是单位保我，我现在得戴罪立功。"

正军约谷兰这个周末到二沙岛别墅区的会馆参加大型聚会，说院儿里的谁谁谁和谁谁谁都发了，在二沙岛买了房，约原来院里的小孩子去乐乐。不过是 AA 制，每个人内部价九十八块钱。谷兰道，"这么贵吗？"正军道，"你们家三个人三百块，卖几条褥子不就出来了?!"

谷兰道，"你也知道我卖褥子？"正军道，"坏事传千里嘛，你放在家
里几条褥子？反正你爸卖给我爸一条，我爸说，小兰子，多好的姑娘，
医学院毕业，现在也混不下去改卖褥子了。"谷兰心想，曹叔叔老糊
涂了，他原先是二野的，也算是身经百战，提起邓小平来眉飞色舞，
但总要加一句，我就是不理解他老人家搞什么特区，那是资本主义。
所以深圳近在咫尺，曹叔叔从来没去过。

正军最后突然问道，"你还是跟萧卫东吧？""废话。"谷兰啐道。
正军道，"你这么大反应干吗？我也就是问问，他们好多人都换对子
了。""你也换了？""我没有，我出生入死地闹革命，有人能跟着就不
错了。"

谷兰答应一家三口去参加聚会。正军提醒她道，"空着肚子，自
助餐特别丰盛。"

从星期三开始，小红的脸色就特别不好看，黑口黑面的。谷兰问
道，"是不是炒股炒亏了？"小红摇头，"刘震又跟你借钱了？"小红
道，"没有，那二百块钱也还了，还说他堂堂正正，绝不会骗财骗色。"
谷兰不解道，"那你气什么？"小红不吭气。后来雅眉偷偷告诉谷兰，
"你不带她去参加聚会，她就不高兴嘛。她说她以前家的主人还带她
去过天鹅会呢！"

谷兰心想，现在的保姆也疯了，聚会又不是白去，一百块钱那么
好挣？！要不是为了新生活，我还要考虑考虑去不去呢，她可倒好，
甩起脸子来了。

周末的晚上，谷兰和雅眉梳洗一番准备出门，谷兰佯装没看到小
红那张气嘟嘟的胖脸，还嘱咐她自己炒两个鸡蛋，蒸一根香肠。雅眉
道，"小红姐你不要生气，我们一走就会有一介仙女来到我们家，给
你准备好漂亮的衣服和马车，结果你也来到了晚会上，我们都不认识

你了，你跟一个英俊的王子跳舞，可是你只能玩到十二点钟……"

小红越听越伤心，扭身回了自己房间，雅眉还想追进去告诉她丢了一只水晶鞋，被谷兰拉住了，还狠狠瞪了她一眼。

巧得很，这时卫东正好打来一个电话，本来说好他下了班直接去二沙岛，谷兰道，"你这么快就到了？我们马上出门。"卫东解释说他去不成了，他们集团公司的老总找他谈事，"还不知道是凶是吉。"他说，匆匆挂了电话。

谷兰扫兴得很，想想就带小红去吧。小红这才转悲为喜，换衣服又换了十分钟，还涂了口红。谷兰照例是一身黑，只多翻出一个细纺棉布的小白领，小红可倒好，全身都是巴掌大的粉花，还真穿了一双水晶鞋（漆皮，亮度颇高的那种，俗称水晶鞋）。

一进了会馆，小红就带着雅眉疯去了。谷兰见到正军，身边跟了个女孩，总之不是他老婆，正军不介绍，谷兰也不问。儿时的小伙伴，还来了不少，成功人士普遍都比较沉得住气，不大吭声；官运财运不好的，表情比较酸，要不就到处拍胸脯、许愿，有事没事的叫别人拷他。

谷兰就是在这个聚会上认识了叶向川。他是正军弟弟带来的朋友，华南理工大学毕业的，又是知识分子出身，颇有几分书卷气，不像正军，走到哪儿都像土匪。向川瘦高的个子，戴一副眼镜，头发蓬松，额前还有一绺自来卷。

他不大说话，但神态平和，偶尔笑笑，还略带一点腼腆，是那种讨人喜欢的男孩子。他给了谷兰一张名片，是越秀山药业集团公司的总经理助理。

魏副军长的儿子魏岩，以前曾暗恋过谷兰，但他小时候特别淘气，居然连留三级，谷兰根本没用正眼看过他。现在他发了，手上戴着大钻戒，一副吃不完用不完的样子。他见谷兰突然出现在这类的聚会上，身边又没有萧卫东，想必是情感危机，重出江湖，于是陪在谷兰左右献殷勤。谷兰的态度倒十分淡定，从容，落落大方地跟他说笑，但又有一种不容侵犯的凛然正气。

向川是生意场上的人，他知道魏岩是建材业中的大老板，号称"自认老二，就没人敢认老大"，何况他又不是洗脚上田的农民企业家，不说身世显赫，可他父亲在战争年代曾是中央某领导的警卫员，也就沾上了上级的边。

应该说，只要他高兴，手缝里漏点什么也够谷兰荣华富贵的了。偏偏谷兰那么不为所动，向川觉得谷兰很像安娜·卡列尼娜，无论出现在哪里，总能让比她年轻的女孩黯然失色。这种女人，他还真少见。

在短短的瞬间，向川便感觉到谷兰的气质、品位和出身，一切尽在不言中。他知道自己没有这份洒脱，知识分子是什么？就是城市贫民。

晚上，谷兰带着兴奋犹存的小红和雅眉回到家，卫东已经先回来了，洗完澡在看晚间新闻。

谷兰问道，"集团老总找你什么事？"卫东道，"他的一个关系的女儿大学毕业，要来我们公司。"谷兰道，"你们公司都要合并了，还进人？"卫东回道，"那也不妨碍嘛，人家是海关副关长的女儿，只要外贸系统不全军覆没，谁敢开罪海关的人?!"谷兰沉吟片刻道，"关于公司合并的事，他就没漏一点口风？"卫东道，"没有，我也不问。不过把他的人放在我们公司，会不会以我们家电为主合并？"谷兰琢磨了一下，"这倒是一个好兆头。"

然后洗洗就睡了。

事实证明，其实金萍根本没有谷兰想象的那么小气，她又给谷兰打电话，约她一块卖"猫屎"。"绿丹兰牌的摩丝，又美发又养发。"什么京西到了金萍嘴里，都是正大于负。谷兰道，"好卖吗?!个体户的老婆才用这玩意儿吧，工薪阶层谁花这个闲钱!"金萍道，"那好，我卖摩丝，你卖免蒸焗油膏，算是各个阶层的人都要用吧?!"

说完这事，谷兰问金萍，"咱们除了卖东西，就没别的事可干了?"金萍道，"商品经济，市场经济，你不卖东西还想干吗?我还正想告诉你，有个朋友在白马批发市场有个旺铺出租，咱们俩订下来，雇人搞服装批发，买房子买车指日可待。"谷兰道，"老觉得没什么劲似的。"金萍道，"资本积累嘛，就这样。等你能投资电视剧，能赞助芭蕾舞《天鹅湖》，生命的价值就出来了。"谷兰道，"金萍你讽刺我啊你。"

两人正聊着，药房主任急急忙忙地跑来召集大伙开紧急会议。谷兰挂了电话，听见大伙议论纷纷，"是不是要集资啊，听说医院要集资投资第三产业。""可能是找到关系买国债吧，国债的利息比银行高。""你们全掉钱眼子里了，可能是学孔繁森，又要组织援藏医疗队了……"

大伙莫衷一是，主任拍了两下巴掌，以示安静，清了清嗓音还没说话，马上有人调侃，"主任，你一脸悲苦的整个一个世界名著，《悲惨世界》嘛。跟一条反动标语似的。"大伙哄笑起来了，又有正义之士出面制止，"别吵了别吵了，全院哪个科室像我们药局，下面的人比主任的话还多。主任，你说，你是个好人，你指哪儿我们打哪儿。"话音未落，又是一片附和之声。

于是主任说，昨天夜里，外科送进来二十多个危重病号，是化工厂的某个车间发生爆炸事故，病人都是重度的化学烧伤，所以急需一批先锋 V5 消炎抗菌注射液。但这是进口药，用途又比较冷僻，市里进来的很少，又全部脱销。医务处动用了全部的关系也不可能在短时间内弄到这种药，而这二十六个烧伤病人危在旦夕。

主任强调说，咱们药房的能人多，以往除了不贩卖妇女儿童，什么东西都能在咱们药房买到。想当年，为了六十一个阶级兄弟这件事，感动了全国上下多少人，不就是找一种解磷药吗？今天我们为了二十六个工人师傅，也应该能创造出人间奇迹！

都说现代人已经变得铁石心肠，任你怎么煽也煽不出激情来了。其实也未必，那要看什么人来煽，怎么煽，像老主任，大伙就听他的，因为他这个人亲民而不好权，又体恤下属，他说什么，大伙乐意听。一时间，药局的三部电话机被打得铃声大振，有手机的，天地通的，也纷纷贡献出来。

谷兰急中生智，突然想到叶向川是越秀山药业集团公司的，以往有药王之称。她急忙打开钱包，左翻右翻，果然在二沙岛会馆接到的一沓名片还夹在里面，她找到叶向川的，马上打电话与他联络。

向川大概万万没想到谷兰会给他打电话，激动得声音都有点颤抖，他表示进口药公司肯定没有，但他在医药界关系颇多，一定能找到这种药。

谷兰拿着同事的手机来回踱步，等待消息。

主任看着全科上下，不管是谁，都在用一只手堵着耳朵打电话，心里颇为受用，养兵千日，用兵一时。同志们还是很可爱的嘛！

正在这时，外科的护士长急急忙忙地跑来，老远就听见她的大嗓门，"药局到底怎么回事啊，哪个电话都打不进来！真见了鬼了！！"进门见到主任，上前一把抓住，像落难的公主一把抓住老员外，"主任你们可快点，病人出现阵发性抽搐；再不用药可就……我告诉你副市长可在科里坐镇呢！"主任急的，"可这又不是献血献皮，是高科技……你看咱们药房的同志，哪个不跟要救亲爹妈似的……"护士长道，"我不管，总之两个小时之内搞不到先锋 V5，你们就不用使劲了。"

护士长走后，药房出现了短暂的宁静，大伙都在等电话，等消息，只是看谁的先到。

古老的大挂钟喊里喀喳地走着，走着。

突然，谷兰手中的电话响了起来，她在众目睽睽之下打开折叠话筒，只听见向川简短地说，找到了，马上来拿！谷兰闭上眼睛，左手在空中用力一握。

大伙稀里哗啦地鼓起掌来，主任叫仓库保管员小朱开摩托车送谷兰去取药。

谷兰坐在摩托车后座，只觉得两耳生风，车水马龙在她的身边唰唰划过。 种久违的东西在她胸中升起，她并非哗众取宠之徒，但她需要这种认同和满足，或者，这就是她要的成就感?！她庆幸自己走出了原先的生活模式，否则她不可能去二沙岛会馆，也就不会认识向川，更不可能为病人出一点绵薄之力。

人就是这么奇怪，活得好好的，却要追寻什么生活的意义，真是神经病。

这件事之后，谷兰请叶向川在冰花酒店吃东北菜。开始说了一些客套话，转入正题以后，向川对谷兰道，"如果你不主动联络我，我一辈子都不会联络你。"谷兰奇道，"为什么?"向川道，"我怕你。"谷兰道，"这话我不爱听，我又不是老虎。""确切一意说是敬畏，是高攀不上。""不至于吧。"谷兰笑了起来。接着又用老大姐的口气问向川结婚了没有，向川说没有，也不喜欢青苹果，谷兰说没问题，我给你介绍一个好的。向川突然红着脸说，介绍一个跟你一模一样的吧。

谷兰一点也没有尴尬，在情感方面，她基本上能做到刀枪不入。

首先，她是那种结了婚之后就能安静下来的女人，情感世界在无形中关闭；其次她不喜欢比她小的男人，何况向川比她要小七八岁呢。

然而向川这回不知道是怎么回事，玩真的了，一天一封情书寄到医院药局，一下就坚持了三个月。

诗句缠绵悱恻，言情似火。虽说谷兰是过来人，也从来没见过这么多风月场上的疯话。她不敢再见向川，便给他打电话，"我女儿都七岁了你知不知道？"向川道，"这跟我们相爱有什么关系？！我又不破坏你的家庭。"谷兰在心里哇的一声叫出来，现在的年轻人可真是洒脱！她冷冷地问他，"你是说随便玩玩？！""怎么是随便玩玩？！我会对这段感情负责。""你破坏了我的家庭，还谈什么负责？！""那要看负责的定义是什么，我认为付出真情就是负责。组织家庭那是另外一回事，如果双方都觉得需要，也没有什么不可以。""向川，我说不过你，总之我们不合适。""你指哪方面的？年龄从来不是爱情的障碍，不信你试试。"

居然斗胆调情，谷兰把电话挂了。

二十六个阶级兄弟是出院了，却间接地给谷兰留下了一个难题。

情书仍旧绵绵而至。

平心而论，谷兰对叶向川的印象还是不错的，从外形到谈吐，他是她不太熟悉的那种人，人只会对自己不熟悉的东西产生异样感觉。

当然，她不会跟他发展恋情，这太可笑了。她只是希望能够不留痕迹地解决掉这个问题。

一天晚上，谷兰问卫东，"你们单位新分来的那个大学生叫什么名字？"卫东的反应令她有点意外，他一骨碌从床上爬起来，略显恍惚道，"叫廖灯灯，怎么了！出什么事了？！"谷兰奇道，"我说出什么事了吗?！她有没有男朋友？长得怎么样？"卫东支吾道，"几分姿色吧，好像没有男朋友……"谷兰道，"那好，我给她介绍一个男仔，条件一流。"卫东忙迎合道，"行，没有问题。"但说完这话，又有点神不守舍，谷兰没当回事，转身睡了。

谷兰突然约向川晚上去北圆酒家吃饭，向川以为是两人世界，颇感惊喜，还刻意修饰了一番。事实上，他穿休闲服比西装要好，瘦高的身材，宽肩、长腰，有一种年轻人的潇洒和利落。

比较起来，卫东变成地地道道、在现实生活中不堪重负的中年人。

灯灯见到向川，眼睛顿时一亮。

谷兰也没有想到，灯灯是这么新潮的女孩，头发染成棕黄色，牛仔喇叭裤一过膝盖就扎起来，笨头笨脑的战斗靴，浓妆，画一个性感的厚嘴唇。

谷兰犯了先验论，过去外贸公司的女孩，都是长发披肩的清丽形象，可直接上演琼瑶的电视剧。现在竟然已成为新新人类。

她显然不太适合向川，谷兰在心里暗暗叫苦。

果然，向川兴高采烈地赴约，一看这个局面，马上满脸挂霜。但他毕竟是有教养的人，基本上不露声色地撑到最后。

饭桌上说的都是闲话。之后客气一番，就散了。

灯灯给向川留了名片，但是向川说他换了衣服，没带名片，给灯灯留了办公室的电话，还有些许勉强。

向川普通地道了一声再见，就走了。这让谷兰心里不大好受，知道他是真生气了。灯灯有点兴奋，像多吃了维生素那样，奇怪的是卫东，有点莫名的悻悻然，谷兰心想，大概他一直以为自己混得不错，属于成功人士，但显然，向川比他年轻，比他成功。

越秀山药业集团公司，马上就要股票上市了。卫东算是怎么回事？

半死不活地吊在半空中，即便是按最好的情况解决：三个公司以家电为主合并了，又怎么样?! 还不是前途未卜，谁都知道，外贸的黄金时代过去了，独美了这么多年，也该轮到别人出出风头。

退出外贸，从头捞起。也有人给卫东出这种点子。谷兰就始终保持头脑冷静，她太了解卫东了，他根本不是一个开拓型的人，应变能力又差，善守不善攻。重打天下，谈何容易?

这件事之后，叶向川再也没有跟谷兰联系，情书也戛然而止。

情况一下子变成这样，谷兰又有些不适应。她不是不希望这件事了结，但似乎应该比现在这样多一点韵味和美感，至少没有伤害到谁。

好几次，谷兰想打电话给向川，可是说什么呢? 解释什么呢? 人家已经不纠缠了，再打电话去，岂不暧昧?!

可是，每次同事叫她听电话，或者说大门口有人找，她都第一个想到向川，她真为自己的这种想法感到羞愧。

一天傍晚，谷兰下班回家，一上楼就听见小彭的声音，"叫你抛你又不抛……"接下来是小红的哭腔，"你当时的态度根本不坚决，还说中央十二道金牌都没把股市打下来，说不定就扛过去了……""我也没想到《人民日报》评论员会写文章，再说我也强调过风险意识，这个只有我们老股民有，你们新股民……"这时小彭见到谷兰，忙赔笑道，"萧总在家，我已经收过水电费了。"说完慌慌张张地告辞了。

谷兰一进屋，就看见卫东鼻子不是鼻子，脸不是脸，拿着计算机一通乱按，谷兰问道，"我们也套住了?"卫东气道，"那还跑得了?!"谷兰道，"我不是给你打过两个电话，告诉你我同学说有大利空吗?"卫东懊丧道，"你那个狗屎同学，两次说利空，结果都是利好，这回我不信他，偏偏又让他说中了，一下子把我套得这么深。"谷兰安慰他道，"好在只有五万块。"卫东道，"何止?! 我又取了五万，加上我爸爸妈妈的九万，还有正军和老胡的钱……"谷兰整个人惊得弹起，"你是杨百万啊？够胆炒联合舰队?！"

越想越怕，谷兰奇怪自己怎么没有昏死过去？怎么会有这么健全的神经系统和如此刚强的承受力。

吃晚饭的时候，小红的眼睛红红泡泡的像金鱼的眼睛，饭又吃不进，在碗里扒拉来扒拉去。谷兰烦道，"你能有多少钱啊？做出这副样子来？过一段股价还会回升的嘛。"雅眉张大嘴巴道，"她又不是为炒股，她跟保安仔说笑，刘震不理她了……"谷兰呵斥女儿："你又知道!"小红的眼泪已经滴下来，起身跑进房间去了。

剩下的一家三口，愣愣地互相望着。谷兰又骂女儿，"你真是人小鬼大，有什么事是你不知道的?！"雅眉道，"小红姐很寂寞的，她跟我说一说，很正常啊。"

卫东不快道，"一会儿馒头仔，一会儿保安仔，饭越做越难吃，你找来的好人!"

"你先看看产品说明书，特别方便的免蒸焗油，厂家直销。"谷兰在发药窗口，看见一张处方单，密密麻麻开的全是营养药，头都没抬地拿了罐焗油膏立在窗口，转身给病人配药。

配完药，病人微笑地脱帽致意，头顶秃得没救了。

焗油膏根本没有褥子卖得好。

这时有人敲窗口的玻璃，谷兰耷拉着眼皮道，"拿处方来，敲什么敲?！"

"你们不是搞窗口微笑服务吗？就这态度?！"

谷兰这才抬头，见是金萍，正在咕咕地笑。她来到走廊，对金萍道，"你怎么跑来了？有事吗？"金萍道，"今天我轮休，约了工商局的人吃饭，咱们不是要批一个铺面搞服装批发吗？就在你们旁边的天龙大酒楼，你下了班就过来吧。"谷兰为难道，"金萍，我的钱全在股市套住了……"金萍道，"借呗，这还难住你了？谁不知道你和卫东都是三头六臂的能人，借谁的钱那是看得起谁……"谷兰叹道，"别胡说了，我们哪有那个法力。"金萍道，"行了行了，过来吃吧，我先借给你还不行吗？"谷兰挺怕陪生人吃饭，加上自己确实没钱，也不敢轻举妄动，所以一味推脱。

突然，谷兰整个人愣住了，一时不敢相信自己的眼睛，就在离她不远的走廊深处，站着叶向川。

他随意地穿着一件风衣，由于没有刮脸、理发和刻意的修饰，他比自己的实际年龄成熟很多。

金萍见此情景，笑道，"怪不得请不动你，原来兜上小白脸了……"谷兰道，"你积点口德吧你，我跟他什么事也没有。"金萍道，"谷兰，别解释了，在这方面我是火眼金睛。这人形象还不错，长得有点像三浦友和……"谷兰没理她，一副笑骂由人的表情。金萍感叹道，"谷兰，你是真活明白了，活出来了，哪像我们，傻了呱唧就认识钱。"

说完，金萍又上下打量了一回向川才走。

下了班以后，谷兰跟向川去了一家僻静的西餐厅。

向川只字未提私人感情方面的事，直接对谷兰说道，"我当总经理助理也有三年多了，可我是学理工的，不会看药理分析报告，申请去进修，总经理说这方面的专家够用了。公司的事又多，走不开。但是我觉得还是有很多不方便，比如最近公司董事长连续开了几次秘密会议，都没让我参加，只是会后总经理嘱咐我把一大堆药理分析报告用碎纸机碎掉，我想你是学医药专业的，能不能简单地跟我说说这方面的知识？"谷兰道，"那应该没有什么问题，你拿一些公司的药理分析报告给我看看，我把它大致分分类型，简单地跟你说一说你就明白了。"向川把一个黑色的文件夹交给谷兰。

这天晚上，谷兰在灯下看向川公司的各类业务方面的报告和药物化学方程式的图表。直到深夜，卫东已经睡醒一觉，看见谷兰还坐在写字台前，咕噜了一句，"又不搞市场经济，又要当科学家了……"说完一头栽在枕头上，又昏睡过去。

本来，谷兰是没打算太认真的，但有一份报告，总经理用红笔写了一个碎字。报告中提到的笑哈哈儿童生长素是近年来越秀山药业集团公司开发的新产品，铺天盖地地打出广告之后，销路不错。但这份报告所提到的这一整批儿童生长素已被污染，服用者有可能染上一种名叫克-雅氏的脑病。

制药厂出现药物污染这种情况并不值得大惊小怪，只是整批药的报废会给厂家带来经济损失。但令谷兰震惊的是，药业公司没有将这批生长素报废，省医药管理部门还给它进入销售渠道开了绿灯。

深更半夜，谷兰在储藏室的旧纸壳箱内，找到尘封的大学时买的参考书和课堂笔记，七翻八翻，也翻不到关于克-雅氏病的有关资料。

第二天上班，她径自去了医院图书馆，查到下午四点钟，终于查出：克-雅氏的全称是克罗伊茨菲尔德-雅可布氏症（CJD），于20世纪20年代被医学界发现，是一种传染性海绵状脑病，其潜伏期可达10至15年，病人在发病后一至两年死亡。

谷兰在几秒钟之内就反应过来，为什么公司敢把污染的生长素推向市场，因为迅速发病，直到死亡的病症会砸了该药的牌子，并带来无穷无尽的麻烦，但若十年之后发病，对公司和公司下属的厂家是毫无影响的。

公司赚够钱之后，可以转换品牌，用其他的名产顶替笑哈哈，也就不会有人怀疑某一批笑哈哈曾经产生过病源。何况现在各行各业的管理都有程度不同的混乱现象，尤其药品方面，更是一塌糊涂。没有严格的管理，凭商人的良心办事，谁会主动赔钱?!

同时，谷兰想到，这么大一个药业集团公司，为什么聘一个学理工的大学生当总经理助理？推想在这之前，有过这方面的冲突，所以干脆找一个不懂的坐这个位置，矛盾也随之消失。

当天晚上，谷兰约见向川，跟他讲了这个意外之中的意外，向川震惊之余也十分愤怒。谷兰对他说道，"你首先要冷静下来，暗中了解一下这件事的来龙去脉，有时因为头脑发热，反而容易坏事。"

一个星期之后，向川来见谷兰时，面容十分憔悴。他告诉谷兰，他明察暗访了生产线上的专业技术人员，得知这种儿童生长素的生产，必须经过一道消毒处理工序，过程复杂且价格昂贵。可能是因为公司的资金周转问题，这道工序没有在最佳的时间内完成，同时因节省费用，董事会同意消毒处理工序从简的报告，致使整批药剂受污染。

公司本来也想报废这批生长素，但正值股票准备上市之际，公司所有的净资产，包括办公大楼、厂房、地，全部加在一起资金总金额也未能达标，但又差得不多，这批生长素的总价值是一千二百万，公司不可能如弃旧履。

但是公司更怕丑闻爆发，声誉是企业的命脉，何况有此记录，股票永远不可能上市。

向川垂头丧气道，"老总一个劲地问我，文件碎掉没有？好像后悔没亲自开碎纸机似的。"谷兰盯着向川道，"你害怕了？"向川道，"谈不上什么害怕，但是这件事揭露出来，我的房子、车，连同职位全部化为乌有。"

两人长时间地沉默。

谷兰问道，"我就是不理解，省医药管理部门居然会给你们开通行证？"向川道，"没有什么不好理解的，见小利不忘义的人很多，大利呢？送股份参加公司分红呢？"谷兰心灰意冷道，"我明白了。"

第二天晚上，谷兰送给向川一份报告，是在医院最新资料研究室找到的。该报告披露，1985年在×国发生过类似的事件，12年后，在近两千名儿童受害者中，已有四十多名发病死亡，十多名已经发病，上百名将会逐渐发病。

向川想了想，平静道，"没有任何东西比生命宝贵。"谷兰忍不住一把抓住他的手，热泪盈眶。

两人把相应的报告都复印了一份，决定若向川说服不了公司改变主意，就将此事见诸报端。

然而，他们没想到，要做一个正直的人比发财致富难得多。

越秀山药业集团公司总经理权棋玄对叶向川的侃侃而谈并没有过分吃惊，甚至还有几分赞赏，"……我也是从年轻的时候过来的，也做过英雄梦，我能理解年轻人准备做出牺牲时的崇高感、满足感。但是向川，如果你坐在我的位置上，看问题的角度就会不同。"

他说，乱世的最大特点是没有公平竞争，你要有实力，对，没错，但也要有偏门左道，因为有很多人只拿偏门左道跟你竞争。比如华康制药厂，他们也想股票上市，可是他们无论是设备、管理、药品质量都没法跟我们比，要说污染，他们做中成药的污染情况时有发生，只不过造成的危害没有人去细究。而且他们的药品开发，只求减低症状，根本不研究根治，却能蒙蔽一般的患者，这是什么企业精神？！就因为他们上面有人，是"首长企业"，方方面面都给开绿灯。

社会上的混乱情况就更不用说了，××合资企业的"正乙烷"中毒事件，火灾无法逃生事件，因为缺乏劳动保障，有些乡镇企业的打工妹，两年之后患白血病，而厂里一年半换一次人，最终他们连自己都不知道是怎么死的……这就是转型期中的中国没有办法回避的代价。

"假酒泛滥有潜伏期吗？学校的房屋质量伪劣，倒塌伤人有潜伏期吗？杀人越货更是生不见人，死不见尸。中国一定会变得有序，但不是现在。说到儿童生长素的问题，我们也不是没有？消毒，只是因为资金问题简化了程序，这次的污染我们测试过，仅是万分之一。"

一直没有说话的向川这时说道，"可对于患者来说却是百分之百。"权总无言，向川又道，"如果发病的是你的女儿，你又会怎样？"

权棋玄恼怒地敲着大班台，"我们现在不是演话剧，个人感情永远不能代替全局意识。如果我们这次竞争不过华康，他们做得越大，对人民健康的危害也越大，我承认生长素事件是一个过失，但我们只要在关键的时刻顶过去，就能走上正轨，走上有序之路，永远杜绝这类事故！"

向川道，"一药不药，何以谈千药万药；一件事不敢负责，谈什么与人民同呼吸、共命运。权总，我一直是尊重你的，你刚才说了那么多，但我觉得乱世绝不是为所欲为的理由，如果大家都这么想，正规、有序根本无望。"

棋玄深叹了一口气道，"老实告诉你吧，这件事就是我同意，危林董事也不会同意整批的生长素报废。她是上头某公的妹妹。"

这倒令向川吃了一惊，来公司这么长时间，向川只见过危林女士两次，直觉她是神秘人物。这个女人黑黑胖胖的，不修边幅，常常是一身运动服，抽烟，爆仗嗓门。第一次见她，是向川跟权总在办公室，听见外面一阵嘈杂，一个女人大声大气地问道，"棋玄呢？权棋玄在哪儿?!"向川刚想起身，门已推开，一条黑色、高挑、皮毛如缎的无尾狗矫健地蹿来，湿漉漉的鼻子贴着向川嗅了一阵，大概是向川穿着皮夹克，它误把他当作同类了。

接着危林女士才出现在门口，穿一身洋红色的运动服。"他妈的棋玄，"她根本当向川不在，只冲权总骂道："你们大门口居然不叫我澎澎进，害我跟他们吵了一架！"

无尾狗澎澎在总经理办公室东走西走，四处参观。

不等向川反应过来，权总已把危林女士连人带狗哄到贵宾室去了。

后来权总曾跟向川说过，危林女士身体不好，年轻的时候就子宫切除了，性格、脾气什么的，也都有了很大的改变。也提到她手眼通天，但没说她是谁谁谁的妹妹。

她每次来都住中国大酒店套房，极少到公司来。

也有财会人员跟向川透露，危林女士的账单费用惊人，她倒是从不买珠宝首饰、名牌时装和高级护肤品，最有兴趣的就是旅游，一次欧洲行再加上陪同便花去几十万元，美、加、日本、澳洲更是想去就去。权总也只去过一次美国，还跟李工，工技术员一块吃麦当劳，危林女士出去是一定要吃中餐的……

当然，危林女士为了公司的利益也很尽心尽力，向川知道，公司扩大影响，广告挤入电视黄金档，包括批地、股票上市等等事宜，均是她上蹿下跳，搭桥铺路。

岂能功亏一篑?!

听说她为这件事也把权总骂得狗血喷头。

现在向川理解了为什么只有危林女士一个人敢管六十有三的权总叫"小权"。那是第二次见她，权总打电话叫他送文件过去。在中国大酒店。危林女士一口一个小权乱骂，向川断断续续地听到"……生长素是牌子产品，属于高技术、高价格……你省几道工序能省一个亿出来?! 真他妈的小家子气！……"

当时向川匆匆退出房间，根本不知道他们说什么。

这次谈话没有结果。权棋玄对叶向川说道，"你再好好想一想，能让步我还是用你，事后也绝不报复。说老实话，越秀山药业也不是家族企业，与我个人的关系不大，只要股票一上市，在社会上真正立住了脚，我马上告老还乡，放逐田园。"

向川的心里很不是滋味，还是那种感觉，每一拳都砸在棉花上。没有人跟你较劲，没有人威胁你，或跟踪暗杀你，企业是共产党的，充其量是大家同归于尽。

谷兰下班回到家的时候，天已经黑得差不多了。推开房门，萧卫东在厅里正襟危坐，雅眉和小红去向不明。

"她们呢？"谷兰一边换鞋一边问道。卫东声音闷闷地回道，"我叫她们出去吃肯德基了，有事跟你说。"谷兰笑道，"什么事？搞得这么严重？"

卫东没有笑，一点不客气道，"你最近背着我都干了些什么？"谷兰不高兴道，"承蒙夸奖，我还能干什么？倒卖军火？做三陪？！"卫东气道，"你管人家药业公司的事干吗？现在殃及我了，外经委主任亲自找我谈话，叫你不要管什么生长素事件，公司合并的事立刻解决，以我们家电公司为主，由我当总经理。"

谷兰没有说话，愣在那里。卫东又道，"拜托了姑奶奶，我等工作等得要发疯！外面发生了天大的事我都不管，我只要工作，这之前，我去下面乡镇企业摸底，有一种古董吊扇，全木质的，比较适合国外市场，还有电热杯，可以煮鸡蛋，煮少少的饭，外国人称'神奇'的小杯子，总之只要我一上任，就能够大展宏图。你不要去主持正义，这年头，管好自己比什么都强……"谷兰耐心道，"你不是学药的，你不知道这件事的严重性……"卫东打断她道："我根本没有这个好奇心，我只知道外经委主任会很重视危林女士的意见，他没有必要得罪危林女士。"谷兰道，"他们这样做只能证明生长素事件是地地道道的丑闻。我很奇怪，萧卫东，你为什么不义愤?!"

卫东的嘴角向一侧牵了牵，突然冷漠道，"真正奇怪的是你，你从来就不是一个愤世嫉俗的人，一个极富正义感的人，事实上你很能适应世俗的生活，病人取药要搭买你的褥子；龙吐珠的成分都不知道就说能治疗男性不孕；买股票干吗？就是搞投机嘛！你一点不甘落后，去年为评职称你跟你们主任大吵，还到院长那去告刁状……我不明白你怎么忽然就变成烈女贞妇了?!"谷兰道，"我是一个平庸的人，但我为我没丧失正义感而骄傲。"卫东气道，"可是你影响我了，我会因此而毁掉前程。"

两个人吵了好长时间，谁也说服不了谁。

直到雅眉和小红手拉手、高高兴兴地回来，两口子只好暂告休战。

雅眉帮小红把炸鸡翅和汉堡包、薯条摊在餐桌上，卫东大概是吵饿了，抓起汉堡包气势汹汹地吃着。谷兰是一生气就没胃口，径自拿了干净的睡衣去洗澡。

当温热的水流从她的身体上慢慢滑落，疲劳和烦恼也在逐渐减轻，神经正一寸一寸地冷静。是的，这不是一个人的前程，而是萧卫东、叶向川两个人的前程，坚持了正义感又能怎么样?!最多是越秀山药业集团公司股票不上市，整批的儿童生长素报废再加一段时间的名誉损失。而前程是两个男人今后千千万万个日子，何况她自己并没有直接牺牲掉什么，如何令人心服?!

洗完澡，谷兰穿着白色的睡裙靠在卧室的床上翻书，又根本看不进去。卫东刚才还在说，如果真的用我的前程换取生长素的报废那也值了，但是可能吗？你我人微言轻，怎么是药业大王权棋玄和危林女士的对手?!市场经济和股份制改革只能大踏步地往前走，谁会注意踩死了几个蚂蚁？退一步说，你想玩大的，也等我有能力收购他们公司时再玩吧?!

这时，雅眉端了一个小小的托盘进来，"妈妈你吃一点肯德基吧，要不都被爸爸吃完了。"她放下托盘，煞有介事地用小手摸了摸谷兰的额头。

就在这一瞬间，谷兰觉得她不应该放弃。向川说得对，没有任何东西比生命宝贵。她想，尤其是孩子的生命。

雅眉和小红睡着以后，谷兰和卫东在卧室里继续争论，声音时高时低，但显然他们都在竭力克制。然而卫东终于忍无可忍，用翻底牌的口气道，"我们别兜圈子了，谷兰，你不就是想报复我吗？"谷兰奇道，"我为什么要报复你?!"卫东也豁出来了，"装什么傻呀，我告诉你，我现在跟灯灯已经没有那种关系了！"

谷兰的脑袋嗡的一声，差点没晕过去，"什么，你跟灯灯还有一手?!"卫东道，"在诱口福台湾馆你不是都看到了吗？"谷兰赶紧回忆，她是有一次跟朋友在先施百货买东西，后来去了诱口福，不过临时改变口味转到食街，她在诱口福的门庭里瞭望了一下，但的确没有看见卫东和灯灯。

卫东说道，"当时我们正有些亲昵的举动……事后你不动声色，要给灯灯介绍对象，灯灯果然一眼就看上了叶向川，我的敦厚和沧桑美也不要了。可她追叶向川会有什么结果，叶向川跟她说了，他爱的是你……

"这还不算完，你现在又跟叶向川串通一气整治我，用最冠冕堂皇的理由毁我前程，叶向川怕什么?!他在理工科方面有双学位，又年轻……你看你现在还是一脸无辜的样子，我跟你结婚多年，真不知道你城府那么深……

"至于我和灯灯，我根本就没有结婚的打算，她这个人做事太凭感觉，好的时候是火；不好的时候能降到冰上。我敢向你保证不是我引诱她，我也不知道怎么回事就被她弄晕了……好在现在一切都过去了……

"你看这样解释行不行？谷兰你放我一马……"

直到靠在街心花园的水泥石台上，谷兰始终也没有搞清自己是怎么从家里出来的，她的白睡裙外面只裹了一件大风衣，腰带胡乱地打了个结，光脚穿一双船鞋，兜里一个钱也没有。

此时此刻，她满脑子都是萧卫东的背叛行径，她自认为很了解他，而事实上他十分了得，要么不疯，一疯就疯到位。她自己却正常得不能再正常了，懂得拒绝，坚持正义，投身市场经济的滚滚洪流。她还以为自己疯了呢，真是可悲复可笑。

幸亏公共电话亭的老头看着她眼熟，答应她赊账打了电话，她对叶向川异常平静地说道，"开车过来接我，我身上没带钱。"向川也没多问，只问了她现在身在何处，就把电话挂了。

谷兰觉得等了很久很久，其中有些思维片段，但既不集中也不连贯。女人的暴怒如果没有砸东西和尖叫，那就相当危险，一定会发生让人意想不到的事。

叶向川开的是一辆桑塔纳，谷兰上车就坐在他的身边，他问道，"我们现在去哪儿？"谷兰道："就去你那儿吧。"叶向川一边打方向盘掉头一边问道："你脸色十分苍白，是不是遭人打劫了！听说现在好多外来打工的靠抢钱回家过春节。"谷兰没有说话，向川继续说道，"我今天也特别不顺，一直在生产线跟专业技术人员谈心，希望大家能联名上书董事会，重新决定关于这一批儿童生长素的生产。结果你猜怎么样？没有一个人肯签名。理由都差不多，公司对我们不错，盖了专家楼，我们还拿特殊津贴，何必为难公司呢？公司要怎么做自有公司的道理。还有人直截了当地对我说，你是一个人吃饱全家不饿，我们是老婆孩子一大堆，现在到处都有下岗的，咱们是玩不了深沉了……你在听我说吗？谷兰。"

谷兰一直注视着窗外的街景，这时突然冷漠地说道，"向川，这件事情真正做起来难度太大，不如我们一块退出吧！"

向川下意识的一个急刹车，谷兰的头撞在车顶上发出"砰"的一声响，她捂住额头，与向川对望着，好一会儿，向川说道，"行，本来这件事跟你关系就不大……我现在就送你回家吧……"他又准备打方向盘，手臂却被谷兰一把抓住，"我……我就是从家里跑出来的……"

顿时，车内一片寂静。"他说你了？他叫你不要管这件事对不对？"向川问道。谷兰低下头去，"其实我刚才的意思……是希望你退出，我公安局有一个朋友，我想把文件直接交给他，我想过了，只有有结论的事件，报纸才敢登……而你，毕竟还年轻嘛……"向川不客气地打断她道，"我最讨厌你说这句话！"

桑塔纳轿车箭一般地向前驶去。

叶向川住在丽江花园华林居的一幢公寓楼里，精致的两房一厅，但显得有些凌乱。他在谷兰的身后打开灯。"快告别这儿了，也就没心思打扫，真是劣根性……"

话未落音，谷兰突然转过身来抱住了他。

这突如其来的热吻令人眩晕，他靠在门背后，脸前拥着一个成熟的女人，灯又无声地熄灭了。谷兰的风衣不知什么时候滑落在地上，透过薄棉的睡裙，他感触到她柔软的身体，血液便像酒精那样，腾的一声被一团火焰点着了，他难以抑制地俯下身去。

当然，向川的动作不见得特别熟练，但他年轻，年轻的爱在没有演变成欲的时候，无比地纯真、火热。谷兰在感觉到这种身心投入的同时，不免有点自责，这缘于她的矛盾心情，有喜欢向川的成分，也有报复萧卫东的因素，更有决心放纵一下自己的决定。或者还有别的什么？总之……她希望自己能想清楚为什么这样做。

但是迟了，人不可能活得那么理性。比起萧卫东来，向川在这方面绝不仅仅是年轻，卫东也年轻过，可他们似乎从未有过这样的激情，可能是人本身的差异吧，她在刹那间回到了少女时代，她的心被一下子提到了嗓子眼，整个人几乎在爱的冲撞中昏迷过去。

脱掉衣服，他的体形有着雕塑品的线条和硬度，其健硕和持久的程度与他外表的书生意气大相径庭。她从来不知道性爱还有这样的魅力。

她还一直以为她是性冷淡呢，从没觉得这件事跟吃饭一样重要，不知道萧卫东和灯灯在一起能否被点燃起来，反正她过去的婚姻生活可以算作一张白纸。

说老实话，她真不是有预谋的。直到这一切都结束了，她还在潜意识里抗拒这种胆大妄为，如果不是这一层阴影，她紧绷的神经可能真的会完全松弛下来。

"告诉我，发生了什么事?!"向川的手还抚摸着她的腰际，轻声问道。谷兰转过身去，"没什么……"向川也就不再问了，慢慢从背后拥住她，说一些感叹和赞赏的呓语，这种温情似乎比做爱本身更打动她，令她继续酥软、消减、融化，最终变成香烟一缕。

她决定什么也不跟向川说，因为那样会亵渎他的情感，何况又怎么讲得清?! 连她自己也没想到事情怎么这样了?! 再则，以中国人的斗争方式，交战的双方总有人有意无意地把问题庸俗化，让自认为坚持了正义的人顿感索然无味。她不仅对向川，即便是对卫东也不想做任何解释，实在是太无聊了。

谷兰是夜里两点多钟回到家的，她在客厅里的沙发上靠了靠，天就亮了，新的一天犹如平常一般平静。

谷兰以为上班的时候，她一定头重脚轻，如踩棉花云，事实上她挺精神的，待人也比以往温和，她能感觉到体内的细微变化，想到女人需要爱情滋润，她的耳根一下子热起来。

快下班的时候，谷兰接到魏岩的电话，约她晚上一块吃饭，谷兰说不行，我已经约了正军了。魏岩说那就一起吃，谷兰见推不掉，只好答应了，叫魏岩直接去金田中日本料理。挂上电话，谷兰又拷正军，叫他提前半个钟头到，有事跟他说，不想魏岩听了瞎掺和。

正军倒是按时去了金田中，谷兰跟他面对面地坐在榻榻米上，谷兰刚提了一句生长素，正军便说道，"这事我知道了，我弟弟跟向川不是好朋友吗?! 他问过我能不能帮忙，我还没来得及答复他呢。"谷兰道，"听你这口气就是没戏。"正军道，"最近案子多，我熬得要命，一天两包半烟，不然顶不下来。"谷兰这才发现正军眼睛里的血丝，脸色也发暗。正军说道，"这么跟你说吧，这件事如果有患者死了，或者你跟向川遭到暗算、谋杀，那我们就责无旁贷，可是你说一种药吃了十年以后会得病，那是科学问题，跟我们一点也扯不上……"谷兰道，"总之是不出命案，你们就不管喽?"正军道，"我听说这件事背景很深，不怕你不爱听，可能出了命案也未必轮到我们管，上面要是决定压起来，谁也没办法……你知道我现在也是一身屎，哪敢犯上?! "

谷兰的神情甚是茫然，"我就是不明白，怎么现在连是非对错都没有了?! "正军道："怎么没有，白的到底不能说成黑的，可是蓝的可以说成紫的。社会之所以复杂，就因为许多事发生在灰色地带，让你束手无策。"又道，"我也不明白，你对这件事怎么会这么执着，你女儿也没有吃他们的药。"谷兰看了看正军，说道，"良知，你懂不懂什么叫良知?！"正军忍不住哈哈大笑，"我看你真是疯了，进入九十年代以后，我就没跟人讨论过这么虚无缥缈的问题……"

只聊了一会儿，魏岩就来了，他也是莫名其妙，整整早到了十分钟。坐下先点了两个例牌的三文鱼，一壶清酒。然后说，你们谈，你们谈。见两人都不说话，颇不以为然道，"我知道你们在说什么，我就是为这事来的，不就是儿童生长素事件吗?！"谷兰惊道，"你怎么知道的？"魏岩道，"那你就别管了，总之我在外面花钱养的耳目比小蜜多。"谷兰道："你想怎么着吧？"魏岩道，"正军是自己人，我也不瞒他，我出十万块钱，你把所有的资料和文件给我，算我买断，这件事就跟你无关了。"谷兰道，"你想以此来敲诈越秀山药业公司？你休想。"魏岩笑道，"别这么凶巴巴的，回家跟萧卫东商量商量答复我，昨晚我打电话找你找不到，跟他说了，他说他原则上同意，叫我自己跟你说。"

在这件事情上，每个人都做了充分的表演，谷兰反倒不生气了，生活永远比文艺作品精彩，魏岩是为了钱，萧卫东是为了官，正军是为了自保，可能他们都是对的，顺应了潮流，现在大家不都这么活?！

即便魏岩的想法近乎疯狂，那也如小彭所说，你不疯是你自己的事。

魏岩过去在部队的时候立过两次二等功，一次三等功，现在变成这个样子，你不用疯来解释就根本解释不通。

和许多家庭一样，为了保持表面的宁和，也为了孩子从小不经受什么心灵重创，谷兰和萧卫东都表现得较有风度，依旧同吃同住，只是互不理睬。

卫东心想，该说的我都说了，再说就剩下恳求，恳求也行啊，本该好言好语，可是一开口便是，"……拜托你做人实际一点好不好？"谷兰当然不爱听，硬邦邦地回敬他，"我不但不会放弃，更不会拿这件事去做现金交易！"每回都是这样，根本谈不下去，只好不谈。

谷兰也知道这样下去连家庭都可能保不住了，她很苦恼，又不愿意再去找叶向川，生怕这是一种纯粹的性吸引。自那个夜晚之后，她的心境始终迷乱，理不出头绪来，只能先做冷处理。

但是有一个念头最为迫切：她希望尽快了结这件事。

她想到金萍，她是老江湖了，三教九流，广东的人她认识一多半。"你有记者朋友吗？"她问金萍。金萍回答："当然。"谷兰道，"有一件事我必须见报。"

谷兰絮絮叨叨地说，金萍皱着眉头听，实在不耐烦了，打断她道，"我这个人没有什么正义感，帮你也是帮人不帮事，谁叫咱是同学呢！"谷兰道，"你要帮我，总得把事情搞清楚。"金萍道，"我也不是学文学的，说药我还不清楚吗？这件事也算不上稀罕。笑贫不笑娟，笑醒不笑醉嘛！"谷兰道："那你怎么帮我？"金萍颇具大家风范道："找一个记者，对他说我这里有'料'，多少人来抢报，你要不要做独家新闻？其他的什么都不说，人在不知道深浅的时候就不知道害怕。而且我们不要找大报，大报审查严格，领导全盯着，就找《青年报》，《青年报》的主编激进，喜欢针砭时弊，这就叫投其所好。登出来再出什么事，我们要显得比他们还无辜，还不知内情……"

萍在给记者朋友打电话时，谷兰自言自语道："现在连伸张正义都得凭关系，走后门……"金萍立刻停止拨号道："你可以不管的，想好，决定改变主意了？"谷兰忙道："没有没有，你打你的。"

接下来的数天均是等待，自从谷兰把有关资料交给记者以后，再就没有消息了。

一天，谷兰不知道为什么，忽然很想跟向川通个电话，听听他的声音。这时她才觉得奇怪，怎么向川也不跟她联系？两个人好像绷着劲儿似的。

犹豫了好一阵，谷兰还是拿起了话筒，单位的人说不在，宿舍又没人听，手机是关闭状态。

谷兰有一种不祥的预感，所以她全天候地走神儿。

第二天上班的时候，在取药的窗口，有人递给谷兰一封信，没等她看清来人的模样，那人已匆匆地走了。

信是叶向川写来的。

谷兰：

你好。

当你接到这封信时，我已经离开这座城市了。

那天晚上送你回家返来，发现宿舍被人抄过，什么都没有丢，只有装生长素资料的文件夹没有了。桌上没有恐吓信，但门边有一把似乎是遗漏的锋利的西瓜刀。我连夜凭我的回忆，把有关儿童生长的事件，写给中央电视台东方时空。不过听说他们每天接到几千封信，而我又没有真凭实据，我这样做也不过是了却心愿。

公司是回不去了。我准备走，到深圳还是到上海没有想好。

我们曾经为生长素的事件并肩作战，无论结果怎样，我无怨无悔。至于感情，我在潦倒的时候，绝对不见女朋友。始终不大相信没有经济基础的爱情，因为她是奢侈品，需要环境和温床，甚至以为贵为公主王子才配谈情说爱。你如果看见我现在的样子，原先的那点美感恐怕也没有了，所以原谅我不辞而别，也尊重我这个心愿。

保重!

爱你的向川

谷兰小心地把信折好，她心里十分难过，长这么大，除了在书本和电影上，她没有见过伟大的爱情，但就向川表现出来的纯美，说句老实话，是她不配。

毕竟那个晚上，她充满着杂念。

儿童生长素事件的报道终于在《青年报》上刊登出来，尽管是在第四版的"都市纵横"，但还是较为醒目。

就在谷兰看到报纸的这一天，萧卫东离家出走，公司合并的事以土畜进出口公司为主，不仅是总经理没有他的份，连副总经理也是玩具公司的老总，他只是家电部门经理。老家电的人都不高兴，我们怎么平白无故地当了"三奶"?!

萧卫东搬回父母家去住了。

然而，舆论界并不是万能的，《青年报》的影响也有限，报道的反应并没有谷兰想象的强烈，有关部门对此事的态度，谷兰也不得而知。

两个月之后，越秀山药业集团公司的股票照样在股市隆重登场。谷兰在电视里看到了危林女士的尊容。

倒是半年以后，《青年报》的主编因其他的什么事被撤换了。金萍为此有些负疚，"这孩子就是有点傻。"经过这段时间的折磨，谷兰变得形销骨立，面容憔悴，连下岗女工都比她精神。同时，性格方面尤为敏感，多疑、情绪化。她问金萍道，"我是不是也很傻?"金萍悠悠说道："谷兰，人和人不一样，我们这些人是表面疯，内心别提多正常，多能适应社会了；你不行，你就适合住在花园别墅，喝碧螺春，看琼瑶，见到一只蟑螂吓得半死，你要是跑出来，就真的会疯。"

谁说不是？萧卫东一走了之，万事不理。雅眉见不到爸爸少年已知愁滋味。小红见她整天恍恍惚惚，告诉她没米了，或者要她买盐回来，她反被小红差来差去，甚至被小红带着炒股，真是"妹仔大过主人婆"。

这个家庭残局谷兰完全不知道怎么收拾。

同时，叶向川一直没有消息，从头干起的滋味肯定比"三奶"还不如。谷兰也托人去打探过，全无结果。老实说，她真的不是想跟他长相厮守，只是想亲口对他说一声，谢谢。

有些人你永远不必等

一

伍湖生是一个不急的人。

他上了火车，火车就开了；他上了飞机，飞机就起飞了，如果他来晚了，火车和飞机就因为各种原因晚点，跟他们家专机、专列似的。这对那些提前一小时或者两小时就开始候机候车的人真是不公平，人家时间观念那么强，自己对自己都肃然起敬了，可是伍湖生最后来，最晚出现，交通工具就像听他指挥一样，出发了，别人还在调整座位和情绪，再兼顾一下窗外的景色，伍湖生头一歪一歪的，已经开始打瞌睡了。

熟人见了他都替他着急，伍湖生原来是做证券生意的，曾经有过千万上亿的身家，老婆孩子开奔驰跑车去饮茶，他自己更是肥马轻裘，走遍顶级的饮食娱乐场所，又有谁不知道伍生的手面是如何阔绰呢?!

可惜金融风暴如一夜春梦，把他所有的财产席卷而去，他多少年的打拼化作了一缕青烟，转眼就进入了负资产大军。

他搬出了豪宅，挥泪辞退了保姆、花匠、司机和厨师，目前他住在两室一厅的公寓楼，总面积不及他豪宅的一个洗手间，这还是他妹夫看他可怜借给他的。老婆孩子当然都走掉了，家人为此愤愤不平，伍湖生却觉得没有什么，谁用短暂的一生陪你挨苦呢?! 幸亏老婆还有几分姿色，又在名牌世界里"血拼"过，很见得世面拿得出手，如果她带领着儿子投奔了一个好人家，那他们娘儿俩也是有大把前程的，总比全家守在一块等死强。

酒家食府和一掷千金的夜总会里再也见不到伍生的身影，他排列整齐的金卡已经全部作废，真成扑克牌了；银行、保险业的精英们再也不用惦记着他的生日，给他送礼什么的，更不会请他吃什么海鲜大餐；饭店领班和妈妈桑的脸均是风云聚积之地，转眼间便可以冷若冰霜。想当初，伍湖生在宁苑吃鲍宴的时候，要了一瓶三万多元的百年茅台，一个不懂事的服务员说，如果伍老板喝80年的茅台，剩下的钱就够我们全体员工发奖金了。伍湖生那天高兴，他说，80年和100年的茅台我是喝不出来有什么区别的，但是发奖金好像是皆大欢喜的事，那就这么办吧。

想想看，就算现在宁苑的楼面经理还是肯对他笑，是不是会比哭还难看?

类似的脸就不要去看了吧。

不过伍湖生现在总算是知道什么是心如止水了，他才没有那些旁观者急呢，没有经过大富大贵、大灾大难的人，根本就不配谈心如止水，所以他们急啊。

他急什么? 如果还剩了点钱有咸鱼翻身的机会，如果老婆退出"波"场，就是比谁的奶子大，谁的时装首饰名贵的高级社交场所，洗尽铅华地守在他身边励志，那他就真的睡不着觉了。可是他输得这么彻底，所有的生路断得干干净净，以至于他现在倒头就睡，饿了到蓝白餐厅喝2元钱任喝的番薯白米粥，你说他急什么?!

这次去澳门是坐船，伍湖生睡过了时间，竟然迟到了15分钟，在洲头嘴码头，伍湖生的同伴叉烧为了等他急得满头大汗，幸好一个工作人员在解释飞翔船迟开的原因，好像是发动机出了什么问题，正在抢修，乘客们口吐怨言，面露不快之色。叉烧一边擦汗一边说，你怎么才来呀？话音未落，就有人用电喇叭通知上船了。叉烧叹道，真没错，你一来就开船了，什么发动机出问题，简直就是等你。

上了船，两个人并肩而坐，叉烧总算静下心来，因为刚才急过，脸上尚有红扑扑的余韵。叉烧黑瘦个儿小，所以得绰号叉烧，他靠捞偏门很发了一点小财，至于什么偏门不提也罢，有人说他是倒狗起家的，交配二字总挂在嘴上；也有人说他是发明水奶罩的，就是充填物不用海绵用水胶袋，摸起来不是波浪起伏的嘛……叉烧自称曾经是一毒枭，伍湖生压根没信过，因为他既无才智也无胆识，世界上有这样的毒枭吗？那不仅毒贩活不了，专门演黑道人物的影视明星也会乏善可陈。

叉烧平生只有一个好赌的毛病，可是他一副店小二的模样，好一点的场所总是把他拒之门外，百般盘问，所以他拉伍湖生陪赌，伍湖生有派，一文不名了还那么有派，这就了不起，过关的时候，伍湖生提着空密码箱，十有八九人家要查他，因为他太有气势了，涣散的懒洋洋的眼神也像赌王。叉烧跟在他身后，裤腿、衣袖里都塞着钱，一副草根阶层的样子，被轻而易举地放过。

无论输赢，叉烧都要付给伍湖生一些费用。

葡京酒店最有特色的并不是赌场而是妓女，她们的装扮基本上就是自已的说明书，煞白的脸配黑红的嘴唇表示深谙夜生活之道，低胸半透明的紧身上衣绝对真空装置，无衬托的乳房不仅前挺而且有形有款，下面是超短裙和包腿皮靴，均为黑色，让人想到堕落的神秘和快感。

她们围着偌大的一个玻璃门窗的酒吧绕着圈子走着，不断地向游客搭讪，外国女孩通常是一个人，很敬业的表情，像走在写字楼里一样；大陆妹都出奇地年轻，喜欢三五成群，说说笑笑；另外单飞的不知来自何处的女人，自觉冷艳，对各种类型的目光早已熟视无睹，根本没有任何回应。走累了，她们就在酒吧里抽烟喝东西，等待是每个人都熟悉的一件事，运气不都是等来的吗？！

年轻漂亮的女人，你多看她两眼，她便陶然一笑：去不去呀？谁都知道这是什么意思，去就是讲好价钱到楼上开房，不去，不去你使劲看人家干什么？！

叉烧对一个高挑、细白的女孩说："去去去去，滚一边去。"

女孩走了，伍湖生道："当初你抱着京巴走门串户问人家配不配？配不配？也给人骂过吧？"

叉烧道："我不是不尊重性工作者，只是进赌场前怎么能沾女人？！那肯定输定了，晦气得很。"

湖生白他一眼道："不沾就不沾，你骂人家干啥。"

叉烧笑道："我知道你是妇女爱好者，不如拣一件，到楼上慢慢叹。"

"一盅两件，你当这是饮早茶啊？"

"难道不是饮夜茶吗？拣啦，我买单。"叉烧往成群结队的女人那边努努嘴。

湖生伸了个懒腰："省省吧，我没兴趣。"

“怕什么？你老婆不是都走路了吗？”

“我怕艾滋不行吗？”

“人家有健康检验证明的。”

“你信吗？反正我不信，保证是假的。”

“那还说什么？赶紧去赌场贵宾房吧。”

“我想进酒吧喝点东西，你先去赌大小试试手气。”

“好吧，手机联系。”

叉烧说完，扬扬手中的行动电话，乖乖地，同时又是急吼吼地进了赌场。

酒吧间里烟雾弥漫，光线朦胧，似有似无的黑人摇滚低徊，不禁让人体会到狼烟四起大难临头的末日感。伍湖生喜欢这里颓废兼糜烂的气息，也很配合他目前的心境。

一个女人的侧影吸引了他视线，黑丝绒旗袍高高的领子作衬，上面摇晃着一只黑玛瑙镶钻石的“眼泪滴”形状的耳环，这个女人独坐一隅，正在吸烟，姿势毫不做作却相当优美，目光是恰到好处的虚无缥缈。

伍湖生情不自禁地走了过去：“能请你喝一杯吗？”

女人抬起眼帘，客观地说她有些年纪了，昏暗的光线和厚厚的粉底都没法遮住她眼角的鱼尾纹，这是她阅历的记录，也记录着她的阅历；不过她的双手还保持如水葱一般完好，手指经过精心的修剪，她的薄如锦缎的真皮烟盒，细长的唇膏状打火机，处处显示丽人风范。伍湖生是一个会被细节打动的人。

并没有得到明确的应允，女人好像还不确定伍湖生的确是在同她说话，湖生已将一模一样的两杯酒递上去一杯，随即不请自坐。

女人没有马上喝酒，却看着酒杯道："请问怎么称呼？"

"伍生。"

"任逍遥。"

"艺名吧？"

"难道我会告诉你真名吗？"她浅笑的样子虚假得可爱。

伍湖生笑笑，做了个请的手势。

任小姐微微抿了点酒，不动声色道："伍生看来是见过些世面的人。"

"何以见得呢？"湖生不紧不慢地说道，反正他有的是时间。

"马天尼酒加冰加橄榄，少有人知道这么有品味的搭配。"

湖生叹道："古曲自爱而已。"

轮到任小姐笑笑，无奈加一点点自嘲。

湖生温和道："最近生意怎么样？"

"还能怎么样？"任小姐往窗外飞了一眼，皮肤紧绷的北姑北妹，傲视群雄地四下里张望，没办法，年轻真的是本钱，更不要说这一行。

"不至于摸白板吧？"

"可能枯坐苦等的就是伍生你吧？"她在他耳边说，声音软软的，又有着幽兰般的淡淡香气，简直把人的魂儿都勾了去。

伍湖生的心痒痒的，他并非没有欲望，何况任小姐对于他来说是可遇不可求的。

应该说明的一点是，伍湖生从来都不是一个好色之徒，没破产之前，他身边可谓美女如云，但钱这个东西有时候是钱，有时候就不是钱而是魔障，可以把人搞得疑神疑鬼，就算其中不乏饱含真情之人，又让他如何分辨和相信呢？

所以伍湖生从来不屑于干那种把秘书搬上床或者包外室之类的事。

再说那些为钱而来的女孩，根本还没有练好杀人的本事就匆匆上阵，以为隆胸、放电就万事大吉，笑话，那是乡镇企业家们的女人超市，只怕是给伍湖生陪酒也没有资格。

当然也有出类拔萃之辈，伍湖生就碰到一个让他惊为天人的贵州妹，男人骨子里都有一点救风尘的遗传基因，何况伍湖生当时腰大气粗，他想都没想就让贵州妹第二天到他的公司上班，他说你别干这个了，我给你开工资。贵州妹说，可我什么都不会啊。伍湖生说，慢慢学嘛，端茶倒水打字，很难学吗？月工资五千。贵州妹老大不愿意地答应试试，结果坚持不了一星期就辞职了。伍湖生百思不得其解，本市顶级的写字楼，洗手间都配专职清洁工，能累着谁呢？

贵州妹说，不能每天见到现金，她不习惯，而且是一个水龙头出水，多慢呀，闷一个月还买不了一个路易威登的手提包。

她头都不回地走了。

所以伍湖生从来不玩鸡，不是钱的问题，想到自己是若干水龙头中的一个，而且还哗哗地放水，那需要什么智商？笨而已，他不喜欢男人笨。

可是眼前的这个任小姐却很吸引他，令他从逍遥想到销魂，他一直喜欢懂得调情的女人，这样的女人才是酒，不是解渴的白开水。如果回到从前，他肯定会被她迷得失常，就因为她的不急、慵懒、纤指、浅笑、烟视雾行的眼神、吸烟的姿势、唇、适时的耳语、幽香……总之一切的一切，都是他想要的那一种。至于他不曾失身，看来也不是不笨，什么水龙头不水龙头，无非不合他的胃口而已。

他正在犹豫告不告诉她自己是个穷鬼，手中的电话就响了。

对面传来叉烧兴奋的声音，今天的运气别提多好了，押大即大，押小即小，现在他身后已经一大堆阿叔阿婶，只等他下注就跟，真是闭着眼睛吃叉烧。

二

　　董裁云刚从警校毕业的时候，那真叫意气风发。深色的，偏男性化的制服穿在她身上别有一番韵味，也更显得她白净，秀气。不知道的人都以为她是综艺节目的主持人，哪像什么警察呀。

　　谁年轻的时候不是雄心壮志冲云天？裁云也觉得自己一定会与众不同，成为警界的铿锵玫瑰。可是同学若干人，有的当女刑警，有的负责内勤，还有的在指挥部……只有她，被分到第三看守所，三看在荒郊野外，恨不得是乱坟冈一类的地方。裁云去报到时，坐的是拉菜的车，还坐在车斗里，说是其他的车执行任务去了。

　　裁云一路颠簸，眼看着景致渐渐成了乱石土坡，一人高的茅草狰狞地疯长，仿佛见到什么就想吞没什么似的，她心里越来越凉，被拐卖的妇女被送到前途未卜的目的地，大概也就是这种心情吧。

　　一晃七年过去了，董裁云固然是磨炼成了一个成熟称职的警员，然而她的个人问题却是顺理成章地拖延下来，原因很简单，能接触到的人太有限了。

　　市局的人都知道，一看，二看都是模范看守所，来人参观、交流经验、拍影视剧都往那边带，由于资金有限，三看就成了没奶吃的孩子，监舍烂，警员的集体宿舍也烂，条件设施就不用谈了，全部因陋就简。

　　三看的所长毛爱民，属于南人北相，所以够精明，也够憨厚，大伙叫他主席，主席也希望三看能建设得像宾馆花园一样，有电脑监控室，逢门便是指纹式自动开关，身上一串钥匙都不带。可是上面不拨经费，他在下面又不能收受犯人的钱财，钱这个东西，横竖是变不出来的。主席去市局开会，着急的时候也拍了桌子，可是回来面对三看的警员，他总显得满不在乎，我告诉你们不要计较这个，他说，如果犯人进了监狱比在外面还舒服，那怎么体现我们公安系统的威慑力量?! 大伙说，问题是我们在这里工作像坐监，这一辈子不是很亏?! 很折本?!

主席说，等一下来经费，我自然是先盖警员宿舍的，然后改建食堂，以后每天吃自助餐，还给你们修活动室。大伙说，这个蓝图听你说多少遍了，现在隔壁的化肥厂都开了工，很快我们这儿唯一的新鲜空气都要被污染了，听说以后水泥厂、化工厂这些污染大户都要从城区搬到我们这儿来……可你那儿什么动静也没有。主席一着急说漏了嘴：前两天有个大款犯事，本来是要关在我们这儿的，结果一看先闻到点味儿，把人给半道截过去了。

董裁云心想，世道都变成什么样子了，犯人也是富的受欢迎。

富有，总让人有无穷的联想，甭管他是个什么人。

下午下了班以后，裁云挑了一担水去浇菜地，虽然三看的条件差，但是大伙还是种了些粗生粗养的花草，开了菜园子，种点时令的青菜，还有两棵木瓜树，每年结出黄澄澄的木瓜，还像那么回事。

主席蹲在地头，一会儿看看地里的卷心菜，一会儿看看沉着脸的裁云。他了解裁云，一生气就干活儿，干活儿的时候一句话都不说。

看着满脸是汗的裁云，主席也不知道该怎么安慰她，大概一个月前就风传裁云要调到市局110警队当代指导员，主席觉得这样也好，不仅仅是提拔，她也换个环境，可以把个人问题解决一下。一个女孩子，天天在猫都不拉屎的地方看着一堆犯人，不漂亮也就算了，稍微伶俐一点的，总让人心生怜惜。

可是今天早上，例会传达上面的一些精神，最后是宣读人事安排的公文，110警队有人去当指导员了，反正不是裁云的名字，这时大伙齐齐地看着裁云，好像是她出了问题似的，裁云觉得自己的头都快低到裤裆里去了。

裁云并不是一个小气的人，她也不是非调离三看不可，她就是心里不痛快。

自从分到三看以后，裁云一直很努力地工作，加班是家常便饭，环境艰苦也是家常便饭，除了自己去适应它，没有任何办法。有人说，裁云你这么漂亮，随便在哪个领导面前撒撒娇，早就跳出苦海了。裁云最不爱听这种话，我堂堂正正一个公安干警，又不是三陪小姐，我撒什么娇啊，既然要靠脸蛋吃饭，我上什么警校啊?！

裁云心想，我一定要用行动让他们知道我是一个什么样的人。

每次长途押解女犯人，裁云都是任劳任怨，以前火车没提速，去新疆要一个礼拜，吃不好睡不好，身上跟犯人一样臭，她从不发牢骚。这些活儿不像刑警队，有苦有累有生死压力，但也有立竿见影的效果，在看守所工作，就好像累死都没人知道似的，对人真是一种磨炼。

可是后来发生了一件事，裁云栽了。

那是她到三看的第二年，由于她的年轻，没有经验，也由于三看的监舍陈旧，昏暗，总之，那个月黑风高的夜晚她值班，一个男犯人自尽身亡，他在自己的床上完成的这件事，用床单代替的绳索挂在他床头的铁窗上。

问题是这个人事后被证实是一件要案的主谋，案情是公安部亲自督办的，同时该犯隐瞒了真实身份，他其实是一个香港人，这样在与港方的协调中，也出现了诸多问题，当时香港还没有回归，右派势力坚称这是大陆方面做了手脚，为某种政治原因，必须让此人永远闭上嘴巴，这是惯常的黑箱操作。大陆方面无论怎样解释，人死了毕竟是事实，而且死得那么蹊跷，刚一验明正身准备重审，人就死了，不免蒙上人为色彩。

事态在不断升级，简单的事故酿成了政治事件。

媒体是最唯恐天下不乱的，经他们插手，政治事件引起轩然大波。

或许还有真正的原因是董裁云不知道的，在这个世界上，有的人不能死，有的人不能活，不该死的人死了，这种事可以没事，也可以是天大的事，反正当时的情况是后者，被传得沸沸扬扬，三看的"评先"是彻底没戏了，主席顶着雷到处做检讨，其实三看一直警力不够，碰上女警员怀孕更是雪上加霜，否则也不会让董裁云一个人顶班，但是说这些有什么用呢？董裁云给上级领导的印象就是漂亮、轻浮、没有责任心。

以后的五年，董裁云埋头苦干，洗心革面，为的是用汗水和心血照亮别人的眼睛，同时也洗刷掉身上深刻但又是看不见的印记，让人们真正认识自己，可惜效果并不明显，她的同学，她身边工作的人总是升迁、调离、调整，生活得有声有色，如果不是没有人肯到三看来接替所长的位置，估计主席也已经离开了。只有她一个人按兵不动，有关部门似乎对她完全失忆，幸运之神更是每每擦肩而过。

人们记住的是政治事件，和那个受处分的女孩。

其实，裁云并不是一定要离开三看，或者到什么风光露脸的地方去，她只是痛恨头顶上那些对她不公正的评判。

裁云推门进屋的时候，正看见居委会的芳姨坐在母亲身边，两个人说着贴己话，看见她便齐齐地不说话了。裁云心想，准是母亲又在推销自己，叹息自己如何如何嫁不出去，这从芳姨看她的眼神里就能看出来，同情的，怜悯的，又有点恨铁不成钢，就像看失足青年一个样。

"你今天怎么回来了？"母亲问道。

"难道我不能回来吗？"裁云垮着脸，眼皮都没抬。

"我是说今天又不是双休什么的。"

"我补休。"裁云说完，进了自己房间。

很快，又听见两个老女人的长吁短叹，裁云心里的那个无名火，噌的一下就蹿了出来。母亲是一个教育工作者，大伙都尊称她孙老师，可是裁云觉得她一辈子都没活明白，街坊四邻，谁都是她的亲人，家里什么事都跟人家说，然而对裁云的父亲，她自己真正的亲人，两个人见面就吵，早不早地以离婚收场。这样她就含辛茹苦啊，她就显得格外不容易啊，把裁云拉扯大更是恩重如山了。

裁云没想到这辈子会跟母亲纠缠不清，她们彼此深爱，有着难以割舍的血缘之亲，但同时，她们也最不能相融，似乎总也想不到一块去，仿佛来自两个星球。

芳姨走了以后，孙老师埋怨女儿："进门就垮个脸，外人看了像什么样子。"

裁云没好气道："我又不是伪劣产品，唱得通街都知道我嫁不出去，谁见了我都唉声叹气的，你能不能放过我，不提这件事?!"

"好好好，我不跟你吵，我也知道你心情不好。"

"我心情好那才怪了呢!"裁云恨恨地说。

"裁云，你不要不讲道理，这个世界上还是好心人多，我现在退下来了，认识不到几个人，求远亲近邻的帮帮忙有什么不对？你们警察办案子还讲究群策群力呢。"

"那你就把我当案子办了算了!"

"裁云,咱们俩就不能好好说话,沟通沟通吗?不是我爱着急瞎操心,你说你除了认识一堆犯人哪还认识几个正经人?你说我不求人行吗?!"

"我愿意,我就愿意在三看待着,领导调我好几次了,我就是不走。"

"你有病啊?!"

"我要扎根基层,做一颗闪闪发光的螺丝钉。"

看着母亲马上要背过气去的样子,裁云心里掠过一丝快感,她再一次回到自己房间,把门砰的一声关上了。

她知道吵也没什么结果,如果吵能解决问题,那她们吵得还少吗?父亲的离去,也没让母亲想一想自己有什么问题,母亲就是一个自说自话的人,一个好为人师的人。裁云记得很清楚,小时候到茶餐厅吃饭,她和父亲各要了一个炒粉,母亲说,炒粉有什么好吃?然后对服务员说,一个锅仔饭,一个炒面。父亲说,到底是我们吃还是你一个人吃?母亲说,你这个人怎么不听劝呢?我点的是他们店里的招牌菜,又好吃价钱又公道,炒粉有什么好吃的?放一点豆芽和韭黄,你有慢性胃炎,怎么能吃韭黄呢?!

想想看,这样的事情都不能协调,生活中还有什么事能和平共处呢?

裁云小小的年纪,便在有一次的父母争吵中,语出惊人:你们还是离婚算了,你们在一起永远不会快乐的。

父母亲定定地看着她,可能他们没想过要分开吧。

我是认真的,裁云说,不过等我初中毕业以后再离,我怕我心里难过,学习成绩下降。你们看这样行吗?

只有这一件事他们没有吵，都同意。

上一次，不是居委会的芳姨，而是楼上的朱婆婆，母亲不仅一吐衷肠，还把她陈年的积压物品拿出来给朱婆婆看，以示她用心良苦，为女儿操碎了心。鸳鸯戏水、龙凤吉祥的苏绣被面红彤彤地铺展了一床，搞得朱婆婆春心荡漾，不仅重温了一遍旧时的良宵，还说这都是些好东西，她的锉刀一般的手在古老的绸缎上摸过来摸过去，被面都快跳丝了。

朱婆婆说，裁云你结了婚以后可要对你母亲好，别像我们家肥仔似的，娶了媳妇就忘了娘。

裁云说，我不结婚也会对我母亲好，您老就放心吧。

朱婆婆说，那可不一定，我看你现在跟你妈说话都像对犯人似的。

裁云无言以对。

朱婆婆还答应帮裁云批八字，她说裁云你们年轻人眼界高，我帮不了你什么大忙，但我知道你跟什么人和，跟什么人不和，比如说鸡和猴，那就是不到头。裁云说，我属虎。朱婆婆说，那你大龙小龙都不能找，龙虎斗啊。裁云说，我妈就是属龙的。孙老师不快道，你什么意思嘛，有这么联系的吗?!

那一天裁云的心情没有这么坏，朱婆婆走后，她对母亲说，女人越是嫁不出去越是不能急，你懂不懂？母亲说，你当然不急，是我急，要不说可怜天下父母心呢？裁云说急也不是这个急法，把这么老土的东西拿出来给人家看，不是让人笑话吗?! 母亲说，我为女儿操心，有什么可笑的？再说朱婆婆也说这些东西好。裁云说，就是朱婆婆觉得好那才是喜剧效果呢，现在的床上用品都是几件套，几件套，你看谁红袄绿裤子绣花鞋的。

大吵三六九，小吵天天有，母亲还是母亲，裁云还是裁云，什么都没有改变。

裁云倒在床上，想着自己的心事。

她想自己的另一半到底在哪儿呢？怎么迟迟地不出现？或许她如常人那样结了婚，生了孩子，就算没有轰轰烈烈过，也不会像现在这样这么在意别人对自己的看法了吧？可是她的好朋友冯铁男说，每个女人这辈子都会生生死死地爱一次，不管跟谁。

铁男这个名字，一听就知道是个女的，男的叫这个名字，不是太没意思了吗。

外屋的电话响了起来，母亲接听了好一会儿才叫裁云。

裁云走出了自己的房间，不快道："你又审人家了吧？"

"我就问了问，是铁男。"

裁云拿起电话，母亲又说："她说你们同学聚会，我说你能去。"

裁云喂了一声，便听见铁男的声音，不知为什么她有些心酸。她说她不去周末的同学聚会了，铁男特别善解人意地说没关系，过两天我们见个面。裁云说好。放下电话以后，她想，要是铁男是个男的就好了，她就跟铁男生生死死地爱一回。

母亲焦急地说道："你每天在家闷着，男朋友会从天上掉下来吗？"

裁云看着母亲，半天没说话。

有许多时候，她不知道该怎么跟母亲说话，好像和和气气的就没法交流一样。如果她不想吵架，那就只有不说话。

她只有一条最喜欢的连衣裙，土灰色的底上开着几朵零零星星的小紫花，样式简约合体，穿在身上典雅而不张扬，是铁男欧洲游的时候在米兰给她买的，为什么女人会这么了解女人？这条裙子只能干洗，裁云跟母亲说了多少遍了，别动她的东西，不管多乱，别动她的东西。可是有一个周末她回到家，便看见自己的裙子湿淋淋地挂在阳台上，完全脱了相。

她没有埋怨母亲，转身回了自己房间，一口气哭了两个多小时。

三

无所事事的时候，伍湖生会到街市上去转一转。

街市上很乱，他现在住的这个区是典型的不高尚住宅区，外来工小市民云集之地，见缝插针般地开着杂货店、小食店等，其间充斥着廉价商品和可疑的食物，定睛一看头都大；然后是多得数不清的洗头店，洗脚店，人们像傻瓜一样坐在那里满头或者满脚肥皂泡，乡下妹无甚表情地为这些人服务，仿佛在搓地瓜土豆。

偶尔飘过去一辆摩托车，上面坐着 4 个人贴夹在一块，脸上露出幸福的笑容，如果他们一块展开手臂，跟舞台上的杂技英豪有什么不同吗？

可这里就是给人一种气血两旺的感觉。

这个区没人拿自己当外人，好多人穿着睡衣或睡袍满街跑，女人头上带着头发卷子买菜或者逛超市，男人挖鼻孔，端着大茶缸漱嘴，就像在家里一样。伍湖生过去很少注意芸芸众生都是怎么过的，如今看什么都觉得新鲜，而且他觉得这一切挺有意思的。

以前他当社会精英，每天泡在证券公司，工作至少 12 到 14 个小时，眼前除了一个永远也抓不着的金苹果，其他都是虚无和恍惚的。

那时候他只知道有钱人都是这么过的，并不清楚除此之外还有什么更令他新奇的事。现在，他就像一个刚刚恢复记忆的夜游症患者，分不清梦境和现实的区别，唯一确定的是他还能自己找回家。

伍湖生走到一家比较大的音像制品公司，从里面传出震耳欲聋的音乐声，巨大海报上的鬼精灵一样的男生女生，唇红齿白地招揽自己的拥戴者，没有一个是伍湖生熟悉的。伍湖生穿过一排一排的货架，想不到有这么多的人挣扎在垂死的歌坛，音像带和不同版本的碟盘暴尸街头任人翻拣，许多穿校服的学生在店里东游西荡。

身后响起一个清脆的女声："我能帮到你吗？你喜欢谁的歌曲？"

伍湖生转过头来，见是一个年轻的服务生，头发剪得短短的，喜眉喜眼，单薄的身材，白衬衣背后背着一顶黑色的巴拿马帽，不知是什么意思。

伍湖生说："我喜欢一个人的歌，可是我也不知道他叫什么名字。"

服务生笑道："怎么可能呢？"

"真的，我是在收音机里无意中听到的，电台报了他的名字，可是我不记得了……是个台湾的过了气的老歌手，歌声里有一种无比无奈和苍凉的味道，我很喜欢。"

"我知道了，是青山的歌吧。"

"比青山老，电台介绍说他比青山还老，他的名字是三个字的。"

女孩子想了一会儿，觉得自己实在没能力也不可能想出这么过气的人来，便扬声问一个有些年纪的营业员，那个人不作声地翻找了一阵，也不得不放弃，叫道："藐金，比青山还老的歌星应该都老死了吧，怎么可能还唱歌呢?！"

女孩子笑笑，对伍湖生两手一摊又撇撇嘴，表示爱莫能助。

伍湖生觉得她很好玩，再说他本来就不志在买歌碟，便道："你叫渺金啊？哪个渺？"

"藐视的藐。"

"你藐视金钱啊？"

"当然不是啦。"

"那你叫这个名字？"

"我爸妈老土呗。"

"你的眼皮为什么一直闪，一直闪？"

"是闪光眼影，电着你了吧？"

"不觉得。"

"那你也是老土，做女人一定要闪。"

"真的吗？"伍湖生笑起来。

藐金觉得没什么好笑，她仔细想了想才说："你听那么老的歌带，连闪光眼影都没见过……你有没有参加过长征？"

伍湖生简直要爆笑出来，但他只能忍住，他觉得藐金实在是好玩。

"现在谁的碟最好卖？"他说。

"容祖儿和谢霆锋。"

"那你就给我拿两张他们的碟。"

藐金高兴地飞奔而去。

伍湖生付了款，店里的工作人员对他都十分客气，藐金也一个劲地说欢迎再来之类的话。伍湖生心想，我当然会再来的，要不我买这两张无聊的音乐碟干吗？！

天还早，伍湖生决定再转转，其实这一带他已经很熟悉了，他洗过头，按过脚，似乎到处都有故事，现在又认识了藐金，一个那么简单又那么容易满足的女孩，他被这种简单和知足搞得有一点点感动。

这时他看见一间心理诊所，里面坐着一个穿白大褂的男大夫。伍湖生觉得自己受了那么大的金融劫难，也还是需要心理辅导的，于是他走进诊所。

男大夫头都不抬地说："撕过人民币吗？"

伍湖生惊道："我撕人民币干吗？"

"了解一下你病情的程度，没有当然更好。"

"我没钱，哪还敢撕钱?!"

"我当然知道你没钱，要不你就找保镖了，不会来看心理医生。"

"对极了。"

"心里有什么过不去的事吗？"

"没有。"

男大夫这时才抬起头来，有些疑惑地看着伍湖生，他有着一张女人都难有的粉雕玉砌的脸，一根胡须也没有，潘安一般的眉眼。

伍湖生不觉脱口而出："你眼里怎么都是血丝啊？"

男大夫不快道："我昨晚一夜没睡。"

"为什么呀？"

"我的一个大学同学，团支部书记，见了女人脸就跟红布似的，总之是一个一贯操正步的家伙，现在居然包了二奶。"

"他包二奶，你有什么睡不着的？"

"是啊，你说这是为什么呢？"

"喜欢照镜子吗？"

"为什么问这个？"

"你这儿装修得跟发廊似的，我看你不自觉地就要把头偏一偏。"

"这两件事之间有关系吗？"

"当然有关系，因为你自恋，疯狂地并且是病态地爱上了自己。"

男大夫有些惊愕地看着伍湖生。

伍湖生道："多数人会以为你没有二奶，所以你不平衡，你觉得你白活了，但实际上你什么也不缺，社会上无论发生什么事，你的个人体验都会敏感而强烈。因为你无比地在乎你自己。"

男大夫不自主地摸着光溜溜的下巴，若有所思。

趁着这个空当，伍湖生重新回到大街上，他觉得还没练好手艺就敢大张旗鼓跑出来骗饭吃的人怎么这么多？

然而，就是不合逻辑才成为世界啊，叉烧在他面前这么乖，这么温顺听话，却是他的老板。叉烧天生一副马仔的尊容，在赌场贵宾室里他总是满头大汗，脸色潮红，握两只空心拳头像没头苍蝇似的喳喳跳。别人见他是伍湖生伍老板的手下，对他客气三分，背过身去照样蹙眉头撇嘴。

伍湖生是曾经见过大钱的人，他手下押出去的筹码动辄便是一套高级住宅，或者一辆宝马车，他的神情淡定自若，说他是一级演员那是亵渎了他，其实他身上一点表演的痕迹也没有。在赌场上，除了手气之外，有时气势也能帮你挣钱。

那天当然是有输有赢，惊心动魄。

叉烧赢了钱，会对伍湖生说一大篇发自肺腑的肉麻的赞美词，可是辛苦费他是一分钱都不多给的。伍湖生心想，就当是听多一首歌吧。

之后他还是去了玻璃房酒吧，不过任逍遥已经不在那里了，分手时说得好好的，旦旦信誓音犹在耳，转眼间风过云散。

伍湖生自嘲地笑笑，婊子的话怎么能相信呢？

正想着，有人拍了他一下，只见任小姐似笑非笑，模样甚是可人："想什么呢？"她柔声问道。

伍湖生浑身上下顿时软成一摊，声音都变了调："我想你啊。"

"想我就跟我上去吧。"她总是那么淡淡的，却是分外抓他的心。

见湖生面露难色，任小姐又道："钱嘛，下次来了一起给。"

这分明是给他搭台阶，可是这种钱是不能欠的，否则一晚上的柔情蜜意就变成了一个骗局，一个男人就变得不是男人了。这是普天下最煞风景的事。再说，伍湖生是一个注重享受过程的人，爱慕之情，眼风，说半句留半句，彼此因落寞而导致的相互欣赏，你的橄榄酒，我的玉坠儿摇……罢了罢了，最终成了宽衣解带，铺床叠被，洗洗睡吧，还没有钱付给人家，这像伍湖生能做出来的事吗？

片刻，逍遥上前抚了抚伍湖生皱起的前襟，软言劝道："我们是有情有义又无缘无分，不如散了吧。"说完不恋欢场，转身离去，黑丝绒包裹的细幼腰身摇曳生姿，摇走了伍湖生所有的魂魄。

伍湖生站在那里呆想，为什么男人只有千金散尽才能碰上自己喜欢的女人呢？就像有的人刚一结婚，开门就碰上了自己的真爱，生活真是和戏文一模一样啊。

第二次见到蓣金，她捂着嘴咪咪地笑。

"有没有人说过你长得像猪太郎？"她说。

"猪太郎是谁？"伍湖生越是茫然，蓣金越是觉得好笑。

"日本动画片里的人物啊。"

"我怎么会看那种东西，那是你们小孩子看的。"

"我都 21 啦。"

"真的？我以为你 19 呢。"

"你是夸我年轻，还是说我傻呼呼的？"

"你说呢？"

"我怎么知道?!"蓣金笑笑的，一点不设防的样子。

她的纯真，总是会感染伍湖生，其实快乐很简单，如果你看不起画展、芭蕾舞、《茶馆》、《图兰朵》，也没有条件去云游四方，遍访名山大川，体会大自然美的感召，那么你完全可以和生活中点点滴滴的纯真如婴儿般的情绪在一起，同样可以达到身心净化的目的，所以伍湖生又买了两盘薨金推荐给他的音乐碟。

谁心里没有内伤呢？尽管你可以掩饰，可以做出不在乎的样子，但是事情已经发生了，所有的问题都放在那里，不会因为你的豁达就有所减少。最重要的是，伍湖生知道自己没有今后，也没有将来，这是任何一个活着的人都害怕面对的现实，因为这跟死去几乎没有区别。有一次他路过二手车市场，无数几乎是全新的高档车如奔驰宝马之类被低价出售，那种情景暗示着每个晚上将默默消失多少个百万富翁，金融风暴是无情的，生活本身也是无情的，至今伍湖生都不大相信这一切曾经真实地发生过。

其实他也不是什么豁达，无非灰到底了的一种漠然。于是，薨金成为他灰暗生活中的唯一亮点。

仅此而已。

他们就这样熟悉了，伍湖生隔三岔五就会到音像店来找薨金，说一会子话，像买时令蔬果那样买两张流行得比较紧要的碟，他成了这里的熟客，店里的人都认识他，都对他笑脸迎送。

有一天，伍湖生来到店里，只见一个长相俏丽的女子在跟薨金恶眉恶眼地说话，一看就是在指责她，声音小小的，不知在说什么，但每个字都像一粒一粒的子弹，噼里啪啦地往外崩，薨金低着头一言不发，女子说完似乎也不想听到什么回话，旋风一般地离去了，留下阵阵性感芳菲的香水味，迟迟没有散去。

伍湖生走过去，望望门外远去的背影：“她是谁啊？”

薨金不语，那个说比青山老的歌星已经老死的营业员代她答道：“是她表姐。”

薨金赌气道：“才不是呢。”

营业员不理她，只对伍湖生，千真万确的口气："真的是她表姐，在咆哮吧坐台。"

咆哮吧是这一带有名的夜总会，门口的咨客一律短打扮，黑色钉钉片的灯笼衣裤，全身上下封得密密实实，随时跟人打架的模样。当今的客人讲口味，露肩露背的甜姐不吃香了，有受虐倾向的地方门庭若市，咆哮吧的客源就很好。

藐金一个人走到角落去了，伍湖生跟着她。

过了一会儿，藐金突然扑哧一声哭了起来，无比伤心的样子。

伍湖生道："她干吗骂你？"

藐金道："她骂我大嘴巴，告诉我爸妈她在做什么，我爸妈就跑去跟她借钱要装修房子，她说要钱就自己出来挣，装什么金枝玉叶。"

"你真的会去坐台吗？"

"我当然不会去，我又不喜欢什么名牌，也不稀罕有人开着小汽车来接我。"藐金一脸的不屑，很为自己的清白自豪。

伍湖生心想，可能你穿过名牌，坐过小汽车就不会这么想了，于是他叹了一口气。

藐金扬起尖尖的下巴："你不相信吗？我说的是真的……我都不愿意认她这个表姐，多没面子。"说完她翻了翻眼睛。

伍湖生一时不知该说什么，他见过的世面自然不是藐金可以比拟甚至想象的，可是他又有什么资格指导藐金的生活呢？他经过大风大浪，现在虽生犹死，而藐金只不过才有一只脚刚刚跨入人生的门槛。然而这又能说明什么呢？人的命运太不可思议了，在一个大动荡的年代，一个突然有了所谓极大自由的年代，康德有关头上的星空和内心道德律的语录，我们越是集中和严肃地思考，不仅生出惊异和敬畏，更有一份对这个世界的不可知，以及疑惑和不解。

如果一个吃不饱饭的下岗女工告诉一个妓女应该怎样对待生活不是很滑稽吗？同样，他跟一个无知少女又怎么共同探讨人生呢？他说这个世界是玫瑰色的或者漆黑一团都不合适。如果蔼金问他，你是干吗的？你又没参加过长征，上帝，我才36岁，那么你现在在哪儿工作？有什么成就吗？有什么让我敬佩的业绩吗？那么他应该怎么回答呢？是不是他自己就先不自信了呢?!

所以伍湖生什么都没说，他掏出纸巾递给蔼金让她擦擦眼泪，他现在用的是很差的纸巾，一擦满脸纸屑，他不自觉地帮蔼金拨掉这些纸屑。蔼金一点妆也没化，细致紧绷的皮肤上面还有一层浅淡的绒毛，像鲜桃儿一样诱人。

"别哭了，下班以后我请你去吃田螺啤酒鸭。"他说。

"真的吗？"蔼金马上就笑了，"你怎么知道我喜欢吃田螺啤酒鸭？"

"上次我来，听见你们几个人打赌，你吵吵的要吃田螺啤酒鸭。"

蔼金看了看店里挂的猫头鹰大挂钟："好吧，那你等等我，还有不到半个小时就下班，我现在招呼客人去。"说完心满意足地走了。

一个街边大排档的菜就能搞掂的女孩，湖生不知道该为此高兴还是担心，看着她又是喜眉喜眼地去招呼那些学生哥了，伍湖生觉得蔼金对自己的信任有点太轻而易举了，他问告诉他蔼金的表姐坐台的那个营业员，猪太郎长什么样子？那个人也是茫然，有这个歌手吗？她问。

那个店很小，小得只能放下4张桌子，是桂林风味的。

店主是一个年轻男人，圆珠笔别在耳朵后面，里里外外地张罗，有一个女孩帮他打下手，一声不吭，只知道干活。

田螺啤酒鸭端出来是一个架在火上的大锅，里面起码有半锅的作料，但的确是香气扑鼻，吃得差不多了，在里面加汤，下青菜和桂林米粉，便是众人皆知的酸辣粉。伍湖生和藐金两个人相对而坐，鲜辣的锅气映得两个人满脸泛红，不一会儿便吃得声泪俱下。

伍湖生原来并没有吃过啤酒鸭，甚至没听过这个名字，这种大排档中的大排档哪里进入过他的视野？现在吃起来，果然是别有一番风味，甚是香辣逼人。本来，伍湖生也不大能吃辣的，可是藐金是天下第一号辣妹，早已是两眼喷火，受她的感染，伍湖生也不断地打破自己的有限纪录，直吃到张口哈气，冰凉的啤酒一个劲儿地往肚里灌，但仍断定自己的喉咙食管已经三级烧伤。

从小店里出来，两个人已是无形的火球，他们并肩迎着冷风阔步前行，幸好只是二月天气，寒潮还没有走干净，由于温差，晚上还有点冷飕飕的，这种冷热交融让人觉得好生过瘾。如果是南方的七八月间，这种吃法简直就是自焚。他们高兴而满足，一边走，一边不时地互望一眼，不经意地笑笑，像是走上刑场的革命党人。

酒在缓解辣时喝得有点多了，伍湖生不时地会摇晃一下，在拥挤的大马路上，不小心与人相撞，他赶忙地说好几个对不起，藐金就不，仍背着她的那顶巴拿马帽，眉眼飞起来道："撞回他就是了，哪用什么对不起！！"一身的佐罗气概。

是啊，有什么可对不起的？人生就该是大起大落大喜大悲大俗大雅大富大贵大穷大傻……总之就是要像藐金这样，该纯真的时候纯真，该过瘾的时候过瘾，任何时候都不说对不起！想到这里，伍湖生的手不觉搭在藐金的肩头，他觉得藐金真是自己人生的一剂良药，令他忘却了许多痛苦。而藐金也毫不避闪这种认同，她不觉得这只手有什么可怕，甚至不觉得有这只手的存在。

"你喜欢什么样的男人？"他问道。

"反正不是你这样的。"藐金趾高气扬地回答。

"为什么？"

"你不够坏，要坏坏的男人才讨人喜欢。"

"有钱不容易，难道坏还不容易吗？"

"当然不容易啦，你这个人永远都不会坏。"

"你怎么知道我不会坏?！难道我像'基佬'吗?！"借着酒劲儿，伍湖生搂住藐金，在她的脸上狠狠地亲了一下。

藐金尖声地笑起来，挣脱伍湖生的怀抱，跑掉了。

四

上级拨下来一笔款子，对于毛所长来说只能是杯水车薪，因为钱实在是太少了，而要办的事太多太多，毛所长已经不记得自己许下过多少宏愿了。

大伙说，主席，我们也不指望你翻修警员宿舍了，伙食费有限，也没什么可自助的，其他的好事想都是白想，但是这笔钱只是粉刷一下所有监仓的外壁就太没有意义了，不如全部用来坚固9监仓。

这其实也是毛所长的意思，9监仓是三看最老的一间监仓，早就该报废了，只是由于有时严打期间进来的人较多，而严打基本上是一个高潮接着一个高潮，因而9监仓总也报废不了，不断地发挥它的作用。它看上去孤零零的，独立地倚着一个小山冲，灰头土脸，残旧不堪，难以辨认原色的外墙上，依稀可见当年的毛主席语录，是强劲有力的斗方：世界观的转变是根本的转变。由此可见它的年度有多么久远。

可是上级机关明确表示，这笔款子是为了配合市里的"穿衣戴帽工程"下拨的，就是在没有钱彻底改变某些面貌的同时，做一点表面文章，简而言之就是给叫花子穿上新衣戴上新帽，这也算不上弄虚作假，谁能一个晚上变出一个国际大都市来？总有一些家丑要遮一遮，总有一些国家级的重要活动必须申请到本市来，总有一些领导人要来剪彩，到处都是破破烂烂的市政府不答应，市民也不答应，所以这么做没有什么可批判的。

只是9监仓的翻修问题总也得不到解决，这已经成了毛所长的一块心病。报告他可没有少打，然而上面也一样，要花钱的地方太多，不烧着眉毛的事那就不叫事，也不会有真金白银拨下来。

当然，一般的情况下9监仓是不会出什么事的，可是万一发生什么情况，至于发生什么情况毛所长也说不出来，但这毕竟是隐患啊。别看这些犯人一个一个看上去驯良得很，规矩老实，一口一个管、教、好！放出去全部都是恶狼！凶狠残暴。一个多年工作在劳教战线上的公安干部，怎么能想象杀人犯、强奸犯、抢劫犯满街乱跑，就是跑掉一个也是对全市人民的不负责任啊！！

现在好不容易来了一笔钱，正好可以翻修9监仓。可是穿衣戴帽的事怎么办呢？现在的基层干部都知道，给点阳光就要灿烂，给点洪水就要泛滥，加固了9监仓，三看看上去就是毫无改变，你不灿烂，不泛滥，还让领导什么也看不见，你让负责这事的人怎么想？没准以为三看的警员穷疯了把钱都分了呢。

说到底，毛所长也不是一个抗上的干部，犹豫再三，还是坚决听领导的话，坚决地穿衣戴帽，不过他开会的时候反复地强调，一定要加强对9监仓的管理和夜巡，杜绝一切事故隐患。

为了最大限度的省钱，毛所长决定不请一个农民工，由他亲自带领三看的全体警员粉刷监仓外墙，个别改造好的犯人也在其中，这是一种荣誉，参加粉刷的犯人干得可欢了。

毛所长对董裁云说，小董，你就别参加刷墙了，顶替司务长去城里买菜，给大伙儿改善改善伙食。董裁云知道毛所长仍然在安抚她的情绪，尽管买菜的事也不轻松，骑个破三轮车来回数十里地，但能每天到城里去，也算是散心了。

董裁云给冯铁男打了电话，两个人在一家快餐店见了面。

铁男笑道："我说你是怎么混的？混成一个买菜的。"

裁云懒得解释，一只手搅动着奶茶，不死不活的样子。

铁男在一家大公司做白领职员，上班穿一身米色的套裙，肉色的长筒丝袜，浅口的高跟鞋。口红和眼影都是淡淡的玫瑰紫，看上去恬静妩媚。

跟她比起来，裁云觉得自己根本就不是一个女人，长途跋涉地押解犯人，通宵达旦地值夜班，训练，打靶，在菜市场跟卖鱼卖肉的讨价还价……然而她的无私奉献又有什么意义呢？她这么活真的有价值吗？！

"我有个提议你愿意听吗？"铁男边说，也边机械地搅动着奶茶，好像她们今天都不是来喝茶的。

"洗耳恭听。"

"何必一棵树上吊死？不如我帮你找份工，离开那里算了……先不说那里好不好，关键是你不快乐。"

这话真让裁云心酸，还是铁男了解她。

裁云深深叹了口气，茫然道："难道我以前的选择真的错了吗？"

铁男叹道："不是错，是你把生活想得太浪漫了，其实生活本身不是这样的……不是背靠背地开枪，惊心动魄地跟歹徒较量；不是千里押解，在大漠孤烟中尽显英雄本色；更不会是跟大毒枭之间产生旷世恋情，然后慧剑斩情丝……总之电视剧里的一切都是不会发生的，你明白我的意思吗？"

"那你说生活到底是怎么回事？"

"我说了你别不高兴……得不到提升，找不着对象，没有一个人理解你，整天守着牢狱跟坐牢又有多大的差别？该发生的事情都没有发生，不该发生的事情全发生了。这就是生活。"

"可我觉得我一点也不浪漫。"

"你以为浪漫是什么？对酒当歌，吟诗作画，半夜起来数星星？太可笑了。你执着你明白吗？执着本身就是一种浪漫，一种理想主义。"

"可你以前从来没有提醒过我转行啊。"

"那时候你又是校花又是警花，还是什么所花，会听我的吗？！"

"讨厌。"

"反正你想想吧，想好了就告诉我一声。"

经过一番彻底的粉刷，三看真的是摇身一变，精神多了，远看像楼堂馆所，近看由于颜色的鲜亮跟舞台上的布景似的，主席说，以后要拿着金饭碗去要饭了，真不知道这样搞一下是帮我还是害我。

大伙说，当然是帮你啦，你看你现在都成了宾馆的总经理了。

玩笑归玩笑，其实，星星还是那个星星，月亮还是那个月亮，这大家心里都明白。

董裁云双手捧着下巴颏，坐在值班室里发呆。她才懒得参与这些无聊的讨论和玩笑，经过几天的思想斗争，她觉得离开三看、离开警员这个职业可能是自己现在唯一的生路了，铁男说得对，树挪死，人挪活，既然自己在这儿干得不开心，又何必强求呢?! 不是说大舍才能大取吗? 就算以前的选择不是自己的最佳位置，现在重新开始还不行吗?!

很奇怪，一旦决定离开，这里的一切都变得无足轻重了。大至三看的现状与前景，小至木瓜今年接不接果，这些跟我又有什么关系呢?!

这一天是星期天，总共送来 4 个犯罪嫌疑人，一个纵火，一个强奸，两个抢劫。裁云和管教老邱一起，例行公事地为他们办理了手续。

一切都很顺利，是重复过无数次的常规工作，疑犯也都比较配合，再没有道德观念约束的人，一旦到了这种地方，见到荷枪实弹的警卫，沉重、阴森的大铁门，也就面色青灰，深感一种无处不在的威慑力。

拍侧面照时，有一个疑犯突然情绪失控，人喊冤枉并大骂公安干警是酒囊饭袋，错抓好人!! 不过很快被老邱和小董制服。这个疑犯的名字叫伍湖生，强奸罪。

伍湖生被送进单号，但他始终喋喋不休。

接下来的几天，他绝食，连水都不喝。

谁说都没用，裁云心想，这种人饿死算了，劝他都多余。

后来，毛所长跟他单独谈了差不多 5 个多小时，伍湖生总算是开始吃饭了。

毛所长对董裁云说，你还是去查一查伍湖生的卷宗，看看他的案情到底是怎么回事? 这样我们也好对症下药，做他的思想工作。

裁云心想，这是脱裤子放屁，普天下哪来那么多冤案? 又不是文革时期，尤其是强奸犯，比杀人犯还招人恨，招人恶心，就算其中的事实有些出入，有点冤情，也不可能是冤案，再说这家伙一看就不是什么好东西，细长的单眼皮，鼻梁出奇地高，市局为破案服务的画像员都说，这就是色相，男人长成这样，基本上就是西门庆。

再说了，进来就喊冤叫屈的岂止是他一个人？犯罪嫌疑人有非常狡猾的一面，瞪着眼睛说瞎话是他们惯用的伎俩之一，这些人根本没有道德底线，不知诚实和良知为何物，可以说相信了他们就是对人民的背叛。

尽管裁云心里颇不以为然，但她还是会坚决执行毛所长派给她的任务，这点警员素质她还是有的，那就是只要在三看待一天，她都会无条件地完成好各项工作。

董裁云到有关部门跑了一圈，最终向毛所长做了如下的汇报：

受害人程薇金，女，21岁，情天恨海音像公司门市部营业员。7个月以前，受害人的父母发现她情绪低落，行为反常，并没有引起特别注意，不久，程薇金从高处跌落致伤被送进医院，父母亲方知她已有3个月的身孕，可以推断从高处跳下是为了胎儿自行流产。

程薇金做完人工流产之后，身心受到极大的伤害，经常发呆，默默流泪。这时父母亲又发现，放在家中借来的准备装修的3万块钱不翼而飞，在父母亲的严厉责问下，程薇金承认被骗财骗色，但绝对不是她情愿的，不过她拒绝说出这个人的名字。经过父母亲、街道以及派出所反复做工作，程薇金才说出是伍湖生所为。

伍湖生，男，36岁，无业，有赌博行为记录。案发之后，他坚称跟程薇金是普通朋友关系，没有任何不轨行为。但据音像公司门市部的工作人员反映，他隔三岔五就会到店里来找受害人，两人关系十分熟络，经查，伍湖生在门市部买的数十盘歌碟没有一盘开封，这说明他并非音乐发烧友，主动接近受害人显然是另有所图，而他自己也说不清为什么要这么做。同时，桂林佬餐馆的小老板也证实，伍湖生与程藐金二人经常光顾小店，关系如同情侣，肯定不是什么普通朋友。

再则，程藐金手术期间，伍湖生突然神秘消失，后来自认为风头已过，才重新出现。

伍湖生提出要做亲子鉴定，但程藐金手术之后院方没有留下任何类似标本之类的东西，只是按常规全部清理干净，已无线索可寻。伍湖生又提出要与程藐金当面对质，程藐金得知这一情况，情绪严重失控，边哭边冲进厨房用菜刀猛砍左手腕，造成自伤，经抢救现在仍在康复之中，家属强烈要求杜绝一切外界刺激，并要对犯罪嫌疑人绳之以法。

在一系列的证据链形成之后，即便是零口供，伍湖生也难逃法网。

听了情况汇报，毛所长也没说什么，他经手过的人、事，千奇百怪，这实在也算不上传奇。由于最近的工作较多，他叫裁云直接跟伍湖生谈一次，有什么情况再说，但总之不能再搞绝食那一套，变相对抗政府。

董裁云和伍湖生在交心室谈话，这里的布置十分简单，但不像审讯室那么严肃和对立，这是毛所长攻心为上理论派生出来的一个具体做法。毛所长过去当过兵，他说"四个第一"我不管是谁说的，就是有道理，人的因素、政治工作、思想工作、活的思想这四个第一，说来说去就是要做好人的工作，而人的思想是千变万化的，简单化地对待和处理就会出问题。

然而，伍湖生好像并不想跟董裁云说什么，好长一段时间他都一言不发，也不看董裁云一眼，曾经激动、失控的表现已经不复存在。

他看上去冷漠而平静，与刚来时判若两人。

还是不愿意解释细节，他说："你们有什么证据证明我做过那些事？"

"受害人就是最好的证明。"

"我要跟受害人对质。"

"你以为这是小孩过家家啊？！"

"反正我是清白的。"

"你有什么证据证明你是清白的呢？"

"清白就是清白，不需要任何证据。请问你怎么证明你的清白？！"

放肆！董裁云心想，你是什么东西？！把我和你放在一块比？！真是不要脸！顿时，裁云像吃了一个苍蝇似的，再不想多说一句话。何况，她去意已定，与这里的人渣周旋就显得格外没有意义。

"伍湖生，我告诉你，就你这种态度，谁也帮不了你！！"这是董裁云对伍湖生说的最后一句话。

五

伍湖生搬进 9 监仓之后，就一直在写申诉材料。

同仓的一个贪污犯说："你写书啊？你是作家吗？"

伍湖生心想，作家是个屁呀，要不是没钱请好律师，我会在这里一直写一直写吗？！不过转念又想，要是自己真是作家就好了，说不定还真能把事情说明白，洗掉身上的冤屈。

贪污犯得知他在写申诉材料，像看个傻瓜似的看着他说："没用的，就算你比窦娥还冤，写这玩意儿也是没用的。"

"为什么呢？"伍湖生有点急了，他不见得真的在这里蹲个十年八年吧。想到这一层，无论如何是潇洒不起来的。

"没有什么为什么，不好彩，进都进来了，谁还听你说那么多。"

"那我真的是什么也没干啊！"

"不相信你就写吧，以前有个人也像你一样每天写每天写，合起来差不多有一担了，可以挑着走，还不是……"贪污犯右手在脖子前面一横，做了一个挨刀的手势。

伍湖生顿时寒气四起，从头凉到脚。

清夜静思，伍湖生百思不得其解，藐金为什么要陷害他呢？

记得最后一次见到她，是一个晴朗的上午，他混在一堆老头老太太里喝完最便宜的早茶，茶叶都有些霉味了，他吃了一个肉粽，总共是3块5毛。当时他对自己失望极了，尤其想不到自己不仅财力就连口味也提前进入了老年队伍。

这才是破产带给他的最真实的隐痛，它们如暗礁一般，深藏他的心海。

没有人与众不同，他也一样。好像是平静地接受了一切，但其实，随便一个早上，一件小事都会让他痛感这样活着是多么没有意思。

藐金在店里上班，远远地见到他就笑，在这个世界上恐怕只有她一个人对他笑了吧，而且笑得那么由衷，自然。就算是这里面也有商业成分——她希望他买她的碟，可是这点要求并不过分啊，而且她总是给他留最好听的碟。

果然，藐金表情夸张地说，我给你留了滨崎步的碟，很抢手的。

什么，兵器部？那航天局也出碟吗？

跟航天局有什么关系？她递给他一张日本小个子歌星的碟，这个女人染着黄头发，长得很亚洲很精致。没有了，昨天一到货，两个小时就卖完了。

谢谢你。

谢什么？你还请我吃啤酒鸭呢。她很哥们儿地说。

是的，那些碟他一张都没听过，可是这很重要吗？成为他的罪证之一简直荒唐！

那天他们还聊了一些闲话，他记不大清了。当天晚上，叉烧突然打电话通知他，第二天到洲头嘴赶第一班船去澳门。

叉烧有个习惯，手风很顺的时候就不舍得离开赌场，开盘就输，他不会一路猛追，造成越追越输的下场，所以他至今还不至于跳楼谢世。可是赢起来，他坚信千载难逢的运气来了，必定安营扎寨，开高级套房，白天睡觉，晚上吃一碗鱼翅捞饭便冲进赌场，还没开始已是满头大汗，两眼悠悠地冒出野兽般的绿光。

闲来无事的时候，伍湖生想起任小姐，很想跟她再喝上一杯。可是他两次去玻璃酒吧，都没有见到任小姐，任小姐常坐的那张吧台坐着一个黑嘴唇的女人，一点也不合伍湖生的口味。

凡是自认为好的，值得回味的东西都是不能重复的吧？再来一遍，好像就不那么好了。伍湖生这样安慰自己。

这样他就变得更加无聊，于是在他把玩着叉烧的全球通手机时，他试着给藐金的门市部打了一个电话，等了好一会儿，藐金才跑来听电话，他想，藐金一定会说出令他发笑的话来，那他就不至于闷死在澳门了……然而，令他意想不到的事情发生了，一听到他的声音，藐金竟然哇的一声哭了出来，她泣不成声地埋怨他，你跑到哪里去了？

我到处找你……

伍湖生忙说，你怎么了？藐金你怎么了？

藐金哭得说不出话来，伍湖生心想，你知道这全球通手机每秒钟是多大的花费吗？我的小姐！

自然，伍湖生不能像学生哥那样让女孩子由着性子哭，再说像藐金这样的女孩子又能发生什么不愉快的事呢？剪坏了一个发型，没买到电影票，裙摆被人踩了一脚她们都能哭半天。于是他说，是不是你表姐又骂你了？藐金，你不要哭，过几天我回去给你摆平。你听见没有？你说话呀?!

叉烧是一个抠小钱的人，伍湖生很不情愿地收了钱。

但他并没有意识到厄运已经开始向他一步一步逼近，他觉得他已经够倒霉的了，一个人还能怎么倒霉呢？至于藐金的伤心，他也没有特别地放在心上。

过了几天，伍湖生以为要打道回府了，可是这回叉烧犯了赌瘾，他自说自话买了两张发财团的旅游票，直奔马来西亚云顶赌场大展拳脚。伍湖生有点不想去，但是尽管叉烧对他很客气，他却不想开罪他，世界上是没有人开罪米饭班主的。

等到伍湖生回来，已经是半个月以后了。

简单休整了一下，他便到音像门市部去找藐金。然而，多时不见，面目全非，不仅藐金已经不在那里做了，而且店里的人看他的目光都是怪怪的，不肯多说半句话，以往的和颜悦色更是不复存在。

不久，派出所就来人收审了他。

有些细节不是不能解释，而是没法解释。一个男人因为失败之后的无奈和变态，你还要逼他自己说出来，放在光天化日之下展览。何况这种事呈堂作供就没人相信，还白白失了自己的脸面。钱这个东西有什么用？就是让人懂得了体面，哪怕你最终一无所有，可面子成了你的累赘，得扛一辈子。

伍湖生觉得他的前妻一点都没变，她也算是落魄了，潦倒了，身上穿着已经洗旧了的名牌，但仍能保持一个蛮字写在脸上，这有多不容易?!"你能不能不给我找麻烦？"这是她说的第一句话，还狠狠瞪了伍湖生一眼，就那么一瞥，也不知道她看清楚他没有，反正她这样说，两只胳膊在胸前拧成一个大麻花。

一时，伍湖生也不知道说什么好："收到我的信了？"他知道这是一句废话，不是收到他的信，人家能找到这种地方来吗？

"收到了……你是什么都没干吗？"

"你还不了解我吗？我什么时候起过这么下作的心?!"

"……现在的人还真不好说呢……而且社会昌明，法律又那么健全，没事谁还能把你搞到这里来……"

"你到底什么意思啊你?!"

"什么意思只有你自己心里明白，总不见得你进了这种地方还想听顺耳的话……你说这个世界上就我一个亲人了，张口就让我给你父母送钱去，再给你请一个好律师，你以为我是人肉提款机啊……好像还给了我天大的荣誉似的……这荣誉你还是给别人吧……"

"你不是说你男朋友挺有钱的吗？"

那还是前段时间，伍湖生在明珠楼的饭局上遇到了他前妻，两间包房挨着，伍湖生出来上洗手间，碰上他前妻从洗手间补妆出来，见了面，两个人都一愣。伍湖生说，看样子都搞掂了，那家伙在里面吗？前妻得意道，我属猫，有9条命。伍湖生说，别扯那些不着边际的，他到底有钱没钱？前妻笃定道，他是搞药材生意的，你说他有钱没钱？

现如今虫草多少钱一斤？燕窝又多少钱一斤？再说了，全国人民干什么事能万众一心又不离心离德？伍湖生说，什么事？前妻说，保命。说完就扭着屁股走了。

"我那是骗你的，你还不知道我虚荣吗？我早跟他算了……谁知道怎么回事，以前我跟着你过，他不但不吃醋，还姑奶奶一样地捧着我；我们一散，他倒不把我当成一回事了……你知道我这个人，吃糠吃菜不吃气……"

"你现在早不能吃糠吃菜了……"

"跟你说正经的呢！！"

"你说，你接着说。"

"……说完了，就这么回事。"

"真的还是假的啊？怎么一让你帮忙就变成另一个故事了？"

"这会儿我还有心思骗你吗?!……我现在跟一个朋友合伙开了一个网吧，挣不了大钱，吃饭和孩子上学差不多够了……另外我也不租房，带着孩子跟着我爸妈一起住，还算有个照应的……但是你说花大钱打官司……说难听点，就算我肯舍下脸来坐台，也没人来捧场啊……"

"行了行了，你怎么说话也跟劳动妇女似的?!"

"本来就是劳动妇女嘛，没钱，怎么优雅?!我要是守着金山银山的世袭贵族，也能保证上断头台的时候从容不迫……你看看你，还不也是一变成草根阶层就……"

"就怎么了就怎么了?!我告诉你我什么都没干！你帮不了我总还可以相信我吧?!你相信我就算是在道义上支持我你知不知道?!"

"我相信你有什么用?!行行行，我相信你，你就玩命地写申诉材料，我就玩命地给你复印给你寄，你看行不行?!"

伍湖生的前妻临走之前，拿出儿子的几张照片来给伍湖生看，儿子已经 8 岁了，比以前明显高出一截，但神情无论如何有一点点不为人察的忧郁，这令他甚是心酸。前妻还说，给他父母送钱去了，也没提这些事，他父母还挺高兴的，身体也还不错。伍湖生没再说什么话，只是该点头的时候点点头。

这天晚上，伍湖生真的是绝望了，他也是第一次从心里憎恨程蕤金，这个世界是越来越让人摸不透了，你要警惕你很有可能无辜受害，这也许就是人人都变得自私冷酷的原因之一吧?! 整个事件看上去没有人怀疑是伍湖生骗奸无知少女，但只有伍湖生一个人明白，他很轻易地就被一个丫头片子给涮了。

一旦需要证明自己清白的时候，你会发现，世界上是没有一个人相信你的。

六

让人心烦意乱的雨季如期而至。

稠密的雨丝连绵不断地下着，没有尽头似的。所有的人都感到身心潮湿，心情莫名地受到影响，只有董裁云没有太大的感觉，因为这种天气实在很配合她一贯的情绪，那些风和日丽的艳阳天对于她来说又有什么意义呢?

上午，董裁云穿着一件深色的风衣出现在国际大厦麦当劳的门口，她跟冯铁男约好了在这里见面，然后一块去见工。

铁男费了好大的劲儿，给她找了一家房地产公司下属物业管理公司的工作，据铁男介绍，本来她并不觉得找工作是一件多么不得了的事，一旦付诸行动，不仅发现哪儿都不需要人，而且即便是要人，条件也苛刻得离谱。可是她答应了裁云，无论如何不能败下阵来，最终找了她的老朋友——鹏程房地产公司的老总，几乎是逼着人家接受裁云。

老总说，好吧好吧，她来可以，一定要像管理犯人一样地管理那些欠交管理费的住客，这些人你不知道有多麻烦！还有，试用期3个月，不胜任就走人，我这儿可不是什么收容站。不过后面这些话铁男并没有对裁云一一表述。

铁男见到裁云，劈头就说："你怎么穿得这么老气？"

裁云道："不是见工吗？又不是相亲。"

"见工比相亲重要你懂不懂？相亲算什么，没有男人会死吗？找不到事做吃什么?！"铁男一边说，一边脱掉自己身上浅绿色的日式的条纹夹衣，让裁云换上。又用小梳子梳梳裁云的额发。

裁云换上铁男的外衣，一下清丽了不少，就跟天晴了似的。

铁男露出粉红色的毛衣，同时也露出了曲线玲珑有致的身段，她把裁云的风雨衣搭在手臂上，嘱咐裁云道："见工的时候别像人家欠你钱似的，适当微笑是女人战无不胜的法宝。"

裁云道："我这是职业习惯，想笑跟谁笑去？"

铁男想想也是，但仍坚持自己的立场："求你了啊。"

裁云还没见过铁男如此如临大敌，深感她对自己的尽心，尽管找工作这件事她始终都是有一搭没一搭的。怪了，决定走的时候挺如释重负的，可具体落实了鹏程公司，不知为什么她又有些失落，失落什么呢？她的工作可以说是无人羡慕的差事，也给她自己带来过烦恼，可是真的拔腿就走，心里挺不是味的。不过，她还是一个劲地告诫自己，现实一点，现实一点总没什么错。"你放心吧。"她对铁男说道。

想不到见工出奇地顺利。

老总拉着裁云的手不放：你现在就去人事部门填表，什么时候来上班都行，工资方面也保证让你满意。说完就叫自己的秘书带裁云去人事部。

裁云走后，老总对铁男说，早知道她是一个冰山美人，真用不着你使这么大的劲，你就说人很漂亮，不全结了吗?! 铁男不快道，我又不是拉皮条的，光说人家长相算怎么回事? 再说人家也不是靠脸蛋吃饭的，不但工作能力强，又是个认真负责的人。再说了，你也没说你的公司只需要花瓶啊。

老总说，这还用说吗? 每个男人的内心需要其实都是花瓶，其次才是其他。再说了，你要是不漂亮，我能那么听你的吗? 谁不知道你就是我的人事部?!

讨厌。

铁男知道，老总就是这么一个大张旗鼓喜欢女人的人，充其量也不过是眼球吃吃冰激凌而已，现如今这样的男人就算是好男人了。

跟铁男分手以后，裁云的心里还是挺高兴的，被人肯定总会让人有点沾沾自喜的感觉，别管这个人是谁，也别管他是不是秃顶。裁云觉得自己现在就像一个长期缺氧的病人需要新鲜空气一样，太需要被赞扬，被肯定了。

她少有地，以一种舒畅的心情在街上走着。什么失落不失落的，今后她就能像铁男一样，活得像个真正的女人了。从前，她觉得自己完全是中性的，什么白领、女人这类词汇离她要多远有多远，她所追崇的理想，情操现在想起来真的是太浪漫主义了，然而现实生活教育了她。

　　她走进商店，毫不犹豫地给自己买了两套时装，另外给母亲买了一个治疗关节痛的频谱仪。

　　尽管她们老吵，有时几乎水火不相容，但仍是世界上最关心对方的那个人。记得有一次她得急性肠胃炎，又吐又拉，本想熬一晚上再上医院，但是到了半夜，她脸色苍白，嘴唇发乌，爬起来上厕所的劲儿都没有了，母亲看她这样，下决心背她去看急诊，她泥一样地摊在母亲的肩头，以往所有的怨气都变得微不足道。

　　她是特别严重的细菌性痢疾，晚来一步可致休克，后果不堪设想。

　　她们就是这样，彼此难以调和，却又不能分离。血缘关系其实是非常神奇的，夫妻之间可以形同陌路，然而，裁云就从未想过离母亲而去。

　　裁云回到家时，天色已经晚了，母亲正在做饭。

　　"你发奖金了吗？"母亲拿着锅铲，有些奇怪地看着她。

　　"没有啊。"

　　"怎么会买这么多东西？这是什么？"

　　"频谱仪，给你治关节痛的。"

　　"多少钱？"

　　"四百多吧。"

　　"你疯了?!"母亲惊呼起来，"这些东西都是骗人的。"

　　裁云不快道："你没用过，你怎么知道是骗人的？"

　　"这还需要用吗？用灯照一照能治病，那还要医院干什么?!"

　　"上回你到楼上去借红外线灯，你怎么说有用啊，自己买的东西，倒变得没用了，这个频谱仪的原理只比红外线灯强。"

　　母亲一时无话可说，但还是念念叨叨地埋怨她上当受骗，乱花钱。而且一再强调频谱仪是不治病的。

在路上，裁云就做好了思想准备，无论母亲说什么，也无论自己对她的话多么听不进去，一定要保持沉默，绝不跟她发生争执，她相信包容一定能感动母亲。爱，就是包容。她喜欢这句话。

这时母亲已放下锅铲，熄了厨房的火，专心翻着装频谱仪的袋子。

"你找什么？"裁云问道。

"找发票啊，我明天拿去退。"母亲的口气完全没有商量的余地。

裁云终于火了，忍不住顶撞母亲："就算是我买错一样东西，你总该理解我的一片好意吧？"

"你看，你终于承认自己买错了东西，错了就是错了，还要叫别人理解，这是什么逻辑？而且你这么任性，哪个男人敢娶你?！"

这更是一句点导火线的话，裁云难得的好心情顿时烟消云散，她想，为什么一脚踢到她心窝的人总是她的母亲呢？这真令她黯然神伤，她什么也没说，一声不响地回到自己房间，本来她想告诉母亲她找工作的事，以及自己今后的打算，但现在她什么都不想说，什么都不想做，只想一个人发呆。

伍湖生躺在离厕所最近的大通铺上，望着窗外越下越大的雨，不觉想到，这雨怎么也跟股市一样呢？跌停板也好，大跳水也好，总说见底了，可以起底进仓了，还可以无止境地跌下去，让人既莫名其妙又目瞪口呆。这雨也是一样，下了这么久，想着也该停了，想不到它不仅不停，反倒成了瓢泼大雨。

雨声很单调，这让伍湖生眼皮发沉，他素来有个习性，就是喜欢雨天时，只要自己是在一个干燥的地方，甭管是什么地方，便想象出被雨浇得乱窜的人群，要多狼狈有多狼狈的样子，心中便有无比的快意。幸灾乐祸绝对是人性的一种具体表现。

进了三看，伍湖生一直失眠，数山羊数到 300 多只也还是睡不着，又倒过来接着数。雨天，也的确是睡觉的大好时机，不一会儿他就睡着了。

伴着哗哗的雨声，他睡得很沉，还做了一个梦，梦见自己被五花大绑押送鬼门关，身后插着强奸犯的木牌，被两个全副武装的警察半拎着。然而不知道为什么他并不是特别害怕，还问其中一个壮一点的警察英超联赛的战况，但人家并不回答，只是虎视眈眈地瞪着他……后来的事就记不大清楚了，只知道天很黑，黑得没有一点指望，他们三个人使劲走，使劲走，深一脚浅一脚的……

突然，他的头部被人狠狠地砸了一下……接着是一脚踩空，他知道是出事了，拼命地想醒过来，可是他就是醒不过来，极度的瞌睡像山一样地压着他……又过了好一会儿，他才猛醒，确切地说是在瞬间惊醒的，醒的脑子清清亮亮。可是，第一件不可思议的事是他看见了满天的星斗。

房顶呢？屋子呢？他这是在哪里？他已经被枪毙了吗？他死了怎么还能看到星星呢？

周围一片漆黑，伍湖生一下子坐了起来，想着自己不是在夜游吧。他本能地跳到地上，发现贪污犯已经穿戴整齐："还不快跑？"他对他说。

"发生了什么事？"他急切地拉住欲走的贪污犯。

"什么怎么回事？"贪污犯不耐烦道，"下雨的时候这屋子没塌，雨一停突然就塌了，除了压在下面的，该跑的都跑了。"

"那应该很乱，怎么这么安静？"

"你睡得太死了，乱劲儿早就过去了，就几秒钟的工夫……我的腿给砸伤了，要不也不会耽误到现在。"

伍湖生果然看见贪污犯的腿部包着破布条，但因为天黑，不知是否还在渗血。这时他的眼睛已经适应了黑暗，只见到处都是断壁残垣，9 监仓已经成了一片废墟，他的衣服早已不知去向，幸亏他睡觉时没脱裤子。

正不知道该怎么办，贪污犯用命令的口气说："你架着我点，我们赶紧走。"

伍湖生听话地架着贪污犯，心里的确只有一个念头，跑，赶紧跑，跑得越远越好。他又没犯罪，他凭什么被关在这里?! 如果他跑出去，他就能像所有为自己洗刷罪名的传奇故事那样，找到程貌金，搞清事情的原委，还自己一个清白。

这时，他觉得额头凉凉的，一摸，是血，他这才知道自己也受伤了。

但是，顾不了那么多了，不倒下就得跑。

这时，《亡命天涯》的画面，《追捕》的画面在伍湖生的眼前纷至沓来，看来艺术的确是从现实生活中提炼而来，多么离奇古怪的事情，它就是发生了，而且实实在在发生在他伍湖生身上。难道他还不冤枉吗？窦娥是六月天下雪，他是坐牢坐的屋倒房塌，那就该他命不绝，该他为自己伸张正义。

想到这里，伍湖生精神抖擞地搀着贪污犯摸索着往前走。

当然，路很不好走，严格地说根本就没有路，满地都是瓦砾，又连下了太长时间的雨，到处都是一片泥泞，真如梦里面的深一脚浅一脚地乱踩，贪污犯的腿伤得不轻，他使不上劲扑倒了，伍湖生也就跟着扑倒了。

发现了道路难走，贪污犯的一只手便死死地揽着伍湖生的腰，生怕他跑掉似的，他语无伦次地悄声许愿，他说他外面有钱，一定会分给伍湖生一些，男人只要有了钱，还用强奸谁呀？年轻女孩呼呼地往上扑，推都推不掉。伍湖生说，我没强奸过人。贪污犯说，都什么时候了你还嘴硬，我又不会看不起你。伍湖生说，没有就是没有，还生气地甩掉贪污犯，贪污犯冷不丁又扑倒了，伍湖生没站稳，也滑倒了。

爬起来才知道是被什么东西绊住了，正想理也不理地走掉，却听见细弱的呻吟声，伍湖生忍不住回头重新俯下身子，发现被残墙压倒在地上的是董管教，不觉下意识地用双手刨她身上身下的砖土。

贪污犯压低嗓音骂道："你疯了吗?！把她刨出来，我们还怎么跑?！"

"那也不能看着她死啊！"伍湖生边说边不停地刨着。

"埋在下面的人还多呢，你一个一个刨吧。"贪污犯说完，一拐一拐地往前走，不解恨，又回过头来，"八成你憋得急了，也想把她怎么着吧！"

伍湖生不知哪来的劲，搬起手边的一段残墙向贪污犯砸去，贪污犯闷闷地哼了一声，极不情愿地倒下。

他真的有点不想救董管教了，贪污犯说得对，把她刨出来他还跑得了吗？而他身陷囹圄就有可能永远戴着强奸犯的帽子，这种感觉太不好了，让人觉得像畜生一样太不好了……可是这时董管教又呻吟了一下，伍湖生想，名誉和生命相比，好像生命还是更重要一些吧。他如果不是真正的罪犯，就不应该弃生命而不顾吧。

也不知过了多长时间，伍湖生直刨得十指出血，总算把董裁云刨了出来，董裁云醒后的第一个举动是用手铐铐住伍湖生，然后鸣枪报警。

董裁云终于像英雄一样躺在病床上，身旁堆满了鲜花。

她的 3 根肋骨断了，左手手臂骨折，双腿多处受伤，远看几乎整个人都打在石膏里。她也是在病床上得知，她的战友在毛所长的指挥下，及时救助了压在残墙瓦砾下的所有犯人，跑掉的 7 个人已发出通缉令。

由于连日降雨，又由于三看旁边新建的化肥厂在挖地基盖大楼，地貌的变化使 9 监仓倚傍的小山冲突然大面积山体滑坡，像推土机一样几乎是无声地推垮了 9 监仓。没错，当时正好是董裁云值班，当然值班的不止她一个人，在暴雨倾盆而下的时候，他们反复查看过 9 监仓，它都好好地屹立在风雨中，什么事也没有。雨停了，董裁云完全是例行公事地来巡视一圈，说老实话，当时她走神了，她在想她自己的事，也可以说是憧憬今后的生活……就在那一瞬间，9 监仓轰然倒塌，没等她反应过来发生了什么事，她已经像梅菜扣肉一样被扣在了废墟下面。

许多情况是毛所长跟她说的，毛所长还说，为她整理的请功报告已经写出来了，很快会报上去，至于她决定离开警队的事就先别提了，省得节外生枝。等立了功再走，也不迟。董裁云没说话，很感激地看着毛所长。毛所长说，你好好休息吧，重新修建三看的钱已经快拨下来了。

铁男闻讯而来，见到裁云大惊失色道："两条腿不会不一般长吧？腿上不会落疤吧？……你还笑，以后不能穿裙子了怎么办?！"这就是铁男，别人认为重要的事，她全不放在心上，别人认为是芝麻绿豆不值一提的事，在她眼里跟天一样大。

幸福太简单了，不是吗？看重小事的人很幸福，因为没有什么大事烦扰她，不是吗？

铁男坐在病床前的椅子上，俯下身子好声劝道："裁云，对你妈态度好一点行不行？她打电话向我投诉你呢。"

裁云道："她一大早就逼我喝乌鸡汤，又煮大蹄膀给我吃，我得能吃得下才行，再说我也不是坐月子。"

铁男笑道："父母亲是没法选择的，不管你承认不承认，她始终是这个世界上最关心你的那个人。"

裁云叹了一口气，道："你是不知道，当爱变成了负担，人有多么累。"

"我怎么会不知道?!"铁男同声叹道，"我老公总喜欢搞一些情调兮兮的东西，又蹩脚得很。"

裁云脱口道："别饱汉子不知饿汉子饥。"

铁男大笑："裁云，我还真是疼你呢！"

裁云知道，铁男在一个暴发户和一个博士后之间选择了前者，博士后为此远走英伦。铁男说她不后悔，因为嫁给有钱人并不可耻，并且她相信有许多人只是没碰到有钱人而已。博士后除了穷以外脾气还臭，铁男自知不是他身后的那个伟大女人。但是她会经常想起博士后，经常跟裁云谈起博士后，博士后成了她们俩之间的一道佳肴，好的恋情可以风干了下酒，又何必柴米油盐地把它毁了。

"横竖我妈她是一个活不明白的人。"

"既然知道，又何必较劲儿呢？"

"我爸可以走掉，我怎么可能那么有修养地守着她?!"

铁男道："你们两个人啊，是典型的阴阳失调，等你以后结了婚，就不会这样对待你妈妈了。"

这话让裁云的心里好生悲哀，我跟谁结婚啊?!我又不差，至今怎么就碰不上一个合适我的人呢？说出来谁都不相信，以她这样的人品会没有情感方面的纠缠？献殷勤的人当然有，可那有什么用呢？她至今的确是白纸一张。裁云心里就是想不明白，为什么有的女人左一个三角关系，右一个三角关系，权衡来权衡去的，而有的女人却是阅尽千帆皆不是呢?!

这样一想，又觉得两条腿是不是一般长太不是小事情了，腿上有没有疤也不是小事情。如果她好的时候都没有艳遇，真要是残了，岂不是真成了困难户?!

裁云忙问道："铁男，刚才你去找医生，医生怎么说？"

"说什么？"

"说我的腿啊。"

"现在知道着急了？"铁男道，"刚才还笑话我总是丢了西瓜捡了芝麻呢！还说捡了条命坐轮椅也行，这么一会儿就深沉不住气了?!"

"到底怎么说嘛。"

"说你的腿好了以后可以跳芭蕾舞。"

"去你的，准是你瞎编的。"但是裁云还是笑了。

铁男嗔怪道："好的时候又不见你笑，现在挂在这里，倒还开心了，真搞不懂你……好了，我明天再来。"

滴滴答答的高跟鞋声渐渐远去，裁云内心的寂寞便像烟雾一样慢慢弥散开来。也许人生病的时候，一动不动地躺在病床上的时候，是处于极度弱势的，生病，会改变人的世界观，你会发现人的软弱和渺小。裁云始知，她并没有自己想象的那么坚强，她是多么希望能有一个异性走进她的心灵啊。

七

黄昏降临了。

伍湖生坐在粗粝宽大的水泥窗台上，望着荒凉的窗外，除了远处的山峦、菜地，以及近处的电线杆和废弃的铁轨，其他什么东西也没有，就像忧郁派画家手下的一张未完成的油画草图。

这里是军方某部的一个闲置的仓库，9 监仓不必在医院留医的人暂时关押在这里。

伍湖生的手指还缠着纱布，十多天过去了，依然还有些隐隐作痛。贪污犯仍然跟他关在一起，他的腿也仅仅是外伤，鲜血淋漓却没有伤到筋骨，而被伍湖生砸的那一下，也不过是轻微的脑震荡，如今已无大碍。他便一直靠墙坐着，然后漫不经心地拔着胡子，他的下巴早已是光溜溜的，但他总能找到胡碴儿。

实在是太闷了，贪污犯碰碰伍湖生："喂，你在那里已经坐了两个多钟头了。"

伍湖生不理他，头偏着，像雕塑一样。

"后悔了吧?!"贪污犯说。

"后悔什么?"

"咱们俩可以一起跑掉的……而且我外面有钱。"

"放你妈的屁! 跑了 7 个有 5 个都给抓回来了。"

"你看看你的脸，都气成屁股了，不后悔你气什么?!"

伍湖生也感觉到自己的失态，他不吭声了，他也不知道自己气什么，窗外并没有东西可看，渐渐地这幅油画也快消失在黑暗之中了。

鉴于他的表现，这有十指可以证明，还有毛所长说，董管教的确承认是在他的呼唤中苏醒过来的。所有的这一切可以被视作重大立功表现，毛所长说，无论是取保候审还是保释这一类的处理，首要的一条就是认罪态度好，这样结合你的立功表现才能起作用，可是伍湖生就是认罪态度不好，从头到尾不承认自己是强奸犯，骂公安是饭桶。毛所长劝伍湖生别钻牛角尖，人先出去再说，可是伍湖生不肯，他抵死认为只要自己现在认了是强奸犯，今后改口一定难于上青天，他要求再查他的事。毛所长说你的案子又不复杂，已经复查过一次了，又没有什么新发现，叫你请律师你又不请，你叫我们怎么办？

伍湖生说，毛所长你相信不相信我是强奸犯？毛所长说你当然是强奸犯了，否则怎么会送到这里来，只是强奸犯也是可以改造好的，人有一念之差，就看差在什么地方，差在男女问题上就可能是强奸犯，差在危急时刻，你会有动人闪光的一面。我绝不会因为你这次表现好，就怀疑你曾经犯下的罪行，也不会因为你曾经有罪，就否定你这次的重大立功表现，总之，人在一时一地怎么想怎么做是很难说的，谁又能说得清楚呢？！

当时的伍湖生真想一拳头砸到毛所长脸上去，毛所长的脸胖胖的，完全没有性格特征的那种，只会让人深刻地感觉到国人之没有希望。他觉得毛所长这么一大把年龄，至少应该相信一个在关键时刻有所作为的人，可是他却说出一大堆桥归桥、路归路的话，这使他失望得不想再说什么了。

但是毛所长仍不失为一个好人，他觉得伍湖生这样犟下去对自己一点好处也没有，而且他也觉得如果不是伍湖生及时救出了董裁云，后果真是不堪设想。于是他打电话给伍湖生的前妻，希望她能说通这个怪人。

前妻说，伍湖生，我觉得你是糊涂，你这是较得什么劲儿？是这儿的饭好吃？还是你睡在厕所旁边的味儿好闻？你不先离开这儿难道你傻了吗?! 你好不容易碰上一个屋倒房塌抢救管教的好机会，现在人家毛所长变着法儿地要帮你，你却不上道，说一大堆没用的废话，你是不是脑袋被门挤了?!

伍湖生说，我没有干的事我为什么要认?! 前妻说，你认了又怎么样？不认就出不去，刚才不是说了吗，现在最要紧的是先离开这个鬼地方！天气马上就热了，你知道咱们南方热起来是什么滋味……是不是强奸犯你自己心里明白不就得了吗?!

你什么意思?! 说这种话表示你也不相信我不是强奸犯，咱俩过了那么久，孩子都那么大了，就连你都不信我，别人会怎么看我?! 我不叫这些公安佬还我清白我找谁去?! 伍湖生非常气愤地说。

前妻说，伍湖生，咱俩心平气和地说，你跟人家公安佬讨清白讨得着吗?! 人家也没有叫你跟小姑娘打得火热，闹出这种说不清道不白的事，请律师咱们是请不起的，上回你让我务必找到一个叫程薇金的女孩，我去了你说的那个音像制品商店，她早不在那里了，问她去哪儿了，人家就是不肯说，我买了莫扎特、海顿两套正版碟，最贵的黑色碟片那种，人家还是说真的不知道她跑到哪里去了。这下好了，你自己能出去了，那你自己就可以找到她，跟她算账！

伍湖生说，你以为我不想找她算账?! 我晚晚做梦都是在阴曹地府里追人！可我怎么能保证一定能找到她，她干了这种事，就知道自己活不安生，可以嫁人出国啊，退一万步说，就算是找到了她，但她抵死不肯翻案，我现在自己又认下了账，我还到哪儿说理去?!

前妻说，那你想怎么办？

伍湖生说，我就不相信你一点钱都没有。

没有就是没有，钱是能变戏法变出来的吗?!

你这个新提包多少钱? 你当我是傻的吗?!

伍湖生，你怎么就不明白呢? 如果你是生病要开刀，我什么家底都能拿出来，儿子我也不送到外头去读书了! 问题是你现在能出去你不出去，非要待在看守所里胡搅蛮缠，还要逼我把血汗钱拿出来陪你玩，我告诉你，你想都不要想!! 前妻说完这些话，挂着一张长脸扭头走了。

窗外终于什么都看不见了。

"喂，说点什么吧……怪闷的。"不知什么时候，贪污犯走到他的身边，他说，"你老是被叫出去，一谈就谈半天，他们跟你讲什么? 讲耶稣啊?"

伍湖生看了他一眼，没说话，心想关你屁事。

"他们跟你讲耶稣，你就讲《窦娥冤》啊……"贪污犯莫名其妙地笑起来，有那种幸灾乐祸的意味，"你看我这个人多大度，照理说你把我砸成脑震荡，我应该不理你才对，……毕竟有两个漏网的呀，你怎么就知道我跑不掉? 我告诉你吧，我外面有钱，有钱什么搞不掂?! 可你看看我，并不跟你计较，潇洒得很……"

伍湖生又看了贪污犯一眼，吐出一个字:"滚。"

伤筋动骨 100 天，等到董裁云能下床的时候，南方的天气已经非常湿热了，大朵大朵的云像厚被子一样地压在头顶，一大清早人就有喘不过气来的感觉。

每天，人们都可以看到裁云和她的母亲一块去康复室，她们总是彼此埋怨的，为了各种各样的小事，当然她们也是密不可分的一体，互相支撑着。裁云对自己的康复训练是法西斯式的，她听见自己体内的新骨头在摩擦时咔咔作响，豆大的汗珠从她的额头滴落下来，母亲心痛地看着她，眼中充满泪光。

"你不用急着去上班。"母亲对她说。

这跟上班有什么关系？裁云心想，我不能两条腿不一样长，也不能肌肉萎缩穿不了裙子，我必须恢复成原来的样子，我还要嫁人呢。有些话，你能跟全世界的人说，就是不能跟母亲说，真是太奇怪了。

"你的三等功批下来了吗？"

"还没有吧。"

"如果你不方便，我去找毛所长谈……你看你为了工作伤成这个样子……"

"妈，我求求你别掺和我的事。"

"我不掺和，还有人出来说句公道话吗？！"

"公道自在人心。"

"现在谁的心里会装着别人的事？"母亲冷笑道，"灯不点还不亮呢。"

裁云正待发作，但见母亲自自己生病以来，日陪夜陪，还要在家里煮好汤水送来，几个月的工夫，一下子憔悴和苍老了许多，有一绺头发掉在额前，竟有些过分灰白了，这让她陡然有点心酸，不禁叹道："妈，咱们在医院里就别吵了，行不行？！"

母亲一时有些木然，她是一个不会徒然伤感的人，如果会，或许早已活出了另外一片天地。裁云知道，这是没有办法的事，母亲是一个活在混沌之中却觉得自己无比精明的人；一个把事情搞得一团糟自己却浑然不觉的人。

裁云回到三看时，这里已经旧貌换新颜，变成了嘈杂的工地，原来9监仓所在的位置，此时正在盖新的监舍，其他的旧房子也要翻新，据说年轻的管教们纷纷提议，应该向北京的女子监狱学习，在全面整修中把水泥砖墙变成金属铁艺，监房墙壁也可以涂上镇定人情绪的浅蓝色，另外犯人可以有自己的酒吧，同时也是三看的一个副业。

毛所长说，我这儿又不是夜总会，少跟我说那些没用的。搞得那么吸引人，是不是要鼓励别人上我们这儿来?! 还酒吧呢，每人一张席梦思好不好?! 多少人下岗没饭吃，杀人越货还有理了?! 想这么干你们等我退了以后再说。

所有的墙壁依旧是阴森的灰色，格局也是十分传统的，毛所长说，这样他觉得踏实。

上班的第一天，毛所长就跟裁云谈了伍湖生的问题。毛所长说，伍湖生现在在小号里。裁云说，为什么呀？毛所长说，他跟人打架，闹得太不像话。裁云没有说话，她想象不出伍湖生那个样子会打架。毛所长又把伍湖生的情况简单介绍了一下。

伍湖生也的确是跟贪污犯打了一架，起因是闲聊的时候，有人说，在外人的眼里，进来的人最受尊重的是思想犯，犹如渣滓洞里的政治犯，不过现在没有了，电脑黑客当然最牛逼，属于高科技，其次是经济犯，有智商啊，杀人犯也行，有胆量，强奸犯和抢劫犯最等而下之。贪污犯自诩智商高，得意扬扬地看了伍湖生一眼，还没反应过来怎么一回事，伍湖生已经响箭一般地射了过去。

裁云也有些奇怪伍湖生不愿意接受取保候审这一事实，这多少有些反常，加之伍湖生毕竟救过她这一因素，在毛所长同意的情况下，她又来到有关部门，把这个案子的卷宗重新看了一遍。

八

房间的门打开了，一股淡淡的霉味扑面而来，房间里没有什么特殊，可以界定为单身男人的居所，一切从简。唯有桌上一块巴掌大的金牌，上面刻着王者之风四个字，其凝重及色泽隐隐显现男主人曾经有过的辉煌。董裁云掂量了一下，是足金所制。

房东说，他这个人倒是不欠房租的，这一次不知去了哪里，以往也是神龙不见首尾，有时很久不见，有时又足不出户，好像很待得住那样。

有没有见过他带不同的女孩子上来过夜？

那倒没有。

家具上有一层薄灰，的确有数目可观的没有撕封的音乐碟弃之一旁。有成人杂志，房东又说，哪个男人不色？没看见不等于没发生过什么吧。

他犯什么事了？房东问。

现在还没有搞清楚。董裁云说完这句话就不再吭声了，又重新细细地审视了一下一览无余的居所，她承认没有任何收获。

傍晚的时候，董裁云去了程藐金的家，这在派出所是很容易查到的。程藐金的父母倒是并不敬畏她的那一身警服，不像伍湖生的房东，多少有些配合的神色。程藐金的母亲只开了木门，隔着铁门跟裁云说话，也没有让她进去的意思，屋里有个老男人边吃东西边看电视，对万事没有好奇心的表情。

程藐金的母亲显得很不耐烦："……她从来不回家，算是离家出走了吧……那件事以后她总是埋怨我们，一会儿说我们不应该报案，一会儿又说我们害死她了……我们没了一个女儿，又没了3万块钱，这种事怎么可能生吞下去?! 跟她讲也讲不清……总之以后你们不要来找了，我们也不知道她去了哪里……"

"我想……我们还是可以好好谈一谈……"

"有什么好谈的，几句话就可以说清楚的事……她真的不会回来的，你等也等不到她。"程藐金的母亲边说边关木门。

不等裁云说出什么，木门已经砰地关上了。

裁云在路边的大排档吃了一个煲仔饭，等到暮色四合，略有些许晚间的凉意，便起身去了咆哮夜总会，这是伍湖生提供的唯一一个线索，说是程藐金有一个表姐在咆哮当坐台小姐，艺名叫作晶晶。

当天晚上，晶晶没有来上班。此后的3天，她都没有露面。

世界上有许多事其实并不复杂，但需要人有足够的耐心，而现在几乎所有的人都缺乏耐心。

裁云坐在家里发呆的时候就会这么想，我为什么要这样做?

母亲像幽灵一样地出现了，她说："我知道你在查谁的案子。"

"你怎么知道?"

"我当然知道，是那个强奸犯吧? 毛所长跟我说过是他从废墟里把你刨出来的，我就知道你会重新调查他的案子。"

"是又怎么样?"

"这种事是不可能的……你不觉得你的小说看得太多了吗?! "母亲的脸色分外严峻，如临大敌。

裁云不屑道："你想哪儿去了? 真正是你看电视剧看得太多了。"

裁云联想到这两天母亲的一些反常举动，比如格外注意她的行为，包括她有时打电话，一定会有余光扫到母亲，她在擦桌子，但你分明可以感觉到她竖着一只耳朵，而且裁云房间的桌面，总有被翻过的痕迹。裁云搞不明白，她到底是在跟犯罪分子做斗争还是在跟母亲做斗争？！

然而，她是太了解母亲了，所以也没有把这件事放在心上。

此后的一天晚上，裁云终于在夜总会见到了晶晶，晶晶说她根本不知道蓐金在什么地方。但是第六感告诉裁云晶晶没有说实话，而且蓐金不在音像门市部，又不在家住，她还有什么地方可去呢？如果晶晶不罩住她还有谁能罩住她呢？！

晶晶说话的时候一直不看着裁云，有时眼神会在恍惚中一跳，很明显，她心里并不是很踏实。这就让裁云有了一种异样的感觉，找不到蓐金本身就让她感到这个一目了然的案子蒙上了神秘的色彩。

凌晨 2 点钟，晶晶一身疲惫地从夜总会里走了出来，她上了一辆出租车，一直等在外面裁云也上了一辆出租车。

深夜的这座城市依旧是半梦半醒的，街道上并不寂寞，车来车往的密度依旧很高，车速也因为有夜幕的掩护很是夸张。那些白天不能进城的大货车报仇一般地狂奔，充斥着各条主要街道。晶晶的出租车虽说是七拐八弯，但也是由城西直奔城东的方向，没有人会在自己的家门口做不体面的生意。

越来越多的人喜欢黑夜，尤其是晶晶住的淘金路，已经形成了城中村，所谓城中村，也就是南下大军聚集的地方，特点是杂乱拥挤，白天还算正常，到了晚上满是不夜的痕迹，无论是店铺还是居住在这里的人们，都是越夜越美丽，处处灯火通明如同白昼，招引着八方来客，洗脚妹店小二之类在街道上川流不息、神采奕奕。

晶晶进了一栋浅绿色马赛克墙面的公寓楼，她按了防盗门外的对讲器，随着一声清脆的门响，晶晶闪身进了楼内，防盗门重新关上了，信号灯在熄灭之前，裁云看到了 302 室的字样。

第二天白天，裁云直接去了大楼管理处，很快查明与晶晶同住的一个女孩名叫沈露，在香泉桑拿浴室做按摩女，裁云拿出了程蕤金的户籍照片，被证实就是此人。

白上衣，白短裤，除了淡淡的烟熏眼有点勾魂以外，可以说程蕤金不大会给人留下多么深刻的印象。

"中式还是泰式？"她边问边转过身去铺浴巾。

这是香泉桑拿浴室的一间按摩房，有两张床，有玫瑰油香熏，让人感到一种舒服的眩晕，房间布置得干净整洁，只是灯光略显暧昧。董裁云穿着一件和式的白色浴衣坐在其中的一张床上。

没有得到回答，蕤金还是照样不紧不慢地铺浴巾，她的短裤裆很低，背后看露出一小截股沟，甚是性感，她没戴胸罩，明显的真空包装，一切挑逗尽在不言之中。她是一个什么样的人呢？董裁云想。

"我想跟你谈谈，还是按照小时算钱。"裁云的声音平和低沉。

蕤金没有反应过来，有些迷茫地看着裁云。

裁云想了想又道："你千万别误会，我只是想跟你谈谈。"

"谈什么？"蕤金还是不得要领。

"关于伍湖生的案子……"

裁云的话音未落，只见蕤金脸色大变，本能地要往外走，训练有素的裁云已抢先一步挡在门口。

"你是什么人？你要干什么？"蕤金的声音有一点点颤抖。

裁云直视着蕤金的眼睛，亮了一下手中的证件。

程蕤金显得非常地不冷静："该说的我都说过了！为什么还要我一

遍一遍地重复噩梦?!"

"你能不能冷静一点? 你这种情绪我们根本没有办法谈问题。"

"我不可能冷静! 我也不想谈我过去的事情!!"

"程藐金,你可能是个受害者,但是你必须配合我们把事情搞清楚。"

藐金沉默了片刻,转身走到一张按摩床前,坐下,侧脸冲着墙壁,一副死猪不怕开水烫的神情。

裁云并不理会她的态度,坐到藐金对面看着她说:"……事情到底发生在什么地方? 是你们一块去宾馆开房,还是在嫌疑人的家里?"

藐金一言不发,当裁云透明。

在重新阅读伍湖生强奸案的卷宗时,裁云发现程藐金的原始笔录有一些自相矛盾的地方,其中包括与犯罪嫌疑人之间案发的时间、地点也有出入,办案人员解释是她在受刺激后神志不清晰所致,总的来说事件还是可信的。现在过去了这么长时间,她的神志应该恢复正常了吧。

"我在问你呢。"裁云固执地提醒藐金。

藐金仍不说话,隔了一会儿,用极小的声音道:"变态。"

"你说什么?"

藐金冷不丁地冲裁云喊道:"我说你变态! 你为什么对细节这么感兴趣?! 你可以去买三级杂志啊! 我没什么可说的。"

程藐金到底年轻,她越是冲动,就越是让裁云相信这件事背后另有隐情。

"不管你怎么想,请你回答我的问题。"董裁云的声调仍很平和。

"我失忆,行不行?"

"你在笔录上说,你们一块去过祥福宾馆,有这回事吧?"

"有又怎么样？反正我是被迫的。"

"有还是没有？"

"有。你满意了吧？"

"那么一块到他家去又是怎么回事？"

"是他把我灌醉拖去的。"

"酒醒以后发现他们家有什么特别吗？"

"没什么特别。"

"他真的很喜欢听音乐吗？"

"当然，他喜欢把音响放得很大声，连桌子上的茶杯都嗡嗡地响。"

裁云突然噤声，程蕤金忍不住转过脸来看着她。

裁云正色道："你根本没有去过他家对不对？他家没有音响，他也从来不听音乐。"

蕤金甚是不解，满脸狐疑。

裁云又道："前些天我到祥福宾馆调查取证，你是跟一个男人去过祥福宾馆，用假名开的房，但这个男人不是伍湖生，而是另外一个年轻人。也就是说整个事件中还有一个从未露过面的年轻男人，包括你在笔录中所描述的，你倒在地上摸到一只皮鞋猛砸对方，你说那是一个臭气熏天让人窒息的地方……都不是在伍湖生家中发生的，而是在另外一个男人的另外一个房间里……是不是这么回事你心里最清楚。"

此时的蕤金微低着头，面色苍白。

"无论你有多少难言之隐，都不应该让一个无辜的人为你坐牢，而且你诬告本身就是犯罪，你就真的没想过这件事的后果吗？！"裁云已经感觉到蕤金巨大的心理压力，她知道这是突破她的唯一机会，所以她和缓道，"如果你信任我，我可以尽一切能力帮助你……当然你也可以什么都不说，玩失忆，但是我告诉你，就是人间蒸发也没用，我们不仅能够找到你，而且一定会查出事情的真相。"

藐金突然扑到按摩床上哭了起来，哭够了，才说："……我就知道这样不行，可是我表姐说，这年头自己死不如别人死，就这么简单……"

第二天上班，局机关户籍处的李大姐搭办公事的车来找董裁云，由于三看也没有合适的地方可去，两人就坐在面包车上说话。

扯了一圈闲篇儿，裁云心里直打鼓，她想李大姐突然大老远地跑来找她，总不见得没正经事吧。

正想着，李大姐道："小董啊，有件事大姐不知当讲不当讲……"

"你讲，你讲。"

"就是咱们机关秘书处的张处长……你觉得他这个人怎么样？"

裁云跟张处长不熟，但隐约还记得住他的样子，中等身材，一天到晚笑容可掬，和气中略显风雅，是局机关的一杆笔。不知为什么，裁云就不喜欢爱笑的男人，但这是两回事。所以她未加思索道："挺好的呀。"

李大姐笑道："你看你看，他也是这么说你……我跟你说小董，张处长的爱人生病去世，他一年都没找，现在好多人给他介绍对象，他一个都不见，就是我跟他提起你来，他什么都没说，这不就是愿意嘛……我觉得他条件不错，就一个女儿放姥姥家……"

裁云无言，她真不知说什么好，就算自己心比天高，在别人眼里续弦也并不委屈你，她怎么就变成了今天的行情了呢？！

见裁云似有不快，李大姐忙道："小董啊，要不你再想想……要是实在想不过，就当你大姐我什么都没说。"

裁云道："李大姐，多谢你还这么有心。"裁云说得勉强，笑得就更勉强了。

星期六的晚上，裁云回家，母亲做了几个她喜欢吃的菜，本来是可以相安无事的。然而在饭桌上，母亲总是欲言又止，她那么一个指手画脚的人突然变成了小媳妇，怎么说也让人觉得不舒服，裁云不耐烦道："有什么话你就说嘛。"

"裁云我真的不想跟你吵架……"

"说事。"裁云夹了一块豆腐。

母亲迟疑道："……我看了张处长的照片，觉得他还行……"

裁云气道："我猜就是你去托了李大姐，要不她也不会突然跑到我们单位来。"

"她从你那里回去就给我打了电话，说你好像不太愿意。"

"不是不太愿意，是根本不愿意。"

"为什么呀？"

"不为什么。"裁云心想，她总不能说她不喜欢胖胖的，爱笑的男人吧。

母亲突然放下筷子，正色道："裁云，你怎么就不明白呢？我这是在挽救你。"

裁云莫名其妙道："你挽救我什么？"

"你不要有幻想！"

"我有什么幻想？！"

"你自己知道。"

"我不知道。"

"我绝对不会允许你跟那样的人好。"

"我跟谁好了？你怎么自说自话呢？！"

"没有就好。裁云，你等到今天，总不是为了要等这样的人吧。"

没有的事也怕一次次重复，这天晚上，裁云迟迟没有入睡，她想起伍湖生的样子，这个男人并没有什么特别，只是一双眼睛有些忧郁而已。

他有一种让裁云久违的打磨掉光华之后的漠然。

九

伍湖生的案子，因为当事人到二审法院撤诉，也因为证据不足，他总算是被无罪释放。夏天，便是在这漫长的等待中度过的。

出来后打出的第一个电话是给叉烧的，任何时候，生存第一。已经成为每一个现代人的座右铭。叉烧在电话里哇哇直叫，你跑到哪里去了?！害得我到处找你！伍湖生刚想说两句发泄的话，叉烧一副没心听的样子，好了，我不听你说那么多，赛马的季节马上就要到了，你准备准备跟我去香港。

伍湖生说，赌马哪里那么简单?！你又是什么时候迷上赌马的？叉烧道，你知我这个人啦，逢赌必赌，砍手砍脚也是戒不掉的，反正人生在世每个人的钱都有个去处，你把它扔在证券公司和我扔在赌场又有什么区别?！如今我认识一个高人，是个港灿，早上用望远镜看每匹马的状态，还跑到马房去研究马粪，这样做功课的人，不赢都难。我跟在屁股后面买，资金又比他大，不赢也难。伍湖生心想，香港人也是可怜，以前开间凉茶店也发财，而且发得有门有路，现在世道不景，靠什么维持生活的都有，不仅再没有大陆人景仰他们，还被灿来灿去地胡叫。

叉烧在电话里很是兴奋，他说你知不知道这次的头筹是 1400 万港元，仿佛他已经闻到了铜臭。伍湖生想说头马是受人控制的，做功课又有什么用？输大赢小人家才开马场，你以为是公平竞争啊?！傻瓜，根本就是广灿。

不过他什么也没说，很简单的道理，叉烧不赌，他又如何寄生呢？好在叉烧一再强调他是他的富星，这段时间没有出现在他左右，他就是手气不好，总是输。

约好了出发时间，放下电话。伍湖生发了一会儿愣，心想自己已是专业赌伴，不觉有些讨厌自己，但是人生会怎样，你估得到吗？所以联络到叉烧，他庆幸当中还有点如释重负的感觉，不是吗?！

不知什么时候下起雨来，下午 4 点钟的天空黯淡如黄昏，伍湖生凭窗望去，街道上仍是车来车往，两边的人行道上便是一张张撑开并移动的花伞。自由真是可贵呀，以前千百次地看过这条街，什么感觉也没有，甚至觉得又吵又乱，几时才能远离并且心静也未可知。现在却完全不同了，所见的一切都是那么亲切和温情。

他突然很想见到藐金，没有什么理由。

事情的原委他已经完全知道了：藐金在一家网吧里认识了一个邻桌的男青年，他瘦高的身材，有着一张面无血色的脸，人斯斯文文的，仿佛三级风就能把他刮倒。他说他叫孤独剑，这当然是网名了，可这又有什么关系呢，他不爱说话，为人腼腆，正是藐金心仪的那种男孩儿。相熟以后，藐金便把自己的来龙去脉竹筒倒豆子一样地告诉了他，孤独剑只说自己在一家研究纳米技术的研究所当技术员，其他什么也没说，藐金对此深信不疑。

不长的时间，藐金便一头扎进这场水深火热的初恋之中，如同我们寻常见到的骗子一样，孤独剑一会儿说他的信用卡莫名其妙地出了问题，也的确拿出花花绿绿的卡来给蒉金看，可就是提不出钱来；一会儿又说他研究的纳米技术正在攻关阶段，然而这只是黎明前的黑暗，一旦攻克，按照合同他可以分到六位数字的钱。

他带蒉金去了他住的地方，家是为了不妨碍家人只好在家的附近单租的，房子有12平米大小，没有窗，不仅凌乱，而且有难闻的气味。孤独剑解释说，由于他大多数时间在单位，有空又要去网吧，这个地方几乎不住，也就是偶尔休息一下的地方。

有一次两个人坐车，孤独剑指着一处红砖楼房告诉蒉金那里就是他的单位，因为他们的科研项目是保密的，所以对外不挂牌，于是蒉金对这一幢红砖楼房肃然起敬，包括一晃而过的门前的两只白色小玉狮子。

为了支持孤独剑搞科研，以便跟他肝胆相照共同苦尽甘来，蒉金不仅花完了自己不多的存款，还把父母准备装修的钱偷出来给孤独剑用。自然，在孤独剑的住所，蒉金连财带色如数奉上，于是那个腼腆的男孩子也就照单全收。直到真的榨不出什么油水来了，一天，孤独剑打电话给蒉金，约她下班后在他的住所等，蒉金有那儿的钥匙，也就如约而至，但是孤独剑始终没有来，蒉金便在他的床上睡着了。

将近半夜12点钟的时候，蒉金觉得有人轻轻地抱她，解她的衣服，她以为是孤独剑回来了，便在半梦半醒中很是驯服，等她脱光了衣服，才发现来人喘息的声音有些不对，因为清瘦的孤独剑不可能气喘如牛，于是她睁开眼，顿时吓得在一秒钟之内睡意全无，原来出现在她面前的是一个黑黑壮壮的男人。

蒉金尖叫着跳下床来，慌乱中将床单裹在身上瑟瑟发抖，她说你是谁？我告诉你我的男朋友马上就要回来了。陌生男人冷笑道，你说的是孤独剑吧，他早就走了，把你和这间房子续租给我，我叫阿黑哥，你以后就管我叫阿黑吧。

蔬金怎么可能相信阿黑哥的话？一连数天，她疯狂地寻找孤独剑的下落，但是他们共同去过的任何地方都没有孤独剑的踪迹，网吧里当然就更不会有了，这个人就像没出现过那样消失得寂寂无声。这时，那座门口有一对小玉狮子的红砖楼房陡然跳进蔬金的脑海里，她便凭借清晰的记忆找到了那座楼房。地点肯定是对的，而当她见到这幢楼房时，蔬金已没有发自内心的狂喜，有的只是害怕它会像神话传说里出现的情节那样化作一缕青烟。

她走进红楼，如同走进童话世界，她脚底发虚，所有的一切都显得那么不真实，直到这时，她还幻想着孤独剑穿着白色的工作服从试验室里翩翩而出，他们四目相望，不禁百感交集，良久，孤独剑向她解释他的科研项目又一次失败了，她为他付出了那么多，他实在不忍心再拖累她，于是她走过去，倒在他的怀里双泪长流。

红砖楼房其实是某大型国企的一个老干部活动中心，这里除了醉心书画的老人之外，还有下棋、麻将、交谊舞、园林讲座等项目在一片安逸之中展开，同时还有冲洗照片的暗室和雕塑室，门口的小玉狮子便是出自这些老干部之手。

一阵天旋地转之后，蔬金倒在了红砖楼房的走廊里。

然而，这一切只是噩梦的开始，蔬金很快就发现自己怀孕了，同时父母亲因为丢了钱也急得火上房。

她该怎么向父母亲交代呢？如果她说出以上的情形，他们会毫不犹豫地把她送到精神病院吧。也就是在这时，她曾经在音像门市部的班上接到伍湖生的一个电话，当时她多么希望这根救命的稻草就在手边，至少可以帮她出个主意。然而伍湖生在电话里也是闪烁其词，又不肯说他在哪儿，又不肯说他什么时候回来。

万般无奈的藐金只好硬着头皮去找她的表姐，表姐说，你看看你认识的这些人?! 你怎么就这么信他们?! 跑了一只狼你还叫另一只老虎出主意，你说的这个伍先生，对他你又知道多少? 还不是一问三不知，你怎么就不怀疑他会是第二个孤独剑?!

一听这话，藐金不觉打了个冷战。

商量来商量去，表姐说，不如就把这件事赖在这个暂时还说得清道得明的人头上，你跟公安局说什么孤独剑，其他什么线索也没有，你叫人家去抓谁?! 别提那个出租屋，保证现在也是人去楼空了……这样的事不仅破不了案，传出去你还怎么做人? 现在我们就寄希望于……万一那个伍先生他不回来了呢? 也是给自己的一个台阶，息事宁人也就算了。

临走的时候，表姐拿出自己的钱，叫藐金手术以后多买点补品，这次补不好，一辈子都完了。她说。这让藐金深感血浓于水。

然而藐金的父母并不这样想问题，人财两空的事还要按下不表，那不是要把他们活活气死吗?! 所以说什么也要豁出去报官，藐金拗不过他们，只会哭。表姐来帮着说情，自然是碰一鼻子灰，藐金的妈妈说，我们藐金不是鸡，凭什么要咽下这口气去?! 表姐一句话没说，抬脚就走了。

后面的事情闹得如火如荼，也是谁都没有料到的。

一切都已经真相大白，伍湖生不知道自己还要见程藐金干什么?!

也动过找她算账的念头，可是火气已经没有初到三看时那么大了，人生是妥协的过程，是一个彻底消解愤慨和暴怒的过程。何况藐金也够可怜了，被一个虚拟的家伙骗得一无所有，毕竟也是一件叫人心痛的事。

可是事情就这么算了吗? 伍湖生心想，如果不是天灾人祸以及诸多变故，他岂不是要和贪污犯一起把牢底坐穿？一想到他的牢狱之灾，想到他背负在身的红字，还有一切鄙视的不信任的目光，他不仅后怕，而且也打心眼里痛恨薮金。他觉得如果不见她一面，不看到她如何面对自己，这件事就不能算作了结。

　　雨越下越大，没有要停的意思。

　　天色越发地阴沉，伍湖生撑着一把黑伞，他站在淘金路上浅绿色马赛克墙面的公寓楼的前面，有点犹豫上去还是不上去？事情真的就有那么巧，防盗门被人推开了，薮金从里面出来，撑起一把花伞，也就是在同时，她看见了伍湖生，于是人愣在那里，撑开的雨伞也没遮上头顶，她的头发和上衣很快就淋湿了。

　　显然，她领会了伍湖生的来者不善，在充满敌意的目光下她有些不知所措。她的眼神无助极了，不知该不该凝眸地注视着他，又不敢躲闪似的痛苦而又无奈地迎上来。

　　她比从前瘦多了，脸上不再有无名的喜悦和光泽，那不是成熟，而是枯萎。

　　她还会相信什么呢？她还会有梦想吗？还会对好恶是非发牢骚吗？原先的薮金分明已经故去，眼前的这个人，他们应该是互不相识的吧。

　　短短的一瞬间，伍湖生觉得这世界既荒谬又冰冷。

　　他转身离去了。

　　他没有搭车，一个人在雨地里走着。与来时的心情不同，他已经不想再说什么，因为说什么都是多余的。

　　不知不觉地，他走亮了一街的灯火，霓虹灯像充满欲望的女人那样劲闪。雨停了，伍湖生独自去了桂林佬小食店，要了一盆田螺啤酒鸭和一小瓶二锅头，店小二以为自己听错了，忙说是不是要冻可乐？还解释说啤酒鸭很辣，伍湖生说就是要刺激，要辣上加辣。

不一会儿，伍湖生就吃得大汗淋漓，曾经有过的快乐仿佛重又回来。这时他才真正地感觉到心痛，为自己，也为蒉金，为一切失意落魄的人们。

很晚，他才回到住处。房东交给他一封信，说是一个老女人在这里等他等了很久，实在等不到他才走的。伍湖生接过信，刚一开口便是酒气熏天，房东不想跟他多说，有些厌恶地扇着鼻子走开了。

伍湖生回到房间，不胜酒力之中他还是有些奇怪，他怎么可能有信呢？他不是早就被人遗忘了吗？

信是董管教的母亲写给他的，她说她很感谢伍湖生救了她女儿，原来是封感谢信，伍湖生把信揉成一团，投篮一样地一丢，倒在床上便呼呼大睡。后面的话他根本没有看，其大意是叫他不要对自己的女儿有非分之想，这是不可能的，她也是绝对不会答应的，甚至会以死抗争。当然后面的这些话也倒在纸字篓里昏然睡去。

董裁云的立功报告批下来了，是三等功。

三看也同时立了集体三等功，对毛所长来说这是意外的惊喜，因为不管怎么说这是一场事故，所幸没死人，但有人重伤，还跑了 7 个，总之他觉得自己有推卸不了的责任。如果下大雨时，全体三看的警员把九监舍团团围住，情况就不是现在这个样子了。所以你说不受处分还立功是不是惊喜。

年轻的警员却不这么看，他们说现在都是这种做法，把事故写成先进模范材料，这不是皆大欢喜的事吗？如果是追查事故，那就有的追查了，许多人难逃干系，分管这一摊的领导也有责任，报上去大家脸上难看。

这样多好，以表彰的形式，夸三看是过得硬的警队，不仅坏事变好事，还把三看推上了一个新台阶。

毛所长第一次感觉到自己或许在三看待得太久，没有与时俱进。

毛所长问董裁云，如果你执意要走，我就在年底前把你的名单报上去了。裁云想了想说，再等等吧。

等什么呢？她也不知道，但肯定不是她因此找到了成就感要扎根三看，更不是由于自己立了功便企图有所提拔。说起董裁云的心病，她真是痛恨自己，可能是母亲的暗示作用过于强悍的缘故，她也隐隐地觉得她跟伍湖生之间应该发生点什么，可是什么都没发生啊，伍湖生离开三看的时候，大伙都觉得他应该感激涕零才对，裁云也觉得他至少应该深深地意味深长地看自己一眼才对。可他依旧是来时的神态，一脸的不以为然，一副整个世界都亏欠他的神情，之后便头也不回地扬长而去。

这个人走后，没有缘由的，裁云会经常想起他来，她总是觉得她能够解读他忧郁的眼神，她可以感觉到他是一个相当孤独的人。

不知这一点是不是暗合了裁云心底的一种情绪，总之她觉得他们之间相距遥远却又是心境最相近的那一个。于是，就像患流行性感冒一样，裁云患上了非典型性单相思，那不是轰轰烈烈的大爱，不是茶饭不思的遐想，而是一种看谁能读准对方心灵密语的梦寻，美丽而又艰难。

临窗的咖啡座前，铁男伸出纤纤细指在裁云眼前晃动，可是裁云托着腮凝神，一点反应也没有。后来还是铁男的笑声惊醒了裁云，铁男说："想什么呢？这么出神？"

"还能想什么，恨嫁。"

"突然找我就为这事？"

"张处长提着东西去看我妈，你说我能在家待吗？"

"人家是冲你去的……你也太过分了吧。"

"烦。"

铁男不再多说，要了一杯饮料："人家物业公司可催着你去上班呢。"

裁云低声道："可能我都去不了了……"

"为什么呀？"

裁云望着窗外枯燥的街景，眯起眼睛，叹道："……总觉得会有人来找我，走了，就找不到了。"

"就知道你是为了他。"

"谁呀？"

"你说谁呀？！"

裁云无言，她就是不愿意相信自己的归宿竟是如此惨淡，她等了这么久，不就是希望遭遇一场不一般的情感，哪怕翻山越岭，哪怕心力交瘁，也要尝到一点爱情的况味，那种不食人间烟火的雄心壮志，那种茶饭不思舍身忘我非你不嫁不娶的至高境界，那种充满悬念的曲折迷离，难道这一生就与她失之交臂了吗？！难道她错了吗？难道所谓真爱真的就仅仅是纸上铅华吗？！

铁男的眼睛，就像 X 光机一样敏锐，她笑道："又是一个内心狂野的故事。"

"怎么讲？"

"裁云，你真的是在看守所待得太久了，你以为你与众不同，其实是我们每一个女人都经历过的，那就是现实与梦想的交战。但实际上，我们都不会去做不规范的事。"

"为什么？"

"因为我们是好女孩，我们有太多太多的顾忌，而我们的心底又格外看重这个。"

见裁云微低着头不作声，铁男又道："你都什么年纪了，还相信有爱饮水饱？"

裁云没智商道："什么意思？"

"明摆着的，他现在一无所有，他的存在变得毫无价值，这个底是你自己查清楚的。……一个什么都没有的男人，你说如果他真是你喜欢的那种人，他会来找你吗？"

裁云喜欢铁男，几乎是她生活中的指路明灯，就因为铁男从来不像有些人啰里啰唆，却什么话都讲不到点子上。她无论说什么，总是点石成金一针见血。

两个人默默地喝了一会儿饮料。

裁云突然没头没脑地说道："铁男，我一直想问你，为什么当时你没有选择博士后呢？我觉得其实你挺留恋他的……"

"他太聪明了，有学问。"

"所以呀……难道是你不聪明吗？"

铁男笑了："怎么突然说起我来了？"

裁云固执道："我想知道。"

铁男遥想当年，平心静气道："……那时候我们在北京，热恋得一塌糊涂……有一次挤公共汽车，他突然说你上去以后帮我抢个座儿，你说可笑不可笑？而且他只请我吃过一顿饭，是雪菜肉丝面。"

"就为这？"

"你觉得这是小事吗？"

"可能他真的是没有钱……"

"没错，不是他的问题是我的问题，我突然觉得，如果一个人一无所有，他追你和不追你有什么区别吗？"

裁云又一次噤声。

铁男轻叹一声道："有些人你永远不必等。"

十

冬去春来。

裁云还是离开了留下她青春理想和传奇故事的第三看守所，不过她并没有脱下警服去地产商的物业管理公司工作，而是进了一所师范大学进修犯罪心理学，将来专门研究监狱系统的心理咨询问题，从而在中国监狱针对罪犯的个体特点实施心理矫治，以改造为目的，引导、帮助罪犯群体提高整体的心理素质。

对于全脱产的学习，她一直是很向往的。

裁云就住在研究生宿舍，一切都是井井有条的，同学之间友好而客气，尤其到了傍晚，图书室前面的草坪上有人看书，有人聊天，还有人弹着吉他唱校园歌曲。在这样的环境里，裁云的脸上终于浮现出由衷的笑容，与在三看当差时判若两人。

开学三个月以后，裁云完全适应了校园生活，而且对这门课程产生了浓厚的兴趣。每当她抱着一摞书走进教室的时候，心情疏朗极了。

这时李大姐给她打了一个电话，李大姐告诉裁云，她的这个学习名额是张处长上下做工作帮她争取来的，因为太多人想出来学习了，而且可以学以致用前景可观，将来坐在研究所里多让人羡慕！最可贵的是，张处长坚持不让李大姐把这件事告诉裁云，怕她心里有压力，他说其实这跟他们之间的事是两回事，千万不要混为一谈。

话都说成这样，裁云也觉得自己再执拗下去就没什么意思了。

逢到周末，裁云便跟张处长交往了几回，张处长是那种你一旦跟他交往起来便觉得他很舒服的人，他不温不火，总能在你需要的时候出现在你身边，又能在你略有倦意时悄然身退。一个在大机关工作过的人，其修养是不容忽视的。

寒假来临之前，裁云决定在假期里和张处长完婚，事情一下子变得千头万绪起来，张处长的房子是现成的，但是准备家具全换，在与母亲的僵持中，裁云坚决不同意大办，不同意包若干围酒席，只是两家人吃顿饭而已，她的母亲也就没有再坚持下去了。其实很长一段时间，裁云的母亲都很享受她力挽狂澜抢救女儿的成果。

不过这样一来，就有一件事是不能省略的，那就是要送喜饼给亲朋好友，做法是在一家饼屋订做各色不同品种的点心，然后发大红色的饼券给所有的朋友，他们会去店里自行选择糕点，同时也得知了你们结婚的信息，从而不失礼数。

有人给裁云推荐喜饼第一家，说是这个店门脸不大，蜗居在闹市口，但是做出的点心入口就化，煞是好吃，尤其要多订绿茶蛋糕，所有吃过的人都难以忘怀。

裁云当然就去了喜饼第一家，客人还真不少，她仔细在密密层层的饼架上观察不同的糕点，扮相十分诱人。她去了收银处准备交涉有关事宜，收银员抬起头来，四目相望，两个人全都愣住了，收银员竟然是薮金。

两个人一时不知道该如何相处，太热情或者太矜持好像都不对。

后来还是薮金先开的口，毕竟现在开门做生意了，脑子要灵光些，她把收银的事交代给另一个女店员，起身说道："董姐要买喜饼吗？"

裁云忙说："是啊是啊……"

蒎金笑道："那我就先恭喜你了。"

裁云道："……我要的还挺多呢。"

蒎金道："当然是越多越好啦。"

裁云忍不住好奇："你怎么到这里来了？"

蒎金思索片刻，诡谲地一笑，道："说起来，还真要感谢你呢……"

裁云奇道："感谢我什么？"

蒎金又想了一会儿："长话短说吧，……伍湖生现在是我老公，你说我要不要感谢你？"

裁云只觉得一身的血都凉了，说不上是一种什么心情，又觉得特别不可思议，脑子里反反复复就是一句话：怎么可能呢?!

蒎金仍在絮絮说道："……老伍有个朋友叫叉烧，整天死赌烂赌的，最后还不是输得血本无归，打回原形……没办法，我们只好借钱盘下这个小店，好在叉烧的爸过去是泮溪酒家的点心师，密传给他几手绝活，我们才算有饭吃……"

正说着，门外传来汽车喇叭声，是送糕点的小货车。

也就是在这时，裁云看到了伍湖生。

伍湖生还是伍湖生，他一来，订做生日蛋糕的客人就来取货了，按照约定的时间，他其实晚了二十多分钟，可是说来就真的有那么巧，顾客们也就因为各种原因耽搁了那么长时间，现在齐齐地来取订做的蛋糕，从3岁到80岁不等，却好像是伍湖生吹哨子集合让他们来的。

"董管教。"伍湖生见到裁云时，一点也不惊奇，仿佛昨天刚见过。

不等裁云做出任何反应，蒎金已抢先道："董姐要买喜饼了，而且要的很多。"

伍湖生笑道："那好啊，全部六折。"

裁云忙道:"不不不……我不是这个意思……"

伍湖生道:"这当然是我的意思了,你帮过我这么大忙,我还没谢你呢。"

裁云有些强打精神道:"你不是说公安都是酒囊饭袋吗?"

伍湖生道:"谁没有失去理智的时候?"

他们又聊了一会儿,裁云订完喜饼,就离开了。

伍湖生和巍金始终都没有说他们是怎么从仇敌变成夫妻的,无论重要与否,这恐怕是另一个篇幅的另一个故事了。

这个下午,裁云比较失落,其实她心里也明白铁男说得对,有些人你永远不必等,他天生跟你就不是一回事,你们永远也不可能走到一起,不可能共同生活,不可能守候岁月慢慢变老……何况经过一段时间的打磨,伍湖生身上已经没有了裁云想象中的光环,他其实再普通不过了,但即便是这样,裁云的心里仍不好受,仍有遗珠弃璧之感。

该发生的什么都没有发生,不该发生的全都发生了,该有故事的人没有故事,不该有故事的人演绎着精彩。

裁云在街上走着,她的神情一直黯淡下去。

她望着午后的阳光,望着阳光下的幢幢逼仄的楼房,望着楼房橱窗里的人造繁华,望着公共汽车上运载的巨幅广告:清嘴,亲嘴的滋味……一切的一切都没有变,不变的,还有自己即将举行的婚礼。

她想,所谓错失,不见得是你或者别人犯了什么错,而是在某一事件的时空交错中,它没有,也不会按照你想象的轨迹运行而已。

对面是何人

一

让一个女人低头的，是爱情。

能把男人折磨得死去活来的，是他们的梦想。

地铁站口像一眼深井，滚动电梯从地下通道延伸而上，随着光线渐渐充足，传送带上的脸庞一张一张地明亮起来。都市人是惯常缺乏表情的，穿着各异也依然像一件件的行李。相比之下地铁站口还显得生动一些，它是现代都市的标志，沉默的指路人。

在这些脸庞中，有一张女人的脸也是这样慢慢清晰的，并没有什么特别，这张脸是干净的，瘦削的，却也有了岁月的印痕，眉眼云淡风轻，总之是一种别样的宁静。另一层含义是，有故事，但是不说也罢。

她叫如一。

相熟的人也都叫她如一，不加什么称谓，别人是嫂是婶，是七姑八姨，她只是如一。

这是一个周末的傍晚，暮色尚未四合，天空像正午一般明亮，路上的行人很多，有些人匆匆赶路，而更多的人装扮一新刚刚出街，准备一整晚的狂欢。如一裹挟在人群中，她微低着头，心无旁顾，一手提着空空的蓝红相间的编织袋，显然是送货归来。她当然是赶路回家的人。

走至多宝路口，她看见荣记茶餐厅的番薯昌，飞快地骑着自行车，前把手两边都挂着盒饭，一看便知是外出送餐。番薯昌是荣记的店小二，长得就像一只大番薯，穿戴也不讲究，从未有人看他穿过净色的衣服，全部是花里胡哨的行头，衣服上印的不是整片的椰子树就是整只的火烈鸟，这让他看上去精力充沛，热闹好动，几乎成了多宝路上活动的标志物。

见到如一，他笑，诡谲地笑。

一看就是喜见人家生意赔本房子冒烟的升斗小民。快去看看吧，番薯昌笑嘻嘻地说道，你家希特又惹事了。那种轻慢的口气，听上去像是，你儿子真是惹祸精啊。

但其实李希特并不是如一的儿子，他是她的丈夫。更奇怪的是如一也没有理会番薯昌，更没有改变节奏，还是四平八稳地走进多宝路。

多宝路在城西，也就是老城区，老城区的特色是没有规划，所有的旧建筑熙熙攘攘地挤在一起，偶尔有一个新建筑点缀一下，也像是一个女人并无妆容和服饰却涂了浓重的口红，让人无法评说。拥挤的街景给人的第一印象是好乱，第二印象却是好方便，但其实那些店你一辈子都不一定会迈进去。比如炭画像，画谁都跟故去了多少年似的；再比如唐鞋，就算这种布鞋穿着舒适，不长鸡眼，纯手工，你真会站在一张白纸上让人画脚模子吗？

又如打金，一点小首饰，按照不同年代的流行，换着样式打来打去祖祖辈辈地传下去。而这些店铺又是不死的，跨国公司都倒闭了，他们还是天天开张。

所以老城区是有魅力的，因为它够老，同时又够顽强。

如一住在镇水街，顶在街口的是"老陈修车"，一堆修理自行车的工具和打气筒摊在破旧的遮阳伞下，通常是既没有人也没有车，必定有人喊一嗓子老陈修车，老陈才会从家里跑出来，戴上老花眼镜认真修车。他的儿女都不干这个，一是没有前途，二是只要在一旁帮忙就受到他的训斥。

镇水街是多宝路上若干街道中的一条，或许当年一遇暴雨便整条街浸在水里因而得名？谁又关心这个？总之是条老街了，街面和房子陈旧破败，住在这里的人无论后来发没发财，争没争着脸面，是否已在外边买房，或者跑到了国外，回来还是老张老王，大伙齐心协力守着这块阵地，等着拆迁时狠敲国家或者开发商一笔。

关起门来，谁打的主意都是争当最牛钉子户。打开报纸，第一版是国家大事，政要云集：或者杨利伟，或者煤难垮桥。第二版就是自己的"牛钉"照片，一夜之间也算是名利双收。

然而人算不如天算，每回都是真真假假的传闻扫过一轮之后，一切重归平静，犹如只见媒婆登门，姑娘却永远嫁不出去。

拐进镇水街，如一便看见自家的住处前面，停着一辆奔驰车，一个司机模样的人站在车门边跟李希特吵架，李希特的脸色气得铁青，眉毛拧巴着，眼睛里投射出鹰眼一样的光芒，嘴角撇成了八字，胸脯一起一伏。周围是街坊四邻，都在大声说话，有的论理有的帮腔，还有的手势如刀劈，听众全是对方辩友，估计是有感而发不吐不快。

　　一问才知道，李希特当街当巷地刷牙，一口白沫沫正好吐到了驶来的奔驰车的车窗上，司机当然不干了，跳下车来冲着李希特嚷嚷，李希特很生气，就把剩下的半缸水照原样泼了出去，黑色的奔驰车花了一片。

　　镇水街本来就很窄，一辆车就把路面全占完了，行人得贴墙站着。如果还不自觉地狂按喇叭，基本上是神憎鬼厌。但在多宝路上，镇水街的位置穿进穿出很方便，所以众人反映了多少回，这里也没有禁车，造成了一定的困扰。一旦发生纠纷大伙就气不打一处来，自然是帮人不帮理。

　　如一见状，什么话也没说，径自到公共厨房找了块抹布，把奔驰车的车窗擦干净，司机这才骂骂咧咧地走了，望着远去的车屁股，李希特还在呼呼生气。如一把他推回家里去了。

　　镇水街的人都知道李希特的生活方式是晨昏颠倒的，傍晚时分别人都是买菜回家，煮饭冲凉看电视，只有他是刚刚起床，新的一天随即开始，对于他来说黄昏每天都是新的，当然要洗漱刷牙。

　　白天他睡觉，他说白天什么丑恶现象都看得清清楚楚，那能干什么事？又能干成什么事？

　　李希特是个闷人，平时话很少。三年前还在一家国有单位干得好好的，据说已经是副处。后来单位搞竞争上岗，要上台发表竞选纲领，还要录像，正面侧面身高体态，总而言之像选美似的要给评委会看。李希特很生气，就不去上班了，曾经奋斗所得的一切顿时灰飞烟灭。本来他还天真地以为单位会派人来劝解他，至少做一点点挽留状。没想到人家根本没理他，拿他当旷工处理。第一个月停发了工资，第二个月就除名了。

　　这时他的倔劲才真正上来，每天气鼓鼓的，像个蛤蟆，跟整个池塘较劲。

这个世界也就是一个池塘，有淹死的，有一身烂泥的，唯独没有占了便宜还不沾湿的。

当然李希特也不是一时兴起，他原先蛮正常的，每天上班下班，风平浪静。但其实他对自己的现状越发地不满意，白天干活，见一模一样的人，开大同小异的会，处理的事情也都差不多。中午吃完统一发送的盒饭，隔壁办公室的同事便拿着两副扑克牌，双眼无神地四下里询问，拖不拖？拖不拖？只要有人愿意，立刻拉开架势打"拖拉机"。有时李希特也被抓来当牌架子，摸到手中的牌时好时坏，突然有一天他就强烈地感觉到这根本不是他想要的人生。

所以才会有后面的一触即发，现在当三陪也不需要录像备选吧，何况挣这么几个碎银子，居然要拍"监狱照"，翻过来倒过去的，像煎鱼饼，还不算牺牲了自己全部的精神世界和毕生的梦想。

李希特的梦想就是行走在自己编织的武侠世界之中。

最早的记忆来自地摊书贩，那时他们把武侠小说拆分成二三十页为一册，印刷和装订粗陋不堪，骗骗小孩子足矣。日租金一本是5分钱，一般都是看到最想看的时候就没了，李希特只好省出早饭钱来看书。那时还不至于着迷，只是感到毫不掩饰、极度夸张的血腥和暴力暗合了一个少年叛逆期的内心焦躁。

像陈青云的《残肢令》，柳残阳的《追魂帖》都曾经让李希特血脉贲张，他甚至傻到以为这就是历史小说。

他是上初中的时候迷上武侠的，当时深受一位历史老师的影响，那个老师就是一个地道的武侠迷，他讲通史闷得大伙想睡觉，但一讲起唐人传奇他就像通了电一样，连说带比画，一人饰百角，配以各人不同的语气和喜怒哀乐，他外貌是一个奇瘦的老夫子，如此这般就更加搞笑。说到引人入胜之处，同学们都屏住呼吸，连下课铃响教室里依旧纹丝不乱按兵不动。

历史老师说唐人传奇应该是中国最早的武侠小说。

学生时代的喜好本应该是一笑而过的，当不得真，也没人当真。但是李希特却跟历史老师成了忘年交，老师买到新出版的武侠小说就借给他看，他去老师家谈起精彩片段更是眉飞色舞废寝忘食。

有一次，两人谈完还珠楼主的《蜀山剑侠传》，老师对李希特感慨万千，他说武侠真的是成人童话，虽说那个江湖是根本不存在的，但游历其中还是欣喜若狂，否则真不知道该怎么打发这么沉闷的日子。

身怀绝技而又义薄云天，也许每个男人的心中都有自己的江湖。千古世人侠客梦。

成年之后，李希特还是一如既往地迷恋武侠，上班的日子是除了上班之外，他的闲暇时光几乎全泡在武侠世界，这么一路看下来竟然也是痴心不改，一直追到梁羽生和金庸为首的新派武侠小说，包括影视剧。总结下来电影还是最高境界，因为有声、光、电，有包装精美不留破绽的快意恩仇，生死绝恋，那个世界更加让人如梦如幻。《功夫》，李希特就看了 7 遍，《卧虎藏龙》看了 16 遍。

如果不是时代的变迁和更替，李希特肯定是怀揣一个梦想，但仍旧一成不变地走完自己压抑的一生。

好在他的精壮年碰上了乱世，乱世的好处是人人可以实现梦想，快男超女，芙蓉杨二，赵熊猫，周老虎，刘德华的杨粉丝和范跑跑都能占去那么多的报纸版面，总之日日翻新让人头晕目眩。当然，李希特对此也是不屑一顾的，他不是不想当一个规矩人，可是规矩了半天还不是要演讲作秀，要拍照录像被众人评点。还有种种令他匪夷所思的事被视为正常。李希特觉得自己被整个社会"恶搞"了，他渐渐感到自己像江湖上失散的一个孤侠，且战且退，一边寻找至高的盟主，一边刀剑相刃，抵抗无所不在的强敌，这种厮杀是没有对手的，他不满意的只能是自己。

所以突然有一天，李希特就不去上班了，在家写武侠电影，并坚信会独一无二地好。他要实现自己的梦想。

他也不是没有一点基础，在单位时算个笔杆子，年年上交的工作总结都是他写，他还是报社的通讯员，虽然都是好人好事的豆腐干，但见报率还是蛮高的。李希特觉得自己也并非是一步想登天。

一年半载的不上班还可以，但是三年多都这么干，而且什么也没弄出来，这在镇水街也还是惊世骇俗的。大家都是市井小民，讲的是"揾食"过日子，满大街匆忙奔波的人不全是为了嘴？可有谁是为了梦的？即便是有也不会住在镇水街吧，这种人住在广告牌上，住在娱乐版的花边新闻里。

邻居们见到如一，最常说的一句话就是，你家希特醒了吗？如一摇头，马上就得到安慰，再等等吧，有不做梦的，没有梦不醒的。然后长叹一声才转头离去，仿佛如一家里有一个垂死的癌症病人。

两口子回到屋里，如一道，你饿了吧？李希特把刷牙缸往桌上重重地一蹾，道，饿什么饿，气都气饱了。如一没理他，拿过菜篮子择豆角，道，你把人家的车搞成那样，你还生气？李希特道，我又不是故意的，他干吗跳下来就骂人，真是狗腿子，我最讨厌狗腿子，狗仗人势。如一道，人家那么好的车，当然心痛。李希特用鼻子哼了一声，道，粪土当年万户侯。如一不知是什么意思，却也懒得理他，只埋头择豆角。

李希特这个人还真不看重钱，对有钱人更是不屑一顾。以前有工资的时候，出了粮就全部交给如一，零花钱都不留，但是口袋里总有钱，是如一放的。李希特对钱没什么概念，只一样是交了钱便万事不管，除了油瓶倒了扶一下，家里家外全练如一一个人。

隔了一会儿，李希特有些烦躁道，别择了别择了，你听听我昨晚写的一段，真是神来之笔。如一头不抬手不停道，我听着呢。说话间李希特已坐到电脑前，深感如一在应付自己，不快道，你能不能安安静静地听？

如一还想说什么，看见李希特像孩子一样固执的表情，也只好手停口停，对李希特行注目礼。

李希特调整好情绪，对着电脑念道："……桑吉君声音冷漠，摆出下段架势，刀尖指向脚前三尺远的地面。接着，徐徐由左伸臂画圆。对方目眦欲裂，瞪大了双眼追随着转动的刀尖，眼中的斗志渐渐消沉，像着了魔那样渗出茫然若失之色。

"刀身转到上段，画成一个半月形的刹那，桑吉君五体跳跃。对方的身体溅起血雾，往后倒仰。还没有哪一个对手能撑持到桑吉君的刀画出一个完整的圆，就已经毙命了。"

念完这一段，李希特微微有些自得。如一继续择豆角，凝思片刻道，上次好像说的是绕指柔剑，怎么现在变成刀了？李希特道，那是我们这边的英雄，使剑，名叫无待。现在说的桑吉君是个日本人，用的是圆月刀法，凭此刀法，一时间江湖上没有对手。如一道，我是搞不清楚，你这戏里又没有爱情，我哪里记得住？李希特正待申辩，想想也没有意思，真是话不投机半句多，手在空中挥了挥道，你赶紧炒菜去吧。

如一去了公共厨房，里面的灶台一个接一个，离炉具近的墙体熏得漆黑，大伙都在里面为了一张嘴忙乎。炒菜的时候邻居问如一，怎么又吃豆角？虽说是便宜，可是也太老了吧。如一没有说话，只笑了笑。她的确是图便宜啊，那还有什么好说的。前些日子天天吃冬瓜，吃得她看见冬瓜就反酸，真难为李希特不但没有怨言，还能想出什么圆月刀法，不是天才也是天才了。

这大概就是她能够容忍李希特的原因吧。她当然知道他不现实，可是不现实的人才可爱啊。而且做什么他吃什么，买什么他穿什么，有一次的衬衫是买一送一，他就这么轮着穿，就跟每天都不换衣服似的。如一说你应该在中间插一件其他颜色的衣服。李希特冷笑道，你怎么这么在意别人说什么啊？我换不换衣服关别人什么事啊？你这个人就是太世俗，所以我跟你在一起什么灵感也没有。搞得拼命赚钱奋力养家的如一无比自责。

如一在一家假发厂工作，每天坐在工作台前织假发，织得手酸眼花肩膀疼。虽说也是精原料，全手工，可是现在的人都崇洋媚外，国产货总也卖不起价。所以厂里的效益也不怎么样，常常是用假发兑充奖金福利。领一堆毛茸茸的东西回家，如一也没有办法，只能每个月把存货按照批发价批给个体户的商店和摊位，算是奖金帮补家里的生活开支。

她刚才就是送货去了。

日子很不好过，李希特3年多没往家里拿一分钱，可是他要吃要穿，平时的花销用度一样也不会少。他们两个人还有一个儿子叫李想想，现在武汉大学读书，这孩子的学习倒是不用父母操心，而且也懂事。知道家里困难，为了省路费已经两个假期没回家了，留在武汉打暑期工，挣点小钱。要说如一有什么真正的困难，那就是她太想儿子了。

如一和李希特是相亲认识的，早年李希特也在工厂做事，媒人说他是厂里的笔杆子。如一这才有点心动，答应见面。见到人发现他也不是细细长长，梳分头，戴眼镜，胸口别个笔什么的。就跟工人完全一样，高高大大，粗生粗养，拧着眉毛，人闷闷的，话少。

如一说，也看不出来他内秀啊。媒人说，什么秀不秀的，结了婚以后都听你的不就行了嘛。

这一边的李希特，他并不喜欢话多的女人，见到如一，感觉她挺文静，又听说她下过乡，吃过苦的人比较会过日子，这话也是媒人说的。总之两个人看上去都是温吞水，却有一种前世修来的默契，不久就结了婚。

日子就像油画里的静物，单调中渗出一丝绵长的暖意。

晚餐只有一个菜，就是豆角烧茄子，另外如一给李希特煎了个荷包蛋，李希特闷头吃饭，也没问就一个煎蛋那你吃什么？自己饱饱地吃完两碗饭，抹了抹嘴就出了家门。如一知道他去了几条街外的习武馆，学咏春拳，这已经成了李希特的日常生活，除此之外，他也没有其他的爱好了。

二

第二天是星期天，一大早如一的小灵通就响了，来电话的是如一厂里的同事，也是她的朋友。大伙叫这个人小美妈，她不是没名字，就因为有一个漂亮的女儿叫小美，大伙就忘记她名字了，只叫她小美妈。

小美妈很不忿，常说，我很差吗？现在的人真是没素质啊，什么小美妈，小美妈是名字吗？真见了鬼了。

小美妈在电话里约如一去一家大型超市抢米。小美妈说米价马上飞涨，这次是涨价前的促销，价格不高反低，而且幅度大，买50斤袋装的，能差20多块钱呢。如一有些犹豫，小美妈道，你还犹豫什么？这又不是拜神，初一十五都有的拜，这是千载难逢的机会，过了这个村就没那个店了。如一也觉得是这么回事，本来嘛，人可以不吃鱼肉，但不能像女明星减肥那样不吃大米啊。但如一还是不无忧心道，可是那家超市上一回抢油，出过人命啊。

所以啊，小美妈叹道，上一次的油才便宜多少钱？11块6，都不到12块，就已经踩死人了，那这一回，死都要去啦。你说是不是?!

于是两个人约了一个地方见面，小美妈说那个地方有超市的免费穿梭巴士路过，这样就连车费都省了。如一打心眼里佩服小美妈，觉得她就像超人一样，万事皆通。估计全市各行各业的"免费午餐"都难逃她的火眼金睛。

见到小美妈，如一发现她新理了头发，比平时短，吹得跟松糕一样，蓬蓬厚厚的。不等如一开口，小美妈便道，我的头发剪坏了，昨天理发馆人特别多，有一个新手谁都不愿意让他剪，我实在懒得等，就叫他剪了，还是不行嘛，把我搞得像出来混的似的。如一笑。小美妈依旧板着脸道，还有更离谱的，回到家小美问我是不是戴了假发？我说你都神经了，那是什么好东西我要扣在头上？

小美妈显然是有备而来，衣服是短打，鞋子没有穿从不离脚的超级矮子乐，因为再粗的高跟也不适合在超市里拼杀，她换上了平底白饭鱼便鞋，有松紧带那种，再挤也不会脱落。

如一一切如常，她说小美妈，你不至于吧。小美妈说怎么不至于，像我这样的人，根本花不到男人的钱，只有靠自己胸口一个勇字在外面闯。你也不要笑，还不是跟我一样，你家希特醒了吗？没有。比我还多一张嘴，整天发大侠梦，他以为自己是金庸还是成龙？我要是你我都愁死了，也不见你着急。如一理不直气不壮道，男人都是有梦想的吧？小美妈道，问谁呢？他的梦想也太不现实了吧，好好地赚钱养家，让老婆一身名牌满手钻戒，那才应该是男人的梦想呢。如一无言以对，只是深深地喘了口气。

小美妈3年前离了婚，那个小美爸着实不堪，在外面有了外遇，租房过起了日子，但是闹离婚时死不认账，为的是家里不多的财产再咬一大口，如果是理亏，就分不到太多。小美妈当时也是一哭二闹三上吊，依旧唤不回丈夫的心，实在没有办法，她对小美爸说，就算你不心疼我，小美总是你亲生的吧，你总得让我们能过下去吧。小美爸还是不为所动，后来大伙才知道，他在外面养的女人给他生了儿子。在这样的情况下，小美妈发疯一样地去找证据，惊天动地地打了一场官司，算是保住了房子和有限的存款。

每回遇到难事，小美妈就会情不自禁地对如一念叨，我怕什么呀？我离婚的时候连脸都不要了，记者把我们家的家丑登在报上，不这么干我们家小美就得去当鸡，那个王八蛋就能把我们从房子里赶出去。我太热爱共产党和人民政府了，给穷人做主，严惩坏蛋。我还怕什么呀我。

两个人正说着话，渐渐地身边就增加了许多等车的人，小美妈撇了撇嘴小声道，看见了吧，群众的眼睛是雪亮的，如果不是好事哪会来那么多人？别看他们现在都斯斯文文的，进了超市全是狼。如一环顾左右，发现众人的表情稀松平常，还有人专心看报。心想，小美妈离婚后看见谁都是敌人，真是十年怕井绳啊。也就在这时，免费巴士如约而至，只一个站就把人给塞满了，一路狂奔着赶去超市。

这一天的超市真正是人山人海，大门口的外场彩旗飘扬，广告牌林立，高音喇叭里播放着既欢快又激动人心的音乐。简直就是鼓励抢购，恨不得你想杀人就一定有人递给你大片刀。

超市里面自然是人头涌涌，像一遍遍黑色的海浪，因为有很多厂家想"坐米车"，借着抢米风潮也降价促销自己的产品，蹚这道浑水，所以现场是买卖双方都热情澎湃，厂方代表嘶裂了嗓子叫卖，买家只管把东西往购物车上搬，仿佛不要钱白给一样。

购物车早就被一抢而空，购物篮也踪影全无。如一和小美妈紧紧拉着手还险些被人挤散。如一说，要不咱们回去吧。小美妈打断她道，你给我住嘴。边呵斥边把她拉到人较少的化妆品专柜，并把自己斜背在身上的包摘下来直接套在如一的脖子上。看好了，小美妈说，这是我的身家性命。说完便没头没脑地冲进人海，抢大米去了。

如一左右背着两个包，早已被人仰马翻吓傻了眼，这时也只能脱口叫了一声，你小心啊！但实不相瞒，这一声完全被嘈杂淹没，连她自己都没听到。

隔了好大一会儿，小美妈总算是突出重围，只见她出来混的发型已是凌乱不堪，衣领被狠狠地扯到一边，文胸的吊带都露出来了，白饭鱼便鞋算是没有挤脱，却已被踩得乌七八黑，整个人像被人非礼过似的。好在她又挟又抱着两袋大米，算是阳光总在风雨后。如一见状赶忙迎过去，两人各抱一袋大米，暗自庆幸劫后余生。

这时小美妈果断地说，其他东西就算了，我们抢不过那些人，我跟你说他们是狼你还不信，晚一点人会更多的，咱们走吧。

两个人又一路狂挤到收银通道，只见一溜十几个收银口全是排队交钱的人，她们找了一条相对人少的队伍等待。这时意想不到的事情发生了，由于收银电脑超负荷工作，条条电路挤满了热钱，终于造成了超市的所有终端不堪重负，毫无预警地死机，收银系统全面瘫痪。

想一想，出口受限，入口却在无限量放人，人越拥越多，场面有多混乱可想而知。

兴奋异常的超市方面当然也没想到会出现这样的问题，工作人员全部出动，他们如临大敌，在场外跑来跑去地想办法，找人抢修，安抚躁动不安的顾客。但显然这些举动收效甚微，漫长的十分钟过去了，电脑什么动静也没有，高音喇叭里一遍一遍向顾客致歉。

半个小时过去了，电脑还是没有修好，幸而入口处已经停止放人进来，加之不少顾客没有耐心，骂骂咧咧地弃场离去，收银口处满是堆得小山一样的购物车和购物篮，另有更多的商品扔在地上，现场犹如地震后的汶川。

然而超市里的人也未见变少，人们该抢什么照抢，更有为机构买米的几个人，干脆坐在米堆上打"斗地主"，他们身强力壮，谁也不怕，泰国米都被他们抢完了。小美妈恨道，最憎这些机构，总是跟我们一起虎口夺食，又进股市楼市，让他们一扫，我们渣都没了。说完翻一个白眼，见到如一被挤得灰头土脸，不禁笑道，看你这个猫样。

干等了一个多小时，根本毫无希望了。高音喇叭又道歉，又说下个星期天会有更低的价格回报顾客，招来一片骂声。小美妈道，你以为是拍戏啊？再来一遍！骗鬼去吧。边说边放下手中的米叫如一走人，如一还想再等一等，小美妈道，你看你这个人，叫你来你犹犹豫豫的，叫你走你反倒不肯了，咱们也不能一棵树上吊死，就不信别处没有便宜货。

如一也的确是这样的人，凡什么事，要么不做，要做就认死理。

出了超市，小美妈忍不住自我安慰道，反正我们家囤了130多斤米，我怕什么?！如一哇的一声叫出来，你天下粮仓啊你?！转身就要回超市，边说道，我家一斤存粮也没有，哪知道这东西会涨价，我等到天黑了也要等。小美妈死拽着如一不让去，最终答应让出一袋50斤的米才算完。我怕你了行不行?！小美妈说。

出了超市便没有免费车可坐，就像去赌场的发财团，用车送进去好生招待，出来的时候未必有车送你去跳海。如一和小美妈决定步行一段去搭乘地铁，一块回小美妈家拿大米。

一路走着，算是轻轻松松，两袖清风，什么都没抢到嘛。

这时，路边的街市传来喧天的锣鼓声，远远望去，只见一支醒狮队在敲锣打鼓，两只五颜六色的狮子忽闪着大眼睛，忽高忽低地起舞，招致许多路人驻足观看。小美妈道，宁肯错杀，不能放过，咱们也看看热闹去。如一道，舞狮你没看过吗？有什么稀罕。小美妈道，万一有什么好事呢？谁没事请醒狮队，不要钱啊?！大米我肯定给你，你急什么。

两个人去了街市，原来是一家体育彩票超级大乐透的销售点，门口张红挂绿地舞狮子。小美妈道，卖彩票就卖彩票，不用这么夸张吧？如一不知该说什么，不承想旁边一个看热闹的人接话道，这个彩票点最近卖出的彩票，连中了3个三等奖，每个都是500多万呢，不搞出点动静来哪里会有人知道？

只见他的话音未落，小美妈的眼睛唰的一下就亮了，像两只小火炬一样放射光芒。如一并不是不贪财，贪财是人的本性，何况她家里这么缺钱，只是她每回跟在小美妈屁股后面买彩票，连个安慰奖都没中过，所以眼睛里就没有小火炬了。小美妈不同，她常常中个洗发水、炒菜锅什么的，用她的话说是小奖不断，大奖就在向你招手，老天爷无非在考验你的耐心罢了。

果然，听说这个彩票点运气好的人纷纷解囊买彩票，无数只胳膊伸进柜台里，乐得彩票点的点主——一个中年男人直搓手指头，一边安抚大家，一边催打电脑的小妹手脚麻利点。小美妈和如一也各买了几张。

两个人正待离开，小美妈无意间看到彩票点铺面的墙体上吊挂着一个电视机，里面不间断地播放着本彩点中奖人领奖时的录像，而且自动反复播放，估计是在这个缺乏诚信的年代以示正听。

从录像上看，这三个幸运儿都是在体彩中心兑奖，第一位领奖人比较正常，是一位约摸40多岁，戴着一副金边眼镜的男士，他落落大方地接受记者采访，发表中奖感言。但是第二位和第三位领奖者就完全不同了，全部是帽子墨镜口罩一应俱全，身上也是包粽子一样裹得严严实实，不仅分不出男女，根本就是《夜半歌声》里受伤以后的沈丹平。这两个人，其中一个领完奖金就匆匆离去了，记者追着他死都不开口。另外一个勉强开口才知是个女人，她表示对于这次中奖之事，告不告诉大人还没想好，但是绝不会告诉孩子，因为一夜暴富这种事也许会害了孩子。说完这些她也是逃跑一般地离去。

看到别人中奖，小美妈失落之余，还是觉得这种全副武装，严防非典一样的做法是可以理解的。因为钱是万恶之源嘛，小美妈说，搞不好就惹来杀身之祸，小心一点总是没错。如一就只当看了看热闹，她想反正自己永远不会中奖，哪来的这些烦恼？

小美妈却不这么认为，她还是叮嘱如一道，记得把彩票放在冰箱里，这样就绝不会丢，也不会搅烂在洗衣机里。

傍晚时分，如一扛着一袋大米回到镇水街，虽说从小美妈家回来要换两次车，还要搭地铁，但总算是略有斩获，不虚此行。回到家中，李希特已经起了床，洗漱完毕之后饿得不行，只好吃了一个泡面。得知如一出去一天就是为了抢大米，不禁叹道，你让我说你什么好呢？这脑袋里要进多少水才能干出这种蠢事？那个小美妈，从头到脚就是一个俗字，你却屁颠屁颠地跟着她，你还有没有脑子？李希特一边说，一边点着自己的太阳穴。

已是筋疲力尽的如一没有说话，她瘫在椅子上心想，咱们俩真不知道谁脑子进了水，你放眼看看这个社会，谁会不要工作和奖金，不要福利和医保，待在家里耍大刀片玩?! 还什么圆月刀法，刀在空中划个圈儿人就死了，谁信啊?! 你不帮我抢米也就算了，我去抢米维持生计还要听你这么多的废话，我跟小美妈又有什么区别？有老公和没老公一样嘛。

李希特道，你瞪着我干什么？我还说错你了？如一不快道，你不是大侠吗？也不见你伸把手救苦救难。李希特道，你什么意思？你是不是也想嘲笑我？如一深知李希特的哪根筋不能碰，便缓和了一下口气道，我这么做还不是为了把日子过好一点。李希特道，我觉得日子已经过得很好了，人生需要一点境界你懂不懂？算了，你当然不懂了。如一心想，我是不懂什么境界不境界，但我知道人不吃饭不行，上大学不交学费不行。

如一越想越气，干脆不做饭了，一心要让李希特知道知道到底是境界重要还是饿肚子重要。可是李希特完全不知道她的用心，埋头在看一本新的武侠书，简直就是如饥似渴。

倒是她自己歇过劲来以后饿得熬不住了，还是不想做饭，只能自讨没趣地也泡了一碗康师傅。吃面的时候，如一看见李希特在她面前伸了个懒腰，一手卷着书喃喃自语道，真他妈的过瘾啊。发现如一在疲惫地吃面，又道，我知道你不容易，可是为了20多块钱，你说值吗？我叫你看书你又不看，那在家睡觉也行啊，我宁愿看着你在家睡觉！抢大米，想得出来的。

听他这么一说，如一又没气了，虽说心里还是说了一句，对，咱们都在家睡觉，都不吃不喝，都舞刀弄剑地找人拼命，那才真是江湖好儿女呢。但转念又觉得李希特毕竟还知道心疼自己，这些年不都是这么过来的嘛。

又想，这个李希特，你跟他说得清吗？

三

习武馆里的拳师名字叫雷霆，大约 50 多岁，干净利落的平头，一身黝黑结实的腱子肉，上半身像一块铁板。他的拳脚身手也是一样，招式分明，绝不拖泥带水。但他的相貌温良，配合对襟的中式白麻衣裤，颇有大哥风范。这人话少，从不七情上面，热情和愤怒都很难在他脸上留下痕迹。他每周只有两个晚上上课，人多的时候伸展不开他不加课，人少时只两三个人也不减课。人家说他见钱不笑，见死不哭。

一双眼睛目光锋利。

这家习武馆并不是什么豪华俱乐部的养生娱乐项目，它深藏在老城区密密麻麻的街道里，只是一间较大的西关老宅，传统的高屋顶，门庭空阔，冬暖夏凉，黑色的实木窗框，玻璃却是红绿相间，怀旧而温暖，屋里还有紫檀的八仙桌和太师椅。看着一派祥和，并无杀气。这里平时收拾得窗明桌净，天好时便会有几缕阳光射进来，光斑带着颜色，照在墙上挂着的一幅叶问的画像上。谁都知道，叶问是咏春拳派的一代宗师，他的故事又何止养活了几个文人和拳师，娱乐圈里吃功夫饭的人，谁敢说没啃过他几口？

咏春拳是中国南拳的一种，流行于广东、福建各地，已有两百多年的历史，由于它最初诞生在福建咏春县，因而得名。咏春拳特殊的发力方式称作"寸劲"，能在距离攻击目标很近或者动作即将完成之瞬间，突然加速收缩肌肉发出的爆发力，不用蓄势就能连续紧凑地贴身攻击。所以一般的情况下出拳要狠就必须屈臂猛击，而寸劲却是反其道而行之，在最短的距离内发出最大的力量，堪称神奇功力。

前堂便是习武之地，粗壮的房梁上吊着两只长型的沙包，分别都是一人多高，而且膀大腰圆，坚如磐石，像是两名黑衣武士。一侧的墙根立着深色的木人桩，常用的地方油漆已经剥落，露出木碴。另一侧的墙上写有四个斗大的隶书"拳禅如一"，算是从侧面诠释了堂主不温不火的气质。

雷霆就住在后面的耳房，没有人见过他的家人，他自己煮饭自己吃，一切都收拾得干干净净，并无半点落魄之相。据称他也是见过世面的人，只是运气不佳，才算虎落平川，被他在这里的一个远房亲戚周济，免费让他住在这间西关大屋里教教拳脚，以维持生计。

李希特和雷霆之间，一开始并没有什么交情，学拳的人来来往往流动性很大，有人看了电视剧《霍元甲》也会跑来热闹一气，只三两周的时间便踪影全无，还有的人志向宏大，偏偏肉身吃不起苦，最终也是黯然退场。反而是敬重中国功夫的外国人学习的态度更虔诚一些，像来自捷克的两男一女，希腊的一对恋人，他们完全不懂中文，但只要雷霆发号施令，他们都做得相当好。每次下课，还对师傅施以标准的抱拳礼。

随着时间的流逝，李希特发现雷霆的稳重和内敛颇合自己的心意，比如每次习武，他都是准时开拳，绝不旁顾左右，瞻前想后，也不计学员多寡。自己则眼帘低垂，敛神静气，仿佛两脚生根一样稳稳地拉开架势。在这之前，他先是在叶问的像前点燃三支香，而后播放出《男儿当自强》的乐曲，给人的感觉是正气凛然。

当然在这期间，雷霆也觉得李希特学拳不仅认真，而且走心，并非为了学几招花拳绣腿去唬人。而且性格中透着常人难于理解的坚持，在这个日益物化的世界里显得格外孤独和执着。但由于两个人都是被动型人格，所以从不说话，甚至连眼神都没有交流过。

有一天傍晚，天空像着了魔似的风起云涌，紧接着是电闪雷鸣下起了豪雨，雨柱粗如小指，竟然下足 40 分钟，转眼间街市一片汪洋，本来镇水街的位置就低，雨这个下法，不仅街面被淹，而且水流很快登堂入室，住在一楼的人家和公共厨房的水没了脚面，菜篮子和小铝锅全都漂了起来。遇到这种情况，如一自然是跟着众人一道用各种器皿把积水给舀出去，并且用砖头和杂物垒一个门槛，把水挡在门外。大伙干得热火朝天，只见李希特一手撑伞，一手提着他自己的两只鞋，就像什么事都没发生过一样，跨过门槛往外走。

如一问道，这么大雨，你到哪儿去啊？李希特回道我去习武馆。说完扬长而去。大伙傻了眼，说见过疯的，没见过这么疯的。你家希特怎么还没醒啊。他要是真有功夫，是不是吹一口气水就退了？有人像鸭子那样嘎嘎地笑起来，更多的是一阵阵的长吁短叹，一时间如一也觉得颜面尽失，无地自容。

李希特一出街，雨水就没过了他的脚踝，一阵风过，手中的伞骨合力向后折去，好好的一把雨伞顿时极度扭曲，拼命挣扎着希望不辱使命，却不得不成为一块破布在风中瑟瑟抖动，根本不胜风力。李希特的身上马上湿了一半，但他毫不理会，照样蹚着水打着破伞前行。身后的冷嘲热讽他全都听到了，但他并不生气，而且觉得这些人特别可笑，他们永远是叽叽喳喳，琐琐碎碎，浑浑噩噩，他们有什么理想和追求？他们终其一生也是莫名其妙地来，莫名其妙地走，和行尸走肉有什么区别？重要的是他们不觉得他们自己才是最需要被同情的，他们有什么资格嘲笑我？

想到这里，李希特便把手中的破伞扔了，但他并没有飞跑，而是以漫步的姿态到达了习武馆。

由于习武馆这条街的位置较高，所以虽然同遭大雨，但是这边的街道并没有浸水，只是无数条小溪一样的水流在青石板的街面上奔腾不息，流进了下水道，习武馆的地面也是干的。见到一身精湿的李希特，雷霆叫他把外衣裤脱下来拧干，吊在衣架上用电风扇吹。

这个晚上，来上课的学员只有李希特一个人。

没有人知道李希特为什么这么痴迷地喜欢习武，那是因为李小龙的截拳道就是在他研习了 6 年的咏春拳之后创立的，李小龙的无敌"寸拳"就是从寸劲技法演变而来。所以每一次练拳，李希特都有一种李小龙附体的感觉，那种感觉令他如痴如醉，不胜其爽，渐渐变成了精神鸦片。

时辰一到，雷霆照样是净手焚香，不过这一次放的音乐不是《男儿当自强》，而是悠然妖娆的《千年等一回》，这段曲调伴着雨声，声声怅然，给人一种与君一刻胜似百年的陶醉和心安。李希特上身赤裸，只穿着一条短裤，师徒二人先是扎了一阵马步，接着是伏虎手直攻和小念头对拆，只一会儿的工夫便是大汗淋漓，仿佛窗外的雨水全部落在了他们身上。休整的时候，他们才放松下来，时而仙山摘桃，时而鱼翔浅底，时而悄然天上春风化雨，时而猛虎下山呼啸奔腾，招势分明，恰到好处地练了一套拳脚，犹如酒后般酣畅。

这时的李希特正在兴头上，可是雷霆却不打算练下去了，他停止了音乐，对李希特说道，今天就练到这里吧，你要是没事就陪我喝两杯。说完这话也不等李希特回应，径自去了厨房取来酒菜，放在叶问画像下面的八仙桌上。李希特先是受宠若惊，傻站在那里，反应过来之后急忙上前帮忙。

酒是本地独有的米香型白酒九江双蒸，菜有煮花生、卤水豆腐和半只白斩鸡，另外还有一煲萝卜烧牛杂，香味扑鼻，看着也挺热闹。

酒过三巡，雷霆忽道，我听说你酷爱武侠，还想搞什么电影。他的声音不温不火，平静中没有态度，不知为何却让李希特面若桃花，不知如何作答。雷霆又道，我猜你学拳也不是为了防身，就是给自己的爱好找点感觉，否则就太虚无了写不下去。李希特此时频频点头，就差没有起身抱拳作揖，言称师傅所言极是。雷霆见状便道，那就把你自己觉得写得最好的一稿拿给我看看。李希特说好。正事三句话就说完了，再次举杯时便按下不表，两个人相对畅饮，偶尔扯上一两句闲话，都有一种似是故人来的感觉，可遇而不可求。

很快，李希特就把他写的武侠故事拿给雷霆看了。照说他这个人内心狂野骄傲，满眼找不到一个知音，本不会这么顺从行事。然而就是这么一个小小的拳师却轻而易举地征服了他，就连他自己也感觉奇怪。

雷霆看完故事，对李希特说道，你这个不行，几乎没有可取之处。而且语气十分坚定，没有商量的余地。李希特没有马上说话，但是眼神里全是不服。

雷霆道，这么说吧，你的那个桑吉君其实就是日本武侠小说家柴田炼三郎笔下的眠狂四郎，他的圆月刀法曾经卷起过一场剑豪小说热，让他威震江湖，人称"柴炼"，而眠狂四郎是日本战后武侠小说中最具魅力的形象；另外你写的无待就是没有希望从不等待的立意，他的故事和技能也是来自平江不肖生的《江湖奇侠传》，我的意思并非不能借鉴和移植，但绝不是拼凑啊，人物没有性格，侠士没有灵魂，你到底是要表现武打还是武侠？这一个侠字就不仅仅是斗大和复仇了，它是有精神内核的呀。

一席话说得李希特张口结舌，人像被点了穴似的呆在那里，固然，他本能地感到雷霆气度不凡，知道他绝非等闲之辈，但他如此精通武侠文化，而且铁嘴直断他的人物出处，说得千真万确，也着实让他心里暗暗吃惊。

然而，李希特也不想一个回合就败下阵来，他故作轻松道，那你说这一个侠字到底有什么精神内核？雷霆语气平和地回道，至少是重情义，轻生死，至少是威武不能屈，富贵不能淫吧。梁羽生梁大师就说过，"武是一种手段，侠是真正的目的"，所以以侠胜武是他老人家的一个基本观点，也是深得人心的。李希特听罢一下子就亢奋起来，拍着大腿道，你真说到我心里去了，我不是没想到，就是总结不出来，心里头有一团东西在烧，又找不着出口，你真是我生命中的高人啊。

从此以后，李希特有事没事就往习武馆跑，隔三岔五他也会让如一备下酒菜提过去请教一二。李希特曾经问过雷霆是否从小也是武侠迷？雷霆说那倒未必。李希特奇道，那我真想不出你是什么来路了。雷霆欲言又止道，喝酒喝酒。李希特也就不再追问，只是感慨道，幸亏那场大雨，否则还真不知道相见恨晚到几时？雷霆半晌无语，隔了片刻叹道，或许还真的不如错过。

此后便一言不发。

大约过了两三个月，李希特把新出炉的热气腾腾的新故事拿给雷霆看，雷霆看后又是良久的沉默，搞得李希特如坐针毡，心想死活不就是一刀吗？干吗非要悬在我的头顶折磨我？

过了好一阵，雷霆似乎是鼓起勇气道，希特，我觉得做个功夫迷自娱自乐也没有什么问题，但是拍电影那可真是少数人的梦想，而且是极少数人才能实现的梦想。李希特道，你这是什么意思？难道我的新故事根本不值得评价吗？雷霆道，我必须说实话，你是把爱好当成了特长，你真的不是这块料。李希特笑道，可是我还没有气馁啊。

李希特也的确没把雷霆的话当回事，他照样保持着巨大的热情往习武馆跑，要知道两个人的力量绝不是翻倍那么简单，而是能化作无穷的动力，一切可以推倒重来。

一天傍晚，李希特例牌来到习武馆，却意外地发现大门紧闭，门上贴有一张纸条，告之来上课的学员，雷霆因家事回了乡下，咏春拳的课程暂且告一段落，何时再上另行通知。看完通知，李希特一屁股坐在门口的青石台阶上，心里空落得难受，直比当时雷霆说他不是材料痛苦一百倍。他手里还提着一兜茶叶蛋，本是送给雷霆吃的，现在只好自己一点一点剥壳，一点一点品尝，希望那种莫名其妙的惆怅渐渐远去。

打道回府之后，李希特就像霜打过的茄子，不仅没精打采，而且什么事也做不下去。他这才发现不知不觉中雷霆已成为他的精神鸦片，猛然之间断了顿，那滋味很不好受。

他先是坐在家里发呆，后来跑到夜宵火爆的大排档去发呆，好在每回兜里都有钱，也能应付一阵。烦了，就去看夜场武打片，全是些零票房的臭大粪，人家坐在里面是动手动脚地谈恋爱，李希特还是为了发呆。对于他来说，不练拳和没有知音的日子真是度日如年。

时间一天大地流逝，李希特每天都昏沉沉地打发着日子。

在这期间，他外出常常会往习武馆绕一脚，但每回都是失望而返。

忽然有一天，如一下班回家，手里提着青菜和豆腐。择菜的时候她大叹叶子菜越来越贵，肉也贵，排骨想都别想，只能买一两片大骨和鸡脚煲汤，大骨剔得跟人啃过一样，干净得没有一丝肉。见李希特不搭腔，如一也知道自己是鸡跟鸭讲，根本是跟桌椅板凳讲一样，便也不再吭气。隔了一会儿，她又说道，刚才在菜场，看见雷拳师了……不等话音落地，李希特整个人弹了起来，忙道，你刚才说什么？你再说一遍?！如一不解道，就是雷拳师啊，他也在买菜。李希特急道，他跟你说话了吗？跟你提我了吗？如一道，他没看见我，后来一晃又没见他了。

李希特二话没说就冲出了家门。

奇怪的是，习武馆的大门口仍然贴着那张白纸条，日晒雨淋后缺了个角，纸面也发黄了，楠木大门仍旧紧闭深锁。李希特想都没想就从后门冲进屋去，只见雷霆一个人坐在八仙桌前吃粥，桌上有盐水菜心和咸蛋蒸肉饼。雷霆显然也不会想到李希特此时会从天而降，他缓缓地站起身来，但就在那一瞬间，李希特从雷霆尴尬的神情中陡然间明白了，他根本没有去过乡下，他也没有离开过本地，他的纸条也只是写给一个人看的，这个人就是他李希特，他嫌弃他了，至少不愿意跟他走这么近。

李希特直觉得全身的血液都冲上头顶，他几近发作，是的，他想，或许我没有才华，或许我痴人说梦，但一定要用这种方式对待我吗？我还像傻小子盼新媳妇似的日想夜盼着，人心真是深不可测啊。

按照李希特的性格，他一下子变成怒目金刚也在情理之中，可就连他自己也没有想到，他竟然是异常平静地说道，听说你回来了，我就是来问问什么时候开课。雷霆这时也已经恢复了常态，他说周五就开课，以后照常，还是每周两节。又问李希特要不要在这里喝点粥？

李希特回说吃过了，如此这般，彬彬有礼，很难想象这样两个男人可以突然客气到这种程度。

此后的一段时间，李希特还是按时去上咏春拳的课，还是风雨无阻，准时准点；雷霆也还是净手焚香，在《男儿当自强》的音乐声中拳打脚踢，虎虎生风而没有一句多余的话。

两个人似乎又回到了从前，连眼神都不交流一下。

四

明星廊是一家专门营销摩登女人用品的门市部，生意从来就是皇帝女不愁嫁，不仅地理位置好，身处闹市，而且好像所有的女人都会跑到这里来淘宝，偌大的店里总是人满为患，人气十足。

这里可没有良家妇女喜欢的便宜货，全是潮流产品，比如乳沟就不能靠挤，有魔力胸罩，再比如黑色的指甲油、绿色的唇膏这里都有的卖。男人的假发也肯定是家庭主妇来买，否则饿死事小，丢了面子便是天大的事了。所以，如一来到这里，当然不是为了买防水睫毛膏，而是因为她手上的大部分福利假发是靠明星廊消化卖出的。

专柜经理的英文名字叫海伦，是一个瘦瘦的满脸透着精明的女孩。当初她跟如一谈批发价就是步步紧逼，直到如一无路可退收拾样品准备离开，这才得到了一点薄利，彼此接纳。然而随着交往渐近，海伦觉得如一这个人实在，本分，算是跟她有了浅显的友谊。

这个周末，如一像以往一样提着红蓝相间的编织袋来送货，海伦见到她便面有难色。海伦说道，真的不好意思，有件事我必须跟你说清楚，可能是个坏消息。如一心里一沉，但还是回道，你说吧。海伦道，以后你送来的货我不能再按照批发价一次性付款了，只能放在店里代售，然后每月跟你结算。如一道，为什么呀？我们一直合作得挺好。海伦道，可是这是一个竞争的社会，我们有了新的供货商，他们的产品很好，是日本的原材料，韩国生产的，包装也相当精美，在市场上走得很好。如一道，他们的东西我也见过，是做得不错，可是价格很贵啊。海伦笑道，如一啊，便宜绝对不是硬道理，现在的社会，人人追求高质量的生活，有时候跟客人太强调便宜他们反而会发火呢。

如一无言。海伦又道，其实说实话，如果不是咱们俩认识得早，还有点交情，我都不会同意你的东西在我这里代售，我们可是寸土寸金啊，你看看挤在这里的女人，有几个是有脑子的？就我这个平台，放双旧袜子都卖得掉。经她这么一说，如一又转念感激海伦了。

这一次送来的货算是留下了，可是没拿到钱。如一心里很不好受，但又不敢怠慢，急忙又跑了相熟的几家门市，人家都有供货商，而且国货免谈。

如一回到镇水街，已经晚上七点多钟了，刚走到家门口，便有一辆自行车急刹在她的身边，她扭头一看，见是番薯昌。番薯昌两脚点地，笑嘻嘻地从车把手上拿下一个白塑料袋，隐约看见里面上下摞着两只白饭盒，他把外卖递给如一道，这是你家希特叫的两份叉烧饭。如一接过外卖问道，多少钱？随即掏钱包准备付钱。番薯昌道，一共24块。如一惊道，以前才8块钱一份，一下涨4块，你们抢钱啊？番薯昌一点不恼，仍旧笑嘻嘻地说道，猪肉涨价了，姐姐。不等如一回话，一个蹲在地上纳凉的男邻居不紧不慢道，我就属猪啊，也不见我升职加薪。番薯昌一边接过如一递给他的钱一边笑道，那谁知道你是不是蠢猪啊。男邻居跳起来拿着蒲扇追打番薯昌，但那小子已经骑着自行车一溜烟似的跑了，身后留下一串得意的笑声。

然而如一根本没有心情讲笑，她提着外卖回到家里，忍不住埋怨李希特道，你就不能等一等我回来做饭吗？叫外卖多贵呀。李希特的心情也不见得有多好，心想我没埋怨你，你还挂着脸回家，便不快道，谁知道你什么时候回来？！谁知道你是不是又去抢大米了？！如一突然就火了，道，我抢大米怎么了？！我不抢大米你吃什么？！你也不出去看看，谁像我们家这么过日子？！

李希特本来就是个火爆脾气，被如一这么一吼，当即提高嗓门喊起来，你觉得别人家好你就到别人家去过呀，我又没有拦着你！你摆这张臭脸给谁看？！

两个人叮叮咣咣地吵起来，如一一气之下出了家门，刚一来到街上，眼泪便忍不住地夺眶而出，她怕人看见，便疾步拐到多宝路上，多宝路上灯火通明的，挺热闹，如一找到一个没人注意的地方站了一会儿，让自己静下来。想一想又烧饭买都买了，又何必生这个闲气？而且男人和女人本来就想不到一块去，气也是气了自己。

回到家以后，如一看见桌上的两盒外卖，动也没动地放在那里，李希特坐在他的电脑前生闷气，这让如一想到李想想小时候跟人打完架之后的模样，竟然生出万般的柔情，一时母性大发，不仅把一个盒饭递了过去，还去冲了一杯热茶奉上。李希特把头别到一边不理她，如一便从后面抱住他，默默地待了一会儿，又伸出一只手把他的头发捣乱。李希特就像小孩子一样拿过饭盒吃饭了。

如一的假发在明星廊代售的情况每况日下，只要一送货都要听海伦一通念叨，仿佛她对如一有着天大的恩情。然而如一拿到的钱却是越来越少，日子就过得更省了。

逢是桑拿天，家家户户都开着门透气，这天如一看见蠢猪男邻居的老婆坐在电视机前打毛衣，两眼盯着屏幕，丝毫不影响两手紧着忙活，右边的肩膀上搭着一只毛衣袖子，左肩搭着一条毛巾，看着催泪弹一样的韩剧便拽下毛巾擦把脸。如一见状，不由自主地走进门去问道，怎么又织起毛活来了？蠢猪老婆说我哪有那么多闲工夫，干这种吃力不便宜的事，这不是在编织大王手工社领的活儿嘛，说是外国人喜欢手工制品，他们出样式，我们出人力，每批活儿的量都不多，所以按照毛线的重量付工钱。如一道，那你交活的时候带上我，我也领点回来织。蠢猪老婆笑道，可不全是平针，菠萝花你会吗？有的可难了，还给你一本书对着织，你得琢磨。如一道，我这双手天生是沾了灵气的，什么东西我织不出来？蠢猪老婆一听，也没饶了她，真的拿出一本编织的书来，问她领子的织法，如一看来看去，还真是会呢。

蠢猪老婆说道，你还真行，那我明天就带你去吧。如一说行。

原来如一年轻时的理想就是做一名工艺美术大师，说得具体一点就是织毛活能织出所有的花色，妙手绘春，装扮人们的生活。当然后来因为革命、下乡、跟资产阶级思想彻底决裂等种种原因，使这一理想变成了玻璃碎。

遥想当年，还是在海南岛农垦建设兵团的时候，她手上有点毛线，可惜有几种颜色，加在一块只够打一件毛背心，总不能前面一个色，后面一个色，领子袖口一个色吧，如一小时候就跟母亲学过织各种各样的花式，当时一琢磨，就织了一个波浪花，不同颜色的毛线像波浪一样相间着排开，不仅好看，而且谁也看不出是毛线不够的原因，都以为这是艺术花式的需要。

这件毛背心织好以后，她送给了当时的男朋友项春成。项春成割胶的时候热了，脱了外衣，大伙都说他的毛背心好看，尤其是女同胞趴在他身上翻来覆去地看，一时间掀起了打波浪花毛背心的狂潮，都拿着一对毛衣针来问如一这块怎么织，那块留几针。当然她跟项春成的地下情也被铁证如山地逮了个现行。

转眼竟是这么多年过去了。

令人想不到的是，毛线比毛衣贵的年代，重操旧业还能贴补家用，这让如一多少有些感慨。第二天她就去编织大王手工社领来了毛线，而且选择了难度最大的编织任务。

手工社的社长是一个八零后的小男生，名字叫甘笔，原本是学服装设计的，于是和两个同学一块成立了工作室，还起了一个洋名。工作室深藏在一座陈旧的办公大楼内，100多平米的房子被隔成两间，最旺的时候外屋有 10 台缝纫机和 10 多名工人，房子里到处是布料和配饰，做出服装样板送往各种服装公司，百货商店，或直接参加服装大赛。然而几年下来，他们设计的东西在市场上完全走不动，不是不流行，就是太古怪。结果是那两个同学一个去了童装厂，另一个干脆改行搞室内设计了，剩下一个甘笔在此坚守，但也苦于经济压力，找些活计来养活自己，改名叫作编织大王，直观通俗。

等到如一跟着蠢猪的老婆来到这里时，外屋只剩下两台缝纫机了，工人完全没有看到人影，桌子上凌乱地扔着羽毛、珠片、蕾丝、拖着毛边的布料，还有稿纸、画册、铅笔什么的。

外屋没有人，甘笔在里间的工作台前，更是乱得不堪入目，甘笔戴着黑边眼镜，人长得像个小河马似的，外加一点睡不醒的模样。

他的话不多，显然对发包毛线活不感兴趣，反倒是蠢猪的老婆像是在自己家一样，东翻西翻，找这找那，把各项事宜处理妥当，甘笔完全不理会。告别的时候，甘笔的眼睛都没有抬一下，只望着电脑，随便嗯了两声，一看就知道是那种不懂人情世故的毛栗子。

从手工社出来，如一暗自吁了一口气。她问蠢猪的老婆，这孩子怎么叫这个名字？挺怪的，猛一听我还以为他叫钢笔呢。蠢猪的老婆道，谁说不是？我说要是你爸爸姓毛，你岂不是叫毛笔？如一笑了起来，她谢过蠢猪的老婆，蠢猪的老婆笑道，有什么好谢的，又不是我帮你织。之后还是不忘问多一句，你家希特醒了吗？如一例牌摇头，蠢猪的老婆也例牌叹了口气。

终于有一天，海伦拒绝再收如一的货，她说销路越来越差，积压的还要占仓位。她对如一说，我这也是一份工，上面也有头头脑脑的，不是我要为难你，你都知啦，明星廊不是下岗一条街，我要是扶贫我就下岗了，你总得让我过得去。经她这么一说，如一也很惭愧，深感自己拖累了海伦。

海伦又说，你们真的要在产品质量上下功夫，你看你的国货投诉就特别多，有个客人反映他用了你们的假发，开会开到一半就要跑到厕所撸下来在脑袋上扇风，不透气实在是太热了嘛，多耽误事，还要被同事嘲笑肾虚。还有一位领导干部，陪客人参观虎门大桥，风一吹，假发就像帽子一样吹到水里去了，你说多尴尬？据说这个领导干部以后都不能听桥这个字，姓乔的人他都不感冒。

如一忍不住笑起来，海伦不解道，你怎么还有心情笑？如一道，都说是假的了，怎么样都不会舒服，想舒服就只有不怕丑。海伦道，你不能这么说，那人家进口产品就比较人性化，而且注重细节。如一道，对了，我早想叫你给我看看你这儿的进口产品，见你说得这样好，估计又换代了。

海伦的办公室在商场楼梯口的拐角处，房间里有个会计模样的人在埋头工作，海伦打开样板柜，拿出一个漂亮的长形纸盒，纸盒上开满樱花，精美素雅，但上面又写着谁也不认识的韩国字。打开纸盒，假发用一张松软的棉纸包着，撑开来是一个齐刘海的童花头，头上吊着耀眼夺目的金红色的商标，三角形，上面赫然写着日本原料韩国制造。如一伸手摸着发质，并没觉得格外细滑，再看一眼那个纸盒，总觉得在哪儿见过，正在思索，海伦又拿出了如一的产品，不仅没有外包装，假发外面就一个塑料网子罩着，一个压一个像一饼饼的紫菜。海伦道，真是就怕货比货，你这东西叫我怎么卖啊?!

正在这时，走廊里传来一阵熟悉的笑声，如一闻声转过头去，几乎是在同时，她看见了站在办公室门口的小美妈。

一时间两个人都愣住了。

海伦见状忙道，你们认识吗？不等如一反应过来，小美妈已抢先答道，不认识，给我介绍一下吧。于是海伦就在她们俩之间做了介绍，两个人还煞有介事地握了握手。

海伦指着小美妈对如一说道，你说巧不巧，这位就是我们进口假发的供货商，你看看人家的产品，就是不一样嘛。如一无言，童花头发型就摊在桌上，小美妈手里也提着蓝红相间的送货袋。她一看便知这些假发是跟她同一个车间同一条流水线下来的同一货品，只是小美妈改了包装，这些盒子和商标在一德路文具批发市场全部买得到，什么日本？什么南韩？全是小美妈编出来的鬼话。

盒子她也想起来了，在小美妈家拿大米的时候见过，小美妈说上面的字是韩文的"流行美"，还说是她的创意。想必是她找人统一印了一批盒子。

如一看了小美妈一眼，小美妈的笑容僵持在脸上，心也提到了嗓子眼，当然不愿意跟如一的眼神碰上。她万万没想到会在这里碰上如一，早知道如一在里面，她又怎会贸然进门送死。

对于小美妈来说，人生就是变戏法，比的只是谁更高明而已。

不过这回是死定了，她想，按照如一的一根筋性格，一定会揭穿她，何况又是她把如一挤得没有饭吃。

然而海伦完全不知道此刻这间办公室里发生了什么事，她还是把两个一模一样的产品拿来做比较，一个狂吹一个狂贬。又说小美妈的进口货零售都要卖到600多块钱，如一两眼发直，就差没有哇的一声倒地而死，要知道她的货品批发价才60块钱啊。海伦又对小美妈说，真的没有办法，如一的国产货我们再也不能进了，在市场上走不动，虽然她也是我的朋友，但真的爱莫能助。

办公室里突然安静下来，只听见会计在噼里啪啦地打算盘。

如一低头沉吟片刻，说道，你们谈吧，我先走了。说完这话，她便头也不回地离开了办公室。

第二天上班时间，小美妈嬉皮笑脸地来到如一的工作台前，小美妈道，如一，我中午请你去吃煲仔饭吧。如一低垂着眼帘织头发，根本当小美妈透明。小美妈又道，好啦好啦，算我大出血，请你去吃潮州打冷，你知啦，我自己过生日都舍不得吃这么好的东西。如一还是不理她。小美妈笑道，你还生我的气啊，别恼了，我们城里人哪有什么隔夜仇，总之你的损失我全部给你补回来就是了。如一白她一眼道，你又不认识我，千万不要跟陌生人说话。小美妈大笑道，你还真看过不少电视剧呢，我只看韩剧，我喜欢张东健。如一嘴上没有说什么，心里却冷笑道，你当然只看韩剧了，你多有才啊，连韩国制造都被你想出来了。

中午两个人去吃牛肉面，小美妈嘴硬道，还是去吃打冷吧。如一板着一张脸道，你很有钱吗?! 你是李嘉诚吗?! 去吃面吧。小美妈满嘴抹蜜道，还是你最疼我。两个人叫了面，稀里哗啦地吃起来。

小美妈道，你说这事能怪我吗？现在的人都崇洋媚外，只要是外国货就好，国产的东西再好都是垃圾。我这也是被逼无奈，才想出这个办法来。我知道你这个人最讲清白，反正我去体检照片子，心肝肺都是黑的，已经是坏人了，你就把你的货给我，我给你钱就是了。

　　如一道，扎住你这把口啊，我肯定不敢这么做，你也别这么做，不是我不想钱，万一出了事，人家告我们诈骗怎么办？难道去吃牢饭不成？!

　　我反正是烂命一条，小美妈道，我怕什么？要想赚钱就得在刀尖上讨生活，舍不得孩子套不住狼，舍不得犯法过不上小康。人人都说清白好，你不是也被挤出明星廊了吗？我是不好，可海伦还是把我夸得像花一样。如一你也别劝我了，我不能跟你比，虽说你家希特不省心，那就只当家里养了个植物人，可你家李想想多有出息啊，又聪明又懂事，无惊无险就把大学给考上了，还知道省钱。你看我家小美，真是个筲帚星，上学只上到中专，再让她念书就跟要杀她一样。平时不但要吃好穿好，还要花钱买很贵很贵的包包，有一次我到婚介所去相亲，用了一下她的包包，回来以后她大发雷霆，说我把她的包包搞脏了，说她的包包多贵多贵，还要涂一层擦脸油放在冰箱里，你说我的冰箱是放彩票用的，怎么能给她放包包呢？我算是看透了，这家伙靠不住，跟她爸一样，又自私又歹毒，我以后也就只能指望钱了。

　　如一道，你说了这么多没一句有用的，就说以次充好这种事咱们能做吗？你上回买了一块隔夜豆腐，不是都甩到小摊贩脸上去了吗？小美妈道，问题是我们没有以次充好，我们的东西次吗？我们的手工，我们的发质，美国和欧洲用的全是中国制造，可是在咱们这儿就不行，为什么啊？欠包装欠忽悠呀。这跟那块豆腐不同，那块豆腐都酸了，我不甩到他脸上，难道让我吃死猫吗？如一叹道，总之我说不过你，我只说一句吧，小心做这种事遭报应。

五

没想到的是，报应说来就来了。

只隔了不到半年，有一天早上，如一打卡上班，小美妈也在黑口黑面地打卡，打完卡用命令的口气对如一说道，你中午请我吃面。如一道，我凭什么请你吃面？小美妈道，叫你请你就请。如一道，一大早就这么凶巴巴的，你昨晚遭抢了?！呸呸呸，小美妈忙道，你不咒我你会死吗？就凭你那张锅底嘴，唱黑我的大好前程，现在果然遭报应了。小美妈说完，一扭一扭地去了她的工作台，剩下如一站在原地发呆。

中午，如一才知道，明星廊统一清理整顿，要求进口产品一律要提供产地证明，就是产品的出生纸，上面要有生产商和经销商的地址电话，小美妈没办法了，又不敢编个假的，万一被抽查，那就做实了自己是诈骗，只好选择人间蒸发。这期间海伦还给她打电话催她提供产地证，还给她结算了上一批货的好大一笔钱。可是小美妈怎么想都是一个陷阱，年轻的时候看革命书籍，叛徒都是为了回趟家看看老婆孩子或是八十岁老母就被捕了。她可不想这么傻，给人逮住以后非罚个倾家荡产不行。

后来她决定换掉手机号。

财路断了以后，小美妈一直都很焦虑。如一道，要不你也领点线来织毛活。小美妈道，多谢合作，我可没这个耐心，把人都给磨死了。

有一天上班时间，原材料的供应出了问题，车间里的大部分人都在等待，有的人讲笑，有的人伸懒腰，还有的人吃零食、拔眉毛。小美妈在如一的面前走来走去，神情像将军一样。她说这回死就死一次吧。如一问道，怎么个死法。小美妈道，我们只有去走鬼了。如一惊道，你说什么？我们去走鬼？小美妈道，你也不用吓成这样，你又不是什么金枝玉叶，凭什么你就不能去走鬼？如一道，难道你不怕吗？听说城管很凶的，追着人打，跟黑社会似的。

小美妈道，管他凶不凶的，我都跟你说了，要在刀尖上讨生活，不然怎么办？坐在家里等死？

走鬼，就是去当无证摊贩。鬼，以前是警察，现在是城管，走鬼就是跟他们赛跑。

周末的傍晚，如一早早地吃完饭，又把给李希特做好的饭菜热在电饭煲里，这才匆匆地出了门，她跟小美妈约好了，在最热闹的商业街的高架桥上碰头，这里因为人多，繁华，立交高架的路面不仅宽大，而且四通八达，所以走鬼的人特别多，加上周末城管也休息了，这里简直就变成了夜市，卖什么的都有，小至针头线脑，鞋垫，拉链，大到古董，手提箱，假名牌的一切货色，盗版碟盗版书更是应有尽有，其间还有炸臭豆腐的和烤红薯的。如一和小美妈一见面，马上就被这里的火热场面所感召，立刻加入了走鬼的队伍。

按照小美妈的预想，到这里主要是销售彩色头套，因为彩色假发是纯化纤制品，颜色绝对鲜亮，什么颜色的都有，还有花色爆炸式，就像脑袋上顶了一只火鸡。小美妈说卖东西就是要醒目，招人，先旺丁再旺财。

如一和小美妈各戴了一顶嫩粉色和翠绿色的假发，顿时就招来诸多游客的目光，有一个年轻女孩对男朋友说如一的头套是范冰冰的发型，也很适合她，于是她的男朋友就给她买了一顶。一花引来万花开，还真有不少人驻足她们的摊位，大挑特挑。

高架桥的不远处就是大富豪夜总会，有几个小姐模样的女孩来买头套，她们穿着清凉，暴露，打打闹闹地扭动腰肢，但是她们出手大，每个颜色来一顶，这让小美妈也转怒为喜。

到了第二个周末，就连电器数码城的领班都亲自跑来订货，一口气要10个粉红色的冰冰发型，说是这样销售小姐会变得更加美丽妖娆，一定会使门市部的销售额猛增。

初次走鬼，如一和小美妈都以为会被城管追得满街跑，没想到那些可怕的场景暂时没有出现，反而手里这些不当吃不当喝的东西如此大受欢迎，真搞不清到底是怎么回事。小美妈的心情大好，便开始浑说，道，我要是年轻10岁，我也去当领班，穿黑制服，高跟鞋，还有机会当二奶，我要是年轻20岁，我就直接去当鸡，那来钱多快啊，也不至于站在这里走鬼。如一道，你这个人就是口无遮拦，图嘴巴痛快，要是让小美听见多不好，当妈没有妈样。小美妈道，还用我教吗？这个社会都变成什么样了？早就教坏她了，我就是自梳都没用啦。

天色渐渐暗了下来，两个人带来的货品居然全部卖光。这时小美妈才说她根本没吃晚饭，于是去买了一块烤红薯，两个人在高架桥上分着吃，别提多轻松了。不知是不是因为心里高兴，如一觉得嘴巴里的红薯又甜又香。

然而生活永远是喜忧参半的，就在如一刚刚感到生活的重担有点松动的时候，她就发现李希特最近一段时间一直闷闷不乐，而且人也日渐消瘦。以前不管怎么说，他虽然不合群，不把世俗的生活放在眼里，但毕竟在他自己的世界里还是激动和快乐的，现在他却明显地情绪低落，无心江湖，在家的时候不是目光呆滞就是眼神涣散，或者干脆跑到外面去坐小酒馆，看老头们下棋，一副半醉不醒无所事事的样子。

如一问他怎么了？他说没怎么。问他最近的电影故事写到哪儿了，怎么不念给我听了？李希特无力道，念给你听你也不懂。

一天夜里，如一梦见城管队员举着大棍子追打她，她吓得夺路而逃，结果还是被城管队员抓到了，不过没打她，而是一把抱住她，要往麻袋里装。如一当时还想，我又不是风化案，怎么走鬼也要沉江啊？于是不顾一切地大声申辩，却又发不出一点声音，惊出了一身汗，人也惊醒了。

这时她意外地发现，李希特睡在她的身边，并且紧紧地抱着她。

李希特睡得死死的，并且一身酒气，还有韭菜和大蒜交织在一起的恶臭，估计他又是在那家叫北极村的小馆子里吃饺子喝醉的。以往他很少半夜跑到床上来，除非，那也是少之又少。喝醉了，反而不奇怪了。如一挣脱出李希特的怀抱，发现他不仅没有脱掉衣裤，居然也没有脱鞋子，如一急忙跳下床，把李希特的身体扳正，帮他脱掉鞋子。

李希特开始说梦话，咿咿呀呀地含混不清，神情却是气急败坏的。如一怕他是做噩梦，就拍了拍他的脸，想不到李希特的梦话清晰起来，他说你找到没有？你说啊？到底找到没有？见他如此焦急，而且又重复了一次，声音十万火急，如一忍不住俯下身去，在李希特的耳边回道，找到了，我在这里。李希特不知是听见了还是下意识，他再一次紧紧地抱住如一，待他松手时已是泪流满面。

虽然如一并不知道李希特心里在想什么，但是看见他如此伤心欲绝，内心也像磨盘一样沉重。要说她跟李希特的感情，那是大浓之淡，这一点只有她自己知道。说起初恋的项春成，事过境迁，她谈不上有多么恨他，但绝对是她一生的隐痛。

初恋有多甜蜜，如一已经记忆模糊，只记得当年的项春成并不是一个激情冲动的热血青年，他由于父亲早逝，母亲又是个药罐子，家里的生活本已十分清贫，偏他那一年的初中毕业生实行一片红，无一例外地要下乡。而奔赴海南岛这样的蛮荒之地，先别说实现扎根海岛，改造山河这样的伟愿，就是坐足 36 个小时的五等舱漂流到此，就已经是无言的下马威了。所以项春成的性格更加孤僻，他不善言辞，也不合群。

这样的男人总是特别能打动如一，别人的苦难常常会变成她的责任。

那时由于两个人在市区住得比较近，所以探亲、返岛总是结伴而行。这本来没有什么特别，但是有一次探亲归来，某一天的晚上，项春成来找如一，满脑门都是汗，如一问他出了什么事？项春成说也没事，就是母亲犯病下不了床，又不肯让他帮她抹澡，说是会把晦气带给儿子，不吉利。如一二话没说，就赶到春成的家里，果然屋里的味道很大，夹杂着病气，几乎要把人熏倒。如一动手给春成的妈妈抹澡，又把家里的卫生搞了一遍。

项春成非常感激如一，把她送出家门口老远，他说，你怎么就不怕晦气呢？如一说道，那是你妈妈找借口，她是不好意思让你抹澡。项春成说我都是她生的，还有什么不好意思的？如一想了想，也不知该如何作答，只道，你不懂女人。

此后，只要是有机会回城，如一都要去照顾春成的妈妈。

一次在返岛的船上，春成递给如一一个布包，如一打开，是一对纯银手镯，做工细致入微，触摸时仿佛带着人的体温，却并无银器的凉意，倒是柔和圆润的。如一的眼中满是问号，春成吞吞吐吐地说道，这是我妈妈让我给你的。如一不解道，为什么要给我这个？春成道，她说你是一个好女孩，她说你第一次到家里来，她给你倒茶，你就是用双手接的。如一道，是吗？我真的不记得了。春成说道，她说你好家教。春成还说，这对手镯是我妈妈年轻的时候我奶奶送给她的见面礼。说完这话，项春成的脸红得像鸡冠花一样。

直到项春成离开甲板，如一才在暗涌的冲撞和起伏中想明白这是什么意思，她的脸也红了。

那个时代的爱情也是单一色调，能让你脸红的人就是爱人。

农垦建设兵团是半军事化管理，最宝贵的一次招生机会，如一的名字经过连部、团部、师部的反复权衡审核，终于敲定在招生名单上。消息传出来，如一也觉得自己非常幸运，晚上她跟项春成约会，她安慰他说，你放心吧，无论我人到了哪里，也无论我学什么专业，我们两个人的关系都不会改变。

项春成一直没有说话。

如一又说，我到了城里，会照顾你妈妈。

项春成还是不说话。

直到最后项春成才说，走了以后就再也不要回来了。如一说道，如果你在这儿，我还是会回来的。项春成说，我也不会在这儿了，我妈妈病得三天两头下不了床，你又走了，我还在这儿干吗?! 说这话的时候项春成异常平静，平静得让如一心里发慌，一种不祥的预感让如一吓了一跳，她说春成你说什么呢，你千万不要干傻事啊。

现在想起来，项春成绝非刻意演了这场苦情戏，但结果却让他大吃一惊，那就是如一自愿把那个招生的名额让给了他。

那时招生办的人已经走了，于是他们星夜兼程地坐公共汽车赶到海口，在招生办住的招待所里，如一第一次撒了谎，说是兵团领导派他们两个人来做向导，带招生办的同志在海口玩一玩。天公作美的是正值台风，所有的船都停运了，招生办的人觉得旅游一下也不错。就在这些天里，如一跟睡在同一间屋里的招生办的一个女同志说了自己的情况，那个女同志对如一印象很好，答应回去以后帮忙。临走的时候在码头上，那个女同志还把如一单独叫到一旁，她说你可想清楚，没有人的机会会第二次降临，你的家庭条件也不好，就不为自己的前途想想吗？如一当时还很天真，她有些羞涩地说，项春成已经说了，他这辈子就是当牛做马也会对我好，有他这句话我也值了。

那个女同志叹了口气说，好吧，这件事我一定帮你办成。

此后，在这同一个地方，如一送走了项春成。

等到她离开时，已经是5年之后，她随最后一批返城知青离开了海南岛，虽说是晚了，她的人生因此改写，但毕竟没有成为天涯海角之外的一块望夫石，在这游人如织的今天成为导游嘴里的一段故事。她还是愿意相信她是幸运的，尽管当轮船起锚，岸上已经没有人送行。

汽笛声鸣叫的时刻，如一想起项春成离开的时候，曾经抱着她失声痛哭，当时她就觉得牛郎和织女之间的分别也不过如此吧。然而他们并没有成为童话故事，而和现在烂俗的电视剧一样，项春成在两年之后就不再来信了，最后一封信就像悼词，把她吹得天下无双。

她被分配在假发厂，最初只是个街道工厂，后来渐渐扩大，总算存活下来了，这真得感谢那些秃顶和脱发的同志，没有他们的顽疾那就更加不可想象，因为如一已经进入大龄青年的行列，如果再没有工作，那不是雪上加霜？

所以从那时起，如一对不压华发的人总是和蔼可亲的。

就在她人生最失意的时候，她碰上了李希特，他们波澜不惊地结了婚。这个从不承诺的男人每个月把工资按时交给她，后来成为她孩子的父亲，和她一起还算平静地度过了每一天。

月光透过窗户，淡淡地打在李希特熟睡的脸上，比起从前的漫不经心，他现在的脸轮廓分明，宁静庄重，颧骨像刀削过一样，庭穴凹进，浓密的头发肆意挺立着不肯睡去。如一心想，这才是她生命中唯一的男人，不管是现在还是将来，不管他是醒还是不醒，或许再也没有工资拿回家，他们都是有粥吃粥有饭吃饭，永远都不会分开。

第二天如一下班回家，李希特像什么事都没发生过一样，坐在电脑前抽烟，他面如土灰，眉毛例牌拧着，两眼布满血丝。吃晚饭的时候，如一说道，昨晚你又喝醉了。李希特的声音是打横出来的，他说那又怎样?! 如一道，酒伤肝啊，会把身体搞坏的。李希特哼道，我要那么好的身体干吗?! 难道要我像你们女人一样美白，打羊胎素吗?! 他的每一句话都像石子一样砸在如一的胸口，不过如一又觉得好笑，没想到李希特还知道羊胎素。

一个偶然的机会，如一在报纸上看到一则消息，说是有一个名字叫林凡谷的人创办了志愿服务心理咨询热线，又叫生命热线，已经成功帮助了许多对生活失去信心，有自杀倾向和渴望报复社会的人，帮助他们重获新生。如一心想，李希特这么不快乐，酒后伤心其实是他最真实的反映，自己进入不了他的世界，根本帮不上忙，然而大千社会绝对还有高人存在，说不定他们就有办法让李希特回归正常的生活。

于是如一就按照报纸提供的信息打了生命热线，接电话的人正是林凡谷，他的声音非常好听，可以在一瞬间让人热泪盈眶。如一把李希特的情况跟林凡谷说了，林凡谷表示他很愿意帮助李希特，欢迎他把电话打过来。如一说这正是她最发愁的事，因为李希特肯定不会打这个电话的。林凡谷说那我就把电话打过去吧。如一觉得那也不妥当，心想李希特一定会说你找谁？打错了。

在如一的反复央求下，林凡谷答应等他空下来的时候，专门到家里拜访李希特，并且跟他好好谈一谈。

这样左约右约，总算约好了一个时间。不知是巧还是不巧，就在那段时间里，林凡谷被评为省里的十大杰出青年，所以招致了不少媒体要对他进行采访，而且就是要现场采访他是怎么工作的。结果便是呼呼啦啦一大堆记者簇拥着林凡谷来到了镇水街。

傍晚时分，李希特正蹲在街边刷牙，他一点不知道这些人是来拍他的，因为如一深知他的禀性，就没有事先告诉他。

这些人把李希特团团围住，林凡谷用他好听的声音向李希特介绍了生命热线，并告之是专门来帮助李希特的。李希特一听就火了，他说谁让你们来的？谁需要你们的帮助？我才是你们的生命热线，你们自己生活在水深火热之中还全然不知，脑子里除了条条框框和各种各样的规定程序还有什么？我现在的每一天都是为自己活，都是为了实现自己的梦想，我活得很好，你们还是救救你们自己吧。林凡谷听了这些话一点也不生气，他和颜悦色地说道，你的情况我完全了解，你所说的一切我也能够理解，但是李希特你必须承认，我们正处在一个前所未有的宏伟时代，当你不能面对困难，不能与时俱进的时候，你就会被这个时代无情地抛弃，你就会成为一个现实生活中的迷失者。

林凡谷还说，所有的人都在努力地工作，创造自己的价值和财富，可是你选择了逃避，选择了独自一人死气沉沉地待在家里跟自己赌气，至于你所谓的梦想，所有人都知道那是根本不可能实现的，而你却要以此为借口拒绝融入时代的滚滚洪流。你现在最需要的就是猛醒啊李希特！

迷失者？听了林凡谷的一番宏论之后，李希特突然仰天大笑，他说我是迷失者吗？太可笑了，我的目标前所未有地明确！而你们大老远地跑到这里来管别人的事，到底谁是迷失者还用我说吗？！

被他这么一说，林凡谷当然也不会败下阵来，但是说老实话，他还真没碰到过这种声音洪亮，两眼炯炯有神，跟他乱 PK 一气的受助者，以往他帮助过的人都是有气无力的，泣不成声的，都是失意的，绝望的。这让他感到肩上的担子很重，他想他差一点感动中国，怎么可能感动不了一个李希特？

于是两个人又开始了新一轮的华山论剑。

由于镇水街从来没有一次降临过这么多的记者，并且又值下班时段，所以几乎家家户户都跑出来看热闹，一条窄街被挤得水泄不通，汽车都只能绕道而行。这时如一也下班回家了，看到这满坑满谷的人，当时就傻了，而且很没底气地问身边的番薯昌，是不是李希特又惹事了？番薯昌本来是到这边送餐的，赶上这场热闹正在乐不可支，张着嘴看都还来不及，扭头发现如一，又听她这么一问，笑嘻嘻地答道，当然是你家希特惹的事，没有他我们哪有这么好的戏看？！如一道，他又惹什么事了？怎么会有这么多记者跑来？番薯昌道，他把什么生命热线给惹来了。听了这话，如一顿时脸色煞白。

按照如一的想法，林凡谷肯定是跟李希特关在屋里促膝谈心，怎会想到闹成了一台戏？结果肯定是李希特成为一个失败者的典型或者一个反面教材昭示天下，被人耻笑，这哪是帮他？简直就是杀他。

如一的脑袋嗡的一声，她不顾一切地拨开人群冲了过去，连扯带拉地把李希特推回了家。

六

这件事瞒不过，后来大伙都知道是如一惹来了生命热线和记者，如一承认的确打过生命热线但绝对没有惹过记者，但是没人听她解释，坚信生命热线和记者是连体婴儿或者干脆就是一回事。镇水街的人都说，你家希特就是没醒，难道要报 120 吗？可我们镇水街由于外面的多宝路上有骑楼，有旧式的建筑物，要保持老城风貌所以不拆，拖累了我们镇水街也不拆，听说这个不拆还是文化人哭天抢地争取来的，否则按照规划部门的意思早就拆了。不但不拆，也不翻新，还要搞什么整旧如旧，那我们不是一辈子也住不上高楼大厦了?! 早知道你能请来生命热线和记者，我们也准备准备，拉个白被单，上面写上坚持搬迁，坚持修路，坚持禁车。如果上了报纸，总有一件能解决吧?!

这是关系到大家命运的事，这才是真正要命的事，你怎么把关系藏这么深，也太不把街坊当街坊了吧。

如一百口莫辩，只好一言不发。

报纸的社会新闻版上也登了李希特的照片，记者当然是大赞林凡谷，称李希特是武侠狂人，把他种种的反常举动大肆渲染，最终显得劣迹斑斑。还让大家讨论武侠狂人是不是自我毁灭的性格？好在意见不是一边倒，还是有许多人认为李希特不是自毁而是自燃，追逐梦想也是人的本能嘛。更有人觉得男人就是应该做一些不切实际的事，否则史上就没有飞机上天这回事了。

尽管如此，李希特还是非常生气，坚决不肯原谅如一，他说，别人说我什么都算了，我根本不当一回事，想不到你什么都不说，还装出很理解我的样子，心里却把我当个病人，还求那些莫名其妙的人来拯救我。简直就是睡在我身边的定时炸弹。如一苦口婆心道，我真的没想到事情会搞成这样，我就是看见你不快乐，想帮你。李希特气道，你怎么知道我不快乐？如一道，因为你经常喝酒，喝醉了以后又特别伤心。李希特道，我喝酒那是在寻找灵感，我的伤心就是我的快乐。你懂吗？你当然不懂。如一心想，伤心就是伤心，快乐就是快乐，这人可是疯了？李希特仿佛看透了她的心思，又补充了一句道，这道理就深了，要知道其中的境界那你是拍马难追。如一看到他那个死样子就心烦，不禁火道，你知不知道你做梦还在找东西，哭得跟个泪人似的？！这叫快乐吗？李希特道，对呀对呀，我在找一本拳谱，是咏春拳派的独家秘笈，找到了我当然要哭，因为江湖之争不知多少人做了刀下鬼。这种伤心难道不是快乐吗？！

如一觉得自己快要疯掉了。

两个人谈不下去，但这事不算完，冷战正式开始。

李希特玩的冷战是摆一张臭脸，不哼不哈只斜着眼睛，好像随时都会掀了桌子走人。用时髦的话说就是一副欠揍的表情，多看一眼足够让人厌倦人生。并且他还不跟如一打照面，只要如一回家他就马上离开。白天如一去上班了，他就在家睡觉或者当他的武侠狂人，如一下班回家他就跑出去，不管是喝酒还是闲逛，反正不回家。如一熬不过，睡了，他才回来。

如一为此流了很多眼泪，但也许是从前海南岛的岁月赋予了她艰忍的性格，她只是默默地承受着一切。

幸好在这其间，林凡谷还有电话来安慰如一，这不仅让她心存感激，同时也诧异这条生命热线为何最终反而是帮了自己？林凡谷说，李希特不但是一个病人，而且还是一个孩子，他在人生的某个阶段，因为各种各样的原因，生理年龄出现了回光返照，以为自己能够成为童年时代的英雄人物。这并不是多么出奇的事，我们要拿出巨大的耐心等待和呼唤他的回归。

一天傍晚，如一下班回家刚刚进屋，李希特抬脚就出了门，他在街边店吃了一碗牛腩粉，然后就去习武馆上课。

课前，雷霆照例在叶问的像前敬了香，但是他并没有放《男儿当自强》的音乐，他说我们今天练习推手对抗。于是大家变换队形，把雷霆一个人围在中间，学员一个一个上来和雷霆搭手，然后一个个像土豆一样翻滚出去。雷霆说道，练过拳的人动不动就说'搭一下手'吧，这个搭手其实就是破坏对方的平衡，因为如果你不会破坏对方的平衡，那就连出手的机会都没有。

学员们轮流上前搭手，在被摔的过程中体会和领悟师父是怎么破坏他们平衡的。大部分人都不较劲，被摔惨了就站在一边看，偏偏李希特是个较劲的人，结果一次次被雷霆飞出去，然后重重地摔在地上，直到最后爬都爬不起来。

有学员要上前扶他，雷霆说道，别理他。又对学员们说道，每个动作的差距只在0.5厘米之间，或多或少平衡都会被破坏，不过失去平衡以后还要感觉受力点，这样才不至于被摔伤。男人都好面子，李希特也不是不想站起来，但因为他全身像散了架一样不听指挥，只好趴在地上听课。一边心里又想，今天雷霆摔自己摔得格外狠，别人摆明都是手下留情，到自己这儿就变成了魔鬼法西斯，难道他不但不想理他还要把他摔死不成?!

下课以后，学员散尽。李希特总算从地上爬了起来，但还不能站立，只好坐在地上喘气。只见雷霆正襟危坐在太师椅上死死地盯着他，这让李希特觉得自己既狼狈又尴尬。

隔了好一会儿，雷霆突然开口说话了，虽然声音仍旧低沉平稳，但是夹带的力量却不亚于电闪雷鸣。雷霆说道，你以后有劲就使到这里来，不要对着想帮助你的人撒野。李希特怔了一怔，心想，自己的光辉事迹的确不止在一家报纸上刊登，估计也像脑白金广告一样顶风臭十里，师傅哪有不知道的？想过之后便不敢出声，只是那张臭脸还是那么臭。

雷霆又道，你摆这张臭脸给谁看？这个世界又不欠你什么，你身边的人就更不欠你什么，像你这种炮仗性格能干什么大事?！

见李希特被连打带骂早已是垂头丧气，只低着头闷声不响，雷霆的气才算消掉大半，终于起身道，跟我来吧。说完扭头去了里间，并不扶李希特一把。李希特勉强撑着站了起来，却如醉汉一般跌跌撞撞地向里间走去。

里间是雷霆的睡房，一如他的风格，也是收拾得干干净净，只是一看就是单身男人的房间，没有半点琐碎之物。雷霆从床底下拖出一只旧式皮箱，上面盖着两张报纸，报纸不仅发黄，而且上面一层薄灰，旧式皮箱的边边角角业已脱色起毛。雷霆揭掉报纸，灰尘便扬了起来，他下意识地挥了挥手，一边低声念叨，本来是下决心再也不打开的。

旧式皮箱上果然贴着封条，雷霆似乎是犹豫了一秒钟，但他还是大力地打开了皮箱。里面并没有什么价值连城的物品，只有一部放录像带的老机器，还有一排排整齐的录像带和一些旧书。雷霆解释说，这些老带子都是我当年收集的最好的武侠片，也有的是朋友在电影资料馆帮我录制的，你拿去好好看一看。

李希特喜出望外道，天哪，原来你也曾经是发烧友。雷霆没有马上回答，只含糊道，就算是吧。又道，你要重点看一下早年香港邵氏的武侠片，尤其是张彻和胡金铨两个人的作品。张彻的价值观非常老派，不重视女人，也不重视武打招式，他的招牌菜是男性的血与肉和男人之间的情谊恩仇，他们受尽酷刑，五马分尸，在血淋淋的痛苦中奋力挣扎，而且他的代表作里的男主角都是每片必死，并且死得很惨烈，张彻就是固执地认为，英雄的人格必须用死才能完成。

李希特没想到雷霆聊起武侠电影竟然是如数家珍，侃侃而谈，整个人一反往日的沉稳，完全是年少轻狂飘飘欲仙的另一个人。说到高兴之处，两个人围着破箱子席地而坐，仿佛男人围着一坛刚刚挖出来的陈年美酒，喜难自制。

雷霆又道，反观胡金铨的《大醉侠》，他就认为男性英雄不必惨死，不仅不死，也不必周吴郑王，可以是扛着竹竿放荡潇洒的浪子，而且也要英雄美女抵死缠绵不离不弃。我想这一点他可能是受还珠楼主的影响比较深，你想胡金铨 1931 年生人，小时候家住北平，曾经是还珠楼主家的常客，经常能等到还珠楼主抽足了大烟下楼来，给孩子们讲故事听。

李希特大喜过望，整张脸红扑扑的，像个新郎官，恨不得俯下身去把那只破皮箱拥入怀中，他眼睛直直地看着雷霆，只希望把他说出的每一个字都记下来，一边又说，胡蝶的《火烧红莲寺》，还有黑泽明的《七武士》，我是早就听说，实在是无缘相见，原来你这里都有，就像他乡遇故知，你不知道我心跳得有多厉害。雷霆道，还真的不能小看这些黑白残片，虽然看着又枯燥又平淡，也没有声光电这些科技含量，但是坚持看下去最终会发现它的精髓，尤其对精神生活处于低落状态的人，绝对是一剂猛药。一席话说得李希特又开始拍大腿，他说你怎么说得这么对呢，你简直说到我心里去了。雷霆笑道，你还看都没看，怎么知道我就说到你心里去了？李希特肯定道，我当然知道。

　　说到箱子里的旧书，都是些《电影手册》《桥段论》《电影中流行元素》之类的实战性很强的书籍。雷霆道，你要恶补一下这些最基本的东西，否则再有梦想的熊瞎子也只能掰掰棒子，越使劲离梦想越远。

　　李希特点头如捣蒜。两个人一直聊到半夜才算散了，走时，李希特拎着箱子，雷霆把他送到门口，临别时话锋一转道，回去对你老婆好点，她可是个好女人。李希特的鼻子嗤了一下，有些扫兴道，她就是蠢，一点都不理解我。雷霆冷笑道，你要怎样理解？几年都没有一分钱家用拿回家，她在外面做生做死地养活你，还担心你的健康快乐，我就不明白这么好的人怎么让你这没有心肝的东西给碰上了。见他说得认真，李希特一时蒙了，心想他俩说的是一个人吗？怎么他不觉得有那么好？

　　回到家中，如一早已睡去，李希特倒是站在床边端详了她好一会儿，看来看去也还是觉得没那么好。

　　这时，天色已开始蒙蒙发白，李希特忽然感到全身酸痛，估计原先的摔伤因为一时兴奋而失去了知觉，现在竟然是加倍地痛起来。他拿出专治跌打损伤的狮子油，一边擦拭关节和伤痛部位，一边想起傍晚时发生的一切，陡然意识到今晚的搭手对抗根本跟咏春拳不搭界，咏春拳的基本功是粘手练习，动作温和连贯，讲究的是双手的左右兼顾和一心二用。练习搭手对抗表面看是其他拳法的融会一体，实际上分明是雷霆要打他一个人，他要打醒他，同时也已经被他的执着所感动，不然也不可能接纳他，把他引为知己。

　　雷霆到底是什么人呢？李希特心里的谜团不仅没有解开，反而越结越深，如果他是发烧友，怎么会有这么专业的发烧友？如果他不仅仅是发烧友，那他又是什么人？而且无论他是什么人都只像书里的人，画上的人，唯独不像现实生活中的人。

天快亮的时候，李希特抱着他的破箱子睡着了。

下班的时候，如一和小美妈结伴去公交车站，一路走着，如一总沉着脸不说话。小美妈道，几天不见，你怎么瘦得这么厉害。如一仍旧无语。由于李希特上了报纸，小美妈对他的事多少知道一点，又道，你家植物人又给你气受了？如一实在忍不住，就跟小美妈抱怨了几句，道，我宁愿他跟我吵一架，这样避着我当我是沙士病毒，你说我有多难受？！

小美妈一听就火了，恨道，哪轮到他避你？再轮一百年也轮不到他，你今晚就搬到我家来，咱避他还来不及呢，饿他三天，看谁狠！又道，要不说你是猪脑子，这年头谁拿钱回家谁是王，他还反了天了他！谁没有梦想？我还想当歌星呢，我还想北漂当演员呢，就他能在家当大爷做梦玩，咱们就该活活累死？！不是我说你，这都是你惯的，我告诉你如一，你今晚不搬到我家来，不避他一个礼拜我就看不起你！！

如一叹道，也许我真的不该打什么生命热线。小美妈道，咱打什么线他都不能这样对咱，他以为他是谁啊？还有你，被他逼成这样还在这儿自责，我看你还是赶紧回家给他做饭去吧。被她这么一激，如一道，那我今晚就搬到你那儿去？小美妈道，问谁呢？拿两件换洗衣服赶紧过来，不许给他做饭，也不许看他一眼，立即在他眼前消失，也省得他避你了。如一点头称是，这时她要等的车也进了站，上下班时候的车很挤，小美妈在身后狠狠推了如一一把，用生硬的北京话叮了一句，不许掉链子啊。如一还没来得及回话，就被两脚离地地挤上了车。

一路上，如一就在颠簸中思想斗争，一会儿觉得小美妈说得对，一会儿又担心李希特的生活，又怕他根本不来找自己，难道就不回镇水街了吗？

拐进镇水街，离家越近如一的步子越慢，她甚至于有一种转身离开的冲动，一想到进了家门迎面就是李希特冷着脸离开，心里面颇不是滋味，真想也到街上去逛一逛，透一口气再回家。然而她的每一分钟都是钱啊，要赶紧做完家务，之后给编织大王赶毛活，这样一想也顾不得郁闷，三步并作两步地回到家。

屋里没有人，餐桌上放着一个盘子，里面有两根洗净的黄瓜。如一正在发愣，只见李希特端着一只锅走进屋，一边对她说道，洗洗手吃饭吧。如一一边下意识地去洗手，一边在心里面纳闷道，太阳从西边出来了不成？镇水街真的要拆迁了不成？政府真的给咱修路，从此下雨不淹水了不成？总之她是满脑子的问号来到餐桌前，只见李希特已经把面条盛好了，两碗面上还各放了一个荷包蛋，就着生黄瓜，估计这是李希特心目中最丰盛的晚餐了。

李希特也不理如一，自己先满头大汗地吃起来，嚼黄瓜的声音发出一阵阵的脆响。如一当然也端起碗来，虽然李希特做的面条味道不怎么样，却是如一吃得最香的一顿饭，压在心里的一块大石头也陡然放下，她暗自松了口气。

在公共灶台洗碗的时候，蠢猪的老婆问如一，你家希特醒了？如一例牌摇摇头，蠢猪的老婆说道，还说没醒，他都做饭了，我嫁进镇水街就没见他做过饭。又道，他还问我荷包蛋怎么才叫熟？我说有点溏心的才好吃，他说什么？还要放糖吗？大伙都笑他呢。

回到屋里，李希特不仅没有离开，还跷着二郎腿在看电视。如一心想，他怎么知道我今天想走，所以表现得这么好？

不过很快如一就不想这些了，毕竟有很多比这重要的事等着她去做。到了晚上，她总算忙到困了，便洗洗上床睡下，刚关上灯不一会儿，她就感到李希特也上了床，一把把她抱在怀里，如一怔了怔，因为许久没做过了，整个人都是僵硬的。李希特骨子里是老派的人，在床上一言不发，但同时又是做得少却做得彻底的那种男人，自打结婚以后，如一就依他，算是床上的夫妻床下的客，也不懂得什么胡言乱语。

只是这时如一突然想到，她跟小美妈在走鬼的时候，就是大富豪夜总会的三陪小姐来买假发那次，望着那些人离去的背影，小美妈突然感慨道，你看看人家，一个个跟水蜜桃似的，多水灵，上次有个熟人见到我，说我残得都不能看了，废话，我没男人我能不残吗？如一安慰小美妈道，人家那是年轻，咱们都什么岁数了？小美妈道，我就没年轻过，我那个死鬼老公一结婚就开始偷腥，我这辈子算是白活了。又问如一道，你跟你们家植物人一个星期几次性生活？如一横了她一眼，没表情道，他晚上根本不睡觉，还生活什么。小美妈大笑道，那太好了，省得我旱死，你涝死。

如一当时没笑，她觉得这有什么好笑的？但是现在她又觉得有些可笑。当然她不会在这种时候笑出来，就算眼下做的一切不是特别严肃的事，但也绝不是什么可笑的事吧，所以她绝不能笑。

于是，她闭上了眼睛，这时候她觉得整个人都绵软了，轻得没有分量。

第二天上班，如一碰到小美妈，小美妈端详她一阵，有点酸道，和好了吧？生活了吧？如一想想自己的昨天和今天实在是货不对版，害得别人着急，不禁否认道没有没有。小美妈道，还说没有?! 你看看你的脸，白里透红的，和好就和好呗，生活就生活呗，干吗昨晚连电话都不打一个，我还给你铺了床。如一果真是忘了，笑道，那你也可以给我打啊。小美妈赌气道，你都和好了，我还打什么? 我没你那么傻。

七

不知不觉间，天气转为初夏，终日里都是艳阳高照。

也许，对于时间来说，除了四季有些周而复始的改变之外，一切都是一成不变的吧。

雷霆和李希特重新编好一个武侠故事，取名叫作《雪剑长箫》，原先日本浪人的名字改为涯井兽，他的出身阴惨，命运扭曲，随时被杀也毫不在乎。事实上，他是荷兰传教士在酷刑下背叛信仰，饮恨强奸了武家女子所生下的混血儿，天生的虚无主义者。他手中的刀并非武士的灵魂，而完全是肆意妄为的凶器。

说到正面形象，原来的无待还是无待，他长得神武俊逸，人也很正直，但是性格孤僻，由于早年父母离异，他对男女之情有一种病态的厌恶，立志做一名神龙不见首尾的独行侠，他锻炼自己的孤独能力完全是常人难以想象的，因为他坚信忍耐孤独比叱咤十万大军更难，所以无待的孤寂段位和他出奇制胜的剑法根本不相上下，难分高低，更使他的人格魅力备受尊崇，一时无敌。

任何带有原创性质的劳作都是十分艰辛的，这对于雷霆和李希特来说更是难上加难，因为他们是俗称的野路子，既没有什么团队和班底，也没有不可一世的自信心，最要命的是又没有武侠名家的基础蓝本，如若随意改编那就是侵权啊，这两个饭都吃不饱的人哪里敢涉及购买改编权。

总之他们碰到的所有困难都意味着这是一个不可能完成的任务，一个不可能实现的梦想，一场有去无回的神风敢死队般的痛苦游历。

可是还要做，那就是命中注定的一场劫煞。

好在他们俩的结合是互补的，李希特擅长奇想，他总是有无数的主意，但是这些主意不管是珍珠还是鱼眼睛，它们永远是散落的，没有归属的，毫无关联的，尽管他看了很多录像带和书，但谁都知道艺术滋养的补充不是锦囊妙计可以解决问题的，那只破皮箱也不过就是一只破皮箱，并不是魔术箱，变不出一个新的武侠天王。就像雷霆坚决不让在故事里出现拳谱、秘笈之类的东西，他说，李连杰有秘笈吗？成龙有秘笈吗？如果有，也是他们不曾有过万中无一的怠慢和轻视，秘笈就是看谁能熬到油枯灯干。如果拼尽武艺便可拿到秘笈，拿到秘笈又可以立地成侠，那就是拼运气，并无笑傲江湖可言。

如此说来，雷霆的存在便是那根穿珍珠的韧线，他总是能够出尽百宝把那些不相干的想法变成桥段，把那些原本苍白无力的人和事翻新出彩，同时升华为武林世界的至高情操，令人荡气回肠。

女人和爱情是一定要有的，这也是雷霆的坚持和专长，他说如果没有女人，那男人打什么？又有什么好打的？而且情感的对决比刀剑的对决更胜一筹，更加能够直取人的性命。李希特道，知道女人重要，不知道女人这么重要。雷霆笑道，自然是至关重要，没有脂粉红袖，这个世界不一定太平，但一定无趣。

这个江湖女子取名叫雪晚，相貌风华绝代，武艺也是非同一般地精超。涯井兽就是被她的美貌所吸引，不受控制地一路追随，而雪晚早已心有所属，自然就是绝不向世俗生活低头的无待，而绝情欲，不男女的无待一心只想寻找机会除掉作恶多端的涯井兽，替国人报仇雪恨。这样的罗圈架虽然打得有点落入俗套，但是观众一定是爱看的，人民群众有时候喜欢罗圈架。

故事编好以后，两个人都有小小的喜悦，毕竟是中年得"子"，怎么说都是自己的心头肉。正巧此时，雷霆在报纸上看到一则报道，说是第某届文稿拍卖会将在深圳如期举行，于是他决定拿着横空出世的电影故事去碰碰运气。

李希特茫然道，有希望吗？雷霆道，反正死马当作活马医。李希特道，那我跟你一块去吧。雷霆想了想道，算了吧，这也不是人多力量大的事。总之我这回去当一次涯井兽，见人就砍，看看有没有斩获，你就先在家当无待吧，没有期待日子会好过一些。

雷霆来到深圳，便按照报纸上提供的信息，找到会议下榻的酒店，这里的情况比他想象中的还糟，无论是拍卖会现场还是酒店里的会议客房，到处都是乱哄哄的。有人对雷霆说，拍卖会现场都是托儿，买方和卖方全在演戏，不如私下里摸摸情况，尤其是看看投资人里有没有真佛，说来说去，多么高尚的艺术，都得用金钱培植。雷霆勉强待了两天，什么收获也没有，四面八方的来客也是行色匆匆，不知所为。

第三天早上，雷霆准备吃完早餐就离开，结果他在酒店的走廊里遇到了一个过去的熟人周胖子，周胖子其实不胖，可能是他早年太胖才得此绰号，他现在身材适中，一看就知道是经常去健身房的生活极端优越的人，绝不染发，平头，两鬓露出自信的白楂，他一身得体的休闲打扮，拿一烟斗，斜背一个爱玛仕的沉色挎包。

周胖子现在已经是一家大的影视娱乐公司的艺术总监，在行业内名气很响，是热卖题材兼先锋时尚的风向标。所以他的身边前呼后拥，总是挤满了靠他发财的各色人等。

大伙都叫他周总，雷霆也要随份子，周胖子制止他道，周胖子，你就叫我周胖子，这是咱俩的交情。

显然周胖子是一个念旧的人，他一眼见到雷霆就叫出他的名字，握手之后一直没放开他的手，而且始终握着手深情脉脉地望着雷霆，如果不是他在圈内有明星女朋友，真以为出什么状况了。周胖子听说雷霆要走，忙说走什么走？咱们还一句话没说呢，而且你有什么事只管告诉我。

周胖子能说，每次吃饭，一桌不够坐，座位后面还站着一圈人。他也吃得少，大部分时间点着烟斗，不时地抽一口，看着有型有款。他说，在影像和声音时代，全靠娱乐传媒行业给这个世界制造喧嚣和骚动。摩根士丹利近期出台的报告指出，当中国人的食物和居住基本需求得到满足以后，他们开始渴求高质量媒体内容，十亿人消费升级正推动媒体内容的发展。知道是什么意思吗？就是很多很多的人要把钱砸在电影院里，有人组团专门去香港看没下过剪刀的《色戒》，香港旅游局完全没有表示，这是很不对的，是电影为他们做了奉献。韩国电影的主要消费者也是 80 年代经济繁荣的环境下成长起来的。总而言之，现在的中产阶级最需要什么？不再是路易威登的皮包，而是"情感制造业"。

他的煽动使在场的人群情激昂，一个个面色红润，目光如炬，仿佛娱乐圈里满地的金子只等人弯腰去拣。

随后，周胖子给雷霆介绍了一个人，这个人名叫才狼，是才狼资本创始合作人，也算是风险投资人吧。才狼看上去三十六七岁，个子不高，年纪轻轻的脸上已有了几分霸气，号称自己是一只有才华的狼。他一身阿玛尼，手袋是普拉达的，打量人的时候从不掩饰自己，直面直观。周胖子对才狼说，雷霆是一个特别有才华的人，也是我极少从心里佩服的人之一。这话把雷霆说得脸都红了，才狼反而对雷霆的印象极好。

才狼很快就看完了《雪剑长箫》，不仅喜欢，而且几度落泪。他对雷霆说道，你先回去，这个本子也不要再给其他人看了，等我忙完这边的事，就到广州去跟你签合同。见过世面的雷霆怔了一怔，心想，就这么简单？才狼一眼望穿他道，就这么简单。

回到广州之后，雷霆并没有把这件事告诉李希特，因为他知道现在说说而已的事太多了，谁当真谁傻，说的那个人是没有责任的。

一晃十天过去了，才狼那边一点消息也没有。对于雷霆来说，这事本该付之一笑，但他却拿出才狼的名片，有过给他打电话的念头。不过最终雷霆还是放弃了这个念头，尽管他已远离江湖，但对江湖之事并不陌生，难说才狼不是只为给足周胖子的面子，逢场作戏，过后并不思量也未可知，自己倒成了做梦都想娶媳妇的傻小子。

然而又过了几天，才狼还真的来了。

他对雷霆说道，我回家处理了一点私事，所以来晚了，你也不给我打电话，我还就喜欢沉得住气的人。雷霆笑道，我还以为你不来了呢。才狼道，怎么会？我的牙齿可是当金子使的，不然也干不了风投。他说话像长辈一样，而且在酒店签完协议，下一拨的客人已经在西餐厅等着他，他看了看手表与雷霆道别，说你走吧，注意点身体。走出酒店的雷霆也说不出有什么不妥，只是心里不大舒服，深感时代变迁，如此这般的大事可以草草收场，而且年纪大的人每每要在年轻人手上讨生活，屁都没得放，礼仪礼貌之事更是乱了纲常。

不久，才狼按照协议打过来 10 万块钱，这是前期的费用，需要雷霆修改剧本，请人写出分镜头剧本，然后找制片拿出《雪剑长箫》的总预算。

见到钱，雷霆才把这件事告诉李希特。

由于李希特毫无思想准备，又从未听到过雷霆的任何铺垫，猛然得知这一消息，情绪立马从冰点直奔沸点，整个人像打了鸡血似的兴奋异常，雷霆跟他商量任何事都是一个字，好。后来雷霆也就不跟他商量了，先是在普通的写字楼租了一间工作室，有了工作室才能找专业人士谈事，做事。

雷霆还给了李希特 1 万块钱，他说可以补充点家用，另外买几件正规的衣服到工作室上班时穿，做事就要有个做事的样子，不能穿个沙滩裤就来了。李希特点头如捣蒜。回到家就把钱如数交给如一，如一惊道，你哪来这么多钱？李希特就把情况跟她说了一遍，如一还是不信，反复说这怎么可能呢？李希特说你到底有完没完，我还等着上街买衣服呢。

如一突然泪如雨下，李希特道，又怎么了？如一道，我们现在就去买衣服，但是这个周末，我请几天假，咱们一定坐火车去武汉看看儿子，我实在是太想他了。李希特道，那不行，我买衣服就是要上班穿，我刚一上班就请假，这叫什么事？而且电影搞成了，大钱还在后头呢，咱们可以挑一个假期，带着儿子欧洲游，岂不风光？如一瞪大眼睛，简直不敢相信自己的耳朵，感慨道，我做梦也只是梦到去新、马、泰啊。李希特道，要不说你是井底之蛙呢，有了钱也是买两碗豆浆，喝一碗倒一碗。

两个人有说有笑地去了商场，一扫多少年的晦气，如一给李希特买了一件夹克衫，两件棉布的格子衬衣，还有藏蓝色的长裤。李希特道，万一我要参加金马奖的盛会怎么办？得有一套西装吧。如一被他说得也昏了头，好像明天就要走红地毯，于是在男装部到处看西装，好一点的西装都不便宜，最后看上一套打三折的清仓货，李希特试穿也还是像模像样，他来回照着镜子，忍不住问如一道，你说我还是人吗？如一愣了一下，不知如何作答，李希特忙道，不对不对，我是说我还是普通人吗？如一看着穿衣镜里的李希特，居然就变成了陌生人，又帅又酷，不禁由衷地感叹道，你当然不是普通人了，你太了不起了，我真的不知道你这么有才华。

如一给李想想买了一身运动服，虽然不是名牌，也不贵，还打了折，但毕竟这是自己一定要表达的心愿，她决定给想想寄个包裹，再塞上两包牛肉干，这是想想从小就喜欢吃的东西。

本来想给自己买条裙子，想来想去还是算了。

第二天上班，如一见到小美妈，小美妈大惊失色道，你怎么又生活了？如一压低声音道，没有没有。小美妈道，还说没有？那你怎么这么容光焕发？难道擦了换肤霜不成？如一便把李希特的事告诉她了。小美妈哪里肯信，直说真的假的？不是李希特给你摆乌龙吧，怎么我听着跟大话西游似的？如一道，我开始也不信，可是钱总是真的吧。

小美妈这才没话说了。

过了几天，镇水街的人见到如一，都要问她你家希特醒了？冷静下来的如一不想说那么多，也还是笑着摇摇头，邻居们说，还说没醒？都知道穿着正装去上班了，都说我们这样的小人物全靠两只手，不做哪有的吃，手停就口停，就算是做美梦都轮不到我们脱产去做啦，可惜这么简单的道理你家希特想都想了好几年，不过想通了就好，你也算是守得云开见月明了。

李希特当然知道镇水街的人背后是怎么踩他的，不过这一次他好像没那么生气，他想，我又不是什么一般的人，当然是不容易被人理解的，如果被这些人认同，又怎么可能像无待一样孤独寂寞地走到今天呢？

八

滚滚黄沙，黄沙滚滚，在无尽烟尘中渐渐浮现的侠客灰衣怒马，倔强刚毅，即便是有盖世的武功，神情却是隐忍低回，出手干净利落，瞬间奔驰已远，冷酷的目光也只在惊鸿一瞥之间。

侠女就更是人间绝品，剑一般窄窄的脸颊，黑色发丝如杨柳拂面，简朴无饰，永远没有一丝笑意，内心却是平静的死忠。

李希特微闭着眼睛，这样的经典场景总是在他的眼前挥之不去，令他血脉贲张，对于他来说，这何止是成人童话，简直就是维系他生命的阳光和空气。从出生到老去，庸常的生活窒息了多少人的英雄梦，只有他坚持下来了，带着一种别人无法理解的偏执和自虐的精神，现在想来这一切都是值得的，从此他将在另一片天空下驰骋。一时间李希特感到了一种奇妙的空虚，直至他的身体不受支配地飘飘欲仙。

电视机开着，电影频道正在播出《功夫之王》，李希特却仰靠在椅子上，双手抱着胳膊，嘴巴抿成八字，下巴缩成一枚干枣，双目紧闭。如一见状，便把电视机关了。

几乎是同时，李希特睁开了眼睛，眉毛马上拧成了纵沟，又是世上一切事情都教他厌烦的表情。如一只好把电视机重新打开，只是音量调小。如一道，走吧，昨天不是就跟你说了吗？小美妈请吃饭。李希特重新闭上眼睛，道，我又没有答应去吃。如一道，去吧，人家都订了座位，这样多不好。李希特平静道，说不去就不去。如一懒得看他那个死样子，扭头走了。

一路上，如一心想，小美妈请吃饭，摆明是为了请李希特，如果是她们自己说事，吃面就好了。现在喊不动李希特，一会儿见到小美妈，以她那个暴烈性格，肯定骂她没用。

走进雄记餐厅，如一便看见小美妈向她招手，她走过去，看见小美妈身边坐着小美，小美长得很漂亮，不仅眉清目秀，而且皮肤白嫩水滑，她穿一件螺纹针织白背心，蓝色的牛仔裤，左边手臂的上方文着一只米老鼠，一副巨大的黑色太阳镜推到头顶。寒暄之后，如一万分抱歉地说李希特有事给绊住了，来不了。得知这一信息，小美妈并未发火，还一个劲地说没事没事，反倒是小美本来就阴沉的脸更加垮了下来。小美妈忙解释道，刚才小美就一直埋怨我，说雄记是宜街坊的餐馆，这么低档谁会来吃啊？！

如一十分尴尬，正不知如何作答，但见小美已经起身，白了母亲一眼，对如一说道，阿姨我还有点事。说完离座而去，斜背着一个大挎包，如一也不知道是什么牌子，看着就是气派，脚上是一双露趾的高跟鞋，也是不同凡响地好看。不一会儿她就消失在玻璃门外，吸引不少食客的目光。

然而这一切好像都在小美妈的意料之中，她一点不生气，对如一道，由着她去吧，咱们吃咱们的。说完叫来服务员，菜谱都不用看就点了几样雄记的拿手菜。又道，这些店，小美都不吃的。

如一不快道，我也听不出来你这是夸她还是骂她。小美妈笑道，当然是骂她了，不过女孩子不虚荣，好容易变贱的，你看我就生得贱，前几天拉肚子，家里只有一瓶黄连素，过期都两年了，我一吃病就好了。如一本来想劝劝小美妈别这么纵着小美，结果反而是被她逗笑了。

菜上来以后，小美妈开始言归正传，小美妈道，如一，不瞒你说，听说你家希特熬出了头，我好几个晚上都没睡着，这种一步登天的事我们哪里敢想？但是不想也得想啊，现在你成了金庸夫人，将来就是二十年的鸿头大运，怎么说你也得让我沾点光吧。如一道，你有事说事，怎么满嘴跑起火车来了？小美妈道，好吧，那我就直说了，跟你家希特好好说说，叫我们家小美演电影，当打星。说完小美妈拿出一本小美在柠檬树照相馆照的艺术影集递给如一，叫她一定送到李希特手上。

如一翻着照片，全是浓妆艳抹的大头像，脸刷得跟白墙似的，假睫毛都翘到天上去了。如一道，可不如她平时好看。小美妈道，咱也不懂，说不定导演喜欢呢。又道，我可太想当星妈了，到时候咱们俩也可以不干活，夹着一尺长的大钱包去饮茶，做美容，那才是女人该过的生活啊。

如一回到家中，把照相簿拿给李希特看，又夸小美本人长得多么漂亮，至少不比电视剧里的赛貂蝉差。李希特翻了两翻道，这连一个风尘女都算不上，整个一个脑残。

说完就再也不理这件事了。

似乎所有的事都在有条不紊地进行着。

李希特每天按时到工作室上班，和雷霆讨论修改剧本的具体段落，他发现雷霆就像一个指挥若定的将军，不仅工作台上积案如山，同时电话铃声不断，都是找他说事的，有些具体的行业用语李希特连听都听不懂。而且雷霆胸中自有雄师百万，无论多么忙乱的场面他都能淡定处理。

李希特也不知道雷霆什么时候休息，或许他根本就不休息，因为每次李希特离开时雷霆还都在忙着，但只要他到工作室来，雷霆也都在忙着。

在李希特的眼中，雷霆简直就是一个外星人，因为他实在是太神奇了。

最终，《雪剑长箫》的修订稿和分镜头工作台本都出炉了，而且电影的总预算也在反复核准中确定下来，大约是 3500 万，据说已经是武侠电影节俭版的最低投资，任何业内人士听到这个预算都会立马肃立行注目礼。

然而，所有这一切通过电脑传至北京才狼的公司之后，便石沉大海。

又过了一段时间，才狼回复了一封极短的邮件，大意是这个项目经过公司董事局商讨，最终被否，所以合同终止。才狼并没有在邮件里详尽阐述具体的原因，雷霆回信询问原因，又是石沉大海。李希特无法接受这个现实，在工作室里坐不下来，不是站着就是走来走去，晃得雷霆头晕眼花。但是雷霆却觉得这个结果可以理解，他对李希特说，这么大的投资项目，要回报，要挣钱，董事局通不过是很正常的事。

李希特道，那我们怎么办？雷霆道，再找其他的游资呗。

说是这么说，但是真正有能力涉足电影事业的人终究凤毛麟角，所谓寻找游资更是大海捞针。各路豪杰倒是应有尽有，有的老板要求演员在优质地板上演戏说台词，因为他是地板老板，有的公司要求演员嚼着口香糖武打，全然不顾当年还没有这东西，总之所有的现代产品都用不上，还要花很多钱制旧仿旧，那还搞什么搞?!

谈到最后，有一次李希特都趴在桌子上睡着了，睡醒一觉看见雷霆还在跟人谈没影儿的事。

待客人走后，李希特突然对雷霆说道，有这工夫，我们还不如上一趟北京，找到才狼把问题弄清楚，再想办法解决。好歹他是个明白人，咱们整天跟不明白的人打交道，什么时候才是头啊?!

仿佛是一句话惊醒梦中人，雷霆沉吟了片刻才点了点头。但其实他对才狼根本没有幻想，否则去一趟北京又有何难? 只是李希特的这番话让他想起了周胖子，一想起周胖子，他那炽热的目光和温暖的掌心仍旧令他难以忘怀，在这一点上，雷霆并不怀疑周胖子对他的诚意，因为以周胖子现在的江湖地位，他完全没有必要装模作样。

于是，两个人简单收拾了一下，当天晚上就坐上开往北京的列车。

他们没有事先预约才狼，对于不想见你的人，告诉他你已经在他的楼下是最佳的见面方式。

才狼所在的公司很正规，门口负责接待的小姐礼貌地面带职业微笑，她小声地打电话向才狼通报来客的情况，之后便把雷霆和李希特两人带到一间小会客室，并给两人送来了茶水，说老板一会儿就过来。

雷霆打量了一下会客室，不仅收拾得整洁干净，长方形的桌子和配套的椅子都是厚重的实木，西洋的款式，地板是暗青色的石材，处处体现出简洁的奢华风格。而且包括握在手中的陶瓷茶杯，杯盖尚有余热，显然是消过毒的。一个公司能打理成这样，也难怪只要才狼说话总会有几分颐指气使。

想不到要求见面会这么顺利，两人都暗自松了口气。

然而过了一会儿，才狼并没有出现，倒是会客室里的灯光熄灭了，雷霆这才发现窗帘始终低垂，并没有任何日光照射进来，与此同时，一面墙壁上方缓缓下降了一块白色的屏幕。

　　屏幕上放出的幻灯片恰恰是雷霆的照片，不仅李希特愣住了，雷霆也没想到自己会得到和通缉犯相同的待遇。这时一个男声的旁白响起：

　　　　雷霆。原名，雷正霆。广东台山人。1958 年 2 月生于香港。早年在香港完成中学教育，17 岁赴美国斯坦福大学读书，一年后停学周游美国。18 岁转入得州大学修读广播电视电影课程。这一年和朋友合拍了一部 45 分钟的纪录片《他乡月圆时》，以表现美籍华人的生活实录。

　　最不可思议的是，这时的屏幕上不仅出现了雷霆年轻时的照片，居然还有那部纪录片的片段。

　　旁白仍在继续：

　　　　雷霆 26 岁时回到香港，加入电视广播有限公司，从事导演和监制等工作，在此期间，他获得了拍武侠电视剧的机会，以一部《逍遥江湖无情剑》的成功崭露头角，被称为当时最年轻最有才华的导演之一，被许多投资人押宝为最抢手的摇钱树。然而人算不如天算，在此后的 5 年间，他陆续拍出的 4 部武侠片全部以票房大败告终，成为名副其实的票房毒药。拍最后一部剧时，他赌上了全部身家，但仍然没有扭转惨败的结局。此后，他的老婆带着孩子走佬，他本人也从公众的视野中消失。

　　变换的幻灯片停留在雷霆最后一部剧的剧照上。

灯光渐渐明亮的时候，才狼已经出现在谈判桌的另一端。才狼道，雷导，我算了一下，你大概有13年没拍过戏了，目前靠亲戚的接济，在广州老城区的一家习武馆谋生。我说的没错吧，你想重出江湖，可以。但你不能对从前的事跟我一字不提，提了也要看我愿不愿意冒这个险。实话告诉你，我们公司的资金是有香港背景的，也就是说你让我在董事局出丑一番，这些我都算了，我想给你留点面子，想不到你自己还找上门来了，你是不是觉得我年轻好骗啊？！

才狼说这些话的口气不见得有多激烈，但却绵中藏针，令雷霆面色青紫，无地自容。坐在一旁的李希特由于毫不知情，早已是目瞪口呆，不能言语。

才狼又道，最可恨的就是你跟周胖子演的那出戏，那是专门演给我看的吧？等我回到北京，才知道周胖子在深圳买了七八个故事，他把你捧得那么高，又跟你那么有交情，干吗不买你的故事？干吗要把你推给我？那点心思我想明白了，只有他知道我们公司现在风生水起，缺的就是票房毒药，一个公司死在一两部戏上那是太平常的事了。

我其实就是公司的一个操盘手，才狼看没有人说话，只好继续说道，我对自己的要求不高，就是每单生意包赚不赔。李希特心想，这个要求还不高啊？而且他对才狼的印象很糟，就算你知道了事情的真相，也没有必要这么赶尽杀绝吧。然而才狼并没有善罢甘休的意思，仿佛雷霆就是送上门来让他羞辱的，他说雷导，你的剧我还真看了，老实说我还挺喜欢，可是我喜欢没用啊，我也不能拿公司的钱冒险啊，所以这件事情我想就到此结束吧。

说完，才狼离开了会客室。在离开会客室之前，才狼站住了，似乎犹豫了一会儿，但还是转过身来，牢牢盯了雷霆一眼，他到底年轻，始终有一句话想忍也没忍住，他说道，我们是风险投资，但不是给疯子投资。李希特再也看不下去，霍的一下站起来，气道，你不投就不投，用不着这么过分，有钱就大嘛吗?！雷霆仍旧没有还嘴，但脸色已经不能看，额头上的青筋明显暴粗，才狼明白他听懂了自己的话，根本没理李希特，便头也不回地走了。

雷霆当然没有再去找周胖子。

在开往南方的列车上，两个人买到两张上铺的车票，人离得很近，却是一路无话。

九

他们背靠背躺着，都知道对方没睡，但又不知道该说点什么。

白天的硬卧车厢热闹非凡，聊天或者打牌的人很多，但更多的人是在吃东西，空气里弥漫着各种食品混合的味道，但由于烧鸡还有大蒜灌肠的气味比较强势，所以更加冲鼻，几乎每一节车厢都成了餐车。

直到晚上十一点多钟，车厢里才渐渐安静下来，灯光熄灭了，乘客在单调的声响和晃动中入睡。

对于李希特来说，北京一行，解开了他心中的诸多谜团，他终于明白了雷霆与众不同的来龙去脉，当然也带来深刻的失落，那就是他以为自己碰到了一个高人，当这个人的形象破灭时，他的梦想也就随之破灭了，同时他也有很深的自责，那就是他用执着的愿望劫持了雷霆，逼着他一步一步揭开了自己的伤疤。想到这里，李希特觉得自己应该劝雷霆几句，但是他这个人连女人都不会劝，哪里会劝男人呢?

的确，雷霆此时的心情可想而知。本来，这次北京之行他并没有抱太大的幻想，是好奇心和不死心害了他，那就是他也觉得只有见到才狼，这件事才算最终了结。他设想过多种状况，都是困难重重，没有什么好结果，但他仍然愿意当面领死。因为 13 年都没有磨灭的念头，重新点燃也是老房子着火没法救，不过怎么也没想到当了一回通缉犯，这跟一级谋杀有什么区别吗？只要见光，那就是法网恢恢，疏而不漏，能让人把根儿都刨出来。

人的历史便是你身上的红字，就像这个时代不会埋没天才一样，也绝不会埋没你的失败。种种的得失是甩都甩不掉的行囊，伴在你的左右不离不弃。一天做鸡，终身为娼，一天是贼，一生为寇。人生总有一个拐角处等着你原形毕露，万劫不复。

雷霆心想，这样也好，这样心就死了。

回到南方以后，雷霆心平气和地处理了工作室和繁杂的人事，该退租的退租，该结账的结账。一切都清理干净的时候，就仿佛一切都没有发生过。

生活本身自有归零的能力，恍惚之间，李希特又回到了原来的生活，依旧当自己的隐侠，依旧到习武馆练拳。只是他再也没有在雷霆面前说起拍电影的事了，打人不打脸，揭人不揭短，然而没有了武侠电影这个话题，他们根本就无话可说。所以每一次练完了拳，倒是李希特总赶在其他学员离开之前消失殆尽，结果是一切的一切都回到了当初。

偶尔，李希特会把破皮箱里的片子重看一遍，无意中发现有两部片子正是雷霆当年拍的，仔细看后，他发现这两部片子还不错，也就是说才狼并非妄言。只是当年为什么会成为票房毒药？他也是百思不得其解。心想，我若有一天成了香港的六叔，第一个要起用的就是雷霆，甭管怎么说，自己就是觉得他好。

可见李希特还是没醒。

没醒就是没输够，人都是这样，不成灰，不算完。

时间过得飞快，然而盛夏的闷热却像每天打卡上班一样，准时驾到，而且终日阴魂不散。

这一年的台风也来得格外勤，电视台忙不迭地挂黑色风球，敬告市民小心出行，女记者在狂风暴雨里报新闻，不是拿着话筒，而是抱着大树，否则就给吹跑了。台风一来一走，花名起得都跟戏班子里的当红炸子鸡似的，又响亮又排场，前后脚地登台，闹得风起云涌惊天动地才算消停。

台风年年劲吹，吹老了多少人和事。

其实，许许多多的热闹不过是过场戏，真正的故事才刚刚开始。

日子过得稀松平常。

小美妈想当星妈心切，见到如一，见一次问一次，咱们小美什么时候能成打星？怎么你提都不提这事？如一叹道，还提什么，这事都没影了。小美妈忙道，怎么就没影了？不是找你的人多就敷衍我吧。如一道，你这个人哪都好，就是肠子拐了八道弯，我听说是人家不给他们投钱了，只多问了一句，他就发起火来，我哪里还敢再问啊。

小美妈愣了一下，道，那不是狗咬猪尿泡，空欢喜一场？如一道，谁说不是呢？要不我请你吃面赔罪吧。小美妈道，还吃什么面啊，这个礼拜六赶紧去走鬼吧。如一道，又去走鬼啊？小美妈道，不然怎么办？原先信了你的话，以为有好日子过了，几个月都不想走鬼的事，只想劏鸡谢神，现在又打回原形了，不走鬼我们吃什么？如一被她说得哑口无言，心想，明明李希特这个人爱说梦话，自己怎么就信了呢？

应该观望一下再说啊。还买了三折的西装，有这钱真应该去看看儿子。还欧洲游呢，自己怎么就信了呢？

想到这里，如一真想给自己一巴掌。

屋漏偏逢连夜雨，这一次走鬼也很不顺利。星期六的傍晚，如一和小美妈来到闹市区的立交桥上，这一天的摊主还挺多，而且由于台风刚过，天气是少有的凉爽，一时间游人如织，买主卖主互砍甚欢，当然是砍价了。

也就在这时，只听见吱的一声急刹车，一辆城管的车不知何时从天而降，若干城管队员动作麻利地从车上跳下来，分几路包抄了立交桥。桥上的摊主们顿时像炸了营的蚁窝，纷纷收了摊子抱头鼠窜。如一压根还没看见城管队员，就已经被混乱的阵式吓傻了眼，完全不知该怎么办。幸亏小美妈手忙脚乱地收了摊子，拉着如一就跑。

如一的心脏狂跳不止，都快蹦出嗓子眼了，脑子里也是一片空白，只是跟着小美妈夺路而逃。跑到立交桥的转弯楼梯，迎面跑上来一名城管队员，个子高大粗壮，如一两腿一软就坐在楼梯的台阶上了。大个子倒是没理她，上手就夺小美妈手上的编织袋，小美妈哪里抢得过他，最后只得连人带包使劲一推，大个子冷不防一屁股坐在了地上，小美妈又拉着如一狂跑。虽然没有保住货物，但总算人没被抓住罚款。

两个人跑得上气不接下气才敢回头观望，这回是小美妈一屁股坐在马路牙子上，一边喘气一边破口大骂，还让不让人活了?!

晚上，如一回到家中，一肚子的火没处发泄，只好闷着头织毛活。但见李希特也许是刚刚起床，正精神百倍地一边看电视，一边举哑铃。如一心想，这个人怎么就不知道发愁呢？自己怎么就跟着这么一个人过了大半辈子呢？越想越觉得奇怪，不知不觉中毛线都打没了。

如一拿起一张凳子，四脚朝天地撂在另一张凳子上，她把一圈毛线套在凳子的四条腿上开始缠线。

好死不死，这时李希特没事踱了过来，道，你呀，整天织呀织的，你怎么就不烦呢？如一懒得吵架，所以没理他。李希特不知趣，又道，就不能做点有意义的事吗？如一心想，你不说来帮帮我，坐下撑着毛线，还说这种没边的风凉话？正待发火，嘴里却道，那你说什么是有意义的事？李希特道，你可以去学英语啊，实在不行学画画，练书法也可以。如一冷冷回道，我还应该学插花和茶道呢。李希特道，对呀对呀，你就是活得太实际了，人活得太实际就没意思了。

真不知是这话，还是说这话的语气一下子惹翻了如一，她厉声回道，你给我闭嘴！李希特还想说什么，如一大吼一声，闭嘴！

李希特从没见过如一发这么大的火，还真的就没再说话，满脑子问号加惊叹号地回了自己的房间。

第二天是星期天，如一决定在家织一天毛线，把编织社的活儿给赶出来。这时小美妈打电话来，小美妈道，我又找到一条走鬼的路子。如一道，我们的假发都给没收了，拿什么走鬼啊？小美妈道，我能批发到一些龙眼，去借两辆自行车，就在街边卖，跑起来也快。如一叹道，算了吧，我腿都软了，到时候连人带车都给扣了怎么办?! 小美妈道，你什么意思啊？说话老长别人的威风，咱们自己也有点志气行不行？好了，你等我的好消息吧。

刚刚挂断电话，电话铃又响了起来，如一知道还是小美妈，打开小灵通便道，又怎么了？对方果然是小美妈，小美妈道，我还真是把正事给忘了。如一道，什么正事？小美妈道，你现在就出街，买一份报纸翻到体彩版，右下角有一个追奖令，上面有兑奖号码。如一不解道，什么意思？小美妈道，什么什么意思，兑奖啊，你跟我一起买了那么多彩票，没准就中了呢。如一笑道，李希特说中彩的概率比出街买彩票被车撞死的概率还要低，我这辈子是不指望了。小美妈哼道，你听他的，他是邓小平还是华国锋？笑死人了，也就你把他当个人物，谁听他的啊。我告诉你，追奖令上可说了，这个大奖已经中了26天了，今天或明天再无人认领，就只当是弃奖，你自己看着办吧。

而且兑一下奖你会死吗?! 小美妈突然就火了，大喊了一声嘭地就挂断了电话。如一反而笑了，她就是奇怪为什么每回小美妈骂她，她就觉得特别痛快呢？昨天的火也没了人也舒服了呢？

于是，如一放下织了一半的棒针，来到街上。由于是星期天，多宝路上热闹非凡，如一到报摊点买了一份小美妈指定的报纸，回到家中，郑重其事地打开冰箱，拿出旧信封里装着的几张彩票，她在桌上摊开报纸，先找到体彩版上的追奖令，上面果然有兑奖号码，而且一等奖是1560万元，套红的大字十分抢眼，还写了特急警报4个黑体大字，两个巨型的惊叹号，表示明后天就按弃奖处理了。如一看完报纸，便把自己的彩票摊开仔细核对。

这一核对，就出大事了。

如一简直不敢相信自己的眼睛，没错，她中奖了。如果不是追奖令上还写着，据省体彩中心核查，一等奖的出奖投注站是某某区某某路某某超市旁边的01353体彩网点，出票的时间，金额都有，如一还真的无法相信呢，但是那一天真真切切是她跟小美妈一块去抢大米，后来还买了彩票。

如一几乎要发疯了，她双手握拳，肉紧了好一会，才一下扑倒在桌上铺开的报纸上，油墨的香味让她陶醉极了。她一边的脸颊贴着硬硬的桌面，眼前的世界是倾斜的，和极度的兴奋一起把她压得喘不过气来，什么是富贵逼人？那就是一个极其虚弱的人吃了十全大补，那是会七窍流血，狂躁难耐，只想大喊着把脑袋撞碎才解恨。

紧接着她从椅子上弹起，冲到李希特的房间，李希特还在呼呼大睡，如一不顾一切地摇醒他，李希特不情愿地嘟囔着，你干吗？如一忙道，我中奖了。李希特哦了一声，便躺下来继续睡。如一继续推他道，我中的是大奖，一千多万呢。李希特翻了个身接着睡，但是眉毛已经拧起来了，如一只看见李希特的大弓背，没看见他的眉毛，还在嚷嚷，你听我说呀，你听我说呀！李希特终于发作了，一下子坐了起来，没头没脑地喊道，还让不让人睡了？！钱钱钱！你就知道钱！！我跟你在一起真是没劲透了！说完倒头又睡。

被他这么一喊，如一倒还冷静下来了。

冷静之后的如一心想，其实这一件事她最该告诉的就是小美妈，你想啊，如果不是小美妈提醒她，那不就一失足成千古恨了？！但当她拿起小灵通准备拨号时，又猛然想起小美妈说过的话，那就是中了奖谁都不能说，说了就一定会出事。对于小美妈的话，如一是理解的执行，不理解的更要坚决执行，因为事实证明小美妈总是对的。

事不迟疑，如一决定马上去兑奖。

她想起在买彩票的网点看电视时的情景，除了个别人之外，一般的人都是化妆领奖，以防后患，什么七大姑八大姨来借啊，什么遭人打劫，被贼惦记啊，还有一厂子的人，一条镇水街的人，马一走漏了消息，真不知道会闹出什么事来。总之不被人认出来便能一了百了。

如一坐在床上怔了一怔。

她首先找出李想想上高中时穿的一身校服，说是校服，其实就是一套运动衫，只因想想长得快，一下子蹿过了如一，所以这套运动衫还挺新，如一没舍得送人，现在终于派上用场了。找校服时还带出来一顶想想的棒球帽，另外找出非典隔离时买的口罩，还有李希特的一副墨镜。

这样打扮起来虽然不伦不类，莫名其妙，但是最起码的一条是没人能认出她来了。而且如一告诫自己，一旦从体彩中心兑奖回来，全身上下的行头必须毁尸灭迹，因为自己一定会上电视的，稍露蛛丝马迹便会被身边的人认出来。想到这里，她又有一种常人妄想自己成为间谍时的快感和刺激，脑袋里瞬间闪出若干谍战片的片段。

如一走到巷子口时，迎面碰上了蠢猪的老婆，她看都没看她一眼，后来番薯昌骑着自行车从她身边飞过，根本也是不理不睬。

如一心想，我成功了，竟然没有一个人认出我来。

十

"列车飞快地奔驰，车窗的灯火辉煌，山楂树下两青年在把我盼望。"

在列车上倚窗而坐的如一突然想起了这首歌，她还是年轻的时候唱过这首《山楂树》，当时知道它是讲三角恋爱的，唱起来还有点不好意思。现在想起这首歌，恐怕是因为山楂树下的青年就是李想想吧。

真的，许多人都说，李想想像如一的丈夫，而李希特倒像她的儿子。

儿子是个小帅哥，高高的个子，清晰精致的五官，小麦色的肌肤，整个人像青玉米一样水润挺拔，用他女同学的话说是帅得令人窒息。更可贵的是想想不仅学习好，沉静稳重，彬彬有礼，而且他还干净，整洁，非常懂事并且体贴妈妈。他从小就不拒绝陪妈妈买菜，逛十元店。高过妈妈一头之后他还常常搂着妈妈。这对于一般男孩子来说都是很糗的事，但是想想做得非常自然，而且心安理得。他甚至还跟同学说过，我就是要让别人羡慕我妈妈。

所以，如一以初恋的心情去看儿子，也是不奇怪的。

人就是活一个心情，这对谁来说都无一例外。比如如一中奖之后，她就觉得天都光噻，污染那么重的一个城市在她眼里就是蓝天白云，空气都是甜的，更别提列车单调沉闷的车轮撞击声，在如一的耳朵里也是节奏分明，铿锵有力的，不亚于恢宏的交响乐。

那天她化好妆出门之后，还是搭公交车去的体彩中心，兑奖其实并没有想象中的那么复杂，扣掉 260 万元的税，她实得 1300 万元。但是体彩中心聚集着许多记者，似乎大家万众一心地等着弃奖案发生。这种事其实也是发生过的，如果永远错过了也就算了，偏偏有人事后又发现自己中了奖，结果当然是悲惨世界，这辈子基本就在半疯中结束生命了。所以人们见到一个穿着奇特的人出现，便知道人间的悲喜剧即将上演，便哗啦一下围了过来，记者的长枪短炮全部对准了如一，闪光灯此起彼伏。尽管如一死活不说一句话，只跟着办事人员东奔西走，但她的照片还是出现在许多报纸的醒目位置。

其实如一最想说的一句话就是，让大家失望了，我没有弃奖。

当然她什么都没说。

星期一上班的时候，小美妈就拿着一张报纸对如一说道，我怎么觉得这个人像你啊?! 如一当即就傻了眼，整个后背渗出汗来，结结巴巴地回道，怎么可能呢? 小美妈笑道，看把你吓的，我又不会跟你借钱。这下如一更慌了，更不知道自己说什么好了。小美妈不依不饶道，你看着我的眼睛。如一就像机器人接到指令一样，硬着头皮看着小美妈的眼睛，当她们的目光交汇的一刹那，两个人都忍不住大笑起来。

　　工友们说道，又不是你们中奖，哪至于笑到有牙没眼？小美妈道，就是没中才要笑，如果我中了奖就放声大哭，把心里所有的怨气都哭出来，你说对不对？如一自然是一边笑一边点头。

　　为了让小美妈相信自己没中奖，如一还用了两个晚上的时间，和小美妈一块借自行车去走鬼卖龙眼，不仅没碰上城管，还挣了一点点钱。

　　如一心想，这人要是走运，真是门板都挡不住啊。

　　别看白天又忙又累，到了晚上，如一还是兴奋得睡不着觉，有时掐掐大腿看自己知不知道痛；有时又豪情万丈，凭什么我就是一盏省油的灯？我为什么就不能去韩国整容去瑞士打羊胎素？回来变成金喜善吓死他们。至少也要到高级美容馆去，在高压仓里蒸一蒸，把全身弄得水滑白嫩，要不就躺一躺水床，一次一千多块钱，彻底放松自己就像在云上飘。不过这些如一都是听小美妈说的，小美妈又是听小美说的。

　　晚上千条路，早上起来磨豆腐。穷人不都这样吗？想一想也是快乐的。

　　这天下了班，如一对小美妈说，我要请你吃面。小美妈道，又吃面了？那就吃吧。吃面的时候，如一脸红道，我就是想问问你，化妆是怎么回事？话音未落，小美妈的一口面汤就喷了，随即大笑不止。如一有点不高兴了，生气道，我就不能问问吗？小美妈忙道，能问能问，只是你一贯素面朝天的，把我惊着了，怎么回事？有婚外情了？如一呸道，你想哪儿去了？我最近想到武汉大学看我儿子，我是怕自己太残了给他丢脸。小美妈道，那你就省省吧，小美说了，咱们这个岁数这张脸，妆都不好上了，就像新房子好装修，旧房子怎么糊泥子也没法光鲜透亮了。如一脱口而出道，那有钱也没用吗？小美妈道，你不是没钱嘛?! 买只口红得了, 涂上也精神一点。如一道, 那又不见你涂? 小美妈道, 我哪有工夫啊, 除了去婚介所, 我涂给谁看呀?! 小美送给我一支她不要的口红, 她说很高级的, 我都不知道丢到哪儿去了。

这天晚上, 李希特去了习武馆, 如一便对着镜子涂口红, 口红是在多宝路上的一家女性用品商店买的, 化着浓妆的售货小姐热情地给如一推荐这推荐那, 都被她婉言谢绝了。如一对着镜子化口红, 手势很生涩, 这时李希特突然出现在她背后, 说你在干吗? 如一哇地叫了一声, 不仅口红涂到了牙齿上, 而且整支口红也惊落在地。李希特奇道, 我又不是鬼, 你不至于吓成这样吧? 如一气道, 你怎么又回来了? 吓我这一跳。说完捡起口红, 又瞪了李希特一眼。

李希特道, 你怎么跟吃了死孩子似的? 如一一边用桌上的纸巾擦嘴巴, 一边说道, 关你屁事。

一连数天, 如一都不怎么搭理李希特, 说话也是掸掸打打。李希特知道她这是生气了, 便道, 你那天死活要把我叫醒, 到底什么事? 如一道, 没什么事。李希特回忆道, 好像你说你中了奖, 一千多块钱对吧。如一爱搭不理地嗯了一声。李希特道, 你真是财大气粗, 突然变得这么凶了。说完他换了运动鞋出门, 原来他刚才一时走神, 穿着拖鞋出去了。

如一不觉一惊, 她都没发现自己有任何变化。

屋子里安静下来, 然而如一也没了情绪, 她把口红放进了抽屉。心想, 还是算了吧, 别再吓着孩子。

说句老实话, 自打中奖之后, 如一的确冒出过许多古怪念头, 离奇想法, 但是唯一没有动摇和全力以赴的就是去看儿子。她决定这个星期六就出发, 又请了两天假, 下周二再回来。

如一下了火车，边问边找，听说武汉大学不近，她本想找一辆计程车，可是她对这里人生地不熟，根本不知道到哪儿去搭计程车，又不敢乱问，怕碰到坏人自投罗网，问也只敢问火车站的工作人员，人家给她指了一个公交车总站。这里当然很乱，一方面是车出车进，另一方面是背着大包小包的旅客拥挤不堪。好在专线车的司乘人员都在车下拉客喊客，如一刚一报出武大，就被几只热情的手推到了一辆专线车上。

开车的是一位女师傅，样子没有什么特别，车却开得又快又猛，时不时还超别的专线车，有时两辆专线车并驾齐驱，互不相让，给人一种上了战车直奔前线的错觉。当地人的性格可见一斑，就好像满车坐的都是小美妈。

汽车轰鸣向前，车身稀里哗啦地上下颠簸，好像随时都会散架。如一虽然有座位，但也要牢牢抓住扶手，否则不知会被甩到哪儿去。

东湖很美，大学里更美。如一觉得大学根本不像大学，倒像个花园。而且这里与外面并没有明显的隔离，却像是另外一个世界，不仅风景宜人，速度也没有那么激进，仿佛时钟都走得慢了，而且所能碰到的人也干净朴素，待人友善。如一问路，行人认真指点，几乎都要带她去了。

李想想读的是历史系，这本来是个饿死不偿命的专业。李希特曾劝儿子要不要读计算机之类的？李想想不乐意，他说他将来不想赚那么多钱然后累死，只要能留在大学教书，自由自在就好了。如一也觉得这样未必不好，问李想想要不要送他到大学？想想说不用，他说我又不是什么富贵公子，所有的事自己都能搞掂。不知不觉间他已经读大三了。

如一找到李想想的宿舍，宿舍的门虚掩着，如一敲了敲门，没有回应。于是她轻轻推开门，只见一个和想想一样年轻的男孩子，从一道布帘里探出头来，他一边摘下耳机，一边问如一找谁。得知是找李想想，便指了指想想的床，叫如一等一等，自己又挂上耳机缩回帘子去了。

如一放下行李，顺手整理一下儿子的床，把他随意脱下的衣服一件件叠好，那种独特的气息是她万分熟悉的。

片刻之间，她鼻子有点酸呢。

她发现儿子也有一道布帘，只是帘子没有拉开，里面围着一张学习用的桌子，桌子上收拾得井井有条，还放有一张她和儿子合影的镜框，镜框小小的，是竹制的，如一有些奇怪为什么这张照片上没有李希特，或者说想想为什么不选一张全家福放在这个镜框里。

正在这时，想想的宿舍里又来了一位女孩子，这个女孩子一眼望过去就是江南美女，白净的皮肤，纤细的身材，一把青黑的秀发垂至她碗口大小的腰间，她的眉眼就跟画上的人似的，睫毛浓密，朱唇水润，脸上带着温婉的笑容。只把如一人都看呆了。这个女孩也定睛看了看如一，细声细语道，您是想想的妈妈吧？如一忙道是啊是啊。女孩指了指桌上的照片说，怪不得看见你这样眼熟。又介绍自己是想想的同学，名字叫蒋千寻，她也是来找想想的。

千寻邀请如一去她的宿舍喝点水，再洗洗脸，这在男楼都不方便。她会给想想留张纸条，他一会儿就会找来了。经她这么一说，如一也觉得自己口干舌燥，嗓子眼冒烟，估计能一口气喝掉半瓶水。同时又在心里夸奖千寻想得周到，要不她连上个厕所都不方便。

于是如一就像在深山老林里遇到了偶尔下凡的七仙女，没有理由不跟着千寻走，千寻还帮着她提行李，如一觉得哪能让这样凌波微步的花骨朵儿受累呢，可是千寻执意要提。

就这样，如一跟着千寻去了女生宿舍。

女生宿舍到底不一样些，并不是比男生宿舍干净多少，而是多了一些花花草草，多了一些清新芳香，也就是所谓的情调吧，而且到处都是歌声和笑声。在千寻的房间，如一喝了差不多一瓶矿泉水，又上了洗手间，洗了脸，这样才算轻松了一些，毕竟旅途劳顿人还是蛮乏的。

如一坐在千寻的床上，千寻陪着她聊天，说起如一在假发厂工作，千寻笑道，早知道阿姨要来，给我们带一个包菜头的头套来就好了，我们话剧社有人要演妈妈，正缺一个头套。如一问道，什么是包菜头？千寻回道，就是圆圆的，跟卷心菜似的。如一道，我带了这么一个发型，你看能不能用。说完打开行李袋，包菜头还没翻出来，彩色发套先被她搬了出来，这下不得了，同房间的女孩都围了上来，把彩色假发顶在头上试来试去，有人说我化妆舞会就用这个粉的，多妖冶呀。还有的人说我就是蓝精灵，晚上戴着这个去约会，准把我的男朋友给迷死。至于包菜头，如一拿在手上，根本无人理会。

千寻也被人套上一个冰冰发式，看着很俏丽，有人戴上一顶红色的爆炸头唱我是冬天里的一把火，还学着费翔的招牌手势。笑声惊动了其他宿舍的人，也跑过来凑热闹，把如一当成了个体摊贩，拉开架势准备讨价还价。

如一笑道，什么钱不钱的，你们喜欢就只管留着好玩吧。不等大伙回话，千寻忙道，那怎么行呢？这是两回事，钱是一定要付的。一个千寻同屋的女孩，凤眼弯弯地笑道，哟哟哟，还没过门呢，就开始当家作主了？！知情的人哄笑起来，千寻的脸顿时红布一样，追打着开玩笑的女孩。

最终女孩子们是以出厂价瓜分了彩色假发，有的人付的是现金，也有人给的是饭票，还有人借起了三角债。千寻把收到的钱和饭票一并交给了如一，她说，阿姨，钱你收好，饭票你就给想想，反正他也用得着。如一看着这么美的一个花仙子，还是个大学生，竟然是想想的女朋友，她又不傻，玩笑话里最透露实情，不仅喜上眉梢，心花都怒放开来。

傍晚，如一跟着千寻到学五食堂吃了晚饭，回来时见到李想想正在女生楼的楼下焦急地等着她们。在如一的眼里，想想没有她想象的那么兴奋，他只是非常意外，他说他到图书馆去了，没想到母亲会来，也就没有回宿舍，结果到了吃饭时间回去拿碗，才看见千寻留的纸条。

李想想和千寻上楼拿了母亲的行李，下楼时千寻也跟下来了，想想谢过她之后，便搂着母亲的肩膀去了学校的招待所。

招待所是先交押金，如一刚要打开提包，想想便用手按住了她。想想说，我有钱。说完便付了押金。

两个人进了房间之后，如一问道，你哪来的钱？想想道，我刚才并不在图书馆，今天是星期天，我跑两家人家当家教，所以才晚回来了。如一道，那你就明跟千寻说呗，当家教也不丢人啊。想想没说话，隔了一会儿，反问母亲道，妈，你怎么有钱来我这儿了？如一陡然愣住，她其实很想把中奖的事告诉想想，母子连心，这样天大的好事就该第一时间告诉想想。

但如一又想起小美妈曾经说过，最不能说的就是孩子，他们人生的路还很长，突然有了钱反而会害了他们。

这话如一还是听进去了。

于是如一说道，我在编织社里接了一些毛活，挣了一点小钱。想想道，你真的不要太累了，我宁肯你不来看我，也不想你白天晚上地织，不是织头发，就是织毛线，多费眼睛啊，又累。如一笑道，有什么累的，风吹不着，日晒不着的，已经是福气了。

沉默了一会儿，如一说道，想想，你怎么也不问问你爸爸怎么样了？想想淡淡地回道，我问他干什么？我根本不想提他。如一叹道，你怎么能这样说你爸爸呢？他其实是爱你的，只是不太会表达，而且他也不是一个坏人。想想用鼻子哼了一声，道，这个世界上哪有那么多的坏人？可是我至今想起他来，都没有什么可回忆的。如一似乎想起了什么，急忙从行李袋里拿出两包牛肉干来，一边说道，别这么说，你看，你爸给你买的牛肉干。

李想想不再说什么，他千真万确地知道这两包牛肉干是母亲给他买的，跟父亲一点关系都没有。他不分辩，只是不想让母亲伤心而已。从小到大，他跟父亲的感情就相当淡漠，由于他是一个敏感、内向的孩子，总会记住一些不经意的伤害。小时候，都是母亲接送他去幼儿园，偶尔一次半次被事情绊住了，父亲一定是忘记到幼儿园接他的，最后剩他一个人坐在台阶上傻傻地望着大马路；答应带他到公园去玩，临时就不去了，说一家三口去公园很傻，每每打碎他的美梦，这些都不算什么，都是可以原谅的。

但是有些事不行，小时候李想想就有很多病，有一次半夜他高烧不退，母亲背着他去医院看急诊，临走前居然还给父亲掖了掖被子，然后一个人出了门。更多的时候，母亲是在家里，深更半夜地抱着全身无力一个劲咳嗽的他，可是父亲就是半夜起来上厕所，看到另一个房间的灯亮着，还伴有他的咳嗽声，也绝不会过来看看他们母子俩，而是匆匆地跑回床上接着睡。

　　尤其近些年来，那就更不用说了，家里家外全是母亲一个人操劳。父亲一个大老爷们，有手有脚，不病不伤，不仅一分钱不挣，还要像年轻人一样突发奇想，不务正业，每天发白日梦。他作为一个丈夫，一个父亲，妻子那么艰辛，儿子连探亲的火车票都买不起，他居然一点感觉都没有，恨不得即刻穿起长袍马褂，扛着大刀甩着辫子满街走。

　　对于这样的父亲，想想也只能是无话可说了。

　　有许多时候，想想甚至羡慕那些反叛的孩子，他们总是有办法把父母搞得四处抓狂，暴跳如雷。而父亲对他，不是冷漠，而是忽视，忽视到透明。他要成为一个好孩子就是为了给母亲争气，说到希望别人羡慕母亲，其实这个别人根本不是别人，就是李希特啊，他希望父亲能从差异中发现他们父子的距离，但是非常遗憾，李希特一点都不羡慕他们的亲热，他活在自己的世界里。

　　母子两人谈到深夜，想想看着母亲，突然问道，千寻今天问了父亲的事吗？如一道，问了。想想道，你是怎么说的？如一道，我就是照实说的。想想哦了一声，没再说什么。如一又道，怎么了？有什么问题吗？想想道，没有什么问题，能有什么问题？接着想想伸了个懒腰，又道，不早了，咱们休息吧。

　　两个人分别洗了洗，各自躺下。招待会的标准房就是两张单人床，所有设施一切从简，但也还算干净，周全。如一肯定是累了，躺下之后不一会儿就发出均匀的喘息声。

　　然而睡在另一张床上的李想想却是一夜未眠。折磨他的女孩自然是蒋千寻，他们初识的时候就颇为心动，彼此的感觉都像是被千年的智者点了穴，简直就是神脉相通。无论是形象还是性格，千寻都是想想心目中理想的梦中情人，或许比想象中的还要好一万倍，就算是度身定做，想想都觉得自己提供不出这么完美的人版。只是时代不同了，一贫如洗的年轻人，光是帅并没有什么杀伤力，因为有大把青年才俊，不仅多金，也帅。

看得出来，千寻还是喜欢想想的。但是千寻是稀有资源，稀有资源谁都喜欢，不光是同学之间，就连新留校的年轻老师和离异的教授兼学课带头人，都对千寻表现出极大的兴趣，他们虽然是为人师表，道貌岸然，但一双双流露出激赏目光的眼睛却是骗不了人的。

第一次放假不回家，千寻要回南京，她问想想为什么不回广州？想想当然不能说没钱，便说他跟父亲不和，不想回。他落寞的神情和倔强的性格一下子深得千寻的芳心。这个假期，想想在武昌水果湖的电脑城帮人卖电脑赚钱，千寻从南京回来的时候还给他带了盐水鸭。然而想想根本不提自己打工的事，他觉得自己不能露出一点缺钱的样子，或者寒酸的样子。尤其千寻的父母都是知识分子，他的形象就应该是手不离卷的潇洒书生。

久而久之，李想想把自己的父亲描绘成一个怪癖的百万富翁，经常往返于香港做生意，喝红酒，抽雪茄，除了钱以外别的都不重要。这种描述放在内地会有些牵强，但在广州这样的商都，加之有那么多的港剧深入人心，对于千寻来说，她是坚信不疑的。

大二的第二个学期，放假的时候，千寻主动提出来也不回家，陪伴想想在学校泡图书馆，在东湖边漫步，坐在草坪上听文艺青年弹吉他。这就等于无言地确定了两个人的关系。

幸亏那时李想想靠打工已经赚了一点点小钱，而千寻又是一个家教好的姑娘，两个人在一起总会多出许多费用，像看画展，看话剧，包括吃饭吃小吃冷饮之类，就算是两个玻璃人，也免不了要跟庸俗的臭钱打交道。千寻总是抢着付费，不像有些女孩，好像男人为她花钱就是天经地义。对于千寻的美德，想想真是又惊又喜，他还没见过这样没有缺点的女孩呢，否则这个假期扮梁山伯与祝英台非穿帮不可。

多少大风大浪都过去了，结果母亲一来，轻而易举地揭穿了他的谎言。

第二天清早，如一一觉醒来，看见想想已经打好了早餐，是馒头和稀饭，还有咸菜和煮鸡蛋。吃早饭的时候，想想对如一说道，妈，吃完饭我就送你去火车站，你今天就回去吧。如一说道，我请了假，能不能让我明天再走？想想道，咱们见也见了，你也看见了我很好，何必住在这里浪费钱。如一忙道，我有钱，我现在挺有钱的。想想道，主要是这周我的功课很紧，我送你上了火车，也好回来安心学习。

如一觉得想想的神色严峻而疲惫，不觉说道，不是我做错什么事了吧?！想想忙道，你想哪儿去了，没有的事。两个人不再说话，默默地吃完早餐。

之后，如一开始收拾行李，其实也没什么可收拾的，假发卖光了，行李袋里就剩下几件换洗衣服。如一拿出一个信封，里面有 800 块钱，她把钱交给儿子，说道，这个寒假一定回家，咱们一起过个春节。想想道，钱你自己收着吧，这个寒假我一定回去就是了。两个人推让了一气，最终还是如一坚持把钱塞进了想想的衣兜。

隔了一会儿，如一欲言又止，想想道，您想说什么就说嘛。如一吞吞吐吐道，你要是回家过年，也把她一块带回家就好了，也让你爸爸看看。想想道，把谁带回家？如一道，你还装什么糊涂啊，当然是千寻了。想想想了想道，根本没有的事。如一笑道，你还想瞒我，那些女同学开玩笑，我都听出来了。想想淡然道，没有的事才拿来开玩笑呢。如一还想说什么，想想已抢先一步道，妈我求你了，咱们别扯这种无聊的话题行吗？

可我真的很喜欢她啊。如一说道，她也对我非常好，如果是一般的同学不可能这么好。正说得眉飞色舞，想想突然打断她道，别说了!! 这一吼声着实把如一吓了一跳，她愣在那里，呆呆地看着儿子，不知道发生了什么事情。

不多时，如一低声道，想想，是不是妈妈卖假发，给你丢脸了？这时的想想也克制住情绪，恢复了常态，他没有回答母亲的问题，只是走过去搂着母亲的肩膀，我们走吧。他轻声说道。

到了火车站，如一坚持自己买了硬卧车票。

分别之前，李想想紧紧地抱了一下母亲，就在那一瞬间，两个人的鼻子都酸了。如果他们能敞开地谈一谈，那该有多好，那也就没有后面发生的故事了。但人生都是这样，当你懂得无论如何不能错过的时候，通常已经老去。

火车轰隆轰隆地开动了，如一从车窗里看见儿子逐渐变成了一个小黑点，但仍然站在空荡荡的站台上。

她在心里发誓，一定要让儿子过上好日子。

这时列车员提着水壶来送水了，如一忙收起思绪，她打开行李袋拿出自己的杯子，意外地发现了那个熟悉的信封，打开数了数，还是800块钱。她一点也不知道想想是什么时候放进去的。

十一

其实，保守秘密是一件很辛苦的事情。

回到广州以后，如一就有些后悔。她觉得她就应该跟儿子交个实底，然后带着孩子买些吃的用的，再给他买一台手提电脑，最重要的是给他买一个手机，这样她就随时可以听到儿子的声音了。

这么好的孩子，怎么可能一见到钱就变坏了呢？自己千里迢迢都见到了他，这种事见面说才说得清，电话里根本没法说，结果自己什么也没说就回来了，害得儿子那么省又那么辛苦，除了上学以外，还要给人当家教，既不能休息也不能看书，而他是个大学生，重要的就是学习和养好身体。钱是用来干吗的？就是用来改变环境的，否则就什么都不是。

想到这里，如一觉得自己简直就是穷人本色，有多少钱也是穷人的思维，所以懊恼不已，并且决定等到想想回家过年，就把这件事告诉他。

如一也第二次想到小美妈，她觉得小美妈这个人精明是精明，但是对自己还是很好的，小至抢大米，大至督促她兑大奖，她是处处关照她的，现在对她封口，真有点不厚道。可是小美妈的变数也很大，万一什么事没处理好，她们可能连朋友都没得做了。

而在如一的生活中，小美妈就像个小太阳一样温暖而指引着她的方向，这是一个无论如何都不能失去的朋友，所以也不能节外生枝啊。

分析来分析去，如一反而犯了一个天大的错误，那就是把中奖的事情告诉了李希特。当然，如一作为一个传统的良家妇女，她不可能对丈夫隐瞒这么大的事，而李希特的确也不是一个贪财的人，照理说这笔意外之财不应该给这个家庭带来难以想象的震荡。

然而，金钱操纵人生，它就像如来佛的手心一样，其实我们看不到它的疆界。尤其是没有钱的人，如若也不知天高地厚地胆敢视金钱如粪土，那就更麻烦了，或许成为一场人生的灾难。

这一天的傍晚，如一和李希特坐在餐桌前吃晚饭。如一说道，我都回来这么多天了，你也不问问儿子在学校怎么样。李希特回道，怎么样嘛。如一道，还挺好的。李希特道，那不就行了嘛，我问不问还有什么区别吗？如一道，你不觉得你对他的关心太少吗？李希特不快道，缺他吃还是缺他喝了？还是没供他上大学？他们这一代人最不缺的就是关心了，我们年轻的时候谁关心过我们？还不是扔在广阔天地里自生自灭，也不见我们缺胳膊少腿。你看现在的男孩子都被关心成女孩子了，我看着就恶心。

如一吃饭没给噎着，倒被李希特的几句话给噎着了，她没吭气，李希特又道，实话告诉你吧，李想想我也看不惯，整天照镜子，给他买书的钱，他买猫屎涂在头上，整天跟你勾肩搭背的，我看着都肉麻。如一扫兴道，那以后我们就在一栋楼里买两套房，我和儿子住一套，你自己住一套。李希特道，好是好，可惜是白日做梦。如一一时豪气，口吐狂言道，不就是钱吗？没钱我也不敢说这么硬气的话，我告诉你吧，我那次中奖不是中了一千多块，而是中了一千多万。李希特笑道，你想钱想疯了吧，嘴巴里面都跑起火车来了。

如一放下碗和筷子，里面还有半碗饭呢，她饭也不吃了，找出存折来给李希特看。李希特看了存折，当即就傻了。

这天深夜，如一梦见儿子结婚，他们在豪华的大酒店里摆酒席，整整36围，那叫一个气派，把见多识广的小美妈都给震一跟头。想想和千寻这一对金童玉女真是人见人爱，他们并没有穿婚纱和礼服，而是七仙女和董永的装扮，还合唱了一曲《夫妻双双把家还》，引来了一片喝彩和掌声。如一当然也是喜上眉梢，被人拉着灌酒，不喝都不行。推拉之间，她就醒了，这才看见是李希特站在床头推她，她有些不快，便道，有什么事明天再说吧。说完翻身又睡，希望梦回大酒店，接着喝喜酒。结果不行，李希特固执地推她。

如一揉着眼睛坐起来，气道，你干吗不让我睡？我明天还上班呢。李希特这回出奇的脾气好，郑重其事道，我要跟你谈一谈。

如一从来没有拗过李希特，只好半闭着眼睛道，你想说什么就赶紧说吧。李希特道，我想知道你的梦想是什么？如一心想，这人真是有病，把我半夜叫醒就问这个？这叫问题吗？于是如一没好气道，我没有梦想。李希特道，你再好好想一想，人怎么可能没有梦想呢？如一困得东倒西歪，无力道，我真的没有什么梦想，我就想脚踏实地地好好过日子。

李希特仍旧不解地看着如一。

如一有些不耐烦道，我从小受的教育就是要做一个平凡的人，做一颗闪闪发亮的永不生锈的螺丝钉。

这时李希特冷不丁地一拍大腿道，那就太好了，反正你也没有梦想，那这个钱就用来实现我的梦想好了。

如一终于醒了，道，你的什么梦想？李希特道，你这不是明知故问吗？我的梦想就是拍武侠电影啊。如一这下真醒了，急道，那是不可能的，你想都不要想。李希特道，为什么不可能呢？如一道，当然不可能，钱是用来改善生活的，不是扔在水里听响的，我还要买房子给我儿子娶媳妇呢。李希特道，你看看你这满脑袋的高粱花子，整个一个翻身农民。你告诉李想想了？如一道，我没告诉。李希特道，这就对了，给孩子留钱就是害他，你知道吗？如一道，可想想是个好孩子。李希特道，那是因为我们教育得好，只要一给他钱，那所有的教育就不顶用了，可是钱是什么？钱是王八蛋，钱教坏了人是不负责任的。如一道，有那么严重吗？李希特道，你想啊，想想的人生道路还没开始，你就用实际行动告诉他天上会掉馅饼，那他何必还要努力？何必还要吃苦耐劳？而且这些钱也不够他吃一辈子的，那他以后怎么办？你这不是害他又是什么？现在有多少人为了教育孩子还装穷呢，你说这个问题严不严重？

此时的如一已经毫无睡意，她被李希特说得无话可说，便瞪了李希特一眼道，就算这钱不给想想花，那也不能拍电影啊，我就是再不懂也知道拍电影是烧钱玩，连你原来说的投资人都不陪你们玩了，我看你就死了心，我们自己买套房子搬进去住，总可以吧。李希特道，我比你还想离开镇水街，这里的人实在是太庸俗了，我巴不得走得远远的。

那不就行了吗？睡觉。如一说着又准备躺下，李希特坚决不让，李希特道，我的话还没说完呢。如一道，你说你说，我听着呢。李希特道，你必须坐起来听。如一无奈，只好又坐起来。

李希特继续说道，可是你知道吗？吃好住好，那是人生的最低标准，满大街的人都在为这个最低标准忙忙碌碌，结果吃好住好又怎么样呢？还不是不满足，还不是觉得人生就这么回事，特别没劲。只有能够为自己的理想而奋斗的人，那才是最高尚的。你看张艺谋，你记得他穿什么衣服吗？你见过他有什么豪宅爆光吗？没有。可是他实现了自己的梦想，他让梦想成真，所以他是一个成功的人，我必须承认我也嫉妒他。

慷慨陈词的李希特没有接着说下去，因为如一已经坐着睡着了。

比起上一次的冷战，这一回两口子上演的是贴身热舞。

如一在公共厨房的灶台炒菜，李希特便托着一只空盘子站在她的身后，邻居们说，以为你们家做龙肝凤肾呢，不过一盘肉末豆腐，难道也需要两个人抬回家吗？也有人悄悄问如一，你家希特怎么回事？发第二春啊？

　　回到屋里，如一对李希特火道，你老跟着我干什么？别人看着像什么样子？李希特道，我跟着我自己老婆，关他们屁事。

　　如一道，你跟着我也没用，我是不会拿钱给你拍电影的。传出去整条镇水街的人都要笑死了。李希特道，笑话别人的人自己才是最可笑的，我就是在别人的嘲笑声中长大的，我怕什么?! 胸无大志，目光短浅，小白菜便宜两毛钱都会高兴得跳起来，我还觉得他们可笑呢。

　　如一道，我就奇了怪了李希特，我们也是普通人，为什么就不能像普通人一样生活？为什么就不能买个两房一厅搬进去住？为什么就不能成为有车族，周末到郊区去跑一跑？李希特心想，我怎么是普通人呢？只可惜你不具备一双慧眼，看不见自己身边的人是何其了得？但他明白这其中的境界太深了，再怎么辩解如一也不一定懂，只能说一些粗浅的道理给她听，便道，这种愿望当然很容易实现，可是实现了以后又怎么样？是啊是啊，一脚就迈进小康了，有房有车了，那又怎么样？它能让你有多快乐？或者说它能让你快乐多久？而我们要付出的代价就是离梦想越来越远。

　　如一被气得直翻白眼，总之我说不过你，如一气道，你老是梦想梦想的，谁没有梦想？难道有梦想就不过日子了吗？李希特道，太多的人浑浑噩噩没有梦想了，你就没有梦想。如一道，谁说我没有梦想？凭什么我就没有梦想？李希特道，是你自己说的你没有梦想。如一道，那是半夜三更，谁家半夜三更摆乌龙阵？李希特道，那你说吧，你的梦想是什么？如一道，我的梦想就是把编织大王手工社买下来，我当老板，但还是让那个大学生经营，我们要有自己的设计团队，最终有自己的名牌产品。

　　李希特笑眯眯地看着如一道，就没有比这更伟大更振奋人心的梦想了？严格地说这根本就不算什么梦想，几万块钱就搞掂了。如一冷脸道，你的梦想就是梦想，别人的梦想就什么也不是?! 吃饭吧，菜都凉了。

现在的李希特傍晚时分会提前一个小时起床，洗漱完毕之后就去假发厂接如一下班，两个人像演《天仙配》似的。年轻的工友羡慕如一，说，你怎么能把老公治得这么服帖? 肯定有什么必杀技是我们不知道的。如一在心里苦笑，不知如何作答。就连小美妈也深感奇怪，小美妈道，你家的植物人到底怎么回事? 怎么跟诈了尸似的周街走? 如一支吾道，我不知道他要干吗，他这人就没醒过，你又不是不知道。小美妈道，我看着他都着急，他可真没有李想想省心。如一道，李想想 5 岁的时候要玩具都没像他这样。小美妈道，他到底跟你要什么? 如一道，还能要什么，钱呗。小美妈道，又是买武侠书看武侠电影吧? 你别给他，现在的书和电影票多贵呀。如一咬牙切齿道，我这辈子非给他磨死不可。

一天，报纸上登出了市区的 53 条永远不会拓宽的道路，是规划局联合若干部门集体讨论的结果，旨在保持这些街道原有的风貌，使这个城市显得更有历史感和文化感。不光镇水街，就连多宝路都被判了终身监禁，全在 53 条之列，永无翻身之日。

这件事就像一滴水掉进了油锅，整条镇水街的人都在议论纷纷，但是不管怎么义愤，当"牛钉"的事肯定是子虚乌有了，靠搬迁赚钱住高楼的梦也就此打住，一时间通街都打不起精神来，邻里见面也是哀叹摇头，声称中六合彩不见这么好彩头，偌大的一个城市，七乡八里，窄窄一条镇水街居然中了 53 条，真是黑起来有门有路，不信都不行。

周六的下午，如一跟着小美妈走鬼卖山芋，上次卖完龙眼以后卖了一次阳桃，结果被城管抓住把秤给没收了，所以这次卖良种山芋按个头，小的 1 块，大的 1 块 3，倒是很快就卖完了。

第二天是星期天，如一摇身一变，换了一件见客才肯穿的衣服，一个人悄悄加入到看楼团里去看楼。她知道李希特没兴趣干这种事，只能她海选完之后再叫他出来定夺。由于角色变幻得太快，如一还有些不适应，她想，昨天走鬼，今天买楼的人，全中国可能也就她一个吧。

老实说，镇水街没希望搬迁了这件事，一下子就坚定了如一立刻买楼的决心，本来她也在观望，希望好事临门。但凡事没希望有没希望的好，买楼就变得简单了，跟买棵白菜回家一样，反正要住和反正要吃是一样的。

傍晚，如一回到家中，这才发现看楼比上班和走鬼都累，只看了几个楼盘，人就走得筋疲力尽了。她没有力气做饭，就叫花衬衫送两盒三宝饭来，三宝是叉烧腊肠和咸鸭蛋，挺好吃的，如果不是中奖，如一以往都没有这么奢侈过。看来李希特也是饿了，大口吃着饭，如一一边吃饭，一边跟李希特大谈看楼心得。李希特停止咀嚼道，你真的去看楼了？你真的要买楼啊？如一道，反正搬迁也没希望了，晚买不如早买，不然钱都不值钱了。李希特不快道，我跟你说的话你是不是一句也听不进去啊？如一道，我想过了，我也不买什么编织社了，你也别拍功夫片，咱们就买房子买车好好过日子，这样总算公平了吧。

李希特不再说话，但是眉毛又拧起来了，脸色肃穆得吓人。

如一知趣地住了嘴，两个人默默地吃了一会儿饭，但显然气氛已经变得压抑，有点像暴风雨前的沉闷。

果然，李希特还是爆发了，他的脸色异常平静，声音也是四平八稳，似乎早已深思熟虑，他说道，这样吧如一，我们离婚，每个人

600万，各自实现自己的梦想，我觉得只有这样才最公平。如一当即傻了，惊道，你说什么？你再说一遍。李希特道，我知道你已经听清楚了，你好好考虑考虑吧。说完，他放下饭盒，进了他自己的房间。

餐桌上放着两盒没吃完的三宝饭，如一哪还有心思吃饭，而且本来满嘴溢香的三宝饭顿时没了滋味，不知不觉中也已是泪流满面，除了伤心，她的脑袋里更是一片空白。

这个晚上，如一哭了一夜，她想，钱真的不是什么好东西，没钱受罪，有钱也受罪，简直就是五雷轰顶，一步掉进深渊。又想，李希特可能根本没有爱过自己，她对他所有的情感和关爱其实都是一厢情愿，以前没有钱，他必须依靠她，现在有钱了，他首先想到的就是离开她。

第二天上班时，如一的眼睛红红肿肿，上眼睑接近半透明。小美妈见状问道，你这是怎么了？如一道，没怎么，昨晚没睡好。小美妈道，怎么没睡好？做噩梦了？如一鬼使神差道，不是噩梦，好像还是美梦，我记得梦里面一边是百花盛开，一边是白雪飘飘，我不知道该往哪边走。小美妈道，真的假的？你还能做出这种梦来？这应该是白领啊小资啊做的梦，你也太有才了吧。如一心想，自己当然是胡扯，但潜意识里就是想看看在钱和婚姻之间，小美妈到底会做什么选择，如果问她，她当然是选择钱，因为她被婚姻害苦了，但暗指就不一定。如一私下里决定，百花盛开的方向是世俗的婚姻，白雪飘飘的一头当然是冰冷的金钱世界，就看小美妈何去何从了，至少对自己也有指导意义。

小美妈毫不迟疑道，那我当然是往百花盛开的方向走。如一半天没说出话来，她想就连贪财的小美妈内心里都渴望幸福的家庭生活，自己怎么能选择钱呢？反正这个钱也是白来的，让李希特瞎造造没了也好，还过原来的日子，什么也没有改变不见得有什么不好。

一连数日，如一都不理李希特，尽管该煮饭就煮饭，该做家务就做家务，她一向反对女人一生气就用停火停工来要挟男人。但是她内心里真的犹如一座快要喷焰的火山，那就是她痛恨李希特那么轻易地放弃婚姻，无论是钱还是梦，如一都无法原谅李希特居然提出离婚这件事，她觉得是李希特捅破了她头顶上的天，包括一直环绕在她身心的那一份温暖也因此荡然无存。

吃饭的时候，为了防止相对无言的难堪，如一就拿着碗，夹点菜放在上面，拿张小凳子坐到外面去吃，反正镇水街一到开饭时间，不少人跑到门外来吃饭。扯上两句闲话饭就吃完了。

到了晚上，如一只要一躺下，眼睛就像按了开关一样泪如泉涌。

如一哭够了，脑袋也冷静下来，她觉得李希特固然不是一个好丈夫好父亲的人选，但是他也绝不是一个坏人，而他对功夫电影的热爱也不是一天两天的事。当然他这个美梦是一定会破灭的，这一点如一看得很清楚。这不需要先知先觉，也不需要女人的直觉，这件事远没有那么神秘莫测，稍微正常一点的人都明白，热爱不是专长，命中没有的东西是不能强求的。可惜李希特自己不清楚，在一条迷途上越走越远。

如果选择不离婚，那就是预备把全部的钱搭进去，如一最终认为这是万万不能的，她一定要把一半的钱留住。也就是说，她被迫要往白雪飘飘的那个方向走去，一方面她下决心买下编织大王手工社，这样她就不担心下岗了，再则这也的确是自己的梦想。另一方面就是要让儿子过上好日子，这是每一个中国母亲不可推卸的职责。

然而，反观李希特，他就跟没事人似的，每天该干吗干吗，如一不搭理他还落个清静，甚至还挺高兴的，也许他觉得离美梦成真只有一步之遥了。

十二

星期四的上午十点半钟，如一和李希特两个人来到了民政局，由于街道办事处都是熟人，所以选择了舍近求远。幸亏这边也能办事，反正只要是收费项目一般都是方便群众的。

两个人能拿到桌面上的理由是性格不合，所以决定分开。财产方面是无存款，住房和孩子归女方，男方净身出户。私下里他们也没有任何争议，还是中奖的奖金一人一半各自实现梦想。如一这一天请了假，李希特破例白天起了床，两个人临出门的时候都表现得十分平静，前后脚出了门，看着也就是最平凡不过的两口子。

但是不管怎么说，如一的心情还是有些恍惚，她突然觉得一切的一切都那么不真实，同时也希望能冒出点意外的事来，这样就离不成婚了。

可惜的是什么意外都没发生，仿佛冥冥之中有人专门为他们设置了绿色通道。

本来就是无争议财产分割，加上那天离婚的对子他们排第一个，所有的事别提多顺了。如一以为至少有个象征性的调解，结果根本没有，办事人员早已见怪不怪，像机器人一样给他们按好了戳。

领了离婚证出来，两个人四目相望，多少有些伤感，所以谁都没想马上离开，而是干干地站在那里，尽管不走但也无话可说。

如果再年轻一点，可能又跑进去复婚了吧。

婚姻有时就像一把雨伞，在人生的旅途中它总是有一席之地的，让人既无奈又无法割舍。

　　过了好一会儿，如一才道，你的钱我明后天就打到你的账号上。李希特回道，好。如一又道，房子你慢慢找，找不到合适的就先住在家里吧。李希特仍回道，好。如一的内心泛起苦涩，中奖以后的生活就算她想过一百种，一千种，总之都没想过眼前的这个结局。可是它就这样真实地发生了。

　　两个人回到家中，关上门，如一终于忍不住说道，李希特，我们现在分开了，这里也没有外人，我能不能问你一个问题，你要老老实实答我。李希特道，什么问题。如一道，你到底有没有爱过我？李希特的脸一沉，不情愿道，你不觉得这个时候问这个问题很无聊吗？如一固执道，我不觉得，而且我一定要知道，这对我来说很重要。李希特突然火道，这也正是我要问你的问题啊！如一当即愣住了，她无法相信李希特在漫长的家庭生活中居然没有感觉到她的爱。正在惊愕之中，李希特又道，我真的是怀疑你有没有爱过我，我顶天立地的一个大男人，你看我求过谁？我跟这个社会都不低头，可是我给你当三孙子，当下三滥的癞皮狗，你看我一眼了吗?！我觉得你根本不爱我，你最爱的还是钱。

　　如一完全蒙了，她几乎就要哈哈大笑起来。天哪天哪，这到底是李希特的逻辑还是天下所有男人的逻辑?！

　　还真的是让人无话可说。

　　李希特见到钱之后，便揣好存折，直奔习武馆。

　　习武馆门户大开，但是里面空无一人，而且安静得很。李希特正待犹豫，就听见雷霆在里屋喊他。进了里屋，雷霆显然刚刚在午休，此时已从床上坐起。李希特抱歉道，是我把你吵醒的吧？雷霆道，这么气闷的天哪里睡得着，养养神而已。不过雷霆心里也觉得奇怪，李希特踏门的那一分钟，他的眼睛便睁开了。于是他问李希特有什么事。

李希特把存折拿给他看，雷霆惊问道，你哪来这么多钱？李希特如此这般，实话实说，而且也告诉雷霆，为这钱他把婚都离了。雷霆当即被震撼得说不出话来。

隔了好一会儿，雷霆才道，不如这钱先在我这里放一放，等你冷静之后咱们再谈其他事？李希特道，我很冷静，我知道我在做什么，这件事我一定要做，否则我也不会抛妻离子。雷霆道，就算是一定要做的事，我觉得你这么干也还是太疯狂了。李希特道，对于我来说，人生的意义就是先做一个梦，然后实现这个梦。除此之外的吃喝拉撒都毫无意义，无异于行尸走肉。奇怪的是人们都认为我疯了，花天酒地包二奶的人反而是正常的，难道你也这么认为吗？雷霆看了李希特一眼，只见他宝相端庄，一脸正气，也只能是一时无语。

李希特道，存折我就放你这儿，该做什么你就做吧。雷霆苦笑道，可是我是票房毒药，你怎么敢相信我？李希特道，我看了你以前的片子，我很喜欢，我觉得你缺的就是一个东山再起的机会。何况除了你以外，我还能相信谁呢？

肯定与重托，有时对男人来说也许就是全部。所以说李希特的这几句话，还真是把雷霆这个老江湖说得鼻子发酸。此后的三天三夜，雷霆不眠不休，脑袋里始终盘旋着这个项目该如何操作。千头万绪，最终还是一个钱字。尽管现在不是当时的无米之炊，但是对于一个烧钱的事业来说，区区几百万元连个草台班子都搭不起来。借钱就更是一件难事，这年头连救命的钱都开口无门，哪还有人借钱给你玩功夫电影？

雷霆一时想不出办法来，他便先重租了工作室，只是这次没有呼朋引类，只要自己能兼任的差事绝不请人，预算也就跟着一点一点地往下减，直到干毛巾也拧出几滴水来。

当然，对于李希特的不留后路之举，雷霆在心中也是感慨万千，而且他也深知李希特根本不会照顾自己。于是他出面跑了好多地方，帮助李希特租了一个住处，毕竟他是离婚的人了，不能不尊重人家女方。雷霆交了一年的房租，这才重回工作室想武侠电影的方案。

好在雷霆是经过历练的，不仅对电影行业并不陌生，而且还有极强的策划能力。但目前他必须面对的是，毕竟自己刚刚度过了一个漫长的沉睡期，现在重操旧业，也还是从零开始，他心里真是没底。

又经过了几天几夜的思考，雷霆找出了周胖子的电话，雷霆给周胖子打电话说电影的投资已经到位，有 6000 万之多，他只需要周胖子给他推荐一个强有力的制片方。周胖子在电话的那一头足足有 20 秒钟没有吭气，显然是被这突如其来的信息震住了，或者说他非常怀疑这一信息的真伪，不过很快他又恢复了常态，以他对雷霆的了解，他选择了相信。他说给他一天的时间考虑和联络，一定会给雷霆一个满意的答复和结果。

雷霆深知周胖子的为人，上一次他把自己介绍给才狼，完全清楚才狼能够成功地甩掉雷霆。一旦周胖子发现他无法阻控形势时，他又会积极地助人一臂之力，落个顺手人情。所以他才能在业内屹立不倒，广结善缘。

果然，周胖子在最短的时间内，在北京给雷霆找到一个制片方，这个人姓花，叫什么名字已经不重要了，总之众人管他叫花制片。花制片长得可不怎么样，基本就是车祸现场，但他性情豪爽，办事有魄力，待人又十分亲和，令每个人都觉得自己是他唯一的朋友。花制片在北京工作多年，路子挺野的，圈里圈外都吃得开，难能可贵的是还曾经在深圳工作过几年，能讲一口粤语。总之雷霆对他十分满意。

花制片南下之后很快投入了工作。

他先用了一个烂招就是海选女主角，这个招数虽然烂但每回都是莫名其妙地深入人心。花制片首先叫雷霆把《雪剑长箫》的故事包装得精美无比，玄妙无比，令人过目之后生出无限的想象力。然后请来大报娱乐版的著名娱记胡吃海饮，神吹一番，再派上必不可少的红包，结果这件事落实到报纸上便如同炸了一个彩弹，自然是花红柳绿美不胜收。

由于花制片在报纸上的这篇重要报道里，公布了影片的拍摄许可证号码，同时还有一个主题网站，结果自然是报名踊跃，各种类型的美女照片蜂拥而至，看得人眼花缭乱。雷霆的工作室里，有一面墙都贴着打印出来的美女照片，被到过这里的人称作美女墙。

在繁忙的筛选过程中，有一个女孩引起了雷霆的高度重视。这个女孩是戏剧学院二年级的在校生，她寄的是一张古装照片，看上去清纯美丽，更聪明的是她也没说自己的本名，就说她是雪晚，真是冰雪聪明。最重要的是这封邮件的后面，雪晚用不经意的语气承诺，如果能够出演雪晚，她将自带700万的投资进组，而且不求回报，甚至不求回收。

雷霆简直不敢相信自己的眼睛，他觉得这是老天爷终于睁开眼睛看了他一眼。这个念头令他的情绪波动很大，好几次都无法正常工作，只能听听古典音乐，闭目养神。

雪晚确定以后，雪晚并没有来见导演，考虑到她还在上海念书，而且学业紧张不便请假，于是花制片飞了一趟上海，例行公事地跟雪晚见了一面，讨论了部分细节，同时以示郑重其事。然而过了没多久，雪晚的出资人现身了，他不仅来了电话，而且飞到广州，并且在南海渔村请雷霆吃饭。

雪晚的出资人是个大款，生意做得挺红火，这个人形象一般，但相处起来并不讨厌。他说他出钱是没有问题的，只是还有附加条件。他的话让雷霆的心着实一沉，紧接着又半悬在空中，不知此人会冒出什么花样，总不见得他也要演电影吧。雪晚的出资人说，他的条件就是等雪晚毕业以后他们结婚，剧组还要为他们航拍婚礼。雷霆当即傻了，心想当年戴安娜和查尔斯的世纪婚礼好像也没有航拍，一时间张着嘴不知所措。雪晚的出资人解释说，他的诸多乡镇企业，他的祖辈乡亲，他心中浓厚的乡情都在同一个地方，那里山清水秀，犹如梦中的江南，所以到时候要办三天三夜的流水席，好好庆贺庆贺。拍出来的片子也可以留给后人，鼓励他们造福家乡，光宗耀祖。

雷霆当然只能答应，心想到时候叫花制片随便找个航拍员就把这事解决了，没想到出资人还坚持要跟他草签一份合同。

这天晚上，雷霆在工作室工作到深夜。偶尔，他站在窗前仰望星空，突然间就理解了李希特的疯疯癫癫，同时又深感李希特是个多么正常的人，而认为李希特是梦游的人本身就不正常。以前他足不出户，根本感觉不到这个世界的变化，现在看来还真的是换了人间。

在这之后，雷霆只身一人回了一趟香港，许下重金特邀到一位香港的一线演员出演无待。没有钱的时候才要敢花钱，否则就见不到更大的钱，这应该是金钱铁律。而雷霆现在满脑子只装一个字，那就是钱。他深知全部都是自费，演员根本撑不住一台戏，一定要有深入人心的明星，才能让人相信这部片子的高品位，高级别。好在香港这个地方永远是现金为王，只要有人肯下血本赌一把的导演，一定是蛰伏多年，十年磨一剑，重出江湖，不会有人揪住你的从前死不撒手。

回来以后，雪晚和无待的定妆照配合在一起，便起到了神雕侠侣的作用，被花制片拿到报纸上又翻炒了一轮，再拿着报纸去融资，情况就好多了。

花制片去租了一辆保时捷的卡宴，拉着雷霆到有意向的企业去谈投资，通常是雷霆很少说话，只坐在一边抽烟斗。花制片虽然单枪匹马，也照样把人侃蒙，尤其是大谈回报前景，基本就是还没打着雁先论是煮是蒸的路子。

然而这种烂招好像有时也能奏效，他们就这样你来我往，蹿进蹿出，居然落实了4家企业的投资。

事情的进展有点意想不到的顺利。

雪晚的古装照片登在报纸上，小美妈对如一酸溜溜地说道，这个女孩子哪里靓？根本就没有小美好看。如一无心回话，只一声不吭。她离婚的事并没有告诉小美妈，谁的烦心事都经不起一连串的追问。

自从李希特正式搬出去住以后，如一才真正相信他们的家庭是解体了，在这之前好像什么都没有变，什么都半真半假，让人难以置信有些事真的已经发生。而现在她下班回到家里，空空荡荡，她的心就更加是空空荡荡没有着落。李希特走后，如一大病了一场，整个人暴瘦12斤。小美妈还以为她是针灸减肥出现奇效，小美妈是这样合理的，如一生怕自己配不上大侠李希特。

不过，尽管内心悲凉，如一也不认为自己做错了什么，就算是李希特拍电影最终赚了大钱，她也不会后悔。因为她吃过孤注一掷的苦头，她曾经赌过青春和初恋，现在谈不上后悔，但是她更愿意相信平凡和踏实的力量。

当然，如一也承认在李希特的感召下，她的内心重新燃起了梦想之火，一天，她到编织大王手工社交接毛活，无意间看见门口贴着白纸打印的"转让"两个字，下面是一串手机号码。显然是甘笔自己也撑不住了，只好把工作室脱手自救，创业这两个字其实并不好玩。

本来如一和甘笔是没什么话说的，这一次就只有到里间去问甘笔，转让金是多少钱？甘笔想了想说道，还是谁想买你就叫他来直接找我谈吧。如一说道，就是我想买。甘笔当即给惊着了，他说你说什么？我这可不是早饭铺啊。如一笑道，我有说你是卖大饼油条的吗？甘笔还是蒙的，他上下打量如一，自语道，怎么看也不像隐性富豪啊。

如一道，你不用猜了，我也不是什么富豪，只是我对编织一直都很有兴趣，我觉得这个编织社挺好的，卖掉了可惜。甘笔道，我也不想卖，可是没有办法，每天一睁开眼睛就想到房租。如一道，那就转让给我吧。可我这里还包含知识产权呢。甘笔低声说道。如一说你就说多少钱吧。两个人讨价还价一番，如一花了几万块钱买断了编织社，不过还是甘笔负责创意和经营。如一照样领了毛线回家手工作业，这时早已不是贴补家用，而是有时靠它可以打发漫漫长夜。

如一叫甘笔不要宣告编织社换了老板，甘笔说为什么啊？如一说不为什么，我也不懂什么经营管理，只不过是我年轻时候的一个梦想，只当是圆了这个梦想。甘笔突然眼湿湿道，梦想，这个词好奢侈啊。如一道，可是只有梦想是不会嫌贫爱富的，每个人都可以有，难道你没有梦想吗？甘笔苦笑道，有或者没有又有什么区别，还不是这样活，我们这一代人是不讲意义和价值的，你们不会理解。如一道，你一个人坚持到现在，难道不是为了实现梦想吗？甘笔说道，当然不是，我是为了赚钱，而且我以为我能够成为拉格非尔德或者圣洛朗。

如一当然不知道这两个人是何方神圣，更不知道他们是多么了不起的时装设计师，分别在 21 岁和 19 岁初露头角。她也没有跟甘笔再聊下去，只是跟他约好了转账和改变经营者等种种事宜的时间和程序。然而走的时候，甘笔一直把她送到楼下，如一一直说不用客气，但是甘笔说你都是我老板了，这应该是最起码的规矩吧。如一心想，可见他也不是什么都不懂啊。

应该说如一的生活几乎没有改变，她该上班就上班，该走鬼就走鬼，该织毛衣就织毛衣。如一给李想想写了封信，信上什么都没说，只叫他一定回家过年。私下里，如一已经想好了，等到想想回家，便把一切都告诉他，然后跟儿子一块去挑一套好房子，从此搬出镇水街，开始新的生活。

因为她发现她住在这里太压抑了，只要进了家门，到处都是李希特的影子，她知道自己其实是非常非常爱他的。

他像树根一样，无用，却又深深地扎在她的心里。

十三

风水轮流转，这一次是小美妈异常走运，而且还是桃花运。

一天，正值下班的时候，小美妈和如一一起往外走，路上无话，如一又有点心不在焉。小美妈忍不住道，你这个人也是，咱们老友一场，就不觉得我有什么变化吗？如一草草打量她一眼道，你有什么变化?! 小美妈小声道，我去漂白了脸上的皮肤，还做了乳房瑜伽，你不觉得比以前挺了一点吗？说到这里，小美妈下意识地挺了挺胸脯，又道，人家的广告可是进来是飞机场，出去就变成了波霸。如一不紧不慢道，你信吗？小美妈嫣然一笑道，信不是才灵嘛。如一横她一眼道，你发财了？敢烧钱了？你以前不是说这些都是骗钱的把戏吗？小美妈笑道，说来话长，吃面吃面。

于是两个人去了常去的拉面馆，小美妈告诉如一，别人给她介绍了一个男朋友，岁数是大了一点，57 岁，新加坡人，名字叫作王志彪。但是这个人开了一间挺大的方便面厂，有点钱，人称泡面老 K。两个人接触了一下，感觉还不错。如一疑惑道，不会是骗子吧？小美妈道，不瞒你说，我心里也这么想过，他图我啥？没钱没色，可是我又一想，正因为没钱没色我也就不怕被骗了，他能骗到我什么？如一想想也是。小美妈道，我也问过他为什么愿意跟我交往？他说我爱说话，热闹，的确他这个人平时什么都不说，只笑眯眯地看着你，他说他最喜欢我叽叽喳喳，有事没事到处张罗，这样他就很享受。而且他还爱吃我烧的菜，每次都是我们一块去买菜，回来烧给他吃，他说很有家的感觉。他老婆是病死的，儿女们也都大了，各过各的，他就有点寂寞了。

如一想了想道，他身体还好吧？小美妈道，还好，也没什么病，人看上去比实际年龄显得年轻，就是，就是，小美妈就是了半天，如一道，就是什么？小美妈道，你说这人就怪了，我们以前说一个男人不色，见了女人不动心，跟女人关在一间房里还是慈眉善目，也不往上扑，女人们就哭着喊着要嫁他，现在说一个男人不色，我就怀疑我在他眼里还是不是女人？或者他那方面不行？猜不透，搞得我都想去文眉隆胸了。如一道，打住打住，人家可能是守规矩吧，不像咱们这边的男人这么不靠谱。小美妈忙道，就是就是。

也许是过于兴奋的缘故，小美妈完全没注意到如一的黯然神伤，马不停蹄地讲着她跟泡面老 K 的点点滴滴，直到两个人准备分手，她还是意犹未尽。

分手前如一问小美妈，这个周末还去走鬼吗？小美妈道，千万别跟我提什么走鬼，我马上就要变成中产阶级了，我现在要注意保养，再买几套时装，这样才配得上我们家老王。我劝你也得买几身好衣服，而且光减肥不行，你看看你前面都成搓衣板了，小心你们家大侠喜欢上女演员，男人没一个好东西，你以为啊。小美妈叫唤了一轮，发现如一正斜着眼睛看着她，感觉自己的确有点太嚣张了，不禁改口道，我也不是不想走鬼，她说话的音调总算降了下来，可是现在的城管越来越厉害，一眼没看到，就像僵尸一样一下子站在你身后，钱还没有赚到已经被他们吓了个半死。

如一没有说话，但其实她目前对于走鬼，还真是解闷休闲的法宝，因为她实在不愿意总是一个人坐在那个空落落的家里发呆。在立交桥上走鬼，简直就是一个小超市，假古董，假表，考试作弊器，针头线脑，花布睡裤，石榴，鲜花，盗版碟，还有象棋残局花钱对决，有学生模样的人给人画像或设计签名，总之大伙热热闹闹地讨价还价，城管来了一哄而散，俗称反扫荡，无论如何也还挺刺激，什么烦恼也就忘了。而回家却是受罪。

以前是小美妈不愿意回家，有事没事张罗着走鬼，上次用本地木瓜冒充夏威夷木瓜走鬼，客人品尝的是夏威夷木瓜，买回家的却是本地木瓜。如一说这样不太好吧。小美妈说有这么便宜的夏威夷木瓜吗？10块钱4个，我都想吃啊，还不是他们贪便宜，不被我们骗也给别人骗，不都一样吗?!

现在如一完全理解她了，她绝不是仅仅为了钱，她是心苦，而这种苦又是连小美都无法为她分担的。

小美妈说，小美有夜店狂欢的习惯，晚晚都是不在家的，每当夜幕降临，她就成为百变美女，时而性感，时而狂野，有时还头戴红角扮魔鬼，看上去甚是调皮兼可爱。于是她成为夜店最受欢迎的女嘉宾，不仅能带旺人气，而且会令男人酒后失控，大把撒钱。就连见惯场面的夜店老板，有一次都被小美的贴身热舞挑逗得宽衣解带大跳脱衣舞，这位超酷的猛男竟然完全忘却了自己的身份，和小美互揽缠绵，亲热备致。

小美身边的男友也是换了一个又一个，好彩最近搭上一个钻石王老五，人称叶公子，是一个贸易集团的总裁，现年才 32 岁，据说身家丰厚，出入全部带着保镖。小美妈说有一次她撞上他开一辆奔驰敞篷车来接小美，有两个黑衣男人打着黑伞给小美遮太阳。不到 10 米的路程，这也太夸张了吧。谁知小美却轻描淡写地说，没有保镖还算什么富豪？小美妈说，太夸张了就不现实了，你小心给人家骗。小美说，穷日子最现实了，谁爱过谁过，反正我不过。

小美妈对如一说，这个世界是年轻人的，如果我一个人待在家里不说话，就跟一件旧家具一样，所以我宁肯出来走鬼，给城管追着到处跑，我也不愿意回家去当旧家具。

这当然是她以前说的话，现在她好了，欢天喜地地回家去陪老王，还说老王要教她喝咖啡，吃"气死"蛋糕。相比之下，如一觉得自己就剩下凄凉了。

回家的路上，如一神情恍惚，不知不觉间走到一个陌生的小区，在一座灰色的六层楼前，她停下脚步时方如梦初醒。

这座灰色的楼房属于房改房，看着比较陈旧，而且临街的一面，窗户四周拆除防盗网的痕迹还在，那是有一年整顿市容统一拆除的。就在这座楼的六楼，便是李希特新租的房子，里面有一房一厅，面积还算宽敞，这是房改房的特点，破败，公共面积又有一点大而无当。据说这房子是雷拳师帮他租的，搬家的那一天，李希特还在跟她发号施令，根本不拿她当外人，好像他使唤她是天经地义的一件事。那天雷拳师也来帮忙，倒是从头到尾都是一副抱歉的表情，眼睛都不愿意和如一对视，只是大包小包地拿东西，帮着搬家，时而忍不住就叹一口气。最后他趁李希特去上厕所的空当，向如一表示他会好好照顾李希特，并且请她放心。如一什么也没说，只是眼圈微微泛红。

雷拳师又说，男人都是挨千刀的东西，死不足惜，从来放着太平日子不过，要瞎折腾。你是一个好女人，好好过自己的日子，就别理我们了，就算以后我们死得很难看，那也是自找的。

如一还是没说话，心想你说得容易，我何尝不想当他死了，可是做得到吗？女人的操心就跟男人的折腾一样，不死不休，除非没有心。可是没有心的日子就算荣华富贵又有什么过头？所以如一觉得这件事情奇怪得很，明明知道自己做的是对的，偏偏在生活中没有了方向的正是自己，就像在森林里迷了路，不知道该往哪里走。而李希特却朝着他梦想的方向一步一个脚印地往前走，如一直觉他在走向毁灭，可他和雷拳师又为何那么清醒和坚定呢？

在这之后，如一来过两次灰楼六楼，李希特的住处就是像垃圾站一样，她总得收拾半天，再带走一大堆脏衣服，同时给李希特带来卤牛肉和葱油饼，李希特也不客气，就着开水吃得很香。

其实如一心里也知道不该再理他了，他的所作所为简直就是是可忍，孰不可忍，可是看到他吃饼夹肉的那一分钟，他拧着眉毛专注地咀嚼，脑袋里不知在想什么，如一的心里又是很受落的，就像看见李想想小的时候一样。女人的心就像煎饼一样两头翻，每翻一次的感觉都不一样，最不能容忍的人偏偏就是自己最爱的人。如一觉得自己都快被李希特给搞疯了。

然而这一天的晚上，如一并没有上楼。

李希特前几天给如一打过一个电话，叫她不要再去灰楼六楼了，因为他跟着剧组去了甘肃柳园拍戏。

可她却不知不觉地来到这里。

转过身去，如一慢慢地往家走，穿过几条街巷，便是灯火通明的多宝路，除了商家或大卖场的高音喇叭通街喊着路过看过不能错过之外，许多食家和酒吧也跑出来占道经营，一派吃光花光的繁荣景象。

路过茶餐室时，如一推门走了进去，想吃一碗牛腩粉。正在跑堂的番薯昌显得格外热情，满脸堆笑地张罗着招呼如一，一边说道，怎么又吃牛腩粉？你家希特最近都进军影视界了，那不是找到了印钱的机器，你要与时俱进，不能还这么省吧？如一笑道，那你说我该吃什么？番薯昌道，你等着。转眼间就端出一个托盘，里面是一盅椰青炖鸡，一盘鲜虾炒蛋，另有一碟咸水菜心。

这份套餐如一吃得很满意，等她付完账走出来，番薯昌也跟着跑出来，俯身说道，你家希特的戏里如果缺人，一定想着我啊。如一脱口说道，你能演什么？番薯昌道，我能演死尸啊，曾志伟都说，当年他演完全香港的死尸，机会就来了，你怎么知道我就不是下一个曾志伟呢？说完他向如一挤挤眼睛，跑回茶餐室当班了，一边跑还一边喊道，记得打我的手机啊，我24小时不关机的。如一不禁哑然失笑，心想原来现在演死尸都成为男人的梦想了，怪不得张艺谋的电影里死尸那么多，不知圆了多少人的梦想。

如一回到家中，发现家里灰蒙蒙的，这才想到以往李希特在家时，无论她有多忙，家里还是井井有条的，但是现在她完全没有心思，也是宁可走鬼也不愿意在家待，日子过得灰头土脸。

她想了想无论如何这也不是世界末日，于是挽起袖子开始大扫除，一直干到她站着洗拖把都已经睡着了，这才倒头昏睡。

下班的时间到了，不等如一反应过来，小美妈已经消失得踪影全无。

如一慢吞吞地走到公交车站，站牌四周的人很多，任何车开过来都是一拥而上，如一反而更加不急。心想这种一个人吃饱全家不饿的日子可能才刚开头，不觉暗自叹了口气。

这时她的小灵通响了。

来电话的是一个男人，声音遥远而陌生，他说我是项春成。如一脱口道，哪个项春成？然而刚说完这句话，她马上反应过来项春成是谁，着实一愣。项春成笑道，你认识几个项春成？又道，我们见个面吧，我有事跟你说。如一猝不及防，也是随口说道，什么时候？项春成道，就现在吧，择日不如撞日。见如一半天不语，又道，你刚刚下班吧？别坐公交车了，再往前走两条街就看见一家饭馆叫海南城，我刚好在附近办事，就在那里等你。

说完这些话，并不等如一回话，项春成便收了线。

如一站在原地，下意识地看了看四周，非常奇怪项春成怎么会突然冒了出来，更难以理解的是他居然知道自己在哪里上班，下班时必在哪个公交车站出现，这让她的脊背有少许的寒意。

而且她又想我为何要去见这个人？这个人跟我还有什么关系吗？要是在从前，如一根本就会断然拒绝。她一向是没有好奇心的，这也是她即便见到同学也绝口不问项春成下落的原因。也许是今天太特殊了，如一感觉到内心的空落，而且立刻回到那个没有人气的家里干什么呢？又没有人在等她，想跟小美妈说两句话，她也在第一时间跑掉了。

整整一天好像都没说过话。

还在犹豫，项春成的电话又打过来了，他说已经到了饭馆，开了茶位。又说吃一顿饭而已，我又不会吃了你，你怕什么？如一心想这家伙怎么像另有一双眼睛盯着她似的?！又想我怕什么？少说我也是你生命中的贵人，否则你知道大学的门往哪边开吗？我有什么好怕的?！想到这里，她便理直气壮地离开公交车站，向前走去。

海南城是一个极其普通的饭馆，如一走进去之后，便看见项春成在一个临窗的餐桌前向她招手。

她走了过去，项春成站了起来，两个人象征性地握了握手。如一没有什么特殊的感觉，项春成给她的第一印象是人还是那个人，轮廓都是她万分熟悉的，但却已是满脸的岁月沧桑。就像一件东西，旧了，都是这个样子，甭管过去在自己的心目中有多金贵。

项春成点了文昌鸡和四角豆，似乎是要唤起如一的某种记忆，但是如一并没有任何评点和感慨。也许对她来说，只是一顿普通的晚餐而已。

她看上去异常平静。

你还好吗？项春成问道。挺好的，你呢？如一说道。项春成道，我也挺好的。不过说完这话，他似笑非笑地撇了撇嘴，神情令人难以琢磨。如一道，你笑什么？项春成道，我以为我们能省略这个模式呢，看来不行。如一道，什么模式？项春成道，互相都说好，你真的挺好吗？

项春成看着如一的眼睛，他的眼神很有点意味深长。如一没有接项春成的这句话，当然也没有看项春成的眼睛，只道，你找我到底有什么事？

项春成道，有好几个同学都提议，咱们当年的插队知青一块回一趟海南，还是坐着轮船进岛，到我们过去的农场住几天。如一默默听完他的话，道，你们去吧，不用预留我。项春成道，为什么？不是因为，他的话还没有说完，如一抢先说道，跟你没关系，老实说我是没有什么心情怀旧。项春成道，就是没有心情才应该出去散散心嘛。

如一沉吟片刻扬起脸道，当初走的时候就发誓再也不回去了。

两个人闷了一会儿，又低头吃了一会儿菜，终于项春成打破沉寂道，还是我伤了你的心，你恨我对不对？如一淡淡笑道，都说了跟你没关系，每个人要走的路还不都是自己选的，怨不得别人。

项春成略显忧伤道，就不能给别人一个机会吗？

如一答非所问道，项春成，以后有什么事就在电话里说吧，像这样面对面地坐着，你不觉得我们已经没有什么可说的了吗？说完这些，如一果真起身告辞，不等项春成是否执意挽留，她已匆匆离去。

回到家中，如一也想不明白自己为何会这样任性无理，不管怎么说人家请吃饭，至少把饭吃完了再走，但她突然觉得这样很没有意思，过去的事情都过去了，难道再伤心一次不成？而且事实证明她也不会再为他伤心了，就在相见的那一分钟，她的心海都是波澜不惊，真正牵扯她身心的根本是另一个男人。

那又何必缅怀，感慨，甚至千里迢迢地去怀旧，就像演戏一样，何况这戏还是演给自己看的。这真让如一感到厌倦。

照理说这件事就应该像风一样吹过去了。

果然，项春成再也没有来过电话，如一偶尔想起这件事，就觉得项春成像非典病毒一样，来无影去无踪，任何时候提起来都是一头雾水。

就在如一渐渐淡忘了项春成曾经出现过的这件事时，有一个平常的下午，如一像以往一样，下班后出了厂里的大门，一眼看见项春成就在门口等她，说是有事找如一帮忙。如一问是什么事？项春成说一两句话说不清，还是边走边说吧。如一说到底是什么事？项春成不快道，以前的事咱们就不提了，就算是老同学，我总不会害你吧？！

如果在这里发生什么口角，被人看见也不大好。于是如一只得听从项春成的安排，两个人上了一辆计程车。计程车左弯右绕，开进了一个闹中求静的住宅小区，小区的名字叫作东方紫园，里面是四栋灰色的高层建筑围着一处花园，花园的中间有水墙，还有雕塑和喷泉，四周是浓密的绿树和灌木，穿着制服的保安随处可见。一看便知是高尚楼盘。

项春成打开一套三房一厅的单元，里面空空荡荡的没有家具，但是厨房和厕所是装修好的，而且很上档次，家用电器更是一应俱全。

项春成问如一感觉怎么样？如一说很好。又说这还有什么好参谋的？谁看了都会说好。项春成道，只要你满意我就放心了。如一笑道，这跟我有什么关系？项春成道，实话跟你说，这房子是我给你买的，你就搬过来住吧。如一的笑容僵在脸上，一时不知如何作答。项春成的脸上则掠过一丝隐蔽的自得，他想，谁都会被这种意外的惊喜吓住的。

你发财了？如一看着项春成，紧接着又毫无顾忌地上下打量他一轮，发现他穿着平常，皮鞋还是旧的。小美妈说过，看一个男人是否有钱要看他的鞋子和手表，如一上一次就发现项春成戴的是一块电子表。项春成笑道，谈不上，就是你们常说的有几个臭钱。如一道，所以呢？

项春成想了想，叹道，改变可以改变的，以求心安。

如一无甚表情道，这还算是你的心里话。

项春成谨慎道，我说过，要给别人一个机会。

　　如一这时反而没有什么心情看房子了，她靠在大理石的窗台前，又一次摸了摸滑溜溜的大理石道，真的谢谢你的好意，我只是奇怪你怎么就断定我需要房子呢？而且，我干吗要住你的房子？你也真是的，你这是什么意思嘛？项春成道，没什么意思，就是想你从镇水街搬出来。

　　如一惊道，你怎么知道我住在镇水街？而且上次忘了问你，你又怎么知道我在哪里上班？项春成迟疑了几秒钟道，跟同学一打听，还有什么不知道的?！如一仍不解道，你怎么突然打听起我来了？项春成道，我什么时候打听你都不奇怪吧，总之我还是希望你离开镇水街。如一略显不快道，我为什么要离开镇水街？项春成道，主要是离开那些不好的回忆。如一陡然正色道，你真是太奇怪了。你怎么知道我在那里会有不好的回忆？

　　住在那样的地方，还能有什么甜蜜的故事。项春成淡淡回道。也许就是这一点点的轻慢让如一心里很不舒服，她也用淡淡的语气道，甜蜜还是痛苦只有心知道，跟住哪儿有什么关系?！

　　我就不知道你还有什么可犟的。项春成终于有些不耐烦道，如一，你真的一点都没有变，你觉得这么犟有什么意义吗？如一火道，你这算什么？补偿还是恩赐？项春成我告诉你，我很讨厌你这种居高临下的感觉，当初你不声不响地走出了我的生活，现在你又莫名其妙地走进了我的生活，你问过我的感受吗？在你眼里我是什么？随便出入的便民公园吗？我住在镇水街谈不上有多骄傲，但也绝不至于是个耻辱。而且你有什么资格安排我的生活?！

　　项春成的脸色阴沉下来，他当然一时之间无法回答如一的这些质问，但最让他感到不解的是，就算如一见到这套房子不是欣喜若狂，至少也应该深受感动吧？怎么反倒激起了她内心深处的怨恨呢?！

他必须承认他这辈子最不了解的就是女人。

然而，当他从迷惘中返回现实，那套三房一厅的高尚住宅里，只剩下他一个人了。

闷热的天气终于渐渐转凉，几场秋雨一过，一早一晚便有了寒意。

李想想给如一写来一封信，说是这个春节就不回来了，原因是寒假的时间太短，来回的车票费用，还是浪费钱，他决定暑假一定回来，好好陪陪母亲。李想想在信中说他一切都好，他并没有提到千寻的事，只说这个寒假会努力打工挣钱，叫母亲不要替他操心，另外过日子也不要太省，要当心身体。

收到信的当天晚上，如一就给想想回了封信，坚持叫他回家过年，并说如果方便的话，就带千寻一起过来，费用完全不用担心，她有一个大大的惊喜要告诉他们。但是这封信发出之后便又是石沉大海。

转眼间就到了春节前夕，各大商场都在积极组织货源，准备大开杀戒。咱们中华民族的传统就是一年怎么也要放纵一把，人们通常都是在年关底下胡乱花钱，好像不这么干不足以表达对自己的肯定和犒劳。所以各大商场磨刀霍霍也是知己知彼，情有可原。明星廊的海伦突然就给如一打来一个电话，她叫如一给她送货去。如一愣了一阵，海伦在电话里说，我当然知道假发是南韩的好，可是小美妈不给我送货了，她把电话号码也换了，肯定是投奔友谊商店了，到那边价格肯定翻跟头，这人真不够意思，咱们都是在商言商，她跟我说一声就行了，何必做得这么绝。

海伦又说，我后来也进过别人的货，贵倒是不贵，但是质量真不行，相比之下，还是你的货又平又靓。如果你不介意，还是你给我送货，反正做熟不做生，春节前我要见到东西。这时如一也反应过来了，忙道，不介意不介意，海伦你能想到我，我已经感恩不尽了。

如一把这件事告诉小美妈，小美妈老半天才用鼻子哼了一声，道，我现在不是要跟海伦说拜拜，而是要跟所有的假发说拜拜，我告诉你吧如一，我看见假发我都恶心了，再织下去我就要发疯了。老王也说不想干就别干了，他养活我也不成问题。虽然小美妈说这话的语气透着无奈，但是如一还是听出了她的得意和炫耀。如一也不知道哪来的一股无名火，不快道，你话说得也太嚣张了一些，假发虽假，但也是真金白银地养活了我们，等你真的不用上班了，再说恶心也不迟。小美妈道，如一，我可没惹你啊，怎么每句话都是横着出来的？如一道，本来嘛，你不去就不去，话也不用说得这么绝。小美妈道，好好好，我不跟你争，我现在是鸿运当头门板都挡不住，真的是肩膀上跑得马，肚子里行得船，你们看着眼睛里长出疔疮来也是人之常情。不过如一我也提醒你一句，好歹你现在也是大侠夫人了，别尽顾着跑小买卖，别人看着也不登对啊。

如一翻了一个白眼，忍了又忍，才没有一时冲动倒出满腹心酸，心想，他吃他的龙虾，我喝我的白粥，散都散了，还有什么登对不登对的?!

想是这么想，脸上自然没有什么好颜色。小美妈又道，不是我说你，你最近还真是脾气见长，跟谁都没好气，就像全世界的人都欠你的，以前你拖了个大油瓶李希特你都不急，怎么他现在横空出世你倒不开心了？我怎么也想不明白，你这是跟谁较劲?!

如一无话可说，只好叹了口气。

第二天正好是周末，如一便到明星廊去送货，见到海伦，两个人寒暄了几句，海伦笑道，以前多有得罪，我还以为你不理我了呢。如一道，怎么会，咱们之间哪有隔夜仇，你要管理这么大一个商场，总得在商言商吧。几句话，说得海伦龙颜大悦，本来如一的假发只是在头饰柜台寄卖，但因为海伦一高兴，便让员工给如一清出一个一米见方的专柜，并叫一个女售货员过来专卖。如一感恩不尽，连连道谢。海伦说道，你若不着急回家，在这里帮客人选选假发，也教教他们怎么保养和护理。如一当然满口答应。

由于是周末，明星廊里的顾客特别多，年轻的女孩子更是成群结队，追逐时尚潮流。有一个女孩子脸部有点婴儿肥，如一给她挑了一个长卷发的公主发型，不仅饱满的卷发让她成为优雅公主，散落在脸部两侧的蓬松发卷还遮盖了她的宽大下颌，成功瘦脸。结果这个女孩子根本不还价，付完钱就把假发戴跑了。总之明星廊里的生意真是好做，如一留下来根本没闲着。

稍有空暇，如一不禁感慨道，你们这里真是既旺丁又旺财啊。女售货员马上接口道，那当然了，我们这里卖垃圾都卖得掉。

两人正说着闲话，如一只觉得眼角滑过一个熟悉的身影，她下意识地定睛一望，这个人竟然是李希特，这自然让她暗自吃了一惊，因为她并不知道李希特已经从甘肃回来了，而且打死她也不会相信李希特会出现在这样的商店里，除非太阳打西边出来了。

可是眼下太阳就是打西边出来了，因为这个人确定就是李希特，居然手里还拎着两个花里胡哨的购物袋。虽然他东张西望，无所事事，但如一还是无法相信自己的眼睛，不禁穿过人群，向李希特走去。

李希特明显瘦了，皮肤被晒得黢黑，衬得牙齿雪白，要说变化最大的是他的两只眼睛，不仅生动明亮，而且活泛润泽，完全不是以前的算盘珠子，动都不动一下，现在眉毛也舒展了，像是用电熨斗熨过一样平展展的。李希特见到如一，也有些意外，竟然客气地问了一句你还好吗？顿时让如一感觉生分了不少。不过如一并不在意，她发现自己见到李希特也还是心生欢喜的，完全不像自己痛下决心时那么强硬和冷漠。

如一问李希特是什么时候回来的？他说刚回来没两天。问他拍片子顺不顺利？他迟疑片刻说也还好吧。

两人正聊着，有一个女孩子默默地来到李希特的身旁，这个女孩子长得并不起眼，淡淡的眉毛，眼睛细长。她的皮肤也是阳光普照的麦糠颜色，皮肤紧致，闪动着柔光，而且身材惹火，更因为年轻而全身散发着英气。她的五官并不俏丽，但是眼神却沉如秋水，让人过目难忘。见到这个女孩，李希特很自然地搂住她的肩膀，落落大方道，让我给你们介绍一下，这是我的前妻如一，这是我现在的女朋友许二欢。

这突如其来的介绍，给如一的感觉就是脑袋被人打了一记闷棍，然后就像机器烧掉后一样吱吱啦啦乱响。

后面的事她已经完全不记得了，真的是片刻间的失忆，甚至不知道自己身在何处，好像是她还和许二欢握了握手，又好像是含笑点了点头，说了几句不咸不淡的话。总之后来如一是木然地回到了柜台，她看见李希特和许二欢并肩而行，一路言笑着离开了商场，而且李希特始终都没有把搭在许二欢肩头的胳膊拿下来。如一感到整个心痛得缩成一团，什么叫万箭穿心，什么叫痛彻心扉，她是在瞬间尝遍的，原来李希特这个人是可以过世俗生活的，不仅会表达关爱，还能逛明星廊，帮女友提东西，只是跟她在一起的时候才变成了呆头鹅，这就是她经营了多年的婚姻，转眼就变成了负资产。

老实说，就在碰到李希特和许二欢之前，如一都没有从心底把她和李希特的分开当作一回事，她觉得离婚无非是两个人之间的一次别扭，一场冷战，甚至是财务上的重大分歧，等到两个人分别实现了自己的梦想，他们还是会走到一起的。如一从没想过还会和别的男人有什么瓜葛，而且她也不相信李希特离开了她还能生存，他的不着边际，他的生不逢时，他的古怪性格，他的自我封闭，这个世界上怎么可能有第二个人接受他？

偏偏没想到的事情就发生在眼前。

乘着夜色，如一回到镇水街，只见街灯下面，孩子们在追逐嬉戏，上了点年纪的人开了一桌麻将，打得如火如荼，中年妇女最擅长的就是扎堆咬耳朵，讲一些家长里短。这一派生活景象再常见不过，然而此时此刻，如一羡慕镇水街的每一个人，其中也包括以前的自己，而现在平静和踏实的生活已经离她远去。想到这里，如一急忙收起脸上的哀容，尽量面色平和地往家里走去，一路上还有人跟她打招呼，她都应对得和平时一样。

回到家中却不能自制，眼泪滚滚而下，她没有吃晚饭，因为气都气饱了，索性端坐在椅子上哭了好一会儿。但也只是一会儿，如一便觉得眼泪是最不值钱的东西，自己也没有奢侈到尽情尽性地掉眼泪，便拿出毛活来，一边织一边哭，好歹什么也不耽误。

毛线越织心里越静，如一心想不如不中这个奖，否则也不会把自己的生活搞得一团糟，现在她相信钱是万恶之源了，谁拿它都没办法，它可以改变一切，包括也能把你最宝贵的东西拿走。可是现在知道已经晚了，或者所有的钱都应该拿去给李希特烧掉，反正这些钱也是从天而降，本不是自己的东西就是钱也会化作水。想到这里如一真有点后悔了，她是爱李希特的，可也是她为了钱同意离开李希特的，这样的结果又能怪谁呢？

如一的脑子越来越乱，刚才在明星廊里所看到的一幕也越想越伤心，她觉得只有把自己累倒，才可能减轻内心的苦痛，可是家里已经很干净了，难道再大扫除一次不成？

于是如一又开始大扫除，她在公共水池洗拖把的时候见到蠢猪的老婆，蠢猪的老婆奇道，你家又要来记者啊？如一道，没有啊。蠢猪的老婆道，不是刚搞过卫生吗？怎么又搞？如一苦笑道，闲着也是闲着。蠢猪的老婆道，别呀，你要是手痒，我家的地板可是有两个月没拖了。如一道，那你干吗不拖，拖个地又不用多少时间。蠢猪的老婆道，我哪里是没时间，我是没心情。如一道，又怎么了？蠢猪的老婆叹道，你说这个月才过了一半，我就收到4张罚款单，还让不让人活了？！如一道，你买车了？蠢猪的老婆提高嗓门道，我买个茄子，你不知道喜帖就是罚款单啊？我收到4份喜帖，我一个月才挣多少？如一平静道，不去不就好了。蠢猪的老婆道，人不到礼金都要到啊，不然你不混了？好得罪人的。如一道，你到底差多少嘛。蠢猪的老婆算了算道，礼金最少一份2百，要8百块钱呢，我还缺4百。如一当即从兜里掏了4百块钱递给蠢猪的老婆，道，等你有了钱再还给我吧。

如一提着拖把走了，只听见蠢猪的老婆在她身后喊道，我给你打个借条吧！如一头都没回地挥了挥手。蠢猪的老婆想了想，眼睛突然一亮，自语道，我也要叫我老公写武侠电影。

事实证明，钱还是很重要的，区区4百块钱，你看把人愁的。如一一边拖地一边想到，难道她能心甘情愿地让李希特把所有的钱都烧掉吗？她真的做得到吗？她根本做不到，她太需要钱了，既然是晚了那就保住自己和李想想的幸福生活吧。

这个晚上，如一如愿以偿地把自己给累趴下了，可还是一夜没有合眼，这是以前从来没有发生过的事。

她想起了许许多多往事，越想越觉得心寒。

　　李希特当然是在剧组里认识许二欢的。

　　当时的情况是雪晚需要一个武术替身，于是花制片从北京叫来了许二欢，二欢不是北京人，是个北漂，小时候在艺校学过武术。雷霆问许二欢会什么？许二欢说我最喜欢使斧子，红缨枪和九节鞭也行。雷霆回道，那你就使斧子吧。许二欢道，就在这儿？雷霆道，就在这儿。

　　此时大家正在一个院落里吃晚饭，雷霆也在吃，随口应着话，表情上也是没把这个小丫头当回事。许二欢二话没说，便在道具箱里抽出两只斧子，只听她低低地咆哮一声，整个人已经像小豹子一样飞到空中，紧接着是一连串精干，利落地翻腾滚爬，两只斧子忽上忽下，虎虎生风，寒光凛冽，那气势绝不亚于雄兵十万。一时间惊得在场的人饭也不吃了，全部停止咀嚼，半张着嘴发呆。只有雷霆笑道，这孩子还真够愣的。

　　来到甘肃以后，李希特发现雷霆完全变了一个人，以前他的话很少，现在是可以一刻不停地说一两个小时，以前他待人客气而温和，现在却是张口就骂，不留一点情面。当然大伙都知道这一切来源于经济的压力，开机前雷霆就对大伙说，我要跟大家说实话，我们的钱就只够拍一部山寨版武打片，说白了就是草台班子，但只要我们拍得好看，观众一样喜爱。要把片子拍好又没钱怎么办？大伙全都不吭气，雷霆继续说道，那就是大家要肯吃苦，吃更多的苦，我这个人拍起片子来是六亲不认的，所以有言在先，大伙都醒目着点。

　　一开始，雪晚并没有领教过雷霆的厉害，因为她的自有资金，也因为她超凡脱俗的美丽，简直就是现代版的小龙女，还因为她有一个大款每周都搭飞机来探班。所以她是万千宠爱集一身啊，也就没有把雷霆的话放在心上。

结果拍戏的时候，一天傍晚，所有的准备工作做齐备了以后还要等天气，好不容易等到了暮色四起之时的火烧云，雪晚和涯井兽对戏时，看见他的月代头和蚕豆眉，感觉无比滑稽，于是就笑场了，而且还笑得止不住。这是一个没有切换的长镜头，这样一搞全部都要返工，可是天上的云彩是不听指挥的，转眼就变成了瓦片云，只能配合矛盾迎刃而解的情绪，完全不是剑拔弩张时的氛围。

雷霆气得破口大骂，一直把雪晚骂哭了还不停嘴。

这一次是给全组的下马威，此后每个人都恪尽职守，不敢有半点马虎，尤其是到了拍摄现场，没有人敢说一句闲话。

本来雪晚也是有小姐脾气的，这也是漂亮女孩的专利，似乎脾气太好了反而就不那么漂亮了。但是雪晚毕竟是个新人，还没轮到她要脾气，加上这件事本来就是她做得不对，所以也只好认栽。由于雷霆坚持任何一个演员都不许带助理，这样一来雪晚每天晚上看剧本，背台词，就抓住许二欢伺候在侧。生怕台词不熟，第二天又给导演骂。光背背台词也就罢了，背完台词许二欢还要给她按摩，让她睡得好一点，保持最佳状态。

尽管雪晚在剧组洗脸是大款给她托运来的矿泉水，还要保证她的蔬菜水果，并且每天都要敷日本全进口的面膜，但是全身按摩也还是一天不能少。等她睡下之后，二欢还要给她洗衣服，包括她的内衣内裤。

事实上，许二欢的工作量只在雪晚之上，因为雪晚还只是花瓶，连最简单的对打都不会，必须小心轻放。所以有大量的打戏全是练二欢一个人，大伙见她一天忙到晚没有一刻停下，还要被钢丝吊来吊去，都有些不忿。但是许二欢一天到晚却总是乐呵呵的，她说她一点不累，而且雪晚实在是太漂亮了，她一看见她就像在沙漠里喝到了甘泉，一直甜到心里去了。

雪晚的感情戏的确不错，眼泪就像自来水龙头，随时拧随时都有。看着雪晚足有两克拉重的泪珠晶莹抛散，在一旁看呆了的二欢不禁自语道，哪个男人不会为她粉身碎骨呢？李希特在一旁逗她道，那你也哭嘛。二欢撇了撇嘴，认真道，演戏太需要才华了，不是一般人都能学会的。

她真是打心眼里热爱和佩服雪晚，可是从一开始李希特就不觉得雪晚漂亮，一张苍白的脸加上一副像是没发育好的骨架，既没有活力也没有魅力，而且还不会打，这在李希特眼里根本就是一无是处。

经过一段时间的观察，李希特发现许二欢真的是不会嫉妒人，而且她也不虚荣，这些好像都是女孩子必备的毛病，她却半点不沾。时间一长，李希特便跟她熟悉了，问起她的身世，许二欢说她是在越南出生的，很早父母就离异了，谁都不要她，她是跟着乡下的奶奶长大的。但是她还是愿意相信父亲是爱她的，因为父亲曾经回到乡下看望她和奶奶，而且那一次，她隐约地感到父亲挣了不少钱，不过没有给奶奶留下多少，只是兴高采烈地告诉奶奶他要做大生意，这当然就需要大的投资，结果投资失败血本无归，他就再也没脸回家了，无论奶奶怎么托人捎话，他也不回家。

二欢还说，她从小就很喜欢功夫，非要上武术学校学功夫不可，奶奶说那都是男孩子干的事，你一个女孩子家，我教你点针线活才是正经。许二欢哪里肯听，奶奶拦也拦不住，上武术学校只上了一年就没钱念下去了，就是因为她特别刻苦，学校才免了她的费用让她继续学。有时候实在没吃的，她就带着锅巴去学校当干粮，竟然还有同学用盒饭换她的锅巴吃。就这样她坚持到武校毕业，找不到合适的事就漂到北京去了。李希特问她当北漂苦不苦？二欢笑道，当然苦了，可是干什么不苦？我奶奶说人生下来就是来吃苦受罪的，什么时候死了，就能好好享福了。这话说得李希特好不心酸。

由于资金短缺，雷霆在剧组里基本是个一脚踢，凡是他能做的事绝不请人，而且除了临时改剧本的事要跟李希特商量之外，李希特也要干许多打杂的事，剧组的人也不见外，经常把他呼来喝去。

雷霆还要担任武术指导，有一次他要求吊在钢丝上的许二欢从空中飞下来的时候一边挥剑一边大声喊叫，但不知为何许二欢就是一声不吭地东砍西杀，下来之后，雷霆把她臭骂了一顿，许二欢拼命道歉说我再来一次。李希特忍不住插嘴道，隔着那么远，又是大全景，谁能看见张嘴不张嘴？雷霆狠狠地瞪了李希特一眼道，这是人物的情绪你懂吗？你以为拍电影是拍什么？就是拍情绪呀，否则干吗要人来演，拍狗拍猴子不就可以了吗?! 不懂就闭嘴，要不你来拍?! 吓得李希特顿时没了声音。

其实雷霆最崇拜的导演是法国暴力片导演皮埃尔·迈尔维勒，特点是暴力中弥漫着浓郁的人情味。另一个对他影响极大的人是山姆·派金帕，在圣歌中进行搏命的激战是典型的山姆式电影语言，雷霆对他的模仿几乎到了偏执的地步，比如在乡里乡气的音乐里让敌人溅出大朵大朵绚丽的血花，或者是毫无节制地运用慢镜头、融镜、定格等一系列技巧，只为了突出影片的仪式感。总之雷霆拍片要求尽善尽美，拍动作时他一定采用长镜头，也就是时间超过 10 秒钟的连续摄取，而不是好莱坞的拍法，一拳一脚都要跳换镜头。

这样一来，拍片子的重点变成了许二欢，雪晚当然就不高兴了，因为快速地切换镜头她还是可以演一演的，长镜头里一个镜头就要打上十几招，事先还要套招，否则打错了还会伤人，许二欢都要小心翼翼的，雪晚就彻底歇菜了。所以有一天雪晚背着导演发脾气，说到底许二是我的武替，还是我是她的哭替，真是莫名其妙。不过她发脾气归发脾气，照样拿许二欢当粗使丫头。自从她叫开许二以后，大伙都跟着她这么叫，都觉得许二欢够二的。

可是雷霆坚持要这么做，他说光会哭有什么用？我们又不是拍言情片，更不是文艺片。

但许二欢在剧组里除了群众演员之外，她的报酬是最低的，而且既不出脸又不上名字，这都不说了，雷霆对她也是毫不痛惜，动不动就冲着她大喊大叫，李希特也是看不过眼，才帮着许二欢说话。

那一次雷霆骂了许二欢以后，到了没人的地方，李希特忍不住埋怨她，说雷导交代得清清楚楚，你干吗死不开口，这不是找骂吗?! 许二欢道，我被吊上去以后，先要在空中做一个720度的空翻，翻完之后，没想到肋骨上的垫片移位了，钢丝一下子陷到我的肋骨里去，我连气都透不过来还怎么喊叫？只能憋着气把动作做完再说。李希特惊道，那你跟他解释啊，这有什么不好说的?! 二欢道，他骂都骂了，我解释他不是更搓火？导演是剧组压力最大的人，我们都要体谅他。李希特半晌无言，隔了一会儿才道，那你现在还痛吗？你让我看看。二欢回道，看什么看，这又不是第一次了。说完转身离去。

化妆师把许二欢装扮成翻版的雪晚，又因为她硬朗的风格，被导演和摄影师拍得十分唯美，所以李希特突然有一种怦然心动的感觉。

一个偶然的机会，雪晚要跟许二欢连戏，许二欢刚刚吊完钢丝落地，又急急忙忙脱下戏服双手捧给雪晚，无意间李希特发现她几乎是遍体鳞伤，顿时激发出体内似乎并不存在的惜香怜玉之情，这种情愫对男人来说不亚于精神伟哥，让李希特确信自己对许二欢产生了非同寻常的情感。然而许二欢却浑然不觉，一边披上军大衣，还一个劲地叫李希特看雪晚有多漂亮，她说她怎么这么美啊，将来一定是又一个光芒四射的章子怡。

一天晚上，一直等到二欢给雪晚洗完衣服，李希特才约她出去走走，两个人在寒风中散步，默默走了好长时间。李希特非常感谢许二欢没有逼问他到底有什么事，憋了半天李希特才说道，许二欢你知道吗？我挺喜欢你的。许二欢道，我知道。李希特奇道，你怎么知道？许二欢道，因为你关心我，还总帮我说话，整个剧组，没人多看我一眼，上次两个拉钢丝的剧务一疏忽，同时松了手，我掉下来摔了个狗啃泥，他们还哈哈大笑。我拍摔楼梯，一共摔了7遍雷导都不OK。可是有一天我回来晚了，你还专门叫厨房给我留饭。我长这么大，还没有人这么关心过我。

李希特心想，其实她也不是那么二嘛。不觉道，那你喜欢我吗？许二欢道，你不是有家吗？导演说你妻子是一个很好的人。李希特道，可是我离婚了，我妻子她的确人好，但是她没有梦想，一天到晚就知道过日子，你说这日子，你要不赋予它意义，那过着又有什么意思呢？许二欢翻着白眼想了想，道，过日子是挺不容易的啊，而且我也没有什么梦想。李希特道，你怎么没有梦想？你天生就是有梦想的人，所以才会从小去上武术学校，而且没有梦想的人怎么可能漂在北京呢？早就在乡下结婚生孩子了。许二欢顿时惊喜道，真的哦，原来我是一个有梦想的人，如果不是你这么说，我还以为我一无是处呢。

李希特奇道，你怎么会觉得你自己一无是处呢？现在的人可个个都是自大狂啊。二欢道，我奶奶见到我就一边叹气一边摇头，她说看着我就着急，没心没肺也不知道每天都想什么。李希特道，我就觉得你特别完美，比我的梦中情人还要完美。二欢哇的一声叫起来，她说李老师你不要拿我开涮哦，你又不是不知道他们都管我叫许二。李希特不以为然道，无非是说你不精明罢了，可我觉得这恰恰是你的优点。

一席话说得许二欢的脸颊上飘起了红云。

那天晚上，两个人聊到很晚，不知不觉中竟有说不完的话。

其实在沙漠里拍戏是一件痛苦的事，虽然这里的空气很好，很舒服，但是早晚阴冷，中午却是酷热。想一想只有胡杨和骆驼能够存活的环境，对于人来说是非常严酷和备受折磨的，黄沙遮天蔽日，灰土漫天飞卷，剧组只要拉出去，坐车也是好几个小时的搓板路，屁股都颠熟了，旧车也快颠散了架，音响和空调早就坏了，如果哪天轮子飞了也不会有人大惊小怪。这事还不能跟雷霆提，一提他就嚷，新车不要钱吗?!

拍戏的人回来便是一队兵马俑。有一天雪晚大叫，她说有没有搞错？有没有搞错？我的面膜敷在脸上不到3分钟就干了，这是超保湿鱼籽面膜好不好，这样下去我以后还能演什么？演木乃伊啊。

然而对于爱情来说，沙漠并不是生命的禁区，荒原之荒，苍凉之凉，包括孤烟落日和沙漠空旷寂寞的夜晚，这些恰恰是孕育爱情的温床。尤其是夕阳下的沙漠，是一派浓郁的柿子黄，沙海无涯，一个个沙丘像停顿的涟漪，不发生任何故事简直对不起这样非凡的景致。所以后来在评价这件事上，小美妈有着惊人的批语，她说看来这对狗男女就是在沙漠里好上的，那种地方缺吃少喝又不长东西，人除了能眉来眼去还能干什么?!

也许雷霆并不知道，剧组里的人背地里都管他叫癫导，因为不敢直接叫他疯狗，逮谁咬谁。从香港请来的"无待"，是大伙公认的好演员，不仅专业，自律，而且还十分敬业，如果在大陆一定被评为演艺界的劳动模范，德艺双馨，五一奖章获得者。即便是在自然条件这么恶劣的环境里，无待还是坚持每天早晨练体能，中午之后练两仪拳，主要是协调性的训练，由于他基础比较好，又坚持不用替身，这样行舞拳脚时才独具美感。

但是无待有一点包子脸，所以在造型师给他设计形象时，他自己提出脸颊的两边留两缕刘海，以便造成视觉阻力，使脸颊瘦削一些。结果第一天开拍他的戏，雷霆一见他便黑了脸，当着众人不留情面劈头就道，你是来演贾宝玉的吗？我说了一百遍头发全部都要束上去，干净利落是第一位的，你怕脸肥就不要吃饭，弄两截萝卜缨子在脸上有什么鬼用！那天大伙全部停工干等无待重新造型，但是雷霆就像中了魔一样，喋喋不休地乱骂，他说无待的脸跟屁股一样白，要求他不仅要每天在户外暴晒，晚上还要加照紫外线灯，搞到无待满脸满身像麻风病那样红肿爆皮，连造型师都在背后说又不是演《夜半歌声》，难道要让演员毁容了他才甘心吗？真是变态。

还好后来无待说他在香港拍戏时被导演骂惯了，但其实他又怎么会不在意呢？他是一个非常爱护皮肤的人，贴身还穿着好莱坞群星为悼念一个皮肤科权威人士而印制的限量版 T 恤，据称这种 T 恤贝克汉姆也有一件。所以无待的心情其实是超级郁闷。后来他果然就不吃饭了，有一回竟然晕倒在拍摄现场，事后他跟造型师说根本不是怕脸肥，而是毫无食欲，出现了抑郁症早期的症状。

经过了艰苦的拍摄，剧组终于等到了关机的一天，这一天拍完最后一个镜头，雷霆没有马上说收工，而是沉默了良久之后说道，我知道我对各位多有得罪，请大伙多多包涵吧。说完他突然单腿下跪，拱手举过头顶行大礼向众人致谢，在场的人无不动容。

也就在这个时候，雷霆突然失声痛哭，而且哭得止都止不住，不禁勾起所有人心底的委屈，也纷纷滴下泪来。结果主创人员和主要演员不约而同地围到雷霆身边安慰他，算是泪眼相视泯恩仇。

这个晚上，全组开戒畅饮，李希特和雷霆也喝得酩酊大醉。

雷霆住单间，于是两个人齐齐倒在地上，四仰八叉叹着酒气。雷霆感慨道，真不敢相信这一切是真的，我心里其实就一个怕字。李希特口齿不清道，你怕什么？雷霆道，怕我们不知深浅，你这么迷武侠，我这么爱电影，可是我们资质和运气都不怎么样，说不定将来都不得好死。言毕，李希特哈哈大笑道，这就是我想要的生活，似梦似幻，亦假亦真。

借着酒劲，雷霆梦话一般说道，许二是个好女孩，我看你就别害她了。李希特一个仰卧起坐撑了起来，他说你说什么？你再说一遍。雷霆躺着没动，道，你没听见我说什么，干吗这么大反应?! 李希特道，你每天拍戏，骂人，怎么会知道这件事？雷霆舌头发硬道，你出去问一问，全剧组的人有谁不知道？又道，还以为演员之间会出什么事，结果数你最热闹。

李希特迟疑道，那我也不至于害她呀，我是真的挺喜欢她的。雷霆不紧不慢道，你生活能力这么低下，人家跟着你有什么前途？你要害就害一个人，而且害到底。不要变来变去的，在外面玩够了，还是回家去吧。李希特道，我也知道如一没有什么不好，可是她实在是太闷了。雷霆义愤道，你有没有良心的，她给你 600 万出来玩武侠，你还说她闷？我看她骨子里还真是一个浪漫的人。要是我老婆，只会说一个字，滚。

李希特还是第一次听到雷霆提起老婆，不禁喃喃自语道，原来你也有老婆。雷霆的意识显然已经开始模糊，但还是嘴硬道，怎样没有，别人有的我都有，我还有一对儿女，是龙凤胎，不知多少人羡慕我呢。

在地上躺着很舒服，因为这段时间一直累得腰酸腿痛，所以躺在硬硬的地板上格外舒服，雷霆顺手抓过一个塑胶脸盆，倒扣在地上当枕头，又跷起二郎腿，他用醉眼看了李希特好一会儿，好言相劝道，你就听我一句话吧，组散情亡，反正你爱也爱过了，就此道别不是很圆满吗？你们真的不合适。而且我是什么？铁嘴直断，我如果不拍电影，肯定是去算命当雷大牙。我不骗你的，骗你有什么用？！李希特肯定道，可是我这一次碰到了真正的爱情。雷霆笑着摇摇手道，别提这两个字，因为你不配。

不出3秒钟，雷霆便沉沉地睡去，他是不打呼噜的，只是呼吸音十分均匀，随着胸脯的起伏一上一下，说到底还是斯文人。但是李希特根本睡不着，反而是越来越清醒，他重新躺在地上，用脑袋枕着双臂，心想凭什么别人的爱情就是美好的，千年一遇的，而我的爱情就是害人的呢？我不是这么差吧？

雷霆的话到底是什么意思呢？

十四

十月份的黄金周，如一有3天的时间在明星廊里帮忙站柜台，宣传自己公司旗下的产品，还打出了最新广告语：健康假发，头上的高档时装。并承诺可以量头定做，还可以终身免费保养和清洗。节假日的热卖商场，顾客特别多，一天下来，如一的喉咙都说哑了，要吃西瓜霜含片；两只脚也站肿了，脚背肿得像两个小馒头，晚上不泡脚，腿就酸得睡不着觉。但即便是这样，她还是特别感谢海伦，否则真不知道该怎么打发这漫长的假期。

不过十一的晚上，小美妈就给如一打来电话，叫她到家里来吃晚饭。如一推辞了一下，小美妈说道，你家大侠不是还没回来吗？你一个人也不闷？过来吃个饭也算是过节了。

所以十月四号的下午，如一便去了小美妈的家里，只带了一些时令水果过去，显得既不隆重也没空手。这是如一第一次见到泡面老 K 王先生，对他的印象是出乎意料的好，他没有染发，头发虽是胡椒色，却很浓密，个子不高但胖瘦还满匀称的，他的衬衣洗得很干净，明显是熨过的，不像有些中年男人，早不早的就变成活动的垃圾。而且他安静却不严肃，总是微笑着说话，做事。无论小美妈是言词激烈还是撒老娇，王先生都很迁就她。小美妈自然是幸福美满全部写在脸上，不仅眼神透亮，连肤色都细嫩了不少，看上去容光焕发。

如一问小美妈小美怎么不在家？小美妈回说她跟叶公子去了韩国的江原道，据说是一个美丽的度假之地，又是滑雪天堂，当然现在还没下雪，不过真正下雪以后就挤满了人，因为那里除了滑雪和泡温泉之外，还是韩剧《冬季恋歌》的主要拍摄地，所以吸引了大批年轻的浪漫男女跑去感受甜蜜的爱情。

如一笑道，那你们也应该去啊。王先生例牌地笑了笑，没有说话。小美妈飞了他一眼，嘴角挂笑道，我们就算了吧，都这么老了，招年轻人讨厌还来不及呢。再说了，小美说那里的大酱村专门有当地人给酱缸拉大提琴，说是酱油里的微生物听了音乐发酵就格外好，然后游客和 3000 个大酱坛一块听音乐会，之后一块品尝美味的大酱拌饭。你说我们也千里迢迢地去吃那一口大酱，不是几十年都白活了吗?！这也太忽悠了吧。

说完三个人都笑了起来，这时小美妈对老王发话道，我先去厨房炒苦瓜牛肉和芹菜香干，然后你来做咖喱蟹。老王说好。如一从小美妈手里拿过围裙道，既然是这么家常的菜，还是我来炒吧，咖喱蟹我是不行，还是要王先生做。小美妈道，也好，你炒的菜比我炒得好吃，也让老王尝一尝鲜，他老吃我炒的菜，可能都吃烦了。

老王进厨房做咖喱蟹时，如一对小美妈说道，老王这个人真挺好的。小美妈笑道，你才第一次见他，怎么就知道他好？如一道，我觉得他对你挺诚恳的，现在哪还有这么老实的人啊。小美妈喜形于色道，那倒是真的，我有时候都不相信会碰到像他这么好的人，我还掐过自己的大腿，看这一切是不是真的。如一问小美妈老王是不是住在她这儿？小美妈说不是，他住在酒店，不过他经常过来，他说他年轻的时候只顾赚钱养家，几乎都在外面跑，没过过居家的日子，现在反而觉得待在家里最享受。如一说道，那他这么久都不回去上班能行吗？他不是还没退休吗？小美妈道，他说没问题，他说因为资本主义制度是很成熟的，一级管一级，责权利都很分明，重大决策由董事会决定，别说一时半会不回去，就是突然死了谁，一切都照常运转。

老王做的咖喱蟹的确是很好吃，如一吃了很多，席间她还看见老王只要剥出比较大块的蟹肉，就会放在小美妈碗里。这时小美妈不看老王，反而有事没事看如一一眼，如一知道她这是什么意思，就似笑非笑地吃饭，夹菜。心想与其说小美妈叫她来吃饭过节，不如说是要她来看她和老王的恩爱秀。

这样如一很自然地就想起李希特，想起他跟那个年轻的什么欢正在欢度黄金周呢，没准也跑到南韩去跟大酱坛子一块听音乐，吃大酱拌饭，然后变成《冬日恋歌》里的男女主角。一想到这里，如一就觉得心里堵上了什么东西，让她透不过气来，而吃到嘴里的咖喱也完全变了味，从香浓变成苦涩。

　　她坚持着把饭吃完，看上去神情宁静，但是到了 8 点多钟就坚持要回家去。小美妈不快道，家里有什么宝贝等着你回去啊，老王还要带我们去喝咖啡吃'气死'蛋糕呢。老王也说是啊是啊，那家的芝士蛋糕真的很好吃。

　　如一当然还是打道回府，只是一个人走在路上，她突然一万个不想回到家里去，那个她无论在任何时间任何地方都可以百米冲刺想回去的家，现在这一刻在她心中已经土崩瓦解，而且是无比厌倦的，或者那里已经不是家了，她真不愿意相信，李希特就是百无一用也依然能让她找到归心似箭的感觉。然而李希特走了，家的概念也就不存在了，她赶着回去只会让自己的心更冷。

　　可是她再也想不出来还能怎样打发时间，她以往的消费观念极其贫乏，所有的花销一个手的手指就算完了。

　　最终如一想破了脑袋，终于想出一个她认为还不错的创意，那就是坐公共汽车游车河，总站坐到总站才两块钱，回来也一样。坐在车上，窗外的景象是换来换去没有重复的，这不就等于过节了吗？总比看着小美妈和老王恩恩爱爱强。于是如一就近上了一辆人少的公共汽车，找到一个临窗的座位坐了下来。

　　汽车走走停停，乘客上上下下，只有倚窗的如一像凝固的蜡像，她望着窗外，侧脸犹如刀削一般冷峻。在这个节日的晚上，窗外移动的街道的确是灯火通明，各色人等千姿百态，有的情侣很是幸福，有的两口子也是争吵不休，但是更多的人看上去是平安祥和的。于是忧伤又像影子一样回到了如一的身边，她的心很痛，她想男人和女人怎么会有那么大的不同呢？像她还沉浸在分离的痛苦之中，而且时间越长痛苦越深，李希特却已经放下了二十多年的情感，重新开始了一段新恋情。老实说，对于李希特的所作所为，她都是可以理解的，他的奇怪，他的固执，包括他为了钱跟她离婚，这一切都没有跳出她的思维轨迹。唯一她认为绝不可能发生的问题，目前就在她眼前真实的发生了。既然李希特和项春成是一样的，那她真的有必要做一个好女人吗？这个念头让如一着实吓了一跳，原来她心里也是有一个恶魔的啊，她也是相信坏女人走四方，好女人上天堂的啊。

晚上十一点半钟，是所有公车打烊的时间，中年男司机用他的破锣嗓子连喂了好几声，如一才如梦初醒，发现公共汽车上只剩下她一个人，男司机一脸疲惫外加一脸的不耐烦，立在她面前清场。如一急忙起身，但还是忍不住埋怨了一句，你态度能不能好一点啊大佬？后面的话她没有说，如果说出来便是我也一样身心疲惫啊。男司机面无表情道，我开宾士就肯定态度好，开巴士就将就一下吧姐姐。之后两个人便前后脚地下了车，公车的门呀的一声关上了。

仿佛生活的大门也这样关上了，对于如一来说，她只是一个平凡的女人，家庭是她唯一可以坚守的阵地。

如一搭了一辆出租车回家，此前她换乘过什么车，坐过多少总站到总站的来回，已经完全不记得了，同时脑子里思绪纷乱，也不知道到底想了些什么。有人说过，女人通常是年轻的时候一脑袋糨糊，等到清醒的时候已经是饱经沧桑，没有人肯多看一眼了。而如一觉得自己现在是够老，够糨糊。一个明明知道应该放下的人，却无论如何不能释怀。

回到家时已经过了十二点钟。

打开房门，屋子里竟然亮着灯，李希特坐在椅子上，凶巴巴地瞪着她，劈头问道，你跑到哪里去了？这么晚了不回家?！如一看了他一眼，没有理他。李希特更火了，道，我跟你说话呢，我等你四个半小时你知不知道?！小灵通也扔在家里，你到底跑到哪儿去了?！胸口乱麻一团的如一也瞪了李希特一眼，心想，你有什么资格管我？你是谁呀?!

本来如一想说，你找我有什么事？结果说出来的话却是，别人给我介绍了一个对象，叫我去见一见。李希特顿时愣住了，怔怔地望着如一，神情充满了疑问，好像根本没有听懂如一在说什么。

如一见状，继续说道，是一个马来西亚的华人，做方便面生意的，姓王，人还挺不错的。李希特还是说不出话来，还是一脸的不可思议，在他的心目中，如一就是如一，就是一千年不死不倒不腐的胡杨，是他脚下永不改变的大地，是他头顶千年万载的日月星辰，根本不可能有任何变化，更加不可能跟别人在一起。

所以这个消息实在是太意外了。

这时的如一脸上居然有了一丝笑意，她故作轻松地说道，他请我吃了咖喱蟹，味道还真挺不错的，但是咖啡和"气死"蛋糕我实在不知道好在哪里。如一似乎还想说下去，但已被李希特厉声打断，够了！听你说话这口气你很得意是不是?! 你知不知道现在外面有到处都是骗子，就是专门骗你这种人的?! 而且婚介所全是这种婚托?!

他居然还知道婚托，看来真是回归社会了。如一心里冷笑一声。

但她看上去面色平静，这种平静当然是最让李希特抓狂的，他的眉毛又拧起来了，五官变形。好好在家里待着你会死吗？他说。

如一的心里却是一万个不服气，她想，除非我自己愿意，否则谁也别想让我当旧家具。

但是说出来的话却又是，我才不会去什么婚介所，这个人是朋友介绍的。李希特火冒三丈道，你还有什么朋友?! 不就是那个恶俗的小美妈吗?! 她会给你介绍什么好人？有好的她自己早留下了，她看男人的眼神就像一只母狼，有免费午餐她吃3份都还嫌不够，哪就轮到你了?! 我告诉你我现在就可以断定那个人百分之百是骗子。这时的如一被李希特深深地激怒了，同时心里又升起无限的悲哀，她想，是啊，李希特，我跟了你22年，现在人老珠黄，你到灯底下仔细看看我，我还有什么东西能给人家骗吗?!

以往的生活是那样现实，一针一线，一餐一食，男人最怕的就是琐碎、重复和豆腐账，可是女人又何尝不怕这些磨砺?

只是话一出口，又变成了，我现在最大的梦想就是被人骗，而且是骗财骗色，经历一个纸醉金迷的大骗局。如一的声音小小的，但是双眼凄迷，吐字清晰，而且带有一种一往无前的病态的固执。然而话音未落，她的脸上已经结结实实地挨了一巴掌。

不要忘记李希特是练过咏春拳的，所以让他随便打一下也要承受千钧之力，如一只觉得脑袋轰隆一声巨响，好像里面的东西全部坍塌，四处散落，紧接着是被扇过的脸颊完全麻痹了，而且明显地肿了起来。

他们就这样四目相望，眼光全都变成了锋利的刀片，深深地割伤了对方的身心。隔了好一会儿，如一才下意识地捂住自己的脸，然而不知何时，李希特已经离去了。随着房门一声山响，屋里重新恢复了寂静和冷清。如一觉得脸是木的，麻的，没有知觉的。

后来才慢慢有了钻心的痛楚，但是脑袋却是从未有过的清醒，其实这个世界上根本就没有什么有粥吃粥有饭吃饭，愿意与你终老一生的人，如果有，也许就是自己吧。她想。

不过这一次有些奇怪，如一一滴眼泪也没有掉，她不仅没有哭，反而心中有一点隐隐的快感。她拿出毛线来织。

自从李希特离开了这个家，如一的毛线活就织得飞快，因为无论是伤心还是晚上睡不着觉，她都像编织机一样机械的动作，任何有难度的织法都好像不在话下，琢磨一下就会了。连甘笔都说，你不是超人吧？活计也做得太快了，就算是自己的公司也不用这么玩命吧。

这个晚上，如一一分钟都没有睡，她把一件本来已经快织好的毛外套收了针。剩下来的线和时间，她织了两条长围巾，完全不用动脑子，一泻千里，长而又长，但因为两边总是挺不住地要卷起来，如一便打开柜子，找出多少年前的一块棉布被面，热烘烘的红底子上是一大朵一大朵的黄牡丹，非常的喜性和怀旧。她把被面剪开，把它缝在长围巾的一面，这样不仅解决了卷曲的问题，而且稀松的针法配上艳俗的棉布，居然产生了化学反应，那就是有一种说不清道不明的洋气和韵味。

在她决定剪被面的一瞬间，也许是 3 秒或者 5 秒，她有过片刻的犹豫，这是她跟李希特结婚时用过的被面，后来旧了，土了，不时兴了，她洗净，收藏在柜底。如果是从前，她会下不去剪子，因为剪开这样的记忆总不是那么吉利吧。但是这个晚上，也只是片刻的凝神，一剪子下去心就变成了两瓣，所有的痛楚和伤心仿佛也得到了化解，告别自己的珍藏不过是这么一回事。

如一的黄金周就这样匆匆地过去，之后她还是照样上班下班，小美妈见到她时还问了一句，你的脸怎么肿了？如一笑道，吃了你们家老王的咖喱蟹，牙就肿起来了。小美妈眼珠转了转道，你不是血口喷人吧?! 如一道，可能我吃太多了，所以上火。小美妈道，那岂不是又轮到我请你吃面？如一道，吃面也得等我牙好了再说吧。隔了好一会儿，小美妈端详了如一几眼，突然说道，如一你没事吧？如一笑道，我没事。

这一天，如一去编织大王手工社送毛活。

见到甘笔，她把自己织的两条长围巾递给他看，甘笔当即有点瞠目结舌，惊艳道，你这是在哪里买的？如一道，是我自己织的。甘笔问道，有版吗？如一道，没有，我想织就织了。

甘笔摊开长围巾，看了又看，爱不释手。一边又道，肯定是看韩剧的时候织的吧？如一道，什么意思？甘笔道，这两条围巾看上去很伤心啊，我看就叫忧伤系列吧。如一瞪大眼睛道，围巾也能看出伤心来吗？甘笔道，当然可以啊，这有什么出奇吗？一件物品上可以看到岁月、历史、富贵、寒伧所留下的痕迹，怎么会看不出喜悦和忧伤呢？

你不会告诉我这就是艺术吧，如一笑道，她还以为她掩饰得很好，却被甘笔一眼看穿。这时甘笔郑重其事道，这当然就是艺术啊，而且是小众的艺术，这就是我们这些人皓首穷经要追求的东西啊。而且你知道吗？在我看来所有美的东西都带有一种或深或浅的忧伤。

如一认真想了想，还是茫然道，对不起甘笔，我真的不知道你在讲什么。

说到拍电影对李希特的好处，除了他回归了社会以外，还回归了正常的作息时间，他现在不再晨昏颠倒了，算是告别了夜猫子的生活习惯。

但是那个夜晚，他也没有睡觉。

当时他被如一气得已经不太清醒了，头脑发昏地回到灰楼的六楼。许二欢并不在家，就是黄金周她也还是要全国到处飞，到处跑，从一个剧组到另一个剧组马不停蹄地干活。生活并不是总在沙漠里谈恋爱，许多美好的东西反而更容易烟飞灰灭。

当然屋子里还是留下了许多许二欢的痕迹，桌上就有一张许二欢的照片，古装打扮，身体仰躺着几乎接近地面，眼神漠然犀利，手中的一杆红缨枪直指前方，至少它一枪挑翻了李希特的心理防线。

说起来许二欢并不是太年轻，虽然她体轻如燕，上下翻飞，但她也有27岁了，但是在生活上依旧跟那些小女生没什么区别，屋里的梳子，粉色的圆镜子，小碎花的睡衣，还有小小的盆栽仙人掌，无不提示着这间屋里有过女人出现，而这个女人已经悄然地走进了李希特的生活。然而李希特对这一切却熟视无睹，就连他自己都觉得奇怪，为什么会对如一的所作所为产生那么大的反应，不是都已经两不相欠了吗？他以为这一页就这么翻过去了，其实并不是这么回事，他对她根本就不曾放手。

一想起她说过的话，他的心脏就气得乱颤，两只手也在发抖，还睡什么？躺着都喘不上气来，要坐起来才好受一些。

这样坐了好久，他就像一个失忆症患者，刚刚恢复了一些记忆，以往那些平凡的日子便如一列火车，从远到近，呼啸而来，轰鸣着在他眼前风驰电掣。重重叠叠的往事繁若一片一片的雪花，积累到今天也该是一场雪崩了吧？如果是一滴一滴的水珠，也该是一场海啸了吧？原来时间才是一位巨人，它无声无息却又无处不在，是深藏在每一个人记忆深处的魔鬼，随时都会降临。

而当许二欢不在这间屋里的时候，他几乎感觉不到她的存在，或者她曾经存在过。短暂的石破天惊就真的那么靠不住吗？还是时间果然有着无以言说的魔力？这个夜晚，李希特一直在一种复杂情绪的纠缠中无法入睡。

第二天，他去了雷霆的工作室，雷霆道，你跟如一谈了没有？李希特道，谈什么？雷霆火道，你说谈什么？

原来从甘肃回来不久，雷霆就跟李希特长谈过一次，他对李希特说出大事了。李希特说什么大事？雷霆告诉他，《雪剑长箫》的前期拍摄完毕，主创人员、演员、工作人员全部结了账之后该散的都散了，这才发现账面上的钱已经全部花完了。雷霆说道，可是没有钱我们怎么做后期啊？李希特道，什么叫后期？雷霆道，要剪辑啊，录音啊，配音乐啊，还要宣传发行啊，这些事情都不做，光拍回来一堆素材也没有用啊，素材并不是电影啊。李希特道，那我们该怎么办呢？雷霆道，没有别的办法，就是出去找钱。

但是钱这个东西是个隐形女郎，都知道她千娇百媚，人见人爱，可是越需要她的时候越是无缘相见。雷霆想尽一切办法，八辈子都不来往的人也去找了，结果还是一无所获，这才感念花制片的能力的确非同一般，自己不是望其项背，根本就是云泥之别。

可是花制片已经回北京了。

李希特过去也认识一些人，他也跑出去借钱。把他的电影吹得如何如何好，如何如何能卖钱，或者说他也不是吹牛，他真的从内心里觉得这是一部好影片，而且他见证了拍摄的全过程，大家都是把命拿出来拼的啊，这就不可能不是一部好影片。然而无论他怎么说，听的人都无法激动，更无法分辨他说的一切是真是假，再说他张口就要360万，这无论如何不能算一个小数字，一般的人哪有？就是有也不可能听你讲个故事就把钱拿出来啊。

时间一天一天地过去，钱是肯定没有找到，但是曾经贷款给雷霆的人却纷纷打来电话，催问他何时还款。

人被逼急了自然就会产生罪恶的念头，雷霆突然就想起了如一手里的那一笔钱，于是他提醒李希特去跟如一借钱。李希特一想也对，自己白忙乎了那么久这不是舍近求远吗？早就该去向如一借钱，都是自家人也好说话。雷霆提醒李希特态度要好一些诚恳一些。李希特说这跟态度有什么关系？我是向她借钱，不仅要还，还要参与我们的分成，我这是给她送馅饼去，又不是乞丐上门向她讨钱，用得着计较态度吗？雷霆说我怎么说你才能明白？我们现在就是乞丐，总之你记住要态度好就行了。

结果李希特还问他谈什么？你说雷霆火不火？

经过了一晚上的折磨。李希特的心中也是浊浪滔天，亟待宣泄的出口。于是他便把见到如一时的情景一股脑儿地讲给雷霆听。雷霆听完了之后脸色十分平静，你说完了吗？雷霆说道。李希特说说完了。雷霆说我就不知道你气什么？李希特惊道，这难道还不可气吗?！可以说是可忍孰不可忍?！雷霆道，你们不是都已经离婚了吗？你不是又找了许二欢吗？别人为什么不能去相亲啊？李希特无言以对，但胸部却一起一伏好像里面有个压缩机。

沉默了好长时间，雷霆才叹道，李希特，你不是真的以为自己是活在武侠世界吧？你就是韦小宝可以花天酒地，所有的女人都应该对你死忠？李希特恨道，我没这么说。雷霆道，那你气什么？李希特答非所问道，反正我是不会去跟她借钱的。

雷霆忍无可忍道，拜托你能不能成熟一点？清醒一点？我们不是生活在古代。李希特道，当然不是古代，否则她早就见血封喉了。雷霆吼道，李希特，你以为你是谁啊?！你凭什么这么霸道?！难道你比李想想还要小吗?！

李希特看到雷霆青筋暴跳，便没有言声，但心里还是冒出来一句，说了不去就是不去。

从来现实都比骨气还要硬。

一天晚上，李希特看了一会儿武侠书，眼皮就发沉了，于是熄灯睡觉。睡至半夜便被突如其来的手机声惊醒。

对方是一个沉稳的男声，自我介绍说他是荔湾区公安分局的，并且报了他的警号，随后他就问李希特认不认识一个叫雷霆的人。李希特当然说认识。那个人就让他立刻到分局去一趟。

李希特吃惊不小，因为一直是做良民，公安局的门朝哪边开都不知道。但他来不及多想，急忙冲下楼去拦下一辆计程车，在最短的时间内赶到荔湾分局。

原来，曾经给雷霆贷过款的一家小企业，是做合成地板生意的。按照合同，他们打电话，派人来找雷霆还钱。几个回合下来毫无结果，他们就报警了，控告雷霆诈骗。于是公安局就羁押了雷霆，调查下来发现情况基本属实。雷霆不知死，还给警察讲什么电影流程。警察说这里又不是电影学院，难道叫我们听你讲课不成？什么前期后期死期活期，反正你欠债还钱，又没有电影又不还钱，那就是诈骗嘛。

所以，赶紧想办法还钱吧。警察对李希特说道，提醒你一句，诈骗罪是 3 年牢起跳，但就算是坐 10 年牢也还是要还钱，那还不如即刻还钱免灾你说是不是？我们也不是要难为艺术家，但是有人告就不能不作为，希望你们理解万岁。的确，说这些话的时候，警察的态度还是很平和的。

李希特在公安分局见到了雷霆，他被关在一间只有几平方米的水泥格子里，说是水泥格子一点都不夸张，因为里面没有窗，四壁就是深灰色的水泥墙，猛一看就像一间毛坯房的储藏室，仔细一看还是一间毛坯房的储藏室。这间小屋里除了一张椅子之外什么也没有。雷霆的神情十分沮丧，他叫李希特到他的工作室找到地板公司的合同，按照上面的地址去找公司的负责人，跟他们商量叫公安局先放人，否则他做不出电影来怎么可能还他们钱呢？李希特连说了几个岂有此理，也只能答应照雷霆说的去做。

　　合成地板公司是想不到的山长水远，李希特换乘了 3 趟专线车，才在郊区找到。公司是前铺后厂，典型的山寨模式。公司负责人号称年轻的时候当过两年的文艺青年，所以才会被雷霆和一个姓花的制作忽悠，结果贷出去 180 万元，搞得他半年之内寝食难安。反正现在只要见到钱就答应放人，其余免谈。

　　李希特说破了嘴皮，人家高低不松口。

　　等到天彻底黑了，这件事也毫无进展。本来李希特还想再接着努力说服老文艺青年，但是人家不奉陪了，公司负责人开着自己的一辆旧广本雅阁走了，理都没理李希特。李希特没办法，只好再去搭专线车打道回府。

　　然而这时候的车站已经是人满为患，因为各色人等都是下班的和办完事的，准备此时返回城里，车站里的车都发出去了，所以根本看不见一辆车光看见满坑满谷的人。

　　一场秋雨突然而至，本来就拥挤的人群一阵骚乱，有人避雨，有人拿出包里的雨伞。还好李希特一直贴着墙角站着，这会儿被人挤了又挤，半边身子都被雨水淋湿了。老实说，离开了如一的照顾，他和许二欢的交友方式又是神雕侠侣式的，不可能陷入世俗婆妈的泥潭，所以他穿的衣服都是好多天不洗，头发乱草一般，现在一淋了雨水，衣服和身体便散发出很不好闻的气味。还好在这里等车的人大多是草根阶层，谁也不会嫌弃谁。李希特在这里足足等了两个多小时，抽了整整一包烟，人群才算散去，他终于挤上了一辆专线车。

　　李希特回到城里以后，在路边店买了两斤包子，回到家倒了杯开水吃包子，一边两眼发直，一口气吃了 3 个包子居然没吃出是什么馅的。他在家里坐到半夜，还是一筹莫展。快凌晨 5 点的时候便去了镇水街，坐在自己家的门口，靠着门板反而迷迷糊糊地睡着了。

一大早，如一打开房门，李希特的上半身就倒到屋里去了。如一见状，吓了一跳。这时李希特也醒了，站起来拍拍身上的土。如一问他什么时候来的？有钥匙干吗不进屋？李希特说半夜三更的，再把你吓着。如一说你这么一大早找我有什么事？李希特就把雷霆的事说了，既说了 180 万，也说了雷霆还关在荔湾区的公安分局里。

如一当即惊得脸色苍白，虚汗淋漓。对于普通的蝌蚪小民来说，被五花大绑地拉去见官是一件超出想象的事，是一件不可思议的事，更是一场灭顶之灾。如一的脑袋里一片空白。

怎么拍电影会把人拍到牢里去呢？如一根本转不过这根筋来。傻傻地发了一会怔，她什么话也没说，进屋拿了存折，出来对李希特说道，那还耽误什么？赶紧到银行给人家地板公司汇钱，先把人捞出来再说。李希特愣在那里，因为没想到解决这件事竟然不用费半句口舌，反而有点傻了，道，这么早银行还没开门吧？如一道，那咱们也得在门口等着，争取第一个办。

银行果然还没有开门，两个人在门口相对而立，突然意识到他们之间其实是无话可说的。如一背靠着墙站着，眼睛望着别处，李希特知道她还在生气，想到自己的所作所为，最现世报的是转眼又要求到人家门下，心里着实不好受。但是他天生又不会说个软话，只好也对着临街的马路发呆，这时满街的车子已经是铁流滚滚了，上班的人也都在匆匆忙忙地赶路，李希特心想，在这个人满为患的世界里，除了如一以外，可能再没有第二个人会为他卸下身上的重担了吧？想到此他心里热了一下，说来也怪，以前无论如一为她做过什么，他都没有这种感觉，现在不知怎么了，他突然觉得有点对不起她。

但他仍然什么都没有说。

接下来的事情都办得比较顺利，合成地板厂的负责人查到了账上汇到的钱，当然没有悬念地放人。李希特去拘留所接了雷霆出来，虽然只待了3个晚上才能办完手续，雷霆的反应已经有一点迟钝，走出拘留所，他眯着眼睛看了好一会儿蓝天白云，才对李希特说道，自由真好，你不知道我在里面待着，就跟躺在棺材里一样，跟死没有什么区别。

李希特半天没有接话，隔了一会儿突然说道，雷导，都是我害了你。雷霆叹道，这个世界上有什么谁害谁，一切都是自找的。

于是两个人对视了一眼，都有些不能自持，来了一个男人式的拥抱。

他们回到习武馆，只见如一一直在忙碌着，因为李希特告诉她雷霆家的钥匙压在门外的一个花盆下面。此时她已经烧好了柚子叶熬成的水，据说用来洗澡可以驱邪。同时做好了简单的饭菜，看着就已经非常可口。见到他们回来，如一并没有说什么就准备离开，雷霆把她送到门口，坚持说了一句大恩不言谢，下面的话竟然哽咽了。如一也说不出什么，赶紧走了。雷霆用眼神示意李希特去送一送，李希特急忙跑了出去。

如一和李希特一前一后地走着，一时无话。半天，如一停了下来，李希特也只好停了下来，如一头都没回地说道，你的换洗衣服也放在雷拳师的床上，有空去把头发理一理吧。说完头都不回地走了。

本来如一连这句话都不想说，只是第一眼看见这两个男人进屋，雷霆还好，李希特倒像个犯人。

十五

一切都尘埃落定之后，如一的心理开始严重失衡。

其实很多时候，人的反应是相当滞后的，遇到特殊的情况，完全超出了自己的心理预期，便会有一定的应急措施。事后才渐渐发现有些问题不对劲，比如如一看了看自己的存折，耗子吃盐似的又没了一大块，心里就很不是滋味。

为了保卫自己的财产，保卫自己和李想想的幸福生活，如一到现在都不愿意相信自己会同意放弃婚姻，像她这样安分守己的女人，婚姻就是一生的护身符。后来发生的一系列的事情更像是噩梦一场。结果她的钱还是迅速缩水，这对她来说也太不公平了吧。可是思前想后，当时也的确没有任何办法，总不能为了钱见死不救，让雷拳师吃牢饭，那她自己心里的这一关就过不去。

最终如一觉得还是老话说得对，不怕贼偷，就怕贼惦记。还是不要再等李想想回来了，先买了房子，把钱变成砖头，大家也就不惦记了。以后自己就是想救人也救不了了。

钱是一位贵客，太难伺候，走了大家干净。

这样想过之后，如一就干脆把存下来的补休，全部拿出来用了。但她每天还是按时起床，按照上班时间到各大房产楼盘报到，突击性地看了好几大板块的现房，后来也看了期楼，这才发现所有的楼盘比她上一次看房贵出了一大截，涨价的幅度非同一般，可是她手上的钱却没有上次宽裕了，而且也不能一次花光，李想想用钱的事还多着呢，结果当然还是下不了手。

如一重新回厂上班，这一天碰到小美妈，小美妈早不早地就约她下班以后吃面。如一奇道，你不是要陪你们家老王吗？小美妈道，他回马来西亚处理一些公司的事，要过两个礼拜再回来。如一哼了一声道，我说呢，要不然也轮不到我。小美妈笑道，如一你怎么变得越来越刻薄了？咱俩就像是互换了性格似的，我现在是越来越宽容了。

如一心想，既然你说我刻薄，那我就刻薄一次。便道，那你跟老王一个星期生活几次？小美妈笑道，生活个茄子，我现在也搞不清到底是他不色还是我没有魅力，反正他每天无论多晚都要回酒店睡，有一次实在太晚了，天又下雨，他睡在外屋的沙发上，我在卧室特意给他留着门他也没进来。但是他对我实在太好了，脾气又好，跟他在一起我心里就特别踏实。我想明白了，可能就是因为他武功差一点才没去找那些小姑娘，你说我是不是应该珍惜眼前人呢？

一席话说得如一对小美妈另眼相看，觉得她够坦诚够实在，哪里是什么恶俗之人？

下班以后，如一和小美妈去吃面，两个人面对面坐着，闲聊了一会儿，如一看着小美妈很认真地吃面，便故作轻松地问道，你家老王那么有钱，你干吗不叫他给你买套房子呢？小美妈道，本来是要买的啊，也去看了，老王说他不是嫌贵，而是现在的房价实在是贵得离谱，谁买谁就是大水鱼，被人笑你笨，但是高房价一定是会回落的，只要一震荡就杀进房市。如一忍不住哦了一声。小美妈笑道，你哦什么哦，你又没有钱买房。

如一忙道，就是就是，关我什么事啊。

回家的路上，如一反复想起老王的话，持币待购的状态是最好的，等到房价一跌下来，马上大手笔干预。如一觉得老王的话说得很有道理，并且决定就这么做。这次间接地跟小美妈商量买房的事，基本上做得天衣无缝，如一的心里也算有了着落。

同时她在心里发了毒誓，无论今后发生什么事，哪怕是李希特和雷霆一块死在她面前，也绝不再拿出一分钱来。

然而平静的日子过了没两天，一天如一下班回家，还没走到家门口，就看见李希特在门口站着，跟个门神似的。这也难怪，是她换了家里的钥匙，她想用这个举动无言地阻止李希特再来找她。

如一下意识地扭头就走，李希特其实已经看见她了，当然追了上来，一把抓住她，火道，你躲着我干什么？我又不是鬼！如一气道，你不是鬼，可你比鬼还可怕，你是算死草，你是不是要算死我你才甘心啊?! 李希特厉声道，我算你什么了？我这是给你机会。如一道，什么机会？我还不知道你，你能有什么机会？李希特道，自然是赚钱的机会啊，你搞清楚，我不是来跟你要钱，我是来跟你借钱，你把剩下的 300 多万借给我做后期，电影出来以后能挣大钱，不仅这 300 多万还你，救人的 180 万也还你，你还参加分成。

见到陆续有人下班回家，如一只好面色平静，声音和缓道，这个机会我可不可以不要？李希特一下子急了，刚要大声说话，却被如一凌厉的目光制止了，只好把声调降下来，道，我发现你怎么跟地板厂的小老板似的油盐不进啊？他不了解我难道你也不了解我吗？这个片子我从头跟到尾，拍得棒极了，前半截是《十面埋伏》，后半截是《卧虎藏龙》，中间还夹了一段《新龙门客栈》，一定是能挣大钱的。难道我会害你吗?!

如一道，可是我已经没钱了，我买了房子了。李希特道，你买了哪儿的房子？你告诉我。如一支吾了半天没说出来。李希特叹道，你看看你，我们俩分开之后你都变成什么样子了？被婚托骗财骗色，当然你也没什么色了，还学会了撒谎，我都快不认识你了。你怎么会变成这样?! 如一被气得半死，人几乎要彻底崩溃了，恨不得立刻尖叫着跑回家去。她想我上辈子造了什么孽了，这辈子居然碰上这么个冤家？她用剩下的半口气说道，李希特你给我听好了，我现在是要钱没有，要命有一条。你现在立刻给我消失。

说完这话，如一大步往家门口走去，走了不到 5 米，回头对跟着她的李希特死盯了一眼，声音又小又狠道，再跟着我我就报警。

李希特当街当巷站着，两眼直直地望着如一远去的背影，他想钱他妈是个什么东西啊？怎么会把人搞成这个鬼样？如一她从来就不是一个贪财的人，现在有了钱，整个一个面目全非，要不是还熟悉她那张脸，根本都不知道她是谁了。李希特越想越气，先前提出离婚，原本是吓吓她的，想不到她竟然答应了，她为了钱，多少年的感情，什么样的感情，不是说放下也就放下了吗？看来这个世界上最不可靠的就是什么劳什子的感情。

幸亏秋天的黄昏来得早，天色在无人觉察间已经转暗了，否则不知会有多少下班的街坊看见李希特傻傻地被晾在街上。

他转身离开了镇水街，偶尔还是会有人跟他打招呼，大侠，怎么有空回来了？要加油啊，得个金鸡奖也是我们镇水街的光荣，到时我请客，请通街的人吃炸鸡。他勉强点头还着礼，内心里早已是怒火万丈，又无处发泄。

他在多宝路上找到一个街角抽烟，这时黑暗已经彻底包裹了他，让他感到舒适和安全。不远处的茶餐厅门口亮着灯，玻璃橱窗里吊着一只一只焦黄油亮的烧鹅，不一会儿，番薯昌提着两个大拎袋跑出来送外卖，看来生意不错。想到这里，李希特也觉得自己的肚子饿了，从早到晚只吃了一个面包。

可是兜里没有钱啊，他又四下里摸了一遍，还真是没钱。以前不是这样的，兜里的钱虽然不多，但总是有。

他回到灰楼的六楼，打开抽屉，还好还有几张钱。他想起许二欢每次离开，都会叮嘱他一句，生活费在抽屉里，说来也怪，只要是抽屉里的钱花没了，许二欢就肯定会回来，就跟她有天眼看得见似的。

李希特从来不觉得自己这是吃软饭，恰恰相反，他觉得这是自己身上宝贵的领袖风范，毛主席花钱吗？邓小平花钱吗？一辈子钱没沾过手，干得全是大事。自己花些碎银两为的是最基本的衣食住行，那还叫钱吗？还值得去算计吗？千万别说谁养活了谁，没劲。

他在街上买了一些熟食，又买了两瓶九江双蒸，直接去了雷霆的住处。

雷霆看了他一眼，就已经知道了结果，但还是问了一句，谈得怎么样了？李希特气道，她现在变得我都不认识了，一提到钱就急，要是钱能答应，我看她能管钱叫爸爸，还说我再找她就报警。雷霆一时无言，李希特加重语气道，女人真是不可理喻。

雷霆叹道，你这样说她不公平，这一次如果不是她出手相救，我还不知道会怎么样呢。李希特不再说话，铺开熟食，又去洗了两个酒杯。

两个人在餐桌前喝起了闷酒，酒过三巡，雷霆突然开口说道，我这一辈子，谁都不欠，最对不起的就是女人。李希特抬起头来，满脸写着此话怎讲？雷霆醉眼望着天花板道，我想来世就托生成一个女人，受苦受难，9岁去当童养媳，16岁就被强暴，然后卖到夜店去当鸡，还要被黑社会的人打得满脸开花，睡了也不给钱，总之命运非常悲惨，这样赎罪心里才会好受一些。

李希特笑道，雷导你是不是喝得太猛了？雷霆道，这是酒吗？简直就是水。我说得是真的，先不说对你家的如一，害你们没安稳日子过，就说我妈，我老婆，跟着我就是受罪，我一辈子没给过我妈钱，都是她明里暗里地补贴我，她过世的时候，我还在拍电影，没法去送她老人家。我老婆叫刘丽君，跟我结婚以后别人就叫她雷嫂，我为了拍电影，背着她把房子押出去了，最后输得精光，法院来收楼的时候，她带孩子回了娘家，我穿一条底裤站在街上。后来她对我说，我们离婚，但是我也不找人，只要你20年不拍电影，我就回到你身边。我说20年都不在一起那还有必要在一起吗？她说当然有必要，因为你是孩子的父亲，孩子生下来就是讨债鬼，不跟你要跟谁要？她打4份工养孩子，别人管她叫雷四份。可是我忍了12年还是手痒，又走上这条不归路，这跟吸毒有什么区别？还是男人都是这样？明明知道女人很麻烦，还是喜欢女人，知道酒很伤身还是千杯万盏，是不是没救了？我想来想去都是自问自答，觉得活着就是一个错误。

这些话说得李希特头皮发麻，在他心目中，雷霆算是百毒不侵，无论是工作还是生活上都相当自律，堪称楷模。想不到一旦意志消沉和落寞伤感，简直叫人不知所措。

雷霆仿佛看透了李希特的心思，他又抿了一口酒才道，人其实都很寻常，哪里有什么大的区别？只不过对你来说，武侠是药，你这个人对世俗生活一窍不通，不管活到什么岁数都是一派天真。可是一进入武侠世界，人马上就正常了；可是武侠世界对我来说就是毒药，它真的令我变态，疯狂。我告诉你我被关进去的时候，其实精神已经崩溃，脑子里只有两个字就是杀人，我真的只想杀人。所以我老婆对我说不要再碰武侠电影了，再好都不是生活的全部，我也每天对自己说这不是全部，但又看不到我的生活里还有什么。

都是我害了你。李希特这样说道。随后自罚三杯。

雷霆正色道，都说过了跟你没有关系，你怎么不觉得我等了12年就是在等你？李希特听了这句话仿佛被点了穴，根本无惊无喜，竟是一道闪电划过全身。随即雷霆浅浅一笑，又道，人还是为名为利比较好，因为不管多么急功近利，都还是会计较成本，可是人为了梦想却是不计后果的，我都不知道自己最后会是什么下场。

雷霆从来没有说过这么多话，主要是从来没有让任何人进入他内心的隐秘世界。这一次不知为何，完全没有铺垫地说了这么多，便把李希特说得脊背发凉，因为雷霆的情绪一点也不激动，而是娓娓道来，这更让李希特感到一股阴气袭上身来，让他打了一个寒战。

李希特就是再不着四六，他也知道现在的雷霆已经坐在了火山口上，他的身上肩负着两个人的梦想，还有一大笔现实的巨款债务，所有的压力似乎随时都会爆发，把他们炸成碎片，然后慢慢飘落，不知所终。

现在他们需要的是极地反击。然而李希特不知道的是，他已经和雷霆绑在了一辆疯狂的战车上，并且高速地滑向一个看不见的深渊。

雷霆说过的话已经不是一语成谶，而是句句成谶。

如一久攻不下，变成了一个坚固的堡垒。

这让李希特十分不爽，他为这件事最后一次来到镇水街自己的家中，是在一个周末的晚上，如一已经吃完晚饭正在看电视，手上织着永远也织不完的毛活。李希特和雷霆突然造访，犹如两只困守黑暗的蝙蝠侠。

如一当然知道他们的来意，她沉着脸，一言不发。

他们也同样不作声，只是用严峻的目光绑架了她，房间里的气场变得剑拔弩张，却又一发千钧，好像谁先开口就会陡然死去，所以三个人都在做气功，神情凝重。

这样僵持了好一会儿，如一发现这两个男人已经消瘦和焦虑得脱了形，眼中布满血丝。但是她告诫自己就算心痛也不要心软。

李希特也只好开门见山，他拿出一个房产证推到如一面前，说道，这是习武馆的房产证，那么大的一套老屋大宅，押在你这里你总放心了吧。如一打开房产证，一眼就看见屋主根本不是雷霆的名字，但是有一张欠条，是雷霆的签名。她知道他们已经山穷水尽，穷途末路，只好出此下策。

雷霆道，房子的确不是我的，但是我亲戚的，我敢押给你，就说明我有办法还给你钱。如一低声道，对不起雷拳师，我真的帮不了你。

李希特突然就火了，他说我告诉你如一，我再说一遍，我是借钱，不是要钱。如一道，我知道，可你拿什么还？李希特道，电影，你知道一部电影值多少钱吗？那是精神食粮，是人类永远不能缺少的精神需求。如一看见李希特那副不知死的样子，也火了，气道，李希特，我拜托你醒醒吧，你是一个武侠迷，但你更是一个平凡的人，一个普通的人，你的那个梦想就是一个肥皂泡，它是一定会破灭的。你为什么要把所有的人都拖下水呢?! 好好地生活难道你会死吗?! 李希特冷冷地回道，好好地生活我就是会死，我会窒息而死。如一道，好吧，我说服不了你，那你就花你的那一份，为什么要我也替你的梦想买单？我也再说一遍，你醒醒吧，如果梦想都那么容易实现，那还叫梦想吗?! 就算好好地生活会死，那也要好好地生活，也要认命啊。

屋子里突然安静下来，但是空气非常稀薄，仿佛无端端地到达了一个山顶，即使用尽浑身气力也仍旧喘不上气来。雷霆万没想到一进屋就把事情谈僵了，于是他劝李希特道，要不我们先回去吧，让如一再好好想一想。

然而他的话音未落，李希特突然一个箭步冲到如一面前，双手紧紧掐住如一的脖子，眼冒绿光道，你知道你在说什么吗？你这个乌鸦嘴！你这个财迷心窍的死八婆！他的这一举动突如其来，吓得雷霆愣了半秒钟才冲上前去要掰开李希特的手，雷霆眼见着如一嘴唇青紫，头软塌塌地挂在一边，神志都不太清楚了。但是李希特并没有松手的意思，他咬牙切齿道，我告诉你吧，没有一个男人是认命的，要认早就认了，也没有你们喜欢的这个花花世界！

雷霆使了好大的劲，才算把李希特的双手扳开，但他仍旧像一头困兽那样呼呼地喘着气，不等如一缓过一口气，他已经一把抓起桌上的小灵通，举到如一的鼻子下面，大吼大叫道，你报警！你现在就报警！说我们打劫，你就说我们打劫！我们两个人进去了，这件事就算功德圆满！我们就再也不用想什么电影了，好歹打劫未遂就是判刑也不用还钱吧，那我们就彻底解脱了，谢你还来不及呢！报啊！你赶紧报啊！

如一背靠在墙上，人已经吓傻了。雷霆也没想到李希特会突然发这个失心疯，急忙上前劝阻。

然而李希特果断地甩开了雷霆的手，他在自家的橱柜里翻来翻去，找出一把看上去相当锋利的菜刀拍在桌上，仍叫如一报警，他说警察不会不相信的，你看人在刀在，一定会把我们抓起来的。雷霆训斥他道，李希特，你闹够了没有?！我们走吧，等你冷静下来再说。

李希特道，我很冷静，我知道我在做什么。

如一动弹不得，只是两眼不眨地看着李希特，这个男人，她认识吗？真的是无法确定似曾相识啊。李希特仍旧暴跳如雷地吼道，你报不报？你不报我报！说完打开小灵通拨了110，就在按下发送键的一瞬间，如一像野猫一样蹿了出去，一把抢过李希特手上的小灵通，大力地摔在地上。

随着啪的一声脆响，小灵通被摔得粉碎，黑色的塑胶片散落了一地。

一切重新归于死海般的沉寂，三个人呆呆地看着地上的碎片，神思却如同突然撞进了原始森林，完全不知道自己身在何处？在干什么？

事情闹成这样，谁都不知道该如何收场。

雷霆看了李希特一眼，神情是再说什么都是枉然。两个人只得转过身去，准备离开。

如一抚住脖子，剧烈地咳嗽起来。雷霆急忙走过来问道，如一你没事吧？如一说不出话来，只是摇头，一边拿过自己的挎包，从里面找出存折和身份证，连同桌上的房产证加在一起递给雷霆，她说这钱我放在包里，是为了随时可能要交买房的首付款的，雷拳师你就把钱拿去用吧，就当我是为中国的电影事业做贡献了，我觉得挺光荣的。

雷霆当然被搞傻了，他又说了一句如一你没事吧？

如一回道，我没事，这一分钟我突然就想明白了，白来的钱都是烫手的山芋，吃不到嘴里去，反正它莫名其妙地来就一定会莫名其妙地走，我想留也是留不住的。她把手中的一切硬塞在雷霆手上，心想，我这哪是中奖，我这是中沙士中非典，差不多命都快没了。

李希特怔怔地看着如一，难以相信眼前突然发生的一切。

雷霆一言未发，但是眼泪奔涌而出。如一见状脸上反而有了一丝笑意，那笑意淡淡的，似有若无，她安慰雷霆道，我其实真的挺喜欢看电影的，记得小时候看过一个电影叫《追鱼》，我看了好几遍，觉得特别好看。没有人的时候还把单子披在身上偷偷地比画，现在想起来实在是太可笑了。我也愿意相信，你拍的电影会非常非常好看。

然而如一的内心已经是泪如雨下，没有人知道她对自己有一个奇怪的底线，那就是如一，你是一个穷人，但是要记住任何时候，永远都不要为了钱变得恶形恶状，丑态百出。可是今天，桌子上拍着刀，刀锋在灯下寒光闪闪，脖子上的几道血印外加一地的小灵通碎片，的确就是一个打劫的现场。

整间房子里都还回荡着她和李希特刚才的尖声叫骂。

终于，她恢复了常态，她对他们平静地说道，你们走吧，我永远也不想再见到你们。

十六

门，无声地开了。

她急忙跑了过去，在准备关门的时候发现外面下起了细雨，沙沙作响，像是老天爷在空中筛什么东西，一丝一缕竟然都是金黄色的。

刚要关门，他却出现在了门口，许久没见，他的头发却是理过的，修剪得很好，只是有点被雨打湿了，挂着一两滴水珠。他穿着那套三折的西装，他很少穿西装，一向是不修边幅的，偶尔穿一回，成熟和沧桑中也有几分英俊，眼神是从未有过的温柔，他对她说道，语气也是无比温柔的，他说，我是来给你送电影票的。果然他拿出两张电影票，递到她的面前。

他说你去看一看吧，还挺好看的。

他笑了，他很少笑得这么迷人。

于是她接过他手里的电影票，她说你等一等，转身去拿了一把雨伞，但是他已经不在门口了，雨雾中只看到他的一个若隐若现的背影。

如一坐了起来，又是梦。

她怎么老是做美梦？用小美妈的话来说是白领小资才配做的梦。还是暗示着情况并没有她想象的那么糟？成功的人不是都像病人一样吗？还是每一个成功男人的背后都有一个快要发疯的女人？

只是半夜醒来，人心里清冷得难受，如一信手拨开窗帘的一角，发现外面果然下起了雨，也是秋天的细雨，仔细听来也是沙沙作响，当然雨不是金色的，无边的细雨全部淹没在黑夜里，唯有路灯光柱下面的雨线纷乱飘飞，不知应该奔向何处。

黑暗中，她突然有了一种重生的感觉，因为一无所有就好像重新投胎一样，以前只知道富人会被打回原形，原来穷人也会，穷人的身上一定是有记号的吧？不然为什么会拿到那么一大笔钱最终还是穷人？老天爷从来都不会搞错。那么多的穷人大年初一挤着去拜一拜，烟火弥漫了所有的庙宇，不求平安只求富贵，到头来都是回光返照，做生做死还是那么穷，记得明年拜神请早。

星期一一大早如一去上班，一切照旧，没什么好数落的。无意间她看到小美妈端坐在工作台前织假发，这本来没有什么特别，但是小美妈的神情始终是笑眯眯的，好像掉进了地主家的糖罐里。

中午各自热了从家里带来的饭，坐在一块吃，小美妈吃着饭，还是弯弯的眉毛翘嘴角，一副笑的模样。如一看不下去，不耐烦道，说吧，什么事把你高兴成这样？小美妈惊道，连你都看出来了？如一道，你还有什么是我看不出来的吗？小美妈想了想倒也是，便道，知道猪扒包吗？如一道，怎么不知道？一块面包里夹一块烤熟的猪扒。当然不是吃的猪扒包，是黄金的"猪扒包"啊。小美妈拉长声音道。

黄金的猪扒包如一也是知道的，是挂在脖子上的项圈，有一只大肥猪在正中间，下面吊着一排小猪仔，叮叮当当很是可爱，整件东西足金打制，戴在脖子上肯定不美，还要 1 万多块钱，但是据称要结婚的人必须有一个，婚后才能家肥人润。所以无论它外形多么俗气都是人见人爱，这边的人喜欢真金白银，喜欢富贵再三逼人就是这么直接。

如一道，老王送给你猪扒包了？小美妈道，那倒没有。如一道，那你高兴什么？小美妈道，他从马来西亚回来了，带了好多东西，我无意中看见酒店他房间的抽屉里，放着一个猪扒包。

那肯定是给你的。如一说道。小美妈忙道，我想也是。我也想过了，到时候还是要风光一嫁，我就叫你给我当伴娘。如一笑道，哪里有我这么老的伴娘，你不是疯了吧？小美妈道，我早就打听过了，二婚最好不穿婚纱，但是伴娘还是要的，我请个年轻的我才有病呢，到时候外人搞不清是谁结婚。

下班以后，小美妈自然是回家陪老王。如一便去了电信商店修小灵通，当她拿出一袋零部件时，卖小灵通和手机的小伙子不温不火道，这是粉身碎骨好不好，你觉得还能修吗大姐？

如一只好买了一部新的小灵通，付完钱之后打开机器，居然有一个电话就打了进来。打电话的人是甘笔，如一觉得奇怪，因为甘笔从来没有主动给她打过电话，这倒提醒了如一，她还有一个编织社和一个马仔。一场浩劫之后的残留，终究不是一无所有。

甘笔的声音挺兴奋的，他叫如一有空去一趟编织社。

见到甘笔，他急忙告诉如一，忧伤系列的那两条长围巾，被他放到朋友的店里寄卖，结果有两个互相并不认识的女孩，一个是音乐学院的，一个是剧团的，她们前后脚地把长围巾买走了，都说不是为了戴在脖子上，而是挂在墙上当作艺术摆设。你知道吗如一，我们终于敲开了艺术的大门。甘笔复述这一切的时候是少有的喜形于色。如一瞪大眼睛道，艺术的大门不是这么容易就被敲开了吧？甘笔道，所以你才了不起啊，我们敲了半天一点动静都没有，可是对你来说就是这么容易啊。

如一想了想道，那我们就多织几条拿出去卖啊。甘笔惊道，当然不行了，艺术是什么？艺术就是不可复制的瞬间啊，批量生产那是羊毛厂干的事，不是我们编织社的宗旨。你现在要做的是继续开动脑筋，再推出一个系列。

如一心想，我哪里有什么系列啊，我也只是对毛线有点感觉，对艺术根本就没有一点感觉。见到她为难的表情，甘笔说道，这样吧，你爱织什么就织什么，其他都不用管了，我来给你安排系列。

回到家中，如一开始冥思苦想，她坐在椅子上发呆，虽然一时间什么都想不出来，但是她却突然有一点点理解李希特了，因为在追求梦想的每一分钟里面，越是离梦想接近一步，越是会有一种插翅飞翔的感觉，也许就是鸟儿的感觉吧。这种感觉非常奇妙，没有办法用语言来形容，所以才会有歌手声嘶力竭地唱着我想飞，我想飞得更高。

经过几天几夜奔向梦想的奋飞，如一织了一件前面开口的毛背心，质感温厚，前片的两襟是圆边的，整体的花色像鱼鳞片一样重重叠叠，这也是她年轻的时候不知跟谁学过的鱼鳞花，琢磨一下又恢复了记忆，最奇思妙想的是在双肩处织了微微竖起的荷叶边，好像鱼翅一样，背心的前面钉了一颗鱼嘴形的银纽扣。如一拿去给甘笔看，并且告诉甘笔她织这件毛背心是受了《追鱼》的启发，甘笔如获至宝，他到网上去查了一下《追鱼》，知道是一出越剧，讲的是鲤鱼精思凡的故事，感觉既浪漫又怀旧，于是他说那就直接叫追鱼系列好了。如一说道，别的我再也想不出什么来了，一件东西怎么能成为一个系列呢？

甘笔肯定道，一件织品也可以成为一个系列，谁也没有规定系列一定要两件以上。有时候艺术的自由和随心所欲只有一线之隔啊。

如一又开始听不懂甘笔在说什么了。

不过在这之后，如一的灵感便就此熄灭，再就没有出现过哪怕是一星半点的火花。她觉得很是奇怪，为什么梦想就像天使一样，当你认真期待的时候，它便独自地飞走了，就像什么都没有发生过那样。

而那件名叫追鱼的毛背心，很快就被人买走了，这回又是两个女孩，她们为了这一件衣服还争执了起来。

在拿到钱之后，雷霆迅速地请来专业人士，又包租了机房，开始了夜以继日的电影后期工作。李希特便成为他随叫随到的打杂兼跑腿。

一天傍晚，李希特忙碌了一天，拖着疲惫的身体回到灰楼的六楼。就在打开房门前的一路上，他忽然意识到自己的生活是不是太荒凉了一点？以前尽管和如一谈不到一块去，他自认为是金戈铁马，而如一是红尘滚滚。然而为什么真的离开了所谓的滚滚红尘，他就变成了大海里漂浮的一块木板，起起落落，那个叫生命的东西好像也随着风浪飘忽不定，总是跟他保持着一定的距离。

他打开房门，十分意外地看见许二欢正在擀面条的背影。

他说你回来了？许二欢回过头来，挥舞着手里的擀面杖，她说她下午两点就回来了。李希特说那你不给我打电话。许二欢说也没有什么事，就去了一趟超市，买了点东西，你看这里已经什么都没有了。李希特说你干点什么不好你擀面条，你累不累啊？到哪儿还吃不着一碗面条？

许二欢笑道，我在外面跟人学了裤带面，就想回来做给你吃，锅里还煮着羊骨头汤呢。李希特道，我说怎么在门外就闻到了羊汤的香味，还真是挺香的。许二欢微低着头，起劲地擀着面饼，面饼已经有脸盆那么大了，自然是越擀越薄。李希特看着许二欢，觉得一个武艺高强的女孩子扎着花围裙擀面条，非常符合他心目中的性感标准，于是他便走到许二欢的身后，用力地抱住了她。然而让她颇感意外的是许二欢倒吸了一口冷气。

他即刻松开手道，你怎么了？许二欢故作轻松道，也没什么啦，这回做替身的动作要求比较高，我不小心挤断了两根肋骨，医生说也没有什么办法，只能休养让它自己慢慢复位。李希特惊道，那你还擀什么面条？一边夺过擀面杖，自己笨手笨脚地擀起面条来。

吃完了晚饭，李希特觉得似乎是有一条裤腰带勒住了自己的脖子，当然这是因为他吃得太多，这也难怪，平时他都是瞎凑合，这一次当然得吃痛快，所以吃了两大碗裤带面，还喝了好多羊骨头汤。人一饱胀就会全身乏力，他也一样，不一会儿他就靠在破沙发上睡着了。等他一觉醒来，时针指向夜里 12 点 40 分，他身上还多了一条薄毯，但是许二欢并不在屋里。

灰楼六楼的上面是一个大平台，四处堆放着一些各家的杂物，也就不大有人走动。但若闲来无事，李希特和许二欢便会跑到平台上去晒月光。

两个人都比较喜欢夜晚，以回避与现实的格格不入。

李希特来到平台上，果然看见许二欢黑夜中的背影，她坐在一块突起的石墙上，面对的都市夜景，就像一道虚假的天幕，上面织满繁杂交错的灯饰，争先恐后地光芒四射，但在这深沉的夜晚，又有哪一处不是微光烛照，奄奄一息？让人觉得了无生气。

李希特在许二欢身边坐下，他说既然是晒月光，为什么不叫醒我？身边没有回应，李希特偶一侧目，着实吃了一惊，但见许二欢的两眼晶莹闪烁，居然有泪珠在滚动。要知道这个坚强的女孩子从来都是伤痕累累也绝不肯滴出半滴眼泪。李希特有点蒙了，轻声问道，你怎么了？

许二欢道，没怎么。但眼泪更是滚滚而下。

他们在黑暗中坐了好长时间，许二欢才说道，我前两天才知道，我爸已经死了一年多了，是车祸，他骑一辆摩托车从巷子里穿出去，一头就扎在一辆大货车的轮子下面，当场就走了，一句话也没说。又过了老半天她才继续说道，我其实都不太记得他长什么样子了，可是我还是很难过，我想他会很痛吧？他会想说什么呢？

他走的时候会想起我吗？我希望他能知道我在为他难过。许二欢断断续续地说着这些，声音很轻，好像怕惊动了什么。

李希特无声地伸出手臂搂过许二欢，让她的头枕在自己的肩膀上，心中充满怜惜。他想，许二欢再没有什么东西可以失去了，但她至少还有我，至少我是知道她和懂得她的。

时间也是无声地流逝，直到夜更深，人更静。

第二天李希特早早地醒来，看着许二欢沉沉睡去，腮边似乎还挂着泪痕，但是他的心里终究好受了一些，他希望她能多睡一会儿。

他悄悄地起床，去买早餐。拉开抽屉拿钱的时候，放钱的地方就像变戏法一样，从无到有长出一摞钱来。他突然有些感动，也许是想到了许二欢的旧痛新伤，想到她吊钢丝时留下的血印抑或是断了的肋骨，生活真是很难，最难是它消解了多少人心中的英雄气概？

李希特买了豆浆和葱油饼回来，发现许二欢又不见了，原来她已经起床并且洗漱完毕，正在平台上练功，她用洗脸毛巾模仿双截棍，一个人舞得风生水起。跟昨天晚上坐在这里悲情伤感的小女孩判若两人。当她看见李希特手挽麻花抱在胸前欣赏她练功时，便对他微微一笑。

这让他心醉不已。

但他还是用手势提醒她肋骨已经断了两根，她收了功向他走过来说道，我根本没使劲，你不觉得像跳舞一样吗？我只是习惯了早上练功。

这时已经艳阳高照，天上一片云也没有。

吃饭的时候，李希特说道，你真的不能太拼了，敬业是没有错，但不能每回都是人家出钱你出命，你也是血肉之躯啊，总不能不管不顾，真伤了怎么办？许二欢道，不拼还能怎么样，我想赚多一点钱。钱哪里赚得完，难道比命还重要吗？李希特不快道。许二欢笑道，我当然知道钱赚不完，我也不能打一辈子，所以才想趁现在年轻多赚一点，将来开一个武术工作室，专门面对白领的，不仅可以强身健体，自卫防身，还能够推广中华武术。

自从你说过我是一个有梦想的人以后，我发现我的确是有梦想的，而且我一定要实现我的梦想。许二欢继续说道。她还说谢谢你，李老师。

十七

小美妈有 3 天没来上班了，事先也没有说一声，如一觉得奇怪，就打她的小灵通，结果还关机了。如一心想，可能是真的要结婚了，女人都是这样，找到一份真恋情立刻六亲不认，踪影全无，只有伤心失落发现男人没一个好东西时才会浮头。

星期六的下午，如一到编织社去，甘笔异常兴奋地告诉她，由于受了她的启发，目前他的创作思路度过了艰难的瓶颈期，现在又开始活跃和流畅了，他不仅设计出了摩登外祖母系列，还有喜悦系列和白饭系列。如一忍不住问道，白饭怎么系列？甘笔道，这是我的得意之作，只有把设计变成白饭，才能显现人的精灵之光和脱俗的气质。而且甘笔还设计了一个独立主题，最终要靠如一用棒针实现出来，拿到国际上去评奖。如一又是一惊，反问道，国际上？甘笔道，是啊，国际上有什么了不起的，现在不是都全球化了吗？

如一撇了撇嘴，心想你还说你没有梦想，这不是狂想吗？

甘笔把电脑图打开给如一看，如一看不明白，她叫甘笔还是把设计图画在纸上，这样她也好边看边琢磨。

就在这时，她的小灵通响了，电话竟然是小美妈打来的。如一便道，你终于出现了。小美妈的声音里听不出她的情绪，但可以感觉到她的态度挺坚决的，她说如一你到我家里来一趟。口气就像命令一样，如一笑道，我就知道你反正得找我，是不是讨论落实结婚的细节？小美妈突然轻飘飘地说了一句我结个柚子，随后又说你还是先过来吧。

如一愣了几秒钟才道，好吧，我马上过来。

如一来到小美妈的家里。

屋里的气氛有些怪异，小美妈家的客厅里有一个长方形的餐桌，小美妈和小美分别坐在两头，两个人的表情都很僵硬，眼神也有一点呆呆的，猛一看架势有点像黑社会在讲数。见到如一，小美妈神情严肃地说了一句，如一你坐下。如一便找了一张椅子坐下，望了望母女俩的脸色，知趣地没有作声。

3天没见，小美妈看上去瘦了一圈，面色灰暗，人也很憔悴。小美虽说是头发凌乱，也没有妆容，穿一件白色的男式大衬衫，却反而是比以前珠圆玉润了不少，看来年龄是最能让女人原形毕露立见高下的。

小美妈平板着一张脸，对如一说道，小美怀孕了。

如一哦了一声，尽管她也深感世风日下，年轻人好像根本不把住在一起当回事。但总不能火上浇油吧，再说现如今奉子结婚并不是什么新鲜事，虽说一般的平头百姓也还是尊重传统的，可那又怎么样呢？小美一贯是不理这套的。于是如一便道，那就赶紧结婚吧。

不过心中不免又会有一点自作聪明，难不成她们想一起办婚礼？至少肯定是省钱的，不管开多少席，礼金一定是双份。如果自己一下接两张罚款单，就目前的状况也是挺够呛的。

这时小美妈翻了个白眼道，孩子不是叶公子的，是老王的。

如一道，哪个老王？小美妈道，你说哪个老王？还能有哪个老王？如一这才反应过来，嘴巴顿时张得老大，因为事件完全超出了她的想象。

有关这个事件的始末，按照小美妈的版本，是小美和叶公子从江原道吃完大酱拌饭回来，在机场叶公子就被公安局的人收押了，理由是他的公司涉嫌造假账和虚开增值税发票。本来小美以为这种事是很容易摆平的，结果不仅是一波未平一波又起，凡事不查不要紧，一查反而又引出了陈年旧案，以往非法的经济活动也浮出了水面，别说人不可能立刻出来，就算判个十年八年的也未可知。这样一来，曾经一直高调和叶公子谈恋爱的小美不仅处境难堪，身价更是一落千丈，于是她就转过头来先抓住最近的这个目标，不管怎么说老王的家境殷实，又可以移民到马来西亚，稳住了之后再作打算。

但是从小美那里，如一听到的是另一个版本，按照小美版，这件事整个是一个《洛丽塔》的故事。当然如一和小美妈根本不知道什么洛丽塔不洛丽塔，小美也不知道什么洛丽塔，她会以为是一个品牌的时装或手袋的名字。但情况的确如此，那就是泡面老K跟小美妈见面之后，对小美妈根本没有兴趣，但是小美妈过于热情，非要邀请老王到家里来吃饭，结果老王一眼就看上了小美，而且以他老谋深算的眼光看，叶公子压根不是什么正经人，出事是早晚的事。这种人也就唬一唬涉世未深但又贪图虚荣的小姑娘，打拼世界又不是演电视剧，有形有款摆造型有什么用？完全不是那么一回事，所以老王决定一边对小美示好，一边耐心等待，果然情况就出现了转机。

首先老王的示好是大手笔的，他给了小美一张金卡用。另外他跟小美妈说回马来西亚处理公务，处理公务是没错，但是身边多了一个小美，他就是要让小美对他的工作和生活的殷实低调眼见为实。小美本来也觉得做面条的还能做出什么花来不成？结果老王的公司还把她震了一下，不仅连锁庞大，而且管理也非常现代化，市场占有率和利润稳步增长，看着就让人觉得踏实。而且老王许愿只要结婚，他立刻就把一部分股份转到小美名下，绝不让她以后有争遗产之苦，如若生了孩子那情况就更不同了，一定会让孩子继承一部分家业。

小美想来想去，觉得这笔生意还有得做。

在这之前，她虽然花老王的钱，但对他的确一点感觉也没有，一心想拢住的就是叶公子的心。没想到叶公子这么不靠谱，让她在场面上颜面全无，反观老王却总是一个劲地给她惊喜。

当然关于这场纠纷，还有一个时空版本可供参考，那就是有一天小美妈在家里打扫卫生，她在小美房间的衣柜里发现了一个首饰盒，打开一看，竟然是一个"猪扒包"。凭借女人的直觉她感到事情有点不对头，如果是叶公子，他哪会这么老土，一定是买钻石的。能给小美送猪扒包的人，年龄肯定不轻了，想到这里，她觉得一阵燥热袭来，竟然满头是汗。

当天晚上小美回家，小美妈问她猪扒包的事，小美毫不忌讳地说是老王给的。小美妈说他给你这个干什么？小美说当然是结婚了，小美妈说你跟他结婚？你疯了吗？于是小美告诉母亲她怀孕了，是老王的孩子，她说她现在彻底想明白了，对于女人来说，孩子和资产是最可靠的两样东西，而且不能等，越等越会落空。小美妈哪里能够接受这个现实？大骂老王是衣冠禽兽。结果家庭战争就这样爆发了。

小美妈坚决要去酒店找老王算账，小美说老王已经飞回马来西亚了，本来他们想私奔了事。但是老王不同意，说无论如何要告诉小美妈一声，因为最终成了一家人以后还是要见面的。小美妈破口大骂说谁跟他是一家人啊，还见面，见什么见?! 我杀他的心都有。

小美妈指着小美对如一说道，我跟别人说不清，我跟她就更说不清，我叫你来就是想让你劝劝她，你说她还有大把青春，干吗非要嫁给一个57岁的老头子呢？如一还没说话，小美已抢先说道，我倒是想找般配的，可是叶公子不是进去了吗？我累了，不想再折腾了。就是条件不对等，他才会给我我想要的，如果他37岁他就找电影明星去了。

你听听，你听听，小美妈还是对着如一说道，我一直以为她心高气傲，平常谁又在她眼里？偏偏栽在一个老骗子手上。

小美道，妈你这么说我可不爱听，人家老王骗你什么了？不是一直把你当丈母娘供着吗？小美妈气道，我呸，他把我当长辈我会感觉不出来吗？他就是一个大小通吃的主，见过坏的，没见过他这么坏的人。小美道，那也只能是你的错觉，妈你这么精明的人不会搞不清行市吧？像你这个年龄，这种情况，就是重新打包优质装潢再打上一根粉红色的蝴蝶结，也不会有人要了呀。话音未落，小美妈铁青着脸，已经把手边的玻璃杯飞了出去，小美侧了侧头，杯子撞墙后掉在了地上，啪的一声粉碎。

你要打死我呀?! 小美急了，大声嚷嚷起来。小美妈道，你是谁啊？我有生过你吗？小美道，本来就是你自己的问题嘛，我又不是没提醒过你，叫你不要美容整容，光子换肤，这些都是骗钱的，有什么用？你也不照照镜子，自己都觉得像见到了鬼，千万要老来自重，别当花痴。可是你听不进啊。

如一总算捞到一个说话的机会，忙道，小美，怎么跟你妈说话呢?! 小美道，我说的是实话，实话都不好听。这时小美妈突然冷静下来，说道，既然话已经说到这个份上了，那我也讲一句不好听的大实话。

小美和如一齐齐看着小美妈，小美妈道，小美啊，如果你铁了心要跟那个姓王的结婚，我劝你的话已经说尽，再也没有什么好说的了。可是我养你这么大不容易，嫁女儿我是要彩礼的。小美道，妈你不是要卖我吧？小美妈道，我卖不卖你，你心疼过我吗？小美想了想道，那你要多少钱？小美妈道，你们就给我买套房子吧。小美哇的一声叫出来，急道，现在楼价那么高，我们怎么买得起？而且老王又不是李嘉诚，你不要那么狼好不好?!

她们又开始争辩起来，而且是唇枪舌剑，你来我往，永不落空。如一作为看客本该抱定看客心态，但她却突然感到脖子痛了起来，她想起李希特掐住她脖子时的情景，当时她就觉得眼睛突兀，像金鱼那样鼓了起来，所看到的人和事全部变了形，甚至天旋地转，耳朵也失聪了，只在一个频道嗡嗡地响，大脑因为缺氧更是一片混沌。脖子痛的毛病算是落下了。

她剧烈地咳嗽起来。

眼前发生的一切还是因为钱，这倒也罢了，谁不是为钱变得恶形恶状呢？包括自己又有多潇洒？现在是人财两失。只是最让人喘不上气来的是，大街上的陌生人我们是伤害不到的，伤害最深的都是眼前的那个人，都是至亲血亲。

如一咳嗽的动静有点大了，总算让小美妈和小美暂时休战。

你没事吧？小美妈说道。如一摇头，缓上一口气说道，你们别吵了，有什么话不能好好说？小美啊，你妈一直是很疼你的，无论她吃多少苦，可没让你受过一点罪，她总说女孩子吃太多苦就不矜贵了。你无论做什么都行，只不要伤了她的心。小美妈听了这番话，眼圈红红的。

小美却仍旧是嘴上一把刀，处处不留情，她淡淡说道，我妈对我是贵养贵卖，刚才她要 100 万你听见没有？那我还嫁什么嫁，不如去给黑老大当压寨夫人，直接去抢银行就好了。

如一现在对钱的认识也很现实，便道，那你家老王能给多少呢？小美冷静道，就 10 万块钱，爱要不要。小美妈的脸色又青紫了一次，只是手边没有玻璃杯，便死盯着小美，像不认识女儿一样。如一道，那就 50 万吧，这样你和你妈心都平了。小美想了想道，一口价 20 万，不要再说了。

说完这话，小美离座回了她的房间，嘭的一声把门关上了。

这件事之后，小美妈病了一场。这下如一有事干了，每天下班后便去小美妈的家里，给她煲一点白粥，炒两个清淡的小菜。

小美妈病得不轻，每天发低烧，身上还起疹子，一片一片的，不仅又痛又痒，看着也像烧伤之后的皮肤，红肿溃烂。大夫说她是肝瘀加上急火攻心，本来就是阳虚热体，伤身伤得厉害，这时免疫力急剧下降，染上什么病都是可能的，必须好好调理。大夫问是不是炒股炒的？如一和小美妈并未对视却一同连连点头。回到家里，小美妈坐在床上，头上捆着白毛巾，跟坐月子似的。

自那次大吵之后，母女俩都觉得元气大伤，小美很快就收拾东西走人了。据说泡面老 K 还派了一个贴身手下来接小美，先把小美安顿在星级酒店，再办出境游的手续，总之万事有人打理，不用她自己操心。

小美到底只给母亲留下了 10 万元的现金，另外的 10 万元用她过时的名表名包顶数，这些东西里也有那个老土的"猪扒包"。

小美离去之后，小美妈反而冷静下来，再没掉过一滴眼泪，她指挥如一把猪扒包拿到金铺去当掉，名表名包拿到专营二手货奢侈品的米兰店寄卖，只一个目的就是回笼现金。她对如一说道，以后靠不上女儿，钱就是亲闺女了。说这话的时候她还浅显地笑了笑。

如一看着伤心，便道，你就大哭一场又能怎么样？何必这么难受？说不定还会憋坏了自己。小美妈道，哭要是有用，那这个世界上还有穷人吗？

看着小美妈激瘦的尖下巴，头发干枯，脸上的皱纹细密如织，人一下子就垮了。如一道，如果我告诉你我离婚已经快半年了，你会不会好受一点？小美妈愣了一下道，你又撞到什么鬼了？如一当然不能从头说起，便道，好像是他在剧组里认识了一个年轻的，以前还担心他不懂生活，其实他什么都会，离了我根本死不了。小美妈认真道，我说什么来着，男人就没一个好东西。

小美妈又道，你这个傻瓜，你干吗不告诉我？如一道，这又不是什么好事，有什么好说的。小美妈感慨道，你家希特也是，要么不醒，醒来就跑了，这叫什么事啊。如一不响，小美妈又道，你跟他要钱了没有。如一道，他哪里有钱？小美妈道，你听他哭穷，没钱哪能玩女人。如一沉默片刻道，我们别提他了好不好？我要不是看着你这么过不去，我是不会提他的。

这个晚上，如一给小美妈擦过澡之后，又涂上药水，再用扇子轻轻地扇扇干，这才准备离开。

小美妈对她说道，谢谢你啊如一，还是你最了解我，我现在真的好多了。

如一微笑地点了点头。

回家的路上，如一觉得自己的心里也好受了一些，以前看着小美妈风光还是有些不是滋味的。原来在这个世界上，你就是我的药，我就是你的药，总是最苦的那一副治病。

小美妈的病好了以后，又开始回来上班了。一切看上去都没有任何改变，周末的时候，她不知从哪里搞到一批菠萝，两个失婚的女人重新开始走鬼。菠萝肯定是本地的，但是小美妈例牌冒充台湾凤梨，如一戴着一双工业手套操刀给买菠萝的客人去皮，小美妈在一旁收钱加热情叫卖，她说台湾凤梨啊，甜到漏，绝对甜到心里去。赶紧来买吧。

有一个客人驻足，看着如一手里果汁四溢的菠萝，忍不住道，我可不可以尝一尝啊？小美妈抢先答道，当然不行啦，你应该买一只回去，切成片泡在盐水里，晚上看电视的时候慢慢叹。

那人就像中了魔咒，乖乖买了一只菠萝，喜滋滋地回家。

这就是小美妈，她有好强的生命力，许多人会不知不觉听她指挥。但是小美却是她的魔咒，这也是没办法的事。

十八

晚上，如一拖着疲累的身体回家，全身散发着菠萝的香气。走进镇水街，又是一派祥和的景象，除了周末版不变的麻将桌，来回追逐的孩子，还有益街坊的剃头匠，一座一镜一刀一剪就着一个黄灯泡，椅子背上挂着一块旧包装盒撑开的纸板，上面写着平头5元，小童4元。这人从来都是身上斜背一个黑色的人造革破包，永远大张着口，里面大概是放着干电池，总之有一条电线通出来，剃头推子便突突突地开始工作，像是一台人肉发电机。

剃头匠一边发电，一边理发，还要有一句没一句地聊着天，主客二人看上去都很享受。

如一看见蠢猪在打小灵通叫外卖，便道，加多一个海南鸡饭。蠢猪说好，坐在他旁边打毛线的蠢猪老婆冲如一笑笑，算是打过招呼。蠢猪叫了两份鸡饭，一份牛肉粉，他打完电话，对如一笑道，怎么你们女人都爱吃鸡饭？我老婆也是点鸡饭。蠢猪的老婆道，你说话不要这么难听，什么鸡饭鸡饭的，我和如一可是正经人，只是我年轻的时候是盲的，找了你这个穷鬼。蠢猪道，切，要不是我娶了你，全世界的男人就惨了，都说牺牲我一个了。

他们两个人不急不恼地斗着嘴，如一站在一边竟是心生羡慕的。她想起以往回到家里，不管多累都要听李希特念武侠，通常都是他自己激动得满脸通红，而如一始终是平静的。李希特经常会说算了算了，以后再也不给你念了。但是隔天又只得她一个听众。

他们也会斗嘴，虽说不是调情，绝大部分的情况都是真吵，可是现在想起来却又是回甘的，心中总是残留着一丝喜悦。

过了一会儿，番薯昌骑着自行车过来送餐，蠢猪的老婆和如一都递钱过去。蠢猪打开自己的那份牛肉粉，气道，番薯昌，有没有搞错啊你，牛肉粉一片牛肉也没有，只有一点牛肉汁？番薯昌一边收钱一边懒洋洋道，都说不要太过认真了，牛肉粉当然是吃粉啦，难道老婆饼你不是吃饼，还给你一个老婆啊。蠢猪当即给噎得无话。番薯昌看着蠢猪的老婆又道，再说你又不够胆包二奶。蠢猪的老婆道，都说是穷鬼了，他包个茄子。

蠢猪无奈道，算你狠，是不是气死人不用偿命啊。番薯昌又是一副胜利者的姿态，笑嘻嘻地骑车走了。

如一坐在台阶上吃海南鸡饭，蠢猪的老婆教导她道，你看你瘦的，也该歇一歇了，累死了好像有人会心疼你似的。你看我们家两公婆吃外卖，孩子去吃麦当劳了，一家人整整齐齐都有饭吃，我就算鬼数了，还求什么？如一想想也对，她决定第二天给自己放假，一觉睡到中午去。

第二天是星期天，如一睡得正香，一大早便有人敲门，笃笃笃的，敲门声既斯文又坚持。如一有些气恼，但也只能起床去开门。

门口出现的竟然是李想想，如一顿时惊喜万分，转瞬间瞌睡全无，来来回回只会说一句话，你怎么回来了？我不是在做梦吧？的确，自如一给想想回信之后，李想想就半点音信也没有。如一想着儿子肯定春节都不会回来了，想不到这家伙突然出现在家门口。

李想想进了屋，他看上去比以前成熟了一些，但却清瘦了不少。他说家里的门锁怎么换了？如一愣了一下，说我们换了月牙锁，比较撬不开。李想想笑道，咱们镇水街又穷又多人管闲事，哪有可能被盗啊。

如一道，说得也是。又道，现在学校又不放假，你怎么跑回来了，事先又不给我打个电话？李想想轻描淡写道，我觉得最近状态不太好，就请了几天假缓一缓。如一满脸狐疑道，你说的是实话吗？不是生了什么病吧？一边说着，还一边上下打量李想想。李想想道，妈你放心吧，什么事也没有。

如一叫李想想洗把脸，自己换了身衣服跑去买早餐。

李想想并没有洗脸，只是坐下来暗自松了口气。的确，他这次回家是临时决定的，坐了一夜的火车，思绪还是难以平静。

上次如一到学校探望李想想之后，李想想和千寻的关系就发生了微妙的变化，说来也怪，千寻并没有直接跟李想想说什么，但是李想想总觉得她在有意无意间疏远自己。李想想当然也没有向千寻做任何解释，不过肯定是在暗中冷眼相看。然而，任何恋情最终都不是死于激战，而是彼此的猜忌、怀疑和充满功利的考量。

当代美学思潮是一门选修课，李想想和千寻班里的许多同学都选修了这门课。加上其他系的同学也是踊跃选修，美学课就要在大的阶梯教室上课。美学课的火爆，除了这门课本身就容易吸引年轻人以外，还有一个重要的原因是上课的老师是一位青年才俊。

这个老师的名字叫谢团，38 岁，江苏人，身材修长面目白净，是典型的江南才子的模样。谢老师曾经在法国留学 6 年，身上已沾有不动声色的法兰西风情，言行举止无不透出浪漫气息，他上课的风格是轻松幽默型的，同时又难以遮盖他的才华横溢，风度翩翩。更重要的是谢老师未婚，据说没有什么特殊原因，无非是阴错阳差给耽误了。

一个学期下来，各个班级的同学都希望能考核顺利，踏踏实实地拿到学分，通常的做法是推举班花到老师那里套题，这样准备充足一些就一定能够拿高分。这倒不是什么潜规则，而是在如花似玉的女学生面前，老师容易心软。

无疑，将千寻同学果然是去了解到了答题的范围，而且准确无误。但是她也深受谢老师的喜爱，经过一段时间的秘密交往，到了恋情曝光时，两个人已经做出决定，千寻暂时休学，和谢老师结婚后陪伴他到美国做一年的访问学者，归来后再完成学业。

本来李想想对于自己情感之路的展望，最坏的情况，就是和千寻维持表面的平和，实际上关系不死不活地拖到毕业，然后彼此分道扬镳。至少也还保住了双方的面子，或者说给爱情这两个字留下一点面子。

但是结果比这糟糕一百倍，一方面李想想毫无疑问要忍受伤情的痛苦，另一方面又要承担几乎是全班同学好奇、同情乃至幸灾乐祸的目光，这对于他来说就有些残酷了。虽然李想想同学有一些少年老成，但他毕竟还是一个年轻人，年轻人碰上爱情问题容易滑进死循环。还好历史系的系主任是一位心细如丝的女教授，她找李想想个别谈话，希望他不要被这样的事件击倒，她说我们有时候会格外相信别人眼中的郎才女貌，但是现实生活怎么可能这么简单？而在年轻的时候备受感情折磨也许不是一件坏事呢。她说这话的时候还冲李想想笑了笑，笑容真诚还带有一点点天真。这让李想想愿意相信天还没有塌下来，同时他也从心里感激女老师对他举重若轻的劝慰。

尽管女老师的笑容和劝慰都无济于事，李想想也知道感情的泥潭只能靠自己狼狈不堪地爬出来，别人的任何帮助都是听听而已。但是他多少敢于无视于班级里众多的目光了。

然而事实上，蒋千寻做出这个决定时，心里不见得有多快乐。因为谢团老师虽说受到女同学们的普遍欢迎，但是对于千寻来说，越发显得忧郁而又有些青涩的李想想其实更能吸引她。

但是她真的很恨李想想，他竟然欺骗她冒充百万富翁的儿子，这是多么下作和无聊的谎言，白痴电视剧都不屑于这样编排，而且蒋千寻心想，我在你李想想心目中也就是一个流于肤浅的贪慕虚荣的女孩子，否则你也不会这样对待我吧？所以一开始的时候，李想想的形象完全坍塌，蒋千寻决定从此跟他一刀两断，甚至不需要什么断交告白。

不过时间一长，千寻慢慢又冷静下来，她发现自己在决定和李想想分手之后，又想到他种种的好，想到他们的情投意合和默契的快乐，无论是在教室还是食堂，他们的相遇依旧让她怦然心动。

他们已经完全不交流了，只是点头示意。好像都在等着对方给自己一个说法，具体说法是什么呢？我是因为爱你才骗你？这是一个美丽的谎言？还是不管你有多穷我都喜欢你？不知道，反正他们同时选择了沉默。

只是她在他可能出现的场合，一定会有意无意地寻找他的身影，似乎是希望他不要出现，但是见到他才会心安。

理智告诉她不要感情用事，但好像越是理性她便越发现自己其实还是爱他的。尤其是决定嫁给谢团以后，她感到她在欣喜之余竟然是被完全抽空了，阴干了，总之一点水分都没有了，更谈不上什么爱情的润泽。她剩下一副姣好的躯壳，又完成了众人期盼的心愿。而自己失落的心情却一沉再沉，没有底一样飘落，整个人化作一缕青烟依附在谢团头顶那一圈一圈的光环上，抑或是也变成了光环外侧的那一道朦胧而美丽的紫光。

休学之后，千寻便不来上课了，她也搬出了女生宿舍，据说她妈妈过来了，陪她处理一些事情，他们在学校附近租了房子，这样会方便一些。

千寻的妈妈觉得女儿的选择是对的，她说女孩子最不能犯的错误就是一时冲动嫁给一个穷小子，更何况还是一个道德败坏的穷小子，这样的人根本一无是处，等你离开了学校这个环境并随着时间的推移，一定不会后悔，因为一生的幸福不可能在贫穷的泥潭里找到。

就在千寻和谢团准备登记结婚的前夕，千寻突然有了一个强烈的愿望，那就是跟李想想彻底谈一次，把感情做一个了断。她托了一个女同学带了封信给李想想，但李想想毫无回应。后来她自己屈尊去李想想的宿舍找他，李想想跟着她出来了，但坚决不谈，他说没什么好谈的。千寻说我今晚在东湖边上等你，你不来我就一直等下去。李想想说我是不会去的。

后来李想想去了女教授的家里请假，说是想回家看看母亲。女教授说谈谈就谈谈嘛，想想你这孩子也够犟的。李想想嘴上没说什么，但是脑子里的思路非常清晰，他想既然你蒋千寻已经做出了决定，何必还要到我这里来寻求安慰？你想过我的感受吗？你就是要给自己一个交代，还要显得有情有义。你要说什么做什么全部在我的意料之中，这种人格分裂的痛哭有意思吗？你想表演给谁看？我不是说我没错，但我宁愿你把我臭骂一顿，继续交往和分手都没关系。这样不声不响做出决定不就是嫌贫爱富吗？我看错你了吗？

不谈还好，无言的结局也是结局，至少还有一点模糊的余韵，这样算什么？难道还要受伤害的人更仁慈更卑微吗？一定要让爱过你的人成为你宣泄的下水道吗？

这时李想想听见了由远至近的脚步声，同时还有母亲和邻居打招呼的声音，母亲的声音里充满了难以抑制的喜悦，这一点让他十分感动。每一次若不是受到了伤害，他好像都无暇想到母亲。于是他截断了思绪，起身打开自己的旅行袋，从里面拿出一条毛巾，走进了窄小的卫生间。

如一给李想想买了他爱吃的艇仔粥和拉肠粉，吃早餐的时候，如一小心翼翼地问道，千寻她还好吗？李想想低头喝粥，含糊道，挺好啊。又抬起头来口齿清晰地说了一遍挺好，并且看着如一的眼睛。如一笑道，如果你们春节能一起回来，那就好了。李想想没有接母亲的这句话，只道，妈你不是在信上说，有重要的事情告诉我吗？如一怔了一下，支吾道，还能有什么重要的事？无非是想你们俩一块回来过年。

李想想可能是吃得太饱了，加上旅途困顿，他买的又是坐票，所以人仰马翻倒在如一的床上睡着了。还是如一给他脱了鞋，把他的双腿搬上床，又拉过被子来给他盖上。

如一去了农贸市场买菜，她买了鸡和鱼。

回来坐在屋里择菜，这时李想想醒了，起身伸了个懒腰，便走过来坐在如一身边帮她一块择菜。

他不经意地问道，我爸呢？如一迟疑片刻道，他出去了。想想道，我就是问他去哪儿了？他的房间还收拾得这么干净，好像根本不回来住似的。如一没有说话，也没有看李想想，只盯着手上翠绿的芥蓝，但是眼圈红了。李想想反而异常冷静道，你告诉我到底发生了什么事？

如一想了想，觉得隐瞒毫无意义，便道，我和你爸已经分开了。李想想大为震惊道，你说什么?! 这是什么时候的事啊?! 如一道，就是前不久，我们离婚了。李想想的眼睛瞪得更大了，道，为什么呀？如一不想细说，也就没有开口，继续择菜。李想想认真道，是他提出来的对吗？如一还是不说话。李想想把手里的一根菜扔回洗菜盆里气道，妈我问你话呢，是不是他先提出来的？如一故作平静道，谁先提出来的有那么重要吗？

李想想菜也不择了，只端坐等待。屋里没有声音。

于是他起身又一次进了窄小的卫生间，这次不是洗脸，也不是上厕所。他只是站一会儿平复自己的情绪。

他觉得很对不起母亲，她千里迢迢地到学校来看他，可是他只让她住了一天就把她"赶"走了，至今他还记得在火车站时母亲又眷恋又小心的目光，她上了火车以后把头探出来，火车加速以后，她的手还在窗外挥舞。他除了对至亲的人能这么残酷，而对生活的难题大多是束手无策。

母亲一定是受了委屈，神情竟是隐忍和惊恐的，她甚至还怕他受到伤害，他为自己刚才严厉的目光和语气默默向母亲道歉。

他再一次回到母亲身边，坐下来择菜。

如一只告诉李想想李希特到甘肃拍武侠电影的事，她说他好像是在那里认识了一个女孩子，名字叫欢。李想想说那他们现在住在哪里？如一迟疑片刻道，你想干什么？李想想说我能干什么？他是我父亲，我总得看看他吧。

约摸是下午四五点钟的样子，李想想独自一人去了灰楼的六楼，给他开门的是一个精干利落的女孩子。李想想问道，你就是欢吧？许二欢愣了一下，忙道，对对对，我就是欢。李想想道，我是来找李希特的，他是我爸爸。那就快进来吧。许二欢一边说一边伸出手一把把李想想拉进屋里，又道，你爸爸去超市了，一会儿就回来，你坐吧，你喝什么？

就矿泉水吧。李想想说道。他看见靠墙的矮柜上有几尊大支的农夫山泉，便这样说。老实讲他对许二欢的印象还真的不坏，本以为会是什么庸脂俗粉的小妖精，但这个女孩子是出其不意的硬朗。

这时李希特出现在门口，他两只手都提着购物袋，里面满满当当的日用品，他是用膝盖顶开了虚掩的门。

见到李想想，他也颇感意外，道，你回来了？李想想起身点点头，然而父亲的这个形象突然就惹恼了他，在他的印象中，父亲永远是沉迷武侠不食人间烟火的样子，眉毛拧着，与全世界为敌。生活在他身边的母亲和自己，沉闷地扛着这个巨大的包袱，几近窒息。为什么他跟一个陌生人在一起马上就变得正常了，却原来生活琐事无所不能。以前母亲叫父亲去打个酱油那是侮辱了他，满脸写着你杀了我得了。

现在呢，满手提着厕用卷纸、洗衣粉、速冻饺子之类，又不见他去死，还兴冲冲的样子。

但凡有了一点点的转机，他最先抛弃的就是我们。母亲对他来说算什么呢？爱他包容他的结果就是深深地受到伤害吗？

他来到这个世界上就是为了折磨我们吗？

李想想真的是暗火丛生。

找我有事吗？李希特放下手中的袋子说道。这话更是让李想想火冒三丈，他们多久没见面了？这就是一个父亲对儿子说的第一句话。他强忍着已经堵到嗓子眼处的愤恨，也许一张嘴就会吐出一个毒蛇芯子。

一个念头在脑子里电光四射——他来的本意或许就是看看，他也不知道自己有何确切的目的，或者是好奇心。但此时此刻全部变成了敌意和报复。他说我是来拿学费的，大部分是妈妈给我的，但是还不够。李希特道，还缺多少？ 5 千，李想想说道。

李希特顿时哑然。他盯着李想想看了一会儿，他知道他是在有意为难他。可是他又能说什么呢？

还是许二欢过来解围，她打开抽屉拿出一叠钱，她说这是 3 千块钱，李想想你先拿着，剩下的我们再想办法。她把钱递给李想想，李想想漠然地把钱接过来，卷成一个团握在手中。

李希特依旧盯着儿子，许二欢知趣地提着超市的袋子进了厨房，还不忘把厨房的门关上了。屋子里只剩下这两个像饼印一样的男人。你是专程来羞辱我的对吗？你要帮你妈妈出气。李希特轻声说道。李想想冷笑一声，并把手里的钱扔回桌上，那钱打了一个滚，重新散开了，铺陈的满桌都是。李想想同样轻声说道，我告诉你李希特，你放心，我不会受你的点滴之恩，我这么做是想提醒你，你对我从来没有尽到责任。

李希特道，我承认我是一个不称职的父亲，但是我对你同样有很深的感情。李想想笑道，对于我来说，你不是不称职的父亲，你根本就不是父亲。

丢下这句话，李想想没再看李希特一眼，便打开门出去了。

李想想头也不回地走着，身后的这座灰楼，他是再也不会来了，身后的这个男人从此也跟他没有任何关系了。他知道自己人生的道路才刚刚开始，他将和母亲一起走下去。坏的榜样也是榜样，将来他也要结婚生子，生下来的孩子无论男女，名字都已经起好了，叫如果果。而他会像母亲一样，春蚕到死，蜡烛始干，一生都为自己的家庭和亲人鞠躬尽瘁。

十九

在灰楼六楼之上，李希特一直站在窗口，看着李想想远去的背影。

曾几何时，这个长相酷似自己、性格极度闷骚像他母亲的孩子，变成了今天隔岸喊话一决高下的对手？

吃晚饭的时候，李希特和许二欢都没怎么说话，显然，李想想的到来成功地制造了阴影，如果他真的是来拿学费的事情反而简单多了，但他不是，他的眼睛里充满了冷漠和仇恨。

许二欢吃得很慢，好几次都停止了咀嚼，她看着李希特，想跟他说点什么，但显然李希特什么也不想说，只是闷头吃饭，又像什么事都没有发生过那样。许二欢也只好作罢，她想，对于李希特的家事，自己还是少说为妙。

这时许二欢的手机响了。

许二欢打开手机接听，连续哦了好几声便把电话挂了。抬头对李希特说道，是花制片打来的，他说他明天从北京飞过来办事，叫我们和雷导跟他一块吃顿饭。李希特想都没想道，雷霆肯定不行，他这么多天就没出过机房，他也嘱咐我不会见任何人，也不会浪费一点时间，还是我们陪花制片吃饭吧。

　　的确，李希特曾经到过一次机房，看见雷霆没日没夜地工作，整个人的脸色灰白，满嘴起疱，头发胡子疯长，乱作一团，一向整洁的他眼看着脱了相。李希特道，你这样下去不行，还是好好休整一下吧。雷霆道，你以后千万不要说这种外行话，做电影是能说停就停的吗？机房的租金是钱来的，怎可以一日空闲。李希特道，那电影做后期总不是办后事吧？雷霆道，怎么不是办后事？就是死过翻生啊。你要是真心想帮我，就去给我搞几粒摇头丸。

　　李希特愣了半晌，说不出话来。所以他知道雷霆是不会出来吃什么饭的，他手上的工作千头万绪，几乎每一个细节都决定着这部片子的命运。

　　见许二欢仍旧面露难色，李希特不解道，这又有什么难的？我们陪他吃不就行了嘛。许二欢道，其实花制片这个人很难搞，嘴巴刁得很，不吃农家菜什么的，他总说吃饭就是吃声势。李希特道，那就请他吃好点的呗，不就是一顿饭嘛。许二欢道，何止一顿饭，吃完饭他肯定要去零点零一分酒吧喝酒，如果再去歌舞厅K歌，还真是个无底洞呢。说完这话，许二欢暗自叹了口气。

　　李希特想了想，终于意识到许二欢为何感到为难。

　　这也难怪，以往李希特过的是非现实生活，在那样一个世界里，视金钱如粪土是一种英雄气概。可惜他现在变得正常了，正常就比较讨厌，无端端的钱就有了英雄气概。幸亏刚才李想想只是发了发虚火，并没有真的把钱拿走，否则又是一笔接待费不知从哪里开销。

　　他好像应该感谢李想想才对，他真是他的亲儿子。

　　第二天下午，花制片果然如约而至，他说他是中午到的，事情也办得异常顺利，为的就是晚上能好好地放松一下。

　　许二欢千挑万选了一个特色餐馆，菜式是绝对好，但是没有什么豪华装修。餐馆是回廊式的大草棚，一看就是临时建筑，中间围着一个荷花池，又没有荷花，只一堆疯长的叶子，池塘里还养了一群鸭子嘎嘎乱叫。充分体现了南方人讲究实惠的生活方式。

一开始花制片的脸上虽然笑逐颜开，保持着一般的礼貌客气，但隐隐的还是有些不以为然。不过后来上菜，一个比一个色香味俱佳，有几道菜连见多识广的花制片都没吃过，比如颜色和形状酷似虎皮尖椒的秋茄子，再比如像竹叶青一样又细又长通体翠绿的长豆角，看着像一条条青蛇，吃下去都是唇齿留香；还有专门用荔枝木烤出来的吊烧鸡，香到人都想起立向吊烧鸡致敬了。这时的花制片才真正是笑逐颜开，大赞许二欢找饭店花了心思，而且也让他对农家菜的印象大为改观。由于吃客浩浩荡荡，这也是声势啊，花制片说。

人若来了兴致，好容易变成刹闸失灵的机动车，不知道会滑向哪里。

在零点零一分酒吧喝酒时，花制片的兴致还是很好，李希特的话虽然不多，但一直陪伴在侧，无论如何是一个好的听众。一开始花制片还只吹一吹自己在圈里的江湖地位，随着酒喝高了，个人的膨胀程度也逐渐升级，好像原子弹他都识整，彻底不费吹灰之力。

许二欢喝酒就喝得很少，因为再便宜的红酒，一瓶的价格都会超过一顿饭钱，刚才在荷香楼死省烂省其实都是白搭，一瓶红酒像花制片这样敞开喝，一会儿就见了底，所以许二欢尽量少喝。

她省钱也不全是为了自己，因为昨天见过李想想，关于他的学费问题毕竟还没有解决，而且她也知道李希特没有钱，他的钱全部陷在电影里，要想得到缓解也只能是在发片之后。那么他们的生活费，李想想的学费，这些都是所谓的刚性支出，钱不省着花还真的不行。

但是花制片喝酒有个习惯，就是要有人陪喝，而且要尽情尽性，许二欢这样喝他就觉得不好玩，甚至有些扫兴，好像是用行动暗示他少喝，并且尽快结束。这样花制片就有点不高兴了，他借着酒兴伸手去揽许二欢的腰，一边口齿不清道，你对我好一点，我不会让你吃亏的。又道，酒如果没喝好，就像去赶庙会突然把我搁井里了，你说我能好受吗？许二欢无奈，只好尽量扳开花制片放在她腰上的手，紧接着给自己倒满一杯酒道，好好好，我今晚就陪花制片一醉方休。这时她看见坐在一旁的李希特脸色黯然，眉毛也是微拧着。

倒是倒了一大杯，但是喝起酒来，许二欢还是小口抿着，一边又说出许多最近不能喝酒的理由。花制片一下就火了，他翻脸道，许二，你还真够二的，我告诉你吧，李老师他也不会当真的，所有的男人都不会当真，玩了就玩了，傻逼才当真呢。

李希特一开始还真不知道花制片口中的李老师就是自己，因为也的确很少人这么叫他，等他反应过来，发现许二欢的脸色青一块紫一块，但又敢怒不敢言地强忍着，顿时也不快道，花制片，你这话是什么意思啊？

花制片指着许二欢道，是什么意思你问她！不就是一个替身嘛，那还要看我想不想给你饭吃呢，还真敢把自己当腕儿，端上架子了。

他的话音未落，衣领子已经被李希特提了起来，李希特的眉毛不仅拧着，还打了一个梅花结，他气道，她怎么惹着你了，你要这样子欺侮人？！花制片道，他原来就是我的人，随叫随到，我说她两句怎么了？！

李希特当胸就是一拳，花制片迅速地向后面退去，直到退无可退便倒在一堆桌椅里面，酒瓶和高脚杯碎了一地。邻桌的客人惊叫地站立起来，许二欢也冲过来从后面紧紧抱住李希特，她到底是有武功的人，两只手臂像钢丝锢木桶一样，把李希特锢得动弹不得。

花制片被服务员扶了起来，骂道，李希特，你就不用演这种英雄救美的戏码了，你以为她是什么好货？她又搭上了别的制片，所以才有戏演，所以才敢在我面前一本正经，他妈的下一次就是喝倒在我面前，我跨过去都不会理她！

说完这话，花制片扬长而去，也不知道他喝醉没有，一会儿站立不稳，左右摇晃，一会儿又健步如飞，紧走慢走，消失在玻璃门外。

李希特一直想追过去打花制片，无奈被许二欢紧紧抱住。幸好是这样，情况才没有恶化到哪里去。

许二欢掏出钱来付账，同时又问经理怎么赔酒杯酒瓶，经理有些厌恶地挥挥手说道，算了算了，我认倒霉就是了，以后你们也别到我这里来了，阻住我做生意不说，万一出了命案，我整个店都要搭进去，你们还是赶紧走吧。

回家的路上，夜色浓重，黑暗中两个人都一言不发。

匆匆地走了一会儿，许二欢伸出手去想握住李希特的手，但是李希特的手始终握拳，就是不肯张开。就这样，两个人闷闷地回到了灰楼六楼，进了门之后又谁都没有坐下，只是背靠背站着好像在比谁的脸更臭。

他说的话是真的吗？还是心急气躁的李希特首先打破沉默，面无表情地问道。许二欢不说话。李希特又道，你现在又搭上了别的制片是吗？许二欢仍不说话。李希特转过身来面对许二欢，严厉地盯着她道，别跟我说什么潜规则，任何人都可以洁身自好。你就跟我说是还是不是。许二欢平静道，是。也许是这种平静惹恼了李希特，他扬手就是一巴掌。

房间里顿时鸦雀无声。

许二欢的声调也是平静的，她说道，你凭什么打我？我有说过要跟你结婚吗？我有花过你一分钱吗？

轮到李希特不说话，他甚至有些愕然地看着许二欢。

许二欢道，抽屉里的钱是我前段时间当裸替挣的。李希特道，你不是武替吗？许二欢道，如果裸替给钱多的话。那你不是给人都看完了？李希特气道。许二欢道，是的，也可以这么理解。李希特恨道，你怎么这么贱啊?!

许二欢没有理他，转身回到卧室里去清理自己的东西，话已经说成这样，今晚她是务必要离开了。等到李希特稍稍清醒过来之后，他走进卧室，这时的许二欢差不多都收拾完了。她拎起自己的帆布箱，对李希特说道，我最后只想说一句话，我不是打不过你，我不还手是因为我爱过你。

她冷冷地看着李希特，她看了他最后一眼。

外屋的门砰的一声关上了，李希特这才意识到许二欢真的走了，卧室柜子的门开着，虽然许二欢拿走了她的东西，但是她的气息却无处不在，这种弥漫在空气中丝丝缕缕似有若无的味道，不知不觉间让李希特泪流满面。

这样算什么呢？所谓的恩爱又算什么呢？只一句话，就烟飞灰灭了。

可是不这样又能怎样？难道对自己说，在这样一个乱世，请允许我做一个嫖客？这对他来说，可能吗？

李希特坐下来抽烟，后来干脆躺在旧沙发上抽，一根接着一根，烟雾缭绕之中，熟悉的一切变得越来越不真实。如果人心即是江湖，他想，那么他若是心淡离场，是不是刀光剑影血脉贲张的武侠世界也就不复存在？会不会在一夜之间他突然猛醒，我这是在干什么？

难不成真应了人生几大找死之一：虽非富贵身，做尽荒唐事。

他不敢再想下去，生怕一不留神真醒了过来，他这时候醒过来不也是找死吗？所以他什么也不想，逃跑一样地出了门。

夜深沉。

如果这个城市里还有一个人没睡，可能就是雷霆了吧。李希特去了机房，虽说是深更半夜，雷霆果然还在工作，他在听电影配乐的小样，神情既专注又迷茫。一起工作的还有别人，所以他很不情愿地跟着李希特来到走廊上。雷霆没有掩饰脸上的不耐烦。有什么事你赶紧说。他的语调很是急躁。

他的脸色也是灰白的，像是刚刚断了可卡因变得毫无着落的失重和慌乱同时写满全身的那种人。

李希特看着雷霆的眼睛道，你早就知道许二欢和花制片有一手对吗？他说这话时想起在甘肃柳苑的分手之夜，雷霆说过他跟许二欢在一起不合适。他清楚地记得为这句话他琢磨了好长时间。

雷霆半天才反应过来李希特在说什么，眼看着他就像火柴头那样满脸发黑，随便在哪儿擦一下就会暴跳如雷，火冒三丈。这是什么时候？居然跟他谈风花雪月的问题，他简直气疯了，恨不得飞起一脚，叫这家伙先死一会儿再说。不过他强忍着没理李希特这个茬儿，只白了他一眼，转身准备回机房。然而李希特这个人从来不识相，他一把抓住雷霆的胳膊，神情更加严峻道，全剧组的人都知道他们的事，只有我一个人蒙在鼓里对吗？

雷霆甩掉李希特的手道，无聊。

丢下这两个字他就回了机房，砰的一声把门关上了。

但是李希特明白了就是这么回事。

雷霆走出机房的时候，就像坟地里爬出来的僵尸，脸色惨暗，双目无光，眼珠就像两颗混浊的玻璃球。他的头发和胡子都像野草，杂乱无章，横冲直撞。最后冲刺的一个礼拜他没有洗澡，当然就谈不上换衣，即便不是炎热的季节这在南方也是不可想象的，人人掩鼻而过但他自己浑然不觉。

他回到习武馆倒头便睡，一直昏睡了三天三夜。其间有起来喝水，上厕所，也吃过李希特给他买来的白粥咸菜，但所作所为几乎都没睁开过眼睛，基本是梦游状态，身体是瘫软的，随时都有可能轰然倒下，昏睡过去。

通常这种时刻，都是雄鸡报晓，预示着在茫茫的黑夜中，一部伟大的艺术作品将横空出世。

然而有许多时候，辛苦并不意味着成功，极度的辛苦未必就是成功的最佳诠释。只不过对于失败者来说，谁还会对他的辛苦感兴趣呢？

越辛苦越没有价值。

这便是这个世界的残酷所在。

丑媳妇也得见公婆，因为自觉拿不出手也就格外小心翼翼。雷霆大梦初醒后，便开始大洗特洗，理发刮脸，虽说瘦了整整一圈，但是看着还是跟新郎官似的，全身散发着一种难以抑制的亢奋。按照惯例，他启动了宣传攻略，手下的人遍请各色媒体，各路记者来看小型的点映会，然后由他们全力炒作，用一切办法把观众吸引到电影院来，争取票房全面飘红。

试影期间，雷霆的情绪高度紧张，他无法坐在电影院里，只能在院外一处僻静的地方来回踱步。但这并不能减轻他内心的忐忑不安，所以他手心一直出汗，以至于像水洗过一样。的确，他以前没有成功过，他也从未有过成功的经验，难不成一个背字能走一生？就是一辈子不出头的命？

他以往是极端的我行我素之人，否则也不会活成现在这个样子。他一直认为坚持是艺术家的底线，尽管以前的作品不卖座他也不曾后悔，多少人劝过他若不把武侠片当作商业片来拍，除非是有病，否则立什么牌坊啊?! 但是他仍旧认为商业片也是要有追求的，也是可以和艺术兼容的。然而这一次，面对这个千载难逢的机缘，他决定向市场这个摄人魂魄的美女低头，做这件事情的从头至尾他都遍寻市场良方，并将这些因素烂熟于胸。

他彻底地放弃了自己，他没有失败的理由啊。

但是试映的结果非常不好，一周之内，报纸陆续出现的文章竟是骂声一片，劣评如潮。所有的意见都说这是一部失败之作，故事分尸三段，完全都不相干，好像是三部电影素材剪辑在了一块，它们热闹是热闹，看得出来导演和演员都很卖力，可是没有方向的使劲更让人觉得莫名其妙。最可怕的是似曾相识，总能找到经典武侠片里的章节，总之阴魂不散，但却又是经典武侠片的山寨版。更有牙尖嘴利的记者写文章说，此雷一出，天下无雷。《雪剑长箫》简直是集雷片之大全，成为雷片宝典。

仅有两家影院同意上映此片，预计上映一周，但只上映了3天，就因没有观众而取消了场次。这种情况就像霍乱病菌一样传播出去，在一个行事匆匆人云亦云的年代，外省外地就更加不会有人敢买这部影片的拷贝。

市场女郎摇身一变，成为白骨黑洞的骷髅头。

票房惨败。

在知道败局已定的那个晚上，李希特又买了两瓶九江双蒸和一些熟食来到习武馆，意外的是他看见雷霆一个人在打咏春拳，他看上去十分平静，一招一式有板有眼。但是他双眼殷红，布满血丝，李希特知道他心里苦，又说不出，见到他大汗淋漓又不肯收手，便走上前去打断他，雷霆不理，甩开他的手后又去打沙包，雨点一般的拳击令他的汗水喷射出来，眼看着双拳出血，他都无法停止。最终还是李希特从后面抱住了雷霆的双臂，但他的双臂仍像上了发条通了电那样一抽一抽地想要出击。

这样一个骨子里斯文的人，竟然爆发出野狼一般的嚎叫。

李希特死死抱住雷霆，仿佛一放手他便炸得四分五裂，粉身碎骨。他冲他喊起来，他说你不要这样，你不要这样啊！我们只是生不逢时，我们是最好的！只是这个时代病了，这个世界它睡着了。

雷霆渐渐平静下来，两个男人垂手而立。

雷霆突然笑道，这样的话你跟我说说就算了，千万不要到外面去说，说这种话的人是输得最难看的人。市场是永远不会错的，我们只是愿赌服输。

李希特茫然地望着雷霆，无言以对。雷霆注视他良久道，你记住了吗？

记住了。李希特说道。

二十

吃晚饭的时候，如一问李想想你去过你爸那儿了吗？李想想说去过了。如一说你见到他了吗？也没听你提过这事。李想想道，见了，有什么好提的。如一想了想道，那个女的你也见了？她说这话的时候一直看着清蒸鳇鱼，好像是在跟鱼说话。李想想也看着鱼，用筷子杵着鱼眼睛道，见了，我觉得那个女的人还不错，反正比他强多了。

如一觉得一下子给噎住了。

你爸没跟你说什么吧？如一继续问道，这时反而紧盯着李想想察言观色，她有些担心李希特把她中奖的事说出来，这件事她思前想后，觉得最最对不起的就是李想想，见到儿子落落寡欢的模样，一整天一页书都不翻，却常常坐在那里发呆，什么都不说也知道他不快乐。

如果是有钱，情况一定不会这么糟。所以如一首先是不让李想想知道这件事，其次是让这件事石沉大海。

他会跟我说什么？李想想没精打采道，你觉得从小到大他关心过我吗？李想想这样说着，看似漫不经心，实则是一种深深的落寞。如一深以为然，便无话可说，神情略有哀伤，这时李想想抬头看了母亲一眼，眼神无比纯良，关切，他说妈你不用担心，你还有我呢。

如一有些心酸，她其实并不希望儿子小小年纪就扮演大人的角色。但她确信李想想并不知道家里发生了什么事。

她微笑地点了点头。

这时有人敲门，如一起身去开门，有两个中年男人出现在门口，其中一位问道，请问如一女士在家吗？

如一回道，我就是。并且有些不解地看着他们，一时又想不起来是否认识他们。

这两个人虽然穿着便服，但是出示了他们的警官证。由于来的是陌生人，李想想下意识地紧随母亲之后，他从打开门的间隙中，看见有一辆警车停在家门口，警灯一闪一闪的，足以让半条镇水街的人吊起了好奇心。

两位警务人员倒是态度和蔼，他们阻止了要去泡茶的如一，其中有一个胖胖的警员，眉毛分得很开，一派乐天的样子。他说真不好意思耽误你们吃饭了，你们抓紧吃饭，我们坐在旁边等一等。

如一哪还有心思吃饭，急忙收了碗筷，坐到警员的对面去。

胖警员说也没有什么事，你不要紧张，就是需要你配合我们调查一个案子，你照实说就行了。

如一急忙点头，但不知是不是胖警员的提醒，她真的有些紧张起来，心脏突突地跳着，家里从未来过警察，停在门外的警车她刚才也看见了，普通的老百姓见到这一阵势就早已吓破了胆。

另外一个警员比胖警员严肃一些，他不瘦，但是面若焦炭，他说这件事不能在家里谈，要到局里去录笔录。这时如一面色苍白，人都有些抖了。幸好李想想在家，李想想告诉警员他是在校的大学生，因为母亲身体不好，专门请假回家探望，希望能够被准许陪同母亲一起去警局。

两位警员对视了一眼，还是同意了。

如一和想想一起上了警车，虽然天色已暗，仍然可以透过车窗看见邻居错愕的表情。理发的，下棋打牌的，吃饭的，神聊的，统统定格，半晌都张着嘴，一动不动地看着如一和儿子被警车带走。

没有人敢上前询问，只听见人肉发电机的电推子突突突的空响。

到了分局，情形并没有多么可怕，还不是一间一间的办公室，还不是桌子椅子，来回走动的川流不息的警员。

但是气氛就完全不一样了，家里的气氛要随意得多，但是这里就完全不同，陌生与紧张产生的压抑感让人喘不上气来。李想想感觉母亲下意识地紧紧抓住他的右臂，这让他的右臂先是剧痛，后来就有些麻木了。他小声的安慰母亲道，没事的，只是协助办案，这是每一个公民的义务。并努力做出若无其事的样子，但其实他心里也有点毛，不知母亲牵扯上了什么麻烦。

他们被带进了一间办公室，问话和做笔录的是另外两个人，他们都穿着藏蓝色的警服，正襟危坐，没有表情，无所谓和蔼还是凶恶。桌上空无一物，只有纸和笔。

警察首先问如一认不认识雷霆？如一当然说认识，警察又问了如一许多雷霆的情况，有她知道的，也有她不知道的，反正她都是照实说。警察突然话锋一转，问如一知不知道雷霆拍电影的事。如一也说知道，而且报纸上还登了剧照。警察说那你知道他拍电影的钱是哪来的吗？

如一顿时就哑了，半天不作声。

她下意识地看了一眼李想想，低着头说道，我不知道。

你真的不知道吗？警察又重复了一遍这个问题，并且目光如炬。见如一仍不作声，警察加重语气道，这件事关系到人命案，所以你务必把全部的情况如实地告诉我们。

如一呆如木鸡，半自语道，人命案是什么意思？

警察说道，今天凌晨4点，雷霆已经自杀身亡。

如一哇的一声叫出来，她捂住嘴巴双目圆睁，良久才呼出一口气，脱口而出道，是我害了他，的确是我害了他。

原来，当天上午10点左右，习武馆所在地的街道办事处，有一位工作人员例牌去各家收清洁费，一家每月6元，用以支付收垃圾的临时工。这个人发现了雷霆穿戴整齐却一动不动地躺在床上，呼唤不醒，随即报警。

后经法医查明，雷霆是服了整瓶的安眠药，又喝了大量高度白酒，加强血液循环导致药效的快速吸收，已经在5个小时前过世。

他走得很平静，只留了一封遗书是写给如一的。警方看了这封遗书，发现雷霆自诩欠下如一巨额款项，非常地对不起她，但又毫无办法，只能以死谢罪。这一说法令警方疑窦重重。

由于近段时间，当地警方破获了一起涉案金额高达28亿元的大型地下钱庄案，从而拉响了年度反洗钱风暴。此外，警方也接到多次线报，说市内地下钱庄活动猖獗，这也难怪，无论经济繁荣还是经济危机，人们都有太多的理由依附地下钱庄走动资金。这样一来，利用高利贷牟取暴利的事件就屡见不鲜。由此引发的追杀、自杀、他杀等恶性事件时有发生。而为了掩人耳目，其中少数的皮条客便是其貌不扬的良家妇女，她们常常更容易赢得客户的信任，起到穿针引线的作用又不易被人察觉。她们从中得到的好处是赚取手续费。

警察把雷霆的遗书放在了如一的面前。

如一根本无法冷静地看这封遗书，只觉得上面工整的字像一只只黑色的苍蝇在她的眼前乱飞一气，她只是呆呆地望着它们，不知所措。

她当然完全不知道警方对她的怀疑，这时李想想在她的耳边说道，妈，你一定要如实地反映情况，不要有任何隐瞒。否则警方是不会把我们带到这里来的。他用更低的声音说道。

如一头大如鼓，而这件她希望石沉大海的事终于渐渐浮出水面。

雷霆的灵堂安置在习武馆内，叶问的画像被取了下来，换上了雷霆的遗照。唯一的八仙桌上放着李希特买来的九江双蒸，花生米，还有卤水豆干，两个杯盏，两副碗筷，摆放得整整齐齐。

明朝挂剑，红尘萧索，雷霆的侠客故事正式落幕，但是江湖之上却是永远的风风雨雨。最先知道这个悲剧的人是周胖子，在他的感召下，才狼、花制片等一系列与雷霆相关和不相关的人，合作过或者未合作过的人，《雪剑长箫》曾经的班底，包括主角配角，他们都从各地赶来，送雷霆最后一程。

周胖子不愧是声名鹊起的艺术总监，他自掏腰包，买了巨大的投影设备，安装在习武馆醒目的位置，白色的银幕上自始至终放映着《雪剑长箫》，当黄沙漫天，杀声四起，在场的人无不泪眼相向。

月黑风高，无待找到涯井兽的藏身之地，两个功夫高手在竹林对绝，动作一样凌厉，速度一样神勇，最终无待跃起，凌空劈叉跳下，将涯井兽的双膝击碎，进而用双腿把涯井兽的脖子扭断。

门口看热闹的农民工鼓起掌来，但却丝毫不影响门内人的伤心，他们各行其是，应该都能告慰雷霆的在天之灵。

这一阵容和场景媒体始料不及，纷纷争相采访，把习武馆围得水泄不通。

周胖子红着眼睛说他这是兔死狐悲，他也是在刀尖上舞蹈的人，稍不留神便万劫不复。只是他同时又是这一行的既得利益者，而雷霆收获的全部是苦难，而他九死不悔，是真正忠于梦想的人。

曾经写过影评《雷导不愧姓雷》的记者重新写道，这注定是一场黑色的派对，每个人的内心都备受煎熬。雷霆一生都在跟市场决斗，虽然他是一个失败者，同时选择了一种决绝的方式，但仍旧不失英雄末路的豪情，你强任你强，清风拂山冈，你横任你横，明月照大江。他用明月清风的方式完成了最后的决斗，在这个世界上，有多少人是虽败犹荣，这个荣是指荣华富贵，但是雷霆是清贫至死，他是一个真正意义上的侠客。

写过《此雷一出，天下无雷》的记者也说，死了也是雷片，这便是这个世界既公正又不公正的地方。但是雷霆的执着不能不让我们感动，因为我们做不到，我们早已学会了为了一个妥协找出一万条理由。

当然，熄灭生命之火也还是感动了一些铁石心肠，终于有人开口说出金玉良言，他们称这部影片营造了一个迷人的功夫世界，一个压抑的中年男人内心的发现之旅，一个散发着古老诗意但又无以言说的爱情故事，一首关于生命的美丽颂歌。还有人说，这部电影最大的魅力，来自认认真真拍出的动作场面，恢宏大气，并不输给任何一位名导。

只是这一切跟雷霆已经毫无关系。

许二欢也出现在吊唁现场，她穿一身素黑，并没有有意识地跟熟人打什么招呼，她也看见了李希特，脸上也无特殊的表情，默立了一个时辰，她便悄然离去。大概过去了足有3分钟，李希特才追到习武馆的外面，当然许二欢已经踪影全无。他打她的手机，彩铃声是一首《千里之外》，歌声温情委婉，令人浮想联翩。但整首歌曲几乎播完都无人接听，也不知道是什么原因。

李希特并不知道自己会说什么，但自从得知雷霆的死讯，他便备感内心的孤寂，希望听到一个熟悉的声音，多少也是一点点慰藉。

说是说欲望都市，有时候很小的一个期许却是索要无门的。

最终雷霆的后事，也是吊唁现场募捐所得，还是由周胖子、才狼、花制片等人带头解囊相助，大伙也积极配合，现金还是宽裕的。最后在中华永久墓园买了一块墓地，总算让雷霆入土为安。碑文上刻着：一梦千寻，长歌当哭。落款处写着同路人泣立。

李希特原不大会办事，大伙也没指望他，每天只是跟其左右，却又帮不上忙，只是呆呆地跟着。虽说数日和花制片在一起，两人竟是形同陌路。

曲终人散。

习武馆的那条街上显得格外凄清。每天傍晚，李希特还会去那边走一走，抑或抽上一支烟，枯站一会儿。习武馆的门上加了一把大锁，但是李希特直觉雷霆并没有离去，他随时都可能回来。

星期天的中午，李希特在灰楼六楼的小厨房里下面条。听见有人敲门，他关上火去开门，这时候的他已经知道炉子和锅的余热可以捂熟面条，应该是许二欢告诉他的。李希特打开门，见是一个十二三岁的半大小子，穿着一套不怎么整洁的运动服，胸前斑斑点点，一手拿着一只瓶装饮料，不时瓶底朝天地嘴对嘴喝上一口，脸上透着精灵和满不在乎。

他拿了一封皱巴巴的信递给李希特。

这是有人托我送给你的，可是我忘了。他笑着说。李希特接过牛皮纸的信封随意问道，那怎么又想起来了呢？那个男孩子黑眼珠转了转道，他当时给了我50块钱跑腿费，现在差不多已经花完了。他又笑，却无抱歉之意，而且转身离去，头都没回地消失在楼梯口。

走廊上光线昏暗，李希特并没有看清上面的字。进到屋子里后，再看一眼牛皮纸信封不禁大惊失色，拿信的两只手都是僵硬的，同时又惊到颤。这封信分明是雷霆写给他的。他的手哆哆嗦嗦地把信打开，果然更是雷霆的字迹。

他开头便说，兄弟，我先走了。

这句话让李希特毫无防备地泪如雨下，他且把信放在一边，结结实实哭了一场。这些天来，他只是难受，但却哭不出来。

出事的那一天，他是下午两点去的习武馆。警察已经来了，并且封锁了现场，谁也不许进。不过这样也好，他记住的始终是雷霆生龙活虎的音容笑貌。雷霆被抬出来的时候，全身被白布遮盖得严严实实，李希特听见身边的邻里在说，昨天见他还好好的，只一晚上就过了身。另一个人唏嘘道，做人都是这么化学。本地的老百姓视生死为阴阳两界，所以人走了被称之过身。

事情来得突然，李希特根本没法接受这一冷酷的现实。他表现出反常的冷静，而且没有哭。或者说是给惊着了。

雷霆说道，其实我一开始就知道拍电影跟炒股票一样，要么不碰，要么玩死。当年我就因为拍片严重失眠，吃抗抑郁的药，结果这些药物的副作用越来越大，直到我住进医院接受电休克治疗。这一次做片子，我还没有去甘肃就犯病了，只好一直吃大剂量的药物控制，真的非常辛苦。

李希特这才想起他和雷霆在北京时，才狼说过的最恶毒的话：我们是风险投资，不是给疯子投资。原来这句话是有所指的，如果他当时知道这一情况，还会对雷霆苦苦相逼吗？他又想起雷霆自拍片以来种种的反常举动，原来他的病痛一直在警告他，折磨他。这让李希特的心绪纠结，无从化解。他那时候在干什么？在谈恋爱，风月无边。

雷霆仿佛永远都会知道李希特的想法。

雷霆说，我若欠了几百万一定会睡不着觉，现在欠了上千万就可以睡大觉了，睡得不用醒来。

他说你真的不必太自责，有缘一起做事，谈不上谁害谁。倒好像是我为了等你，多活了 12 年，也只有你会相信，走前我是快乐的。多少人暮气沉沉，得失计较，最终窒息而死，我却一生疯狂，输得一败涂地竟是一个字，爽。那句话真的没说错，不疯魔，不成活。

当然也有懊恼，不然不会死。他说。

在一个充满广告，娱乐，世故，不假思索和油腔滑调的世界，重提行侠仗义是多么不合时宜。我们是寻常人，何必非要追求不寻常的情感？但我必定要做点什么，因为愤世嫉俗是唯一触手可及的，廉价的征服环境的力量，相比之下我宁愿选择绝不妥协。

雷霆继续说道，我真的是至死才明白，做艺术根本没有市场这回事，所以坚持一己之见尤为重要。什么是艺术？艺术就是忠于自己，表达自己。既然都说市场是无形的手，我们怎会知道它会抚摸谁的头顶？就算坚持的人没有运气，运气也不会降临在全面妥协的人身上，跟风才是最大的风险，妥协成为失败的捷径。我绝不是因为失败而死，却因为没有坚持自我无比懊丧，就因为输得不值。我不能原谅自己。

同样是星期天的中午，如一对李想想说道，你去看看你爸爸吧，这两天我的眼皮总是跳，我担心会出什么事，你爸这个人，一生都活得不切实际。

她说这些话的时候还在择芹菜，准备晚上吃。中午也是随便对付的，因为两个人都没有什么食欲。这些天来，李想想吃得不多，话就更少，看不出来他是在跟谁赌气，但以往的懂事和礼貌荡然无存。

没有回音。

那天如一和李想想从分局出来，一路无话。

回到家之后，李想想对如一说道，你是因为中了奖，才去学校看我的吧？如一没有作声，算是默许。李想想又道，那你为什么不把实情告诉我呢？如一突然黑了脸，神经质道，我再也不想提这件事了！简直是一场噩梦。就当没发生过这件事行不行？！这次是李想想没有说话，但是举双手表示赞同，一边连续倒退了好几步，基本靠在墙上。

第二天，李想想问如一，你那里还有多少钱？我想买一台手提电脑。如一拿存折给他，依旧冷脸道，就这么多了，你愿意买啥就买啥吧。

此后李想想一直挂在网上，再不说话。

如一不快道，我跟你说话呢，你听到没有？李想想道，我不想去。如一道，让你去看看他有那么难吗？我想那个女的可能不在，如果他实在太难过，你就把他带回来吧。李想想惊道，你说什么？！你再说一遍！如一没想到李想想的反应这么大，也有些不解地看着他。

李想想恨道，妈，你知道你在说什么吗？是他做错了事，是他又有了别的女人，我们为什么要这么贱啊。

如一一下子冲到李想想跟前，气道，你说谁贱？你怎么能这么说话呢？他是你爸爸啊，现在他拍片子拍砸了，好朋友又过世了，我们不该关心关心他吗？李想想冷漠道，吃得咸，抵得渴，他早应该想到会有今天。如一道，谁都有做错事的时候，未必犯了错就该死？李想想嘟囔了一句道，有些事就是死了也是不能谢罪的。说这话时眼睛并没有离开电脑屏幕。如一道，你说什么？李想想这才扭头看了如一一眼，冷笑道，妈，你是不是一直在等着这一天充当天使宝贝，你是不是特别想证明自己是一个好人？！

如一半晌才道，你想说什么？

李想想突然发飙道，妈你怎么就不明白呢？你不是他的沧海遗珠，他也不是你的回头浪子，你们各有各的人生，不是一回事。

这话还是值得回味一下的，但是如一想了想道，我不知道你在说什么，你到底想说什么？

我再也不想见到他。李想想有气无力地说道。如一道，可他是你的父亲啊，如果没有人管他，我们怎么能不管他呢？！李想想显然不为之所动，他口气坚定道，如果许愿有用，我唯一的愿望就是不做他的儿子。

如一看着李想想，脸色渐渐从灰到青，从青到紫。

不知为何，李想想心中竟升起一丝快感。他恨他们，包括母亲。他起身关掉电源，并且啪的一声关掉电脑，面无表情地开门离去。

离去前还不忘加上一句，我明天就回学校去。

秋深秋尽，天空中飘落着牛毛雨丝。这一场寒流来得特别猛烈，气温陡然降了十几度。午后天气的明亮度宛若黄昏，灰暗低沉，甚是凄清。路上的行人都下意识地缩着脖子，匆匆过往。初到室外，李想想不自觉地打了个寒战，他竖起外衣的衣领，但是脸上依旧可以感觉到冰冷的雨滴直凉心底。

不知道千寻她现在在哪里？在干什么？这个问题突然而至，让人猝不及防。他也不知道为什么会突然想到这个问题，只好扬了扬头，让脸上更冷一些，这样也许心里会更麻木一些。但是没有，他继而又想，也许他真应该跟千寻好好谈一谈，他为什么要像父亲一样决绝？父亲就是这样的性格害了全家，难道他也要这样对待周遭的人吗？

这是他第一次对自己产生怀疑。

但他同时又否定了这个念头，有什么好谈的？这件事已经结束了。他们不是没有缘分，而是没有钱。穷，谁不害怕？干柴烈火般的爱情不管怎么熊熊燃烧，穷都是灭火器。

前两天，他收到一张明信片，发信人是什么时候知道他的永久地址，他完全回想不起来，不过查他的学生档案也是可以查到的。明信片没有署名，画面是法国的罗浮宫。信上写着，你是天，我是海，能做的就是默默相守，若水天不能一色，怪只怪隔在我们中间的空气。

他把明信片撕了，丢进了垃圾筒。的确，当空气里都弥漫着纸醉金迷，爱情是必死无疑的。

所以他痛恨李希特。

一切都结束了。雷霆说道，但是我非常清楚，别人的噩梦才刚刚开始，尤其是如一和为我们这部片子投资的企业，他们不得不接受血本无归的现实。我选择离开，算是给他们最后的也是最贴切的一个交代。同时也希望你能从中解脱出来，听哥的一句话，回家去吧，从此好好生活。

毕竟，在现实的生活中，平凡的波澜才是最宏大的主流。回归主流并不可耻。男人也要认命。

我觉得我最对不起的人是如一，你告诉她我在此给她行大礼了。

雷霆的信，李希特看了3遍，每看一次都忍不住号哭。那种心痛是撕心裂肺的，后来他就不看了，放在桌上远远地避开，但它散发出来的辐射，仍旧令他肝胆俱焚。然而这样却宣泄掉了多日里积聚在胸口的闷气和伤痛，这对他来说也是一种解脱。

雷霆说过，人生若化简，如果不是一个寓言，那必定是一则笑话了。

现在看来，李希特在心里对雷霆说道，你的故事堪称寓言，而我便一定是那则笑话了。

一切都结束了。这句话里真的是饱含汗水和血泪。但在李希特看来，雷霆的人生堪称完美，堪称荡气回肠。而他自己的人生，尽管费尽周折，梦想却还是凝结在缠成一团的面条里，只剩下零钱的抽屉里，李想想的学费里，如一幽怨和愤恨的眼神里。

他已经山穷水尽，生无可恋。

那个令他魂牵梦绕的武侠世界果真是金戈铁马而来，却只停留了片刻，便呼啸沧桑而去，留下的是清风、明月和漫天的粉尘。当这一切消散的时候，连他自己都在怀疑曾经有过的醉里挑灯看剑，箫声低处相思，那么真实地存在过。所有的绮丽和情怀是否温暖过他的往生和心田？还是从一开始就淹没在浩渺的时间和庸常里从未发生？

或者说他的生命已经完结，继续纷乱的繁忙只不过是一场皮影。他为什么不可以快乐而去？

仿佛这个念头犹如一句密语，他的眼前突然门户洞开。

时间和生命全部都静止了，一切的嘈杂都在感知之外，他变得通体透明，卸去了所有的负累。

这时候他感觉到一道强光从远处射来，在一阵冷风的吹拂下，他下意识地眯起眼睛，逆光而立的人竟然是雷霆，他似笑非笑地看着他，他的双眼像两汪湖水，清澈而透明，对他有着无尽的感召力。

不知从什么地方，传来了《雪剑长箫》的主题歌声，那歌声分明唱着：再认笑眼千千，就让我像云端飘雪，以冰凉轻轻吹面，带出一波一波缠绵。留人间几回爱，浮生千重变，与有情人做快乐事，未问是劫是缘。歌声由远至近，渐渐充满了李希特的整个世界。

二十一

当敲门声响起，李希特的身体才陡然一颤，人仿佛从深梦中惊醒。他不知自己何时已经站在灰楼六楼的阳台上，默立良久。

他的神情看上去异常平静，嘴角和眉梢还带着一丝喜悦。

许多时候，我们常常以为重压之下，人的意志终是要崩溃的，但其实这种时刻，人会失去思维、理智、判断、逻辑概念、信仰或者兴趣，但未必会轻生。反倒是心累得久了，一旦想到离去之后的圆满和轻松，或许会有一种难以名状的欣慰与迷狂。

他望着细雨下灰蒙蒙的城市，车水马龙，人头攒动，想到这一切跟自己已经毫无关系了，他有一种酒后微醺的快意。

敲门声再一次响起。

他走过去开门，是李想想。李想想的脸上也没有特殊的表情，他进门之后说道，是我妈让我来看看你。李希特道，是来看我狼狈的样子，还是让我还钱？李想想心里有气，忍不住道，我们让你还钱你还得上吗？李希特冷笑道，果然是来要钱的，我告诉你我没有钱，我又没有吃喝玩乐，挥霍浪费，投资本来就是有输有赢，实现梦想也是一种投资。

那你的责任呢？你的担当呢？

别跟我说什么责任和担当，我受够了，跟一张无期徒刑的判决书有什么两样？！我天生就不是什么好男人，你们不幸跟我在一起，就只有认命。

也许是李希特理直气壮的语气激怒了李想想，他火道，那你替我们想过没有？我们就不是人吗？我们就没有梦想吗？我们一家三口不吃不喝24小时织假发，再织三辈子能挣出这些钱来吗？

除了钱以外，你还知道什么？

这钱理应分成3份，可是你花掉了我们的额度。妈妈也许愿意，但是我不愿意。这钱对我来说很重要。

你来就是要跟我谈额度的吗？你的生命都是我给的，你没有资格跟我谈这个问题。李希特的话说得轻描淡写，还用鼻子哼了一声。李想想盯着父亲好一会儿，也用同样轻蔑的语气说道，像你这么自私的人谈什么琴心剑胆，你不觉得太可笑了吗？

你是在嘲笑我吗？

我不是在嘲笑你，我是恨你。李想想眼中的泪水无声地奔涌而出，冲着李希特哇啦哇啦地嚷起来，从小到大，我都羡慕别人的父亲，因为你就是家里的一个影子。你从来没有关心过我，也没有关心过妈妈，你就是妈妈的另一个孩子，比我还小。我从小就知道要迁就你，要让着你，你知道吗？你是我和妈妈最大的负担。如果没有你，我跟妈妈可以过得很好。

李希特呆呆地看着儿子，他的眼神分明在问，这是你的真心话吗？

李想想却是目光犀利，犹如武侠世界中的绝世高人，初出场时从不见大刀长戟，身手非凡，倒只露出浑身生涩，与万丈红尘格格不入。到后来显现高强，却连眼神都是可以用来杀人的武器。

那目光也分明在说，你去死吧。

接下来发生的事情，如果说快，便如电闪雷鸣，白驹过隙，一切只在一瞬间。如果说慢，便如同跳高运动员的慢镜头影像，滞缓地助跑，渐渐升腾地飞身一跃，俯卧式地滚落，动作连贯而完美。

当李想想意识到发生了什么事情的时候，李希特已经俯冲下去，倒在了灰楼的六楼之下。

如一赶到医院，手术室大门外的走廊上，两排长椅空落落地只坐着李想想一个人。李想想浑身是血，目光呆滞，像个废弃的机器人一样。见到母亲，他缓缓地站起来。

如一也被眼前的一切吓傻了。怎么会这样呢？怎么会这样呢？她反反复复只会说这一句话。从手术室出出进进的医护人员，身穿白大褂，口罩遮住了半截脸，先已经用眼神拒绝了所有的问题。如一的目光一直在无助地追随着他们，但是捕捉不到任何一点关于李希特的信息。

半晌她才恢复意识，她问李想想道，我叫你去看看他，你跟他说了什么？

李想想没有说话。如一伸过手去摇了摇他，道，我跟你说话呢？

你到底跟他说了什么？李想想低声道，我说你去死吧。如一的眼睛都瞪大了，她了解儿子，这是不可能发生的事。

但她还是一个巴掌扇了过去。

他是你爸爸啊，你怎么可以这样对他。如一小声地恶狠狠地说道。李想想的脸上显现出红色的指痕，但他毫无反应，一言不发。

手术进行了 10 个小时，后来医生说，幸亏 4 楼住户家里的窗户上有雨篷，一楼还有一个自行车棚，伤者掉下来的时候得到缓冲，最终滚落在地。如果是垂直落体，必死无疑。

医生还说，病人入院的时候已经出现瞳孔放大，呼吸也一度停止了七八分钟。目前已经可以确定，李希特主要是重型颅脑外伤，颅内出血造成血肿，脑疝已经形成，刚才的手术就是开颅止血。另外病人身体多处骨折，也进行了接治。但病人仍在极度的危险期中，随时有可能死亡。

医院方面下达了病危通知单。

手术后的李希特被直接推入重症监护室，透过巨大的玻璃窗，如一看见李希特被纱布包裹得面目全非，全身插满了各种各样的管子。重症监护室里的各种仪器铁骨林立，医护人员像机械车间的工人，在其中穿行，而李希特只是刚刚拼接完毕的零件，躺在病床上毫无声息。

监护室外面的走廊里，当然不是如一一个人，他们都是来探视重症患者的病人家属，监护室里的病人也大都像李希特一样受到各种仪器的监控而毫无声息。人多的地方都会有些吵吵嚷嚷，尤其有一堆看着像家庭成员模样的人，居然不时地轻松讲笑。如一看了他们一眼，很难理解这是一种什么心情。本来，她觉得自己跟李希特已经是恩断义绝，但一见到他这副模样被推进监护室，眼泪还是汩汩地流了下来。

那些遥远的记忆，在她的脑海里纷至沓来，重重叠叠。原来这个跟她已经没有关系的男人，其实并没有从她的心中走远，一时的怨恨根本不敌岁月的积累和留痕，这种旧账本一样的东西原来就叫感情。

第二天晚上，李希特就开始出现脑水肿，脑干被挤到一边，生命中枢受到威胁，他出现高烧和肺部感染等并发症，切开的气管时时冒出血泡。

监护室每天的费用要一万多元，转眼间就把如一洗劫一空。

如一打电话给甘笔，希望他能够买回编织大王手工社。但是甘笔确实没有钱，当初如一给他的几万块钱早已花光了。甘笔说，他最近的创作灵感十分活跃，做出的成品需要以公司的名义拿出去参赛，如果能得奖也是一件财运滚滚的事，他只比如一更希望手工社是自己的公司。无奈现如今钱包比脸还干净，真是领教了钱的伟大。如一心急火燎，没工夫听他闲扯，不等他说完就挂上了电话。

到底小美妈还是如一的好姐妹，听说如一家里出事了，当然全力以赴地帮忙出力。如一日夜守在医院，小美妈来给如一送饭，她还是那个风格，很快就跟监护室外面的那些人混熟了，成了一个包打听。

如一的脸上愁云密布，她对小美妈说道，我知道你有钱，你一定要把钱借给我。小美妈道，我借我借。但是看到李希特的现状，又听到医生和其他的病人家属都说李希特肯定植物。她把如一拉到一边道，我劝你还是冷静一点吧，小心人财两失。

如一冷冷回道，那你说我该怎么办？拔掉所有的管子看着他死吗？小美妈道，我可没这么说。如一道，你还不如这么说呢。小美妈叹道，好吧，我借给你钱就是了。如一道，我一定会还给你的，我还有儿子。

说到李想想，他已经正式退学了。不光是家里没钱交不上学费，还有他必须和母亲一道照顾父亲。家里突然出了这么大的事，根本不可能全部丢给母亲一个人承担。系主任在电话里也很同情他的遭遇，答应给他保留学位一年，但是李想想心里很清楚他是不可能再回去了。

如果在那个细雨霏霏的下午，他没有去灰楼六楼，而是在家收拾行李，准备第二天返校，他的人生还会如此这般地陷入泥潭吗？这是李想想在家庭变故之后反反复复问自己的一个问题。

也许这就是快意恩仇的代价。

退学的当天，李想想心里难受，一个人在江边坐了一整天。晚上回家的时候，只见家门口有一个黑影，走近时才看清是母亲站在门外等他。医院监护室的走廊晚上九点钟就上锁了，第二天早上五点半才开。见到李想想，如一在黑暗中抱住他失声痛哭。她心里怎么会不知道，即使没有李想想，那个死鬼也是会跳楼的，可是儿子既然去了，为什么没有拦住他反而还推了他一把？难道他们三个人的缘分就是彼此折磨吗？

而且这一回的李想想，她就像抱了一截木头，完全没有了往日的温柔，甚至李想想都没有回抱母亲，反而是呆立了一阵，然后慢慢推开了她的手。如一知道，李想想这一次是真的伤心了。

李希特在重症监护室里坚持了8天，其中不知多少次徘徊在鬼门关口，都被医生抢救回来。但同时也烧掉了10万块钱，医生说他现在暂时度过了危险期，至于能不能醒过来？什么时候会醒过来？都还是未知数。与其躺在监护室里烧钱，不如搬到普通病房等待奇迹的发生。

如一想了想，也只好如此了。

住进普通病房以后，李希特全部的护理工作，百分之百地压在了如一的肩头，她要为他清理排泄物，擦澡，翻身，为了防止褥疮的发生，还要无休无止地给他按摩。白天如一还要上班，只能叫李想想陪伴父亲，如一下了班就往医院赶，换下李想想，开始了繁重的护理工作。晚上，如一在病床边上打开一张折叠床，陪住在李希特的身边。

有时夜深人静，如一也会拉着李希特的手，跟他说一些陈年旧事，她总觉得李希特是听得见的，希望那些陈年旧事可以唤醒他的记忆，令他从沉睡中苏醒。后来她给他读《射雕英雄传》，老实说她从来对武侠小说都不感兴趣，这次读起来也会为某些章节激情澎湃。但是任凭你出尽百宝，折腾出花来，李希特都是一动不动，没有任何知觉和反应。

如一也问过自己，这个男人跟自己还有一丁点关系吗？她对他的这一番苦心到底是为了什么？这个问题就连她自己都说不清道不明。

总之她就是不能不管，就是不能抛下他走开。她看不到这里面还有什么爱，屎、尿、异味，像搬运工一样给他翻身按摩，常常是一天只能吃一顿饭，沉重的经济压力，噩梦一样的现状无时无刻不侵扰着她，而且前途茫茫根本看不到希望。每当她倒在折叠床上，她的全身就像散了架一样，没有一处的关节是不痛的，甚至呼吸都觉得费力。

病房里的灯始终亮着，但她的内心里却是一片漆黑。坚持不难，但是坚持的结果有可能是竹篮打水水中捞月，又怎能说不难？她感到巨大的无力感，完全失去了方向。她瘦了很多，鬓发瞬间霜染。

只是，她不能走。就是因为曾经对自己说过，我们有粥吃粥，有饭吃饭，永远都要在一起。

还有一个坚忍的人就是小美妈，她坚持给如一送饭，如一吃饭时，她便在医院的园林区闲逛，看见明显是光头戴帽子的病人，无论男女都会上去搭话，得癌了吧？化疗过吧？没头发吧？不用问，谁听了这几句话都会发作，但是小美妈节奏掌握得很好，马上就说我是假发厂的，手里的货品是厂家直销，绝对又平价又仿真。她这样东兜西兜，还卖出去不少存货。

不然怎么办？她对如一说道，小美嫁去马来西亚，根本音信全无，未必我还指望着她来给我养老？什么都是假的，钱赚到手里才安心啊。

见到如一一脸憔悴，小美妈看着毫无知觉的李希特，兀自叹道，可惜你对他这么好，他又不知道。如一道，你怎么知道他不知道？小美妈道，难道他知道吗？如一道，我就是觉得他什么都知道。小美妈道，又不是拍戏，我们别讲这些没用的了。总之我劝你现实一点，给自己判个有期徒刑，时间到了他还不醒，也不要怪我们无情无义。

这回如一没有说话，一来她从心底佩服小美妈的坚强意志，冷静的生活态度，目前依然是她的指路明灯。二来她花的是人家的钱，少说小美妈也能做她一半的主。总不见得救她家的病人，叫小美妈家倾家荡产吧。

说实话，李想想还从来没有这么近地观察过父亲。

他们以往的关系也许彼此就是一个熟悉的影子。现在李想想坐在李希特床前，看着他深睡的样子，他开始一遍遍过滤他的眉眼，鼻翼，紧闭还有些下撇的嘴巴，即便是昏迷不醒，他的眉毛也依然是拧着，深刻的川字纹和梅核一般皱在一起的下巴，算是他的招牌神情。

如果不是李希特日日生长的胡子和指甲，就算至亲的人都难以相信他还活着。李想想找来刮胡刀和指甲钳，为父亲做清理工作。

护士小姐们都喜欢又年轻又酷的李想想，她们在背后议论他，说他是他父亲的盗版，长得一模一样。又说他很孝顺，少年老成，一天一天坐在病房里难为他坐得住，而且一句话都不说，说话的时候又很和气。

没有人知道李想想心里在想些什么？包括如一。

直到每天下午的四五点钟，如一赶到医院，李想想便一言不发地走了。

有时如一也会说你看你爸都这样了，也不知道还能不能醒过来，你就不能陪妈妈说几句话吗？听了这话，李想想不会马上走，他坐在父亲的床尾，眼睛望着窗外，但却无话。如一只好叹道，那你还是走吧。

其实李想想也没有什么可去的地方，开头他还跑跑职业介绍所或者人才交流中心，通常一天下来，这里已经没有热气腾腾的空前盛况，取而代之的是满地纸屑，外加布告栏上七零八落地张贴。他就是在这些残留的信息中寻找干活的机会，他也学着路边或者立交桥上的女孩子，手上斯文地拿着一个文件夹，身上斜挎一条黄色彩带，上面绣着两个红字：家教。

但是来往的行人没有谁会多看他一眼。

他也买大量的报纸看广告分类，稍微像样一点的公司都不会要一个历史系肄业的大学生。更何况他白天还不能工作，就是到麦当劳当计时工，他也是不够格的。

所以他恨他的父亲，这种恨已经不是在他的面前张牙舞爪怒目金刚，而是深深地埋藏在心底。他可以为他做任何事情，但是绝不原谅他，永远都不。也许别人看着他父亲可怜，他的确也不是什么坏人，但这个世界上就是有这种比坏人还糟糕的好人。也只有李想想心里明白，真正可怜的是父亲身边的人，像雷拳师、妈妈、自己，还有那个欢。

实在是太烦闷了，他就会到江边坐一坐，江边有一条供路人散步的通道，石头的凭栏，也有一排一排同样的石椅。江风阵阵，送来淡淡的水腥气，李想想在这里想想心事，并将它们葬之江底。

人生也不是没有一点机会，有一天下午，李想想又站在立交桥上试一试自己能否当家教的运气。这时有一个高大健壮的女人出现在她的面前，她的一只手抱着一个豆芽菜般瘦弱的男孩，另一只手提着一个大菜篮，里面应有尽有丰盛得很。她的声音浑厚，中气超足。她对李想想说道，家政做不做？不等李想想反应过来，她又说一遍，家政啊，就是打扫卫生，做不做？

李想想跟着壮女人来到一幢别墅，里面是中空模式，高高低低的玻璃窗不知有多少，全楼的地板要打蜡，卸下来要清洗的窗帘布泡了两大浴缸，院子里的草地还有鱼池也要打扫整理。

总之李想想从下午6点钟一直干到晚上12点，每个小时的工资是20元。壮女人给他钱时还对他说，只要他肯做，可以每个月来一次。李想想竟然连回话的力气都没有了。他回到家以后，第一次和衣而睡，趴倒在床上连鞋都没有脱。直到第二天早上醒来，他还是全身酸软，不过总算有力气在心里对那个壮女人说，我去你大爷的。

这一天也和往常一样，下午5点钟左右，如一赶到医院。李想想起身准备离开的时候说道，我刚才给他念《倚天屠龙记》，他流眼泪了。如一惊道，真的吗？你跟我说说，快跟我说说是怎么回事？李想想道，说完了，还说什么。如一道，你念到哪里他流眼泪了？只流了一行还是流泪不止？李想想道，好像是张三丰看见张翠山自刎的时候，开始我也没注意，后来突然发现他眼角有泪，我就帮他擦掉了。李想想说这些话的口气平淡无奇，就像是在说别人的故事。正待他要离开时，如一叫住了他，如一也语气和缓道，想想，我知道你爸挺折磨人的，可是，他突然这么一病，我才发现——，不等她说下去，李想想已经抢先说道，我知道。如一感到被噎了一下，她抬头看了一眼面无表情的儿子，小心问道，你还恨他是吗？李想想没有说话，转身离开了。

病房里长长的走廊，李想想头都不回地走着，他想不明白女人到底是怎么回事？怎么李希特这些令人发指的行为，竟然把母亲变成了初恋时的少女？可是有时候，他也曾十分窘迫，但是千寻却选择了离开。

无边无际的烦闷又开始向他袭来，他又一次去了江边，也许这是一种自我治疗。他在江边慢慢走着，希望心中的烦闷能够随着江风渐渐飘逝。

这时，他忽然感觉到自己的双腿被人抱住了，低下头来，见是一个差不多3岁的女孩子正仰起头来对他微笑。他下意识地站住了，不知所措。还好很快就有一个年轻的女子跑过来抱住孩子，一边不停地向他抱歉，说是孩子认错人了。那个小女孩虽然被那个女子抱住，但还是友好地冲着他微笑，这让他不得不咧了咧嘴，他感觉自己因为太久没有笑过而表情僵硬。

她多大了？他开口问道。也没法相信自己会突然开口跟陌生人说话。那个女子说道，差两个月就3岁了。年轻的女子主动告诉李想想，孩子是她的女儿，小名叫瓜子。这让李想想心中暗自吃惊，因为这个女子的确是年纪不大，而且还是一身学生打扮，很难想象孩子都这么大了。

年轻的女子说道，你经常到这里来，我都看见你好几次了。李想想笑笑，算是回答。那个女子笑道，都是厚厚的一本通讯录，却又只能在江边溜达吧？李想想到底年轻，脸上马上出现了让人说中的神情。

年轻的女子随即大方地向他伸出手来，认识一下吧，我叫唐逗，逗号的逗。李想想也只好伸出手来自报家门。

此后的一段时间，他们偶尔也会在江边碰面，碰见了就聊几句，但像约好了一样，都不会问起对方的过往和境遇。这就叫李想想感觉到比较自在和轻松，否则以他的个性，便不会再出现在那一段的江边。

唐逗的长相没有瓜子那么讨喜，瓜子的眼睛弯弯的，一笑一条缝，唐逗的眼睛却是又大又圆，黑若点漆，当然是双眼皮。李想想心想，这孩子肯定是长得像她父亲，还有第一次见面时说认错人了，又会是把自己认成谁了呢？多少有点不言自明。不过李想想不会触及敏感话题。他这个人的确有些早熟，所谓早熟，应该就是不多嘴吧。

有一次，李想想无意中说到自己家教惨变家政的事，唐逗也觉得好笑，但她马上明白了李想想急需找到事情做，也就是说他很需要钱。于是唐逗告诉李想想，让他到中大布匹批发市场碰碰运气，她说每天下午四五点钟，正是很多客商选好了布料，整匹整匹运到火车或飞机的货运站点办托运手续的时间，由于路途并不远，完全不需要汽车运送，只好靠三轮车来回，你既然家政都能干，跑跑腿不是也能赚钱吗？

第二天下午，李想想就去了布批市场，当即就傻了，这个商圈大得惊人，铺面林立，到处都是人，完全可以用壮观来形容。或者有人说这里三天转下来都搞不清楚方向，也不会令人怀疑。铺面所经营的全部是布料或者纺织品，另有一排一排的商铺是专门加工窗帘和床上用品的，还有就是代办中转或者托运的小公司，显然都是大商圈派生出来的小商圈，形成了一条龙的产业链。许多人到这里来选择布料，之后就可以坐在家中等待窗帘店的上门安装服务了。

外地来的客商做的是批发业务。

幸好唐逗在布批市场接应李想想，这时李想想才知道唐逗是一个首饰设计师，她有一个小店面就挤在一排加工窗帘和床上用品的缝纫店中间，店面非常小，里面挂满了她自己设计打造的首饰，有项链、戒指、手镯、挂件等物品，看上去琳琅满目。

店名叫作唐锦，整体装饰充满中国元素，她做的首饰用料都不贵，净是些黄铜、白银、瓷片、木珠，甚至干脆就是些奇异的小石头，然后自己设计、打磨、抛光、镶嵌，赋予它们艺术的气质。卖点是全手工工艺，外加独一无二的拥有。店里还有一个小小的柜台，上面摊放着各种制作工具，包括刀、锯、放大镜、砂纸、锉子之类。

有一个桃核磨制的戒指算是镇店之宝，上面的原始纹路实是天功，简素完美。唐逗说这是她在职高时用锯子锯了桃核，然后在粗糙的水泥地上磨出来的，她磨了两三个月，一个大桃核锯出 5 个毛胚，只剩这一个，其他的都磨断了。那时她发现自己是热爱这一行的。

瓜子呢？李想想问道。唐逗笑道，拜托我要工作好不好，你以为我是家庭妇女啊，她平时放在我父母家。李想想哦了一声道，干这一行不会饿死吗？唐逗道，我也想当白领啊，可是孩子太小又总是生病，这样时间可以机动一些，你说话也不要这么刻薄，你看我饿死了吗？李想想道，你是美术学院毕业的？唐逗道，我上的是工艺美术职高，考了两年美院都没考上。

李想想道，那是他们的损失。唐逗道，我也这么想。说完两个人都笑起来。李想想没想到唐逗这个人这么坦率。

不时地有年轻人挤在店里挑东西，店门口还放着几张旧藤椅，因为店里最多站上两三个人，要等他们退出来才能再进去人。唐逗对李想想解释说，在这里开店是因为租金便宜。她还说有人干脆从她这里进货再拿到流行前线去卖，只有几站地的工夫，随便就能多挣一两百的。

唐逗带着李想想先去租了三轮车，接下来他的第一担活儿，布匹上了车以后，重得蹬都蹬不动，客户瞪着眼睛问李想想，你到底干过没干过？唐逗急忙说干过干过，随即跳上三轮车，示意李想想在后面推，好不容易把布匹拉到货运点上。李想想想不到瘦瘦的唐逗脚劲那么大，蹬车也相当熟练。心中不免暗自感叹，为何这个女孩子总是让他心生意外？

唐逗为了讨好客户，还让李想想帮忙填货运单，她说李想想有文化。客户说有文化的人会来干这个？但是看见李想想填单交运还是干手净脚，比他自己都麻利。于是走时付了钱，还约李想想第二天在老地方等他。

晚上，来来往往的商家都走干净了，铺面也都打了烊。李想想便随便找了一块空地练习骑三轮车。

他很奇怪为什么唐逗反而会骑这玩意儿，唐逗说当年她没本钱，也给人运过布匹。见李想想的嘴巴微微张着，她平静道，这有什么奇怪的，不认命就得吃苦，这很公平啊。李想想脱口而出道，那孩子他爸呢？他在干什么？

隔了好一会儿，唐逗才答道，他死了。

这是一句充满不确定因素的话，当一个人恨一个人时也会说他死了。

这一天他们并没有谈下去，唐逗也是一样，不愿意说自己的事。她去关了唐锦的店门，便独自离开了。

李想想突然觉得唐逗还是挺酷的。

不过此后唐逗还是断断续续告诉李想想，瓜子的爸爸真的是病死的，两个人结婚没多久，瓜子的爸爸就因为脑瘤过世了。最可恨的是他的父母，单位给的抚恤金和保险理赔，没有给她一分钱，理由是她是白虎星，克死了丈夫。

我以前对钱没有什么概念，唐逗说道，一旦一个人带着孩子过，才知道钱有多么重要，它真的能摧毁人的意志。

唐逗还对李想想说道，为什么我们会在江边上相遇？那是因为我们的潜意识里，都觉得活着没多大意思。这些话并没有让李想想惊讶，或者说他也觉得的确如此。但是唐逗淡淡的语气却像淡淡的烟雾，好一阵缭绕在李想想的心头，挥之不去。

<h2 style="text-align:center">二十二</h2>

晚上十点多钟，病房里恢复了阴冷的安静。

白天整个病区有大规模的查房、会诊、各类的检测和治疗，还有轰轰烈烈的亲属探视，像赶集一样。只有到了晚上，才有尘埃落定之感。

如一又给李希特念了一遍《倚天屠龙记》，每天念一段，或长或短，但是李希特的眼睛就像干枯的河流一样，再也没有溢出一滴眼泪。这让如一有些失望，甚至怀疑李想想说的情况到底是真是假。

如一真的是有些绝望了，前两天小美妈坚称，这一周必须拔掉李希特身上所有的管子。该吹灯拔蜡的时候就得吹灯拔蜡，不然他会拖死我们的。这是小美妈的原话，到时候我一个人到医院来拔管子，先拔了氧气管子就 OK 了。她说这话的口气就像说拔萝卜。如一不接话，眼泪汩汩地流下来。小美妈突然就火了，大喊道，那你要怎样?! 你说你要怎样啊?! 我们是穷人，我们没有本钱躺在医院里花钱如流水! 你看你家希特有什么用? 跳楼都跳不死! 我就知道他不害死我们他是不会死的!

正在怔怔地发愣，病房的门口出现了一个小个子的女人，虽说是上了年纪，头发有些花白，但是整个人看上去还是蛮精干的，而且目光炯炯有神。

她径自来到李希特的床前，抬手翻看床头牌上病人的名字，还没有等如一反应过来，她已一个箭步冲上前去，照着李希特的脸就是一巴掌。随着啪的一声巨响，李希特的脑袋重重地歪向一边，小个子女人却完全没有停手的意思，大惊失色的如一也是下意识地扑过去抱住了小个子女人，一边大喊着叫人。

但是这丝毫没有抑制住小个子女人惊人的爆发力，她一下子就挣脱了如一的怀抱，跳起脚来又打了李希特一巴掌，如一当即就急了，大喊起来，你是谁啊？你到底要干什么?!

好在这时医生护士也闻声赶来，好几个人连推带拉才把小个子女人拥到病房外面，惊魂未定的如一双手捧着李希特死灰色的脸，一边拍一边大叫他的名字，她觉得李希特这一回一定是被打死了。再看生命体征监视器时，一阵乱波之后，如一只等一条直线出现，她的心提到了嗓子眼。但是还好，波纹显示出李希特的心跳和呼吸还在。

如一走出病房，护士告诉她小个子女人由于过分狂躁，医生强制给她打了镇静剂，现在人已经躺在观察室里了。

护士还告诉如一，小个子女人说她名字叫刘丽君，通常人们都管她叫雷嫂。她有两个孩子。

如一顿时傻在那里。

第二天白天，如一请假没有去上班，在家收拾李希特的东西，这两大包编织袋里的东西都是从灰楼六楼拿回来的。李希特住院以后，房子当然就退租了，两大包东西也是胡乱一塞，没有心思仔细清理。

现在清理是想找到关于雷拳师是否有给老婆的信或者遗物留下来。

后来刘丽君冷静下来以后，医院派了一名护士送她回暂住的酒店。如一想来想去，决定专门去一次酒店拜访刘丽君，并且当面谢罪。但是若能够找到雷拳师留下的片言只字，也是好的。

如一刚拿出了几件衣物，就看到了那张许二欠的照片，这让她的心里很不好受，她把那张照片倒扣在地上，心里仍然像被划开了一道伤口。她有些憎恶自己，这样算什么呢？痴痴呆呆的，像个傻瓜。她现在的所作所为还有什么价值吗？还有什么意义吗？松一下手真有那么难吗？

她又开始愣神。最近她发现自己总是愣神，然后要过好几秒钟才能反应过来自己正在干什么。

两大包杂乱无章的衣物里，没有找到任何雷拳师留给他妻子的信或遗物。如一心想男人到底是怎么回事？原来女人和孩子在他们心目中根本不算一件事，任何时候都可以放下，也可以没有交代。

她的心里前所未有地茫然。

这时有人敲门。

如一心想，该不会又是雷嫂找上门来了吧？想起昨天在医院时的情景，如一不免有些心慌意乱。敲门声再一次响起，如一急忙喊了一句来了来了。

门口出现的是一个老男人，他似笑非笑，但眼角已经堆起皱纹。这个人既熟悉又陌生，好像来自千里之外，又像是昨天才刚刚见过面。如一非常奇怪她并没有太过惊讶，反倒是无关痛痒地淡淡一笑。你怎么来了？她说。

这个人便是消失已久的项春成。

项春成说道，我昨晚来过，邻居说你晚上都住在医院，白天反而有可能在家。如一说道，这次找我又是什么事？项春成笑道，我可不可以进屋坐下来再说？如一只好闪开身体，让出一条道来。项春成进屋看见满地的杂物，他问如一是不是在大扫除。如一说在找东西，不关事的。一边给项春成让座。

对于如一来说，项春成的两次出现的确是不速之客，但其实他绝不是什么来无影去无踪的非典病毒。

说来也是奇了，大半年前的傍晚，李希特在镇水街自家的马路牙子上刷牙，喷水喷到的那辆奔驰车，其实坐在车里面的老板就是项春成。开始他在车里闭目养神，并不关心外面发生了什么事。

然而待他睁开眼睛时，整个人给惊着了，在外面边哈气边擦玻璃窗的人竟然是如一，由于距离很近，他看她看得相当清晰，那张脸肯定是不年轻了，唯有眼神还是那么清澈淡定。然而车窗贴着高级的防晒贴膜，外面的人完全看不到里面。正在错愕之间，汽车再一次发动了，项春成看见如一正推着一个男人进屋，一看便知道两个人是什么关系。

老实说，项春成一直也没有有意识地寻找过如一，虽然他不止一次地想起如一，但是有一个问题长时间地盘踞在他的心头，那就是见到面说什么？既然都不知道从何说起，那为什么还要见面呢？

那次的邂逅虽说有些唐突和让人不知所措，但是项春成明显感觉到如一早已有了一份属于她自己的生活，再做打扰也是自讨没趣。

但是，这一次的面对面，无疑在项春成的心头石破天惊，每当想起镇水街近似于贫民窟的环境，他的心中便有深深的不安。这种不安在他年轻的时候不曾出现，那时候他也觉得对不起如一，不过这种念头如同蜻蜓点水。他甚至认为爱情不一定就是责任，无非是大病一场罢了，就看谁比谁更傻。一旦病好之后，所有的一切都会循序还原。

然而他到了这个岁数这般境遇，才不得不相信所有的病都是有后遗症的。

这也就是在如一的生活中，为何会不动声色地出现了另外一双眼睛，它始终用各种方式观察着如一的生存状况。

在漫长的等待之后，项春成得知了如一离婚的消息，他知道离婚对一个女人来说是一次无可估量的心灵重创，他再也不能袖手旁观，心安理得地做一名看客。正如他自己所说的，改变可以改变的，以求心安。那时候的项春成，按照固有的行事习惯，虽没把这件事当作一盘生意来做，因为许多事在他看来就是一笔生意。欠什么还什么，欠多少还多少。但至少是一个工程，做工程都是这样，该出手时就出手，该怎么做就怎么做。

只是他没有想到，他们会不欢而散。

这一次的见面，不知为何项春成仍旧没有提起镇水街的偶遇，他只是告诉如一，这段时间的确是跟几个老知青，重回了一趟海南岛，又实在是感触良多，所以想到如一家坐一坐。

你还好吗？项春成说道。如一道，还好吧。项春成道，我知道你先生住院了，也病得不轻，需要什么帮助你就说话，我可以在公司给你找两个人在医院值班或者跑跑腿。如一道，不用不用。项春成道，真的不用？如一道，真的不用，这也不是人多力量大的事。

如一的神情还算平稳，项春成不觉在心里暗自佩服，这么多年过去了，她还是当年的性格，越是困难就越是坚定。

这一次回琼海市的东平农场，项春成想起当年的一场18级特大台风袭岛，把半夜两点钟出去上厕所的如一刮迷了方向，整个人匍匐在地上，她只能拼尽全力死死地抱住一根电线杆，才算勉强定住身体。但即便是这样，她还是像动物一样手脚并用地爬回宿舍，把同伴叫起来逃生，还在隔壁倒塌的废墟中相继救出好几个人，其中就有他项春成。

这一次也是一样，他和一些同伴坐了 28 个小时的船，一路颠簸到达了海口的秀英码头，当车辆开出市区，道路两旁的景色逐渐变成神秘的原始森林时，他想起他自己，那个年轻的项春成，就是这样来到了东平农场，面对着茅草屋和煤油灯，他紧紧抱着长途跋涉带来的毛主席像，忍不住放声大哭。

海岛归来，他常常午夜梦回。

有一次他梦见如一——个人在胶林里割胶，他拼命地叫喊，他要带她走。可她就是听不见，只一门心思地干活。结果他自己都把自己给叫醒了，一个人在黑暗中坐了老半天。

现在再见到如一，他却一句都不想提到过去。

你过得还好吗？如一问道。项春成这才从恍惚中回过神来，他回道，还行吧。接下来就真的无话可说了。项春成本来以为如一会问一问东平农场的现况，问一问旧人旧事，至少对同学农友的下落表现出一点点的兴趣，但是如一什么都没问，不知是有意回避，还是心思根本不在这里。总之她什么都没问，项春成只好起身告辞了。

项春成走了，他走了以后，如一在桌子上发现一个大信封，里面有几万块钱，还有项春成给她留的一个条子，上面写着：如一，请不要拒绝我，我知道你现在需要钱。后面还留了一个手机号码。

如一并没有格外的惊喜和惊讶，她只是奇怪项春成为什么会又一次突然出现？似乎都是在她最落寞的时候，人生几乎陷入了绝境，这个人就突然出现了，这到底是怎么回事呢？

如一想了一会儿，但想来想去没有头绪。

于是她走出了家门，她自己也没有想到，以往困扰了她那么多年的一段恋情，放下之后，一切如常。

她从医院打听到雷嫂所住的三星级酒店，一路上都在想自己能说些什么？她在最便宜的水果档口买了一些梨和苹果，不是不想买贵重的东西，实在是家里的经济状况已经一贫如洗，何况这又是一笔额外的支出。

如一在心中揣测着雷嫂可能对她的态度，好几次她都想逃回家去，就在这样的挣扎中，她还是走进了酒店。

雷嫂是在酒店的大堂吧里接见了如一，她正襟危坐，宝相端庄，沉着一张脸看也不看如一。如一在医院时由于混乱，并没有看清楚雷嫂的长相，只记得她泼辣干练，现在坐得这样近，她便打量了雷嫂两眼。雷嫂的面部还算白净，五官清晰，看得出年轻时是有几分俊秀的。然而现在两只眼角堆满了皱纹，还有就是她的两只手不仅枯瘦如柴而且青筋暴露，可见她在生活中分外劳碌。

如一也不知道该说什么，挤来挤去就是那么两句抱歉的话。雷嫂忍不住回道，你讲完了没有？你要是讲完了就请回吧。如一愣在那里，因为她们点的最普通的柠檬茶都还没上，她便不知雷嫂到底是说气话还是真的不愿再看见她？她到底是走还是不走？

好在这时候，服务员来送茶。

雷嫂喝了一口茶水，情绪稍显冷静。她正言道，我们都是女人，我也不是要为难你，但是你说你家老公是不是害人精？！他自己怎样我不管，总之是他自找，干吗要拖我老公下水？！我早知道事情会变成这样，一定会把老公留在香港，不会让他跑到这边来送死。雷嫂说到这里，眼圈泛红，她继续说道，当年他在香港拍电影拍成疯子，真正住进精神病院，还做过电疗。出来以后我说我们不干了吧，他也说好。可是香港这个地方你是知道的，手停口停，他除了会叫人飞来飞去打来打去，扛着大刀满山走，其他什么都不会，那我们吃什么？想来想去只好回内地。我在那边打几份工，做生做死还要带着两个孩子，这边人生地不熟肯定没法陪他过来，结果还是没有逃过这一劫，他一句话没说就这么走了。

如一斗胆道，可是你不觉得雷拳师是个天才吗？

雷嫂叹道，天什么鬼才，是天才早就发达了，哪里会变成死鬼?!

如一坚持道，反正雷拳师是我见过的最完美的男人。

雷嫂的目光略显温柔，但还是嘴硬道，这个世界是讲金的，完美有鬼用啊。隔了一会儿又道，不过话说回头，当年我也是年轻气盛，我们吵架吵到头都晕了，只好分手，后来我也算是阅人无数，却没有一个人看得顺眼，是不是女人都是这么矛盾？喜欢英雄，又想把英雄改造成普通人？

如一当然回答不出这么艰深的问题，但是她觉得雷嫂好有"卡司"，句句话都说到了她的心里。

两个女人絮絮叨叨地聊了一会儿，分手时雷嫂对如一说道，我们家一屋子的老人小孩，我也不是总能过来，逢是清明，你就帮我给那个死鬼烧两张纸吧，也省得他托梦给我，还不是白伤心，要男人有什么用？别说等他 20 年，就是两百年两千年，他也只会伤你的心。

如一来不及地点头。两个人难免不泪眼相望，在此不表。

这天傍晚，如一像往常一样到开水房打了一盆热水，回到病房给李希特擦身。擦到下半身时，意外发生了，如一要揭开被子，但是有一只手的微力抓住被子不让揭。像李希特这样的病人，躺在被子里当然是一丝不挂的。当如一确认是李希特下意识地抓住了被子，她脑袋里的第一个反应是这家伙知道怕丑了，他是不是要醒了？难道是雷嫂把他打醒了吗？如一兴奋地扔掉手里的毛巾，毛巾掉到盆里水花四溅，尽管李希特还是双目紧闭，如一已经不顾一切地冲到床头，拍着李希特的脸喂喂喂地直叫。

终于，李希特昏昏沉沉地睁开了眼睛，但显然他谁都不认识，更不知道自己身在何处。只是茫然而空洞地看着天花板，任凭若干陌生的面孔探过头来指指点点，过了片刻，他又不省人事。

如一又一次跟项春成见面，是她主动给项春成打的电话，她说想到项春成的办公室去坐一坐。项春成说不如一起吃个晚饭吧。又说到时候我来接你。

如一决定把项春成留给她的钱退给他，所以也就答应了他的邀请。不要这个钱是因为如一觉得没名堂，也就是没有理由收人家的钱，就是从此不再见面，也好像矮他一头似的。

项春成开着一辆吉普车来接如一，如一并不知道这辆车是价值一百多万的卡宴。他们去的餐馆也很僻静，不设大堂，全部是格局各异的单间，布置得不是浓彩华丽，而是简洁宁静，同时略显空旷。

服务生说话的声音很轻也很亲切。

项春成点完菜，服务生就离开了。乘着单间里没有人，如一把钱拿了出来，她告诉项春成李希特已经醒过来了，真的暂时不需要这么多钱。说话间她把装钱的大信封推到项春成面前。项春成道，送出去的钱是不可能再收回来的，再说这钱是给病人的，也不是给你的。说完他起身把钱直接放进如一的挎包里，一边皱着眉头道，不要再争了，别人看见了很难看。

他说这话的时候有一种威严，这种威严令如一欲言又止。

其实奔驰事件以后，项春成一直是一个如一生活的旁观者。当然如一并不知道有这样一双眼睛观察着她，搜寻着她。如若知道，无论

490

是谁都会吓出一身冷汗来吧？

所以，项春成对如一是了如指掌的，但是如一对他却是一无所知。令他感到奇怪的是如一对他并没有好奇心。

你好像对我的生活毫无兴趣。项春成说道。如一忙道，不会啊。项春成不满道，你问都没问过一句，关于东平农场，或者我后来的生活。如一道，那你就跟我说说你后来的生活吧。项春成道，为什么你不愿意重提东平农场，我就是想知道你是不是还恨我。如一轻描淡写道，什么恨不恨的，都过去了。项春成沉默了片刻，突然就什么都不想讲了。

他感觉他们之间已经有了厚厚的一堵墙，尽管上面千疮百孔，但却无坚不摧。他现在有点相信最柔软的便是最坚硬的。

他们的晚餐很简单，一人一个汤，桌面上的菜，一条鱼和一小盆清水浸菜心，整条绿色的菜沉在透明的水中，没有一点油星。付账的时候，如一看见项春成给了服务生一大摞钱，顿时眼睛里充满了问号。项春成解释道，汤里有鲍鱼和鱼肚，清蒸鱼是深海石斑，矿泉水浸菜心是法国的矿泉水。如一道，法国的水也是水呀，石斑我不懂，这个法国水泡菜心到底多少钱？项春成有些茫然，因为他也没注意。服务员在一旁答道，是 88 元。

如一猛地站了起来，对着服务员怒目而视，你说什么？你再说一遍！服务员见怪不怪，浅浅地笑了笑，走了。项春成也笑着拉如一坐下，如一不快道，我还没有吃饱，就要花这么多钱，不如我在家里煮给你吃好了。项春成笑道，你如果愿意，当然最好。本来是一句无心的话，但他看了如一一眼，这让如一感觉到有点失口。

我知道你一直很奇怪我为什么会突然找你。项春成说道。听他这样说，如一下意识地点点头。项春成道，因为我听说你离婚了。他的直接和坦率让如一不知如何作答，客气的微笑也僵在脸上。

项春成突然说道，我结了3次婚，也离了3次婚，有一儿一女，儿子14岁的时候被绑匪撕票了，女儿现在在美国，跟她妈妈生活在一起。

如一惊骇地看着项春成，他越是平静，她就越是感到突兀。

项春成继续波澜不惊道，的确，有的时候会觉得有一点孤独。说这话的时候他还笑了笑，很微弱的那种。

但是在心里，项春成始终生活在"报应"这两个字的阴影之下，当年他逃离了东平农场，也承认对如一有过一段刻骨铭心的爱情。但是时间和环境到底还是离间了脆弱的情感，信写得越来越少直至音信全无。有时候他也希望如一找上门来，男人在疲惫和麻木中最需要的是棒喝或质问。然而如一并没有出现，那时候她就是一个心底要强的女孩子。

他的全部精力都在应付着纷纷攘攘的生活，探视着每一个属于自己的机会，再也不愿回想东平农场的哪怕是任何一点记忆。

直到他坐拥百亿，再回过头来总结自己的生活，却也是一世繁华一日散，一杯心血两字全。这种肥皂剧式的人生太让他沮丧了，在意外地遇到如一以后，他更加相信这是命运之神留给他的唯一答案。

他本来是不想跟如一提这些的，当初他约见如一，只是想救她出苦海，在他看来镇水街那样的地方就是无边的苦海。总之看到她衣食无忧也算是了却了一笔陈年旧账。但是许多事，事与愿违，他也不明白自己为何要说出人生最为隐秘的遭际。

如一一直没有说话，她实在不知道自己应该说什么。

知道什么是"中年怪叔叔"吗？项春成问道。见如一的神情更加茫然，项春成笑道，不知道就算了。

事后，如一问过李想想，什么是中年怪叔叔？李想想有些惊奇地看着母亲，不解道，你怎么会知道这个词？如一有些不耐烦道，你就告诉我什么意思嘛。李想想道，就是特指一种有钱的男人，终日嬉戏在百花丛中，请各种美女吃饭，泡吧，K 歌，给她们买奢侈品，带她们出去游玩，花钱如流水，但从来不碰女孩子一个指头。总之一句话就是不以上床为目的的一种男女交往，一经被确定是中年怪叔叔，无数的美女就会蜂拥而至。

这不是病了吗？得了失心疯不成？

李希特清醒过来以后，如一和李想想都不必那么稠密地到医院里去，尽管病人的康复训练是一件很麻烦的事，仍然需要付出大量的时间和精力，但比起相当于 24 小时的陪护，毕竟算是松了一口气。

有一天两个人在家吃晚饭，正好项春成过来闲坐，也就在家里吃了便饭。

吃饭的时候，项春成问李想想在哪里读书，还有多长时间毕业？李想想告诉他目前自己在布批市场打短工。项春成有些吃惊，便道，是不是因为你爸爸的病辍学了？李想想叹道，就算是吧，他改变了我的人生。

项春成笑道，你是不是觉得坐在大学的教室里，采一朵身边的花骨朵，那就是最完美的人生？李想想的脸上泛起被人洞穿之后的浅红，但他不服气道，你无非是想说吃苦受罪是人生的福气，在我看来不过是给自己的失意找理由罢了。项春成道，我也不认为吃苦受罪是福气，但是人生都是从零开始，数学家的孩子一样要学一加一，等到了我们这个年纪，答题有解，人生就快要结束了。所以早一点学会面对困难总是好的。

但这不是普通的困难，不是什么上帝送给我的化了妆的礼物。李想想有些黯然神伤地说道。项春成若有所思道，有那么严重吗？李想想肯定道，绝对超出你的想象。项春成没有说话，只是笑了笑，继续吃饭，一边赞扬如一的素炒雪里蕻很合他的口味。

直到如一再一次进了厨房加汤的时候，这种白萝卜大骨汤，李想想觉得有一股冲鼻的萝卜臭，但是项春成却吃得津津有味。这时项春成说道，李想想，你觉得我像一个礼物吗？李想想认真地看了项春成一眼，不置可否。

那一天的晚餐之后，如一收拾了桌子，又洗了碗，看见项春成和李想想还在餐桌前聊着，她很奇怪为什么李想想跟一个生人能有那么多话说。

应该说项春成是一个自觉并且低调的人，他穿着休闲，又是搭计程车来的。但是敏感的李想想还是看出他与常人不同的气质。项春成走后，李想想问母亲，这就是你认识的那个中年怪叔叔吧？如一回道，不要乱讲，他怎么可能是那样的人呢？！李想想道，问谁呢？我看你心里就一点谱也没有。而且——，李想想的语气顿了顿道，他以前喜欢过你对吧？如一叹道，陈糠烂芝麻的那些事，还提它干吗？接着又自言自语道，谁活得都不容易。

这一天的晚上，李想想在网上对项春成进行人肉搜索，得到的结果多少令他有些吃惊。

项春成是春成控股集团公司的创始人，早年做过运输、模具装备、电器销售等生意，最终都以赔光本钱而收场。直到 1988 年至 1989 年间开始做建材生意，情况大为改观，赚到第一桶金。1993 年至 1994 年间，项春成开始进入资本市场，是少数有金融概念的民营企业家之一，做期货的成功让他狠赚了一笔，由于胆大心细的特性，让他充分利用了当时信息严重不对称的现实，坐收渔利。于 2004 年进入国内富豪排行榜的第 221 位。

李想想现在变成了一个地地道道的体力劳动者，皮肤像被刷了一层棕色的油漆，由于活儿太重了，他的饭量也有所增加，人看上去着实精壮了不少。

他目前已经有了一些固定的客户，这些客户发现他人挺聪明，办事也利落，交代过的事不须再费口舌，感觉用起来顺手。有一个客户干脆给他买了一部便宜手机，电话遥控他干这干那，运货发货，自己到茶楼躲清静去了。

最彻底的改变是李想想不再那么腼腆了，用他自己的话说是脸面没有想象的那么重要。有一次李想想驮了 5 匹布，越蹬越沉直到力气用尽，他想都没想就给唐逗打电话，叫她来帮忙推车。唐逗果然来了，二话不说就推，推完二话不说就走了。后来李想想办完发货手续，到唐锦一屁股坐下，喝了一大杯水，然后一边抹嘴一边说道，晚上我请你吃饭吧。唐逗正在穿珠子，头都没抬道，吃什么吃，你很有钱吗?!赶紧回家去吧。李想想半自语道，那我就什么时候请瓜子吃麦当劳吧。唐逗道，嗯，这倒也是个主意。

李想想觉得跟唐逗在一起没有别的，就是轻松。以前他从未想过，轻松也是有杀伤力的。

是在赶活儿吗？李想想问道。唐逗说是。李想想说道，那我帮你穿吧，穿珠子也没有什么技术含量。唐逗这才抬起一条眉毛看了李想想一眼，笑道，你的手指头虽然不像胡萝卜，用起来说不定就是胡萝卜了。

李想想低头看了看自己修长的手指，尽管手掌已经磨出了茧子，但仍旧是一双不同于农民工的手。事实证明他的手指是相当灵活的。

这一天他们一起加班到很晚，还一块吃了宵夜。

周末，李想想无意间向唐逗抱怨，说他晚上睡觉的时候腿总是抽筋。唐逗道，你这就是累的，不如给自己放一天假吧。李想想道，好是好，不过待在家里也是无聊。唐逗道，那好办，明天是星期天，我们到古玩市场去逛一逛。李想想道，古玩市场在哪里？我还是第一次听说。唐逗道，在老城区，跟你说了你也不知道，你就跟着我走吧。

第二天，唐逗就带着李想想去了古玩市场，这里不仅地界大，而且商铺地摊密密麻麻，星罗棋布。

李想想第一次来觉得很新鲜，唐逗却说这里的东西百分之百都是假的，偶尔有个把真货，那也是老顾主之间在家里成交，满世界叫卖的东西就不用琢磨了，不可能有真的。她到这里来无非淘点瓷片银饰之类，主要是寻找灵感，因为就是高仿真的物品也会透露出当年真品的神韵。李想想叹道，我也只有到了这里，才想起来我以前是学历史的。

说完两人不禁莞尔一笑。

这一天本来是可以很愉快的，中午他们还在街边一人吃了一串炸得焦黄的臭豆腐。后来唐逗在一家小店里看到一只长命锁，这只锁是银制的，打得相当精致，唐逗在手里把玩良久，商家非说这是真东西，是祖传的古银。唐逗笑了笑，放下东西准备走。这时李想想在一旁道，不如我买了这把长命锁送给瓜子吧。唐逗一边摇头一边拉着他要走，还小声对他说我也就是看看它怎么打的，回去以后我也能打。

但是这次不知是怎么回事，李想想突然执意要买这把锁，一边说道，我欠你的情欠太多了，你总得给我一个机会吧。

就为了这句话，唐逗不高兴了，她放下脸道，你欠我什么情啊？真是莫名其妙。李想想完全没有看出唐逗的脸色，还在说道，当然是人情啊，这也是一笔债啊，哪有欠债不还的道理?!

唐逗突然就不再说话了，李想想也买了那把长命锁。

此后的唐逗就一直板着脸，两个人之间的氛围也就变得怪怪的。这一天他们分手的时候，唐逗接过李想想递给她的长命锁，正色道，好吧李想想，你送给瓜子的礼物我收下了，从此你也就不欠我什么人情了，咱们桥归桥路归路。说完头也不回地走了。

李想想呆呆地看着唐逗远去的背影，下意识地挠了挠脑袋，怎么也想不通哪点得罪她了。

一连数日，唐逗不仅不找李想想了，见了面也对他爱搭不理的。李想想面子薄，也就不去唐锦了。碰到特别重的活儿，自己就多拉两趟，不管多累他也不愿意热脸去贴冷屁股。

有一天晚上，唐逗下了班准备关店门，看见李想想就蹲在她的店门外的一旁啃面包，见到她出来也不说话，只定定地看着她，面包也不啃了。唐逗二话没说，走过去把他手里的面包拿过来扔了。

两个人一块去"好有米"大排档吃煲仔饭。有米，有水，有金，都是当地人形容富贵傍身的简称，当年的好有米显然就是家有余粮的地主。不过好有米大排档还是相当简陋，基本上就是竹子扎的大草棚，一排窗户也是用竹竿顶着窗扉，外面是一条河涌，天气一热就散发难闻的味道。

但是必须承认，好有米出品的饭菜还是又香又可口的，价格当然不贵，所以穷人来吃，也有人开着宝马车来吃。招揽吃客的招牌还是毛笔字的狂草：便宜到惊动中央震撼全球。

他们点了两份腊味煲仔饭。

李想想道，唐逗，你叫我死也死个明白好不好?!唐逗道，我就是气你跟我撇得那么清，什么人情不人情的，我又不会赖上你。李想想没有说话，只是不解地望着唐逗。唐逗连竹炮道，我知道我条件不好，没有学历，没有钱，又带个孩子，我就是个'白煞星'，克死了老公！我又不会爱上你，你怕什么?！还什么欠债还钱，你什么意思嘛?！李想想道，你这是哪儿跟哪儿啊？你这不是被嫌弃妄想症吗？这可不像你啊唐逗。

唐逗暗自吃了一惊，的确，她若是个小肚鸡肠的人，不早就给气死了？可为何好端端的又闹起别扭来了？这时李想想又道，锁呢？唐逗看了他一眼，有些迟疑地从兜里掏出长命锁。想不到的是李想想一把拿过锁来，就从窗户扔出去了。外面是条臭河涌，怎么后悔都迟了。

由于实在是太意外，唐逗情不自禁地啊了一声。李想想反而平静道，这样可以了吗?！

唐逗的脸唰的一下红了，她知道就在前一分钟，她爱上了这个男孩子。

由于如一白天还要上班，所以李希特的治疗和康复训练等一系列繁杂程序，都必须由李想想陪伴才能完成。李希特的光头上有两道开颅时留下的伤疤，活像两只大蜈蚣爬在他的头顶，他板着一张脸，目光呆滞，父子两个人全程毫无交流，那种沉闷令人窒息。

对于李想想来说，还不如面对一个昏迷不醒的父亲，因为那样就简单多了。他像照顾婴孩一样照料他，这让他有一种成功感和胜利感。现在他们人在一起，但是他心里并不清楚父亲的脑袋是苏醒了一部分，还是完全苏醒了。他不说话是因为无话可说。

他每天要推着轮椅把父亲送进高压氧舱做治疗，要到康复中心做各种平衡，协调的训练，还要搀扶着父亲一寸一寸地行走。通常是他出了一身汗，父亲更是一身透湿。医生叫父亲念报纸，父亲虽然口齿不清但还是永不间断地读下去，直到护士叫停为止。

完成了全天的治疗和训练，李希特会倒在病床上喘气喘很久。李想想到底年轻，马上就恢复过来了。有一次闲来无事，李想想看见隔壁床的病人出院时遗留下来的一个魔方，他顺手拿过来来回摆弄，以前他并没有玩过这东西，所以想复原六面的颜色并不是一件容易的事情。李想想在摆弄中尽量想找出规律性的方向和动作，但总是以顾此失彼而告终。

直到如一提着炖汤走进病房，他便丢下了魔方匆匆离去。

他太不喜欢医院了，这里的气场无疑对他是生理和心理的双重折磨，他知道从道理上来说，他应该也必须做这些事，但是他又由衷地想逃离这里，一分钟都不耽搁。然而心里的禁锢令他插翅难逃。

相比之下，他更愿意在布批市场像牛马一样工作，然后到唐逗那里去喝一杯白水。心中所有的不满便可按下不表。

第二天一早他去了病房，父亲似乎仍在沉睡。他的床头放着那只魔方，六面还原，颜色整齐。这让李想想不觉在心底暗暗吃惊，看来父亲不仅完全苏醒了，而且还将继续成为他的对手。

二十三

吃酸菜鱼，喝冻啤酒，尽情享受冰火两重天的刺激，这对于李想想来说已经变成了久违的快乐。

以前在大学的时候，他也常会去武汉街边的小馆子，吃酱板鸭吃到嘴巴又麻又肿，酱板鸭是先香后辣，等你感觉到辣的时候早已刹不住口。那时候坐在对面的是千寻，吃这种粗放型的食品也相当文雅，犹如一道风景。

而现在换成了唐逗，唐逗是那种看不出狠来的狠角色，好像对辣天生免疫似的，什么感觉也没有。

经历了长命锁事件，李想想对唐逗多少有点小心翼翼。

酒是一个率真的东西，不然白娘子也不会变成大蟒蛇。这一天是个平常的日子，李想想干了一晚上的力气活，又像往常一样坐在唐锦喝水。唐逗突然说道，陪我去吃酸菜鱼吧。见李想想略显迟疑，她又补充说道，今天是我的生日。李想想马上说道，那一定要吃，我请你。

几杯酒下肚以后，两个人都有一种如鱼得水般的轻松。唐逗问李想想如果赚到了钱最想干什么？李想想说最想到法国去留学。不过说完这话，他自己也吃了一惊，不知这竟然是心中隐蔽最深的毒箭。唐逗看了一会儿李想想，说道，为什么不是美加或者澳洲？为什么是法国？这里面一定有故事吧？李想想道，没错，我原来的女朋友把我甩了，去了法国，我希望能和她在巴黎的街头偶遇，然后轻松地谈谈天气。唐逗笑道，你的报复心很重，而且你到现在还很爱她。李想想没有说话，但他直觉唐逗当众剥了他的衣服。

但也没有什么，唐逗有时不像一个女人，倒像是一件容器。她会让人像水一样无形和自在。

你呢？李想想喝酒喝得脸面泛红，他望着唐逗说道。

唐逗郑重其事地想了想，认真道，我从小就不是读书的材料，但我的艺术感觉还行。如果有可能出国进修的话，我选择日内瓦装饰艺术学院珠宝设计专业。我想成为国际一流的珠宝设计师，就是那种难得一见的钻石翡翠，也必须因是我的设计才价值连城。就像蒂芙尼这样的品牌，每一对准备结婚的新人都希望拥有。但是我全身空无一物，什么首饰都不戴。我只喜欢钱，很多很多的钱，等瓜子长大以后，让她学芭蕾舞，送她到英国去读书。

说完这些，两个人相视一笑，继而又变成哈哈大笑。

但是唐逗灿烂的笑容里，隐藏着不为人察的苦涩。对于她来说，没钱并不是浩劫，爱才是。上次她发飙痛陈自己的劣势，没有一条不是现实，她完全无法超越它们，也就是说，她无法爱。爱也是留给有准备的人，一无是处的人根本没有资格。

现在李想想又冒出来一个前女友，虽然他们已经分手，可他还是那么爱她，没有比看见心仪的男人爱别的女人更痛苦的事了。

唐逗叫伙计拿来一包烟，自己抽上一支，烟盒扔回桌上，并没有让想想也抽一支。抽上烟之后，她开始想自己的心事。李想想看着唐逗，一边喝酒一边说道，抽烟会暴露你的不幸。唐逗道，那又怎样？李想想道，你又不是暴露狂。唐逗冷笑道，我一直都是好女孩，又不见得有多走运。李想想道，那也不能当破罐子，只会万劫不复。唐逗突然火道，你懂什么？抽根烟就能变成破罐子，那烧炷香还能变成七仙女呢，你凭什么对我指三道四？你就失恋了一次你看你那个熊样，好像你看谁一眼谁就会爱上你似的！要说出来混，你也就是个生瓜蛋子，指导别人的人生，你就省省吧。说这话时，唐逗的面前烟雾弥漫，她的神情甚是漠然，与她往日的温和判若两人。

李想想果然就被震住了，不再说话，只是闷头喝酒。

唐逗不再理会李想想，她默默地望着窗外，一边报仇一样地抽烟，只消深吸一口，便留下长长的一截灰烬。

终于，李想想也喝高了，埋完单以后，李想想站起来时就脚跟不稳，一屁股坐下后再一次站起来，人还是照样打晃，唐逗下意识地扶他一把，被他重重地甩开。但是出了大排档被夜晚的新鲜空气一激，他更是脚踩浮云，力不从心。唐逗不顾一切地扶住他，照样被他甩开。李想想指着唐逗大声说道，我提醒你是为你好，你听不进也就算了，少发这种莫名其妙的邪火！在这个世界上什么都是资本，苦大仇深是个屁呀！你想忍也要忍，不想忍也要忍，说出来只能娱乐别人。不能忍你就去跳钢管舞啊，反正你还有几分姿色。

他的话断断续续还没有落音，唐逗一巴掌扇过来，竟被这个醉鬼一把接住，他握住她细细的手腕，感觉她的手没有温度，犹如蜡制，而且还在瑟瑟发抖。当他们四目相望时业已都是饱含热泪，李想想再一次重重地甩掉唐逗的手，他依旧大声地咆哮道，我们什么都没有了，就剩下自尊，你为什么还要挑战自尊?！唐逗长久地看着李想想，最终忍不住走上前去抱住他双泪长流。

这天晚上，唐逗架着李想想，踉踉跄跄地坐进一辆出租车，她要把他送回家去。

坐在车上的李想想，说是靠在唐逗的肩上沉睡，嘴巴里却高唱着窦唯编曲的那首歌，幸福在哪里？请你告诉我。他闭着眼睛来回只唱这一句，直到最终悄无声息。司机见怪不怪地无声地开着车，唐逗也还是面无表情地默默地看着窗外，街道上虽然灯火通明，到底是夜已深沉。

梦想有多明亮，现实就有多昏暗。

车上的电台里，传出了那首《黄玫瑰》：黄玫瑰，别落泪，所有的花儿你最美。受了伤，别伤悲，别让泪珠湿花蕊。——有人说失恋的时候听情歌是开煤气关窗户，那么一穷二白的时候听励志的歌是不是白痴?

把无线电关了吧。唐逗轻声说道。

如一非常惊讶，儿子会突然变成一摊烂泥。在一场混乱的交接中，她甚至都没有来得及问唐逗叫什么名字。

几天之后，李想想决定跟母亲好好谈一次。

他始终不愿意多谈醉酒这件事，按照如一的思维习惯，她多少会对唐逗有比较多的好奇心，但是李想想对此轻描淡写，只承认是一个非常普通的朋友。李想想谈话的重点在父亲身上。

李希特的身体恢复得很快，他现在绝口不提武侠，更不提过往的事，似乎是选择性失忆。不过在李想想的眼中，他仍旧像有什么武侠人物附体一样，发狠地锻炼身体，满脸的神情都是与天下人为敌。

李希特无疑是一个沉重的包袱。

你打算把他怎么办？李想想看着母亲的眼睛问道。如一没有说话，但她心里的回答是这还用问吗？当然是要把他接回家来。

李想想有些不耐烦道，你们已经离婚了，而且，妈妈，他顿了一下说道，您为什么不能跟项叔叔生活在一起呢？如一愣了一下道，我为什么要跟项叔叔生活在一起呢？他只是来关心一下老同学而已，你想到哪里去了？！李想想道，妈我不知道你是要骗我还是要骗你自己，你们都已经到了直截了当的年纪。项叔叔为什么到我们家来，我想你心里比谁都清楚。

如一的神情变得不太自然，她只好转移目光，不看着李想想。

妈，其实你挺有魅力的，李想想认真说道，我以后找女朋友也是按照您这个人版。如一小声道，别胡说了。李想想道，真的，我说的是真心话，就因为你这么老了还这么单纯。

如一不知道说什么好，两个人沉默了好长时间。

我觉得他对您是真心的。李想想的声音相当委婉，而且妈妈您知道吗？这是你人生第二次中彩票，是真正的中彩，项叔叔一定能让我们过上幸福的生活。李想想停不下来地说道，妈，我不能这样下去了，难道我一辈子就蹬三轮打短工吗？我一定要回到学校去。

如一忙道，想想，我其实心里比你还要急，但好在你爸爸的情况好多了，等他出了院，我们就不用往医院送钱了，到时候你一定能回到学校去。

李想想道，我不光要回到学校去，我还要去法国留学，学习艺术。因为千寻已经到巴黎去了。

回来这么长时间，如一还是第一次听到想想主动提起千寻。但是去法国留学这种承诺太惊人了，如一再没见过世面也知道那需要很多很多的钱。生活在镇水街的人估计都没有做过这么金光灿烂的梦。

为什么就不能考虑一下项叔叔呢？他不光成功，有钱，而且还是一个好人。

可是他对于我来说就是一个陌生人啊。如一突然喃喃自语道，我们是不可能在一起的。

为什么？

你爸爸他也不是一个坏人啊。他就是太不现实了。

你觉得他心里有我们吗？

如一迟疑道，我想还是有的吧，只是我们很难感觉出来。

这回是李想想半天没说话，他只是笑了笑，神情在嘲笑和轻慢之间。而且，如一继续说道，你想过没有，如果我真的那么做，那你爸爸怎么办？他什么都没有了，我们是他唯一的亲人。李想想冷静道，让项叔叔出一笔钱，把他送到老人院去。

如一猛然抬起头来，瞪大眼睛看着儿子，一时间完全不知道这个人是谁？

妈，你干吗这么看着我？李想想迎着母亲的目光说道，这么说可能有些残酷，但也是没有办法的办法。

你别说了。如一严厉地制止了儿子。

空气，时间，还有丝丝缕缕稀薄的温情，都在那一瞬间凝固了，静止了。那一层看不见的隔膜这时像山一样拔地而起，挺立在他们之间。

李想想叹了口气道，那我们就改天再谈吧。如一悠悠回道，再谈多少次，我也不会这么做。李想想也平静道，我从来也没说过他不是我的父亲，可是那又怎么样，生命只是一个偶然。

如一自知说不过儿子，她唯一的感觉就是心如刀绞。

由于日本的香蕉减肥法风行一时，市面上的香蕉渐渐难觅芳踪，价格反而透明化增长。

还是小美妈有办法，她搞到一批又肥又黄的平价香蕉，约好星期六的下午和如一一块去走鬼。她们借了一辆三轮车，车斗上架着一块平板，就这样驭着一平板香蕉到市中心步行街的附近摆卖，不用吆喝，买者众多。

车上放着一台电子秤，如一负责上秤，小美妈负责收钱，两个人配合得天衣无缝。正在兴高采烈之际，人群中突然一阵骚动，小美妈想都没想，推起三轮车就准备离开。但这时三轮车已经岿然不动，定睛一看，原来早有一位城管便衣用自行车锁把三轮车的一个轱辘牢牢锁住，他故意不看她们，脸上有一丝掩饰不住的小得意。

小美妈和如一当然不能弃车而去，只好围着这个城管便衣说好话。城管便衣一言不发，只是摆出正义凛然的造型。

这一回出更的城管便衣大约有六七个人，其中的两个和一个卖生番薯的老头冲突起来，那个老头面前放着两只箩筐，里面放着紫心番薯，号称是日本种子的板栗红薯。老头倚老卖老，一开始就恶声恶气，城管当然也气不顺，心想你当我们透明吗？做错事还这么恶？随即一个胖城管抄起老头的秤杆，在膝盖上一磕，秤杆便成两截，秤砣也被他扔进垃圾筒。

老头一下就急了，抄起扁担冲着胖城管的肚子就是一扁担，导致两名城管把老头摁倒在地，老头的右半边脸被擦破了皮，这时周围的摊贩全急了，大声地和城管吵起来，质问之声不绝于耳，一个个手指头挥来挥去。城管当然自认为真理在握，绝对不肯示弱，和摊贩之间推搡起来。

小美妈见状早就抑制不住心里的烦闷，拿起一挂香蕉揪下一只就扔了过去。结果是一花引来万花开，一时间菠萝、苹果、砂糖橘、炒板栗、鲜玉米棒子，还有鞋垫袜子针头线脑，雨点一般地飞了过去。

不用说，如一也参加了战斗。

这时锁车的城管气急败坏地冲到她们面前，大声呵斥道，你们要干什么?!你们要干什么?!但是现场已经非常混乱，摊贩和城管推拉撕打在一起，锁车城管的叫喊声早已被淹没在一片嘈杂声中，就只见他粗暴的青筋和夸张的口型。而且转眼间车上的香蕉便毁尸灭迹，结果是他锁住了一辆空车。

事发在市中心，云集的围观群众足有二三百人。城管方面只好又组织了人力，开着两辆车的人前来执法。总之事件中至少有3个人受伤，其中2名是城管，最后救护车把他们拉到医院去了。

等到暴乱平息以后，天色已近黄昏，摊贩们被带到城管办公室等待处理。

办公室正面的墙上挂着大型号城管管徽，两边是"文明执法，依法行政"八个大字。侧墙还挂着一些奖状，其中一面锦旗，上面绣着

"刀锋战士"的字样，是某街道办事处送的，估计是扫平了占道经营的走鬼摊贩，维护并整顿了当地的秩序和治安。

有一个叫李队长的人给大伙训了话。训完就算了，其实也没有什么处理，就是每人写一份检讨书，签上名。卖番薯的老头说道，切，我要是会写字，还会卖番薯吗?！众人也是怨气冲天。负责发纸和笔的城管面无表情道，谁先写完谁先走，你们自己看着办吧。

李队长走了，发纸和笔的城管也走了。摊贩们都懂得好汉不吃眼前亏的道理，只好抱着脑袋瓜艰难地写检讨。

小美妈的脑门上贴着创可贴，想必是在混战中不知被什么东西击中了。这一次她跟如一又像难民一样，比上一回抢大米还要走形。小美妈拿起笔就开始写检讨，心想这还不是跟拉尿一样。坐在她身边的如一却是呆如木鸡，一动也不动。小美妈用胳膊肘碰了碰她，努努嘴示意她赶紧写，又指了指墙上的挂钟。

如一不仅仍旧没有动笔，反而大颗大颗的眼泪掉了下来。小美妈小声道，香蕉来的嘛，又不是花胶，我再想办法去搞就是了。如一气道，我又不是为了香蕉。小美妈道，那你哭什么?

我做人做得这么辛苦，为什么还是我检讨?！如一说到这里，忍不住哭出声来，小美妈急忙捂住她的嘴，没好气道，谁做人不辛苦啊？你看看在这里写检讨的人哪个不辛苦?！要不是找饭吃不容易谁跑出来走鬼？你简直莫名其妙，赶紧写啦，写完出去吃面，我都快饿死了。待在这里有人给你发制服吗?！

说来也怪，经小美妈这么一说，如一的眼泪就像有开关一样，唰的一下收闸。她拿起笔来写检讨。

这时李队长走进办公室，亲自指导卖番薯的老头写检讨书，还问他叫什么名字，告诉他怎样写。各位凡夫走卒心想有这么好的事？但也理不了那么多，乘机问菠萝的萝、鞋垫的垫怎么写。果然不一会儿就有记者出现在办公室，拍了两张和谐的照片就走人了。

如一和小美妈走出城管中心时，天已经全黑了，三轮车要第二天交了罚款才能领回。两个人饥肠辘辘，随便找一家街边店吃一碗面。

如一跟小美妈说了和儿子吵架的事，说着说着又两眼通红，她说上学有什么用？就学了一个六亲不认。又说我还以为他跟小美有什么不同，原来全都一样。不过她没有提起项春成的出现。

小美妈叹道，你也不要气成这样，其实他们不是自私，只是年轻罢了。等到他们像我们这样，就知道这个世道是怎么回事了。

李希特出院的前夕，李想想离家出走了。

他给母亲留下了一封信，信上说他走了，叫母亲不要找他，也不要为他担心，他只是想多挣一点钱寄回家，另外也能早一点返回学校。他说他尊重母亲的选择，尽管这选择是错误的，因为父亲的所作所为跟吸毒烂赌没什么两样，只不过是以梦想为名，听起来不那么悲愤，但还是把全家人都带到沟里去了，从此暗无天日。他叫母亲保重。

李想想还留下了他在布批市场挣到的千把块钱，有整有零的皱皱巴巴的票子里，无声地诉说了儿子心头的苦闷。

如一觉得胸口很堵，她坐在儿子睡过的床上，她抱着他的枕头，开始是无意识的举动，后来就演变成用枕头捂住了嘴巴，她哭了。哭完她拿出小灵通，拨了项春成的手机号码，但是刚一接通她就把电话挂断了。

她想，能跟他说什么呢？

二十四

李希特出院以后变成了长短脚，就是两条腿不是一般齐，走起路来高高低低，还要借助一根拐杖，拐杖是铁的，比木质雕花那种粗壮许多。

都担心他脑子有问题，医生也是这个意思，就没有太注意他骨折的地方。但结果好像脑子毫无问题，只是脑袋上的伤疤不长头发，乱草一样的头发还盖它不住，看着又别扭又奇怪。如一说给他量头做一个假头套。李希特说，我死了你给我扣上这玩意儿我就诈尸。如一由此断定李希特的脑子没有问题，反应还跟原先一样快，一样尖酸刻薄。

但是外人都不这么看，包括镇水街的街坊邻里，他们觉得李希特完全变了一个人，他现在见到人就打招呼，隔着老远他还挥手叫人家到跟前聊两句。他以前可不是这样的，脸上终日乌云密布，喜欢气哼哼地斜着眼睛看人。

他现在很随和，话多得要命。

有人想试试他是不是失忆，就说有什么什么新的武侠片出来了，你至少要看 6 遍吧？李希特说滚蛋！

有时话多得让人生厌，镇水街上常有些棋篓子当街下棋，看的人都知道观棋不语，李希特一来就大声说输家，双鬼拍门，死硬了。或者说，被人抽车将军，哭吧，哭出来好受一些。说得人家很没面子，见到他就烦。

多宝路上有一档食杂店，重点是卖绝版老广东零食，比如"飞机榄"，也就是麻辣橄榄，当年吹着唢呐沿街叫卖，住在骑楼上的人听到唢呐声，懒得下楼，就把钱扔下来，卖橄榄的人包一个包扔上楼去，故得名于橄榄坐飞机；"咸酸"，就是萝卜切块泡在放有糖精的盐水里，浸泡若干时辰，味道甜里带酸，酸里微咸，然后用长签子扎住吃；还有米花糕、金橘饼等等。

这个店为了还原老广州的记忆，仍旧是把糖果、漫画书、五颜六色的塑料玩具拴成一串一串的，吊在天花板上。看店的老头老了，便在琳琅满目中打瞌睡。平时就只见李希特忙东忙西地帮他卖东西，整个人高兴得要命。

他也跑去番薯昌所在的茶餐室，收银小妹年纪轻轻，紧绷绷的脸蛋卜卜脆，他跟人家并排坐着，一路笑嘻嘻的，不知什么意思。

但若你以为他摔成了一个色鬼，那你又错了。多宝路上有一个面无表情的男人，人称廖叔。廖叔守住一个秤，多事的人都会踩上去看看自己多重，称完放下一元或几毛在一只旧月饼盒里。个别人称完就走了，好像是他们家的秤一样。廖叔是不追的。旧街，廖叔，秤，好像他们从来没有分开过。李希特也会跟廖叔并排而坐，一天不说一句话。逢有人知道了自己的分量又后悔多此一称时，李希特就会去追讨这一块钱，回来扔到旧月饼盒里。

番薯昌见到如一便说，你家希特醒是醒了，但是脑子搭错线了。

必不可少的，当然是李希特也去了雷霆的墓地，他带了一瓶九江双蒸米酒，两只杯子，默不作声地背对墓碑坐了好长时间。直到暮色四起，他便头也不回地走掉了。

生活还跟原来一样，没有半点波澜。如一和李希特还是分房而睡，没有什么多余的话。李希特似乎是变得世俗至极，他还是不挣钱但是兜里永远有钱，他也不再晨昏颠倒，不仅起居作息正常而且安贫乐道。

看来平凡的力量最是不能小视，改变完全隐藏在没有改变之中。

这样或多或少，如一和镇水街的人都有些怀念以前的李希特。因为好像生活变得沉闷了，再加上本来就没有多少谈资。

其实李希特心里根本就知道别人是怎么想他的，但他毫不在乎。他清楚自己抵死都是要与天下人为敌的，何况死都死过了，返生难道还真的变性吗？他想你们不是就希望我活成这样吗？我活成这样你们不是就全满意了吗？我就是要活得还过分一些，让你们像吃肥肉吃多了一样恶心死你们。

只有他自己知道他没有半点改变，那些恶俗的人们，没事的时候他们就喜欢大惊小怪，唯恐天下不乱，真正出了什么事，他们又故作平静，好像他们天生就能消化一切恶性事件似的，每个人都摆出一副预言家的派头。

他只不过装作重新开启人生罢了。还有人对如一说他们很欣慰，他妈的，跟他活得一样他就欣慰了?!

不过在内心深处，李希特跟雷霆有过一次长谈，他告诉雷霆他已经把过往的一切处理掉了，像灰楼六楼的那两包杂物，烧了，连同许二欢的照片。不为什么，只是他虽未死，尚有体温，但是那些东西却已死去了，死了的东西冷冰冰的也只好烧掉。他还对雷霆说，至于他们做过的一切，他没有丝毫的悔意，而且回想起来也是快乐的。

出院以后，李希特从来没有在如一面前提起过李想想，就好像他根本没有这个儿子一样。就在如一怀疑他到底有没有心肝的时候，一天吃过晚饭，李希特突然间问道，李想想是不是回学校去了。如一愣了一下，最终点头称是。但她马上起身收拾碗筷去了厨房，心里难过得只想哭出声来。她想，李希特的脑子到底还是摔坏了，不然家里出了这么大的事，他怎么会觉得毫无改变呢?! 孩子为他吃了多少苦啊，他却没有半点担心，就像什么事都没发生过。

不过这天夜里，如一很快就听见了李希特打呼噜的声音，而且听得出来他睡得很踏实，看来他是相信了儿子已经平安返校。

如一又恢复了打毛线，不管怎么说这也是一个挣钱的途径。对于挣钱这件事，还是小美妈说得对，不怕慢，就怕站；不怕赚钱少，就怕你不赚。一天下班回家，天色已暗，无意间如一看见李希特在他屋里的灯下看书，眉毛拧着，嘴巴抿成八字，又是那副招牌表情，好像地球的吸引力对他的嘴角格外看重似的。如一心想，估计又开始看武侠了，本性难移嘛。结果发现桌子挡住的地方，李希特在织她的毛线针，他看的书也是甘笔不知在哪里买来的编织大法。

这种书他居然还看得懂，并且织出一截毛活，那一刻又让如一不得不相信，李希特的脑子还是没有毛病的。

日子一天一天地重复，李希特也觉得闷，他唯一想到的正经事就是像雷拳师一样教拳开馆。但首先他已经退出了自己的江湖，发毒誓永不回首伤心事。其次是他根本没场地，雷拳师以前的习武馆，老东家恨他还来不及，空置着也不会租给他，何况谁又肯跟一个残疾人学拳？

然而天无绝人之路，有一天大富豪夜总会派出几个马仔来跟李希特谈事，想让他去大富豪看场子。为首的那个马仔姓林，脑袋出奇地大，果然他的外号就叫大头林。李希特问道，什么是看场子？大头林道，你没事吧？看场子你都不懂？不是说你会点拳脚吗？李希特歪头想了想道，摆摆样子可以，我是不打的。大头林道，你为什么不打？你不打养你吃干饭啊？！李希特道，不打就是不打，哪有那么多为什么？！大头林"切"了一声，不客气道，你以为你是谁呀？！你是观世音吗？专门拿来献世的。说完带着人气哼哼地走了。

可是没过两天，大头林又来找李希特，说他们老板见过李希特，也风闻了他的传奇故事，觉得他挺有"份儿"，于是答应他到大富豪来摆样子。

李希特本来说的是推托之辞，结果反而无话可说了。

他每晚来到大富豪上班，还发了制服。李希特穿上制服，又被要求戴上白手套。李希特道，我又不是看门的，为什么要戴白手套？大头林没好气道，你哪来那么多话？一旦开打就乱嗤龙，只有戴白手套的是自家兄弟。李希特道，我又不打，未必当观众还要戴白手套？大头林冷笑道，你要不怕挨打你就不戴喽。其他马仔也很看不上李希特，凭什么人家搏命赚钱，他坐在那里也赚钱？自然也跟着大头林说风凉话，他们说高低脚你自己想想清楚，刀子棍棒可不长眼睛，小心我们一不留神就打爆你的头。

李希特又歪着头想了想，还是戴上了白手套。

一连二十多天，晚晚平安无事。如果再熬上一个礼拜，李希特也许就能拿到工资了。

偏偏老天不作美，这一天的晚上，有一群东北籍的客人为了酒资的问题跟柜台争吵起来，结果矛盾升级，双方大打出手。混乱之中大头林带着马仔冲上来就打，情形就像现代版的《上海滩》。李希特见状不可能坐在一旁当观众，便一头扎进械斗中心劝架，紧要关头还死死抱住大头林的腰，让那几个东北人跑了。大头林急了，大骂道，你他妈到底是哪一头的？！

李希特道，我这是帮你，打死了人你不要抵命啊？！大头林呸道，我烂命一条我不怕抵！关你屁事啊！

没什么好说的，李希特当晚就被解聘，一分钱都没拿到。

一天，如一正在上班，门卫打电话进来说大门口有人找她。如一觉得奇怪，因为上班时间很少有人找她，小美妈道，要不要我陪你去啊，准是你家铁拐李又惹事了。如一没理她，匆匆走了。

到了大门口，意外地见到甘笔，如一问他什么事？甘笔兴奋到两颊泛红，兴高采烈道，你知道吗？你的作品得奖了！如一道，我哪有什么作品？甘笔道，怎么没有，追鱼呀，追鱼你不记得了？如一茫然道，听着怎么这么熟悉啊？甘笔张开双臂道，我的天啊。

甘笔介绍说，"坐标奖"诞生于1964年，当时是羊毛织品流行的年代，人们编织毛衣成风，于是中国的服装界设立了这个大奖，旨在为顶尖的针织品创新设计提供平台。由于当时的评委都是权威人士，此奖又被定义为含金量极高的学院奖。当然在文革时一度中断，但改革开放后重新恢复了评奖，目前的评委有中国香港的设计师，有英国、法国、澳洲等地服装学院的教授，所以仍不失为品质优秀的奖项。

坐标奖的标准是宁缺毋滥，所以经常出现金质奖轮空的现象。而"追鱼"这一次得的就是金质奖，甘笔把它和自己设计的若干系列一并送审，却没有挡住"追鱼"的光芒，令其脱颖而出，而甘笔所有的系列都落选了。

评委给出的评语是：追鱼用简约的线条唤起了怀旧，柔弱和含蓄的恒久，表现出特有的自然纯朴和舒适，带有一种平衡的美感。

一位法国女评委评价追鱼：她善于利用强烈的故事元素融入设计，在故事中力求花纹与素色并存，阴阳交互使用，这些独特的视角赋予了作品的律动感。更重要的是她还隐含着"挑衅主流"的潜质。

甘笔的嘴一刻不停地说着，他极少这么兴奋又这么伶牙俐齿，眉毛和眼睛在额头上飞来飞去。他一再对如一央求，他说编织大王的公司不要卖给任何人，给多少钱都不卖。这是我们的商机，我已经看到第一桶金了！等我攒够了钱还是卖给我。甘笔看着如一，他盯住她的眼睛这样说，我跑到这来找你就是这个意思，一定有很多人打我们公司的主意，我们得奖的消息马上就会见报。

如一不知为何一点都不兴奋，或者是想到追鱼便想起了那段不开心的日子，那些让她流泪不止的漫漫长夜。

所以她平静道，那这个公司现在就给你吧，包括那个什么什么奖，你全拿去吧，等有了钱再给我。

真的假的？甘笔无法相信自己的耳朵，当他看见如一再一次点头并且转身准备离去时，他发现果然喜从天降，便一把抱住如一止不住地跳跳跳，和如一的冷淡形成了鲜明的反差。不过最终甘笔的兴奋还是感染了如一，她情不自禁地想到了李想想，无论儿子现在在什么地方，她都希望也有人能帮助他，关照他。可是他在哪里呢？这时她的鼻子酸了。

她真的想成为工艺美术大师吗？那真的是她的梦想吗？如果是，她为什么能在几秒钟之内就放弃？

或许她的梦想就是丈夫孩子整整齐齐地守在身边？

只不过是她不知道而已，还以为自己果然有什么雄心壮志。

你不会后悔吧?！甘笔仍旧抱住如一不放，一个劲地追问下去，那我可要准备礼服去领奖了?！那我可要准备获奖感言了?！那我可要重印名片广而告之我是编织大王的老板了?！

如一无奈道，随便你干什么，已经跟我没关系了。

她掉头离去，隔了一会儿驻足转身，看见甘笔还是傻愣愣地站在原地。她对他喊道，你再不走我就要后悔了。甘笔这时才如梦初醒道，还有 10 万块钱奖金呢。如一旋风一般地冲到甘笔面前，瞪大眼睛道，你怎么不早说啊?！

甘笔忙道，我会一分不少地给你送过来。这话还真是灵验，如一顿时冷静下来，嗫嚅道，你不知道我现在全身都是债，小美妈一提到钱，就斜着眼睛看我，脸都是绿的。

正待她要多说几句，却发现眼前的甘笔早已消失得无影无踪。

周六的下午，如一到明星廊来送假发，现在她和小美妈的福利假发都由她送到海伦这里来，销售的情况也比较稳定。顾客多的时候，如一就会自动在柜台帮帮忙。

这一天的顾客不算太多，但是如一还是留了下来。她不想马上回家，因为担心儿子她一直心绪不宁。她想如果有事占着手，脑子也能休息休息。正好这时有顾客来挑假发，如一就耐心地陪着她挑选。快到中午的时候，如一觉得口干舌燥，这时有人递给她一瓶矿泉水。

她定睛一看，是项春成。

你怎么知道我在这里？如一一边喝水一边问项春成。项春成笑道，你又不是公安局的特工，有什么难找的。又说，我早就来了，坐在星巴克看着你卖东西。他顺手指了指商店门口的咖啡座。如一道，那你现在才过来？项春成道，你上班，就不方便打扰了，反正我也没什么事。听他这么一说，如一也感觉轻松下来。项春成提议中午一块吃个便饭。

如一为难道，还是别吃饭了，你吃的饭太贵，我觉得是在犯罪。项春成笑道，那你请我吧，你说到哪儿吃都行。

这样一来，如一倒没法推辞了。她想来想去，决定在附近的一家台湾餐馆吃卤肉饭。两个人一人一份也很省事。吃饭的时候，项春城问道，你找我有什么事吗？如一奇道，我哪里找过你？是你来找的我呀。项春成道，我不是说今天，我是说前段时间，你给我打过电话，但是又挂断了。

那天，项春成的手机的确显现出如一的名字，但他想了想，还是没有回拨过去。他知道如一在犹豫，他决定给她充足的时间，一路穷追不舍既不是他的行事风格，也是成事的大忌。

他也知道李希特出院了，又住回了镇水街。

只是等来等去，他都没有再等到如一的电话。她知道如一还在犹豫，但是他等不下去了，还是希望能表达自己的意愿，哪怕是用极其隐晦的方式。

哪怕是什么都不说，他还是希望能见到她。

她给他一种踏实的感觉，这对他来说非常宝贵。

如一没有想到，那天一声未响的电话还是暴露了她的一时冲动，这让她有些不知如何应对。但她马上整理了一下自己的思绪，通常也是，冲动的那一刻都没有做的事，冲动过后就更不会去做了。于是她故作轻松道，也没有什么事。项春成道，没有事你是不会给我打电话的。如一没有接他的话，但还是情不自禁地叹了口气。

项春成没有再追问下去，但是他看着如一的眼睛。如一急忙起身，她避开了项春成的视线，道，真的没事。说完去了卫生间。

她在卫生间里站了一会儿，她想起儿子说过的话，但她确定自己不能那么做，既然不能那么做，她就不应该对项春成有任何要求，更不能跟项春成大吐苦水。否则算什么呢？

如一从卫生间出来时，远远看见项春成从包里拿出一个药瓶，吃了几片药之后又把药瓶放回了包里。

如一坐下来后，不经意地问道，你感冒了？项春成道，没有啊。如一道，那你生什么病了？项春成道，我没有病啊。如一认真起来，看着项春成道，没病干吗要吃药？这一回是项春成有些尴尬，并且躲闪了如一的目光。如一补充道，我刚才都看见了。

项春成想了想道，这是抗排斥反应的药。如一不解道，什么反应？是什么意思嘛，我怎么听不懂？项春成道，我去年做了换肝的手术，所以要吃抗排斥反应的药物。如一倒抽一口冷气，下意识地用一只手捂住嘴。

对，是挺可怕的。项春成苦笑道，目前世界上最成功的肝移植手术，没有病人活过5年。而且需要终生服药。

如一半天没有说话，甚至没有喘气。

有好长时间，两个人都不再说话，像是在面对面地练习气功。

为什么上一次见面时你不说？还是如一首先打破寂静，她声音低沉地说道。项春成沉默良久，深深叹息道，说了有什么用？能改变什么呢？

他的目光空洞虚无，遥望窗外的世界。

而且，他继续说道，我也不希望你太同情我。

如一低下头去，显然她不想让项春成看到她的确是充满同情的眼神，这时一绺头发滑落在她的额前，仿佛是在无意间，项春成伸出一只手臂，轻轻把这绺头发拨回如一的耳后。如一在心里吃了一惊，虽然她一动未动，但所能感受到的还是陌生。

终于，她抬起头来看了他一眼，眼神充满哀伤，还透着一丝深深的歉意。他明白她再一次拒绝了他。

有关台风将至的消息，各大媒体提前3天已经开始加重语气。直到3天后的傍晚，台风才像姗姗来迟的美女隆重出现。狂风暴雨袭来，地势低的镇水街除了例牌水流倒灌屋里之外，巨大的风势呼啸有声，就像平地而升起的怪物，吹得整条街的烂房子摇摇晃晃。

当然镇水街的人们还是穿着简陋的雨披往外舀水，就像一支训练有素的队伍，忙而不乱。这一次由于风大，另外有一部分人便被派到公共厨房顶住几乎要掉下来的破木窗。这一带的住户家家窗户都破，但怎么也破不过公共厨房的，来台风时都说要修，台风一走谁还会理会？所以一来台风就自动有几个男人从里往外顶住破窗户，省得它掉下来。

这一次是李希特背靠窗户，两只手在胸前挽一个麻花，蠢猪用一只右手顶住窗户，一条腿像问号一样套住另一条腿，还有人是用双手推的姿势，另有人站在灶台上按住窗户的上方。总之五六个男人搞掂一个窗户也算是固若金汤。

台风迟迟不走，简直是挑战男人的耐心。大伙觉得闷，便七嘴八舌的提议，老李，来一段，来一段嘛老李。李希特笑道，我能来什么嘛？！大伙说来一段武侠嘛，拣热闹的说。李希特道，我已经金盆洗手了，咱们聊点别的吧。大伙说你想聊什么就聊什么，看来看去，还是你活得有意思。李希特道，我给你们说个新闻吧，保证你们没听说过。众人催他快说，窗户上的玻璃也被风吹得点头一般地乱颤。

李希特道，话说上帝派了一个天使来到人间，专门调查谁是不平凡的人。天使几经周折，历经磨难，用了 3 年的时间才调查清楚，当然天上也就是 3 天，天使向上帝做了汇报，上帝很高兴，说原来不平凡的人这么优秀又这么少，所以他就给每一个不平凡的人写了一封信。

李希特不说话了，蠢猪道，完了？李希特道，完了。蠢猪想了半天，不得不问道，那上帝在信上都写了什么？李希特嘎嘎嘎地笑起来，笑声像个大鸭子。他对蠢猪说道，哈哈哈，你是一个平凡的人，所以你没有收到上帝的信。

大伙都觉得没什么好笑，其中有一个人斜着眼睛问李希特，难道你收到过上帝的来信吗？李希特得意道，我当然收到了，可是上帝跟我说了什么我不能告诉你们啊。众人一起"切"了一声，都认为他是在放屁。后来蠢猪跟大伙使了眼色，便对李希特说道，既然只有你是不平凡的人，那上帝一定会帮助你顶住窗户的。说完大伙一起松了手，窗户就掉了下来。

幸亏李希特学过功夫，闪身快，要不一定会被窗户砸伤了脑袋。

入夜，风声渐弱。

奔波忙碌了一天的如一感到疲累不堪，尤其是整个晚上弯着腰往外舀水，到底年龄不饶人，即使躺在床上，腰也是断了一般地痛。

可是又睡不着，这些天来，只要想到项春成的境遇，无论如何心里也还是难过的。曾经，她的脑子里也会偶尔闪过他的身影，但也仅仅是闪过，会想到不知道他现在怎么样了这类老套的问题，并没有什么情感色彩，只不过是一个遥远的印记。后来隐约听同学说过他发了财，只打高尔夫和周游世界，不见任何以往的熟人。她就连打听他的兴趣都没有了。

想不到却应了老话所说，富贵催人老，财多身子弱啊。

终于，如一昏昏沉沉地睡去，也许是项春成的事对她有所刺激，她又开始做梦了。她梦见居然是在沉海里撞见项春成，那时他已经死了，漂浮在水中，尽管面部安详，全身上下无一处伤。但也还是死了，静静地离开，波澜不惊。他的穿着还是那么整洁得体，白衬衣外面套着那件波浪花纹的毛背心，毛背心倒是稀烂的，颜色也完全褪尽。如一啊的一声坐了起来。

她全醒了，这时听见隐隐的敲门声，她以为是细碎的风雨扑门，便没有理会，想到梦中的情境，心中好不寒凉。

敲门声再一次响起，如一这才确定自己是被敲门声惊醒的。

如一下床开门，心里诧异谁会在这种时候来访呢？她打开门，见到一个略显几分熟悉的面孔，这个女孩子面容憔悴，十分清瘦，全身已经淋得透湿。她对如一说道，阿姨，我是唐逗啊。如一猛然想起送儿子酒后回家的女子，但比起上一次见面，她已经完全脱相了。

赶紧进屋吧。如一急忙把唐逗拉进屋里，又从柜子里翻出干毛巾递给她。你这是怎么了？怎么连伞都没带？如一关切地问道。唐逗不敢和如一对视，她声音有些颤抖道，阿姨，我真的是没脸来见你。

说完这话，她突然蹲到地上号啕大哭。

如一给惊着了，同时她听见李希特的睡房里翻身的动静。她急忙劝慰唐逗道，快别哭了，小心把邻居都惊醒了，我们这儿的破房子一点都不隔音。

唐逗慢慢止住哭声。

原来，唐逗的一个儿时好友给她打来电话，叫她到广西北海做一个项目，说是这个项目前景可观，急需艺术型人才，绝对能快速发财，轻松赚到人生第一桶金，并且叫她严格保密，连家人都不能告之，否则大家都来竞争，"蛋糕"就不够分了。

所以唐逗把瓜子放回父母家后就神秘消失了，她真的没有跟任何人提及这件事。等到她来到北海，才发现是掉进了传销组织，这时她已无法脱身。

但是唐逗性格刚烈，她说我就是死也要离开这里。这时一个主任级的男经理对她说，死可以，但是走是绝对不可能的。现在弄死个把人很容易，把尸体一肢解，用化学物品就可以溶掉，或者用高压锅处理完倒进厕所里冲走。又说，你表现好了我们可以放你出去，表现不好关你一辈子。

最终唐逗把身上和银行卡里所有的钱全部交出，其实就是购买一个什么基金。即便是这样，也还有一个额外条件，必须做到之后才能获取自由。

那就是要再拉到一个人入伙。

这摆明是一件坑害亲戚朋友的事。唐逗思来想去，本想就在北海先混着，到时再见机行事。但首先她就过不了这种群宿群居吃白菜帮子的日子，再则她已经被骗光了钱，再不回家开工过正常日子，瓜子怎么办？父母亲的退休金是有限的，顶得了一时，再说他们年纪也大了，身体又不好，她不能让瓜子既没爹又没妈，那孩子就太可怜了。

唐逗打了一圈电话，根本没有人听信她的发财大计。至于她说的北海将成为中国第一个资本运作基地，第二个香港，将打造出七千万个百万富翁，国家财政部将拨五百个亿把北海建设成世界上最大的进出口贸易中心的炫富理想，回应她的是沉默，长久的沉默，或者再也不接听她的电话。

她这才从心里感慨，若不是财迷心窍，她怎么可能不用好友费吹灰之力就现身北海？

万般无奈之下，她给李想想打了电话。她同样是利用了李想想的发财心切，外加对她的信任，于是她拨打了这个罪恶的电话。很快，李想想就跑到广西北海去找唐逗了。

如一听唐逗这么一说，一下子就急了，她说唐逗你怎么能这么做呢？你跟想想不是好朋友吗？

唐逗哇的一声又哭了出来，边哭边说道，我们就是好朋友啊，所以我回来以后度日如年，每天都像在火上烤，我不敢来见你，也没脸来见你，可是我每天晚上都睡不了觉，一闭眼睛就看见想想。唐逗哭得说不下去了。

如一听得头发都要竖起来了，她正待发作，突然身后冒出一个声音来，是李希特，李希特用四平八稳的音调说道，先别说这些了，你赶紧告诉我们李想想他现在人在哪里？北海那么大，我们到哪里去找他？站在一旁的如一来不及附和，只是一个劲地点头。

这时候唐逗才算冷静下来，她说了一个手机号码，这个号码李希特一下子就烂熟于心中。唐逗说到了北海就打这个电话号码，通了以后就说找我，他们一定说我病了，你就说我是来做项目的，他们就会派人来接你了。唐逗补充说道，他们很凶的，手上有刀，还有自制的火药枪，我在里面的时候，听人说他们有黑社会背景。

如一倒吸一口冷气道，那为什么不报警啊？我们赶紧报警吧。

唐逗急忙回道，还是先别报警吧，他们虽说是做传销，但是手上什么传销产品也没有，更没有账目，一切都是通过银行。每天的授课都是讲一些空洞的理念和励志，要不就是一夜暴富的离奇故事。还有就是那个所谓的基金，这种金融传销网络了很多高智商人才，具有缜密的法律意识，一般情况下，警察有什么证据抓他们呢?!

如一听得两腿发软，一屁股坐在椅子上。

她甚至不知道唐逗是什么时候离开的，待她醒过神来，屋里空无一人。她走进李希特的房间，见他正在收拾衣物，放在一个旅行袋里。

如一问道，你要到哪里去？李希特看了她一眼，继续收拾东西道，当然是去北海。如一道，你行吗？李希特道，我怎么不行？如一想说你能干什么？还拖着一条病腿。但终究她并没有把这话说出来。李希特只管埋头收拾，也一句话都没说。

不知为何，如一渐渐觉得心脏升到了嗓子眼的地方，她觉得她应该阻止李希特去北海，他根本就是一个病人，不谙世事，满身残疾，就是把他安放家中她都心存几分担心。然而一想到儿子的安危，她说出来的话便是，要不等天亮了再去走吧。李希特拎起旅行袋道，我现在就到长途汽车站去，赶上哪班车坐哪班车，七八个钟头就能到北海了。如一尽管脑袋空白，但还是把家里所有的钱塞到李希特的兜里。要不我和你一块去吧。她说道。

李希特道，开什么玩笑，你就在家好好待着，我一定把儿子给你带回来。

说完，李希特便走出家门，他的背影仍旧高高低低，但似乎是异常坚定，与他往日的漫不经心判若两人。

不一会儿他就消失在茫茫的夜色中。

一切都发生在瞬间，快如电闪雷鸣。多少年后，当如一回忆起这个雨夜，都不得不把当时的情景一一定格，方能捕捉到李希特一些细微的神色。

3 天之后，李希特毫无消息。

如一再也等不下去了，她去找了项春成，并跟项春成一起坐飞机来到北海。项春成坚持第一时间报警，但一切都太迟了，广西公安机关刚刚打掉了一个以"北部湾开发"为名义活动的金融传销体系。共抓获传销骨干 150 多名，扣押汽车 37 辆。被抓获的人员中大专学历以上者高达 81 人，其中有两个博士，6 个硕士。涉案金额 1 亿多元。

这个金融传销体系还被查出涉黑，警方收缴非法枪支 42 支，其中仿真枪 17 支，子弹 649 发。

如一也看到了李想想。

但是她是在医院太平间的冰柜里见到了李希特。如一当即晕了过去。

对于父亲的死，李想想始终三缄其口，死都不肯复述。直到母子二人抱着李希特的骨灰盒回到镇水街，李想想还是整日把自己关在房子里，不说话，也不肯见人。

一天深夜，如一隐隐约约地听见儿子压抑的哭声，她终于暗自松了口气，因为她知道儿子的情绪再不释放出来，一定会精神崩溃。

如一没有去打扰儿子，但是她的泪水也奔涌而出，一想到李希特在冰柜里反而是一展愁眉，下巴不仅不皱如梅核，嘴角还挂着一丝不为人察的笑意。每一念此她便痛不欲生。

人都是这样，走了，便想起他千般的好，所有的过失甚至荒唐都变得无足轻重。还有就是万般的悔意——她承认她是爱他的，但是在心里并没有原谅他。不是因为钱，死结打在许二欢这件事上，两个人从此不再亲近，似乎都在争做精神上的道德模范，活得没有滋味。灰楼六楼拿回来的那两大包东西，后来不见了，她也不方便问。

仿佛过往的一切都已经没有痕迹，但其实都还在她的心底。

然而若不是他走了，她还真不知道自己仍然那样爱他。同时又恨他，他欠她的太多，走的时候他为什么不能抱一抱她？

若她知道这一走便是天人两隔，她一定会紧紧地抱住他。将来若到了另一个世界，她讨要的也还是这轻轻的一抱。他或许一点都不知道，她在默默地等待什么？

后来，李想想对如一说道，李希特到达北海以后，便按照唐逗提供的联络方式打了电话。于是他被带到四川北路万家兴大厦11层，在这之前，父亲一定在周围观察过，发现这栋高层电梯公寓离北海市最繁华的北部湾广场，只有区区百米之距，而四周的环境是人来人往，秩序井然。

李希特进入"窝点"以后，被直接带到一间会议室，有一个人正在激情演讲，大意是说他原来的白领工作收益甚丰，后来非要辞职到北海来，他的部门经理万分不理解，就主动提出陪他先到北海考察，若真的是好，就绝不阻止他发财。结果当然是他和部门经理一起留了下来。

众人鼓起掌来，有的人热泪盈眶，还有的人热烈地讨论起来。

李希特一边鼓掌，一边不自觉地在传销人群中寻觅，他看见了李想想，但是眼光并没有在他脸上停留半秒。

一个窝点里的高管冷不丁地问道，你找谁？李希特道，不找谁，这里的人我一个都不认识。这个高管相貌斯文，而且一丝不苟地穿着西装，打着领带，有一点职业经理人的味道。他的神色异常淡定，目光又一次在人群中一扫而过。

他的周围站着几个彪悍冷漠的男人。

其实这时候的李想想早已是遍体鳞伤，他因为多次逃跑，每一次被抓回来都会饱受一顿拳脚。打得他脑袋、人，都是木的。

所以他当时已经是目光呆滞，反应迟钝，脸上没有任何表情。

李希特好奇地东张西望，应该说这里的办公条件之好，所有物品的讲究程度都大大超出了他的想象。在他的想象中，传销人员只可能租住偏僻简陋的农民房，或者待在废置的仓库那样一类地方，这儿却是想不到的窗明几净，而且还位居繁华地段。

李希特对高管说道，我可以坐下吗？不等高管回话，他便找来一张椅子不请自坐。并且把那条铁拐杖打横放在自己腿上。高管的眉头皱了皱，因为任何人初到这里来都显得呆头呆脑的，唯独这个人有些异样。

我能提一个要求吗？李希特和颜悦色，又道。

这时一个身材薄削又不失孔武有力的人，突然冲到李希特面前大吼了一声，不能！又瞪着一双吊白眼厉声道，你哪来这么多要求？你以为你是谁啊？！哪儿凉快到哪儿待着去，你腿瘸脑子也瘸啊？！李希特也没客气，当胸一把抓住吊白眼道，你给我再说一遍。吊白眼二话没说，出手便打，但是三下五下就被李希特的铁拐杖搞掂。并且李希特根本没有站起来，而是坐在椅子上纹丝不动。

李想想觉得，父亲在一个超常的环境里，还是有魅力的。

高管见状不动声色，并且用手势制止了身边准备一起动手的人。他慢条斯理地对李希特说道，我最讨厌打打杀杀，都是零智商的表现。既然你身手不凡，提一个要求也不为过，那你就提吧。李希特回道，那我就不客气了，我听说这里有的人根本不想待，想走，但是走不成，我能带他们走吗？

屋子里不知是什么时候安静下来，目光齐齐地望着高管和李希特。

高管沉吟片刻道，我不知道你哪里听来的消息，但在我这儿发财的人不是一个两个，他们这些人就是用苍蝇拍打都打不走，不信你就试试，你能带走谁我绝不拦着你。

李希特道，那好吧，就当你是君子一言。说完这话，他转向人群，大声道，有谁想离开这里，现在就跟我走吧。

他的话音像落在寂静的原始森林，悄无声息。

李希特又说了一遍，还是无人回应，包括李想想，直觉告诉他不能开口。所有的人都闷声不响地看着李希特。

高管笑了起来，但还是极有风度道，看见了吧，根本没有人想跟你走，那我也只好请你滚蛋，因为我们没有时间照顾一个瘸子。

就在这时，谁也没有想到的事情发生了，只见李希特起身之后，以飞快的速度举起身下的椅子向落地玻璃窗上砸去，只听一声巨响，随着玻璃碎片的四起飞溅，实木椅子飞下楼去，落地窗上的一扇整块的玻璃也随之倾泻，稀里哗啦地向地面坠落。

就在这令人目瞪口呆之际，李希特又喊了一遍，我再问你们一次，谁愿意跟我走。这时人群像炸了营的蚁穴完全乱了，有人向门口奔去，有人要回到宿舍拿东西，还有的人主动维持秩序对要走的人苦苦相劝。场面一度混乱，李想想惊慌失措地站在原地一动不动，李希特哈哈大笑起来，一边高喊着，快跑吧孩子们，往人多的地方跑。

高管身边的打手像得到指令一样，全部向李希特拥了过去，不止一个人拔出了刀子，吊白眼手上的刀就锋利无比，他对着李希特连捅了好几刀。

李想想撕心裂肺地大叫了一声，爸——。

他看见父亲的胸前瞬间洇出了红色，就像戴了一朵大红花。父亲竭尽全力地扭过头来，看了他一眼，便闷声倒下。

这一眼，他终生难以忘怀。

李想想像疯了一样向父亲扑去，他在一地的血泊中抱住父亲，只觉得拳脚像雨点一样落在他的头上身上，但他不顾一切地呼唤父亲，父亲虽未闭上眼睛，却已出现谵妄，迅速地离这个世界远去。他全身软弱无力，整个人瘫在李想想的怀抱里，任由外人摆布。后来医院的大夫说有一刀切断了他的腹动脉，人是当场死亡的。

这时候，楼下飞落的椅子和玻璃已经招来了一圈围观的人，因为差点砸到行动缓慢的老人和奔跑的孩子。不止一个人报警，警察很快赶到了万家兴大厦 11 楼。父子两个人被送到医院时已经被打得面目全非，李想想当时昏迷不醒，他的头部伤势严重，一共缝了十多针。此外四肢和后背布满伤痕，全身上下血迹斑斑，把年轻的女护士都给吓呆了。

李希特的瞳孔已经散大，前胸都是血窟窿。

警方随后展开全面调查。

项春成给李希特买了一块墓碑，是一块褚红色的边缘不规则的石材，价格是 6 万多元，如一觉得太贵了。项春成说这不是便宜和贵的问题，关键是李想想看中了这块石材。总之，墓碑和墓地加在一起，不是小数目。现如今想体面地埋个人，不容易。

李想想对项春成认真说道，项叔叔，这些钱我以后一定会还给你。项春成点了点头道，好。

褚红色的墓碑上面，刻着李想想对父亲的写照：前生许尽今生诺，未到今生已斑驳。

他开始慢慢明白，父亲是一个现实生活中的迷失者，一个人跟一个时代错位是注定要灭亡的。父亲自大、愤世、人缘不好，眼高手低，浑身的臭毛病，他的人生字典里没有责任二字，或者说他对人生的游戏规则毫无概念，喜欢把自己的生活搞得一团糟。但是他毕竟在浊世中守卫了内心中的一份净土，在他狂放的外表下有着美好的心灵。

而且，他又是最原始最传统的父亲，恪守着千古不变的浓厚血亲，他的义无反顾和视死如归深深地震撼了他，这便是他不能不爱他的全部理由。

李想想常常来看父亲，有时候风和日丽，他会觉得原来悲剧里面也会渗出几分圆满，就像他的父亲，虽然没有实现梦想，但却演绎了一段当代侠客行，最终把自己变成了梦想的一部分。还有他的墓地和雷拳师的墓地遥遥相望，或许他们是不寂寞的，谁又能说这不是另外一种圆满呢？

从此以后，小美妈再也不买彩票了，经常会听见她跟人说，中彩未必是什么好事。又说，我只是奇怪，钱这样东西，一点缺点也没有，为什么多了，反而压身？

她后来也认识了项春成，却又对如一淡然道，好好一个钱袋子，你要是真不想要就让给我，落在别人手里倒可惜了。如一道，你不是说钱多压身吗？小美妈道，就那么一说，你怎么还信了?！如一问她小美和老王过得怎么样了？小美妈叹道，有什么怎么样的，还不是没有消息就是好消息，什么时候哭哭啼啼回家来上演大团圆，那就是把日子过砸了。

镇水街的人，若无意中谈到"你家希特"，如一都会心头一紧，眼圈泛红。小美妈劝她道，你那个冤家，他自己活得快活，不就算了。

如一心想，也是。但她的鼻子还是酸了。

有一天，下班归来已是傍晚，如一在多宝路上看见一个行人，长得跟李希特一模一样。无意间她跟了他3条街，当然这个人不是李希特。但是如一确信他真的回来了，而且无处不在。